U0620358

山东师范大学中国语言文学山东省一流学科
资助出版

文学鉴赏美学

曹明海 著

中华书局

图书在版编目(CIP)数据

文学鉴赏美学/曹明海著. —北京:中华书局,2024.5
ISBN 978-7-101-16375-9

Ⅰ.文…　Ⅱ.曹…　Ⅲ.文学欣赏　Ⅳ.I06

中国国家版本馆 CIP 数据核字(2023)第 198534 号

书　　名	文学鉴赏美学
著　　者	曹明海
责任编辑	白爱虎
责任印制	陈丽娜
出版发行	中华书局
	(北京市丰台区太平桥西里 38 号　100073)
	http://www.zhbc.com.cn
	E-mail:zhbc@zhbc.com.cn
印　　刷	三河市中晟雅豪印务有限公司
版　　次	2024 年 5 月第 1 版
	2024 年 5 月第 1 次印刷
规　　格	开本/920×1250 毫米　1/32
	印张 18⅛　插页 2　字数 430 千字
国际书号	ISBN 978-7-101-16375-9
定　　价	108.00 元

目　录

第二编　文本解读特质

第三编　作家文品透视

第四编　作品艺术赏读

文学鉴赏:理解与建构的美学活动

鉴赏,即审美。文学鉴赏,就是读者对各类文体作品的审美感受、体验、理解与评价等综合性美学活动。这种鉴赏美学活动的深化,是以文本解读为基点的,即在鉴赏过程中通过品味和感悟,深入文本的形象世界、情感世界和意义世界,揭示文本多维多层的营构系统和艺术精微,把握文本的内质与形式结构及其生成构成的特征与规律。应该说,这是文学鉴赏与文本解读的特质所在。无论是对"作家文品透视",还是对"作品艺术赏读",无不都是这种审美鉴赏的场域。所以从这个意义上说,文学鉴赏与文本解读本质上是"寻求理解和自我理解"的美学活动。所谓"寻求理解",即重在"知人论世",寻求作者的原意,可以说是"还原性鉴赏";所谓"自我理解",即重在以"独到体验"对文本意义的建构,应当说是"个性化解读",或说是"自我建构"。

根据"文学鉴赏美学"的这个命意,本书分为四个部分:一是"文学鉴赏要素",主要探讨文学构成要素,包括意象与诗境、文境与意蕴、文序与节奏、文色与文法等。二是"文本解读特质",包括当代文本解读观的变革、文学解读的反应交流与敞开活动、文本解读中的"视野融合"、主体阅读的心理图式,以及诗歌、散文、小说、戏剧的不同解读等。三是"作家文品透视",包括平淡中出精神的老一代散文家吴伯箫,别具散文个性审美风范的林非,用心灵与世界对话的马瑞芳，拓开学者散文新境域的李宗刚，富有激情、沉思与诗意的"散文大家"石英，开创新艺术散文的"散文老将"许评，还有新时期散文开拓的中青年散文家丁建元、郭保林等。四是"作品艺术赏读"，包括两个板块：一个是"经典名作导读"，著名文学评论家、诗学家冯中一先生曾写序对此给予高度评价。其中作品有鲁迅的《雪》、朱自清的《匆匆》、冰心的《往事（七）》、郁达夫的《故都的秋》等，由《山东师范大学学报》专刊、山东广播电台《文学之窗》联合播发；另一个是"港台名作赏析"，其中有余光中的《听听那冷雨》、颜元叔的《荷塘风起》、洛夫的《诠释》、张晓风的《地毯的那一端》等，由《名作欣赏》连载。赏读这些作品的特有感受是令人意味不尽，既要"寻求理解"，又要"自我建构"。

那么，如何把握这些文学鉴赏与文本解读的特点和规律？简单地说，可以从两个方面来认识：一是鉴赏与解读并不在内容与形式相割裂的意义上谈论形式因素，而是把形式的形成过程同时看作是内容展开的过程，始终在二者相互融洽、相互作用的意义上来探究各类文学作品艺术营构的规律。二是鉴赏与解读也不是限于文学作品的既定形式，它还包括作品的生产方式，属于一个涵盖了从创作准备到创作结果的整体过程中许多鉴赏问题的动态审美系统。它已经展示出来的内容主要有：作家的审美思维与艺术选择，作品的构成方式与存在形式，文体的功能及特征，等等。因此，文学鉴赏与解读并非是单一性的形式艺术分析——把各类文体艺术营构系统及其内在的稳定性的联系割裂和分解开来，化为一肢一爪、一截一块，着重于分析纯技巧，而是把各类文体作品作为一种血脉灌注的有生命的"完形"整体，透过不同文体作品种种复杂的外部现象，深入其内部的艺术构筑世界，进而揭示不同文体作品营构的艺术特征和艺术精微，发掘不同文体作品营构的艺术真谛。

文学的鉴赏解读与理论批评是一脉相承的。但是,从本质上来说,鉴赏解读不同于理论批评。鉴赏解读要求切入文学作品的客观实体,重在对作品本体营构系统的客观诠释和具体解析;而理论批评则主要是主观的审美观念起主导作用,重在对文学作品进行审美判断和评价,带有浓厚的主观色彩。理论批评产生于鉴赏解读,超出于鉴赏解读,是鉴赏解读的结晶与升华,是鉴赏解读的理性化。鉴赏解读能达到知作品之然便可算合格,理论批评则不仅要知作品艺术之然,而且要知作品艺术之所以然方能过关。因此,鉴赏解读可以加深对作品的理论批评,但又不等同于理论批评。同样,理论批评也有助于对作品的解析与鉴赏,但它也不能取代鉴赏解读。这就是说,鉴赏解读是理论批评的基础和前提,而理论批评是鉴赏解读的深化和升华。如果没有一点鉴赏解读的营养而谈理论批评,那只不过是对作品的施暴而已。因为鉴赏解读是第一位的,没有鉴赏解读作为基础,根本谈不上理论批评。理论批评是要对作品的价值下判断的。对作品价值的判定,不是纯取决于作者,而是作者的创作意识与读者的鉴赏解读意识互相作用的结果。只有在鉴赏解读的基础上形成的理论批评,才能够根据一定的审美标准,对文学作品进行深入的解剖、精当的分析和实事求是、恰如其分的评价。

总之,鉴赏解读和理论批评,虽然常常是不可分割地联系在一起的,二者互为条件,互为因果,但究其对文学作品的诠释角度和本质特征,它们有着鲜明的区别,是两种本质存有不同的美学活动。理论批评是以主观评价为主的,其目的是对文学作品的价值做判断;而鉴赏解读则是以理解为主的,目的是探究文学作品的生成与构成,解析文学作品艺术营构的特点和规律。

　　文学鉴赏解读是一个风光绮丽，充满着蓬勃生机和活力的领域。当我们涉足鉴赏解读的审美天地，便可以发现，深层性的鉴赏解读，在探究文学作品生成与构成的艺术规律，诠释文本艺术营构系统的过程中，还能够透视文学作品艺术美的规范和奥秘，从而启迪把握文学艺术美的智慧。如孙荪的《云赋》，作者笔墨挥洒，构想天姿天色，创造了一种恢宏壮丽而又和谐的文境美。在这篇散文作品的鉴赏解读中，我们加以分析可见，其文境营构的艺术美的规范和奥秘有二：其一，是物境的三个结合。先是将云景与天景结合，云浮而有幻象，天借云而生姿，构成了一种浩渺阔大的独特景象。继之将动景和静景结合，写云变形，游云溃散，都是动；彩云幻象，玉月停飞，这是静。这样，动静相生，不但文字跌宕，且使意境幽深，屈曲有致。再是将实境与仙境结合，写乌云，有神煞妖魔之形；写淡云，有仙画银羽之姿；写彩云，有天宫天物之状。由此在实境上笼罩上一层仙境的光辉，显示了意境恢宏的神韵。其二，是情境的三种状态。作者写乌云、游云，处处有"我"在，"我"时而焦急，时而慨叹，这是"以我观物"，是"有我之境"。写淡云、彩云，也写"我"像"驾着祥云遨游九天的神仙"，既有"我"在，又有"我"形，是"忘我之境"。写云外青天，则意出尘表，既无云在，又无"我"在，只画出青天月牙图，超然旷观，此谓之"无我之境"。"有我"、"忘我"、"无我"这三种境界融为一体，显示了文境的丰富蕴涵和纵深发展的层次性。在鉴赏解读中这样深入地分析文境营构系统，显然，不仅能揭示文境的生成与构成特征，而且能透视出这篇散文营构的艺术美的规范和奥秘，启迪我们的审美智慧，以提高我们对文学艺术的鉴赏解读水平，使我们成为更有文学艺术素养的主体。

　　文学鉴赏解读，是一种由感性到理性的美学活动，有一个从表层感知到深层理解的深化过程,它需要把握文学鉴赏解读学原理,遵循一条正确的鉴赏解读途径。打个通俗的比方,就像开锁需要钥匙一样,只有把握开锁的钥匙,才能打开大门,登堂入室,徜徉于文学作品风光绚丽的内部艺术世界,领略和揭示作品的深层意蕴和内层魅力。因此,被人们称为"心灵探险"的现代鉴赏批评家李健吾,在论鉴赏批评时就曾指出,一个鉴赏批评家是"学者和艺术家的化合"。因为创作家根据生活材料和他的存在,"提炼出他的艺术",而鉴赏批评家根据创作家提炼出的艺术和自我存在,不仅要"说出见解",还要"企图完成鉴评的使命"。所以,李健吾曾提出"鉴评本身就是一种艺术",就是一种凝聚自己生命情致的"创作"。

长期以来,文学研究的实践经验也已说明,对文学的鉴赏解读与批评,有没有鉴赏解读艺术论和方法论法则的指导,其审美结果和审美效应是大不一样的。因此,有许多独具慧眼的美学家、艺术家,致力于"艺术新科学"的研究,探寻艺术鉴赏解读与批评的新的审视点和坐标系,诸如符号学美学理论、格式塔"完形"鉴赏理论、结构主义鉴赏批评理论、审美响应理论、接受美学、鉴赏原型理论等,都是被人们所广泛接受并付诸实践的鉴赏解读艺术新科学。在鉴赏解读实践中,是否掌握诸如此类理论,会直接关系着审美效果。英国著名作家柯勒律治在谈艺术作品鉴赏解读时,阐述过一个重要的问题:对各类文学作品的鉴赏解读,不仅是一门学问,更是一门艺术。只有把握文学鉴赏解读的艺术规律,把握科学的鉴赏解读方法论原则,才能深入诠释文学作品的内部营构系统,像发掘矿藏的苦工一样,获得"纯净的闪光的宝石"。俄国心理学家巴甫洛夫也曾指出,科学是依赖艺术的高明和方法的进步程度为推动而前进的。这句话并不假。方法每前进一步,犹如我们每上升一个台阶一样,它会为我们展开更为广阔的视野,看到前所未见的景象。从这个意义上来说,我们在文学鉴赏解读的实践中,不仅要重视运用科学的方法论和富有创造性的鉴赏解读艺术法则,而且还应当以积极的姿态,调动全部心智机能,努力探索文学鉴赏解读艺术论的原理,以使文学鉴赏解读遵循科学的艺术规律,深入文学作品构造的内部世界,揭示其文体营构的艺术真谛。

　　鉴赏解读是创作的逆行。最完全的艺术鉴赏与艺术创作具有同等重要的意义。有人往往以为创作价值甚高,鉴赏解读无甚价值,这实在是浅薄的见解,因为鉴赏解读与艺术创作需要同样的心灵,具有同样的困难和价值。所以,懂不懂鉴赏解读艺术,会不会鉴赏解读作品,是衡量一个人艺术修养和文学功力的一把重要标尺。钱钟书在他的《写在人生边上·释文盲》中谈鉴赏时,把不懂鉴赏的唤作"文盲",直言不讳地批评了有些人不懂鉴赏解读,空论文学艺术的不正常现象。他颇有些尖锐地指出:"色盲"绝不学绘画,可"文盲"却能谈文学,而且谈得"特别起劲"。他打比方说:"好多文学研究者不懂鉴赏,恰等于帝皇时代,看守后宫,成日夹在女人堆里厮混的偏偏是个太监,虽有机会,却无能力,无错不成话,非冤家不聚头,不如此怎会有人生的笑剧?"我们的这位赫赫有名的大文学家和大学者,把搞文学而不懂鉴赏看作是"人生的笑剧",或许是略带夸张之论,但也足见鉴赏解读有何等重要的意义了。同时,钱钟书在文章中把这种不懂鉴赏解读,空论文学,并且视理论高于鉴赏解读、以空论来贬低鉴赏解读的人,还比作是"向小姐求爱不遂,只能找丫头来替。不幸得很,最招惹不得的是丫头,你一抬举她,她就想盖过了千金小姐"①。这些幽

---

① 钱钟书:《写在人生边上·释文盲》,中国社会科学出版社1990年版,第66页。

默诙谐的妙语,颇有点辛辣意味地讽刺了那种不懂鉴赏解读而又以空论故作高深的做法,指出了提高鉴赏解读水平、掌握鉴赏解读艺术的重要性。

第一编　文学鉴赏要素

拓开内隐外秀的艺术奥区

——文学鉴赏中的意象分析

意象是文学作品艺术构造的形象元件,有些诗作就是以"意象性构造"显现其审美风范。一篇具有美学价值的语言艺术作品,特别是诗歌和抒情性的散文佳作,无一不是由一组组美的意象按照美学规律组构而成的艺术整体。而作品中凡是美的意象,都是把作者的内在之意诉诸外在之象,具有"隐秀"的审美特征。"秀"是指意象中的"象"而言,它是具体的、外露的;"隐"则是指含蕴于象中的"意"而言,它是内在的、抽象的。"意"隐于"秀"中,好像晶莹的珠玉蕴藏于河水之中。因此,在文学鉴赏中,根据作者创造的外在之象,透过外在之象的体系层次,于"秀"中索"隐",感悟作品的内在之意,领略作品的内在情韵和深层意蕴的美,就可拓开意象内隐外秀而被视为有着神秘色彩的艺术奥区,从而深入地把握作品审美创造的艺术匠心。所以,我国台湾地区诗评家李瑞腾在他的《诗的诠释》中明确指出:"意象研究是具有独特地位且是相当重要的一个部门,它是直接指向诗的内在本质所做的探索。"①这就说明了文学鉴赏中进行意象分析的意义。

---

① 李瑞腾:《诗的诠释》,台北时报出版公司 1982 年版,第 143 页。

一、意象内部构置的张力联系

在文学鉴赏的过程中，有些作品，特别是现代诗作，往往给我们这样一种感觉：作者经营意象的魔方似乎是在任意切割时空，任意剪辑画面，使人一度对那流动、闪烁、飘忽的意象组合产生"朦胧"之感，产生"不知所云"的困惑和疑虑。但当我们仔细品读下来，以一种整体的观照形式去复合这些纷乱的意象，又觉得它并不是"杂乱堆砌"，而是有层次、有规律的艺术营构，进而获得一种整体的审美感，一种清晰的欣赏愉悦。这种鉴赏实践告诉我们，对作品组合营构的意象解析，不能作孤立的、静态的、平面的、单一的机械推敲，而必须首先以整体的观照形式进行系统的、动态的、多层的、立体的艺术把握。

文学作品中的意象是意和象融汇的复合体，是作者主观的心意和客观的物象相凝聚的具象表现，是精神内容和物质形式的统一。它渗透着作者主观感受的客观事物的影像，作者要把自己内在的感觉世界外现出来就要通过意象。这就是说，意象是作者用以传达感情并暗示思想的，是作者"拟容取心"——把心象寄寓于物象来表情达意的一种艺术方式。英美现代诗的宗师艾略特在评论莎士比亚的《哈姆莱特》时就曾经说过，表情达意的唯一方式，便是找出"意之象"，即一组物象，一个情境，一连串事件，这些都会是表达该特别情意的方式。如此一来，诉诸感官经验的外在事象出现时，该特别情意便马上给唤引出来。这说明意象作为表情达意的一种方式，作为作品情感系统构筑的形象元件，是在一个统一的主题和构思之下组合起来的，是融合在作品艺术构筑的有机整体之中的。也就是说，作品中的诸多意象不是各自孤立地存在的,而是根据传达情感、暗示思想的需要,按照某种向心力而相互呼应黏合而成的意象群体。就如电影的蒙太奇,当我们看到一出悲惨的故事发生时,为表现悲哀的情绪、沉痛的感情,屏幕上组合展现出凄苦的西风摇曳着款款而下的落叶,阴郁的天色和低垂的愁云……文学作品中的意象也是如此,它的整体效果不仅是某个单纯意象所不能奏效的,而且也不是几个意象的算术式整合,而是组成的意象和弦所奏出的旋律。这就是说,作品中的意象不仅要熔铸成一个艺术整体,不能脱离作品为表情达意所营构的意象系统,而且还必须要使组合的意象和谐,否则,就如刘勰在《文心雕龙》中所指出的,"绝笔断章,譬乘舟之不振楫",而失去意象营造的意义。

文学作品中意象营构的这种艺术规律决定,以整体的观照形式进行系统的、立体的艺术把握,是文学鉴赏中进行意象分析所不可背离的基本法则。如果背离了这个基本法则,把作品中营构的意象群体作为散状的各自为政的部件来孤立分解,不看它们内在的有机的联系,不去探求营构组合的意象和弦之境,那么作品中的意象至多不过是一些断金碎玉,而不可能揭示作品中组合的意象和弦所弹奏出的韵律效应和艺术之妙,不可能领略到由意象营构而成的流光溢彩的艺术审美空间。尤其有些作品中的意象纷繁复杂,在文学鉴赏中不以整体的观照形式"以一驭万",进行系统的、立体的艺术把握,就会把纷繁而艺术组合的意象群体看成是零乱破碎的意象堆砌,得到的是"不知所云"的审美困惑,摔在意象鉴赏与分析的"低谷"。现在有不少人之所以抱怨某些现代作品是"胡诌八扯,看起来头痛",或许是因为困扰在这个"低谷"里。其实,只要走出这个"低谷",以整体的观照形式对作品中组合的意象群体进行系统的、立体的艺术把握,就可揭示作品意

象营构"物虽胡越，合则肝胆"的整体艺术效果。如解读李贺的
《李凭箜篌引》一诗：

> 吴丝蜀桐张高秋，空山凝云颓不流。
> 江娥啼竹素女愁，李凭中国弹箜篌。
> 昆山玉碎凤凰叫，芙蓉泣露香兰笑。
> 十二门前融冷光，二十三丝动紫皇。
> 女娲炼石补天处，石破天惊逗秋雨。
> 梦入神山教神妪，老鱼跳波瘦蛟舞。
> 吴质不眠倚桂树，露脚斜飞湿寒兔。

　　这首诗，运用了十四个比喻性意象来赞美李凭弹箜篌时的情
景美、旋律美、弹技美。这些比喻性意象，有现实的，有幻觉的，有
神话的，且各个意象之间有很大的跳跃性。这样一连串的意象迎
面扑来，不免使人眼花缭乱、应接不暇，加上语言的晦涩，初读确
有不知所云之感。但是，我们细读品味，以整体的观照形式作系
统立体的艺术分析，便不难发现，这一系列的意象都是有层次、有
内在联系的艺术组合。诗的前四句是写李凭秋日在京城弹箜篌
时，山中白云想听而凝滞不流了，娥皇女英感动得泪洒湘竹，太帝
的素女也露出愁容。从第五句起，转写他弹奏的旋律的美妙和产
生的感染力：弹到清脆之处，我听到昆仑山玉石破碎和凤凰的鸣
声；弹到婉转之处，仿佛莲花上的露水滴落，幽兰也发出笑声；弹
到凄清之处，长安十二个城门的气温变冷，宫中的皇帝也为之动
情动容；弹到悲痛之处，致使女娲补的天再度破漏，逗得秋雨也怆
然泪下，在这里作者接连用了八个比喻意象。下面的几个诗句写
作者沉醉地进入幻觉精神状态：看见李凭在教善于弹箜篌的成夫
人，那音乐感动得老鱼也跃出波涛，渊中的瘦蛟也在舞动起来。
至于那月亮里的吴刚，也听得失眠，倚着桂树发痴不动，就连那只

白玉兔也不知寒露将皮毛打湿了。

　　显然,我们以整体的观照形式加以分析可见,作者虽连用了十四个比喻意象,但这一系列的意象却不是"杂乱堆砌",而是有层次、有步骤、有规律地从各个不同的视角和侧面,表现了李凭弹箜篌所引起的种种声息反应和情思波动变化的过程。它们或喻于声,或仿于貌,或拟于心,或譬于事,化无形为有形,化隐藏为显露,化平淡为神奇,从而创造了"物虽胡越,合则肝胆"的整体艺术境界。如果不以整体的观照形式进行系统的、多层的、立体的艺术把握,把这些纷繁的意象作孤立的分解,去阐释言内或言外之意,就会瞎子摸象,终不知象为何物,不可能揭示此诗意象营构的艺术之妙。西方有些语义分析学派,致力于个别审美因素的单列分解,结果最终不能理解作品。

　　当代德国美学家汉斯·科赫在《马克思主义和美学》中谈到抒情诗的整体分析时,举了贝歇尔解析歌德《游子夜歌》的例子:

　　　　一切的峰顶
　　　　沉静,
　　　　一切的树尖
　　　　全不见
　　　　丝儿风影。
　　　　小鸟们在林中无声。
　　　　等着罢,
　　　　俄顷
　　　　你也要安静。

　　贝歇尔说,鉴赏时如果只注意到"小鸟们在林中无声"这一个意象,这首诗就"完全没有诗意"可言,因为它只显示了自然的一定状态,而且无法理解诗中写些重复句干什么。只有和后两句结合起来从整体上进行解析,"一幅完整拈来的自然界的图画才同诗人和读者的人的主体发生联系"。这就是说,有了后两句诗才成为"全局性的整体"。这个整体表现了人和自然浑然一体的美的境界,表现了诗人自己复归自然怀抱的理性精神。这种精神之所以与读者发生联系,是因为读者像诗人一样,厌恶那个充满了混乱、罪恶、贫困、荒淫与道德堕落的、人与自然以及人与人尖锐对立的资本主义世界,向往人与自然间安静的统一,达到心理的暂时平衡。只有从诗的这个整体境界上来分析,才能理解"小鸟在林中无声"这个意象的灵动光彩。所以说,一个意象只有在整体中才能发挥它的艺术感染作用,并且还需要人们把它和整体联系为一个具体的、和谐的统一体。所以,有诗学家谈意象美欣赏时就指出,我们不能单凭意象的数量来评价一首诗……评价一首诗的任何一种因素时,必须把它联系到诗的整个目的中去。

　　在文学鉴赏中,要以整体的观照形式把意象联系到作品的"整个目的"中去进行解析,就必须弄清和把握作品中构置的意象世界的张力联系。何为"张力联系"? 有人认为它就是意象与意象的组合关系。这样说来虽然是抽象的,但在文学鉴赏的实践中我们可以发现,它是完全可以把握的。因为凡是高明的作家在作品中营构意象时,都有一种整体的完整的内在的"旋律"或"磁场"的设置。这种内在的"旋律"和"磁场",其实也就是构成意象世界的张力联系。诗人杨炼在《智力的空间》中就曾说过:一首诗的总体结构就像一个"磁场",一组群雕,它存在着,暗示着什么,各部分之间抛弃了因果性,看似独立,其实正以其空间感的均衡和稳定相关联。这是一个正在共振的场,每个部分和其他部分相呼应,相参与。这种说法虽然是杨炼就自己创作的经验而言的,但也道出了文学创作中大多数作家进行意象营构的那种自觉不自觉的创造意识及其创造规律，这就是赋予意象构筑的那种深层的流动的艺术整体美，使意象与意象之间靠一种内在的空间感的均衡及其相互关系构成浑然的整体，即通过构置意象世界的张力联系，深化意象营构的整体效应。作品中意象之间的这种张力联系往往是暗的，就像磁力是看不见的。但在文学鉴赏中，我们可以在磁石吸铁这一现象中来感知它，把握它。

文学作品中这种意象之间的张力联系，具有丰富性和复杂性。有的是以一种统摄"全体"而富有"暗示性的节目"构成意象的张力联系。如以上例述的《游子夜歌》就属于构成意象的张力联系的"暗示性节目"。也有的是以一种内在的感觉性构成意象间的张力联系。如罗·布劳宁的《夜幽会》：

> 海水幽暗，陆地昏黑，
> 淡黄弯月低垂，
> 涟漪从梦中突然惊觉，
> 闪烁着耀眼的光辉，
> 我驾小舟入山凹，
> 慢慢拢岸泥沙堆。

这首诗中一系列的意象，乍看散乱，互不相干，但它们都是诉诸感觉的东西：幽暗的海，昏黑的大地，淡黄的弯月，被惊觉的细浪闪射出金光……可见诗人是以一种内在的感觉性构成了这些意象间的张力联系。这种感觉性有似一种磁力，将这些抛弃因果关系的散状意象融合为一个整体。其次，还有的作品是以意象间的消解转化、自生自灭构成张力联系，进而表现意象营构的整体效应，即由一个主体意象来拓展出新的分意象，分意象孳生另外的意象，它们相互更替，互为转化，从而构成一体。如北岛的《船票》："无数次风暴/在坚硬的鱼鳞和贝壳上/在水母小小的伞上/

留下了静止的图案/一个古老的故事/在浪花与浪花之间相传。"在这里,动态的喧嚣的意象被冷缩为静止的微型的意象,又演绎为一个抽象的形式,重新回到大海之中。多元意象的巡回转化、消解交替,构成了意象的张力联系,强化了作品的结构密度和整体效应。

总之,作品中意象间的张力联系,具有多种多样的构成方式,在文学鉴赏中,我们应根据作品的具体特点进行具体分析。只有切实弄清和把握意象之间的张力联系,以整体的观照形式对意象进行艺术把握,才能揭示作品意象营构的整体效应,领略作品的意象艺术美。

二、意象审美营造的组合方式

有人说,文学作品中的意象组合,"没有什么艺术规律可言"。这显然是一种"鉴赏错觉"所产生的表层性褊狭认识。因为意象的组合是有序的、可以分析的,是有一定的艺术规律可循的。尤其是现代抒情性作品,以意象作为艺术营构的元件,而广泛地接纳其他的艺术技巧进行创造,在结构上致力于追求意象的密度与厚度,讲究和注重"空间"的艺术营造,使一系列纷呈的意象能够按照一定的审美规则,在一种整体的内驱力的作用下进行直接的或间接的组合和富有艺术秩序的转换,从而构成寥廓迷离、超越时空的艺术画面,建造作品瑰丽多姿的多层性立体审美空间。所以有人不容置疑地指出,凡是美的具有强烈艺术感染力的意象,都有一定的艺术组合形式,而且多种多样。有如秋日晴空上的流云,虽然同是云,却能开出千姿万态的云的花朵。因此,在鉴赏中对意象的解析,在弄清意象之间的张力联系,对意象作整体的观照和把握之后,还应当深入分析意象的组合及其转换形式,以揭开意象构成的深层奥区,求索意象营构的艺术真谛。

从意象营构的美学规律来做考察,我们可以发现,意象的组合形式虽然具有多样性和复杂性,但在文学鉴赏中我们可以从有序式组合和无序式组合这两种基本形式入手来进行艺术解析。

有序式组合,就是指意象的组合是依照某种外在的可感的顺序或联系进行有层次有步骤的更替与转换。这种组合形式并不排斥意象的跳跃、叠加与交叉,但这些意象跳跃、叠加及交叉的过程中总可以找出一条明确的轨迹来。也就是说,这种有序式组合是一种逻辑性的组合。如江河的诗《星星变奏曲》,就是通过意象的生发、连接与想象的流动而使意象构成了这种富有逻辑性的有序式组合:"谁不喜欢春天/鸟落满枝头/像星星落满天空/闪闪烁烁的声音从远方飘来/一团团白丁香朦朦胧胧。"在这组意象群里出现了一连串不相关联的意象单元。其中有的是感觉意象,有的是听觉意象,有的是视觉意象,但这些意象之间是一种有序的枝生状态。作者从"春天"这个抽象的意象生发、转化为具在意象"鸟落满枝头",继而又生发、转化为"星星落满天空"这一诗的主体意象。但这样似乎有点过于直奔主体而简单化,有失于错综和婉转的美,所以,又将"星星落满天空"这一视觉意象进一步生发而转化成一种听觉意象"闪闪烁烁的声音"。最后再将听觉意象生发和转化为嗅觉意象,使那"闪闪烁烁"与"白丁香朦朦胧胧"的幽香联结起来。可见,这种有序式的意象组合,主要是通过意象的艺术生发、相互转化和联结来实现的。它有助于增加意象的密度与层次性,拓展作品的艺术容量和审美空间。

同样,在与诗为邻的散文作品中,也常用这种由意象的生发而构成的有序式意象组合。而且散文文体中的这种组合,不像诗那样受各种约束，它更具有自由生发的开放性和发散、辐射的特征。如杨牧的散文《绿湖的风暴》中，就创造性地采用了由意象的生发而构成的有序式意象组合。作者匠心独运，巧妙地依据一个意象始发点向外发散、辐射，使奇趣横生的意象就似不竭的喷泉喷射着缤纷的水花，而又有规则地构成似树枝状的结构形态。请看文章开篇后的一段描写："那'六合三十幢'接合的村庄埋没在战地的黑夜里。风很大，我什么也看不见。几盏马灯从小小疏落的窗户里泄出来，树叶像雪花一般飘飞，有时打在我脸上。"寥寥数语，却展示了一组意象群。显然，其意象始发点是"那'六合三十幢'接合的村庄"。作者以它为轴向外扩散、辐射，枝生出"战地的黑夜"、"风"、"几盏马灯"、"疏落的窗户"，以及像雪花一样飘飞的"树叶"等一系列意象。这些意象虽然纷繁，但无一不与意象始发点相连。因而，它们有序式地构成了一幅阴沉寥落的生动图景。在作品中，作者随着想象的驰骋和思绪情感的流动，跨越时空的距离，将意象又拓展开去，生发出了"铁丝网"、"护城河"、"浓得化不开的黑雾"，以及"花雕的墙棱"、闪烁冷光的"寒星"与"寂静的天空"等富有密度的意象群。这一组组意象群看似散乱，实则有序，其中贯穿一条明确的轨迹。它们跳跃、叠加、交叉、更替，是有层次、有步骤、有着严密的内在联系的。这就是以"村庄"为始发点进行有序式意象组合的形式，有其独特的艺术效应——它变本来静止的平面的单层的画面为立体的多元意象结构，从而扩大作品的审美空间，使作品拥有更为丰满的审美容量。

　　在文学鉴赏的实践中，我们可以发现，有序式的意象组合有各种各样的表现形式。由于作家的艺术追求和艺术风格不同，作品的题材和情感内容不同，所以，虽然同是有序式的意象组合，其表现方式却迥然有别。就常见的情况来看，有的作品是以意象

（一对或一组）的对应关系来进行有序式组合。这种组合以对应的结构方式出现，突破了单元的线性的因果联系的思维方式，使之超越了一般组合方式而与作品的内涵融为一体。如杨炼的《诺日朗》、《半坡》等组诗，采用的就是具有这种特征的组合方式：

　　　　他们走过河流，但是没有水

　　　　他们敲打岩石，但是没有火

　　　　他们彼此交谈，却互相听不见声音

　　这组诗显然是按照一种对应关系建立起来的意象结构。"河流"、"岩石"相对应，"水"、"火"也相对应。而"水"、"火"又合成一股对自然的冲突来对应人与社会的冲突（彼此交谈却听不到声音），从而把人、自然、社会三项结合在一起，揭示了诗人对自然、对社会、对人类的沉思与激情。在杨炼的组诗中，有各种各样的对应方式：时间与空间对应，生存与死亡对应，永恒与消沉对应，肉体与灵魂对应，张力与内驱力对应……这些对应方式，使意象之间产生内质上的脉通而形成有序的内部结构组合，从而使作品具有均衡的"空间感"。

　　顾城在谈到《我是一个任性的孩子》的意象特点时，曾经这样说过，画下一个永远不会流泪的眼睛，由眼睛想到晴空——一片天空，由眼睛想到天空边缘的合欢树，树上的鸟巢——一片属于天空的羽毛和树叶，由鸟巢想到鸟群归来。这里所描述的，就是以上例述的有序式意象组合的心理过程。所以，在文学鉴赏中我们循着这样的心理轨迹便可以把握有序式意象组合的基本规律和特征。

　　无序式组合，是与有序式组合相对而言的。其实，它并非是无序，而是无序的表象里内含着有序。这种无序式的组合，就是在营构排列意象时舍弃过程的连续性、因果性，以意象的自在生存方式摒绝时空的二维关系,以一种无序的流动切割时空使其自然地组合。在文学作品中,这种无序式意象组合主要是依靠感觉性的意象转换来进行的。文学创作往往是从对生活的感受开始的,文学是作家感觉的表现,文学中的世界不是真实的客观世界,而是作家的内在感觉世界。任何作品总要传达内在感觉,总要将内在的感觉通过意象外化出来,使别人能够认识这种感觉,并和作家一起去体验这种感觉。从作家的角度来说,文学就是将作家体验到的感觉变成作品的意象;而从读者的角度来说,就是要将意象再还原成感觉和体验。作家与读者的感觉世界、心灵世界,就是通过意象这一中介媒体来实现交流和沟通的。因此,凡是优秀作家无不重视感觉意象的创造,无不重视感觉性意象的组合和营构。

　　文学作品中还有一种意象的无序式组合形式,就是几个意象群排列而同时复合在一起,尽管每个意象群的内部组合是有序的,但意象群之间是毫无联系的,它们之间是无先后顺序的。当然,意象群之间的转换连接是复杂的,有时是很难分析清楚的,有序中包含着无序,无序中又内含着有序。在文学鉴赏中,我们不可机械地理解和套用。有人说,把现代电影蒙太奇的组合手法引入文学作品,造成意象的撞击和迅速转换,能够激发读者的想象力来填补大幅度跳跃留下的艺术空白。是的,以上例述的无序式组合,特别是痖弦《远洋感觉》的意象组构,可以说采用的就是电影蒙太奇的剪辑和组合方法。因而其意象的转换极为灵活、迅速,诗意流动、活跃,读者不时地受着美的突然刺激,心灵时时受到力的震颤。像痖弦的诗句,在文体鉴赏中如果不用心灵去体验,还会觉得它是一种神经错乱的疯话。其实这正是作者美的意识的觉醒,是作者潜意识和瞬间感觉的获得,它往往能与读者的心灵发生共振，唤醒人们内心深处隐秘的东西。总之，由于无序式组合的意象是跳跃着出现的，富有结构张力，因而其作品的内在生命山峦也起伏般跳动。这种力的曲线，更给读者以诱迫的艺术魅力。

三、意象的品类及其审美特征

文学作品中的意象具有丰富性和复杂性，具有多种不同的品类和审美特征。意象世界是瑰丽多姿、绚烂多彩的。它像夜空里洒满的星星，有名字的，没名字的，品类纷繁，争相辉映，各放异彩；又像园圃里嫣然初展的蓓蕾，缤纷绰约的百花，千姿百态，争显情韵，各洒风流。诗人艾青对意象就曾做过这样的诗意描绘，他认为意象，就是翻飞在花丛，在草间，在泥沙的浅黄的路上，在静寂而又炎热的阳光中……它是蝴蝶——当它终于被捉住，而拍动翅膀之后，真实的形体与璀璨的颜色，伏贴在雪白的纸上。这显然是诗人从诗创作的角度论及的，其实，在文学鉴赏中对意象的分析，又何尝不是如此呢？文学鉴赏的实践说明，对意象的分析，不能满足和停留在意象组合形式的把握上，还应当深入作品的意象世界的原野，像诗人艾青那样，去捕捉和求索各种不同性质的意象创造，认真识别意象的品类及其不同的审美特征，以切实把握作品中各种意象创造的审美意义和作用。

要具体识别文学作品中纷繁的意象品类并把握其审美特征，在鉴赏中就需要从作品意象营造的实际出发，进行具体的艺术分析。因为不同题材的作品，有不同的情感内容和表现形式，自然也就有不同的意象创造。特别是作家的艺术素质和审美想象力的差异，更使意象创造的美学性质有了差别。根据这种差别，从意象创造的艺术规律出发,我们可把纷繁复杂的意象区分为再现性意象、表现性意象和象征性意象三个基本类型。也就是说,在文学鉴赏中对意象品类及其审美特征的分析,就可从这三个基本类型入手来进行探究,进而求得触类旁通,揭示各种不同品类的意象创造之谜。

再现性意象,是一种注重于描述的意象。这类意象大多忠实于自然事物的原生印象,而不作大强度的主观变异,作家只是遵循客观存在的节律,给予自然性的描绘和渲染。这种再现性意象的创造,应当说是我国古典诗作的一大特色。有许多古典诗作就是以再现性意象的创造而具艺术感染力和艺术生命力的。如杜甫的《绝句》:"两个黄鹂鸣翠柳,一行白鹭上青天。窗含西岭千秋雪,门泊东吴万里船。"这首诗就是以直接描述的再现性意象的创造取胜。它展现的物象、声音、色彩以至气氛都是多么具体鲜明、栩栩如生。清新明丽、开阔生动的生活图景,逼真地再现了作者对自然世界的原生印象,透露着生态自然的气息,洋溢着欢快激越的情流。这显然是人化的自然美的再现,当然也是诗人审美情趣、审美理想的艺术宣示。

在文学鉴赏中,对这种再现性意象的分析,要着力揭示它的再现性及其构成特点。从艺术构成论的角度来看,再现性意象的基本构成单位是点象,在鉴赏中应把点象作为再现性意象解析的着眼点。点象也称单纯意象,它是作者头脑中对一种单一事物的映像,具有相对的独立性和完整性。在现代诗作中,有的以这样一个单纯意象为基础就可以构成一首诗。如汪静之的《小诗二》:"风吹皱了的水/没来由地波呀,波呀。"这首小诗就是由"吹皱了的水"这一个单纯意象构成的。当然更多的情况是把一个个点象组合起来,构成面象,或称集合意象,以反映某一比较复杂的事物或表现某种比较复杂的情绪。如以上例述的杜甫的诗就是如此。这种集成式的再现性意象，在古典文论中被称为"赋象"，现代则称之为"描述性意象"。这类意象与单纯意象一样是作家的心灵对现实的最直接反映，但比单纯意象具有更大的包容量和更丰富的再现力。

表现性意象，是以再现性意象为基础的。它与再现性意象的不同在于作家的思想感情不是直接地倾注在意象上，而是通过意象曲折地暗示和表现出来的。意象不再是作家思想感情的一对一的体现，而成为间接表现作家心灵世界的喻体和客观对应物。与重在描述的再现性意象相比较，这种意象蕴含更丰富，更耐人寻味。请看这首《橘林》，采用的就是表现性意象："绿叶总想遮住一颗颗丹橘／丹橘总想钻出一重重绿树／想来曾有一番激烈的你争我夺／才把一片橘林渲染得这般火热！"在这首诗中，作者的目的显然不在再现，而在表现自己的沉思。也就是以总想遮住丹橘的"绿叶"和总想钻出绿叶遮掩的"丹橘"两个意象的人化，来喻指当今时代的橘农们为发展商品生产而竞争丰收的情状及其不甘落后的行为心态。可见，表现性意象不像再现性意象那样重在描述、再现客体形象，而是重在表现主体，是作者用来化抽象为具象的——把不具形态、看不见摸不着的理念、情思、品格等转化为具象的一种喻体。黑格尔在《美学》中谈过"意象比譬"的问题，他以为把在意识中显得很清楚的意义表现于一种相关的外在事物的形象，用不着让人猜测，只是通过譬喻，使所表现的意义更明晰，使人立即认识到它的真相。很显然，这里阐释的就是表现性意象。

对这种表现性意象的分析，在文学鉴赏中，要注意从拟喻型意象和明喻型意象这两种类型入手。拟喻型意象就是把抽象的情意化为具体的物象，把情思虚拟为人或物，使它有光，有色，有形,有神,能言,善思,会动,即使抽象得以具体。如有不少古文论家都曾颇有兴味地论及"红杏枝头春意闹"、"春风又绿江南岸"两句诗之妙,说着一"闹"字、"绿"字而境界全出。其实,其妙就在于巧用了拟喻型意象。"春意闹"是把"春意"拟喻为能够"喧闹"的人化物,借以暗示红杏盛开、蜂飞蝶舞,使抽象的"春意"化为具体可感的意象,从而表现了那种春色正浓的情致。"春风又绿"是把"春风"拟喻为能够"染绿"江南岸的人化物,借以暗示春风一起,万物苏醒,也使抽象的"春风"化为具体可感的形象,从而表现了那种"春风吹又生"、碧草绿江南的生机。在现代诗作中,这种拟喻型意象的使用更扩大,更富有创造性。明喻型意象就是用直接明白的比喻物使抽象的情思具体化,或者使具象性不强的物象更带有感情色彩的具象化。如古典诗"离恨恰如春草,更行更远还生",就是以"春草"之意象来明喻"离恨"。李后主的这句诗之所以成为名句,恐怕就是因为它以这个鲜明而具感的明喻型意象而使读者获得了深切的感受。这类明喻型意象是容易把握的,我们不再赘述。

总之,"拟喻型"和"明喻型"两种意象是鉴赏中分析表现性意象所要把握的基本类型。这两种意象可使抽象的情思具象化,深奥的哲理生动化,可使内在的体验通过具象的感性形式得到传达。因此,没有哪个作家不青睐这两种意象。需要指出的是,对拟喻型和明喻型两种表现性意象的分析,首先要看其是否准确。喻体与被喻体有何相似和同构之处,二者若无相似或同构之处,无论是拟喻还是明喻就都难以言其美。其次要看其是否新鲜。喻象有没有独特的发现和创造,有没有在别人看不出联系的二者之间发现同构相似之处。这样才能更见意象创造的巧思和匠心。这就是人们常说的"远距离交易原则"。

象征性意象,就是通过某种联想方式而约定的代表某一实体
事物或某种精神内容的意象,它是一种具象载体。这种具象载体
越具体、越生动越好。作者的理性思考、情感内涵全部通过这种
具象载体暗示出来。这种具象载体既是它自身,同时又超越它自
身,成为一种暗示巨大理性内容的符号。这种符号化了的意象,
就称为象征性意象。如余光中《白玉苦瓜》中的白玉苦瓜,就是这
样一个象征性意象。这个象征性意象有着十分具体的感性形式。
作者具体生动地绘出了它的外部形态:"一只瓜从从容容在成熟/
一只苦瓜,不再是涩苦/日磨月磋琢出深孕的清莹/看茎须缭绕,
叶掌抚抱。"作者的神奇之笔,既具体地刻画出了白玉苦瓜的色
泽、形态以至玉的质感,又展示了它的神秘、朦胧的艺术之美。但
是,白玉苦瓜在诗中作为一个象征性意象,并不仅仅是一个客观
具象,它更是一个象征符号。它象征着超越历史时空的永恒之
美,象征着任何苦难历程也遏制不了的生命意志。而这些象征意
义,作者并没有直陈出来,而是扣住"苦瓜"这一意象暗示出来的:
"/皮靴踩过,马蹄踩过/重吨战车的履带碾过/一丝伤痕也不曾留
下。"这是写白玉苦瓜经历的劫难,更是写中华民族经历的劫难。
尽管千百年来劫难重重,但白玉苦瓜仍然洁莹光润,仍然完好如
初,我们的民族的生命力仍然蓬勃旺盛。可见,白玉苦瓜作为象
征性意象,不仅有着具体的感性形式,又包蕴着多么深邃丰厚而
巨大的理性内容。而这就是象征性意象的基本特征——感性形
式与理性内容的高度统一。它在给人以具体的艺术美感的同时,
又启迪人们去做深沉的理性思考与探求。

在文学鉴赏中对象征性意象的分析,既要切实把握它的感性
形式,更要深入探求其理性内容——表层具象的背后所隐藏的深
刻的理性内涵,求索表层具象所暗含的某种本质,以拓开作品的

深层奥区。如"白玉苦瓜",鉴赏中如果仅停留在对它的感性表象的分析上,那么它只不过是一件美妙的文物珍品而已,就不可能揭示诗人以它为意象所传达的对平凡与奇迹、短暂与永恒的哲理思考,也不可能揭示这个"钟整个大陆的爱"于一身的苦瓜所蕴含的中华民族顽强不衰的生命意志力,更领略不到"苦瓜"这一意象创造所产生的象外之象、味外之味的韵致和超然境界。而只有致力于探求表层具象的背后所暗含的理性内容,才能意会整个作品中渗透着的思想感情,理解作品中饱含的哲理。当我们一旦透过象征性意象的云雾,拓开象征性意象的艺术奥区,窥见作品的意旨本相,便会有一种经过长途跋涉后终于到达目的地的强烈快感。

（原载《名作欣赏》1991 年第 1 期,人大复印
报刊资料《文艺理论》1991 年第 3 期转载）

昭示诗境营造的吁情结构

——文学鉴赏中的诗境分析

诗境,即诗的意境。诗歌的最高美学层次就是它的意境。诗的意境是诗人审美理想的升华,是诗味的源泉,是诗歌本质美的花朵,是以其自身所必需的种种审美因素所结构而成的意境整体来呈现的。因而,意境是诗歌文体艺术创构的主要特征。诗歌创作所追求的最高艺术目标是意境,诗歌鉴赏衡量和评判作品的最高审美标准也是意境。看一首诗的高下与美丑,评赏一首诗的审美价值,最基本的审美准则,就是考察它有没有新奇、独特的意境创造。正如王国维所说:"词以境界为最上,有境界则自成高格。"①可以说,意境是诗的艺术精灵。一首诗如果没有意境创造,那么,就会使人读之索然,失去艺术生命力。因此,诗歌鉴赏必须要抓住"意境"这个精灵,探究诗境的构成要素及其相互关系,把握诗境内部的营构系统和方式,剖析诗境的"天地自然之象"和"心灵营构之象"的融合与统一,透视诗境营造的虚化性韵致,把它作为一种"吁情结构",领悟其不可描述的空灵美和不可确定的模糊性,揭示诗境创构的形象性及其多义性,发掘意境创构的特征和规律,从而把握诗歌艺术的真谛。但是,诗歌的意境,

①王国维:《人间词话》。

并不是露天的珠宝、碧空的银星,伸手可以摸得着,抬头可以看得见的,而是一种具有虚化性的审美空间,要把握它的创构特征和艺术规律,在文学鉴赏中要把握它的创构艺术美质,需要对其本体构成进行立体化透视和多层面探求。

一、诗境的构成因素

诗的意境是在直觉形象的实境基础之上,以具体的物象为依托而产生的美学境界,是情与景的交织、意与象的融注、神与物的浑成,是作者主观内情与客观外物的感应而形成的艺术审美空间。王国维说:"文学之事,其内足以摅己,而外足以感人者,意与境二者而已。"①因此,在诗歌鉴赏中进行诗境解析,应当首先从情与景、意与象、神与物这些诗境构成的基本因素及其相互关系入手来做探索。只有具体把握诗境构成的基本因素及其相互关系,才有可能探入作品艺术构筑的深层世界,对诗境做出恰如其分的艺术解析。

当然应当看到,诗境的构成是一个很复杂的美学问题。在鉴赏中要透彻地把握诗境的构成规律,还必须作多层面的、立体性的探讨。如果把诗境完全看作是情与景、意与象、神与物的简单组合显然是不够的,因为诗境的构成不仅包括这些因素,还涉及思想意趣、审美意识、艺术氛围、气韵情致等多种因素。但诗境鉴赏的实践说明,情与景、意与象、神与物,即主观情感和客观物象是诗境构成不可或缺的最基本因素,它们的有机浑成与艺术融合是诗境构成的基本规律。离开作家的主观情感和审美投射中的客观景

①王国维:《人间词话》。

物,是不可能形成诗的意境的。情与景、意与象、神与物之间,虽有在心、在物之分,但一旦形成作品的意境,它们就浑然融于一体。

众所熟知的王夫之名句:"景者情之景,情者景之情。"这是古典鉴赏理论对诗境中的情与景所做的精到阐释,它说明构成诗境的情与景,并非是自然性的情与景,而是情感化和艺术化的情与景。"情"是指"景中之情",是具象化的情感;"景"是指"情中之景",是情感化的具象。如果只有抽象的情,没有景中之情,不见具象化的情,不可能构成诗的意境;而只有纯客观的景,没有情中之景,不见感情化的景,也不可能构成诗的意境。诗的意境必须是情感化的"景"与具象化的"情"的艺术融合和高度浑成。

从诗境鉴赏的实践来看,情和景这两个基本因素的构成,有多种多样的形式。诗的题材不同,诗人的创作个性有异,情和景的构成形式也就迥然有别。较常见的构成形式是:有的由景及情,情因景生。即先描绘情感化的景物具象,使读者对景物具象构成的自然画面获得直观性的美感,进而由景及情,抒发主观情感,点染景中之情。有的以情写景,景在情中。即注重主观情感的抒发,把景物融化在情感的流淌之中,以"情之景"取胜。还有的以景为主,把情感融化在景物具象的描绘之中,含而不露。即不作情语,寄情言外,是以"景之情"取胜。但无论是哪种构成形式,都以"情景交融,情与景浑"为基本规律。有些诗作从外层来看,似乎主要是写景,但透过景物描绘的表象,便可发现"物景中透着人情",深藏着令人体味不尽的内在情思。王国维说:"昔人论诗词,有景语、情语之别。不知一切景语皆情语也。"①说一切景语都是情语,或许有点绝对化,但诗中的景语,的确是情语,只

———————

① 王国维:《人间词话》。

不过情在景中。情与景浑成的意境创造有各种各样的技法,但有一个共同的规律:即使通篇以写景为主,诗人也总是以情语来点化景语,使得所写之景皆着情之色彩。请看马致远《天净沙·秋思》:

　　枯藤老树昏鸦,小桥流水人家,古道西风瘦马。夕阳西下,断肠人在天涯。

长期以来人们认为这首散曲的奇妙之处,就在于作者不用关联语横向集起和组构了多种景物,展示了一幅荒凉寂寞的风景画。其实,这只说了整个意境创构的形象性一面。因为是结句"断肠人在天涯",才把整个意境点化出来的。诗人通过这一情语,使全诗的自然景物,成为"断肠人"主观情感外射的情化具象物。在这里,主观的情仍然是构成艺术意境的主观因素,否则,这些呈散状汇集起来的自然景物,都会缺乏艺术生命。又如李白的《菩萨蛮》,开头两句写道:"平林漠漠烟如织,寒山一带伤心碧。"诗人凭高望远,所见之林自然是平的,而且显示出林的广远,弥漫在一片迷蒙的烟景中。林是如此,山是何样呢?山是青绿色的,当"瞑色入高楼"时,这山的颜色应是黯淡的。说"碧"已够奇妙,但诗人还说它在"伤心"。山是自然界的景物,本无感情和生命。诗人把人的感情移之于山,使山富有了人的情感和灵性。山尚且如此痛惜人意,那么人的伤心便不可言喻了。可见,这是在开头用情语来点化景语。当然,这并不是说凡写景都须以情语来做点染才能构成意境,也不是说全写景就不可能形成意境。有不少诗作尽是写景,但意趣盎然,其意境创造也"自成高格"。如王维的五言绝句《山中》:

　　荆溪白石山,天寒红叶稀。
　　山路原无雨,空翠湿人衣。

　　这首诗写的是山中秋景，即目所见，景物逼真：荆溪中露出白石，天凉了，树上的红叶也稀少了。行走在山路中，本来没有雨，但山色青翠欲滴，使人感到衣服似乎也潮湿了。通篇写景，整个意境突出了"凉"字和"空"字。"一叶落而知秋"，何况红叶已经稀少了，足见秋山萧瑟之气；山中深秋，凉意逼人，空翠湿衣，更觉其凉。"湿人衣"本是一种主观感受，是由"空翠"引起的，也可以说是"空翠"与"湿人"的通感作用。而所有这些景物描写，集中起来，表现出一种极其幽静的意境，这就是王维所追求的静境，反映出作者的主观思想意趣。从这个意义上说，《山中》一诗也是"情之景"，充分体现出作者的主观审美意趣。"境界说"的阐释者王国维曾提出"有我之境"和"无我之境"两种艺术境界，也就是两种不同的意境表现形态。其实，他不过是用以说明诗的意境——有的主观感情色彩比较鲜明强烈，而有的把感情隐藏在景物描绘之中，含而不露，绝对的"无我"之境是没有的。但在诗境鉴赏中，我们区分这两种不同的意境表现形态，对认识审美对象的美学特征还是很有必要的。"有我之境"，一般比较易于识别，按照王国维的解释，就是"以我观物，故物皆着我之色彩"。他举了冯延巳的《鹊踏枝》中的"泪眼问花花不语，乱红飞过秋千去"①为例做了具体分析。在古典诗作中，这样的诗例，可以说俯拾皆是。如杜甫的《春望》，由于诗人的国破家亡之痛溢于言表，所以带着这种感情去观物，连花鸟也变成有情之物了，这是诗人主观审美情感艺术外射的结果。"登山则情满于山，观海则意溢于海"，就是这种"有我之境"的具体表现。王国维说的"无我之境"，其特点是"以

————————

① 王国维：《人间词话》。

物观物,故不知何者为我,何者为物"。① 这种"物我两忘"的境
界,并不是绝对离开作为主体的人的感情,而是说诗人把主观意
识完全融入客观景物,表现在作品的意境中,主观色彩近乎无,实
际上是一种物我同化的超逸表现。这种意境中的"我",似乎是一
个超然物外、无欲无念的我,它所表现出来的个性特征往往是更
鲜明的。如陶渊明的"采菊东篱下,悠然见南山",就是"无我之
境",就是由于诗人力图从主观上超脱现实,想要做到"心远地自
偏"。诗中表现出的无我忘物、悠然自得的意趣,显然就是诗人的
自我表现。

　　总而言之,无论是"有我之境",还是"无我之境",都离不开情
与景这两种基本因素,有时情隐而景显,有时情显而景匿,但最终
还是二者的有机融合和高度浑成,才能够构成诗的意境。

二、诗境的形象特征

　　诗是用形象来说话的。诗的意境,总是以鲜明的艺术形象来
表现的,离开了具体的艺术形象,也就没有诗境可言。我们常说
"诗中有画",往往把一首好诗比作一幅画,就是因为诗境具有形
象性,就是对诗境的形象化而言的。别林斯基曾经说,诗人是画
家,而不是哲学家,指出了诗人用形象表现灵魂和表达情思的道
理。一首诗最不能容忍的,就是无形体的、光秃秃的抽象概念。
诗追求的是生动而美妙的艺术形象。化无形为有形,化抽象为具
象,创造"光亮渗透多面体的水晶一样"的艺术形象,是诗歌艺术
创造的根本宗旨。无论是生命和灵魂,还是梦境和幻想,在诗的

_____

① 王国维:《人间词话》。

意境创造中,都应当是活生生的形体、形象,都必须用形象来表现。没有形象就没有诗境的创造。诗境的这种形象性,主要是通过情感化、艺术化的物象来体现的。但诗境中的艺术形象和作为客观事物形态的物象,有着根本的不同。物象是生活现实中的事物形象,是"天地自然之象",它是没有思想情感的客观存在自然物;而诗境中的形象是诗人赋予了某种特定情感的"心灵营构之象",是某种特定情感的艺术载体,是主观情感和客观物象相感应的产物,是情感内容和物质形式的统一,抽象和具象的统一。这种诗境形象的基本特征是:"状难写之景,如在目前;含不尽之意,见于言外。"①具体来说,对诗境的这种形象性特征,我们在鉴赏中要注意从以下两个方面来具体把握。

　　一是诗境形象的创造,往往能够把人们共同感受到而又不易描写出来的景象自然贴切地再现出来,即所谓"得人心之所同,发他人所不能发"。如杜甫《野人送朱樱》:"西蜀樱桃也自红,野人相赠满筠笼。数回细写愁仍破,万颗匀圆讶许同。"这首诗写的樱桃本是人们所习见之物,樱桃之秀美可爱也是人们共同的感觉。艺术家常常用樱桃来比喻美人之口,即所谓"樱桃小嘴"。但是,怎样才能把这种人人都体会到了的樱桃之秀美可爱具体生动地描绘出来呢?杜甫在他这首诗中一方面写它的鲜艳"自红",同时又描绘它"万颗匀圆讶许同"的晶莹剔透,既有形姿的刻画,也有神采的描绘,将樱桃之美写得形神俱佳,恰到好处,把人们心里的体会透彻地说了出来,这就是其妙所在。又如李白的《静夜思》:"床前明月光,疑是地上霜。举头望明月,低头思故乡。"月夜思乡,是离乡背井之人所普遍有的一种情感体验。但是,要把这种

---

① 〔北宋〕欧阳修:《六一诗话》。

月夜思乡的情景通过艺术画面生动深刻地再现出来，却是很不容易的。李白的这首绝句就非常自然真实地道出了一切月夜思乡人的共同心理和情绪。古人写过不少月夜思乡思亲之作，如曹植的"明月照高楼，流光正徘徊"，是写思妇之情的；杜甫的"今夜鄜州月，闺中只独看"，是写怀念妻子儿女的。但相比之下，李白的这首《静夜思》，更具有艺术概括的典型意义，更为凝练、贴切，写得真情毕露，使情姿神态栩栩如生，"状溢目前"。

二是诗境形象的描绘能抓住特定景物形象的主要特征，突出地表现其典型的意义。张戒在《岁寒堂诗话》中说："'萧萧马鸣，悠悠旆旌'，以'萧萧'、'悠悠'字，而出师整暇之情状，宛在目前。"①这描绘的是军队出征时庄严的情景。诗人在这里没有正面描写军队阵营的威武，而只是抓住了战马的鸣声和军旗的飘动这两个具有典型意义的细节，就把军队"出师整暇之情状"生动地展现出来。人们只听见马鸣萧萧，只看见军旗猎猎，而整个队伍却无一点嘈杂之声，这就可以想见其严整的威武面貌了。荆轲"风萧萧兮易水寒，壮士一去兮不复还"，自常人观之，语既不多，又无新巧，它之所以被人们传诵千古而不衰，也在于诗人把自己悲壮的情绪与天地为之"愁惨"的情状充分地渲染了出来。张戒在《岁寒堂诗话》中还解析说："古诗'白杨多悲风，萧萧愁杀人'。'萧萧'两字，处处可用，然唯坟墓之间，白杨悲风，尤为至切，所以为奇。"②这还是强调说明诗境形象的创造就在于恰到好处，抓住景物形象的主要特征，以"至切"为贵。这是诗境形象创造的重要原则之一，也是诗境形象解读的基本审美标准。凡是优秀的诗

---

① 〔宋〕张戒：《岁寒堂诗话》。
② 〔宋〕张戒：《岁寒堂诗话》。

作,其意境形象的创造,不仅画物,即使写人,也同样具有这种审美特征。请看李清照的《点绛唇》:

　　　蹴罢秋千,起来慵整纤纤手。露浓花瘦,薄汗轻衣透。
　　　见客入来,袜刬金钗溜。和羞走,倚门回首,却把青梅嗅。

　　这首词是李清照的早期作品,写的是她少女时代的生活片段。词人抓住一个并非奇特的生活场景,生动地勾画出了一个天真、活泼、带点儿顽皮的少女的特有风姿。那无忧无虑的少女性情,羞见外客的闺阁心理,乍见未婚丈夫的羞涩情态,以及对未来丈夫的爱情萌发,都写得似含似露,别见神韵和风采。从线条上看,这个少女形象有点稚嫩,但并不纤弱;从构图上看,虽然是轻浅的勾勒,但它生动传神:眉眼盈盈的少女,显示她的灵心慧性。"蹴罢秋千,起来慵整纤纤手",表现的是童心未尽的少女爱美而更爱玩的性格特征;"露浓花瘦",明写蓓蕾初绽,实则是少女芳姿的借喻,说明少女就像含苞待放的鲜花,虽不丰满,但充满青春的活力;"倚门回首,却把青梅嗅",刻画了少女以嗅青梅来窥视未婚夫的羞怯情态。有人说,李清照的小词"多脍炙人口"。这话自然不错,但"脍炙人口",只是说它给予人的审美感觉,至于它为什么"脍炙人口",却没有说清。从这首词来看,"脍炙人口"的原因之一,就在于词人对意境形象的描绘。词人善于运用灵动的笔触,刻画传神入化的形象特征,使之生动而不失自然,委婉而不失天真,从而使形象栩栩如生,跃动在读者目前。

　　在鉴赏中要具体把握诗境形象的审美特征,揭示诗境形象的创构规律,还必须要具体分析诗境中形象之间的相互关系。因为一首诗的意境,往往是由几个甚至多个形象在总体的艺术构思下巧妙地组合起来,从而互相作用、妙趣横生的。如果对诗境中形象间的关系不能从艺术构思的总体上进行把握,那么,就会使解读分析顾此失彼或获得一点诗境形象的断金碎玉,对诗境形象的完整构架及和谐成趣的艺术魅力,就难以深入地揭示。因此,具体探讨构成诗境的形象之间的关系以及由此带来的独到艺术效力,也是把握诗境形象特征不可忽略的重要方面。构成诗境的形象及其相互关系是复杂的,在鉴赏中,我们应根据不同的作品作具体分析。如有的作品,诗境中的形象之间具有衬托性的关系,杜甫的《江南逢李龟年》就是一例:"岐王宅里寻常见,崔九堂前几度闻。正是江南好风景,落花时节又逢君。"这首诗以"见"、"闻"、"逢"三个极平常的动词写自己与乐工李龟年于安史之乱前后的交往。这三个动词,孤立地看平淡无奇,唤不起人们鲜明而丰富的视觉形象,然而它们经诗中特定的背景一衬托就顿生夺目光辉,形象饱满,内蕴丰厚。安史之乱前,他俩常相见于"岐王宅里"。王侯的宅院是以富丽豪华为形象特征的,那里必然是石狮踞于前门,雕栏饰于院内,廊腰缦回,檐牙高啄,里三进,外三层,应邀而至的宾客定然是衣冠楚楚,兴致勃勃,拱手致意,"请"字连声。这种相"见"是欢聚,是雅集,其乐也融融!次句的"几度"乃是在大官崔九的堂前。在那"缓歌曼舞凝丝竹"的厅堂上,"闻"字也相应地具有悠然品味、应声击节的情态,这是在尽情地欣赏,其乐也融融!"见"和"闻"这两个动词把安史之乱以前诗人和乐工春风得意、怡然自乐的神情举止表现得惟妙惟肖,真可谓"陈字见新,朴字见色"。能如此,应归功于背景的衬托。安史之乱后,诗人和乐工都流落江南,相逢于"落花时节"。眼前不是昔日那熟悉的代表太平盛世的王侯宅院和仙乐风飘的达官厅堂,只有自然界飘零的落花象征着他俩漂泊不定的生活。这时相"逢"除了不期相遇而猝然惊异之外,眼前的"好风景"必然使他俩触目伤怀,感昔叹今,唏嘘不已,甚至潸然泪下。以乐衬哀,的确是倍感其哀。

也有的作品,诗境中的形象之间具有派生式的关系。这类诗境的艺术创造往往追求内蓄情意的"象外之象",以精练的笔法表现最丰富的艺术内涵。如李白的《黄鹤楼送孟浩然之广陵》就具有这种诗境特色:"故人西辞黄鹤楼,烟花三月下扬州。孤帆远影碧空尽,唯见长江天际流。"如果说这首诗的前两句意在交代送别的地点、时令和故人的去向,那么三、四句就创造了富有时空之美的境界:故人所乘的一叶扁舟,由近而远,由大变小,成为小黑点,终于消失在天边,只剩下长江之水滚滚滔滔,奔流天际。诗句中所展示的客观景象必然在读者的脑海中派生出诗人的主观形象,而诗人那种对故人依依惜别的深挚感情也就饱和在诗人自身的形象之中,流淌在字里行间。总之,凡是出色的诗境创造,其中形象之间的关系是不拘一格的。在鉴赏中我们要视不同的作品作具体分析,以切实地揭示诗境形象特征的构成规律。

三、诗境的虚化特征

诗境是借助于艺术形象的比喻、象征和暗示等手段来表现的艺术境界。这种艺术境界,可以使人隐隐约约地感觉到,但又无法具体地叙说出来,"令人仿佛中如灯镜传影,了然目中,却捉摸不得"(《王骥德词话》),具有一种缥缈的而又是灵动的虚化特征。正如司空图在《与极浦书》中所说:"戴容州云诗家之景,如蓝田日暖,良玉生烟,可望而不可置于眉睫之前也。象外之象,景外之景,岂容易可谈哉!"①这里所说的"象外之象,景外之景",其前一

———————

① 〔唐〕司空图:《与极浦书》。

个象和景,即指作品中具体描写的艺术形象,而后一个象和景,则是指由前一个象和景的比喻、象征、暗示作用而形成的意境。诗的意境正是一种"象外之象,景外之景",犹如"蓝田日暖,良玉生烟",是一种在直觉形象的实境基础上,以具体的物象为依据而生成的虚化境界。这种恍惚悠渺的虚化境界,实为一种"吁情结构",在鉴赏中只有涵泳其间,立身其中,与之浑然一体,其意才能朗现。这种"吁情结构"排斥概念性的逻辑分解活动。概念性的逻辑分解只能割裂它,肢解它,解之愈细,则离之愈远。这就需要鉴赏者以音乐般阔大的联想和心灵的深悟,去做艺术把握和分析。

　　首先,在鉴赏中要注意艺术地把握诗境虚化的空灵性。空灵性是诗境虚化的一个重要表现,人们通常说诗境"只可意会,不可言传",强调的就是诗境虚化的空灵性。有人曾经讲过这样一段故事,即女士林韫林,福建莆田人,暮春济宁道上得诗云:"老树深深俯碧泉,隔林依约起炊烟。再添一个黄鹂语,便是江南二月天。"于是,有人以此诗境画了一个扇面,老树苍苍,下临碧泉,炊烟袅袅,黄鹂欢鸣。林韫林见到这幅扇面说,画得固然好,但添个黄鹂鸟,便失我言外之情矣。因为这首诗前两句是写她在山东济宁道上看到那苍郁幽静之景,颇似江南家乡,所以就产生了"再添一个黄鹂语,便是江南二月天"的情思。这样诗境就呈现出虚实相生的画面,既有暮春济宁道上所见之实景,又有触景生情联想出的虚景。诗人之所以不满意画家之画,就是因为画家把诗人联想出来的那个虚景,也画成了实景。而这首诗好就好在那个假想的虚景上,它使诗境虚化,创造了诗境的空灵美。

　　空灵美是诗境创造所追求的一种高层次的美。"空"是说诗要去掉一切冗赘之物,尽可能向"无"的境界靠拢。不要直陈,更不能说教,"不着一字,尽得风流"就是指此。而"灵"则是要求诗境的灵动,如无灵翼,诗就飞不起来,达不到至美之境。南宋词学家张炎在《词源》中最早倡导了这种"空灵"境界:"词要清空,不要质实。清空则古雅峭拔,质实则凝涩晦昧。姜白石词如野云孤飞,去留无迹;吴梦窗词如七宝楼台,炫人眼目,碎拆下来,不成片段。此清空质实之说。"①这里所说的"清空",就是指借清朗空明的境界,传达出不一定可以指明的立意,认为有了这样的境界,就可以"读之使人神思飞越"。后来,清人发展了"清空"的理论,进一步提出了"空灵"的艺术美的理想,把清朗空明的境界同气韵灵动的立意结合起来,强调"空灵"境界的主要内涵,即生动、脱俗、有灵气、传神韵。而要达到这一境界,作品就应做到以实写虚,寄虚于实,意趣灵活,饱含着韵外之致、味外之旨。以这种虚化的空灵美取胜,可以说是我国古典诗作意境创造的一大特色,即追求的是妙不可言、言不尽意的空灵美,给人的是"水中之月、镜中之花"的艺术美感。明谢榛在《四溟诗话》中说:"凡作诗不宜逼真,如朝行远望,青山佳色,隐然可爱,其烟霞变幻,难以名状;及登临非复奇观,唯片石数树而已。"②这也说明诗境的创造妙在恍惚缥缈,说明空灵性是诗境虚化的一个基本艺术特征。

其次,在鉴赏中还要注意艺术地把握诗境虚化的模糊性和朦胧美。模糊性和朦胧美也是诗境虚化的一种突出表现。在自然界和现实生活中,这种模糊和朦胧的东西,可以说随处可见。云雾缭绕的山峰,炊烟袅袅的村野,如梦似幻的月色,轻纱飘拂的舞

---

① 〔南宋〕张炎:《词源》。
② 〔明〕谢榛:《四溟诗话》。

女,都具有朦胧模糊美的意趣。诗境虚化的模糊性和朦胧美,不是客观生活中的模糊朦胧的自然再现,而是一种艺术创造,是生活中模糊朦胧的艺术化。如苏轼赞美西湖景色的小诗《饮湖上初晴后雨》中,有"欲把西湖比西子,淡妆浓抹总相宜"的诗句,被后人誉为描写西湖的绝唱,并因此把西湖美称为"西子湖"。苏轼这一诗句之所以具有如此动人的艺术魅力,显然与其所表现的虚化境界的模糊性和朦胧美直接相关:西湖到底有多美? 答案是模糊的,西湖犹如"西子",这"西子"又是一种怎样的美? 答案仍是模糊的,因为谁也没有见过"西子"是怎样的美,事实上,你认为她多美她就有多美。可见,诗境的这种模糊、朦胧和不确定性,并非是西湖自然美的再现,而是诗人的艺术创造。这种模糊美的艺术创造,既给读者的审美再创造以极大的诱发力,又为读者的审美想象提供了广阔的艺术空间。

严羽说:"盛唐诗人唯在兴趣,羚羊挂角,无迹可求。故其妙处,透彻玲珑,不可凑泊,如空中之音,相中之色,水中之月,镜中之象,言有尽而意无穷。"①这里所说的"羚羊挂角"、"水月镜象",都是比喻诗境的朦胧、模糊和隐约缥缈的,虽然说得有些玄秘,但确实揭示出了诗境虚化的一个基本艺术特征,这就是模糊朦胧、不可确定、不可描述、虚虚实实、似有若无。请看南宋诗人姜白石的词《疏影》:

> 苔枝缀玉,有翠禽小小,枝上同宿。客里相逢,篱角黄昏,无言自倚修竹。昭君不惯胡沙远,但暗忆、江南江北。想佩环月夜归来,化作此花幽独。
>
> 犹记深宫旧事,那人正睡里,飞近蛾绿。莫似春风,不管

---

① 〔南宋〕严羽:《沧浪诗话》。

盈盈,早与安排金屋。还教一片随波去,又却怨玉龙哀曲。等恁时重觅幽香,已入小窗横幅。

这首咏梅词通篇是以赞赏梅花的幽静、孤独、美丽的气质,来寄托作者思恋远方情人的愁绪的。开头两句"苔枝缀玉,有翠禽小小,枝上同宿",勾画了梅花似美玉雕刻般的姿色情状之后,就进入了作者隐秘的想象领域。他想到了远嫁异域塞北的王昭君,因不习惯远居沙漠,暗忆江南江北,思念家乡,在月光皎洁的夜晚悄然归来,化成了这株孤寂的梅花;想到了南宋武帝的女儿寿阳公主的"梅花妆",那是在檐下躺卧的睡梦里,梅花飘落到她的眉心里,留下的花瓣印痕。他埋怨春风对梅花的无情,不对她细心地照料,使梅花随波漂流;他仿佛又听见那玉龙笛吹奏《梅花落》的幽怨笛声,"三奏未终头已白",引起人对落梅的无限感伤和惋惜。最后,作者又想到那梅花落尽,无人爱惜,幽香难觅,怕只能在画中才见她的疏影,尽洒了对落梅的一腔惋惜之情。以上所述,是我们对这首词的大致理解。而实际中描绘的梅花形象是虚幻的、模糊的、不好确定的,它既是写梅花之美,也是写美人之美,梅花之美和美人之美融于一体,两者都是无形的。在解读中,不同的读者可根据自己的生活体验,驰骋自己的想象,作不同的领悟和理解,再造出不同的形象和境界。这就是汤显祖所说的诗"以若有若无为美"。这种美,就是一种虚化的模糊之美。

在古典诗作中这样的作品可以举很多,有些即便是以纪实为主的写景之作,同样可以创造富有模糊美的虚化世界。请看吴文英在《八声甘州·灵岩陪庾幕诸公游》中描写的灵岩景姿:"渺空烟四远,是何年、青天坠长星。幻苍崖云树,名娃金屋,残霸宫城。箭径酸风射眼,腻水染花腥。时靸双鸳响,廊叶秋声。"这是词的上阕,主要写的是作者面对灵岩山——吴王与西施寻欢作乐的馆娃宫遗址,所产生的种种想象和幻觉。由山前的箭径小溪,他仿佛见到当年宫女在此浣洗,胭脂把溪水染红的场面,并嗅到一股花腥味。他觉得箭径吹来的酸风是那样冷,眸子为之发酸。由馆娃宫外风吹落叶的声音,他又仿佛听到了当年西施和宫女穿着响屐走过的脚步声……这些描写,打破了过去、现在的时空界限,融诗人的主观印象和历史景物于一体,呈现一种声、色、味、触多种感觉兼备的主体化情状。它所写的形象本身都不具体,所谓"酸风射眼"、"廊叶秋声",似有若无,可虚可实,至于"腻水"、"花腥"则纯属幻觉。这种如真如幻、若即若离的虚化境界,正是模糊朦胧的特色。诗境的模糊朦胧作为一种美,它的长处在于含蓄、蕴藉,如真似幻,隐隐约约,使人不知深浅,领悟不尽,产生一种神秘感。

我们知道,棱角分明的山峰、一目了然的江河,固然有透明之美,但不能耐人寻味。而云霞飘绕的峰影、曲涧掩映的水色,却能引起人无穷遐想。宋画家郭熙在他的《山水训》中说过:"山欲高,尽出之不高,烟霞锁其腰则高矣。人欲远,尽出之则不远,掩映断其脉则远矣。"其实,从审美效应上看,是远不止"高"和"远"的,它留给人的审美空间是无限的,能使人凭借审美想象,编织出奇妙多彩的花环,填补进无限的审美内容,供人回味、猜测。一旦揭开那层模糊朦胧的面纱,窥出其中的奥妙和真谛,便会感到无穷的乐趣。法国象征派诗人马拉美曾说过:诗永远应当是个谜。还说"指出对象无疑是把诗的乐趣四去其三"。诗写出来,原就是叫人一点一点地去猜想,这就是暗示,即梦幻。这就是这种神秘性的完美的应用。清人刘熙载说:"大抵文善醒,诗善醉,醉中语亦有醒时道不到者。盖其天机之发,不可思议也。"①他们所说的"谜"

---

① 〔清〕刘熙载:《艺概·诗概》。

也好,"醉中语"也罢,都是诗境的模糊性、不确定性。把这些话当作真理,用来涵盖一切诗歌,固然不可;但对诗境模糊、朦胧之作而言,倒颇有针对性。东方的朦胧诗同西方的象征诗,原是有相通之处的。

最后需要指出的是,诗境的空灵性和模糊性,既相关联又各具有相对的独立性。在诗境鉴赏中,有人把"空灵"这个富有古典美学色彩的概念和现代使用频繁的"模糊"理论名词混为一谈,认为空灵就是模糊。其实,这是一种片面的认识。空灵和模糊虽然相近,甚至有时相通,但二者是有区别的:首先,空灵和模糊都有"隐"的特点,但空灵的内涵是确定的,在理解上不会产生歧义,主要是深浅、显隐的差异。因此,空灵的诗境一般是有较统一和确定的审美判断的。模糊则不然,它的形象本身先已模糊,其内涵也不是确定和单一的,往往使人做出多种不同的理解,甚至会得出相对立的审美结论。因此,它不大可能产生出唯一的、确定无疑的审美判断。其次,空灵侧重于"内隐外露",其内在涵意虽然隐深,其外部形象却是豁朗的,它不影响诗境的鲜明性。而模糊往往是内在蕴含纷纭深邃,外部形象也迷蒙不清,具有隐晦性。所以在诗歌鉴赏中,对空灵之境,即使体悟不到它的言外之意、韵外之味,但能够知其言表之意,把握其外部形象,能够读懂其大体意思。模糊之境则往往使人似坠云雾之中,如丈二和尚摸不着头脑,使人不好把握和理解。再者,空灵与模糊的表现效果不同:模糊者必空灵,空灵者却未必模糊。对于这两者的不同,在诗境鉴赏中我们应有明确的把握。

(原载《山东师大学报》1997年第4期)

探入艺术构筑的深层世界

——文学鉴赏中的文境分析

文境,就是指文章的境界,也就是人们通常所说的"意境",它是与诗境相对而言的。清人孟宪纯在《评点古文法》中评柳宗元《论语辩》时,曾引方苞的话说:"(此文)如出宋以后人,即所见如此,文境亦不能如此清深旷邈。"张谦宜在《絸斋论文》中也有"文境寂寞"之说。可见,境界不仅是鉴赏评判诗的美学标准,也是鉴赏评判文(包括涉及形象和情感的各种艺术文体)的美学标准。但是,长期以来,在文学鉴赏领域中论诗境者多,谈文境者少,尤其对文境的艺术营构特征及其鉴赏规律,更是很少有人探讨和问津。其实,文境是文学文本艺术构筑的深层世界,鉴赏中只有深入这个世界苦心探求,才能真正领悟作品的艺术真谛。

一、文境与诗境的差异性

文境和诗境具有相同性,这就是:二者都是情和景、意和象的艺术融合与统一,是作者主观内情与客观物象交织渗透而构成的艺术境界。但是,文境毕竟是文境,诗境终究是诗境,文境与诗境有着显著不同的艺术特性。在文学鉴赏中,弄清文境与诗境的差异,切实把握文境的特性,对于深入探讨文境的艺术营构规律,领略文境深远的内层意蕴和隽永的艺术魅力,无疑具有重要意义。

对文境和诗境作比较分析,我们可以发现,诗境善于缥缈的、灵动的虚构景象的描绘,着力于虚境的艺术创造,追求的是妙不可言、言不尽意的空灵美,给人的是"水中之月,镜中之花"的艺术美感。它在艺术表现上,重概括,重凝练,重跳跃,描绘的人、事、景、物形象,说它是实,但又非实,说它不实,但又有实。所以,朱光潜说,诗境犹如织丝缕为锦绣,凿顽石为雕刻,非全是空中楼阁,亦非全是依样画葫芦,"诗与实际的人生世相之关系,妙处惟在不即不离"①。这里说的"不即",就是不粘于实;"不离",就是不悖于实。即所谓"诗家之景,如蓝田日暖,良玉生烟,可望而不可置于眉睫之前也"②。而文境相对来说是趋近于实的。文境善于具体的、真实的客观景象的描绘,着力于实境的艺术创造,追求的是真切实有、客观存在的实在美。它能使人感到"真力弥漫,万象在旁",可以看得见,摸得着,给人以"如见其形,如临其境"的艺术美感。文境不同于诗境的这种艺术特性,我们可从以下词、文的比较分析来加以认识:

　　东城渐觉风光好,縠皱波纹迎客棹。

　　绿杨烟外晓寒轻,红杏枝头春意闹。

这是我们所熟悉的宋人宋祁《玉楼春》中的词句。我国古典意境说的倡导者和阐述者王国维在《人间词话》中说:"'红杏枝头春意闹',着一'闹'字而境界全出。"那么,这闹春是一种什么样的境界?"春"是具体怎么"闹"的?这只能靠你驰骋神思,去联想,去想象。你可以联想到杨柳吐青、百花怒放、蜂飞蝶舞的景象,也

①《朱光潜美学文学论文选集》第二卷,湖南人民出版社1980年版,第85页。
②〔唐〕司空图:《与极浦书》。

可以联想到春雨蒙蒙、农家忙春的情景,你还可以联想到绿树含烟,春波荡漾,游客轻舟……但这只能是你的联想,你的意会。它是虚无缥缈的,是神游的非实的幻景构图。也就是说,它是情显于境,是"以意胜"。而同样是写春的文章中所展现的"闹春"景象,却与之大异其趣:

> 桃树、杏树、梨树,你不让我,我不让你,都开满了花赶趟儿。红的像火,粉的像霞,白的像雪。花里带着甜味儿;闭了眼,树上仿佛已经满是桃儿、杏儿、梨儿。花下成千成百的蜜蜂嗡嗡地闹着,大小的蝴蝶飞来飞去。野花遍地是:杂样儿,有名字的,没名字的,散在草丛里,像眼睛,像星星,还眨呀眨的。

这是朱自清《春》中描绘的春景。它没有像宋祁诗中的春景那样,突出的是作者的主观感受,把实景化为虚景,而是将一幅具体、生动、形象而充满蓬勃活力的春意图,展现在我们面前:红的桃花,粉的杏花,白的梨花,如火,如霞,如雪;遍地的野花,嗡嗡的蜜蜂,飞舞的蝴蝶,泥土的气息,各种花香,以及鸟儿的欢唱,牧童的短笛,有形,有色,有味;可见,可闻,可感。读赏这样的文章,使人有如亲临其境,仿佛置身于春天的原野上,感受着朝气蓬勃的活力,感受着绚丽多彩的美。可见,文境不同于诗境,它是实在的、具体的,它重在客观景象的渲染,创造的是客观真切的实境,具有使人"于形求意"的征实特点。也就是说,它是境显于情,以境传情,是"以境胜"。

从诗与文这两种不同体类的境界创造的总体特征来看,诗境求虚,富有空灵性,是"以意胜";而文境求实,富有实在感,是"以境胜"。(从同一体类的角度来分析,诗境也有"以境胜"者,文境也有"以意胜"者。)对于文境这种"以境胜"的特征,我们在鉴赏中应当有具体的把握,要明确文境贵在不隔,能让读者直接看到客观事物的本相,具有鲜明的具象感和直观性。不过,文境的这种特征,并非是自然主义地照摄生活,而是比实际生活更集中,更概括,更真切,更生动,更形象。因此,鉴赏中对文境的分析,必须从它的这个特征出发,着力于对它所展现的实境的具体剖析,以揭示文境营构的特点和规律。不可像诗境分析那样,注重联想想象而在虚境分析上大做文章。

李泽厚在《意境杂谈》中曾说过这样的话:看齐白石的草木虫鱼,感到的不仅是草木虫鱼,而能唤起那种清新放浪春天般的生活快感和喜悦;听柴可夫斯基的音乐,感到的也不是音响,而是听到如列夫·托尔斯泰所说的"俄罗斯的眼泪和苦难"和那种动人心魄的生活的哀伤。也正是因为如此,你才可能面对这些看来似无意义的草木虫鱼和音响,而"低回流连不能去"。艺术的生命,美的秘密就在这里:有限的、偶然的具体形象里灌注了那生活的本质的无限的、必然的内容。艺术创造的意境如此,趋于求实而富有直观性的文境也是如此,这是我们在文境鉴赏中所必须要把握的。

二、文境内部构造的整化

文学鉴赏的整体性观点认为,任何一篇反映主客观世界的文境,都是一个有机的整体,一个由情和景交融、意和象契合所构成的多层艺术空间,一个具有生命、跃动着气韵和灵性的境界层深的艺术创构。凡是隽灵多彩、瑰丽蓬勃的文境创造,都无不是以其整体和谐之美来感染读者的。有机的整体性是文境具有艺术感染力和艺术生命力的基础。因而,在文学鉴赏中进行文境的艺术分析，必须从文境的有机整体出发，致力于文境的整化分析。

何为整化分析？简言之，整化分析就是立足于文境的整体观照，着眼于文境艺术营构系统的整体性考察和立体式探究，把文境作为一个血脉灌注的完整的艺术生命来分析，不可一段一片，对文境进行机械的分割。因为如果割裂了文境的有机整体性，也就破坏了文境的美，毁灭了文境的艺术生命。文境的美和它的艺术生命力，是与它的有机整体分不开的。不少专家指出，真正的艺术作品中个别的美是没有的，唯有整体才是美的。因此，凡是未曾提高整体观念的人，便完全没有能力鉴赏评判任何一件艺术作品。文学鉴赏的实践说明，文学鉴赏必须要有整体意识和"完形"观念，坚持整化分析，跨越机械分析和知性分析的肢解化模式局限，以对作品做出深层性的艺术评赏，揭示作品有机的艺术整体美。

众所周知，我国的古典文论中的境界说，很推重"气象浑成"，而反对雕琢堆砌。所谓"浑成"，就是浑然天成，具有极强的整体感和生命感，有如文与可画竹，"必先得成竹于胸中"；雕琢堆砌与之相反，有如庸工画竹，"节节而为之，叶叶而累之，岂复有竹乎"①。这些理论是诗、文创作中境界创构的精辟总结，也是我们在文境鉴赏中所应遵循的艺术法则。只有遵循这个艺术法则，从浑成的角度，胸有成竹，致力于整化分析文境的内部构造和营构系统，才能深入文境艺术构筑的深层世界，从较高层次上去揭示、把握文境艺术营构的规律和真谛。从文境内部营构的规律来看，对其进行整化分析，应当注意从以下两个方面入手：

首先，要从整体上了解文境构成的主体形象，把握文境营构

①〔宋〕苏轼：《文与可画筼筜谷偃竹记》。

的轮廓,感受作者倾注的内在诗情的基调。文境构成的基本因素是形象,凡是优秀的作家对文境的艺术创造,都无不是通过各种具体形象的刻画来进行,而且常常选择和刻画一个中心形象,作为整个文境构图的主体,用这种主体形象营构、布设全篇文境的轮廓。如朱自清的《背影》以"背影"为主体形象,把它作为创造文境的构图中心,凭着它营构、布设全篇文境的轮廓,表露感情的微波洪涛。在鉴赏中,我们要深入领略这篇作品的文境,对其作整化分析,就必须首先把握这个文境构成的主体形象。在把握这个主体形象的基础上,再进行深层的剖析,看作者是怎样逐层地抒写和刻画文境的,每一层是怎样和全篇文境的主体形象相互联系的,层与层之间又是什么关系。即从文境的有机整体出发,展开具体的分析。在分析中我们就会发现,作者以"背影"作为文境的构图中心和主体形象,创造了一个立体的多层境界。从文境的整体入手进行具体剖析,就可以深入把握这篇作品境界层深的文境营构系统,也就能够揭示这篇作品文境创造的艺术真谛:作者布设的"背影"这个主体形象,是文境构图的支架,也是文境营构衍生脉络的龙骨,作者凭借它抒写父子之情。可以说,它就像一块礁石,感情的浪花每一次撞击,都产生同中有异、异中有同的波纹,显示着感情旋转向前、变化腾挪的流程,诗意浓烈地画出抒情的波澜,强化了整个文境的艺术感染力——一个"背影",给读者留下了难忘的印象,留下了一个阔大的艺术空间和富有蕴藉的艺术美感。可见,这种抓住文境构图的主体形象,从浑成的角度进行的整化分析,能够高层次地领略文境的深层意蕴和浑然天成的整体艺术美,把握文境的内部构造和艺术营构系统。

　　其次,还应当注意把握文境整体营造的艺术焦点,或者说是

"聚光点"，即古人所说的"文眼"。古人云："揭全文之旨，或在篇首，或在篇中，或在篇末。在篇首则后必顾之，在篇末则前必注之，在篇中则前注之，后顾之。顾注，抑所谓文眼者也。"有了"文眼"，题意才会有隐显，文境才会有虚实。文眼是文境整体营造的艺术"焦点"。

例如朱自清的《荷塘月色》，开篇便揭全文之旨："这几天心里颇不宁静。今晚在院子里坐着乘凉，忽然想起日日走过的荷塘，在这满月的光里，应该另有一番样子吧。"起首句的"心里颇不宁静"是全篇之"眼"。接着，作品写小路的"静"，写自己踽踽独行的"静"，以此反衬自己的"心里颇不宁静"。再接着，以荷塘四周蝉声和蛙鸣的"闹"突出荷塘月色的"静"，又以联想江南采莲的旧俗、梁元帝的《采莲赋》和《西洲曲》关于采莲的热闹、嬉戏的情景，进一步反衬此时此地荷塘月色的"静"。最后画龙点睛，"这令我到底惦着江南了"，含蓄地揭示出"心里颇不宁静"的原因所在。从表面上看，作品出处扣住一个"静"字，从各个侧面、用各种手法描写渲染荷塘的"静"。实质上，处处扣住"心里颇不宁静"一句，正是为了突出地抒写心灵的"风乍起，吹皱一池春水"的不"静"，正是为了抒写生活的困苦和彷徨。因此，由于"眼"的艺术安设，"荷塘月色"这幅风景画，变成了一幅作者抒情的图画，被赋予了特有的音调和色彩。不难看出，作品中的这种"聚光点"，使作者主观世界的情和客观世界的景能够得到高度的融注和统一，文境的开拓和整体营构有了逐层转深的"神经"，传出熠熠的神采。因此，在文境鉴赏中抓住这个"聚光点"，就能把握它所牵制文境的每一个部分，揭示文境整体营构的内部规律，对文境做出深层性的整化分析。

三、文境系统的营构形式

长期以来,由于受诗歌鉴赏的影响,人们把文境的分析,也一直拘囿于"只可意会"的传统鉴赏模式中,只限于一般的"感受、体味和领悟",使文境分析停留于"知其然而不知其所以然"的表层化浮浅阶段。尤其还有"难以言传"的神秘说有形无形地笼罩着文境鉴赏领域,更使人们对它望而却步,认为文境也只能"凭感觉去神会"。其实,文境并非如此玄妙,它不过是一个由多种元素按照一定的联系方式构成的艺术系统,一个由多关系多支路多层次组成的交错融合的艺术机体。文境的内部构造系统是有序的、可以分析的。因此,在鉴赏中进行文境分析,不能只限于一般的"感受"、"神会",而应当着力于探寻文境的艺术构筑系统,揭示文境的艺术营造规律。

要探寻文境的构筑系统,揭示文境的营造规律,应当首先要弄清文境构成的每一幅画面的艺术构造。文境中一幅画面的营构虽然情况纷繁复杂,形式多种多样,但它总是要由一个或几个点像来构成。所谓点像,即典型化、情绪化、艺术化了的物象。它可以是有生命的人或其他生物,也可以是无生命的景物或自然界的一切,可以是静态的,也可以是动态的。一沙一石、一草一木、一虫一鸟、一言一动、一笑一颦,皆可点染成为一个可视可感的点的形象。这种点像是构成一幅画的基础。如峻青《秋色赋》开篇所展示的一幅水果丰收的画面,它有七个点像:蓝天、海岸、柿树、红香蕉苹果、金帅苹果、山楂、葡萄。作者通过自己的艺术视觉之线,将这些点像串联组合在一起,构成了一幅境界超然的艺术画面。同时,又通过一定的艺术营构手段,使这些点像远近交错,疏密相间，浓淡相衬，动静结合，巨细交织，从而使画面境界层深，气韵生动，富有立体感，成为一个多层性的艺术空间。再加上运用"金光闪闪"、"黄澄澄"等色彩词语来铺彩着色，以色传情，更使画面绚丽多姿，情采飞扬，富有勃勃生机。可见，从点像入手，弄清构成文境的每幅画面的艺术营构，是分析文境、探寻文境艺术营构规律的基本途径。

文体构造规律的研究告诉我们，一篇作品的文境系统，往往是由一系列画面的艺术组合而构成的。所以，对文境的分析，在弄清每幅画面的艺术营构的基础上，还必须要具体分析作品中一系列画面的艺术组合方式，研究作者是怎样营构和创造全篇的文境系统的，也就是要深入探寻整个文境的营构形式及其艺术规律。文境营构的形式是多种多样的，不同的作品会采取不同的形式。但就其一般规律来说，我们可以从以下两种基本形式来入手分析：

一是横向式的画面组合营构，即由几幅具有并列关系的画面构成全篇的文境整体。如鲁迅的《雪》，描绘了"江南的雪"和"朔方的雪"两幅迥然不同而又美妙多姿、内涵丰厚的艺术画面。这两幅艺术画面，寄寓着各自的象征意义，把相同的审美对象置于不同的主观意绪中，抒发了鲜明而对立的审美体验，二者只有对比作用，并无侧重意图，只有空间的跳跃，并无关系的隶属，它们合二为一而又相互补充、相互映衬、相得益彰。如果说"江南雪景图"给人一种柔美感，那么"朔方雪景图"则给人一种壮美感。"江南雪景图"重在表现一种美好的生活愿望，表达对自由生活的向往和憧憬；"朔方雪景图"则重在表现要冲破严寒的压迫和包围，争取青春自由而抗争奋击的战斗风貌。作者通过横向营构、并列组合这两幅艺术画面，将江南雪景的柔美与朔方雪景的壮美融为一体,从而拓出了全文的神韵妙境,创构了作品整体的艺术境界。这种横向式的画面组合营构,是文境创造的一种基本艺术形式。尤其是伴随着现代艺术思潮的起伏消长,不少当代作品在艺术地把握现代社会生活、现代文化思想的矛盾冲突和人类情感的丰富性、复杂性上,呈现出一种没有过的表现形态。这就是突破了抒情化的结构模式,建构了生活化的结构形态,即采用生活断面的板块式综合排列的艺术组合技法,让多种艺术媒介竞相介入,使文境成为多种意蕴的复合整体,具有多层性的艺术创构,从而展示作者直觉层次中的世界各面,开拓立体化的多层审美空间。

二是纵向式的画面组合营构,即由几幅具有递进关系的画面构成全篇的文境整体。这种纵向式的画面组合营构文境有一种艺术规律,那就是:从自然实境入手,首先绘出客观物象和生活场景,使读者对客观物象获得直观物的印象和美感,创造出初步的文境;进而由客观物象生发开去,扩展放大,由此及彼、由点及面、由表及里地推出和展现更为阔大宏丽的艺术画面,开拓并深化文境;然后再进行艺术渲染和升华,使文境水到渠成,天机自露,得到进一步的凝聚和显现。有人把这种纵向式的文境营构规律,称为文境创造的"三部曲",可以说是揭示了文境营构的艺术奥秘。如郭沫若的《银杏》等咏物抒怀之作的艺术营构,其文境整体无不是由"三部曲"构成的,都体现了这个"三部曲"的艺术营构规律。所以,在鉴赏中抓住文境构成的这个艺术规律,就可以更加深入地把握文境整体创造的艺术真谛,领略风光旖旎、绚丽多姿的文境内部世界。

(原载《名作欣赏》1990 年第 5 期)

透过体势捕捉内燃的火光

——文学鉴赏中的意蕴分析

意蕴,是融注于艺术生命体内的精神能源,在作品中虽然并不单独直露地显现在外,但在作品整体构筑的各个艺术部门都可以发现它存在的踪影——它渗透在形象、情节里,渗透在结构、语汇中,渗透在作品躯体构造的一切外部形式中。俄国作家列夫·托尔斯泰在他刚写完《战争与和平》的私人笔记里,曾经打过一个形象的比喻,即把语言艺术作品的内在意蕴,称之为"在人的灵魂里燃烧",能够叫人"感到发热,感到温暖","并且引燃别人的心灵"的火光,指出这种"内燃的火光",是蕴藉于作品艺术生命机体的精神能量,在作品整体营构系统的艺术组合中具有统贯作用。所以,在文学鉴赏中,透过作品外在的形式层,即所谓"体势"①,开掘和追索作品内在的意蕴层,捕捉其"内燃的火光",是深入作品的"核心地带",具体地领悟作品思想精神和文本营构艺术奥秘的重要方面。为此,在这里我们有必要从各类文本营构的艺术规律出发,首先对文学鉴赏中的意蕴分析应当把握的重点问题,做以下几个层面的探讨。

①〔南朝·梁〕刘勰:《文心雕龙·定势》:"文章体势,如斯而已。"

一、内在构成的生气、风骨和精神

　　在文学鉴赏中,有人总是把作品的意蕴拆散成许多抽象成分,喜好并着力于概念化的分析,视多样性统一的作品意蕴为简单的概念和抽象的规定,这显然是一种机械的知性分析错误。因为文学作品的意蕴具有多样复杂的构成元素,它包括人的愿望、志趣、情感、意绪、精神、思想等一切内心生活,并非是僵硬的、抽象的、凌驾于作品之上的概念,而是隐藏在艺术生命体内的活生生的精魂。它像夜空中放射光辉、抚慰人心的朗月,黎明时令人振奋、光芒四射的朝霞,是作家用以温暖和照亮读者心灵的精神火焰,是作品情感表现的深层化,是理性因素在情感中的意识渗透,是作品感情的晶体、形象的晶体、机智语言的晶体。它不只是用了某些线条、颜色、音调、文字乃至于其他媒介,就算尽了它的能事,而是要显现出一种内在的生气、情感、灵魂、风骨和精神,这就是我们所说的意蕴。我国古典文论中对意蕴也有不少论述,明代诗论家谢榛在《四溟诗话》中就作过精辟的阐说:"今人作诗,忽立许大意思,束之以句则窘,辞不能达,意不能悉。譬如凿池贮青天,则所得不多;举杯收甘露,则被泽不广。此乃内出者有限,所谓'辞前意'也。或造句弗就,勿令疲其神思;且阅书醒心,忽然有得,意随笔生,而兴不可遏,入乎神化,殊非思虑所及。或因字得句,句由韵成,出乎天然,句意双美。若接竹引泉而潺湲之声在耳,登城望海而浩荡之色盈目,此乃外来者无穷,所谓'辞后意'也。"谢榛对意蕴的这段著名论述,清楚地说明了作品的意蕴是由外物即作为审美客体的生活所感发,是由生活、外物所触动的一种感悟和理思。这种感悟和理思又和具体的形象连接在一起,是主观内情和客观形象的反应和融注。它似"接竹引泉"所闻的潺潺之声，又似"登城望海"所见的浩荡之色，是一种跃动的生命、活的魂灵。谢榛抓住了文本艺术营构的本质，从诗创作的角度，揭示了"意蕴"创作的艺术规律。因此，在文学鉴赏中，我们不可把作品的意蕴视为某种僵硬、抽象、简单的概念，用知性化的机械阐释来代替作品意蕴的艺术分析。否则，不仅不能深入把握作品的意蕴，而且会曲解文本的内在意蕴。

如众所熟知的汉乐府诗《上邪》，写的是一个女子对她的情人所表达的忠贞不渝的爱情。诗人采取独白的艺术形式，让这个女子自己来倾诉爱的心声：

> 上邪，
>
> 我欲与君相知，长命无绝衰。
>
> 山无棱，江水为竭，
>
> 冬雷震震，夏雨雪，
>
> 天地合，
>
> 乃敢与君绝！

这首诗写的是深沉的爱的呼唤，浓烈的感情抒发，如火山爆发，如长风之出山谷，如洪水冲决大堤。这爱的火山，爱的风暴，爱的洪流，具有一种强烈的冲击力，表现出了女主人公大胆、敢爱的性格，泼辣、豪爽的气质和她对爱有如一团火的炽热情怀。读来使我们感到诗中潜涌着一股浓烈的感情意蕴，撞击着心灵的堤岸，这就是女主人公对爱情的意志和信念、真纯和刚烈及其所产生的丰富内涵——她的种种情致，复杂的神态，淳厚的风韵，对爱的繁复意识和心绪，等等。这种丰厚的意蕴，显然不是一种简单的概念，而是灌注于作品全体的一种生气、情感、神韵、风骨和精神。它是一种多元素交织融注的艺术复合体。它所唤起的感觉，是多重性的；所引起的反应，是切入心腑的。它叫人不光是感觉器官参与，而且是整个身心介入，能够使读者获得审美心理场的整体效应，产生多维的审美体验，而绝不是那种僵硬的简单的概念接受。

总而言之，文学作品的意蕴是多种审美因素的有机融合，其内涵具有丰富性和复杂性，它具有多层性的审美含义。在文学鉴赏中，如果把作品的意蕴作为简单的概念来阐释，势必会造成对意蕴的曲解，偏离意蕴分析的正确轨道，违背意蕴创造的艺术规律，不利于领悟文本的营构匠心。尤其在不同的文体作品中，意蕴的具体含义又是千差万别的。它可以是一种特定的生活情趣的流露，也可以是对某种人生价值、生活哲理的启悟；可以是对某种生活态度、生活现象的诠释，也可以是对时代精神的内在律动、人们的深层意识和心态、强旺的意志和生命力的昭示。所以在文学鉴赏中，我们应当根据不同的文体作品做具体的、多层的、文体的艺术分析。

需要指出的是，在文学鉴赏中要准确地发掘作品的意蕴内涵，我们应当注意以下两方面的问题：

第一，要把握意蕴构成的基本因素。

在文学鉴赏的实践中我们可以发现，凡具有美学价值的深层性的艺术意蕴，大都是个体意识、时代意识与具有共性的审美意识的艺术复合，是个体情感和时代精神的渗透、历史意识和宇宙情怀的融合。这就是说，真正的艺术意蕴，不是封闭式的一己悲欢，也不是时代观念放射出来的毫光，而是作家心理深层迸发出来的美的浪花，是潜存着个人、社会、历史、宇宙多种审美基因的艺术染色体。它表现在作品中具有三种基本素质：

其一，凝聚着意蕴（本身）赖以产生的个体意识，是作家自己的生活体验，包含着鲜明的个性化情感。

其二，富有时代的群体意识，透射着时代精神，与特定的社会情绪息息相关。

其三，积淀着人们共同的审美意识，能够沟通人们深层的审美心理，引发情感的共鸣和心灵的共振。

这三者是文学作品意蕴构成缺一不可的基本要素。在文学鉴赏的实践中我们可以发现，一篇作品的意蕴如果不具备这三个基本的构成要素，只是作家个体情感的叹喟，不能反映特定的时代精神，与社会群体意识及情绪毫不相关，那么，这篇作品就不可能具有长久性的艺术生命力。相反，如果作品的意蕴缺乏作家自己的生活体验，没有个性化情感，反映的只是时代观念与群体意识放射出来的一丝毫光，这样的作品往往就会成为负载观念的躯壳、短时效的传声筒，缺乏艺术的个性特征。同样，如果作品的意蕴没有揭示人们共同的审美意识，不能沟通人们深层的审美心理，不能唤起审美情感的共鸣，那么，更不会成其为艺术意蕴。因为艺术意蕴必须具有审美价值，只有具备审美价值，能够触动读者的审美心灵，对作品的解读才能成为具体的现实。从意蕴构成的这三个基本因素来看，前两者是属于意蕴的表层经纬，后者则是意蕴的深层支柱。作品意蕴的能量与魅力，有赖于后者，其永恒的艺术价值，也取决于后者。因为是否具有撼动人心、触及魂魄、激励斗志的审美价值，是衡量和评判作品意蕴优与劣、高与下、美与丑的根本标准。

例如，屈原《离骚》中的不朽名句"路曼曼其修远兮，吾将上下而求索"，之所以传颂千古，砥砺人生，固然是因为它观照了屈原"众人皆醉我独醒"的人生道路，但其根本原因乃是它观照了人们心理深层审美结构中所潜有的那种独立探索的品格：孤独而执着,前路艰逆而不悔其度。鲁迅先生当年写在《彷徨》卷首的那首"两间余一卒,荷戟独彷徨"的题诗实在也是檃栝了屈原两句诗的意蕴。可见,这是相隔千年、跨越不同时代的两颗伟大的心灵发生了共振。其实,又岂止是鲁迅先生与之共振,古往今来,不知有多少仁人志士,在患难和困厄中,引屈子为千古知己,上下求索而不止。就是在今天,我们有谁读了这两句诗,心弦能不为之叩动?皮亚杰的发生认识论告诉我们,同化指把给定的东西整合到一个早先就存在的结构之中。为何历代人都与屈原的这两句诗发生共鸣?其原因就在于人们的深层审美结构中有一个与之相对应的领域。从本质上说,"独立求索"的品格,不仅是属于屈原的,属于鲁迅的,而且是属于人的共性审美心理的。一言以蔽之,这两句诗之所以具有如此神奇的艺术魅力,就在于它的意蕴内含着一种与人们的深层心理审美结构相合拍的共性审美意识,叩响了人们深层审美心理的琴弦。

文学鉴赏的实践告诉我们,切实把握意蕴构成的三个基本要素,特别是它内含的共性审美意识,是准确、深入地分析和领悟作品意蕴内涵的基础和前提。凡是优秀作品的意蕴,无不是由个体意识、时代意识和共性审美意识的有机融合来表现的。有的作品善于以时代精神和历史意识来审视生活,或从现实的角度追溯历史,或从历史的角度剖析现实,从而揭示人们深层心理结构中所共有的审美体验,砥砺人心,焕发斗志,叩响人们深层审美心理的琴弦。如范仲淹的《岳阳楼记》,作者从眼前的自然图景写起:"衔远山,吞长江,浩浩汤汤,横无际涯,朝晖夕阴,气象万千。"随即由洞庭湖这壮美的景姿而自然地联想历史,审视人生:"先天下之忧而忧,后天下之乐而乐。"使大地自然与历史世故叠合,社会风物与个人沉思交织,外物的美与内在的美融注于自然与人生、历史与社会的艺术同构中生发出一种深层意蕴,流露出对人生世相的关怀,饱含着对历史现象、生命价值和人生真谛的诠释,揭示了人们心理深层审美结构中所共同潜有的一种崇高品格,从而诱发读者的理性思考,富有引人透视生活深层和启迪心灵的审美价值。有的作品则善于从历史意识和宇宙意识的高度来审视社会、自然和人类,把生息与繁衍、宇宙与生命、民族与文化、人世间与自然界交织,使之融注现实的思考与历史的审视。总之,文学作品的意蕴有其基本的构成因素,它在个性鲜明的个体意识的艺术表现中,包容着时代精神和共性的审美意识,凝聚着人们深层心理息息相通的人生真谛。在文学鉴赏中,我们只有切实地把握意蕴的这种构成规律和它的真正指向,才能进入作品深层的意蕴世界去领略那奇瑰美妙的绚丽风光。

第二,要把握意蕴的多层性和艺术张力。

文学作品意蕴的三个构成要素的复合融注,决定了意蕴的丰厚和强大的艺术张力,决定了它必然要成为一个发掘不尽的多层次的立体世界。它表现在文字上往往是极简单的,内涵却是极丰富的:无论是一个旋涡、一朵浪花,还是一簇泡沫,都无不暗示出整条汹涌不息的长河。果戈理在评赏普希金的诗时曾经说,他的诗里没有美的辞藻,没有外表的炫耀,一切是单纯的,充满了并非突然呈现的内在的光彩。一切是那么简洁,这才是纯粹的诗。话是不多的,却都很精确,富于含蕴。每一个字都是无底的深渊,每一个字都和诗人一样把握不住。因此就有这种情形:你会把这些小诗读了又读。这生动地说明,优秀作品的意蕴有如"无底的深渊",是丰富而具有无限张力的。

为在文学鉴赏中切实认识和把握这个问题,我们不妨来看一首古典小诗《公无渡河》:"公无渡河,公竟渡河。坠河而死,其奈公何！”这是一首狂夫坠河、其妻悲悼的哀歌，全篇虽然只有寥寥十六个字，却传达出一种力透纸背、直扑人心的绝望的悲剧性意蕴。只要一接触到这首小诗，就不能不被这种意蕴所感染，就会立即醒悟到其中含有大波折、大悲痛。这就是说，悲剧性意蕴的张力把我们导向一个悲剧世界，一个多层次的立体世界。在这个世界里，我们首先看到的是夫死妻悼的悲惨事件。随即一连串问题便横亘在我们的心头：老夫何以不顾劝阻，乱流而渡？老妇悲鸣之际，何以自静？于是，探究的思维便再向深层掘进，使我们看到了一出双重幻灭的人生悲剧：老夫人生幻灭而至投河寻求解脱与老妇生之希望幻灭也将身随老夫而去。至此，我们似可以收回探究想象的视线了，但这首诗意蕴的张力却还有一股执着的力量把我们推向更深更广的领域：这双重幻灭的悲剧带来的命运感在我们心头升腾起来——那急切的呼号，绝望的悲鸣，年老的夫妇，悲惨的结局——是一种人生命运啊！这时，读者的思绪展开了无边的飞越：人生，希望，幻灭，悲剧，命运，一切的一切……这首小诗每一个字似乎都成了“无底的深渊”。由此可见，作品的意蕴具有多层性和无限的张力，它是一个令人流连忘返、发掘不尽的美的世界。在文学鉴赏中，要具体把握作品意蕴的这种多层性和艺术张力，不仅要从纵向上着力揭示意蕴的深度、厚度和力度，发掘它内含的生活底蕴和人生至理，而且要特别重视意蕴表现形式的艺术分析。

各类文学作品的意蕴表现是极为复杂的。如有些作品的意蕴表现是变形——正意反出，把爱表现为恨，把愁表现为乐，把追求表现为弃绝；而有些作品的意蕴表现则是转移——言此意彼，别有怀抱；还有些作品的意蕴表现是藏匿——意于言外，言志而不见其志。如此等等，可谓形式繁多。举例言之，陶潜的“采菊东篱下,悠然见南山",有人说"此景虽在目前而非至闲至静之中则不能见到"(张戒《岁寒堂诗话》),王国维也干脆把它定为"以物观物"的"无我之境"。其实,这两句诗的含蕴并非如此。在东晋那个"终日驱车走"的追逐名利的时代,这东篱采菊、南山游目的悠然,本身就是反其道而行之,就是对当时世俗的一种抗争。这两句诗的表层情调越悠然,这种深层抗争就越执着、越愤慨。况且,这两句诗在写景的同时又兼具象征意味:菊之于渊明犹兰之于屈子、梅之于放翁,这都是诗人亮节高风的象征。对于这种意蕴表现的复杂性,是必须加以深究和分析的。否则,就不能透过表象准确地透视意蕴的真正指向,就无法探入作品深层的意蕴世界而把握它的多层性和艺术张力。

二、情感与理思的交融和审美能量

意蕴,作为融注在艺术生命体内的精神能量,是作品最重要的美学内容,作品的艺术魅力绝不会脱离开它而产生。杜勃罗留波夫曾经说,真正的作品能够唤醒"每个人灵魂里的诗的感情";鲁迅先生也曾说过,好的作品能够令人"握拨一弹,心弦立应,其声澈于灵府"。这种撼动人心的艺术魅力,应该说,主要是来自作品的艺术意蕴。正如以上所述,屈原《离骚》中的"路曼曼其修远兮,吾将上下而求索",之所以成为不朽的名句,传颂千古而不衰,就在于它内含着砥砺人心的意蕴,能够启迪人们在困厄中执着地探索,前路艰难而不悔其度。文学作品意蕴的这种艺术魅力,除了它的三个审美构成因素在起作用之外,还在于它具有特别的艺术属性:它不是赤裸裸的理念,而是情与理的艺术交融,是独特的审美发现和超逸的智慧闪光。因此,在文学鉴赏中,我们在把握作品意蕴构成要素的基础上,还必须要深入分析意蕴特有的艺术属性,从而揭示作品意蕴创造性的艺术价值,从更高的美学层次上对作品的意蕴做出深层性评判。对此,我们从以下两个方面进行阐述。

第一,情与理的艺术交融。

各类文学作品的意蕴,并非是赤裸裸的理念,也不是用逻辑形式推理出来的概念和判断,而是饱含着浓烈感情的理思,是感情与理思的艺术融注,是客观事物在自我心灵中体验的晶体。因为作家在创作中表达某种理念和思想时,不可能不伴随着情感的波动,而在抒发感情时,也必然要和他的思想理念相交织。感情是由思想产生的,独立于感情之外的思想也是不存在的。在文学审美活动的艺术实践中,作为审美主体的作家对审美客体的生活的审美观照,实际上是一种认识过程与感情过程的统一体。独到深刻的理思,可以激发与规范作家强烈的审美感情,所谓"理以导情"就是此意。另一方面,感情的深化也有助于加深对事物内在意义的认识,所谓"理在情中",即为此意。所以说,文学作品的意蕴是感情和理念的艺术融合体,是由情、理交合孕育生成的。只有两者有机交合和融注,文学作品的意蕴才能具有撼动人心和启迪灵魂的审美力量。

在文学鉴赏中加以考察便可发现,凡是优秀的作品,都是把深刻的理思饱含在浓烈的感情波涛里,通过感情抒发来表达某种特定的思想和理念,寄"理"于"情"中。清代刘熙载在《艺概·诗概》中说"诗或寓意于情而意愈至",充分说明了感情对思想理念的有效表达作用。所以,对意蕴的分析,应当从情入手,通过"情"的体味来领悟、把握作品的意蕴,只有"动之以情",才能"晓之以理"。如杜甫的《月夜》:"今夜鄜州月,闺中只独看。遥怜小儿女,未解忆长安。香雾云鬟湿，清辉玉臂寒。何时倚虚幌，双照泪痕干。"这首诗写的是杜甫思念远在鄜州的妻室儿女之情。这不是一般的思念之情，而是杜甫被安史叛军俘虏而困于长安时的特定感情。他渴望安史之乱被早日平定，振兴国运，和妻子儿女团聚，共享太平盛世之乐。处于俘虏生活中的杜甫，月夜思亲，其情之凄切是可想而知的。在诗中，作者不是直述自己如何思念妻子儿女，而是想象妻子儿女在鄜州思念自己的情景。这种表现技法，写尽了杜甫的思念之情，并使他的思念之情和妻子儿女之情融注为一体。"遥怜小儿女，未解忆长安"，以年幼无知的儿女不懂得思亲，来衬托妻子思念丈夫的苦心。"云鬟湿"、"玉臂寒"，真切地写出了"闺中只独看"的妻子的形象。字字句句，饱含着夫妻儿女的至性至情，读之感人肺腑。但是，诗中所表露的这种感情，仅仅只是区区儿女之情吗？显然不是。我们稍加品味就可发现，在这种感情的背后，蕴藏着作者"致君尧舜上，再使风俗淳"的政治理想。"何时倚虚幌，双照泪痕干"，不仅是夫妻儿女团聚的愿望，也是他对太平盛世和清明政治的理想和愿望。这就是说，在杜甫对妻子儿女的这种思念之情中，饱含着他的思想追求，寄寓着他的理想志向。因此，对这首诗内在意蕴的分析，就应从"情"入手，通过深入体味他的思念之情来领悟其内含的思想底蕴，以"情"见"意"。古人所谓"理融而情畅"①的见解，说明从"情"入手，以"情"见"意"，有助于切实而准确地把握作品的意蕴。如果弃"情"索"理"，就有可能造成对作品意蕴的曲解，因为意蕴是情、理交合融注在艺术生命体内的一个独立的灵魂。

这种由情理交合孕育生成的艺术意蕴，实质上是客观生活在

①〔南朝·梁〕刘勰：《文心雕龙·养气》。

作家自我心灵中体验的晶体，是一种出自自我经验世界，对生活与人生的深层感悟。它或者是生活的"瞬间性"和由此在头脑中时常出现的令人沉思寻味的"瞬间印象"，或者是对于各种世态人事的洞察与感受神奇的自然景观而产生的心灵颤动，或者是对时代生活中人们很少发现和感受到的潜流的独到发现，对自然社会、民族历史和现实世事的关怀和拳拳情愫；或者是对生活的拥抱，对世事的深省，对人生况味的品尝、人生命运的体验、人生理想的追求和随之爆发的意志冲动，既能给人拨开云层和疑惑，又能直指人心见真实。就林非散文的意蕴铸成来说，就大都是来自作者对生活的追求和心灵的体验。他善于从日常接触的人、物出发，从感情生活中获取灵感和才思，使作品带有极浓厚的感性气氛，产生蓬勃的生机与活力。生活的氛围与美学的境界凝注为难舍难分、气足神盈的艺术晶体，既具有"立体的现实感"，又充满着"生活化"的艺术气息。那篇满带着黄龙翠峰幽谷苍莽葱郁风韵的《黄龙的水》，产生于一次漫步游览中"瞧见一个绿色水塘"，而不禁"走近岸边"俯身观赏的经历和心灵体验，全部的机心在于作者观赏那清澈、透明、纯净的，在微风里轻轻荡漾的一泓池水时体察入微的感悟。于是，来自珍珠滩的自然图景与心灵体验艺术地组合起来，谱成了一曲珍珠滩水流的颂歌，一份从自然图景中感悟出的生活启示，借以激励人生。可见，这些散文的艺术意蕴，显然就是来自生活经历的感悟，是客观生活在作家自我心灵中体验的晶体，它不是让生活俯就先验的"神"之观念，而是于生活、自然的表象的构成之外，以心灵透视事物的内在精神，融注自己的情感与理思。

在文学鉴赏中，对这种由心灵体验铸成的艺术意蕴的分析，应当注意把握的一个表现特点是，一切从情感的自然出发，自觉顺应情感流动的真实过程，使情感顺乎一种本能，富有一种兴至意足的美感效应。这样的作品，往往始终伴随着作者的脚步与心灵，捕捉意绪，描摹情感，真实地记录内心情感的细微与意念的变化。如张晓风《雨之调》中的"清明上河图"，是写雨中"独自到故宫博物院去看清明上河图"的思绪，作者眼观在桌上平展开的"长长的轴卷"，神游故国，怆然泪下，"想五百年来多少人对画而泪垂，想宇内有多少博物馆正在展示着那和平而丰腴的中原"。但思绪并没有伸延下去，而是在"走出博物馆"，"步下渐行渐低的阶梯"中，由"呢喃着"的疑问而止。由于作者的一支隽永的笔始终这样随着自己的心灵与脚步，倾吐着真诚，挥发着真知灼见，因而凭借日常熟见的景、物，创造了一个意蕴丰盈的审美空间。与其说是一个审美空间，毋宁说是一种生活体验的心态的显示。因为那遍布字里行间、跃动跳越的意念，有一股厚重充实、浸润筋骨的力量袭向读者的心灵，诚挚率真地和读者交流着乡愁的心灵声息。

黑格尔曾经说过，一切美只有在涉及心灵的美这较高境界，而且由这较高境界产生出来时，才真正是美的。凡是优秀作品的艺术意蕴，应该说，都是由心灵这种较高境界产生出来的。它满注着灵性，透露着理思，充盈着真情，以跃动着的心灵声息，或引发读者的惊喜、欢欣，叫人心境顿时清朗、思绪悠然超越；或包孕人与物交应传感中所产生的丰富的理性内涵——种种情致、众多的神态、丰厚的气韵、繁复的意识等，唤起读者多重的感觉和深邃切肤的反应，使读者感受到鲜活的生机的召唤，不光是感觉器官的参与，而且是整个身心的介入，获得审美心理的整体效应，产生多维的审美体验。

第二，独特的审美发现。

　　各类文学作品的意蕴,是融注在艺术生命机体的精神能量,是作家对人生、对生活、对社会、对自然独特的审美发现和认识,是具有美学价值的思想和智慧的闪光,而"不是水平线以下的思想的平均分数",它的精神内涵高于世俗意念。正如马雅可夫斯基所说,它是作家"从朦胧的火星中吹出的明亮的思想",它绝非是人云亦云的平庸识见,更非是粗糙的世俗意念的一种诠释。从真正的意义上来说,艺术的意蕴是作家从生活中提炼出来的融注在形象之中的思想晶体,是作家亲身感悟和体察的生活智慧,是一种闪光思想的艺术化表现。它带有新鲜独到的个性色彩,能够温暖和启迪读者的心灵,具有足够的社会价值和美学价值,具有高层次的精神能量——对内,能够贯通全局,足以统制和笼括作品的艺术机体;对外,能够挺拔面世,足以穿透和抚慰人心。

　　例如苏轼的中秋词《水调歌头》,它之所以成为千古不衰的绝唱,主要就在于这首词中融贯着一种非同凡响的艺术意蕴。面对着月亮清澈明净的自然禀赋,诗人没有泛泛引申,而是在想象之中以自己的身心去趋近、去贴合,竟然自居在月宫这个高逸清寒的妙境发出感慨:"我欲乘风归去,又恐琼楼玉宇,高处不胜寒。起舞弄清影,何似在人间?"其意蕴独特新奇,超尘脱俗,俊逸清丽。而后半阕阐发的深层意蕴就更是独异而不俗了:"人有悲欢离合,月有阴晴圆缺,此事古难全。但愿人长久,千里共婵娟!"古往今来的读者欣赏这首词,首先不是在辞章上,而是在意蕴上倾听苏轼的脉脉心声,徜徉于他所展现的这个奇瑰超然的意蕴世界。这显然是因为融注在这首词艺术机体内的意蕴具有非凡的精神能量,是独特的审美发现,完成了两种超越:它超越了自然形态,超越了世人对于特定对象的习惯思维和平庸之见。所以,它成为一种具有创造价值和审美价值的文化精神财富。

　　唐代李翱说:"创意造言,皆不相师。"①新奇超俗的艺术意蕴,是独特的发现和艺术创造,它就像冰化雪融之后的大地上出现的绿洲,就像万绿丛中的一枝红花,能使人精神为之一振,心智为之一开。凡是具有艺术震撼力和感染力的作品意蕴,都无不是奇颖的思想晶体和超俗的闪亮思想。它不仅给人以美好情感的艺术享受,同时,还给人以深刻的思想启示。如现代诗人应修人的《妹妹你是水》,长期以来之所以倍受读者的喜爱。应该说,就主要在于它所内含的意蕴,不仅饱含着青春男女天真、清纯和特有的欢悦情趣,而且别具婉丽俊逸的新奇性,是诗人对生活的独特发现,是诗人感悟和体察生活美的思想闪光。诗人以"水性"写尽了女性的纯真、温柔和可爱。其内在的意蕴,像流水一样清澈明净,又像流水一样欢快流淌,形成了一种咏唱式的情绪流。很显然,这种意蕴就是化庸俗为神奇,就是独特的审美发现,是从生活中提炼出来的饱含着浓挚情感的思想闪光。

　　从以上例述可见,在文学鉴赏中对作品意蕴的分析,其根本在于考察它是不是具有独特的审美发现、闪亮超俗的思想和创造性的精神审美价值。

　　作品艺术意蕴的独特发现,是与审美创造性紧密相连的,是与新鲜的印象、卓越的识见、闪亮的思想智慧、超然的精神境界结合在一起的。这种发现,用古人的话说,就是"言前人所未言,发前人所未发"。高明的作家一般都富有这种创造性的审美发现力,在他们的作品中总是能给人开辟出一种全新的艺术意蕴:屈原在《离骚》中乘龙御风,上天下地,幻游太空;陶渊明在《归园田居》中超然脱俗,恬静自在;但丁在《神曲》中展现的地狱、炼狱、天

_____

① 〔唐〕李翱:《答朱载言书》。

堂的神奇图景;殷夫的《孩儿塔》、闻一多的《红烛》与《死水》、艾青的《黎明的通知》,以及毛泽东在《沁园春·雪》中展现的雄浑豪放的北国雪原画卷……都是前所未有的对生活独到而具创造性的审美发现,都透射着智慧和思想的闪光,透射着温暖和启迪读者心灵的理性火焰。当然,文学作品的意蕴,不仅是指对全新领域的审美发现,同时,也包括从司空见惯的事物中做出的不寻常的审美开掘。法国作家福楼拜说过:"任何事物都有未曾被发现的东西。因为人的眼睛看事物的时候,只习惯地回忆起前人对这事物的想法。最细致的事物里也会有一点点未被认识过的东西。"高明的作家就往往能够把这"一点点未被认识过的东西"挖掘出来,而且在别人已经写过的东西上,也能揭示出独特新奇超逸的意蕴。这就是说,不论是写全新的领域,还是熟见的事物,其意蕴的表现都应当是新颖而独到的审美发现,否则,就不具审美价值,成为人云亦云的平庸之见。

"艺术在于发现和创造",富有独特"神魄"的艺术意蕴,都是一种发现和创造。陶渊明的"采菊东篱下,悠然见南山",创造了幽雅恬静的意境;周敦颐的"独爱莲之出淤泥而不染,濯清涟而不妖",发现的是一种人格精神和高尚品质;郦道元的"巴东三峡巫峡长,猿鸣三声泪沾裳",凄清哀绝;李白的"朝辞白帝彩云间,千里江陵一日还",豪爽轻快;杜甫的"高江急峡雷霆斗",渲染的是雷霆万钧的声威;郭沫若的"万山磅礴水泱泱",展示的则是江流奔涌、激荡群山的气势。这些诗作的艺术意蕴,都无不是独特的审美发现和艺术创造,并作为一种动态活体,融贯在作品中,赋予作品以生机和活力。所以,艺术地考察它是不是具有独特的发现、超俗闪亮的见解和创造性的精神审美价值,是文学鉴赏中探求作品意蕴的基本方向和目标。

三、统制艺术机体的审美意蕴内核

如果说以上是对文学作品意蕴的生成、构成和艺术特性所作的分析，重在揭示意蕴营构的艺术规律和审美准则，那么，下面则主要对意蕴分析中应当注意的问题以及意蕴主旨的分析途径进行探讨。

第一，勿舍文本而外骛。

在作品意蕴的解读中，常见这样一种现象：舍文本而外骛来代替艺术分析。钱钟书在他的《管锥编》曾经说过，尽舍诗中所言而别求诗外之物，不屑眉睫之间而上穷碧落、下及黄泉，以冀弋获，这种鉴赏的典型表现是在"发觉意蕴"中附会政治概念，微言大义。如杜牧的《江南春》："千里莺啼绿映红，水村山郭酒旗风。南朝四百八十寺，多少楼台烟雨中。"这首诗用艺术概括和扫描的技法，生动地勾画了一幅千里江南春景图。这幅图既有红绿相映的色彩，又有千里莺啼的声感；既有水村山郭的静姿，又有酒旗迎风招展的动态；既有绚丽明朗的色调，又有烟雨朦胧的迷离。可以说它在尺幅之中，多层面、多视角、立体性地展现了千里江南的盎然春意，富有言之不尽的内在意蕴。

但是，有的鉴赏者却从"政治概念"的理解出发来挖掘这首诗的意蕴，从后两句索出深意："凭吊南朝的覆亡，并讽其迷信佛教。"如果说诗人观赏春景时，带有一丝历史感慨或许并不为过，但以凭吊易观赏，则与整首诗的内蕴和情调就很有点风马牛不相及了。把作品的意蕴如此挖掘到政治上去，不可不说降低了作品意蕴的审美价值。这种用政治概念来挖掘作品意蕴的另一种表现，是把后人的借用引申当成作品的内蕴来分析。如晏殊名句

"无可奈何花落去,似曾相识燕归来",常被人们借用来讽刺落后腐朽的东西终被扫进历史的垃圾堆。于是有的鉴赏者就以此发掘这句词所蕴含的生活哲理:一切必然要消逝的美好事物都无法阻止其消逝,但在消逝的同时仍有美好的事物出现,生活不会因消逝而变得一片虚无。这种意蕴的挖掘,也显然是化艺术的内蕴为政治说教,是对诗的内蕴的一种歪曲。在诗人晏殊看来,人间生死,如花开花落,自然规律,不由自主,所以说"无可奈何";而旧地重游,若真若幻,旧时的影像,时浮脑际,所以说"似曾相识"。这句话和整首词的情调和内蕴是完全一致的,它内含的意蕴在于对人世无常的感慨,并没有特别的政治深意。

上述这种政治的挖掘,给这首词抹上如此的亮色,其实是对晏殊这位富贵而充满闲愁诗人的误解。这种美化式的误解,实在与当年一身富贵气的晏殊的情志不相称。可见,把作品的艺术意蕴片面地理解为政治概念,把它作为政治概念来诠释,是文学鉴赏中进行作品意蕴分析的大忌。当然,文学作品的意蕴,毫无疑问地包含着政治性因素,任何艺术作品都有它的政治倾向和思想观点。因此,我们应当而且必须以文学的审美标准来评判作品意蕴的优与劣、美与丑,评判它是否具有健康向上、鼓舞人心、激励斗志的思想价值、教育价值和审美价值。但如果把作品的意蕴作为某种政治概念来阐释,却是违背文学艺术规律的,因为文学作品的意蕴是一种艺术表现,它同单纯的政治概念是完全不同的。

第二,探究意蕴主旨的途径。

任何一篇文学作品,不管具有多么丰富、复杂的意蕴层面,它总是要突出一个总体思想,表现一种意蕴主旨。这种意蕴主旨是整个作品的思想内核,是统制艺术机体、笼括全局的精神主宰。作品的题材、结构、语言等构成因素只不过是血肉和骨架,而意蕴主旨是作品艺术机体的灵魂,它集中体现作者的美学观点和作品的思想价值与审美意义。所以,对作品意蕴的鉴赏有一个不可忽略的步骤,就是要透过骨架血肉探究灵魂之所在。只有把握了思想灵魂,才能理解躯体血肉之所以存在的审美意义,揭示问题营构的艺术匠心。

　　一篇作品的意蕴主旨贯注于作品的整个躯体之中,只有通过具体分析、反复研读才能发现。所以,我们把这个分析和理解的过程看作是"探究"的过程。有的人鉴赏各类文体作品,不是从具体分析中来探究统摄作品艺术机体的意蕴主旨,而是停留在表层的渺渺茫茫的"混沌"印象上,凭直感去猜度,因而往往对作品的意蕴主旨产生误解,或以偏概全,把作品整个意蕴层面作为主旨来理解,或浮于作品的语义表象,对作品的意蕴主旨不能作深层性的把握。这显然不是严谨的艺术鉴赏态度。探究作品的意蕴主旨、思想内核,不能满足于表层的认识,必须要从作品内部情感系统营构的实际特点出发,透过形式表层探溯形象内容和内在精神,即探入作品深层意蕴的核心区域,以"多"见"一",总揽作品各个意蕴层面、各个思想层次的相关性,作严谨、具体的艺术分析,从作品艺术整体的外围透视内核,揭示隐藏在外层形式和形象内容背后的内在精神。否则,就不能深入理解和艺术把握作品的内蕴主旨。

　　在文学鉴赏中,要准确地把握作品的意蕴主旨,首先应当从宏观审视作品的整体入手,主体地透视统摄作品生命机体的内在精神。一篇作品的内蕴主旨,是靠作品的各种艺术构成因素和各个部分的具体材料体现出来的,它是各种艺术构成因素和全部材料的灵魂。因此,对意蕴主旨的分析和把握,应当顾及作品的整体,把握作品的各种构成因素,从作品的全部材料中抽取事物的本质，而不可片面摘取或主观臆测。尤其对某些叙述性文体的意蕴主旨的分析，必须要从整体形象入手，从内实与外形的结合上来进行艺术的把握，对内部内容与外部形式有机统一所表现的意蕴境界进行整体性的审视和分析。重视和加强对作品的总体分析和考察，我们就可以在作品的丰富复杂的内容结构中透视到一种内在的有机联系，从这些有机联系的总和中看出一个统摄整个作品生命机体的灵魂，从而正确地理解和深层性地把握统摄全篇的意蕴主旨。

在文学鉴赏中，如果缺乏对作品的宏观审视和整体把握，抓住一点，执其一端，片面摘取，只对某些细枝末节进行微观性分析，那么，就很难正确地理解和把握作品的意蕴主旨。如对某些作品意蕴主旨、内在精神的认识所产生的分歧，实际上就是因为缺乏对作品的宏观把握，执其一端，片面摘取所造成的。就鲁迅《从百草园到三味书屋》意蕴主旨的分析来说，有人把着眼点放在作品的后半部分——三味书屋上，而把作品的前半部分——百草园里的生活描写，看作是对后面的一个反衬。而且对三味书屋的生活描写，也不作全面的、多层的艺术分析，只是抓住学生阅读的课本《论语》《幼学琼林》及寿老先生的呆板形象来作分析，由此得出了"揭露和批判封建腐朽、脱离儿童实际的私塾教育"的片面结论。有人却正好与此相反，只偏重分析"我"在百草园中的种种活动和乐趣，而对后半部分"三味书屋"的生活描写却视而不见，因而，把作品的意蕴主旨片面地理解为"表现了作者热爱自然，热切追求知识的美好生活情趣"。这种理解分歧，原因很清楚，就是只看局部，不看全体，抓住一点，片面摘取，缺乏对作品总体的宏观分析和艺术把握。

固然，文学作品的意蕴主旨、内在精神，有的是比较集中地从作品的某些重点部分体现出来的。要艺术地把握作品的意蕴主旨,就不可忽略对作品重点部分的艺术分析和把握。但是,重点是与非重点相对而言的,没有非重点也就没有什么重点。作品中的某些非重点部分,以及非主要的文体构成因素,对表现作品的意蕴主旨并不是可有可无的,而是不可忽视的基本因素。没有它们,作品就难以成篇营构为有机的艺术整体,也不可能表现丰厚的意蕴和深层的主旨。因此,我们在把握重点部分进行艺术分析的同时,还必须要宏观审视,顾及全篇,全面地、多层地、立体地研究作品的各个构成部分和各个构成因素之间的内部联系。也就是说,抓重点分析是必要的,但不能把重点同整体分离开来,孤立出来,而必须顾及全体,把重点放在整篇作品的有机系统中来作艺术分析。

按照这样的艺术分析规律和认识,我们再回过头去看看"三味书屋"。在那里,既有少年鲁迅学习生活的种种描写:开学时的行礼仪式,念书时的情态,溜到后园去折梅花寻蝉蜕、捉苍蝇喂蚂蚁的情景,以及偷描小说绣像及向先生请教时的情况等等;又有对寿老先生的粗略刻画:外貌清癯而品行方正,恪守孔教但尚能通达,严厉中藏着温和,有趣时显得迂腐。他教学认真,使学生们获得了知识,但教学的内容和方法都与少年儿童的身心健康不协调……从这幅整体生活图景里,其一,我们看到了少年鲁迅仍然保留着孩提时的兴趣,活泼天真,好学上进,虽然有些顽皮,但不失对师长的尊重;看到了封建私塾教育的不合理性,但"三味书屋"里毕竟还有些生气。因此,把它看成是一座"阴森、冷酷、枯燥、陈腐"的魔窟,固然不对,但否认作品批判私塾对儿童教育的不合理情形的一面,甚至说寿老先生是一位难能可贵的进步、开明的教师,也是不当的。其二,作品对"三味书屋"是批评中有肯定,对寿老先生是尊敬中有批评。如果我们在解读中顾及这些,再联系百草园的情景,那么,就不致"各执一隅之解","东向而望,不见西墙",对作品的意蕴主旨、主题精神,就可以比较明确地做艺术把握了。如果用几句话来作一个简单的表述,那么就可以如是来说:这篇作品艺术地表现了少年鲁迅天真活泼、热爱自然、好学上进的精神风貌,同时,借以指出了当时私塾教育有碍于儿童身心发展的不合理情形。宏观审视作品的全体,立体地透视作品的内容结构系统可见,这是贯注在作品艺术整体内的基本精神。

　　其次,在作品意蕴主旨的分析过程中,还应当注意尊重作品的客观性,审美想象的翅膀不可任意飞越作品所不许可的界限,艺术的思辨要始终追随原作的情感浪涛。文学作品中描绘的人、事、景、物,不像雕塑、绘画的艺术形象那样具体可感,能够摸得着、看得见,而需要借助于读者的审美想象和联想这个再创造性的审美认识功能,才能还原成具体可感的东西。因此,文学作品中的形象,并不是十分确定和凝固不变的,不同的读者在鉴赏分析同一篇作品时,往往由于把自己的思想、情感、经验和意趣带进作品中去的缘故,还原出来的形象显出很大的差异。如同鲁迅所说,语言艺术作品虽然有普遍性,但因读者的体验不同而有变化,读者所推断出的人物,却并不一定和作者所设想的相同。文学鉴赏中的这种情形,本来并不是什么坏事,因为它给读者的审美想象提供了广阔的空间,在很多场合和不同的情境里,使得作品本身的形象更加丰满,意蕴更加丰厚、深刻。但是,任何东西都有多面性,如果读者没有作品中所描述的生活的类似体验,或不加约束地放纵自己的神思去任意地补充和拓展作品中描述的人、事、景、物的形象,那么,就不能准确地分析、艺术地把握作品中艺术形象的内蕴,由此对意蕴主旨的理解,也就很难符合作品的客观性，或者与作品的实际情形相去甚远。

例如，对于鲁迅小说《孔乙己》的分析，有人曾用某些抽象的概念去裁剪复杂的社会现象，认为孔乙己好吃懒做，满口"之乎者也"，陷在封建社会科举制度的污坑里丝毫不思悔改和不可自拔，不值得同情、可怜，只能令人厌恶、唾弃，鲁迅先生对他显然是只有批判和鞭挞。这种实在是平庸的理解，看不到作者利剑般的笔锋一直对着那个造成孔乙己悲剧的社会，因而一笔勾销了作者在孔乙己这个艺术形象中所寄寓的深切同情。不言而喻，这种分析和理解，就是不尊重作品的本体，鉴赏的理思脱离了原作规定的轨道，带有明显的随意性，这就不可能正确地理解和艺术地把握作品的意蕴主旨。

任何一篇作品都是一个客观存在，它有自己的世界和生命。因此，我们在文学鉴赏中对作品意蕴主旨的分析，就必须去掉主观随意性，尊重作品的客观性。在运用自己的生活经验去体悟、领略、再造和重建作品中的艺术形象时，不能脱离作品客观存在的艺术实体，脱离作品艺术形象的创造基础。鉴赏想象的翅膀不能任意飞越作品所不许可的界地，艺术的思辨要始终追随原作的情感浪涛，既不求之过奥，也不浅尝辄止，看到一点表层现象就下结论。只有这样，才能对作品的艺术形象和意蕴主旨，作出比较中肯切实的艺术分析。

另外，在作品意蕴主旨的分析过程中，还要注意"知人论世"，了解作品得以产生的文化、社会和个人环境，即所谓"作者背景"，这是鉴赏活动深入把握作品意蕴主旨的前提。没有这个前提，就不利于读者与作品意蕴的沟通。鉴赏一篇作品，那就应当是知人论世，进行具体分析。任何作家的一篇作品，都是依据他自己特定的思想和生活而创作出来的，都是特定历史条件下的思想感情的产物,都反映一定时期的社会现实和时代精神。因此,鉴赏一篇作品,了解作家的创作缘起和他所处时代的社会生活,以具体的、历史的、特定的眼光进行分析和理解,有助于正确地把握作品的基本精神和意蕴主旨。如龚自珍的《病梅馆记》,作者生活在清王朝日趋衰落、帝国主义开始侵略中国的时代,他不满于清王朝的腐败和专制,要求变革,急切渴望涌现出大批能救治时弊的人才。他全力支持林则徐等人禁烟抗敌的救国主张。但是,清朝统治集团极力推行高压政策,大兴文字狱,钳制知识分子的思想,镇压群众的反抗。龚自珍也遭到了排挤和打击,为此,他写下了这一篇"讥切时政"的小品文。鉴赏中了解这些情况,对于正确、深入地理解作品的意蕴主旨、内在精神,无疑是有帮助的。

新批评派的反"实证批评"观点主张,批评应重在关注作品文本而不是作家与社会背景。这种观点,我们不能机械地应用于文学鉴赏中的意蕴分析。因为一旦离开了作家与社会背景,我们甚至会无法理解作品最表层的语义。可以试想,屈原笔下的美人香草抑或波德莱尔笔下的那具腐烂而令人作呕的"兽尸",对一个完全不了解其文化背景的鉴赏者而言会有什么审美意义呢? 所以,了解作品的背景与作者的有关情况,是正确理解和深入把握作品意蕴主旨的前提,在文学鉴赏中,我们对任何一篇作品意蕴的分析,都不可忽略这一点。

（原载《名作欣赏》1992 年第 2 期,《中国语言文学资料信息》1992 年第 4 期摘录）

理清文体营构的艺术秩序

——文学鉴赏中的文序分析

文序，即作品营构的艺术秩序。我国古典鉴赏理论向来把"言有物"和"言有序"作为鉴赏各类文体作品的两个基本准则——前者在于强调考察作品内容的艺术充实，而后者就是讲求作品营构的艺术秩序。清代方苞的"义法"说，在阐释"物"与"序"的相依关系时指出："义即《易》之所谓'言有物'也；法即《易》之所谓'言有序'也。义以为经而法纬之，然后成体之文。"①可见文序的作用是多么重要。古典文论中的这种文序说，与现代文体研究中的结构论，说法不一，实质则一。各类文体作品的营构，总要有一定的艺术秩序，无序，便不成其为文章。清人恽敬云："横目纵鼻，秒下洁上者，人也；必横鼻纵目，洁下秒上……恐非复人形也。凌杂之文，何以异是。"②很显然，文序说从概念本身强调了文体作品组织法则的严整性和精美性，说明文序是建筑在表述事物的基础上的。无物，为空洞；无序，则杂乱。作品的内容要依靠有序来表述，文序是作品外在形式层的重要因素。叙事有先后，抒情有跌宕，只有依据一定的艺术秩序，文字才能表达特定的情感，描

①〔清〕方苞：《又书货殖传后》。
②〔清〕恽敬：《大云山房文稿》言事卷二。

述生动的形象,寄寓内在的意蕴,才能构成一部作品完美的艺术机体。任何艺术作品的生命和完美的艺术秩序都是分不开的,没有完美的文序,也就难以创造富有生气的艺术生命。一言以蔽之,文序作为内容积淀为形式的产物,意味着内容对于形式的选择,或者说,一定的文序制约着一定的内容。法国 16 世纪"七星诗社"文艺运动的领导人龙萨曾经说过,不用怀疑,在相当高妙的创造之后,美丽的结构跟着就会出现,因为结构与作为一切事物之母的创造相随,有如影之随形。这就是说,文序(即结构)作为艺术的形式,是为艺术的内容服务的,并不是无足轻重的因素。一切艺术作品的创造性,最终要通过一定的艺术秩序和营构形式固定化、物质化,而得以完美的表现。因此,剖视作品营构的艺术秩序,把握作品营构秩序的基本法则,是文学鉴赏的一个重要方面。

一、弄清多重世界构筑的艺术秩序及其特征

在文学鉴赏中,有人常常抱怨有些作品任意剪辑画面,切割时序,让人感到没有边际,看不出头绪。其实,这是对作品多重世界构筑秩序的一种陌生化错觉。随着文学思潮的起伏消长和文学创作的艺术变革,有些文学作品为加强生活密度、容量和时代的节奏感,艺术地把握纷繁多面的社会生活和复杂丰富的思想情感,逐步打破了那种将万花筒般的世界提炼凝固为封闭的直线型营构模式,让多种艺术媒介竞相介入,使之成为多意蕴的复合整体、多层次的艺术建构、多维型的营构系统,能够展示作者直觉层次中的生活世界的各面,拓出立体化的多层性审美空间。这就是

说,这种"多重营构",不再按照自然时空来进行铺叙描写,而是采用频繁的时空交错和叠合,直接切入人的心理世界;不再露出人为的时空顺序和因果关系的痕迹,而是在时空扩延与浓缩之中隐伏着生活内在的联系;也不再以生活的自然时序来左右读者的解读习惯,而是让读者在现实与回忆、幻觉与梦境、内心刻画与生活情境的有机融合中获得感情的升华、理性的领悟。

在文学鉴赏中,要把握文学作品这种多重世界营构的艺术秩序,拨开迷雾,走出"看不出头绪"的迷谷,应当着力弄清作品多重营构的方式,看它的多重世界和叠合画面是怎样构成的。这种多重营构的方式,虽然纷繁复杂,但就基本规律来看,我们可从以下几个方面来进行艺术分析和考察:

第一,复合式营构秩序,即现实和虚幻两个世界的艺术复合。这种复合中的虚幻世界,或以传说、或以神话、或以不实在的历史而存在,与现实世界结为一个艺术整体。在这一艺术整体中,虚幻世界往往具有很浓重的象征性,现实世界则直接呈示生活内涵,两者的有机同构,开掘出作品丰厚的艺术意蕴。如莫言的小说《透明的红萝卜》,以一个非现实的梦幻为契机,构筑了一个现实与虚幻同构的两重世界。现实世界展示的是以黑孩为中心的极度贫困的农民现实生活;虚幻世界则表现的是以黑孩为代表的农民理想的内在生命力。在凝聚于黑孩这个人物的心理空间而融化为一体的双重世界里,现实世界实际上是虚幻化了的现实,而虚幻世界则又是现实化了的虚幻,这就构成了两重世界同处于"似与不似"之间的艺术境界,使作品在纵面上增强了厚度,在横面上扩展了广度。

第二,叠合式营构秩序,即在现实的水平线上叠合构筑多重现实世界。有不少文学作品并非只在虚幻和现实上才构成艺术的多重时空,在现实的水平线上,许多作家也作多重世界的构筑。如果说有些传统化的作品,特别是小说,是以较单一的事件、人物、场景组构生活画面,因而使作品的容量受到不少的局限,那么,致力于这种多重世界构筑的作品,就是打破这种容量局限的一种方式。如邵振国的小说《麦客》,在同一时序线上,展示了以麦客父子各自为中心的两个不同世界:南川,父亲吴河东与"掌柜的"张根发和张根发的父亲;临流,儿子吴顺昌与"掌柜的"水香和水香的母亲。一方是艰难的境遇中失掉的自尊、被禁锢的麻木的心的复苏;一方是新生活搅起的爱情、对自由的渴望而最终对于传统道德的就范。两个空间、两组人物、两种不同的人际关系和不同的情感与追求,构成了作品的双重现实世界,从而开拓了作品的外部视野和内部空间。

第三,连缀式营构秩序,即以内在的意识流动线连缀散状的生活断面组构多重世界。如台湾银正雄的散文《沉痛的感觉》,打破时空顺序,把发生在不同国度、不同地域、不同社会里的各种生活事件纷纭集合,融于一体,构筑了一个色彩缤纷的立体的多重世界。它采用多层次的艺术建构,横向集起八个生活断面。其中有属于世界国际性的场景:黎巴嫩参事在贝鲁特突然被阿拉伯刺客枪杀,阿富汗民兵战死——俄国人在清理战场时发现"其中还有未成年孩子";还有属于中国台湾地方性的场景:发生在卡拉OK 餐厅的惨案——一个年轻的少女莫名其妙地被杀身亡。从作品所展示的这些生活断面来看,它们涉及古今中外。断面与断面之间,只有时空的跨越,而没有确定性的直线式的因果关系。但是,这一系列的分散断面并非没有艺术营构秩序,实际上是由作者的"沉痛的感觉"而连缀组合起来的。也就是说,"沉痛的感觉"是贯通其中而形成营构秩序的一条意识流动线,它将各个生活断面——历史的、现实的、国际性的、地方性的,连缀组集于一体,使之纵横交错,前后穿插,从而构成了一幅富有张力的立体的艺术图像,既保持了断面之间的多向多维的松动和舒放,又具有一种内在的有机性和立体感,使作品成为多意蕴的复合整体。

在各类文体作品中,多重世界的营构方式是复杂多样的,我们应根据不同作品作具体分析。这种多重世界的艺术构筑,无疑扩大、密集了文体作品的艺术容量,强化了"事实和意味相重叠的重量感"。但这种容量的扩大,密集与重量的强化,并不是依据篇幅或情节的增加而获得的,而是靠不同世界、不同事实根据的相互叠合与并存序列而获得的。因此,作品时空的秩序、纵横的构置关系发生了极大的变革。这一变革主要表现在时间维度的浓缩、空间维度的扩大,体现在具体作品中便是作者或人物的意识空间扩大,因果事件、情节的链条被截断,代之以不连贯或不相关的生活断面进行横向组合,使作品的营构秩序有了抒情化和生活化两个鲜明的特征。

所谓抒情化,就是打破情节化的营构秩序,把那种由发端、悬念、发展而推向高潮,然后下降到结局的情节营构模式摒弃了,因为这种直线性的情节运行很难适应多重世界的构筑,代之而来的是在主体意识定点上进行交叉运动的情绪和生活断面的展示,时间维度由事件和进展转到意识状态的蝉联或绵延上,并且常常表现为心理空间的某一瞬间。这样,作品的物理时间便跳出时序的连贯性而大大增加了它的跨度,各种各样的空间因素也挣脱了事件进展线索的束缚,转而从意识定点中散发出来,按各自的方向和秩序组合成各自的世界,并在主体意识的限定中统一成一个艺术整体。如张承志的《黑骏马》,通篇就由一首古老深沉的歌贯穿一气。这首歌作为一种特殊的艺术媒介,它本身就是独立的和定型的古老的传说世界的浓缩。哥哥寻找妹妹的漫长广阔的时空，通过歌曲的反复吟唱，在读者的想象中层层展现出来。同时，这支歌的吟唱，又带出草原人生的一幅幅现实画面，而现实世界中白音宝力格寻找失去爱情的故事情节，原本可以构成跌宕起伏的故事，在这里却被作者有意淡化了，而成为主人公抒情的河床，剪辑和制约着那些属于主人公的追忆、眷念、挚爱、惋惜和欣喜的情感画面，和那首歌互为照应地联结在一起，构成一个双重的并非悲欢离合的爱情故事，表现古往今来的草原人生情绪的多重世界。

所谓生活化，就是以生活断面的综合式的排列组构达到有意味的层次，时序性的纵向营构模式被摒弃。为使文体作品中叠合多种意味和并存多重世界，作家不再热衷于提炼一个互为因果、串联不断的情节，而专注于直觉层次中生活断面的观照，扩大小说的空间因素，将作品置于一种共时状态中，使各种生活断面纷纭集合或横向对比，展示出一种曾是亚里士多德极力反对的缀段性情节秩序。这种缀段性情节秩序，虽然还或明或暗、或隐或显地存在着人物活动、事件发展或者场面转换的艺术营构线索。但这条营构线索则在于连缀贯穿各种生活断面，而不在于构成戏剧性矛盾冲突，反映一个生活的完整过程。这些断面与断面之间，虽然有时跨越了几个时空后突然继续起来，但无法求得一个确定性的直线式的因果解释。作者似乎只是把停留在生活表层的现象和作者直觉层次中的印象，不露加工痕迹地展示出来，让生活中分散状的现象依然以分散状的原样存在于小说的时态空间。而这诸多的分散断面，则由生活事件的叙述者"我"的回忆、对话、联想贯通起来，使过去和现在、流动的时间与静止状态的空间形成强烈的审美反差，构成了这篇小说多重世界的富于张力的矛盾统一，既保持了断面之间的多向多维的松动和舒放，又具有一种内在的联系性。

作品多重世界营构秩序所具有的"抒情化"和"生活化"这两个特征，往往是渗透交合在一起的，在有的作品中也往往以某一种为主导性特征。在文学鉴赏中，我们应把握它们所具有的一个共同的指向，即不约而同地简化了文体作品表层的时间维度。时间或被聚集于某一瞬间，或被分制成不大连续的片段，散落于生活的断面之中，由此扩大和复杂化了作品的空间。这样，时间中发生的直线性生活事件便被推到了次要的地位，而一些原先无法归属于情节线索却又能表现作者意向的画面，便可聚拢而来，有机地融注于一体，使作品在有限性的时空里构筑出绚丽多姿的多重艺术世界。这种多重营构的艺术秩序，是作家艺术把握世界的一个具有现代艺术特征的审美表现，也是各类文体作品营构的一种满带着现代艺术美学风貌的表现形态。

二、从多样化"造形"中 把握基本的营构秩序

各类文体作品的构筑形式具有多样性，可以说是千姿百态。宋代散文大家苏轼曾经说："吾文如万斛泉源，不择地皆可出。在平地，滔滔汩汩，虽一日千里无难；及其与山石曲折，随物赋形而不可知也。所可知者，常行于所当行，常止于不可不止，如是而已矣。"①这是一个生动的比喻，是说文思如泉源，随物赋形，"物"之不同，"形"亦不同也。任何文体作品的构筑形式总是与它的具体

---

① 〔宋〕苏轼：《自评文》。

内容构成对等的比例关系,作品内容的千差万别使得作品的"造形"呈现出各种不同的形态,"物"多种多样,"形"亦随之千变万化。就文学作品构筑形态的美来说,有的在平直中见起伏,平整中见匀称;有的在曲折中见精巧,交叉中见一致;还有的似双桥并架,两水并流,从对立中求得统一。可谓形态纷繁,错综复杂。正如古人所说,"其为物也多姿,其为体也屡迁"①,各有千秋。因此,在文学鉴赏中,我们要把握各类文体作品的构筑形式,应当根据不同的文体作品作不同的艺术分析。但是,马克思主义的辩证认识论启示我们,作品的艺术构筑也有其内在的规律可循。在鉴赏中透过形态纷繁的表象和多样化的"造形",从作品构筑秩序本身所体现的规律出发,就可以把握各类文体作品基本的构筑形式,揭示作品构筑的艺术真谛,领略作家"为之耗尽的全部智力活动"。下面,我们就几种基本构筑形式作艺术分析。

第一,纵贯型结构形式的分析。

纵贯型的构筑形式,就是作者以事件的进程、时空的推移与转换、人物的活动或心理情感的流动为顺序,按照纵的方式来组合材料、营造作品。这些不同的顺序在作品中构成一条或几条纵贯全体的艺术营构线索,把各种本来呈分散状态的生活图像统摄构建为有机的艺术整体,故称之为纵贯型构筑形式。这种构筑形式常见于记叙性文体,尤其是小说文体,是一种单维型的线式文体营构秩序。它特别讲究"完整"性艺术世界的营造,而往往把自己拘囿于一个封闭性系统的表现形态之中,将万花筒般的世界提炼为一个直线式的首尾完整的生活过程,使作品的一切因素都系于中心线索而不可有丝毫的游离、集中、概括、跳跃、叠合,企图通

---

① 〔西晋〕陆机:《文赋》。

过一个事件的完整过程来表达作者的全部经验世界。即使为表现经验世界的丰富，也往往通过设置多条进展线索来实现，而这些进展最终也必须坚定地趋于一个主要线索上，就好像栽植的是一棵树，这棵树盘根错节，枝繁叶茂，婆娑多姿。也就是说，这种纵贯型构筑形式，在艺术地表现社会、人生、自然、生活、文化思想的矛盾冲突和人类情感的丰富性、复杂性上有局限，不能使多种艺术媒体介入，是一种单层性的艺术构筑模式。在文学作品中，对这种作品构筑模式的艺术分析，应注意从单线型、复线型这两种基本的表现形态入手。

单线型的纵贯构筑形式，是以事件展开的自然时空顺序来营构作品，事件发展的时空顺序成为作品的营构线索。在采取这种构筑形式的作品中，时间总是向着一个方向，即"始"一直是向着"终"行进的，而空间总有其连续性，作家就依循着时间的一维性和空间的连续性来构筑作品。如蒲松龄的《促织》，虽然整个情节尽跌宕、张弛、曲折之能事，但它有头有尾，有始有终，事件顺序发展，线索单纯，不枝不蔓。作品以明宣德年间宫中斗蟋蟀之风盛行为开端，继而描写成名一家的遭遇，一步一步地将得蟋蟀、失蟋蟀、再得蟋蟀、斗蟋蟀、贡蟋蟀等事件的发展过程展现出来，将主人公的悲惨命运层次分明地展现出来。这一切正像鲁迅先生对《聊斋志异》曾作过的评赏那样"描写委曲，叙次井然"。

在文学鉴赏中，对这种单线型构筑形式的分析，要着力理出贯通作品整体的营构线索，看作品是如何运用线索来营构作品的。作品的营构线索是纷繁复杂、多种多样的，但从营构线索的艺术规律来看，我们可以从两种类型来进行分析。一类是以"情"为线，即以思想感情的开拓变化过程为线索。如朱自清的《绿》是以"情"为营构线索，开始初见潭水的绿是"惊诧"，接着受潭水的绿的"招引",继而又去"追捉"潭水绿的"离合的神光","心随潭水的绿而摇荡",以至于要张开两臂抱住潭水的绿,直到最后大声赞美水的绿,达到"不禁惊诧"于潭水的绿了。作者从"惊诧"到"不禁惊诧",仿佛掘井一般,层层递进,使感情逐步升腾,达到顶点,显示了情感深化的波澜,构成贯通全篇的线索。另一类是以"物"为线,即以某种特定意义的事物为营构线索。如刘绍棠的《榆钱饭》,就是以榆钱饭为线索来营构作品的:"我"自幼常吃榆钱饭,青黄不接时,榆钱儿是穷人的救命粮——六七岁时,常跟比"我"大八九岁的丫姑捋榆钱儿,生吃很甜,越嚼越香——十年动乱期间,榆钱饭又"来救命"了——如今回故乡,人们吃的全是大米白面,想吃榆钱饭而不得——榆钱饭"进入北京的几大饭店,成为别有风味的珍馐佳肴"。显然这是以特定的"物"为营构线索贯通作品。

复线型的纵贯构筑形式,是指有两条或两条以上的线索同构于一个作品中,建造作品的有机艺术整体。由于这两条或两条以上的营构线索在作品中所处的地位和相互联系、相互作用的不同,所以有多种不同的构成形式。或一正一副,或一明一暗,或双线进行,它往往于作者行踪、见闻之中融进作者独特的感受,寓内在的情感脉络于作品的外在线索之中,如双桥并架,两水并流。两条线索若明若暗,互为映衬,既表现出外在线索明朗的美,又体现出内在线索含蓄的美。这种构筑能将外部联系的逻辑性和内在意蕴的深刻性有机地交凝起来。如《左传·晋楚城濮之战》,一条线写楚师骄狂轻敌中计;另一条线写晋师,审时度势,足备兵器。双线配合发展,以晋胜楚败为结局。这条内在感情线索,时暗时明,时隐时露,时断时续,通贯全篇。在鉴赏中对这种暗含的线索细加分析,可以使我们看到作者主观的"情"和客观的"物"是如何结合起来，从而构筑全篇的有机生命整体的。

第二，横断型结构形式的分析。

横断型的构筑形式，就是以内在的线索来组合贯穿各种材料和本来不相关联的生活场景或片段，是一种并列式的横向布局。这种构筑形式的特点是打破了时空的限制和事件发展的先后顺序，对客观生活与自然物象不是单层性地、平面地自然展现，而是多角度、多层次、多侧面地进行艺术描绘，能够创造富有立体感的多层次艺术审美空间。如朱自清的散文《春》，描绘了春草、春风、春花、春雨等一系列自然画面。乍看这些画面好像互不承接，但是，加以细致透视与分析便可发现，作者是以"盼春—迎春—颂春"这条内在的线索，把它们连缀组合起来，使春风图、春草图、春花图、春雨图这些横向艺术画面构成绚丽多姿的立体化的多层性春天画廊，从而多层面地展现了生机盎然的春闹图景。又如众所熟读的杜甫的《绝句》，采取的也是这种横断型的艺术构筑形式：

　　　　两个黄鹂鸣翠柳，一行白鹭上青天。

　　　　窗含西岭千秋雪，门泊东吴万里船。

这首景物诗的艺术境界，显然是由四个横向性艺术画面营构而成的。前两个画面是从动的角度展现天空明丽清新的情态：黄莺在青翠的柳丛中鸣叫，白鹭在一碧如洗的青空中飞翔；后两个画面是从静的角度描绘开阔生动的图景：西岭上覆盖着久积的皑皑白雪，门前停泊着从远方而来的船舶。很显然，诗人通过这四个具有并列横向性的艺术画面，营构和创造了这首诗优美和谐的艺术境界。它有动景，有静景，从天上到地上，生动地展现了一个富有多层性和立体感的艺术审美空间。

在文学鉴赏中，对这种横断型构筑形式的分析，应当注意三个基本点：一是要首先画出生活画面，即明确作品描绘的是哪几幅生活画面;二是要弄清连接画面的内在线索,即明确作品中的一系列生活画面是怎样贯穿起来而构成一个有机艺术整体的;三是要找出设置各种材料和生活画面之间组接的"焊接点"。如朱自清的《南京》,描述了一系列名胜风景画面:台城、玄武湖、清凉山、莫愁湖、秦淮河、明故宫、雨花台、燕子矶、中山陵等。虽然没有用记游的叙述线索将它们串联起来,但作者的抚今追昔之情贯穿其中。又以"时代侵蚀的遗痕"作为画面之间组接的艺术"焊接点",从而构筑成为一个无懈可击的立体化的艺术整体。上文例述的《春》中所描绘的一系列画面,是以盼春、迎春、颂春的欢乐激情作为内在线索,次序井然地组合春天的画廊,而以未露面的诗人鸟瞰春天的一双"眼睛"作为画面之间组接的艺术"焊接点",作品的布局构图一气呵成,天衣无缝。线索的贯穿,焊接点的"焊接",使作品在整体构筑上做到了"明断,正取暗续",具有经纬交织、紧凑完整的立体美。在文体解读中,对这种构筑形式的分析,其关键是要弄清组合各种材料、连缀生活画面的内在线索,找出各个生活场景之间组接的艺术"焊接点"。

第三,交叉型结构形式的分析。

交叉型的构筑形式,就是指作品的结构线交互错综,间隔穿插,一方面依循自然的时序,一方面又突破时间的一维性和空间的连续性,采取跌宕、逆入等艺术手段,使现实与历史、动作与回忆等在作品中穿插出现,可以说是事态结构和心理结构的有机糅合。按照王蒙谈小说营构时的说法,这种构筑形式就是"以人物和故事为经,以心理描写——包括意识流为纬而构成的"。传统性的艺术构筑形式往往是按照时空顺序来营构作品,而现代意识流式的作品,则常常是以人的心理意识的轨迹为营构线索,重新组合以至突破颠倒时空的顺序来构筑作品。这种交叉型构筑把这两种形式糅合于一体,使几条结构线呈交叉状出现在作品中。

　　例如李国文的《月食》,这篇小说写离开报社二十多年之久的伊汝,从柴达木回到报社还未开始工作,就又踏上了去羊角垴的旅途。作品既按照自然时序写伊汝从报社出发,坐长途汽车到达县城,上老道骑车,在公社招待所住宿一夜,清早攀登莲花池主峰,进妞妞院落,和妞妞团聚这一经历,又将几十年的风云变幻、人情世态,通过伊汝坐在长途汽车里、住在公社招待所里、攀登在崎岖的山道上所进行的心理活动展现出来。其中既有对羊角垴群众心灵美的传神入微的刻画,又有对鱼水相依的军民党群关系受到侵蚀和损害的多层次的描写;既有对美好回忆的渲染,又有对真挚爱情的颂赞。所有这些都像电影的镜头一样活跃在此时此境的伊汝心灵的荧光屏上。由此,使现实和历史交错呈现,一个个不同的生活画面不断地闪现、跌宕。如果作者不采用这种交叉型的构筑形式,而将几十年的事情按照时间顺序来写,这样一个短篇小说恐怕就难以容纳。

　　在文学鉴赏中,对这种交叉构筑形式的分析,要注意它的多样化和复杂性。在有些作品中,这种交叉型的构筑形式,从整体上来看,是以时空的转换或事情发展的进程为顺序来组合材料的。但从局部来看,特别是作品中间的主体部分,往往又是按照横向的形式来安排材料,纵中有横,纵横交错。如孙荪的《云赋》,它在整体上是按照“候机时—乘机时—下机时”的时空顺序和活动进程来构筑的纵贯形式。但是,作品的主体部分,又采取定点观察的横向方式,描绘了淡云图、彩云图、无云图等几个具有并列关系的艺术画面。也就是作者乘坐在飞机上,先是俯瞰下空,然后又仰望高空,从而对云彩进行了多视角、多方位的艺术描绘,形象地展现了云层的千变万化和云景的千姿百态。还有些作品常常把时间顺序的线索和空间转移的线索交叉使用。如碧野的《天山景物记》，就全篇来看，由整体到局部，由低处到高处，这是一条以空间位置为转移的空间线索；由白天到黑夜，又由黑夜到白天，这是又一条以时间为顺序的时间线索。两条线索结合交叉，展现出一个个丰富多彩，使人怡然神往的特写镜头。而在每一节里，空间位置转移的线索又呈现不同的状态。如写牧群，由近及远；写牧女，由远及近；写云雨，由上而下；写黄昏，由外而内；写牧场夜景，由近而远……从而使作品显得摇曳多姿，异彩纷呈。所以，在文学鉴赏中分析这种交叉型构筑形式，既要注意从整体上理清时空转换或事情发展的顺序，又要注意抓住作品主体部分横向构筑的"观察点"。

第四，辐射型结构形式的分析。

辐射型的构筑形式，就是以一个特定的点为中心向四周伸展、放射，用网络的方式来组构各种材料。它不受时空的束缚，而是以作家的心理过程和意识流动为总绳，任情思奔涌，想象飞越。如王蒙的小说《春之声》，以闷罐子列车的运行线为端点，通过工程物理学家岳之峰的联想和想象把各种材料网罗起来而构筑作品。作者采取"漫天开花的写法"，写人物的心理活动过程，包括种种潜意识的活动，主人公岳之峰坐在闷罐子列车里的心理意识，时而放射到北京和西北高原，时而又放射到德国的慕尼黑和法兰克福；时而放射到童年的生活和青年时代的初恋，时而又放射到眼前的生活现实；时而放射到广州人住的凉棚、易北河上的客轮、斯图加特的奔驰汽车工厂、天上的三叉戟，时而又放射到美国的抽象派的音乐、杨子荣的咏叹调。

总之，人物的心理意识四处放射，任意流动飞越。在这里，人物的内心是一个网点，主人公岳之峰思绪联翩、纵横交织、里外穿梭、自由飞越的心理意识活动都是从这个网点伸展放射出去的。

由此,作品把对社会现实的反映聚集在人物特定的心电图上,并且通过对这个心电图的描绘表现出来。透过作者所描绘的这个心电图,我们既看到了过去,又看到了现在,既看到了中国,又看到了外国,从而和岳之峰一样产生了与外国相比的落后感和差距感,以及要赶上去的时代感和历史感。特别是看到了我们生活的每一个角落都充满着转机,听到了春天的动人之声。王蒙把这种构筑形式称之为"心灵活动的结构"。

在文学鉴赏中,对这种辐射型构筑形式的分析,要注意把握以下两种情况。

一是以心理意识以及情绪的流动来交叠和组构生活的"瞬间性印象"。这种瞬间性印象的交叠不是连续性的长镜头,而是随着心理意识的律动,由此及彼地把呈散状的瞬间性生活断面贯通于一体。它像蒙太奇式的组接,"瞬间性印象"自成单元,各有断点,而交叠则使断点相接,呈现跳跃式的连续性。这种印象交叠,打破了客观世界的秩序,建立了主观世界的秩序,审美知觉圆转于各种瞬间性印象——生活断面和镜头之间,整体构图生成于无形涌动的"情绪流"的律动和跳跃的心理感觉。有不少当代散文作品善于写"生活的瞬间性"和由此在头脑中、在意识里闪现出来的瞬间的感觉、印象和意绪,善于艺术地运用奇妙的联想、幻象、意识的大幅度跳跃和随意识流动等现代艺术技巧,就属于这种艺术构筑形式。

例如陶己的《任意,难任意》,写的就是"生活的瞬间性"和由此在头脑中闪现出来的瞬间的感觉和意绪。这篇散文的主体是由四个瞬间性的生活断面构筑而成,一是开篇之后所写的"去男朋友家",二是描述"小卖部的老板娘",三是写连吞两个杏核的小孩,四是写梦中"在爱的雨里"爬山。这些生活断面,写的都是"生活的瞬间性"及其瞬间的感觉、印象和意绪。初读觉得有些零散,图景有些迷离,情感意绪好像是四处涌流。但是,当我们围绕着作品中抒情主人公"我"的外在视角和内在情致,把这些分散状的生活断面组合起来,一个完整的抒情主人公形象以及她的联想、幻象和意识的流动便比较清晰地展现出来,对作品的理解也就随之进入完整的升华阶段。这就是说,这些瞬间性的生活片段,是由一股特定的"情绪流"贯通着,有一条内在流动的感情线,把那些表层上没有必然联系,缺乏逻辑关联的瞬间性生活断面和细节无形地融合于一体,构成丰富而迷离的生活图像。透过这种迷离的生活图景,我们便可分明地看到它包含着一个纯情少女的感情寂寞和孤独,包孕着一个少女对生活的美好回忆和热切追求等复杂的精神内涵。其中"任意,难任意"的内在情绪流,贯通了一系列瞬间性的呈分散状的生活断面,使之构成了一个充满内在情韵的艺术整体。这种构筑方式,是以瞬间性的生活断面的综合式排列组合达到有意味的层次,是在主体意识定点上进行生活断面的展示。它打破了传统散文"一情一景"的营构模式,扩大密集了作品的艺术容量,拓宽丰富了作品的意蕴内涵,给人一种多维的审美体验。作品中展现了种种情致、众多的神态、多变的感觉,其中有对生活的追忆、人事的观察,也有对社会的透视、人生的思考、爱情的回味,是一种多意蕴的艺术复合体,富有艺术的力度和重量感。

二是这种辐射的构筑形式打破了单维型的构思模式,能够创构富有弹性的多层性艺术空间。在文学鉴赏中我们可以发现,采取这种构筑形式的作品,其中有象征、暗示性的描写,有意象的虚实契应,行文伸缩自如,文体和语气变化多姿,把作品构筑成瑰奇宏阔、富有弹性和立体感的多层艺术空间。这种文体弹性,在艺术地把握社会生活和思想情感的丰富性、复杂性上,呈现出一种新的表现形态,这就是让多种艺术媒介竞相介入,使作品成为多层面而具张力的复合整体，展示直觉层次中的世界各面，既有多向多维的松动和舒放，又有一种内在的有机性和立体感。

古人说"文无定法"。在文学鉴赏中对作品构筑形式的艺术分析，应当根据不同文体的作品实际来进行。以上例述的几种构筑形式，意在揭示文体营构的一些基本规律，指出一条文序分析的门径，不可以此机械地套用于一切作品构筑形式的分析和阐释。

需要指出的是，在文学鉴赏中对各类文体作品构筑形式的分析，应当特别注意把握两个基本的美学标准。

一是要考察作品的构筑形式是否完整。任何一个有生命的艺术作品，都有一定的完整的形式，都是一个完整的有机体。如果作品的躯体构造不完整，就不会成为有生命的艺术形式。这就是说，艺术作品的生命是和完整的形式分不开的，它的生命是寄寓在完整的形式之中的。那么，何为"完整"呢？所谓完整，指事之有头、有身、有尾。所谓"头"，指事之不必然上承他事，但自然引起他事发生者；所谓"尾"，恰与此相反，指事之按照必然律或常规自然地上承某事者，但无他事继其后；所谓"身"，指事之承前启后者。所以结构完美的布局不能随便起讫，而必须遵照此处所说的方式。这是对"完整"的美学意义所作的具体说明，也是我们进行作品构筑形式分析所应切实把握的一个美学标准。

二是要考察作品的构筑形式是否和谐，看作品整体的各个组成部分有没有均衡感和匀称美。正如有的学者所说，必须里面的一切都能够布置得宜；必须开端和结尾能和中间相配；必须用精湛的技巧求得段落的匀称，把不同的各个部门构成统一整体。这说明布局均衡、匀称，是作品构筑形式和谐的基本要求，也是我们分析作品构筑形式的美学标准。作品构筑形式的完整与和谐是相统一的。它们相互制约、相互影响、相辅相成。没有完整，也就谈不上和谐,在文学鉴赏中不可把二者完全分开。

三、从不同层面与角度
探究作品的组合技巧

　　一部风姿绰约的好作品,固然与它总体的艺术构筑——不落俗套的构架设计、独出心裁的布局营构、新颖别致的整体造型直接相关,但也同作者在某些局部匠心运用的一些艺术组合技巧密切相连。如果不讲究局部的艺术组合技巧,总体的布局构架就难以构筑起来。因为整体的构筑需要衔接缝连、穿插过渡、上下贯通、疏密相间,并且井然有序、严谨和谐、匀称均衡、精致完整。否则,就会平板无奇,甚至散乱而不成章。因此,在文学鉴赏中对文序的分析,在弄清作品总体的构筑形式的同时,还必须要注意艺术组合技巧的具体探究。例如:作品为什么有的用第一人称,有的用第三人称,或者两者交错使用;作品是怎样开篇夺目、终卷摄魂的;作品是怎样瞻前顾后、审视左右、巧于穿插、曲直相间的,等等。这些问题都是文序分析所不可忽视的。只有具体分析和深入探究这些艺术组合技巧,才能切实把握作品的营构艺术。为此,在这里我们试从几个不同的层面和角度,例析几种常见的艺术组合技巧,以探讨其分析的基本规律。

　　第一,主体与穿插。

　　所谓主体,是指作品的主干——主要人物、主要事件、主要情节或主要场景和画面等;所谓穿插,是指作品中围绕主体的其他人物、事件或细节。主体和穿插是主从关系,穿插是依据主体的需要进行,为主体服务的。艺术的穿插,是构成主体的有机组成部分。凡是好的作品,无不讲究巧妙的穿插,或为主体作铺垫,或为主体作烘托，或与主体形成鲜明的艺术对比，造成烘云托月、万山拥主之势。在文学鉴赏中进行文序的艺术分析，切实把握主体，弄清穿插，可以揭示作品内容的丰厚性和布局设计的艺术性。

第二，突转与波澜。

精巧的作品构筑，往往重视并讲究"突转"技法的艺术运用。所谓"突转"，就是指情节、场景或画面的突然转换，或由逆转顺，或由顺转逆，或由乐转悲，或由悲转乐，从而造成作品行文布局的波澜。我国的古文论家认为："善为文者因事以出奇，江河之行，顺下而已。至其触山赴谷，风抟物激，然后尽天下之变。"①这就是说，凡是优秀的作品，总是善于以出人意料的情节，给人以较强的刺激，以突然变换的场景，吸引人们的注意力，由此形成作品整体布局上的跌宕美。

第三，呼应与衔接。

呼应就是前有伏笔，后有照应，前有原因，后有结果。凡是优秀的作品，为使全篇前后统一，血脉贯通，无不重视呼应这种艺术组合技巧的运用。在文学鉴赏中，对这种组合技巧的分析，我们应注意从两种方式入手：一是内容上的前后照应。也就是作品前面提到的人、事、景、物，后面有交代；而作品后面出现的人、事、景、物，有前面的具体依据。如吴伯箫的《早》，开篇踏进三味书屋，"迎面先扑来一阵清香"，这清香不是桂花香、兰花香，也不是书香。究竟是什么香呢？没有说明。接着转笔描述"书屋的局势"，直到记起书屋后园时，"我"才忽然明白这是蜡梅花的清香，随即描绘蜡梅盛开的景象。由蜡梅花开得最早，引入主题，写到鲁迅书桌上的"早"字……清香、梅花、早，三者前后照应，浑然成

---

① 〔宋〕陈师道：《后山诗话》。

篇,天衣无缝,构成有机的艺术整体。二是首尾相援,头呼尾应,能使结构完整统一,显示艺术构思的巧妙。

　　衔接与呼应不同。衔接是指作品各个部分之间的缝连,使作品不出破绽,弥合贯通,构成浑然天成的严密整体。凡是好的作品,衔接讲究自然流畅,无斧凿痕,如天上行云,自然飘浮;像小溪流水,顺势流淌,达到天衣无缝的地步。在鉴赏的过程中,对衔接这种艺术组合技巧的分析,可以从以下几种情况入手。一是从一个场面转换到另一个场面时的衔接。如鲁迅的《秋夜》,从室外景物的描写、感受转入室内景物的描写、感受时,用夜游的恶鸟的叫声,打破了平静的气氛,以"夜半的笑声"为艺术的过渡,把室外与室内衔接起来,构成一个和谐的整体画面。二是从一层意思推进到另一层意思时的衔接。如鲁迅的《记念刘和珍君》,第四节末尾写道:"沉默呵,沉默呵,不在沉默中爆发,就在沉默中灭亡。"当推进到还要说话时,用了一个巧妙的过渡句:"但是,我还有要说的话。"接着写刘和珍等青年被害的情景,从而沟通上下文境,使作品前后连缀组合起来。三是叙述与议论、顺叙与插叙变换时的衔接。从这几种情况可见,衔接这种组合技法是很灵活的。在文学鉴赏中,我们要根据作品的内容和体式作具体分析,但以常规来看,它基本上是采用艺术的过渡(段、句或连接词)方式来表现的。

　　第四,统篇与显旨。

　　古人论结构篇章,说:"启行之辞,逆萌中篇之意。"[1]意思是说,作品的主旨,要在开篇处得以萌发,以给读者一个鲜明的印象。开头统篇,这是各种文体作品营构的一条不可背离的艺术规律。如朱自清《背影》的开篇:"我与父亲不相见已二年余了,我最不能忘记的

──────────

① 〔南朝·梁〕刘勰:《文心雕龙·章句》。

是他的背影。"这篇散文看似平直,实具功力,通过"背影"为抒写父子至爱的感情打开了闸门。可见,这个开头,萌发了全文的主旨,统领了全篇。作品的开头统篇,形式是多种多样的。但无论采取什么形式,其基本规律都应遵循"统篇"这条法则。因此,我们在文学鉴赏中分析作品的开头,必须要揭示"统篇"这个基本规律。

古人论作品结尾,说:"绝笔之言,追媵前句之旨。"①我们现在也常说,作品结尾要点题。点题不是主旨在结尾处的重复,而是采用多种方式,或推演、或颖脱、或深化、或升华,总之,是把主旨显现出来,给读者留下更深刻的印象。结尾显旨,也是各类文体作品营构的一条艺术规律。离开"显旨"这条艺术规律的作品,都不会做出好的结尾。如冰心的《往事(七)》,描写雨中莲花,篇末便点出"母爱"的题旨:"母亲啊! 你是荷叶,我是红莲。心中的雨点来了,除了你,谁是我在无遮拦天空下的荫蔽?"这是对前面描述的收束,真可谓水到渠成,卒章显志。可见,作品的结尾虽然形式各异,但"显旨"的作用相同。因此,我们在文学鉴赏中分析作品的结尾艺术,必须要把握"显旨"这个基本规律。

(原载《名作欣赏》1993 年第 2 期,人大复印
报刊资料《文艺理论》1993 年第 6 期转载)

---

① 〔南朝·梁〕刘勰:《文心雕龙·章句》。

探寻艺术构思的内在律动

——文学鉴赏中的节奏分析

什么是节奏？如果对节奏的含义做一个简明的解释，那么，应当这样来进行概括：节奏就是有规律的运动，是"运动的起伏"所形成的"波状"形态。具体一些来说，就是宇宙间的自然事物和社会生活不断发展变化的律动。在这里，我们不准备对节奏的定义进行论证，只是从对节奏的这个基本认识出发，就文学鉴赏中作品的艺术节奏及其分析规律——作品节奏的艺术价值、内部和外在的表现形式、作品节奏的艺术营构技法以及作品的节奏特征与作家的个性气质等方面，做些粗略的探讨和阐述，以帮助读者在文学鉴赏中切实把握作品节奏的艺术规律，深入领略作品的艺术节奏美。

如果说我们在鉴赏论中探讨的文序分析——对作品艺术构筑形式的探究，是对作品躯体构造的具体解剖，那么，这里要探讨的节奏分析，便是揣摩作品中"贯注于全体"的脉动流程——作品躯体构造的有机性所形成的"似生灵一样的活的呼吸"，也就是探究作品艺术构思的内在律动——作品的起承转合、疏密缓急、抑扬顿挫、曲折跌宕等所构成的一种内在运动的"波状"形态。因此说，节奏分析是文学鉴赏中文序分析的继续与深化：文序分析是重在解剖作品躯体构造的静态分析，而节奏分析则是重在揣摩贯通作品内在动脉的动态分析。它是文学鉴赏中领悟作品的思想意蕴和营构艺术的基本途径,也是文学鉴赏的一个不可忽略的重要内容。正如吴调公在谈作品赏析时所指出的:"把握律动(即节奏)可以了解诗人创造艺术美的过程,特别是诗人感情对铸造意象的规范作用。"①

一、节奏的内在驱动力

节奏,常常被人们视为悠扬动听的歌、活泼欢快的舞曲、扣人心弦的旋律,而文学作品的节奏在文学鉴赏中却往往被人忽略。有的甚至怀疑:文学作品是文字符号构成的,它既没有音乐那种轻重缓急的音响运动感,也没有舞蹈那种手舞足蹈、变化多姿的造型运动感,还会有什么节奏? 在文体构造艺术的研究领域里,特别是在文学鉴赏的探讨中,对文学作品的节奏也很少有人问津。在文学这个语言艺术的世界里,好像没有节奏的存在。难道文学作品真的没有节奏可言吗?

在马克思主义认识论看来,节奏是伴随着客观事物的运动所发生的一种客观现象,宇宙间的一切事物都有节奏。譬如太阳的东出西没,昼夜的交替,钟摆的摇动,潮汐的涨落,以及冬去春来,春过夏至,夏去秋到,周而复始,四季代序,这便是时令变迁的节奏;人的呼吸,心脏的跳动,血液的循环,以及生与死,存与亡,这便是人类生命运动的节奏;人类社会中的斗争与统一,更新与守旧,先进与落后,一切社会活动的交替变化,这便是社会生活的节

①吴调公:《气象·律动·心声——诗词欣赏与审美感情》,载《文史知识》1985年第10期。

奏。一言以蔽之，世界上的一切事物都是不停地运动着的、不断发展变化的，都是有节奏的。"宇宙内的东西没有一样是死的，就是因为都有一种节奏（可以说是生命）在里面流贯着。"①正因为事物内部和相互之间的运动依据一定的节奏规律来进行，才使得整个世界既变化万端、千姿百态，又是有秩序的。艺术返照自然，文学是客观世界的反映。既然客观世界的事物都有其运动的规律和节奏，那么，用语言艺术来反映客观世界的文学作品，也必然有其自身的客观规律和节奏。这就是说，客观事物和社会生活是充满节奏的，用语言来形象地反映客观事物和社会生活的文学作品，毫无疑问也是有节奏的，文学作品的节奏就是由生活的律动所决定的。当然，这样认识和论述文学作品的节奏，仅是从客体方面出发的；从主体论来看，文学作品的节奏存在，也有它的生理和心理依据。著名文学理论家和美学家朱光潜在他的《谈美书简》中，就从生理学和心理学观点谈到文学作品的节奏感问题：

　　　　节奏是主观和客观的统一，也是生理和心理的统一。它是内心生活（思想和情趣）的传达媒介。艺术家把应表现的思想和情趣表现在音调和节奏里，听众就从这音调节奏中体验或感染到那种思想和情趣，从而引起同情共鸣。②

　　朱光潜从生理、心理学的角度对艺术节奏的这个论述，显然是颇为精辟的。它不仅阐明了节奏存在的生理和心理依据，同时也指出了节奏作为"传达媒介"在文学鉴赏中的重要作用和审美意义，充分说明节奏分析不可忽视。我们知道，在其他各种艺术

---

① 郭沫若：《论节奏》，见杨匡汉、刘福春：《中国现代诗论》上编，花城出版社1985年版，第111页。
② 朱光潜：《谈美书简》，中华书局2012年版，第61页。

领域中,艺术作品的节奏美早已被艺术家所重视、所创造。例如,音乐的节奏是很显然的,舞蹈是以节奏的艺术创造取胜的,绘画的线条色彩也有节奏,建筑则被人们称为凝固的音乐,也是有节奏美的。在语音艺术中,话剧脚本的台词、诗歌的韵律都有节奏,而其他的文学作品何尝没有节奏?文学鉴赏怎么能忽略节奏的艺术分析呢?

郭沫若在谈抒情诗的节奏时曾经明确指出:"节奏之于诗是她的外形,也是她的生命,我们可以说没有诗是没有节奏的,没有节奏的便不是诗。"[①]诗是如此,和它同属于语言艺术的散文、小说等文体,自然也不例外。从文学作品构造的艺术角度来考察,节奏是体现作家总体艺术构思的重要方面,它不仅是文学作品的艺术形式的基本构成因素,也是题材内容的有机组成部分。无论是叙事性、抒情性的文体,还是议论性、说明性的文体,都离不开节奏。如果没有节奏,作品就没有生气,没有活力,失去艺术感染的力量,如同音乐没有节奏就不成音乐,舞蹈没有节奏就不成舞蹈一样,任何体裁的语言艺术作品若没有节奏,就不能称之为文学。正如刘大櫆在《论文偶记》中所指出的:"文章最要有节奏,譬如管弦繁奏中,必有希声窈渺处。"可以说,节奏之于文,如同脉搏之于人,节奏是文学作品的基本力量之所在,是文学作品的内在驱动力。凡是优秀的作品,无不具有跌宕多姿、扣人心弦的艺术节奏。

电影美术家韩尚义说,诗词、小说和散文用词的平仄阴阳上去构成节奏,这仅是节奏的一个方面,而"更重要的是作品章节内

---

① 郭沫若:《论节奏》,见杨匡汉、刘福春:《中国现代诗论》上编,花城出版社1985年版,第111页。

容的组织与安排上"。①　的确，凡是优秀典范的艺术作品，在结构
布局的艺术营构上都无不追求一种节奏感，造成一种流动美，从
而使作品具有特殊的艺术魅力。有些精品佳作之所以能够出奇
制胜，引人步入胜境，其中有一个重要的原因，就在于它变化有
致，富有艺术节奏感。如贾谊的《过秦论》，这篇文章以严密的逻
辑推理，以纵向和横向交错的结构形式，显示出无可辩驳的进击
气势。清章学诚曾经评赏它说："气如河海，诵读一过，而过秦讽
汉之意，溢于言外。"《过秦论》之所以成为历代称赏的名篇，实际
上也是以浪涛汹涌的强烈节奏而取胜的。它的中心之意是"过"
秦，可是文章却用 2/3 的篇幅，从反面切入，以飞沙走石、横溢不
可遏的磅礴气势来"扬"秦。开篇首先极力铺叙秦国的强盛；接着
又陈述"六国叩关攻秦"而遭惨败；继之叙写秦始皇奋六世之余
烈，灭六国统一天下。作者不惜笔墨，对秦扬而又扬，极写秦始皇
灭六国统一天下的强威，多层面、多角度地渲染它睥睨一世的气
势，把它推到了"威震四海"的顶峰。在这样纵剖之后，接下去则
是横切——作者陡转笔锋，用大量排比句式，写陈涉揭竿而起，天
下云集响应，以暴风骤雨之势，摧垮了不可一世的秦国。最后又
突起一笔，以"仁义不施，攻守之势异也"，点明过秦的题旨，说明
其原因在于秦始皇不懂打天下与守天下的方略不同。综观全文，
纵横交织，大开大阖，起伏跌宕。前半部分扬秦，如钱塘江大潮，
巨波涌起直接天际；后半部分浪峰陡然下跌，飞珠溅玉，轰然雷
鸣，令人惊心动魄。前之"扬"和后之"过"，构成了大起大落、铿锵
有力的强烈节奏，显示了作品总体艺术构思的律动美，生发出凌
厉峭拔、咄咄逼人的气势，具有勾魂摄魄的艺术征服力量。显然

---

①韩尚义：《论艺术节奏》，载《中国电影》1990 年第 5 期。

可见，节奏不仅是文学作品艺术整体的有机组成部分，而且能使作品产生特殊的艺术效应，是直接体现作品艺术生命力和艺术感染力的一个重要因素。因此，在文学鉴赏中我们不可忽略作品的节奏分析，应当充分揭示作品的艺术节奏美，深入把握节奏的艺术价值。

有人在谈小说的节奏时指出："节奏在小说中的作用是，它不像图案那样永远摆着让人观看，而是通过起伏不定的美感令读者心中充满惊奇、新颖和希望。"①古往今来，凡是敏锐的富有经验的作家，不仅善于观察、感受、发现和寻找自然世界和社会生活的节奏，能够从"一切死的东西里面看出生命来，一切平板的东西里面看出节奏来"。② 在创作中结构布局作品时，他们总是自觉地把握节奏，匠心营构节奏，着力于节奏美的艺术创造，使作品就像生灵之一呼一吸，以鲜明强烈的节奏感，增强作品的艺术感染力。俄国作家爱伦堡曾高度评价司汤达小说的节奏，认为节奏——无论是展开叙述时或是在对话当中——具有重大意义。他（指司汤达）说，当人们谈话的时候，应该用节奏来表示不同性格，找出适于表达不同的情感的节奏来。爱伦堡还形象地描述了司汤达小说的节奏。他说，司汤达的小说，好像他的故乡多芬耐的河流，它们时而飞流直下，冲走了自己道路上的一切，时而变得又宽又平静，反映出大大小小的树木和房子，时而又重新裂为浪花，泛出一阵阵的泡沫。司汤达不曾一分钟忘记过叙述的节奏。这就启示

---

①〔英〕爱德华·摩根福斯特著，苏炳文译：《小说面面观》，花城出版社1984年版，第148页。
②郭沫若：《论节奏》，见杨匡汉、刘福春：《中国现代诗论》上编，花城出版社1985年版，第111页。

我们,在文学鉴赏中必须充分认识作品节奏的艺术价值,致力于作品的节奏分析,这样才能深入作品风光绚丽的内部世界,领悟作品匠心构筑的艺术真谛。

二、节奏的表现形式

古代文论家认为,语言艺术作品有内实,有外形。内实就是人们通常所说的文章,它不外乎事、理、情。而表现内实的外形,亦即作品的形式,则是由文字符号构成,它主要包括势、色、声、次等。现代文艺学研究说明:"作为艺术的形式,它包括两个方面:其一是内在的各种内容要素的结构方式,有人称之为'内形式';其二是表现内容和内形式的外部特征、形态,包括形、线、色、音响、动作等等,有人称之为'外形式'。这个外形式是内容及内形式的物化形态。"①从文学作品本身的构造和艺术形式的这种构成规律来做考察和艺术分析,我们认为,文学鉴赏中应当切实把握节奏的两种基本表现形式。

其一,是由语言构成的外在形式的节奏,我们把它称之为外部节奏。也就是声调的轻重、缓急,文句的长短、整散,字音的响沉、强弱,语流的疾徐、曲直,以及它们的错杂相间,交相更替,使作品的声势呈现有规律的变化,而构成语言的声音节奏。当代散文家曹靖华曾经说:"不但诗讲节奏,散文也须讲这些,讲音调的和谐,也该下字如珠落玉盘,流转自如,令人听来悦耳,读来顺

---

①张本楠:《形式美与形式主义》,见中国文艺理论学会《文艺理论研究》编辑部选编:《新方法论与文学探索》,湖南文艺出版社1985年版,第159页。

口。"①这里所说的节奏,就是语言声音所构成的外部节奏。朱光潜在《散文声音的节奏》中对这种语言构成的声音节奏,也曾举例做过具体的说明:"比如说,《红楼梦》二十八回宝玉向黛玉说心事:'当初姑娘来了,那不是我陪着顽笑!凭我心爱的,姑娘要,就拿去;我爱吃的,听见姑娘也爱吃,连忙的收拾的干干净净,收着;等着姑娘到来,一棹子吃饭,一床儿上睡觉。丫头们想不到的,我怕姑娘生气,我替丫头们想到。我心里想着:姊妹们从小儿长大,亲也罢,热也罢,和气到了底,才见的比别人好,如今谁承望姑娘人大心大,不把我放在眼睛里! ……'这只是随便挑出的,你把全段念着看,看它多么顺口,多么能表情,一点不做作,一点不拖沓。如果你会念,你会发现它里面也有很好的声音节奏。它有骈散交错,长短相间,起伏顿挫种种道理在里面,虽然这些都是出于自然,没有很显著的痕迹。"②这个例子可以使我们清楚地认识什么是语言构成的声音节奏,即作品的外部节奏。

其二,是由作品内部各种内容要素和意识流动所构成的内在形式的节奏。我们不妨把它称之为内部节奏。具体一点说,作品的内部节奏,就是作品各个构成部分的起承转合、疏密缓急,或者情节的张弛变化,事态的发展波澜,场景画面的转换、跳越,人物的活动等各种内容要素的交替变换而构成的内在运动的节奏。例如在作品的情节——矛盾、冲突、行动、事件和命运——的发展中,有高潮和低落、发展和顿歇、紧张的高潮点和结局,有情势的变化、动作的跳跃、场景的转移、叙述的快慢和断续、冲突的激烈和舒缓以及它们的彼此更替,由此所形成的作品的内在律动,便

①曹靖华:《花》,作家出版社1963年版,第229页。
②朱光潜:《艺文杂谈》,安徽人民出版社1981年版,第83—84页。

是内部节奏。作品的这种内部节奏，就像深藏于内跳动着的心脏的脉动那样，沉浸在作品的叙述过程中，勾勒出情绪消长起伏的波状形态，体现着意识流动的轨迹和历程，传出感情发展波澜的内在律动。如果说作品的外部节奏主要体现在语言声调的错杂变化上，那么作品的内部节奏，就主要体现在情绪的抑扬起伏、感情的发展波澜、意识流动的变化规律上。它是回荡在作品里的生命的脉动的旋律。郭沫若在谈现代诗的节奏时曾经明确指出："（诗的）内在的韵律（或曰无形律）并不是什么平上去入，高下抑扬，强弱长短，宫商徵羽；也并不是什么双声叠韵，什么押在句中的韵文！这些都是外在韵律或有形律（Extraneous Rhythm）。内在的韵律便是'情绪的自然消长'。"[1]这里论述的"情绪的自然消长"所形成的内在韵律，就是内部节奏。文学作品的这种内部节奏和语言声调构成的外部节奏，在作品的整体系统中虽然有着密切的联系，是相互作用、有机统一的，但它们是不能相提并论、同日而语的两个方面。

迄今为止，在文学鉴赏中，有一种偏颇的认识，即认为作品的节奏就是语言构成的声音节奏，把语言声音所构成的外部节奏和情绪的消长起伏而构成的内部节奏混为一谈。有些探讨文体解读规律和研究艺术形态学的文论著作在涉及文学作品的节奏时，也很少谈节奏的内在表现形态，往往只停留在对外在的语言声音节奏的分析和论述上。我们认为，仅从语言声音的角度来谈文学作品的节奏，只能是对文学作品的节奏的表层认识。在文学鉴赏中，只有透过语言、声调的节奏变化，深入到作品的情感激流中而

---

[1]郭沫若：《论诗三札》，见杨匡汉、刘福春：《中国现代诗论》上编，花城出版社 1985 年版，第 51 页。

感受到抑扬起伏的情绪律动，才是对作品节奏的深层把握。郭沫若曾经说："诗之精神在其内在的韵律（Intrinsic Rhythm）。"①同样，文之精神也在其以"情绪的自然消长"而构成的内部节奏。鉴赏诗和其他体裁的文学作品，都只有把握情绪消长起伏的律动——作品的内部节奏，才能谛听作者的心声，领略作品的神采，了解作者创造艺术美的过程，揭示作者感情对铸造意象的规范作用，才能深入作品的内部世界和隐蔽领域，对作品的内部构造和艺术营构做出深入的恰如其分的艺术分析。也就是说，只有如此，才能真正透辟地理解作品，把握作品匠心构筑的艺术真谛。

例如茹志鹃的《百合花》，这篇小说并未描写叱咤风云的人物，也没有叙述曲折离奇的故事。但它具有一种勾神摄魄、动人心弦的艺术力量，吸引着、激动着、感染着我们，这就是作品中奔腾着的感情激流，情绪抑扬起伏的内在律动。小说描述的"赶路"、"借被"、"献身"三个场面，揭示了人物性格展开、情感发展的三个阶段。"赶路"是写"我"和小通讯员的初识，两人由一前一后相隔数丈，到近在咫尺、对面而坐。"我"对他的初步印象是稚气，并由此感到这个小同乡十分可亲。"借被"是写"我"加深了对他的认识，发现了他身上那股可贵的"傻气"，进而又觉得这个傻乎乎的憨厚小伙子异常可爱。"献身"是写"我"听了担架人员的叙述，看到小通讯员为了保护人民群众，毅然献身的那种无私无畏的勇气，从而又深深感到他是何等的可敬。稚气—傻气—勇气，这是小通讯员性格展开的三个阶段；可亲—可爱—可敬，则是"我"内心感受、情绪变化的三个阶段。这三个阶段，体现了作品

---

① 郭沫若：《论诗三札》，见杨匡汉、刘福春：《中国现代诗论》上编，花城出版社 1985 年版，第 51 页。

内部构成的三个层次。它由隐而显，由淡而浓，层层深入地展示了"我"对小通讯员感情的起伏变化。而这正是不为人们所注意的情感发展的内部节奏。在文学鉴赏过程中，我们感触并把握了这种内部节奏，对揭示人物丰富的内心世界，了解作者塑造和刻画人物形象的艺术过程，把握作品内部的艺术营构系统，就可以起到洞幽烛微的功用。《百合花》以情绪的消长起伏、感情的发展变化为依据，不仅写出了"我"对小通讯员的爱，也写出了小通讯员对同志、对人民群众的爱，还写出了新媳妇对小通讯员、对人民军队的爱。作者把这三股爱的感情潮流融为一体，形成一股感情的大潮以及波涌起伏的内在律动，拍打着、冲击着每个读者心灵的堤岸，使人激动不已，心潮难平。而人物思想性格的发展、故事情节的展开，也正是与这一感情大潮波澜起伏的内在律动相适应，从而使小说摇曳多姿、波澜丛生，呈现出一种整体节奏感和曲折变化的美。茅盾曾经说过，《百合花》在描写人物上是由远而近、由隐而显、由淡而浓的，同时又具有一种很强的艺术节奏感。我们认为，这两者息息相关，具有紧密的内在联系。小说中呈现出的那种整体节奏感正是通过由隐而显、由淡而浓的描写手法和结构方式表现出来的。也就是通过由隐而显、由淡而浓地描绘人物感情的轨迹，才使作品呈现出一种曲折变化的艺术节奏美。

　　显而易见，文学作品的内部节奏是体现作品艺术美的重要方面。因此，在文学鉴赏中对作品节奏的艺术分析，不可只停留在语言构成的外部节奏上，更重要的是分析把握作品的内部节奏。只有切实把握内部节奏，才能具体地了解作家塑造和刻画艺术形象的过程，弄清作品的内部构造系统，更加深入地领略作品的动态美，揭示作品的艺术魅力。

三、节奏的艺术性创造

文学作品中跌宕多姿的艺术节奏，扣动读者心弦的律动美，需要作家的用心经营，要靠作家运用艺术创造技法进行苦心营构。我们说，文学作品的节奏来自运动着、发展着的自然事物和客观生活，是多姿多彩的自然节奏和生活节奏的反映。但并不是说，作为语言艺术的文学作品是平板机械地、自然主义地返照生活，而是根据表现特定题旨情境的需要，匠心运用艺术营构技法，创造既符合生活又体现作者意识流动，给人以美感的艺术节奏。

在文学鉴赏的实践中，我们常常可以看到这样的情况：有些作品的叙述节奏与生活节奏成反比。当事态情势急迫、生活节奏飞快的时候，作者却以舒缓的笔势来写，有意把叙述的节奏放慢，似白云飘悠、微波荡漾一般，给人以轻缓之感；而当事态情势从容、生活节奏缓慢时，作者却以紧促的笔势来写，把叙述的节奏加快，有的甚至以风驰电掣、万马奔腾似的迅疾节奏，使你喘不过气来，给人以紧张之感。正如古人所说："势缓处，须急做，不令扯长冷淡；势急处，须缓做，务令纡徐曲折，勿得埋头，勿得直脚。"①富有艺术感染力和审美注意力的文体解读者会清楚地知道，文学作品中这样的例子俯拾皆是。例如孙犁的《荷花淀》，以舒展、轻缓的叙述节奏，生动地展现节奏紧张激烈的战斗生活，更是众所周知的典型例子。可见文学作品的节奏，不是自然节奏和生活节奏的照搬，而是自然节奏的艺术化、生活节奏的艺术化，它需要作家的苦心营构和艺术创造。因此，在文体解读中我们要深入把握文

---

① 转引自蔺羡璧：《文章学》，南开大学出版社 1985 年版，第 188 页。

学作品节奏创造的艺术规律，不仅要弄清节奏的表现形式，还必须弄清作品的节奏是怎样构成的。只有深入进行这样的深层性艺术分析，才能真正揭示文学作品节奏创造的内在奥秘。

在各种文学作品中营构和创造节奏的艺术技法，是多种多样的。作品的内容千差万别，节奏营构和创造的技法也就千变万化。为在文学鉴赏中深入探寻文学作品营构和创造节奏的艺术规律，在这里，我们就几种常见的节奏营构技法，略加分析与探讨。

第一，尺水兴波。古人写诗，讲究波涌起伏，追求曲折变化，提出了"尺水兴波之法"①。其实，这也是一切文学作品营构和创造艺术节奏的一种有力手段。有些短小精粹的艺术作品，之所以尺幅之中波澜丛生，峰回路转，富于变化，给人以跌宕多姿的节奏感，具有扣人心弦的艺术魅力，就在于作者善于艺术地运用"兴波之法"。在文学作品中这种"兴波"技法的艺术运用，虽然复杂、多样，但在文学鉴赏中，我们可以从以下两种基本的情况来进行艺术分析和把握。

一是在感情的发展和深化上"兴波"。人们的感情发展是复杂的，从认识规律来看，它要经历一个由此及彼、由表及里的过程。认识的深化、反复和升华，就会激起人们情感的浪花和波澜。这种"兴波"技法，就是作者依据自己对人、事、景、物的情感发展、深化和升华，推出情感流动的浪花，在作品中制造和显示波澜，从而构成跌宕起伏的艺术节奏。如朱自清的《绿》，随着作者对梅雨潭观察视线的转移，引起感情的发展和深化，由此掀起层层波澜。开始初见潭水的绿是"惊诧"，接着被潭水的绿的"招引"，继而又去"追捉"潭水绿的"离合的神光"，尔后"心随潭水的绿而摇荡"，

①〔清〕刘熙载：《艺概·诗概》。

以至要张开两臂抱住潭水的绿，直到最后大声赞美潭水的绿，达到"不禁惊诧"于潭水的绿了。作者感情发展和深化的进程是从"惊诧"到追逐陶醉，从热烈颂扬到"不禁惊诧"，感情由直接吐露到炽热燃烧，步步深化，仿佛掘井一般，层层推进，使感情逐步升腾，达到顶点，充分显示了感情发展变化的律动，从而构成了作品鲜明的艺术节奏，给人以情感的陶冶和美感享受。

二是在景和物本身的变化上"兴波"。各类文学作品，特别是抒情性文体常常要借景抒情，托物言志。客观的景和物不是固定不变的，而是千变万化的。同时，由于人们观察景物的立足点、感情、角度不同，所见景和物也要注意探究节奏的营构技法。因此，巧妙地抓住景和物本身的变化巧妙地兴波，也是文学作品营构和创造艺术节奏的常见手法。如贾平凹的散文《云雀》，就是以景和物本身的变化兴波。作品开始先写隔壁老头养的云雀在笼里不安，左撞右碰，向往蓝天。因此，"我"不忍看到云雀这样的处境，瞒着老头，偷偷打开笼门，放走云雀。可是隔了两天，出人意料，云雀又自动飞回笼里。用老头的话说："我已经喂它两年了，这笼里多舒服啊！"作者以云雀从向往蓝天到安于牢笼的变化，自然地构成全文的跌宕和波澜，从而创造了作品的节奏。

第二，张弛交错。古人说："文武之道，一张一弛。"张和弛的对立统一，既是生活发展的客观规律，也是文学作品构成鲜明节奏的有效方法。如蒲松龄的《促织》，就是以情节发展的张弛交错、大起大落，创造了波澜回环、起伏跌宕的强烈节奏。这篇小说开篇就把矛盾冲突推到了相当紧张的地步。成名交不上蟋蟀，被官府捉去，打得"两股间浓血流离"，死去活来，竟想自杀了事。但正在这时，村中来一女巫，在女巫的暗示下，成名终于捕捉到一只俊健的蟋蟀，从而解脱困境，有了活路。这是情节发展的第一个跌宕,矛盾冲突由变动状态进而转化为静止状态,也就是情节的发展由张入弛。可是静止中孕育着更大的变动。正当读者为成名获得一只状貌俊健的蟋蟀而感到庆幸时,这只蟋蟀又被他的儿子弄死了。真是一波刚平,一波又起,矛盾冲突由静止状态又转化为变动状态,使情节的发展又变弛为张。这时读者的心情也由轻松变为紧张。但这种紧张到此并未停止,成名的儿子因闯大祸害怕,竟投井自杀。这突如其来的灾难恰似电闪雷鸣,一下子把本来处于紧张状态的矛盾又推到更加紧张的程度,使读者简直透不过气来。至此情节发展已进入高潮。"张"达到一定程度便转入"弛",结果小孩被打捞出来后,放到半夜又苏醒过来,灵魂化为蟋蟀,让父亲献进皇宫,拯救了全家的生命。由于情节的发展张弛交错,起落相间,时而波峰,时而浪谷,所以作品如山之重峦叠嶂,海之浪滚涛涌,构成鲜明而强烈的节奏。毫无疑问,我们在文学鉴赏中弄清小说的这种节奏技法,就可以更深入地把握小说艺术营构的匠心,揭示小说的艺术感染力之所在。

第三,巧于穿插。有些文体作品在叙述的过程中,有时往往中断情节,插进另外一段文字,或写景,或说明,或补叙,或抒情,它打破直线式的时空顺序,使作品的叙述波澜迭起,增添曲折变化,造成一种鲜明的节奏感,这就是穿插。朱光潜先生曾对这种穿插手法表示欣赏。他说:"我读姚雪垠同志的《李自成》,特别欣赏他在戎马仓皇的紧张局面之中穿插些明末宫廷生活之类安逸闲散的配搭,既见出反衬,也见出起伏的节奏,否则便会平板单调。"①这足以说明巧于穿插也是文学作品营构和创造艺术节奏的基本技法。通过穿插,作品起伏多变,节奏鲜明,给人以摇曳多姿的美感。

---

① 朱光潜:《谈美书简》,中华书局 2012 年版,第 62 页。

文学作品中节奏的艺术营构技法，还可以举出很多。如运用复沓、突转、曲折、中断、间歇等技法，同样可以创造作品的艺术节奏美，去叩动读者的审美思考。但是，在文体鉴赏中，我们无论分析什么节奏技法，都应当从作品的总体艺术构思出发，力求揭示节奏的谐调、自然及其富有的均衡感、匀称美，从而深入地感受作品的节奏美。

四、节奏的多样化特征

文学作品的节奏具有丰富性和复杂性，具有多样化的表现和各种不同的特征。有些作品的节奏，如霆，如电，如长风之出山谷，如火山爆发，如决大川，激越奔迸，迅疾猛烈；有的作品的节奏，则如清风，如行云，如袅烟，如溪流轻漾，幽林曲涧，雍容自如，优游舒缓。因此，在文体鉴赏中进行作品的节奏分析，应认真识别和具体把握节奏的不同特征，以深入揭示不同作品节奏的审美意义。

在文学鉴赏的过程中，要具体把握作品节奏的不同特征，应当从作品的题材，特别是作家的个性气质入手来做考察和艺术分析。因为作品不同的节奏特征，不仅要受作品题材的影响和制约，更取决于作家的个性气质。作家的个性气质不同，作品的节奏特征也就迥异。这就是说，文如其人，作家的个性气质与作品的节奏特征是相统一的。我国古典文论中把"理"、"事"、"辞"当作文章构成的基本要素，高尔基把语言、主题、情节当作文学的三要素。但作为观念形态的文学作品，都是一定社会生活在作家头脑中反映的产物。这种反映是折光的反映，不是照相式的反映，所以，作品的立意、选材、用语，都无不打上作家个性气质的印记。

"意"是按照作家的个性气质而确立的,"材"是按照作家的个性气质选择的,"辞"是按照作家的个性气质加以锤炼的,因此,作家具有什么样的个性气质,便会在作品中创造出什么样的节奏。作家的气质各异,作品的节奏也便有别。就古代诗人来说,苏轼心境旷达,胆识兼备,个性豪放,所以他的《念奴娇·赤壁怀古》就呈现出"大江东去"、"惊涛拍岸"的节奏;而柳永多愁善感,放荡不羁,他沉醉的是繁华都市,迷恋的是青楼妓女,所以他的《雨霖铃》怀恋的是"执手相看泪眼",描绘的是"冷落清秋"、"杨柳岸,晓风残月",呈现出哀婉而缠绵的节奏。可见,苏轼与柳永的气质各异,他们的作品节奏也便有别。曹丕说,"气之清浊有体,不可力强而致",乃至"虽在父兄","不能以移子弟"。① 明皇甫汸则指出,"作诗须量力度才","若性质恬旷而务求华艳,才情绮丽而强拟沉郁,始虽效颦,终失故步"。② 刘熙载更进一步指出:"大抵欧公虽极意学韩,而性之所近,乃尤在李习之。"③这些论述都是强调作家个性气质和作品节奏气势的统一性的。所以,凡是成熟的作家,无不是依据自己的个性气质特征扬长避短,为人类创造着光辉灿烂的精神财富。冰心曾经说她有一颗"纤细嫩软的心"④,其实,这就是冰心的个性气质。这种个性气质,是与童心相通的。因此,综观冰心的作品可见,她多在描写孩子上着力,而其作品的情调柔和,节奏舒缓,这种节奏特征与她的个性气质也是统一的。

综上所述,文学作品的节奏是受作家的个性气质制约的。作

---

① 〔魏〕曹丕:《典论·论文》。
② 〔明〕徐师曾:《文体明辨序说》。
③ 〔清〕刘熙载:《艺概·文概》。
④ 冰心:《海恋》,载《人民文学》1962 年第 10 期。

家的个性气质不同,其情感的表现形态,也必然有显隐缓急之分、粗细强弱之别。澎湃、激越、雄壮的进行曲式的节奏,能以气逼人,使读者在情感的激荡中接受其所给予的一切;优游舒缓的抒情小调式的节奏,也能以气感人,使读者在平心静气的品味中接受其所给予的美感愉悦。它们以不同的力量感染着读者,震撼着读者的心弦,实现特有的教育意义和审美功能。所以,在文体解读中,对不同的作品节奏的审美意义和特征,我们应做不同的理解与分析,不能以节奏的强弱、缓急、快慢等作为标准来评价作品节奏的优劣、高下与美丑,而应当以作品节奏的艺术审美价值和艺术效力,作为评价它的准则与尺度。

(原载《名作欣赏》1990 年第 4 期)

发掘色彩世界里的审美宝藏

——文学鉴赏中的着色艺术分析

着色,是绘画艺术的主要手段。画家靠精湛的着色艺术来刻画形象,赋予形象以活的形神风貌,以表达自己特定的生活感受和审美理想。然而,凡是高明的作家在文学创作中也无不创造性地运用语言艺术来着色入文,致力于色彩世界的苦心创构,用色彩来编织瑰丽的感情的锦缎。鲁迅笔下的百草园,朱自清笔下的梅雨潭,孙犁笔下的荷花淀,秦牧笔下的五色土……都是绚烂多姿的色彩世界的艺术创构。他们以精湛的艺术画笔,铺陈色彩,借色传情,赋予色彩以生命,以情感化了的色彩揭示人事景物的情姿神采,寄寓特定的内心情绪和审美意趣,给人以情感的陶冶和美感的享受。因此,在文学鉴赏中,重视着色艺术的分析与探究,有助于我们深层性地发掘作品创构的色彩世界含而不露的审美宝藏,揭示作家着色构图的艺术匠心。

一、衬托性着色:把握其以宾托主的奥妙

大千世界充满色彩。碧绿的树,鲜红的花,黄澄澄的土地,蓝湛湛的大海,可谓五色缤纷,各放异彩,争显风流。我们在对这色彩世界的审美感受中往往有这样一种心理体验,即看某种孤立存

在的色彩时,总有单调乏味的感受,甚至会生有厌倦之情。而当注目于绿叶扶衬的红花时,便觉得红花格外艳丽诱人而感到愉悦。因而,高明的作家摇笔为文、写景状物时,根据表现作品题旨情境的需要,常常摄取这一视感心理现象,艺术地选取两种或两种以上的色彩,分为宾主,在统一的艺术布局下配置各色的不同比例,使之产生相互映衬、以宾托主的美感效果。这就是我们在文学鉴赏中所应注意把握的一种衬托性着色艺术。

如老舍在《济南的冬天》中,艺术地运用这种衬托性着色艺术,鲜明地描画了济南冬天的总体风貌:作者先以"对于一个在北平住惯的人,像我,冬天要是不刮风,便觉得是奇迹",来引发读者的想象,使读者脑海中呈现出一幅朔风怒号、天寒地冻的画面,用这幅画面中的"冷"色衬托济南冬天的"暖"色。接着,又以"对于一个刚由伦敦回来的人,像我,冬天要能看得见日光,便觉得是怪事",来唤起读者的想象,使读者仿佛看到了一幅伦敦灰雾蒙蒙的阴郁的图画,用这幅画面中的"暗"色衬托济南冬天的"明"色。继之,作者还以"在热带的地方,日光是永远那么毒……",使读者面前出现了一幅热带地区火辣辣烈日高照的"叫人害怕"的画面,用这幅画面的"热"色衬托济南冬天的"温"色。在文体鉴赏中切实把握这种以此衬彼、借宾衬主的着色艺术,就可以深入揭示济南冬天阳光温煦、天朗地秀的风貌特征,揭示作品所展现的色调明朗的艺术境界,进而领悟作者着色构图的艺术真谛。

在文学鉴赏中对这种衬托性着色艺术的分析,关键是要看作者选色配彩是否恰当,是否有宾有主、主次分明,正确把握色与色之间的相互关系,探究各种色彩有没有协调统一于一个总色调之中,相互映衬,而突出了鲜明的主色调,从而揭示其以此托彼、化平庸为神奇的艺术效力。

如冰心的《通讯二十九》中所描绘的祖国北方蔚蓝的天："清晨起来,揭帘外望,这一片海波似的青空,有一两堆洁白的云,疏疏的来往着,柳叶儿在晓风中摇曳,整个的送给你一丝凉意。"如果说这也是一幅画,那么"青空"就是画面的主体,它构成了整个画面的主色调。"洁白的云",衬托出这蓝天的澄澈和明净;还有那"青空"像"海波似的",给人以湛蓝空阔、波起浪涌的联想,而"一两堆"、"疏疏的"来往着的白云,更造成一种运动感和立体感。再配上绿色的"在晓风中摇曳"的柳叶儿,给画面以盎然的生机。作者巧配色彩,"举一色为主。……而他色附之"(清迮朗《绘事雕虫》),把白云、绿柳等几种事物的色彩,都统一在"青空"(蓝天)这一主色调之中,以宾衬主,色调主次分明,勾画出了祖国北方蓝天的纯净之美,借以表达了作者回到故土的心旷神怡,对祖国母亲满腔深情的爱。这种色分宾主、主以宾衬而显的着色艺术,是文学鉴赏中最为常见的一种着色手法。

在文学鉴赏中,我们应当注意把握的是,这种衬托性着色艺术非常讲究宾、主色彩搭配组合的相对比例,因为宾、主色彩的比例恰当,衬托才能不落俗套。譬如说,半红半绿的色彩搭配,往往给人以平庸俗气的感觉,而同样是用绿衬红,"浓绿万枝红一点",则显得艳而不俗,色调清新,给人以美感的愉悦。请看茅盾《创造》中一段关于书桌摆设的色彩描写:"靠着南窗的小书桌,铺了墨绿的桌布,两朵半开的红玫瑰,从书桌右角的浅青色小瓷瓶口边探出来。"可以说,这是小小一幅水彩画,可它竟巧着了三种颜色。墨绿中含着浅青,浅青中托出艳红。前者面积大而为宾,后者面积小则为主。这种恰巧的色彩搭配,确有"万绿丛中一点红"之妙,即用大面积的绿去衬那一点红,使之更显艳丽、优雅,给人以脱俗、清新的美感。古人曾说,"华衮灿烂,非只色之功;朱黛粉尘,举一色为主",这就指出了文中着色分为宾主、以宾托主的艺术奥秘。

二、对比性着色:领略其对照浑化的境界

据传唐代大诗人王维在他所画的《袁安卧雪图》中,别出心裁地在那皑皑白雪的画面上,配以碧绿的芭蕉使其两相对比映照,从而取得了一种"鲜明得势"的艺术表现效果。其实,在文学创作中,有许多作家为表现事物鲜明、强烈的色彩感,也常常艺术地运用这种对比性着色艺术,即精心选择相互对立,具有对比意义的色彩描画形象,使之产生彼此对照、相得益彰的美感效果。因为"在同样美观的色彩之中,凡与它的直接对比色并列的颜色最悦目"。色彩的对比和衬托有一定的相通之处,有时甚至难以截然分开。但是,色彩对比的艺术效果毕竟不同于衬托。色彩的衬托主要是以此托彼,而色彩的对比则是相互生发,相得益彰,使双方的色彩效果在令人触目的对照中更显鲜艳、强烈和分明。在文学作品中,这种对比性的着色艺术形式,虽然具有多样化和复杂性,但我们可以从横式的色彩对比和纵式的色彩对比这种基本形式入手来进行艺术分析。

横式的色彩对比,主要是用于不同事物之间的色彩对比上,使之构成鲜明的对照,相反而相成。如老舍在《济南的冬天》中描绘的山雪景色:青黑的矮树尖上顶着一髻儿白花,"好像日本看护妇",松的青黑与雪的洁白对照,相映增色;山尖全白了,"给蓝天镶上一道儿银边",山白与天蓝对照,相映生辉;山坡上露着草色,"一道儿白,一道儿暗黄",黄白相间,对映成趣,好像"给山们穿上一件带水纹的花衣",花衣被风儿吹动,似乎希望叫人看到"更美

的山的肌肤";傍晚在微黄的夕阳斜照下,山雪更显动人的容色,像少女一样"忽然害了羞,微微露出点粉色",斜阳的微黄与薄雪的粉色对照,画出了山雪的脉脉之情。作者通过这种色阶分明、交相辉映的色彩对比,既画出了山雪的色彩美——山雪的光色、姿态的外在美,也画出了山雪的动态感和情态美——山雪的情韵、山雪的内在美。绘画艺术讲究"气韵生动",这里所创造的,正是绘画艺术的最佳境界。这种横式的色彩对比,在写景、抒情的散文和诗歌中,有着广泛的艺术运用。有人指出"设色之妙,莫妙于浑化"。所谓"浑化",即指色彩和谐之意。文学作品中的这种横式色彩对比,虽然以色阶鲜明强烈为特点,但也是一种对不同事物色彩的艺术浑化。如王维初隐蓝田南山时所作的诗《青溪》,描写了青溪素淡的天然景致:"声喧乱石中,色静深松里。漾漾泛菱荇,澄澄映葭苇。"在青溪的近处,澄碧的溪水上面漂浮着一片片绿菱,溪岸嫩绿的葭苇又与葱郁的墨绿松色相映,从而浑化成为一幅富有层次感、富有色阶分明度对比的空间立体画面,给人以清雅幽静的和谐美感。

纵式的色彩对比,主要是用在同一事物的前后不同的色彩对比上,使之各呈异彩,相辅而相成。如冰心《通讯十一》中所描绘的早、晚的霞光:"朝霞颜色的变换,和晚霞恰恰相反。晚霞的颜色是自淡而浓,自金红而碧紫。朝霞的颜色是自浓而深,自青紫而深红,然后一轮朝日,从松岭捧将出来,大地上一切都从梦中醒觉。"这个对比,是以色彩的变换为主体的。两者都美,各呈异彩,作者没有抑此扬彼的意思。这种纵式色彩对比,相辅相成。朝、晚霞光的浓艳壮丽、神奇的色彩变换,在对比中写得活脱自然,逼人眼帘,达到了以形写神的艺术境界。这种色彩纵比艺术,在文学作品中运用的例子很多,而且形式灵活多样。如鲁迅的《孔乙己》,作者根据表现思想意旨的需要,在小说的首、尾作前后呼应的色彩纵比。开篇写孔乙己"青白脸色,皱纹间时常夹些伤痕";及至小说结尾又写他的脸色"黑而且瘦,已经不成样子"。由"青白"到"黑瘦",前后对照,截然不同,从而反映了孔乙己生活的急剧变化,描绘了他被丁举人"打折了腿"之后的形神风貌揭示了他即将被那个悲惨世界永远抛弃的悲剧命运。在自然界,浩瀚的大海与涓涓的细流,一对比,大小之别,悬若天壤。在人世间,正义与邪恶,英勇与懦怯,慷慨与吝啬,种种不同性格,一经对照,正反之异,泾渭分明。在文学鉴赏中,把握作品中的色彩对比艺术,既有助于把握事物鲜明的形神特征,又能够揭示色彩对比所深化的艺术境界。

三、反复性着色:体味其用以创造的妙趣

有些文论家认为,文学创作最忌的是重复和雷同。其实,这种认识未免也有点武断。正如对世界上任何事物都不能抱绝对化的观点一样,对文学创作中的重复现象也要做具体分析。有些别具匠心的作家,为渲染、强调某种事物的色彩特征,就常常运用反复性着色艺术。所谓反复性着色,就是重复运用某一种色彩描画形象,使之产生色调单一、突出强调的美感效果,创造个性鲜明、纯净清新的色彩感和画境美。在作品的鉴赏实践中,我们不难发现,文中着色,机械地重复,芜杂赘疣,死板无趣,是艺术的贫乏;艺术地重复,妙趣横生,情韵别致,则是艺术的创造。充满匠心的作家运用反复性着色艺术,总是根据文章特定的艺术情境,善于捕捉事物独特新奇的色相特征,通过对某一种色彩的反复敷陈,展现纯净单一的色彩美,揭示个性鲜明的形象美,创造色调清

新的画境美。

　　再如老舍《济南的冬天》中对"冬水"的描写。作者捉住一个"绿"字,笔笔渲染济南冬水的"绿"——绿萍的绿、冬水的绿、水面柳影的绿,从而画出了水的绿。因为读着这些绿萍、绿藻、绿柳,就使我们自然联想到滋养着它们的水,感受到蕴蓄在济南冬水里的绿的精神、绿的生命、绿的活力、绿的美。作者巧取济南冬水"绿"的色相特征,通过反复铺陈点染,使之形神毕现,展现了一个别开生面的冬天里的绿色世界。色调纯净、明丽,给人以生机盎然之感。朱自清的《背影》对父亲"背影"的描写也是一个好例。作者抓住父亲"背影"的衣色特征,开篇之后就着意描写:"我看见他戴着黑布小帽,穿着黑布大马褂,深青布棉袍,蹒跚地走到铁道边……"及至文章的结尾又重复写道:"在晶莹的泪光中,又看见那肥胖的、青布棉袍黑布马褂的背影。"作者通过先后两次反复点染刻画父亲衣色"青黑"的背影,表达了深切怀念父亲的无限缠绵之情。显然,这都是作者运用反复性着色艺术所取得的艺术表现效果。

　　在文学鉴赏中,我们加以深入考察可见,有些作家运用这种反复性着色艺术,往往在铺设一种单一色调的统领之下,有时也于同中求异,间用略有差异的别种色调,使事物的色彩美统一中有变化,变化中显统一。如宗璞的《西湖漫笔》,作者就是采用这种着色艺术,通过主观审美的艺术聚光镜,把处处可以入画的西湖景色,折射到一个"绿"上去展现,构成统领整个画面的主色调,而不同景区的绿色调又略有变异,各有其色感特征。黄龙洞、屏风山、九溪十八涧的绿,绿得"幽",绿得"野",绿得"闲"。仅用一字来点化,就把绿境各别、绿态各异的景况,活鲜鲜地画了出来。尤其是作者精工细画的灵隐绿,笔触如丝,着色有神,织绘成一幅绿景中显异彩的秀美画幅。作者是从直接反射进视觉器官的绿色物体上着笔的："一下车，只觉绿意扑眼。"近处，道旁"古木参天，苍翠欲滴"；高处，飞来峰上"层层叠叠的树木"，有的"绿得发黑"，有的"绿得发亮"；远处，峰下小径"布满青苔，直绿到了石头缝里"；低处，平稳的溪水则是"碧澄澄的"。文笔从上到下，从近到远，从树到苔，从山到水，远近高低绿得不同，各有特色，生动逼真地描绘出一个富有立体美的绿色世界。而作者"冷泉亭上小坐，直觉遍体生凉，心旷神怡"。这一句锦上添花的艺术点染，把景境与情界沟通，道出了西湖之绿的灵魂，给予人们愉悦的美的享受。

朱自清《绿》中运用这种反复性着色艺术描写的"绿"，其色调和情韵也颇为丰富多彩。作者同样是用"绿"作为统领全篇的主色调，间用一个"淡"字写北京什刹海的绿，用一个"浓"字写杭州虎跑寺旁"石壁"的绿，用一个"明"字写西湖的绿，用一个"暗"字写秦淮河的绿。而梅雨潭的绿，恰恰就在于这种"淡"、"浓"、"明"、"暗"之间，是一种非常"奇异"、"鲜润"的绿。作者巧于着色，浓淡有致，各得其神，不仅画出了什刹海、虎跑寺旁"石壁"的绿色之美，画出了西湖、秦淮河的绿景风貌，更栩栩如生地描写了梅雨潭独特的风姿和神韵。抒情诗通过对诗中的"主旋律"反复吟咏，能收到一唱三叹的艺术效果。文学作品中艺术地运用这种反复性着色艺术，显然也会得到独特清新的画境诗意。另外，还需要指出，作家在作品中艺术地反复敷陈某一种色彩，不仅仅是画"物"的要求，更主要的是表情的需要，是强化客体属性与主体情感高度统一的艺术追求。色彩的表情性，从某种意义上来说，就是作家内心情感色彩的物态化。梵·高所画的向日葵，那反复敷陈出来的金黄色，其实就是画家热烈情感的反射。高更在塔希提岛上所作的画,那富有装饰意味的单纯而又响亮的色彩,反映的也是他对现代文明的厌倦,对质朴的原始美的追求。郭沫若在《西湖纪游·沪杭车》中写道:"我几天不见夕阳了,那天上的晚红,不是我烧沸着的心血吗?"可见,物的色彩和情的色彩是分不开的。所以,在文学鉴赏中分析这种反复性着色艺术,不可忽视它对感情的渲染和强调作用。

四、象征性着色:发掘其含而不露的内蕴

色彩往往是人的感情附着体。不同的色彩能引发人们不同的情感反应。歌德就将色彩划分为积极的色彩(红、红紫、朱)和消极的色彩(蓝、红蓝)。积极的色彩能表现出一种积极的、有生命力的和努力进取的态度,消极的色彩适合表现那种不安的、温柔的和向往的情绪。这就是说,色彩具有象征意义。在文学作品中,这种具有象征意义的色彩有着广泛的艺术运用,有些色彩就是寄寓作家某种理性思考和情感内容的一种符号。作家用这种色彩符号,来形象地比附、暗示某种有形的事物或无形的、抽象的思想观念,从而使之产生相应的审美趣味和感情效果。所以说,这是一种借色寄情的着色艺术。

色彩的象征意义,有的比较固定,约定俗成。如红色常常象征革命或吉祥;白、黑色象征反动、丑恶及与红色相悖的意义;绿色象征茁壮、蓬勃,富有生机;黄、灰色象征腐朽、堕落、色情与颓废……然而,多数色彩的象征意义则是适应特定的情境而临时产生的,并不固定,它常常随着作者思想感情的不同而不同。同样是红色,"断肠片片飞红","日出江花红胜火",一写悲,一写喜。同样是写绿,宗璞《西湖漫笔》中细笔描写的富于立体感的灵隐

绿,富于情趣美的苏堤绿,富于动态美的花港绿,即作者着意摹写渲染的整个西湖的绿,是作者对"茁壮生命力"的讴歌,它象征着新的时代精神,寄寓着作者的生活激情,给人以美的启迪、美的力量。而高尔基的《童年》中描写的"绿"却恰恰是相反的:"她浑身发绿:绿衫、绿帽、绿脸,甚至眼皮下那颗黑痣上长的毛也像是一撮绿草……满嘴的绿牙,死瞪着我。"这里极写单调的"绿",显然,表现的是他对后父的母亲的厌恶之情。这正如王国维在《人间词话》中所说:"以我观物,故物皆着我之色彩。"在鉴赏中应当明确把握文学作品中的色彩象征意义,无论是较固定的,还是非固定的,实际上都是将色彩由实变虚、化实为虚的一种艺术运用。其艺术作用在于引导读者透过光泽炫目的色彩表象,去联想、想象、寻觅、发掘色彩中含而不露的意义宝藏,创造含蓄、隽永、意味无穷的艺术表达效果。

在文学鉴赏中,对色彩的象征意义的分析,必须根据作品的特定情境和作者的情感意向来进行,不可游离于作品之外而妄加引申,用主观臆测代替艺术分析。这不仅因为不同的色彩有不同的象征意义,而且同一色彩在不同的情境中也有不同的象征意义。如鲁迅小说《故乡》中描绘的"金黄的圆月",它在"我"回忆少年闰土的生活画面中出现,是象征着美好和欢愉;而当"我"在驶离故乡的船上——目睹了故乡的破败萧条,人与人之间那"看不见的高墙"使"我"感到悲哀时,又出现的"金黄的圆月",则已是对未来的希望和新生活的象征。又如艾青的《大堰河——我的保姆》中对大堰河的怀念:"大堰河,今天,你的乳儿是在狱里,/写着一首,呈给你的赞美诗,呈给你黄土下紫色的灵魂。"按照传统的审美心理,紫色是华丽、高贵的象征,但在这里却用来形容灵魂,暗示一种深受伤痛的灵魂。有人从灵魂的形态来对"紫色"进行分析,认为"黄土下的灵魂,由于它犹如烟雾似的幽深隐微,而烟雾是紫色的,因而烟雾似的灵魂也似乎成了紫色的了。就这样,以紫色而又幽微的烟雾为中介,把对灵魂的幽微的心理感受与紫色的视觉沟通了起来"。这是把"紫色"看作诉诸视觉的灵魂的色彩,显然是一种颇有些牵强附会的分析。实际上,这里的"紫色"是狱中鞭笞之后留下的伤痕的颜色,是痛苦仇恨的象征,是大堰河备受"人世生活的凌辱"、"奴隶的凄苦"的象征。俄国著名艺术家列宾曾说过,色彩,在我们不过是一种工具,它应该用来表现我们的思想,还说色彩就是思想。可以这样说,文学作品的调色板,就是作家感情的调色板。这种象征性着色艺术的真谛,就在于融情于色,借色寄情,用色彩来暗示巨大的理性内容。即以客观的物质色彩,来揭示主观的感情色彩,从而获得富有感染力的艺术效果。

　　　　　　　　　　　　　(原载《名作欣赏》1991年第4期)

细究整体性营构的艺术精微

——文学鉴赏中的文法分析

这里说的文法分析,指的是文学鉴赏中对各类文体作品的整体营构和表现技巧及艺术手法的分析。当代著名的美学家鲁道夫·阿恩海姆创立了格式塔心理学理论。他研究的出发点就是"形",但是这个"形"并不是指外物的形状或艺术的形式,而是指"完形"。也就是说,格式塔心理学理论谈论"形"时,非常强调它的整体性。这种整体性的基本特点,就是说整体是由各种要素或成分组成,但它决不等于构成它的所有成分之和,一个格式塔是一个完全独立于这些成分的全新的整体。格式塔心理学所阐述的这种"完形律",其要义在于把"形"作为一个有机的生命整体来把握,发现整体大于其部分相加的总和。它不但是艺术思维、艺术营构的基本规律,也是文学鉴赏所应当遵循的一个基本法则。

对于文学鉴赏必须遵循"完形律"——整体性法则的问题,有许多美学家、文论家都作有明确的论述。德国美学家谢林曾经对文学鉴赏读者不容置疑地说过,真正的艺术作品中,个别的美是没有的,唯有整体才有美。文学鉴赏的艺术实践说明,这位美学家的论断是透辟入理的,谁也不可否认"艺术的整体是美的第一要素"。文学鉴赏只有把握这个"艺术美的第一要素",致力于作品的整化分析,才能跨越肢解化、知性解析的偏颇和局限,对作品进行艺术的深层性解读,领略作品风光绚丽的内部世界,揭示作品营构的艺术真义。

一、文法对内容的依从性

世界上的一切事物,大至一个海洋,小至一个分子,都是一个有机整体,都是一个系统,一个按照一定的方式联系起来的统一体。反映客观事物和社会生活的各类文体,自然也不例外。一篇作品,即按照一定的体式章法营构起来的,能够传达一种主体精神、结构完整、首尾贯通的书面语言形式,就是一个系统,一个由元素、结构、功能所组合而成的有机整体。我们涉足绚丽的文学世界,便可发现,凡是好的作品无不都是以其整体和谐之美来感染读者的。有机的整体性是作品具有艺术感染力和艺术生命力的基础。如果失去有机的整体性,也就失去了作品的美;如果破坏这种有机的整体性,也就毁灭了作品的艺术生命。

对文学和其他一切艺术作品的有机整体性,前人早就有明确的认识。托尔斯泰就曾经指出,各类艺术作品的主要特征是完整性、有机性,以及具有这样的特质:形式和内容构成一个不可分割的整体以表达艺术家所体验过的感情。当作品具有这种严肃性和有机性时,形式上的最小一点变动就会损害整个作品的意义。美学家朱光潜在《选择与安排》一文中也曾经说过,一个艺术作品必须为完整的有机体,必须是一件有生命的东西。有生命的东西,第一须有头有尾有中段,第二头、尾和中段各在必然的地位,第三有一股生气贯注于全体,某一部分受影响,其余部分不能麻木不仁。这不仅阐明了文学作品的有机整体性,而且还同时阐明了"整体性"对文体美的意义,说明作品的艺术生命是和它的有机整体分不开的,是寄寓在它的有机整体之中的,作品的各个部分之间相互牵引,彼此联系,牵枝则连全树,击腰则首尾皆动。破宇颓垣,断墙残壁,使人感到死气沉沉,零落破败,就是因为没有了整体的有机形式。任何一篇作品都是这样,倘若失去某一部分,就会残缺不全,生气也就难以"贯注于全体"。倘若某一个部分,一经挪动或删削,就会使整体松动脱节。以许地山的《落花生》来说,他从种花生写起,然后写收花生,既而写吃花生,由此又写对花生的议论,处处紧扣题意。由于这篇散文是借落花生不求表面的热烈而踏踏实实为人民服务的特点来阐述做人的道理,所以种花生、收花生、吃花生等部分写得较为简略,而把重点放在议论花生的好处上,约占全篇文章 2/3 以上。作者由吃很自然地引入议论,在称赞花生的好处时,又把它同苹果、桃子、石榴等做比较:后者把"果实悬在枝上,鲜红嫩绿的颜色,令人一望而发生羡慕的心"。这样便反衬出花生朴实的特点,并引出人应该怎样生活的道理,点明题意。显然可见,作品一环紧扣一环,的确不能挪动,如果挪动或删削某一部分,就会牵一发而动全身。

优秀的文学大师,在写作过程中,没有不苦心于作品有机整体性的苦心营构和艺术创造的。"看上下,审左右",使其"巨细高低,相依为命"。如此,作品的各个部分必然紧密衔接,密不可分,既不能任意增减,也不可随便移换。这充分说明作品是一个有机整体,是由一定有机因素组合而构成的"生气贯注于全体"的系统,它的每一个局部、细节都融合在整体中,没有任何一个部分可以游离于整体之外而孤立地存在。作品整体中每一个部分的转化,都是由其他部分的彼此制约所决定的。各个组织部分只有在整体中起到构成作用,并给作品整体以生命,才具有存在的价值。

一旦脱离了作品的整体,任何一个具体的部分也就失去了存在的意义。要是某一个部分可有可无,并不引起显著的差异,那就不是整体中的有机部分。

文学作品本身的这种有机整体性,决定了我们进行文学的鉴赏,必须遵循"完形律"的艺术法则,从作品的有机整体出发,立足于对作品的整体观照,把作品作为一个有机整体来考察、解析。这种考察和解析,不是像人体解剖那样,把作品分解为一肢一爪、一截一块,对作品进行机械的分割,孤立地、静止地去论其各个部分,作局部、枝节式的微观性分析,而是对作品作宏观性的考察,从整体上来认识、分析作品的各个部分和各个构成要素,揭示各个部分和各个构成要素在作品整体系统中显现出的深刻意义和重要作用,从而发现作品艺术营构的规律和特点。这就是说,这种分析是着眼于作品的部分与部分之间、部分与整体之间的联系方式和内部营构系统,把作品作为一个血脉灌注的完整的艺术生命来认识。因为作品的有机整体并不是各个部分机械的拼凑和组合,而是各个部分之间的内在逻辑的完整显现,是部分与整体的辩证统一。

在文学鉴赏的过程中,只有把作品作为一个有机整体,宏观把握作品的整体风貌,统摄作品的全局,胸怀成竹,目有全牛,从整体的角度去考察作品的内部构造和营构系统,解析各个构成部分和组合要素,揭示它们之间的内在逻辑关系,才能深入理解作品的深层意蕴,领略作品内层的艺术魅力,从较高的层次上把握作品艺术营构的特点和规律。

人们的实践经验已经做出判断和证实,在文学鉴赏的过程中,如果不坚持"完形律"和整体观照的法则,看不到作品的整体面貌,只见树木,不见森林,只去盯住作品的某些局部、枝节,或单层面孤立地玩味某些"精彩的片段",缺乏对作品的有机整体性的立体把握,那么,就不可能深入探究作品的深层意蕴和内层魅力,也不可能对作品做出恰如其分的正确的解析。这是因为那些"精彩的片段"之所以"精彩",并不在于这一个"片段"本身特别好,而在于把它放在全篇作品的有机整体中看起来特别好。只有融合在作品整体中并给作品整体以艺术生命的"片段",才能真正显示其"精彩"的魅力。无论是多么"精彩的片段",都是不能离开整体而孤立地存在的。一旦离开了它赖以存在的整体的大树,就会变成枯枝败叶。例如,鲁迅的散文《秋夜》开头有这样一句话:"在我的后园,可以看见墙外有两株树,一株是枣树,还有一株也是枣树。"通过阅读全篇,仔细琢磨,从作品整体上来解析,我们不难理解:这篇散文重在歌颂枣树。在作者眼里,枣树是在"秋夜"里对奇怪而高的天空进行战斗的英雄。所以,作者开篇就用修辞重复格突出强调,使其形象十分鲜明,以引起读者的注意。如果不顾及全篇,离开作品的有机整体,孤立地摘出这几句话来解析,那么还有什么"精彩"可言呢?因此,鲁迅先生一贯反对那种"摘句"式的作品解析,主张必须要顾及作品的全篇和作者的全人。据说,当时有一位读者,推"静穆"为诗的极境,摘出唐人钱起的一首诗中"曲终人不见,江上数峰青"两句,品赏不已,说这两句诗启示了一种哲学的意蕴:"曲终人不见"所表现的是消逝,"江上数峰青"所表现的是永恒。鲁迅先生认为这是"以割裂为美"。他引录了钱起的全篇诗,指出它不过是一首应试之作:以"湘灵鼓瑟"为题,一看题目,便明白"曲终"者结"鼓瑟","人不见"者点"灵"字,"江上数峰青"者做"湘"字,全篇虽不失为唐人的好试帖,但末句也并不怎么神奇了。显然,这个解析是从全诗的有机整体着眼,把这两句诗放到诗的整体中去考察,指出这是试帖诗的"题中应有之义"，并无神奇之处。在这里，鲁迅不但有力地驳斥了"以割裂为美"的主观任意的解析方法，而且具体地启示我们应该怎样完整而全面地去进行文学的鉴赏。

九曲黄河，东流入海，只有具体考察每段河身迂回曲折的流程之后，才能对黄河入海的全程有一个完整的印象。在文学鉴赏中，要把握作品的有机整体，也必须对作品的有机结构做深入的剖析，细心发现各部分之间与整体的内在联系才行。这就是说，我们要求坚持"完形律"和整体观照的法则，把作品作为一个有机的整体来解读，并不意味着囫囵吞枣；而反对摘取"片段"式的解读，也不是一般意义上的反对解读"精彩的片段"。因为整体依存于部分，并显现于部分之间的有机统一整体关系中，抛开部分，也就无从解读作品的整体。我们强调的是，要把"片段"推及全体，把它置于作品整体系统中来认识。只有把它置于作品的有机系统中，从整体浑成的角度来解读，才能真正揭示其"精彩"的魅力，认识它的艺术价值，否则对它的鉴赏就会失去意义。

二、文法把握的基本准则

文学鉴赏，说得简单些，就是对作品进行拆装性的品析。那么，怎样巧妙地拆装呢？从文本研究的基本规律来说，拆、装主要用的是综合——分解——综合的方法。"拆"可以理解为分解，"装"可以理解为综合。分解，用现代系统论的观点来解释，就是认识系统的要素及要素之间的联系，把作品的有机整体分解开来，分别考察了解构成作品整体的各个要素或各个部分的特点，并注意各个要素或各个部分在系统整体中的作用和地位，即重在对作品有机整体的品赏，是从整体到部分的方法；综合就是把要素结合起来去把握有机整体,从全局着眼来考察作品的整体构造,深化对整体的理性认识,并注意系统与环境的相互影响,即重在解读基础上的概括,是从部分到整体的方法。切实地运用分解和综合这两种方法,是能够"目有全牛",贯彻"完形律"法则的基本途径。因为无论是分解还是综合,都与整体相联系,二者在实际运用中是紧密结合,不能截然分开的。

认识事物必须由整体到部分再到整体,由综合到分解再到综合,从根本上说,是由事物整体大于其部分之和这一事实决定的。事物整体的功能不是它各部分功能的简单相加。对于这一随处可见的现象,我们在生活中似乎没有认真留意。比如,一些线条和颜色,无非是一些线条和颜色而已,然而一旦组成"整体",就会成为一幅价值连城的名画。这幅名画的功能,显然不是那些线条和颜色功能的简单相加所可匹敌。一些音符、节拍,无非是一些音符、节拍而已,可是一旦结成"整体",就能成为一首蜚声世界的名曲。这首名曲的功能,自然也不是那些音符、节拍之功能的简单相加所得到的。同样,一些词句、语段,无非是一些词句、语段而已,在高明的作家笔下,一旦把它们组构成作品,就成为动人心弦的"绝唱"。其整体的价值和功能,难道就是那些词句和语段孤立的价值和功能之和? 毫无疑问,不是。这是为什么呢? 原因只能是:构成作品整体的词句和语段,即各个"部分",当它们进入作品"整体"之后,因为处在与"整体"、与其他"部分"的有机联系中,所以它们较之处于孤立状态时,增加了新的质和新的功能。

有人就曾例举白居易《上阳人》一诗中的诗句来说明这个问题。诗中描写上阳宫女的化妆和衣着是:"小头鞋履窄衣裳,青黛点眉眉细长。"如果孤立地来看这两句诗,不过是写的唐代天宝年间妇女们的时髦打扮而已,很难说还有什么深意。但是,作者把它写进诗中,让它和诗的其他部分及全诗的主题精神,即诗的整体产生联系后,它的意义和作用就非同寻常了。因为《上阳人》反映的是唐代宫女们的悲惨遭遇。唐玄宗天宝年间,杨贵妃受宠,即所谓"后宫佳丽三千人,三千宠爱在一身"。其他宫女被集中在上阳宫等几座"冷宫"里,她们见不到皇帝,又不准婚配,长年过着与世隔绝的寂寥生活,直到老死。诗中写的是天宝之后多年,社会上妇女的衣装早已改变,改穿宽大衣裳,把眉毛描得又短又阔,而这些宫女却还是天宝年间的打扮:窄衣裳,眉细长。这中间隐含着她们的多少不幸和痛苦,读来不能不让人感到灵魂的震撼。这是对嫔妃制度多么深刻的揭露和愤怒的控诉! 由此可见,两句普通的人物描写诗句,进入《上阳人》这首诗的整体,增加了多少新的价值和功能。作品的整体是由这些增了值和质的部分构成的,是它们的和,因而整体才大于以孤立的形式存在的各个部分之功能的和,而并不是它们的简单相加。明白这个道理,我们在文学鉴赏中,就可以清楚地认识到:不首先综合地把握作品的整体,然后再依据与整体的关系、与其他部分的关系来分析各个"部分",那么对"部分"的任何孤立的静止的解析,就都是不可靠的。当然,从整体到部分,从综合到分解,这只是事情的一半。另一半则是由部分再到整体,由分解再到综合,通过对部分的深入分解,再进入到对整体的综合,这是进一层的综合,是升华性的综合。它能使我们对整体的认识理解提高和深化到一个完美的理性境界。总之,整体—部分—整体,综合—分解—综合,这是文学鉴赏中认识理解作品的基本规律和方法,我们对作品的认识和理解,只有通过这种螺旋式推进的过程,才能不断深化,深入作品构筑的深层世界。

文学鉴赏的实践也已证明,整体—部分—整体,综合—分解—综合是深入理解作品所必须遵循的基本规律。只有切实遵循这个规律，由整体到部分，再由部分到整体，去考察、分析作品的内部构造和营构系统，才能真正吃透作品的思想精神，弄清作品艺术营构的特点，揭示作品的艺术魅力。议论性的作品鉴赏是这样，记叙性、抒情性的作品鉴赏更是如此。一言以蔽之，在文学鉴赏中对作品的解析，不能去做摘取花瓣的傻事，我们品评的是枝上芬芳诱人的完美花朵，而不是失去生命的散碎花瓣。

三、文法分析的基本门径

　　在文学鉴赏中，要切实强化对作品的整体认识。什么是整体认识？就是不但要"整体地认识"作品，最基本的是要首先认识"作品的整体"。所谓作品的整体，应该是作品多方构成要素的辩证统一。它包括：文与道的统一，即语言形式和内容思想的统一；总与分的统一，即总体精神、整体框架和局部意义表达的统一；表与里的统一，即表层形象和内层意蕴的统一；主与客的统一，即作者主观意图和作品客观意义的统一，等等。这些方面统一的总和，就是作品的整体性。其中以文与道的统一为根基。

　　众所熟知，"文"与"道"是古人论文的说法。"文"是指作品表层的语言体式，即语言材料的组构方式。作品是语言材料构成的，语言是作品构成的基本要素。语言材料在具体作品中分别以各种形式组织结构起来，就有了五彩缤纷的语言体式。"道"是指作品深层的内容思想，即所谓的"语义体系"——作品所反映的社会生活或问题，及作者对它的态度、观点、感觉、情绪和义理、哲思的总和。作品的审美效果，即它在读者心理方面引起的同构反应。任何作品的表层语体和深层内涵都有密不可分的统一关系。

深层的内容思想不能离开语言体式而独立，表层的语言体式也不可能脱离思想内容而存在。深层内容决定表层语体，表层语体又反作用于深层内容，它们相互制约，相互依存，不可分割，始终是辩证统一的。对此，南朝刘勰《文心雕龙·情采》中做过非常精确的论述。他说："夫水性虚而沦漪结，木体实而花萼振，文附质也。虎豹无文，则鞹同犬羊；犀兕有皮，而色资丹漆，质待文也。"其意思是说，水的性质中虚，所以波纹能够形成，木的体质坚实，所以花朵能够开放，这说明表层体式是依附深层内容的。虎豹的身上如果没有美丽的斑纹，那么它们的皮就和犬羊的皮一样；犀兕的皮虽然很好，但需要用丹漆涂出色彩，这说明深层内容要靠表层形式来表现。刘勰的这几句话，以通俗而又生动的比喻阐述了深层内容和表层形式的辩证统一关系。说明一旦离开了后者，前者便烟消云散。其实，这很容易理解，没有乐谱，没有演奏，就没有音乐；丢失语言体式，失去由文法组织起来的语言符号及其虚构出的语象世界，一个作品的主题情思便荡然无存——读者无从感受，无从想象，也无从体验。总之，任何文学作品都是一个不可分割的有机整体，它的内容思想是从语言体式及语象世界的全部关系中"生长"出来的。我们要探究一首诗的深层意蕴，就不能不对它的整体结构做出分析。因此，对一部文学作品的审美内涵或主题情思不应该也不能简单地概括为一个陈述。作为一个语义体系，它是由作品结构及其性能所发送的全部美感信息（感受、情绪和逻辑语言无法表达的人生体验）综合构成的。

就一篇作品来说，其主题情思——深层的思想内容，首先与语言材料的特殊组合有着极为密切的关系。在语体层面上，它靠词汇、句式和章法间的结构关系为语义体系输送美感信息。例如，戴望舒的著名诗作《雨巷》中大量与主题情思关系密切的词汇,如"彷徨"、"惆怅"、"凄清"等组成了一个网络,它与作品的音色——音调关系或合二为一,或相互交织,生出一种暗示凄迷徘徊情绪的机能。郭沫若的《凤凰涅槃·凤凰更生歌》,15节中有14节章法结构完全一样,只是变更了某些纵向聚合关系上的词汇。正是这种语言体式,才使诗作传达出一种翩然起舞、回转盘升的内在律动感,一种再获新生的喜悦昂奋之情。同样,他的《晨安》一诗,将祝颂、感叹句式不间断地重复了30余次,这种重复使那火山爆发式的奔放激情宣泄得淋漓尽致。又如闻一多的《最后一次讲演》,运用紧凑短句及诘句、反语等语式,使作品情感奔放,如火山爆发、江河决口,具有强烈的感情冲击力,交织着对国民党反动派的愤恨之情和对死难的李公朴先生的无限崇敬之情。

其次,作品深层的内容思想与作为语言体式的外层语象世界(表象系统)的构成方式也有十分密切的关系。有许多古典诗作多用意象群、众意象,以互衬互比、反复递进、交叉叠合、连环并列等艺术组合方式,创造出一个繁复的审美空间幻境,其思想内涵自然浑厚阔大,淋漓酣畅,如唐代诗人张若虚的《春江花月夜》便是典型的诗例。而有些古典词作则多用单个意象或意象单元,将它细致入微地逐步展示出来,形成一个精雕细刻的画面,其思想内涵自然平白浅露,轻舒细腻,如李清照的《醉花阴(薄雾浓云愁永昼)》就是例子。至于现代诗作,其主题情思—语义体系同样包含着语象世界结构关系发送出的美感信息。如徐志摩的《再别康桥》含义复杂,抒发了对故地刻骨铭心的深情和对往事难以言说的追怀,具有一种含蓄朦胧、欲言又止的韵味。如果我们细致考察一下就会发现,这些语义内涵既同作品意象的统一特征——恍惚、静谧、轻飘有关,又与意象间特有的联系方式——暗喻和铺排的奇妙结合相连。二者一起给诗作的语象世界涂上了一种梦的色彩：现实与过去融为一体，甜蜜、隐晦、萦回心际。由此可见，作品的语义内容的丰富，常来自文体不同的结构层次，是作品结构整体的产物。

深层内容思想和表层语言体式的有机统一，是一切典范、优秀的作品所共同具有的艺术特征，也是文学鉴赏中所必须要把握的一个基本法则。这就是要因文悟道，披文入情，从作品的语言体式入手来解析内容思想，然后再根据内容思想来理解和把握语言体式，研究作品是采用怎样的语言体式来表现内容思想，把语言体式和内容思想的解析结合起来进行。也就是要按照从语言体式到内容思想，再从内容思想到语言体式的过程来进行作品的赏读。因文悟道，依据内容思想和语言体式统一的整体观点来鉴赏作品，既有助于正确把握作品"写的什么"，对作品的内容思想有更深刻细致的理解，又有助于弄清作品是"怎样写的"，悟到许多语言艺术的奥秘，揭示作品的艺术魅力。

在文学鉴赏中，存在着两种倾向：一是只重视作品内容思想的解析，而忽视对语言体式的探求；二是只重视作品语言体式的解析，而忽视对内容思想的把握。前者可称之为"实质主义派"，后者可称之为"形式主义派"。在"实质主义派"看来，作品是用以载"道"的，有了"道"才有"文"，"道"是"文"之根本。所以在鉴赏作品的时候，只侧重挖掘作品的内容思想，认为只要懂了"道"，"文"也就自然理解了。"形式主义派"则认为，鉴赏作品主要是研讨语言体式，内容思想是无关紧要的，所以，只是一味地、机械地解析字词句式、表现技巧，而对作品的思想意蕴则不求甚解。这两种倾向都是错误的。正如以上所述，作品的内容思想和语言体式是辩证统一的，是不可分割的有机整体。一篇作品，不是用字词语句随便凑成的，而是为了记叙事实、说明道理、抒发感情而精心营构的。事实、道理、感情是内容，而记叙、说明、抒发则必须凭借语言文字作为表现形式。鉴赏一篇作品，只有通过语言体式的理解，才能深入把握内容思想，因为任何内容思想都蕴含在语言体式之中，如果离开了语言体式的解析，对内容思想的理解就是肤浅的、模糊的，不可能真正理解作品的思想底蕴；反之，如果脱离内容，去单纯地咬文嚼字，也不可能把作品的语言体式弄通、吃透，领略到语言体式的好处，因为语言体式是为内容思想服务的，离开了内容思想，语言体式就无所谓好坏。以鲁迅的两句诗来说吧："忍看朋辈成新鬼，怒向刀丛觅小诗。"鲁迅先生曾把初稿的"眼看"改为"忍看"，把"刀边"改为"刀丛"。如果不了解鲁迅当时所处的险恶的政治环境和他坚定的"怒向"思想，就无法理解为什么要改这两个词，这样改好在哪里。这说明要理解作品的语言体式，就必须结合语言体式所表现的内容思想，而要理解作品的内容思想，也要通过表现它的语言体式来解析。"道以文显"，"文以道传"，任何把作品的思想和语言体式割裂开来的解读方法都是错误的。

通过以上的阐述可见，从作品的内容思想和语言体式统一的有机整体上来解析作品，对内容思想和语言体式有机统一所表现的境界进行整体性的审美把握，是文学鉴赏中所必须要把握的一个基本法则。如果对这个法则做一个结论性的说明，那么，就可以这样进行概括：从作品整体的外形透视内核，看语言载体何以层层负荷着内容思想的传输，即"因文悟道"；同时，又要从作品整体的内蕴反观体表，看内容思想如何凭借语言体式得以表现，即"缘道释文"。

从文学鉴赏的实践来看，要切实把握这个基本法则，对作品

的内容思想和语言体式做出恰如其分的分析,应当特别注意两个问题:

第一,不能把作品内容拆散成孤立的抽象的成分,停留在概念化的解析上,并将它孤立起来观察,使多样性统一的内容变成简单的概念、片面的规定、稀薄的抽象。朱自清在《语文学常谈》一文中说,语言文字的意义有四层:一是文义,就是字面的意思。二是情感,就是梁启超先生说的笔锋常带情感的情感。三是口气,好比公文里上行、平行、下行的口气。四是用意,一是一,二是二,是一种用意;指桑骂槐,言在此意在彼,又是一种用意。这四层意义是层层相扣,以意为主,成为一个统一体的。在文学鉴赏中,有的往往只抓住第一层"字面的意思",不顾第二层"情感",更不顾第三层"文气",直接通过"内容分析",把"文意"提炼成抽象的概念。这种解析方法把作品统一体的各差异面和构成因素分裂开来,破坏了灌注于全体的作品的生气,如同解剖尸体而不把对象看作是一个活的身体。尤其是这样的作品解析只能得到两件东西:一是离开具体情感和文气的词句;一是榨去情感和文气的干巴巴的抽象概念,根本不能具体深入地把握作品内容和语言体式的美。王元化在论文学作品中人物形象时曾分析过这种解析方法的弊端:"把多样性统一的具体内容拆散开来,作为孤立的东西加以分析,只知有分,不知有合,并且对矛盾的双方往往只突出其中一个方面,无视另一个方面,而不懂得辩证法的对立统一。须知,普遍性不能外在于个别性,倘使外在于个别性变成教诲之类的抽象普遍性,就必然会分裂上述的统一,使人物成为听命抽象概念的傀儡,而这正是知性分析方法给艺术带来的危害。"

第二,要从作品语言体式和内容思想统一的固有整体出发,不能凭借想象，随便比附，随意发挥，以主观臆测来代替文学鉴赏中的艺术解析；或者对某一个局部、侧面和细节，妄加引申和渲染。这样，就不能对作品的内容思想和语言体式做出正确的鉴赏解析。如有人解析鲁迅的小说《药》，把华老栓去买人血馒头时，到丁字街头后灯笼熄灭了，说成是影射革命的流产；把华小栓吃药时，拗开人血馒头所窜出的那股白气，也硬说成是暗示革命者的精神不死。这就是一种任意发挥和牵强附会的解析。又如鲁迅《从百草园到三味书屋》的第二部分描写百草园中美好的自然景色和童年鲁迅在百草园中度过的欢乐有趣的时光，用来反衬三味书屋生活的枯燥，它的基调是欢乐、愉快的。"美女蛇"的故事是作者精心安插在这一部分中的一个神奇美妙的故事，是对百草园情境描写的补充，是百草园情境描写的有机组成部分。而有人解析这篇散文时，却脱离开第一部分这个总体，把"美女蛇"的故事硬判为"迷信的、荒诞不经"的妖异故事，说"这故事只可使人愁，不可使人乐"，着重解析故事对少年儿童的"消极影响"，说"作者插叙美女蛇故事的目的，是反映封建迷信教育对儿童的毒害"；有的则说这个故事是用"旧事"来讽刺"时事"，向敌人猛投一枪；还有的说由这个故事联想到"做人之险"，是对当时社会上蛇一样的恶人表示憎恨。所有这些解析，都是脱离作品内容思想与语言体式的固有整体所做的主观臆断，是对作者选材、布局谋篇的意图的严重歪曲。

此外，对作品中某些形象，不论是人或者是拟人化了的物，不能随便"实指"，把某一个形象看成是政治概念的化身。如把华老栓到丁字街头的灯笼熄灭了，说成是影射革命的流产，显然是简化为政治概念的阐释，是牵强附会的随意发挥。还有一种随便比附的解析方法，即把文学作品中某种情化的人、事、物形象硬加进现实生活中存在的某些具体事物,既易流于庸俗化,也经不起现实生活的推敲。这都是以主观臆测来代替艺术分析,是脱离作品内容思想与语言体式相统一的固有整体所作的妄加发挥。

（原载《文体鉴赏艺术论》,山东文艺出版社1992年版）

第二编　文本解读特质

当代文本解读观的变革

当代文本解读理论的发展,主要是以本体论阐释学理论为基点,由过去只注重解读作家—作品转向文本—读者的探究。这一重大转移开辟了文本解读的新时代,促进了文本解读观的多层面变革:解读本质观,将文本解读作为寻求理解和自我理解的活动;解读对话观,把文本解读作为文本与读者"主体间性"的对话;解读建构观,把文本解读视为对文本意义的开放的理解创造,文本对读者是不断敞开的;解读体验观,认为解读即体验,体验即意义的生成,解读是通过读者的体验显现文本意义。

随着本体论阐释学、接受美学、文本学和读者反应理论的兴起与发展,当代文本解读观正在发生变革,即摒弃过去只注重"作家—作品"的解读模式,把文本解读的重心转向文本—读者,视读者的解读为文本的本体的存在,把解读活动作为文本构成不可或缺的本体层次。这种变革建立在本体论阐释学和读者反应理论的基础上,主要从三个方面切入:第一,文本解读不是单方面的对象性阐释,而是文本与读者的反应交流过程;第二,文本解读不是复制文本,而是对文本的建构,意义的创生,它造成文本的开放性,不断产生新的意义,是将文本从静态的物质符号中解放出来而还原为鲜活生命的唯一可能的途径;第三,文本解读是通过读者的体验、理解和建构显现文本意义,在文本意义和情感的领悟中人与世界融为一体。它既是文本的存在方式，也是解读主体的存在方式。这种文本解读观的变革，主要体现为对解读本质观、解读对话观、解读建构观和解读体验观的重建。

一、解读本质观：寻求理解与自我理解

当代文本解读理论的发展，最为明显的趋势是改变过去认识论解读观的视点，普遍由主题学分析而转向对文本的极度关注。这种关注的显在目标，就是注重作品本体和读者本体的探究，将目光投注于文本的肌体，通过自己的解读体验语言深入作家所构筑的文本世界中去，像作家一样"全面地融入事物"①，以理解和建构文本意义。这种文本解读不是居高临下的裁断，也不是摄取对象式凝视，而是一种参与，即"力图亲自再次地体现和思考别人已经体验过的经验和思考过的观念"②。读者通过对"文本"的解读和体验而理解世界，同时也理解自己，在建构文本意义的同时自己也得到同样的建构。所以，文本解读是一种寻求理解和自我理解的活动，是建构文本和自我建构的过程。

具体来说，所谓"寻求理解"，就是读者感知、体验文本构筑的世界（包括文本的形象世界、情感世界和意义世界），探寻文本世界的意义。换句话说，就是解读主体对文本的具体化、现代化，即理解文本的形象、体验文本的情感、领悟文本的意义——把自身体验投注于文本的世界，使自我情感与文本意义交融，这是一种"自我的文本化"，即读者的文本化；所谓"自我的理解"，就是在寻

---

① 〔比利时〕乔治·布莱：《批评意识》，百花洲文艺出版社1993年版，第2页。
② 〔比利时〕乔治·布莱：《批评意识》，百花洲文艺出版社1993年版，第4页。

求理解的基础上,使自身体验与文本的意义同化,参与文本意义的建构,从而化文本的意义为自我的意义,化文本的世界为自我的世界,从"他人的世界"(文本)中发现"自己的世界",在"你"之中发现"我",这是一种"文本的自我化",即文本的读者化。这个解读过程,就是古人所说的"我与我化"的境界。如果说"寻求理解"是感悟、体验"他人的世界",即作家在文本中构筑的世界,那么,"自我理解"就是在感悟、体验"他人的世界"的基础上,建构"自己的世界"。这就是说,"寻求理解"重在对文本意义的感悟和体验;而"自我理解"则重在对文本意义的建构和自我建构。例如,孔孚的山水诗《崂山的云》,把一朵"海天白云"化成一个"美人的发髻",但没有画出美人的面目,只画了一个发髻。用自身体验和想象绘出了美人眉清目秀的神韵,纯净多姿的容貌,感悟到她富有一种清纯的美、天然的美、圣洁的美,看见了一个纯净质丽的坦然美的形象。应该说,这即是"寻求理解"之境,即对文本形象世界、情感世界和意义世界的具体化。在这个"美的世界"的体验中,读者神思高飞远举,恍然发现自然界的美,是天然清纯的美,人世间的美,也是天然清纯的美——天然清纯的生活,天然清纯的品格,天然清纯的人生,才是真正意义上的生活之美、生命之美、人生之美。这种自我的体验、心灵的感悟、生命的觉悟、人生的觉醒,无疑是读者对情感、心灵、人格、精神的一种自我建构,即在体验同化"他人的世界"的基础上建构了"自己的世界",显然,这即是"自我理解"之境。所以说,"寻求理解"是对文本世界的具体化,"自我理解"是对文本世界的自我化。文本解读的过程,就是寻求理解和自我理解的活动,就是在建构文本的同时也建构自我的过程。

　　著名文艺理论家乔治·布莱曾明确指出,文本解读是读者向文本的敞开,读者把自身体验融注到文本的生活表达中——即表达意向、感情、心绪、感悟和欲望的"他人的世界"(解读的文本)。解读者希望在对这种"他人的世界"感悟和体验过程中,扩展自己的世界,获得对自己有益的异己世界的意义。按照乔治·布莱的说法,文本解读其实就是理解和探寻文本的"我思",解读的全过程"是一个主体经由客体(作品)达至另一个主体"①。始则泯灭自我,澄怀静虑,终则主客相融,浑然一体。而贯穿始终的则是解读主体和文本主体的"意识的遇合"。这就是说,文本解读作为一种理解行为——即追寻作家的"我思",就是从文本中重新发现作家的感觉和思维的方式,看一看这种方式如何产生,如何形成,碰到何种障碍,就是重新探寻一个人从自我意识开始组织起来的生命所具有的意义。所以,解读不是对文本呈现出的世界的评论,也不是对文本创造的审美现实的裁判,而是作为一种媒介,借此寻求作者先于文本的原始经验模式,即他对于基本存在方式(如空间、时间等)的感知方式。所谓寻求"我思",其实就是体验、感悟和理解作家在文本中流露出来的意识,即文本的思想和感情。作家的创作是以他形成的"我思"为开端,而以其作为对象的解读亦应始于此,即要在文本的"我思"中,找到作家的"出发点",并将其作为解读作家内心生活的"参照点"、"指示标"。这样,文本的一致性在转移中就重新抓住它的解读文本的一致性。在文本解读中,这种寻求理解(即"我思")和自我理解的过程,显然就是读者理解文本意义、发现世界、也认识自我和建构自我的过程。这是一个从主体经由客体到主体的过程。在这个过程中解读者的任务,就是使自己从一个与客体有关系的主体转移到在其自身上

①〔比利时〕乔治·布莱:《批评意识》,百花洲文艺出版社1993年版,第5页。

被把握、摆脱了任何客观现实的同一个主体。

可见，文本解读的本质，是读者与文本之间情感和理智的交融与同构，使文本的"我思"带动着我的意识和我的原始活力中的全部无意识去追逐新的生命意义。实际上，一切文本解读的目的都是要克服文本所属的过去的文化以及历史与解读者本人之间的陌生和距离，使自己和文本交融，从而同化文本意义，使它成为自己的意义。所谓同化，也就是使最初异己的东西成为自己的东西。因此，西方哲学解释学理论有句名言，"一切理解实质都是自我理解"，即理解事物现象的条件是同人的主观性结构联系在一起的。这就是说，同化即自我的生成，即自我的回归和认同。同化只有通过解读文本方能实现，文本解读的目的在于同化，同化是文本解读的完成。因此，在文本解读中问题不在于要把有限的理解力凌驾在文本之上，而是向文本敞开自己，从中接受和创造一个扩大了的自我，在建构文本的同时也建构自己。从这个意义上说，"同化"其实就是对文本和自我的建构，这种建构才是当代文本解读观的本质内涵。

二、解读对话观：主体能动的参与行为

我们知道，胡塞尔现象学后期所大力倡导的"主体间性"理论，认为人是主体，而人所构成的文本，即人的语言在历史传统中形成的种种文化也是主体。人与文本是一种互为主体、互相解释、互相沟通的关系。文本解读是以理解、解释和建构文本的意义为指归，在解读过程中读者总是通过文本与潜在地存在于文本中的作者见面，这就必然沟通了解读主体和创造主体这两个主体世界，使读者与作者以文本为媒介发生心灵碰撞和灵魂的问答。

因而,从其本质属性上说,文本解读是主体间性的对话,是主体间性的一种寻求心灵交流的活动,是读者与文本双向运动的一种解读反应过程。这种文本解读对话观,确定了读者在解读活动中的主体地位,说明读者对文本的解读并非是单方面的对象性解释,而是读者与文本的沟通与遇合,是读者经验与文本结构互为揭示、相互生成的探究与创生,它标明解读是一种主体能动的参与行为。

　　所谓"能动的参与行为",就是说解读作为一种"对话"交流活动,它必然要求读者充分调动主体能动机制,积极地参与(对话本身就是一种参与)对文本的解释和建构——激活自己的想象力、直观力和感悟力,通过对文本符号的解码,不仅要把创造主体所创造的文本形象中所包含的丰富内容复现出来,加以充分地理解和体悟,而且还要渗入自己的人格、气质、生命意识,重新创造出各具特色的艺术形象,甚至开拓、再构出作者在创造这个文本形象或艺术意境时所不曾想到的东西,从而使文本的意义更为丰富而具厚度、深度和力度。从本质上说,文本解读只有主体能动地参与,文本才会有意义。但这种能动性参与行为,不是对文本"原意"的追索或还原,而是主体的理解、解释和建构过程,是解读主体以自己的感性血肉之躯的各种感官去触摸、去品味、去探究,是调动全部生命力和融注全部人格的"整体震颤"。在这里,主体与客体、感性与理性、具体与抽象、形象与思想、有限与无限达到一种"整合"状态,消解了其间的对峙和鸿沟,是一种所有心理因素都完全激活、都参与其中的总体生命投入活动。因而解读的能动性参与行为,实质上是解读者作为主体对解读对象的一种全面的精神把握和特殊占有,解读者的各种特殊心理活动、独特的情感意志、感受理解都将在解读对象上打上个性鲜明的印痕。解读者在文本中感悟到的是他自己才能感悟到的东西。他通过文本与作者的"对话"是富于个性化的,以其独特的感性和经验模式参与着对文本的把握和建构;他对文本的理解和解释,是自我灵魂的写照,是对世界、对人生存在方式的一种观照和透视,是主体生命意义的一种投射和昭示。凡是真正优秀的解读者,在解读过程中都无不具有这种能动性参与行为,都无不能够通过表层的文本结构,以自己的心灵世界去和作者对话,以自身固有的心理因式及情感需求去参与对象世界的建构,以至在文本构出的宇宙世界里忘却自我,趋于同构交感,相互同化,从而对文本的意义世界作深层性的开拓、补充和创构,见人之所不能见,感人之所不能感。

从其生成的条件来看,文本解读活动中的这种主体能动性参与行为,实际上是读者的解读经验对文本的"空白"结构加以想象性充实、补充和建构的过程,是一种融注了解读者感知、想象、理解、感悟等多种心理因素的发现性活动。这是因为任何文本都存在"未定点",是一种多层面的未完成的图式框架,其本身具有一种"召唤结构",具有许多"空白点"。当读者将自己的生活体验置于文本,对文本进行"具体化",把文本中的空白补充起来,这时,文本就不是独立的,而是相对的,为我的。文本中的艺术世界成为我的世界,成为我的生命意义的投射与揭示。在文本解读"对话"活动中,正由于解读主体具有这样的能动性参与行为,将自己的生活感情、人生体验、生命意识投入文本,文本中的未定性得以确定,空白处得以填充,文本的意义和价值才获得真正的实现。所以,文本解读作为一种"对话"交流活动,其本质是一种解读主体的能动性参与行为,如果没有这种能动的参与行为,"主体间性"的对话交流也就不存在可能性。

从其构成的本质来看,文本解读活动中的这种主体能动性参与行为,实际上是对文本的具体化和自身情思的对象化,是在理解文本的基点上对自我本性的深化和升华。所以,这种参与行为要求读者在文本意义的解读和探寻中,要有具体化的生命情感的投注。高层次的文本解读,绝非是仅仅探寻和领悟作品的思想主题,表层性地解释文本的结构,或是解析文本的技巧,而是要切入文本的深层感情领域和内层境界里,与作者的灵魂在生生不息的生命律动中对话,在能动性参与的"忘我"与"同化"之境中达到心灵的默契。也就是说,解读主体真正深入的参与行为,并非只是对文本形式的表层把握,而是抵达文本深层世界的心灵投注,在生命体验的深渊中,饮尝生成意义的甘泉。

我们可以这样说,在文本解读"对话"活动中,解读者的能动性参与行为本身的价值,取决于两种解读深度的相互作用:一是解读对象即文本所显示的形式和内容的客观的深度,一是解读主体所具有的感悟、理解和情感体验等主观的深度。这两种解读深度不同程度的化合决定着读者参与行为价值的高低层次。我国古典美学理论中的"诗有三境"之说,即"物境"、"情境"和"意境",不仅表明了艺术作品客观审美属性的高低层次,其实也表现了解读者主观解读心理和参与行为的高低层次。"物境"如镜中之像,仅得形似;"情境"指解读主体的参与进入情感体验阶段,比"物境"高出一层;"意境"则是解读主体参与超越形象的外在形式和一般性的情感体验,"张之于意而思之于心",达到解读的高层境界。所以,这"三境界"之说,实际上也是对文本解读主体参与行为在深层性方面提出的标准要求——说明文本解读过程中的主体参与行为不能被"物象"的外表所限制,而必须跨越审美形式而深入生命节奏的核心领域,体味万物的神韵,带着深刻的生命体验而探入文本构筑的内在情感世界,将自我融入文本的艺术形象之中,将心灵升华到对人生和宇宙的整体体验的真、善、美相统一的境界。

综上所述,文本解读作为读者与文本"对话"的一种交流活动,其本质表现是解读主体的能动性参与行为。这种参与行为,需要读者调动深度情感体验,对文本进行生命情感和心灵的投注。当我们以强有力的参与行为进入文本的艺术世界和感情领域,便会蓦然发现作家正在向我们走来,和我们直面对话,倾心相谈,与他一起走在生命高度亢奋的意识刀锋上,从而目睹生命的本相,听见真理的告诫,捉得文本的真义,感到有一种心智为之洞开、灵魂得到抚慰的惬意,这便是触摸到了文本解读的本质境界。

三、解读建构观:开放的理解创造活动

文本解读活动,就其本质而言是一种对文本意义的建构和敞开活动,建构性是它的一个重要特征。读者反应理论认为,文本的意义只有通过读者的解读才能得以建构,它的生成与存在离不开读者的解读创造,必须由读者来实现。只有重视读者解读的过程对文本意义的建构与创造作用,才能赋予文本以生命和活力,揭示文本全新的潜在意义。对这种文本建构观,我们可从以下两个方面来分析。

第一,文本解读的建构性,首先是由文本的开放性所构成的。文本具有共时性结构,但它只在解读活动中存在,因此它不过是解读活动的产物,是解读活动的结构(沟通主体与客体)。这样,就打破了文本的封闭状态,使文本具有了开放性。对读者来说,每个文本都是一种开放性的召唤结构,都是一种呼求,对文本的理解也是一个不断开放和不断生成的过程。伽达默尔曾经这样说过,对一个文本或艺术品真正意义的发现是没有止境的,这实际上是一个无限的过程,不仅新的误解被不断克服,而使真义得以从遮蔽它的那些事件中敞亮,而且新的理解也不断涌现,并揭示出全新的意义。正由于文本意义的可能性是无限的,文本的真正意义是和读者一起处于不断生成之中,所以,有些论者强调读者的创造性理解,认为文本意义是依赖于读者的创造性理解赋予的,即把读者的创造性理解视为对文本真正意义的揭示。还有些论者认为,文本是一种"图式化的外观"①,有待于读者通过解读活动将其意义现实化和具体化。因此,作品的意义生成,既不是文本对象的客观反映,亦非接受主体的主观引申,而是分布在两极之间相互作用形成的张力场,应以开放的动态建构去把握它。

文本的开放性使其有可能承受解读的主体性(历史性和个体性),真正的艺术是不断发展和被理解接受的艺术。任何一个文本只有在解读中被理解和接受,其意义和价值才能得到实现,如果离开了解读主体的理解,或者不被读者接受,那么文本的意义和价值也就无从说起。当然,这并不是说读者可以完全游离于文本做随意的解释,或者无视文本的规范以主观臆测代替艺术分析,而是说在文本的规范制约和作品的感性形象的诱导下进行创造性理解,以开放的动态建构去把握它,使文本的意义和价值通过解读得到实现,并在解读的嬗变过程中使之得到确证。总之,在解读主体那里,文本是不断开放的,文本解读需要有一种切实能够把握文本意义不断生成的创造性理解和阐释态度。可以说,文本解读的过程是文本意义不断创造的过程,正是在这一生生不

---

① 〔波〕罗曼·英加登著,陈燕谷译:《对文学的艺术作品的认识》,中国文联出版公司1988年版,第55页。

息的解读创造过程中，不同的读者总是以自己富于个性、时代性的创造性理解，赋予文本以全新的意义和阐释，从而使文本的意义得到不断的开拓和建构，具有永恒的艺术生命力。

第二，文本解读的建构性，也是由解读的主体性所决定的。由于对文本的理解涉及读者、时代、心境、情绪等多种因素，所以，作者的原意、文本的意义、读者的理解这三者之间的差距因不同个体的解读而加大。如何创造性地把握文本的意义，就成了文本解读中的一个重要问题。对此，有的人强调读者与作者心理上的同质性，认为应该通过文本的整体感知，跨越时代的鸿沟和隔阂去做理解和解释；有的人则强调要批判压制自由理解的社会传统，认为应当通过反思进行独立不倚的意义寻求；也有人认为，文本展现的是一个不同于现实世界的想象世界，这个想象世界随时代的变化而变化，其意义既是自律的，又是开放的，能让读者在解读中拓展理解之域，并使自我的处境和无声的文本世界内在地联结于一起，有助于挖掘和生发出文本的新的意义。这就是说，文本解读作为一种意义再创和开放性的动态活动，永远不会静止和终结，总要因历史、时代和主观局限性而需要不断开拓和深化，对文本的意义的理解和解释会随时空的推移、时代情境的变化而发展，永远不可能停滞在某一点上。特别是因其具有历史性、时代性和主观性的特点，使它更处于不断变化和更新、不断拓展和突破的动态建构之中。因此，解读的本质不在于只去复制历史和文本的原意，任何读者的理解和解释都要站在自己所处的特定立场，以特定的观点和视界去理解并解释历史事件与文本意义。对同一个文本，每一个时代的理解和解释都不会决然相同，都会蕴含着读者特定的局限和偏见。因此，文本的原意只是相对的，随着时代和历史的发展，人们会不断地对它做出创造性解释。语文教学中文本解读的这种动态化特征表明,对文本意义的生成与构成没有超时代的、永恒的解释,而创造性理解就是解读过程中对文本意义不断进行新的探索和新的发现的重要途径。这种不断的探索和发现,就是文本解读的开放性动态建构。

另外,需要强调指出,在文本解读过程中解读主体在充分调动自己的创造性对文本进行再创和建构的同时,也应当受解读对象即文学文本的制约。解读的创造性和文本的规定性是辩证统一的,读者的解读创造的翅膀不可任意飞越文本所不能及的界域,否则,将导致解读的谬误,使其解读误入歧途。解读的创造性无疑是重要的,但文本的规定性也严格制约着接受活动,使其不至于脱离文本的意向和结构而对文本的意义做随意的理解和解释。

四、解读体验观:意义即在体验中生成

西方体验美学理论认为,一个文本是作家的一种体验,解读一个文本就是体验作家的体验,体验作家体验过的世界,是一种体验的体验。而且,读者的解读体验对文本意义有着建构作用,文本的意义只有在读书的解读体验中才能生成。所以,解读即体验,体验即意义,体验是读者与文本产生情感交流、心灵沟通而进行对话的基本方式,是将文本从静态的物质符号中解放出来而还原为鲜活生命的唯一可能的途径。

那么,何为"体验"? 有不少专家认为体验不同于一般认识论意义上的"经验",或者普通心理学可以证明的"意识",而是具有本体论意义的、源于人的个体生命深层的对人生重大事件的深切感悟。在这些专家看来,"体验"特指"生命体验",相对一般经验、认识而言,它必然是更为深刻的、热烈的、神秘的、活跃的。用我们的汉语言释义,"体验"也带有"以身体之,以心验之"的亲身体验含义,它与通常所谓"经验"概念是不同的。"经验"指一切心理形成物,如认识、感觉、印象等;"体验"则专指与艺术和审美相关的更为深层的、更具活力的生命感悟和存在状态。

我们这里所说的"体验",是指文本解读中读者对文本世界超越于一般经验、认识之上的那种独特的深层领悟和活生生的感应境界,那种沉醉痴迷、心神震撼的同构状态。只有切入这种解读体验才可能有解读的创造性,因为解读的创造性是建立在"特有的解读体验基础之上的,解读的深度体验是解读创造的基本前提"。在文本解读过程中,深层的体验意味着消解,消解"此在"与"彼在"的鸿沟,把两个彼此隔绝的世界豁然贯通起来,使读者从现实世界飘然跨入超然的艺术世界。体验更意味着生成,它将此在与彼在两个世界融合,构成一个新世界,使读者在沉迷的瞬间感悟到文本世界的真义,发现生命世界的奥秘。对这种文本解读体验观,我们可从两个方面来进行考察和分析。

从现象学美学的角度来看,文本的意义只有依赖作者的体验和读者的体验才能生成,没有读者的体验就不存在真正的艺术。法国现象学美学家杜弗莱纳就曾指出,艺术作品只有当它被读者体验时才能变成审美对象,艺术的审美性质只存在于读者对艺术作品的体验之中,任何一个审美对象只有加上审美知觉即体验时才能真正成为艺术,只有读者的体验才能赋予艺术作品以生命力。杜弗莱纳曾经说,审美对象和艺术作品的区别表现在这里:必须在艺术作品上面增加审美知觉,才能出现审美对象。在这里,"艺术作品"这个概念实际上同俄国形式主义、新批评、结构主义理论不一样,它不是独立自足的"作品",而是一种低于作品的东西,仿佛是素材、潜能,它只有加上"审美知觉"即解读体验时,才能真正成为艺术品。可见,杜弗莱纳的"审美对象"概念相当于所谓"陌生化"、"文学性"等。很显然,杜弗莱纳使用这个概念的用意在于强调艺术的审美性质只存在于读者对艺术作品的体验之中,没有读者的解读体验,艺术作品就构不成审美对象。真正的审美对象是作为被感知物的艺术作品,即审美对象=艺术作品+审美知觉。这足以说明读者的解读体验是艺术作品的生命,艺术作品只有在读者的解读体验中才能够生成。也许杜弗莱纳的这种理论存有偏颇,但它揭示了解读体验的意义所在。

　　在现象学美学理论看来,体验构成艺术作品的过程,也就是艺术意义的生成过程。因为艺术作品的最重要的问题就是意义问题。任何作品来到世界上就是为了对我们谈论世界,就是为说出某些东西而说话!那么,作品的艺术意义是如何生成的呢?按现象学美学的说法,文学作品意义的生成有三个条件:一是"作品多少要参照世界",作品不可与世界隔绝,它必须"依靠世界","在世界中找得意义的源泉"。二是作品整体的各要素自身具有意义。各个词语本身及其组合之间有着某种亲密关系,这就是意义。三是既要作者用语言说出意义又需要读者去解读意义。这一点就是说,意义依赖于作者体验和读者体验才能生成,意义产生在人与世界相遇的时刻,因为世界只有在人的目光或人的实践的自然之光中才得到阐明。何为"人与世界相遇的时刻"?显然,它就是读者体验的瞬间,是体验中此在与彼在两个世界消解融合的境界,是体验中沉迷的读者蓦然窥见的生命和人生的本相,即解读体验的创造意义。因此说,艺术非是纯客观的艺术,而是被读者体验的艺术,艺术的意义在读者体验中生成,读者体验是艺术的生命。如果没有读者体验,解读的可能性就无从谈起。

　　从接受美学的角度来看,读者在文本解读中的作用更是第一位的,尤其伊瑟尔等人的"接受"理论探讨的焦点就是"读者体验",突出强调文本解读和接受中读者体验对文本意义的"创造"作用。在他们看来,读者作为作品解读的能动力量,包含着两个方面的内容:一是"现实的读者",即从事解读活动的具体的读者;二是"观念的读者",这是从现实的读者中抽取出来的抽象的读者。观念的读者又分为不同的两类,即"作为意向对象的读者"和"隐含的读者"。前者指"作家在创作构思时观念里存在的,为了作品的理解和创作意向的现实化所必需的读者",而后者则指"作者在作品的本文中预先被规定的解读的行动性,而不是指可能存在的读者的类型"。按伊瑟尔《隐含的读者》中的这个概念来说,不仅读者可以在解读过程中发挥体验的创造作用,而且作品本身在其结构中就暗含着读者可能实现的种种体验和理解的契机,隐藏着读者的可能性。这就是说,对于文本来说,读者已不是外加的了,而是本来就隐含着,是文本的形式、结构中原来就有的。这种读者虽然不是"真实的读者",但却是它的潜能。这样,伊塞尔就把读者文本化了,在文本中为读者找到了存在的位置。在这种理论基础上推出的"读者反应理论"(所谓"读者反应",其实就是读者体验),又进一步强调应该从读者的角度重新看待文本、意义、文学,认为文本并非独立存在的客观结构,而是为读者而存在的;意义仅仅是读者对文本的体验,并且随着读者体验的差异波动;而文学也是读者在解读过程中体验的文学,是读者心中的文学。读者体验不仅包括感情活动,而且更主要的是指全部交流行为。也就是说,读者体验不是那种可以由心理学、认识论把握的体验,而是属于读者的全部存在方式,因而它需要由本体论来解析。读者体验一部作品,就是在构成一个"世界",一种"存在"。

总之,读者反应理论强调读者体验的本体地位,重视读者体验的本体作用,把艺术视为一种体验,而读者的解读更是一种体验,是体验的体验。这种理论或许过分夸大了读者体验的作用,但是应当看到,任何艺术形式都并非如结构主义理论所说是纯客观的、冰冷的东西,而是人所创造的,绝对与人的体验内在地关联,为着激活人的体验而存在的东西。对文学作品的解读不仅是"意味着体验",其实就是一种体验。文本解读的过程,就是体验的过程,在这个过程中,那种滚动奔涌的富有冲击力的体验流是不可抵挡的。

深度的解读体验,不但是情感的宣泄,而且是灵魂的唤醒,是生命的超越。因为当读者在解读中体验到作家的生命意识和情感激流而心醉神迷之时,就会顿然形成一个生命进入另一个生命的主体情感传导活动,使作品成为一种活感性的创生和传达,造成解读主体的灵魂的内在震荡和剧烈的感情冲击,或给读者带来生命价值信念的苏醒,使震颤的心灵连带着整个生命获得更新和再生;或造就读者的新的思维秩序和感知方式,从而以一种新的方式去观照世界,获得一种新的认识与评价世界人生意义的标准。毋庸置疑,这就是一种通过体验而达到心灵和人格启迪效应的解读过程。这种解读体验过程的本体性质在于:艺术能在微缩世界的反思之中,赐予我们在现实生活中不可能得到的东西,即对形而上学性质的沉思默想。不错,文本解读作为一种二度体验形式,充满着反省和反思,因而它能够透过作品的感性形式而抵达"家园"哲学之门。卡勒曾经说过:对某一哲学作品的最真实的哲学解读,就是把该作品当作文学,当作一种虚构的修辞学构造物,其成分和秩序是由种种文本的强烈要求所决定的。反之,对文学作品的最有力的适宜的解读,或许是把作品看成是多种哲学姿态,从作品对待支持着它们的各种哲学对立的方式抽取出含义来。凡是优秀的文学作品,无不充盈着一种人生的诗化哲学意蕴,使读者在沉迷的深度体验中反思自省而恍然获得灵魂的唤醒——意义生成的瞬间。

（原载《文学评论》2003 年第 6 期）

文学解读：读者与文本的
交流与敞开活动

在阅读现象学中，德国美学家伊瑟尔曾从读者角度考察文学解读的运作过程。此后，伊瑟尔便开始探讨读者与文本相互交流的结构。他认为读者与文本之间存在着相互作用的关系，而引起这种关系的原因就在于读者与文本之间存在着不对称性，这种不对称性激发了读者解读活动的能动性。读者与文本的相互作用，一方面表现在文本为读者提供了文学形象、思想文化和各种经验，而另一方面读者也参与对文本意义的建构并予以实现。如果没有读者的参与，所谓的文本只能是封闭的、静态的符号存在，正是读者的介入才使文本得到真正的具体的完成。伊瑟尔还认为英伽登的"未定性"概念存在着不合理之处，并对其进行了修正。伊瑟尔提出在文本的整体构成中存在着空白点，空白点刺激着读者依据文本去填充空缺。而读者在解读过程中还存在着对不认可的思想的否定，这是读者与文本作用的另一种方式。空白与否定是一种能够共同唤起读者解读活动建构意义的文本结构，也就是"文本的召唤结构"，在召唤结构之下，读者与文本密切地联系起来，彼此展开交流，敞开心扉，这是文学解读过程中最重要的交流与敞开活动。

一、不对称性：文本与读者的交流方式

文学解读作为一种主体间性的交流与敞开活动，是一种读者与文本在意义上的相互理解的状态。在这种交流与敞开活动中，如果两个平等主体之间进行自由的交流，双方互为主体，互为输出者和接受者，那么这种交流就是一种对称的交流方式；而非对称性的交流方式则是在交流活动中一方只承担输出者的角色，而另一方只承担接受者的角色。由此，我们可以看出文学解读活动当然不属于对称的交流方式，它是一种非对称的交流活动，但是它又跟我们所说的非对称交流活动不完全相同，它是具有自己独到特点的一种非对称交流活动。为什么这样说呢？我们可做如下分析。

任何交流活动都是以交流中的偶然性为前提条件的。在交流过程中双方的原有方案策划不断地受到挑战，于是就需要做出相应的调整和改进。这种情况下的交流双方在彼此的相互作用下就会萌生出新的偶然性。偶然性在交流双方的作用中形成，又去影响他们之间的相互作用。

有的解读学家提出，文学解读中的交流活动不同于我们日常生活交往中的交流，两者的重要区别就在于：文学解读并不是交流双方直接面对面的交流。文本在读者面前是被动的，它不能跟读者直接互动。我们日常交往中双方可以通过一问一答的对话来彼此交流理解，这样就可以控制和消解偶然性，双方的交流带有一定的目的性，他们所处的语境也是彼此联系的。"但阅读本文却没有共同的参照框架可用来把握本文——读者关系；相反，可以调节这一相互作用的密码在本文中被分为断片，必须俟诸读者的重新聚合,或者在多数情形下,对照某一参照框架重新组构。"①也就是说,读者与文本双方在交流中不能相互修正、检验各自的观点,读者只有重新聚合调节双方相互作用的代码,才能重新建构新的参照框架。这样,读者与文本之间的交流就处在一种不对称的交流状态。

读者与文本之间的交流虽然是一种不对称交流,但是它同社会交流中的不对称性是不能完全等同起来的,它具有一种通过文本的语言性功能建构新的对平衡的自我调节机能。在这种调节过程中,文本就以充满未定性与构成性空白的空框结构来呈现,这样可以有效地激发偶然性,使读者感受到文本在向他发出召唤。面对着充满了空白和否定的文本,读者就会积极地去填充空白、实施否定来积极地与文本交流。正如伊瑟尔所说:"本文与读者间的不对称激发了读者构成的能动性;本文中的空白和否定给出了一个特殊的结构,这一结构控制着相互作用的过程。"②

有专家认为,文本中的空白与未定性调动了读者与文本双方相互作用的积极性,促使双方互为接受者和输出者,让双方真正地互动起来。伊瑟尔就曾针对英伽登的"未定性"概念进行了修正,提出了自己对未定性的认识。

英伽登用"未定性"来区分意向的对象与真实的对象,也就是将艺术作品与真实的客体用"未定性"来区别。伊瑟尔认为英伽

---

① 〔德〕沃尔夫冈·伊瑟尔著,金元浦、周宁译:《阅读活动——审美反应理论》,中国社会科学出版社1991年版,第199页。
② 〔德〕沃尔夫冈·伊瑟尔著,金元浦、周宁译:《阅读活动——审美反应理论》,中国社会科学出版社1991年版,第204页。

登在这里提出的概念是自相矛盾的,这主要是因为,一方面他的意向对象永远无法确定,另一方面他又必须假定它具有确定性并要实现这种确定性,更何况他在文本的具体化之初便已对其"未定性"做了某种规定。

　　具体化是实现意向的对象(如艺术作品)用来模仿真实对象以求实现确定性的手段。但是英伽登的具体化概念具有十分明显的内在矛盾。他把具体化看作读者与文本双向的交流活动,实际上他只涉及了读者与文本的单方面。他一直所极力强调的未定性在具体化过程中的作用是怎样的呢? 在英伽登看来未定性在得到转化和填充后,体现出了一种开放性,并在具体化过程中慢慢消失。伊瑟尔讽刺他将未定性的功能同"幻想"等同起来。英伽登后来又修正了自己的观点,认为未定性的转化并不一定能促使意向性对象的生成,相反未定性的转化有时会受到文本的阻碍。这其实是对自己先前的观点的自我否定。有专家分析认为,与英伽登的"未定性"概念最相似的就是广告。英伽登的未定性是不能被填充的,他否定了未定性可以有效地促进图式化方面的相互作用的功能。

　　总而言之,英伽登的理论存在着很大的缺陷:"第一,他不承认一部作品存在着可以由不同的,但同样有效的方式进行具体化的可能性。第二,由于这一盲点,他在统观中看到的许多艺术作品的接受方式,若按古典美学的标准去具体化,就只能遭到阻滞。"①英伽登的具体化概念并不是一个交流的概念,而是一个单向输出单向接受的表述。但是他的理论引导我们去思考文学解

①〔德〕沃尔夫冈·伊瑟尔著,金元浦、周宁译:《阅读活动——审美反应理论》,中国社会科学出版社1991年版,第215页。

读活动中更为深刻的东西，其积极意义也为学界所重视。

二、空白和否定：
读者与文本交流的基本条件

有不少解读学家以小说为例来阐释文本交流的未定性。他们指出小说这种文本类型不能在现实中进行交流。文本要实现其功能，并不通过与现实的毁灭性对比，而是靠交流一种经过组织的现实。所以，若按照既定现实来定义，小说便是谎言。但它对它所模仿的现实又有洞察解悟，所以，若按其功能对之定义，小说即是交流。小说既不能等同于现实，又不能完全反映其未来读者的观点，因此未定性就是产生在这种不一致的基础之上。文学的交流功能要得以实现就必须实现其文本确定性的"阐述"，而未定性就来自这种"阐述"之中。伊瑟尔综合自己的理论曾经提出："空白与否定是本文未定性的两个基本结构。它们是交流的基本条件，因为它们建立在文本与读者相互作用之中，一旦进入特定范围，它们便发挥自身调节的功能。"①

1.文本中的意义空白

伊瑟尔的空白思想与英伽登的"未确定之域"虽然有相似之处，但是在具体的类别和功效上却存在着分歧。伊瑟尔指出："未定性这一术语用来指在意向性客体的确定性或图式化观相的序列中的空缺；而空白，则指本文整体系统中的空白之处。对空白

---

① 金元浦：《接受反应文论》，山东教育出版社1998年版，第164页。

的填充带来了本文模型的相互作用。"①这里的空白实际上是联结文本各个部分的纽带。在填充空白之前，必须将文本的各个图式联结起来。空白从中区分出两类东西：图式与文本视点，由此读者的形象建构以及想象活动也被激发出来。如果图式与文本视点不再相互区分而是被有机地联结为一个整体时，那么空白也就不存在了。

在我们的日常交际中，当空白出现时它就打破了双方交流中的联结性，联结的中断使双方的语言期待受挫。这是一种不足。而在文本中，空白并不是这样，相反它是作为一种联结文本图式的有效暗示来被读者把握，因为它是形成语境，赋予文本以连续性，赋予连贯性以意义的唯一途径。作为文学的虚构文本不同于实用化的解释性文本，虚构文本中的大量空白打破了其内隐的联结性，向读者呈现出多种角度的可理解分支，让读者自己从中去选择综合图式建构自己的理解世界。

文本的诸视点之间是彼此相互联结的，然而它们并没有特别明确的次序排列，往往是交织在一起的，视点与视点之间、同一视点内部都存在着联系。也有的视点之间没有任何关联，有的还处于极端对立的状态下。伊瑟尔列举了以乔伊斯为代表的现代小说家的作品，他们的作品在文本中留存的大量空白刺激着读者想象的翅膀不断飞扬，读者的想象活动就是在一个综合的过程中来实现联结统一的功能。"文学本文的空白则必须有一个与之关联的等价物，它是构成各非关联部分的基础，最终会将各部联结为

----

① 〔德〕沃尔夫冈·伊瑟尔著，金元浦、周宁译：《阅读活动——审美反应理论》，中国社会科学出版社1991年版，第220页。

一个新的意义。"①

　　伊瑟尔从心理学角度考察了文本的空白理论。在格式塔综合各种材料的过程中，读者能动地展开想象以求取得一致性构筑，这样就可以消解空白，将文本的每个部分有机地联系起来。在读者填充空白的过程中他们能动地构筑自己的意象，一个个空白促生了读者的一个个意象。在这个意义上，人们可以说，空白引起了一级和二级想象。二级想象是由我们反作用于我们已形成的意象而生的意象。空白通过"成功的延续"的终止来激发读者的想象活动，空白在此就成为交流的基本条件之一。伊瑟尔在对空白的功能结构的分析中认定，空白在解读流程中可以将各个视点的空缺结合在一起，形成一个视域。只有各个部分之整体的联系中产生的等值物才能赋予各部分以确定的意义。这个等值物是调节各部分间相互关系的潜隐的结构。这一切活动都要通过想象来完成，解读中空白的填充指引读者进入文本解读的更高层次。

2.空白理论下的文学解读活动

　　由于文本中存在着大量的空白，在文学解读活动中如何有效地填充文本的空白，发挥读者的想象力，是我们需要好好探讨的问题。在文学解读活动中，面对着一个文本，我们要展开想象的翅膀，将文本中的一个个空白完美地填充起来。文学解读不能陷入对文本的全盘接受的地步，要通过填充空白进行创造性的解读。具体说来，就是读者伴乘想象的双翼，填充文本的空白。在文学解读活动中，读者要体会到文本解读的自由感，增生想象的

① 金元浦：《文学解释学》，东北师范大学出版社1997年版，第388页。

双翼,自由自在地遨游在文本的世界里。文本中的空白就如同一个个积木等待着读者在解读理解的道路上建构。读者在解读过程中,要为自己创造条件,充分感受到文本在向自己敞开,就如面前有一方自由开垦的土地。王维的《使至塞上》:"大漠孤烟直,长河落日圆。"寥寥几字能够进入读者灵魂深处,将读者的思绪引入边陲塞外那壮阔的场景中。此时此刻读者的想象填充文本中空白:大漠浩瀚无垠、狼烟直上云霄、黄河长流似练、一轮落日正圆,在此壮阔的景象之中,使臣如征蓬似归雁地行进在大漠之中……于是读者的思绪顺着文本蔓延开去。李白的《梦游天姥吟留别》"天姥连天向天横,势拔五岳掩赤城"一句中的空白足以激发读者想象那峰峦峭拔的磅礴气势。如果读者能够从李白近乎仙境式的描写中生发出去,展开想象的翅膀,在自己想象的世界中去构筑一个仙境般的天地,那么解读也就具有了无穷魅力。解读中的一个个空白可以带给读者一方方广阔的天地,读者要善于唤起自己的解读体验,用灵感和智慧创造出更加丰富多彩的艺术形象。

3.否定理论下的文学解读活动

接受美学理论将空白和否定视作读者与文本交流的基本条件。"如果说空白是本文阅读的句法之轴的话,那么,否定便是文本阅读的范式之轴。"①在文学解读过程中,保留剧目中原有的标准规范否定了读者的原有的习惯和标准,生产出了解读范式之轴上的空白,因此,我们常说否定产生空白。伊瑟尔曾经说过这样一句话:"一篇虚构的文学本文,从本质上讲,一定要推陈出新,别

①金元浦:《接受反应文论》,山东教育出版社1998年版,第167页。

树一帜，背离人们所熟悉的规范的有效性。"①否定激发读者去构建自己的对象，读者要建立与文本的联系，主要是通过想象来填充空白，而这些空白就是由否定引起的。因此，我们要充分重视否定在阅读中的作用。

读者在解读过程中，不可避免地会看到所熟悉的"保留剧目"，但是读者不可能永远停留在保留剧目中，如果是这样的话，他就会对文本产生厌倦之情。因而好的文本总是出其不意地呈现出读者所料想不到的东西，在读者的震惊中显示出一个新的空白结构。文学解读活动中也常有这样的现象，读者要在自己的惯性思维中抓住这个矛盾，让自己的思维在这一刻聚焦，开掘出文本新的深度。这不只是增加了文本的厚重感，而且也让自己的视野得到了新的提升。比如《孔雀东南飞》一诗，传统的观点认为，焦仲卿和妻子一样，对爱情是坚贞的，他以死殉情，来抗议吃人的封建礼教。但如果我们提出当代学者的某些观点来否定这种已有的见解会是怎样呢？有的学者认为这不是一首爱情诗，焦仲卿与刘兰芝之间没有真正的爱情，并以有关诗句来证明：贱妾留空房，相见日常稀；君既为府吏，守节情不移；十七为君妇，心中常苦悲。这里没有爱情，不过是遵守传统的妇德。焦仲卿对妻子的态度是同情，而不是爱情。他始终就没有坚强过，他的哭表现出他的窝囊，他的死也是在妻子死之后。这样的观点将带给我们否定所形成的空白，这一空白引领我们进入对文本更为深入的研究中去，从而丰富了文本的意义，也创造出了一个新的解读主体。所以，我们的文学解读活动，既要注重对"保留剧目"的运用，又要善于打破它，通过调整和变换理解的角度来否定既有的经验，做到

---

① 金元浦：《接受反应文论》，山东教育出版社 1998 年版，第 169 页。

文本意义的常读常新。

三、召唤结构:读者与文本的敞开交流

接受美学理论对空白和未定性的研究,深受英伽登"未确定之域"的影响。后来伊瑟尔开始了自己的研究并发表了在文学理论史上具有重要意义的论文《文本的召唤结构》。什么是文本的召唤结构?"文学作品中包含着许多意义空白与意义未定性,它是联结创作意识和接受意识的桥梁,是前者向后者转换的必不可少的条件。它促使读者去寻找作品的意义,从而赋予他参与作品意义构成的权利。正是意义未定性与意义空白才构成了作品的基础结构,此即所谓'召唤结构'。"①文学作品中的意义空白与未定性不断地向读者发出召唤,呼唤读者进入文本,呼唤读者用自己的方式将确切的含义负载在未定性上,将文本中的空白一一填充起来。文本的意义是读者与文本之间相互交流和开放的结晶。读者对文本的理解过程是一个不断开放与不断生成的动态过程,文本只有在与读者的相互敞开中才能实现其意义。当然,文本的意义不是固定的,每一个读者都会有自己的解读。正如伽达默尔所言,对一文本或艺术作品真正意义的发现是没有止境的,这实际是一个无限的过程,不仅新的误解被不断克服,真义得以从遮蔽它的那些事件中敞亮,而且新的理解也不断涌现,并揭示出全新的意义。召唤结构对我们的文学解读活动有着诸多的启示,主要体现在以下两个方面。

第一,读者:文本意义的建构者。我们以前的文学解读活动

————————

① 金元浦:《文学解释学》,东北师范大学出版社 1997 年版,第 385 页。

突出的是对作家创作意图的还原,认定文本的意义是由作家预先设定在作品中的,文学解读就是要穿越文本去探究作者的旨趣。因此,读者解读活动没有生机和活力,无法体现出读者的个性化解读,读者陷入被动接受的状态。这就造成了解读主体与客体的分裂。接受美学的召唤结构理论将文本视为带有空白与未定性的召唤结构,期待与读者的交流对话。从这个意义上讲,文学解读是读者生命意识的自由抒写,是个体精神的独特启示,体现了人和世界的平等共融。召唤结构只有在读者的积极参与下才能真正实现其内涵。"召唤结构"隐藏着对读者和作者平等关系的一种揭示。作者并不是高高在上的圣人先哲,读者也不再是崇拜者、信仰者,两者在召唤结构的导引下共同实现对文本意义的建构。任何文本的解读,只有靠读者的创造性解读才能获取其独特的价值。因此,我们应该把读者不仅仅是看作文本的接受者,更应看作是文本的建构者。

第二,文本:开放的召唤结构。文本是蕴含着未定性与意义空白的吁求读者解读的召唤结构。文本在召唤结构的指引下充满了开放性。召唤结构就如同一条链条将读者与文本牢牢地维系在一起。文本如果没有经过读者解读这一环节,就只能是一个没有生命的文字符号,只有在读者对其未定性和空白的不断确定与填充中,文本才能焕发出生机和活力。召唤结构向我们展示出一种面向读者开放的宽大胸襟,它呼唤读者的主体性、创造性。文学解读活动其实就是读者在文本召唤结构的"召唤"下的一种积极响应活动,即一种创造性、体验性活动。因此说,这种开放的召唤结构也让我们感受到了文本的生命气息,它吁求着读者的参与和交流。

四、召唤结构下的文学解读活动

接受美学的召唤结构理论对文学解读活动有着极为深刻的启发意义，它告诉我们，文本意义的建构需要读者的参与，需要读者的反应和创生，这种参与反应创生表现为读者对话的意识、体验的情感和创造的精神。

第一，对话：走进文本世界。面对着由召唤结构所构成的一个动态、开放、凝聚着无限意义生成可能性的文本世界，我们要走进文本设定的世界，感受作者的热情召唤，从而积极地填充文本的意义空白，建构文本的意义。实际上，这是读者与文本的对话。譬如在解读辛弃疾的《青玉案·元夕》时，我们就要穿越时空去与作者辛弃疾对话，"东风夜放花千树，更吹落、星如雨。宝马雕车香满路。凤箫声动，玉壶光转，一夜鱼龙舞"。我们仿佛置身于元宵节的繁华闹市之中。

"蛾儿雪柳黄金缕，笑语盈盈暗香去。众里寻他千百度。蓦然回首，那人却在，灯火阑珊处。"这孤独的美人不禁让我们心动，好一个倾国倾城的佳人啊，她置身热闹之外，她忧愁、孤独、自甘寂寞，她沉稳、矜持、遗世独立，热闹是别人的，她却于热闹之外寻求一种超脱。这里，我们仿佛感受到文本向我们发出一种召唤，召唤我们穿越历史长河与这位佳人邂逅。"于我心有戚戚焉"的这位佳人，不正是作者高尚人格的化身吗？这不也正是我们所要追求的一种人生境界吗？文本在我们解读的瞬间展开了无穷的空间，等待我们的到来，等待我们去展开它那无限的意义。因而，在文学解读活动中我们要深切地感受文本，去与文本积极地对话，在对话中建构文本的意义世界。

　　第二，体验：浸入文本世界。文本的召唤结构导引着读者全身心地沉浸、游弋于其中，它吁求读者穿越文本表面的符号而走进其内在世界。召唤结构不仅仅是召唤读者通过填充"未确定之域"来构建文本的意义，更重要的是它向读者发出吁求，期望读者敞开自己的心扉，全身心地投入文本的情境之中，达到一种与文本水乳交融的情感体验状态。

　　著名作家余光中的《听听那冷雨》，就是在那凄凉的冷雨中让我们体验到了杏花春雨江南的情境，在那凄凉的冷雨中我们感受到了作者的生命的跃动。冷雨落在作者的心头，也敲打在我们的心坎里。"杏花。春雨。江南。六个方块字，或许那片土就在那里面。而无论赤县也好神州也好中国也好，变来变去，只要仓颉的灵感不灭，美丽的中文不老，那形象，那磁石一般的向心力必然长在。因为一个方块字就是一个天地。"透过这声情并茂的文字我们感受了一颗赤子之心，让我们深深地陷入这种思乡之情中。我们的文学解读活动就是要发自我的审美体验，用心去与文本交流，真正地浸入文本世界去聆听作家灵魂的诉说。

　　第三，创造：再造文本世界。凡是好的文本都留有空白与未定之域等待读者去填补创造，召唤读者以积极的姿态去与文本交流，调动读者的能动性，在再创造中实现对文本意义的发掘。所以，读者要善于利用这些"不确定之域"和"空白"去开发自己的想象力和创造力。在文学解读活动中，我们要创造一种思维自由驰骋的空间，从不同的视角、不同的层面解读文本，实现文本意义的再创造。

　　例如解读李清照的《如梦令》，伴随着"昨夜雨疏风骤，浓睡不消残酒。试问卷帘人，却道'海棠依旧'。'知否？知否？应是绿肥红瘦'"的字句，脑海中会生发和构建出一个独特的意义世界。美好的事物总是易于逝去，那海棠花怎经得起一夜的风吹雨打？

词人的心如同这花一样经受了一夜的折磨，她恋春、惜春、伤春，却无计留春住，自己的青春与生命可不就如同这易逝的春色？所以，就连问侍女外面的春色如何，她都有些惴惴不安，那敏感、脆弱的心灵于此可见。粗心的侍女竟然随便以一句"依旧"的话来应对，她哪里懂得词人的心情？故古人说："一'问'极有情，答以'依旧'，答得极澹，所以跌出'知否'二字来。而'绿肥红瘦'，无限凄婉，却又妙在含蓄。短幅中藏无数曲折，自是圣于词者。"我们应调动自己的联想与想象再造出一个富有意味的文本世界。在文学解读活动中，我们的创造力就如同一株久旱逢甘霖的禾苗，在召唤结构的雨露滋润下，焕发出靓丽的绿色。

　　文学解读活动是一种交流与敞开活动，这是我们必须要树立的一种文学解读观念。有了这种解读观念，我们就可以在文学解读中敞开胸怀，以一种与朋友知己平等对话的姿态投入与文本的交流中去。对于我们读者来说，就是要深入文本中去，在与文本"保留剧目"的邂逅中实现彼此的视界融合，在文本的"否定性"中实现自身意义的更新，在"游移视点"的动态衔接中、在与"召唤结构"的呼唤应答中实现读者与文本的交流，建构文本的意义。总之，在文学解读活动中只有充分发挥读者的主体性，调动读者的解读创造性，让读者自由自在地在文本的世界里游弋，才能实现自我精神的完满建构。因为文学解读是一个灵魂塑造的过程，文本的字字句句就好似一粒粒顽强的种子扎根在读者的心田，读者解读成长的过程就是这些种子萌发、生长的过程。读者在解读中收获经验的同时也提升了自己的人生境界，生命个体的成长也将更加富有生机和活力。

（原载《山东师范大学学报》2011 年第 3 期）

文本解读:读者的建构活动

文本解读是一种读者与文本对话的活动。读者通过对文本的解读及其意义的建构把握世界,同时也建构自我世界,在文本解读活动中具有能动性和创造性的重要作用——用自己那颗在解读体验中跳动不安的心灵去激活文字,激活文本,因而使文本成为主体情感、意志、生命和灵肉的载体,并诞生出新的审美意义。显然,读者的这种能动性和创造性作用,已经超越单纯理解和解释对象的领域,而跨入对主体自身审美心理结构(情感、意志、趣味等)重新建构的境界,也就是对"读者的建构"活动。应该说,这种"读者的建构"境界,是实现解读"有效性"的根本标尺。它的意义在于打破传统解读模式的弊端——那种将文本解读作为一种单方面的对象性阐释,只注重文本而无视读者与文本对话的交流反应活动——静态的考察,机械的图解,割舍艺术生命的鲜活感,使文本失去生命的丰盈,成为逻辑解析的刻板尺度。

一、解读主体的心理定势

文本解读作为一种意义的理解和解释活动,从本质上说,是解读主体对解读对象即文本的再建构。这种再建构过程的展示及其指向,不仅为解读对象文本的规定性框架所制约,也同时为解读主体的心理条件所规定。所以，我们颇有必要深入考察解读主体的心理定势在文本解读活动及其过程中的作用，探讨解读主体心理定势的特征与规律，以揭示"读者与文本"这一双向交流活动的解读反应规律。

那么，何为"心理定势"？心理学理论有多种说法。从其本质来说，它是一种在活动开始之前，即已先在的主体心理状态，通常影响或决定其同类后继心理活动的生成和趋向。所以，有人说心理定势实质就是对过去的定向活动进行概括和简约而建立的一种简化模型。当相似的情境角度出现时，这种简化模型便作为"心向"或"准备状态"，现实地影响和制约活动的展开及其方向。有些心理学专家认为，这种心理定势的作用在表现形态上是极为复杂的，它不仅可以处于意识阈限水准之上，为主体所自觉地把握，而且可以处于意识阈限水平之下，不为主体所自觉察觉。在文本解读活动中心理定势现象也同样普遍地存在。这是因为文本解读活动是一种不断接受解读对象文本意义刺激的过程，伴随着文本审美信息的每一个刺激，解读主体都会形成一种相应的解读反应方式。这些解读反应方式经过解读主体的内部心理整合，不断被整合为一种常态的解读反应模型。相对于当前的解读活动来说，先前建构的解读反应模型便作为心理定势现实地成为解读主体的"准备状态"，并且在解读活动中发生作用。无论解读者自觉与否，这种心理定势在解读活动中都客观地存在着。而正因为它的存在，才使解读活动呈现出丰富的个体差异性和创造性。对文本解读过程加以考察便可发现，解读主体心理定势的作用是多层面的。

首先，解读主体心理定势可以拓展读者的期待视野。

所谓"期待视野"，是指读者解读文本前就存在和具备的一种条件,诸如读者的文学修养、生活经验、审美水平、艺术趣味和思想倾向等,这是一种由主观客观等复杂因素综合而成的解读"前结构",读者的这种期待视野的形成,自然要预控着他特定的解读心理定势。在解读一个文本的时候,一方面会表现出解读的渴求和冲动,另一方面,解读经验、解读心理以及与文本相关的解读知识都被相应地激活,从而构成一种具有解读指向性的整体心理态势,也就是期待视野。如卞之琳的《断章》:

　　　　你站在桥上看风景
　　　　看风景的人在楼上看你
　　　　明月装饰了你的窗子
　　　　你装饰了别人的梦

　　在解读这首诗时,读者于自觉或不自觉的状态中便会产生一种解读反应的心理冲动,同时,相应的生活经验,所熟悉的诗歌构成法则以及特有的审美趣味和倾向,都构成读者对这首《断章》的期待视野。有的读者可能从纯粹写景的视角去看这首诗,而被诗中的风景、桥、人、明月、窗和梦的推拉摇移而困惑,以至认为诗人在游戏人生。有的读者可能凭自己的人生经验进入这首诗的意境,站到人与人相依存的方位上去反观诗所描写的景物,从而发现:你在看风景,你又成为别人看风景的组成部分;你凭窗望月,别人又从你的身影中生发出遐想和梦;你寻求欲望与梦境,你的寻求又常常成为别人梦中的故事。显然,诗有审美距离,而期待视野通常作为读者解读文本的主观价值度预控着解读活动的基本走向。不同的读者面对同一对象(文本),期待视野总是因解读心理定势的差异而作出不同的解读判断。正是由于读者总是带着独特的期待视野进入解读活动,才能使解读活动一开始就不是被动接受和消极认同,相反,它是积极、能动地参与和重建。

当读者解读的文本与自己的解读经验和期待视野一致的时候，可能会失去解读的兴趣；当读者解读的文本超出了自己的期待视野的时候，可能会欣然有所感，意识到丰富了自己的解读经验，拓展了自己的期待视野，为自己建构了新的解读标准。可见，读者的期待视野可以树立一种解读尺度，而且，即使是对同一文本，不同读者的期待视野不同，也会对这个文本进行新的解读建构和评判。

其次，解读主体心理定势可以激发读者对文本的"重建"。

我们认为，任何一个文本，其本身都是一个开放的"召唤结构"，存在着许多未定性和空白点。因此，在解读活动中，当读者的心理定势与文本的"召唤结构"产生解读反应，可以激发读者的解读创造，变文本意义的未定性为确定性，化"空白点"为"具体化"，从而使解读对象（即文本）得以"重建"。对于这一点，在教学中我们可以从两个方面来加以考察和分析。

一是心理定势调控着文本的语言符号系统向形象世界的转化。作为语言艺术的各类文本特别是文学作品直接呈示给读者的只是一个潜含着形象世界的语言符号系统，它要靠读者的思维将这种语言符号系统转化为活生生的形象世界，这种转换过程依赖的是读者的艺术想象和联想，而任何想象和联想都必然以读者原有的生活经验为基础，也必然受读者本身的性情、气质、心境、趣味等各种因素和动机构成的心理定势的调控。所以，化文本的语言符号系统为形象世界的过程，实际上是受读者心理定势直接调控的重建过程。这个重建过程潜含着多种可能性，读者总要自觉或不自觉地基于自身的心理定势和解读模式去构筑文本的艺术形象。因此，"一千个读者就有一千个哈姆雷特"，这说明文本里的哈姆雷特在通过读者思维转化的过程中受到了各种审美心理定势的调控。特别是文本的"召唤结构"及其存在的许多"空白"，更使读者的审美心理定势得以充分发挥，而对文本中的"空白"进行补充和重建。

二是心理定势调控着读者对文本内在意蕴的把握。文本的内在意蕴深潜于形象结构之中，具有不确定性和不可穷尽性的特征，尤其是所谓"文学类文本"，都是一种开放的结构，其内蕴存有多种阐释的可能性和"化有限为无限"的韵致，在语言和艺术表现上也往往讲究象征性、暗示性，高速跳跃，摆脱现实的时空与逻辑的束缚，追求诗的弹性与力度等，这一切更加强了文本意蕴的不确定性。这种不确定性，不仅不会妨碍理解，而恰恰给读者提供了进行重建和再造的可能，使读者把文本意义与自己的生活经验和心理体验联系起来，从而触发出多种意义的反思。文本意义的不确定因素越大，给读者提供的重建和再造的余地也就越大。正如有些接受美学专家所说：文本意义的不确定性和意义空白促使读者去寻找文本的意义，从而赋予他参与文本意义建构的权利。在文本解读过程中，读者主要是通过体验和理解参与文本意义的构成的。而真正的解读体验应该像清人况周颐在《蕙风词话》中曾标举的读词之法，即"澄思渺虑，以吾身入乎其中而涵泳玩索之。吾性灵与相浃而俱化，乃真实为吾有而外物不能夺"。这里的"吾身"，正是读者开展解读体验时的内部状态，也就是解读心理定势，它构成了解读体验的基础，由此而获得的感悟正是解读主体状态与解读对象"相浃而俱化"的产物。

再次，解读主体心理定势可以驱动主体与对象的解读"感应"。

所谓"感应"，是指解读主体与解读对象之间契合无间，从而使读者产生一种如痴如醉的解读心理效应。也就是美国心理学家马斯洛所说的"高峰经验"，即读者为一种知觉对象所全盘吸引和投注，达到内情与外物融为一体、"物我感应"的境界。对于这种忘却自我的解读体验和境界，许多诗人和作家都做过描述。朱光潜曾经说很喜欢读李白的《经下邳圯桥怀张子房》，他常常高声朗诵这首诗作。朗诵的时候心情是振奋的，仿佛满腔热血都沸腾起来了，特别是读到最后"唯见碧流水"四句，调子就震颤起来，胸襟也开阔起来，仿佛自己心中也有无限的豪情，大有低回往复、依依不舍之意。这里谈的显然是在解读高潮阶段主体与解读对象之间的感应及其彼此界限的消融。由此可见，这种"感应"和"消融"效应的产生，不仅取决于解读对象（即文本）的性质，而且也取决于这种性质能否与读者的心灵形成"同构"。而"同构"得以形成的内部依据在于读者的解读心理定势。因此，"感应"与其说是作为解读对象的文本打动了读者的心灵，不如说是解读对象适应了读者的心理定势。从这个意义上说，任何能够引发"感应"的解读对象，都不过是解读主体自身的对象化，也就是说解读对象成为实现其心理定势的对象。这时，主体与对象的界限已无迹可循，观照对象同时就是自我观照。这种"心物同型"的感应，应该说是文本解读活动的最佳境界。在文本解读中进入这种佳境，会在发现自我的同时，也达到自我与世界的融合，进而改变自己，完善自我，美化灵魂。

二、解读主体的情感反应运动

在文本解读的过程中，解读主体的情感反应运动，来自解读对象（即文本）与读者内在的审美心理结构的碰撞，它是解读情感反应过程的动态化表现。鲁迅在《摩罗诗力说》曾经说："凡人之心，无不有诗，如诗人作诗，诗不为诗人独有，凡一读其诗，心即会解者，即无不自有诗人之诗。无之何以能解？惟有而未能言，诗人为之语，则握拨一弹，心弦立应，其声澈于灵府，令有情者皆举其首，如睹晓日……"这生动地说明，解读主体在文本解读活动中的动力，就是与解读对象（即文本）进行交流产生的情感反应。这种情感反应的过程构成了解读主体的情感反应运动。

从解读反应心理的角度来看，解读主体的情感反应运动是一个动态结构过程，它大致要经历始发（解读欲望）、冲动（解读愉悦）、悟解（解读判断）等几个相应的阶段。这种情感反应的阶段性及其不同的运动形式，勾画出解读反应流程的轨迹与特征，也揭示出了解读反应心理结构形成的内在机制。

解读欲望，作为解读主体情感反应运动的始发期，主要是解读兴趣和解读动机的激发力在起作用。这是一种精神上的渴求，一种对美的注意、希冀的情感反应状态。解读兴趣是读者与文本交流的直接反应：学生打开一个作品，情不自禁地被文本纯净的语言、美妙的意象所吸引，于是那种"欲罢不能"的解读欲望便油然而生；或者面对一首诗，感到深奥难懂或古怪离奇，也会激发起"弄个明白"的解读欲求，从而唤醒学生的审美注意，细致深入地解读文本。与这种解读兴趣相联系的解读动机，可以说是生成解读欲望，推动主体情感反应运动的内部原动力，也可以说是解读动因。它是在文本信息的刺激与主体的解读心理结构相互作用下而形成的一个解读心理动力系统。这种解读动机作为读者从内部发出的动力，对于文本解读活动有重要作用：一是能唤起解读行动，解读成为有目的、有意识的解读行为；二是能为解读增添活力。它不仅是解读主体情感反应的始发力，而且也为解读行为的持续提供源源不断的动力，表现出对文本探究的积极态度。这种具有生命活力和积极姿态的解读欲望，作为"解读反应"的始发点,必将推动解读主体情感运动的发展,以深入文本内部的深层世界。

解读愉悦,作为解读主体情感反应运动的冲动期,主要是伴随着解读知觉直接产生的知觉情感在起作用。在文本解读的过程中,读者各种感官的知觉体验被强调和点化,与知觉对象之间必然会产生某种感情上的解读交流和心理上的审美沟通,这就是解读情感反应的一种冲动。如郭沫若的《天上的街市》,在解读时对其中那些闪烁的明星,骑着牛儿来往的牛郎织女,他们闲游天街时手中提着的灯笼等美好的形姿和深刻的人生意味进行解读体验,也自然会引发出一种并非由清醒的自我意识造成的情感冲动和解读愉悦。而作为解读对象的文本情感表现性,按照格式塔美学理论的观点,是由于作家输入而储存在文本中的情感力的形式与解读主体内心情感力的形式发生异质同构感应的结果。就《天上的街市》来说,它从人间写到天上,寄托了诗人倾饮生活的"苦味之杯"以后,苦心探索光明未来的生活理想和人生追求。在解读中,面对作品所展现的生活图景:远远的街市,闪闪的灯光,晴朗的星空,天河两边自由来往的牛郎织女,读者有如直面浩渺的苍穹,浮想人世沧桑,自然要勾起与作者(文本)类似的人生感慨。这种读者与文本之间感情力的沟通,也就是解读反应,即是解读主体情感运动的高潮。

解读判断,作为解读主体情感反应运动的悟解期,主要是读者对文本的解读认识在起作用,这是解读活动中主体情感反应运动的最后阶段。需要强调指出的是,解读判断并非建立在读者对文本的理性认识活动的基础之上,这个解读判断阶段的情感反应运动赖以产生的基础是读者对文本语言的悟解力。文学是语言的艺术,文本的解读,最终要通过对语言的品悟和富有穿透力的语感能力来完成。

语文学家夏丏尊曾经谈过鉴赏解读的语感问题。他说:"在语感锐敏的人的心里,见了'新绿'二字就会感到希望焕然的造化之工等说不尽的旨趣,见了'落叶'二字就会感到无常、寂寥等说不尽的诗味吧。"真的生活在此,真的文学也在此。是的,文本解读其实最基本的是对语言构成系统的阐释,读者具有敏锐的语感和对语言艺术的悟解能力,才能切入语言载体内部的情界,真正领悟作品的内在情意。否则,就不可能对文本做出力透纸背、鞭辟入里的解读判断。从语言构造的角度考察可见,文本的构成包括两个层面:一是语言符号的指示层面——直接而明确的事象;二是语言符号的情意层面——象征而隐蔽的幻象。任何文本都不是仅仅提供具体直接的事象,而是用语言创造关于情感反应和人生经验的幻象。所以,我们在解读文本并对其做解读判断时,就应充分调动自己的语感力,透过视觉接受的事象,而深入悟解包蕴人生经验的幻象,去追寻那内化的审美信息,以真正揭示文本深层世界的本相及其魅力。这种解读的力度和境界,便是主体情感反应运动的终结形式,即在理性的参与下对文本做出解读判断——一种完成解读过程的对于解读对象的精神占有和把握。

综合以上分析可见,解读主体的情感反应运动,是一个纵向的动态结构和反应过程。文本解读实践的经验说明,在这个过程中,文本内部灌注的审美情感与读者的解读情感反应往往具有同一性和差异性两个基本特征。

所谓解读情感反应的同一性,是说解读主体的情感反应与文本灌注的审美情感是基本一致的。虽然由于读者本身的感情基础不同,在解读中的情感反应与文本灌注的情感难免产生差异,但是,文本的情感总是读者解读情感反应的主要客观依据。这就是说,解读情感反应的同一性是主要的。如鲁迅小说世界里的形象——祥林嫂、闰土、孔乙己、华老栓等,都带有浓烈的悲剧色彩,人物活动的环境,也常常笼罩着一种在封建势力和封建传统观念重压之下令人窒息的气氛。解读这些作品,读者只会沉浸于一种"哀其不幸"、"怒其不争"的情绪波澜之中,在总体倾向上,不会产生迥然不同的情感反应,这是文本的感情基调和整体氛围所决定的。文本的感情基调是作者主观世界的反映,是作者以情感形式对客观世界的评价判断,它不是作者对某一个别事物的具体的感悟情态,而是对作品反映出来的所有现实关系的总的感情倾向,同时它又消融在具体的感情形态中,随着具体的感情形态遍布和渗透于作品的整体结构。这种感情基调好似夏日黄昏的晚霞,透明而带色的光会使作品笼罩在统一的感情氛围中。如果其感情基调是慷慨豪壮的,那么读者的情感反应自然会为之亢奋;如其感情基调是哀婉伤感的,那么读者的情感反应也会为之低回。读者的情感反应和作品的感情基调、整体氛围往往是同一的,一般不会产生相反的现象。

所谓解读情感反应的差异性,就是说解读主体的情感反应与文本灌注的审美情感不同或者相反。解读主体的情感反应运动,是一种很复杂的解读感受交流,也是一个多层次的、多因素复合的解读心理过程。作家通过自己对生活和人生的体验,将社会现实熔铸成作品,读者也要联系自己对生活和人生的感受来解读作品,从而构出带有个性色彩的艺术形象。客观世界不等同于作品所反映的艺术世界,是作家的主观能动性所致;文本形象不等同于读者解读中构出的形象,是读者的主观能动作用所致。对同一客观事物,不同的作用有不同的反应。同样,对同一个作品,不同的读者所得的感受也难免不尽相同。鲁迅先生早就关注文本解读中这个主体情感反应的问题。他曾经说《红楼梦》单是命意,就因读者的眼光而有种种不同理解。因此,"览者会以意"、"观听殊好,爱憎难同"。解读的主体情感反应"因读者而不同",是并不鲜见的现象。而且,这种主体情感反应的差异性,又表现有多样性。清代张书坤在读《西游记》时也曾说过:以一人读之,则一人为一部《西游记》;如若以士农工商、三教九流、诸子百家各读之,各自有一部《西游记》。也许正因为如此,古人早就有"诗无达诂"之说。在文本解读中,注意把握这种主体情感反应的复杂与规律性,对于文本解读是颇有意义的,它有助于深入探讨文本多层的意义世界。

三、解读主体的能力释放

在文本解读活动中,主体解读能力的释放,是对解读对象即文本再整合、再建构的基本条件。解读主体只有具备这个条件,才有可能实现"读者的建构"。尤其是,文本解读是主体通过对解读对象即文本世界的解释,获得对文本整体形式的把握和内在意蕴的解悟,并且由之重新建构文本和自身心理结构(如情感、意志等)的创造行为,所以它需要主体解读能力的高度释放。每一次解读过程,实际上是主体解读能力释放的一次完整的功能体现,是主体解读能力的动态发展和提高。

对于主体解读能力释放的功能和作用,人们有不同的认识。柏格森在《形而上学导言》中曾经说过,主体解读能力的释放是一种理智的交融,这种交融使人们自己置身于对象之内,以便与其中独特的、无法表达的东西相符合。这种观点与中国古代严羽的"妙悟说"颇有相似之处,注重的是解读对象文本中那种蓝田日暖、良玉生烟，只可意会而不可置于眉睫之前的神秘区，而不是主体解读能力释放的作用和功能。对现代解读理论来说，主体解读能力释放的功能和作用并没有那么深不可测，它是可以分析的。这种分析包括两个同等重要而又相互交织的方面，就是把解读对象分为两种构成因素的有机融合，即具有艺术意义的形式层和意蕴层。虽然文本的形式因素和意蕴因素是不可分割的，但就解读主体的感知（即解读能力的释放）来说，它们毕竟作为两种不同刺激对解读主体不同的感知处理机制起作用。

我们从这种形式层和意蕴层的分析视角，首先来看解读主体对解读对象——文本形式层的把握。这种把握主要是指将纷繁的刺激信息构成完形的能力，即从解读对象中感知和摄取信息，并将这些信息加以整合，从而建构创造出一个完整的独立个体。正如有些专家所说的那样：感知过程本身显示出一种整体性，一种形式，一个格式塔，它不是元素的集合，而是统一的整体；不是感觉的群集，而是树、云和天空。在主体具有艺术意义的形式层感知过程中，使文本不仅呈现为完整的形体，还能呈现它的各部分之间的内在秩序和联系，具有一种完美的和谐；或它的各部分既表现出完整统一，又有各自的冲突和对立，以一种富有戏剧性的方式展开自身，借以表现出它的内在张力和超乎形体之外的意义。就如一幅《父亲和牛在山坡上》的水墨画，它提供的不仅是父亲和牛的构图，而且能从这个构图框架中，在默然无怨的耕牛和驼背劳作的父亲这两个相对独立的形体间提供一种新的意义和价值。但是，我们可以断言，解读对象中这种交融和冲突的相互作用绝非是刺激本身，而是具有解读能力的主体的建构。解读主体的感知和对象刺激之间是有相当大的距离的，就像生命和非生命之间的那种差距使得物理化学规律无论如何也不足以解释生命现象一样。我们可以用频率、强度、大小等种种标尺来衡量对象给主体的刺激力，但是，对解读对象的真正感知和把握却是来自超越了这些物质属性的具有艺术张力的格式塔。用有些专家的话来说：心灵要觉察它，只有赋予它以形式，把它纳于形式才行。因此，一个具有高度解读能力的主体，能在一幅高度写实的具象画中看到如同蒙德里安的抽象构图中所呈现的形与色的关联，并且感受到它的整体效果；但缺乏这种解读能力或者解读能力未能得以释放的主体，在徐悲鸿的画幅中除了能看到几匹昂首的壮马之外，恐怕也是体验不到什么东西的。

　　其次，从解读主体对解读对象——文本意蕴层的把握来看，文本中贯注的艺术意蕴，即波动起伏的情感内容虽然能给解读者以情绪刺激和兴奋快感，但是，严格地说，解读对象所能够提供的任何刺激信息本身都只能是他在的东西，真正的情感和意义只存在于具有高度的解读能力或者解读能力得以充分释放的主体心灵及其感悟之中。因为对没有解读能力的人来说，即使负载着"好的道理"的作品也难以实现其意义和价值。解读对象提供的刺激信息只是特定情感指向的被认同了的载体，而不是这种情感指向本身。解读中在主体从对象身上感受到某种情绪活动时，实际上是将自己的情绪投射给了对象。主体用一种超功利的情绪把握对象所提供的刺激信息时，他内心的艺术价值框架也迅速地给对象染上了某种适宜的情绪色彩。这种情绪活动一旦被主体所意识，就使得对象也具备了情感和意义，使得那些特定的形态、具象、画面、场景都成了特殊的情感载体。这显然是解读主体对它的对象的感应和领悟，是对作为刺激的艺术对象进行心灵中的再构和创生。应该说，每人所能领略到的境界都是性格情趣和经验的返照。读一首诗便是再造一首诗。创作主体以客观世界为材料,创造了艺术品;具有高度解读能力的主体则以艺术作品为对象,赋予其富有艺术意义的语言结构和情感意蕴,在心灵中再造出他的新产品。这一过程就是主体解读能力释放功能的体现。

　　主体解读能力的这种释放功能,表现为对解读对象即文本的艺术把握和二度创造,所以它具有穿透性的特征,即能穿透解读对象外在形式的表象或帷幕而探入其内部深层世界,把握文本的真义。这种穿透性,不同于一般性解读者局限于对象表层的玩味,把文本归结为"有味"还是"无味",而是深入文本世界之中,"从其深层世界本身"透视和体察文本真义的生成与构成,即从文本"外面"(形式)进入到其生命(意义)的"里面"。艺术家创造作品,必须凭直觉的努力,去打破"那设置在他和他创作对象之间的界限",从而领悟隐藏在若干线条之间的"生命意向"。同样,解读者对作品的解读,也需要透过作品(如小说)的外在形式,而深入到其深层意蕴中去,"在一刹那间与人物打成一片",获得"直截了当的、不可分割的感受"。一般性欣赏只能使人目光滞留于外在形式,"留在相对的东西"中。而解读者能力的释放,则能使人跨入解读对象——文本形式以下、形式里面,唯有与人物本身打成一片,才会得到绝对。总之,作家将自身内在的孤独、痛苦、渴望、希冀凝化为艺术的形式,解读者的"二度体验"——主体解读能力的释放,也必须透过文本的外在形式,才能同作家的灵魂相沟通,从而悟出一些作家似未说出、却已透过他说出的内容而要在读者心中唤起的东西。

　　　　　　(原载《文学解读学导论》,人民文学出版社1997年版)

主体解读的心理反应过程

文本解读是解读主体对作品客观存在的一种能动的心理反应,这种反应有一个心理过程,或者说意识流程。一般来说,文本解读心理过程的总趋势,是从感知作品的外在形式入手,通过解析品味和解读客体发生同构感应,进而由浅入深地领悟、把握作品的内在意蕴和文本营构艺术。解读主体的这种心理过程是一个层次递变的纵向结构模式,它包括感知、理解、深悟三个基本阶段。这三个基本阶段相互联系,相互诱发,相互渗透,往返流动,构成了一个动态的、有序的、完整的解读心理运行轨迹。按照这条解读心理的运行轨迹探寻文本的营构艺术和作品的审美倾向,有助于细密地解析作品、解读文体,也有助于发挥解读的穿透力,切实把握文本的艺术营构真谛,从而实现文本解读的优化效应。

一、对文本的初感印象

感知,也称"直觉"或"初感",我国古典传统解读理论称之为"观"或"直观"。作为文本解读心理过程的第一个阶段,它主要表现为解读主体对作品感性存在的整体直观(或直觉)把握。所调动的是解读者的审美直觉力,通过直觉直接观照到色彩、韵律、结构形态等文本外象,以知觉印象的心理形式出现,获得某种直接性的审美感受。

　　人们对各种艺术形式的解读，都是从对艺术形式的感性直觉开始的。看绘画不能离开具体的颜色和线条，听音乐不能没有可感的旋律，读各类文体作品不能缺乏语言的形象描述。解读如果脱离了直觉就会失去感染力。在文本解读中，直觉就是解读作品的"初感"，就是对作品的第一印象。我们知道，一切事物大都是依靠它的主要特征而同其他事物区别开来的，这种主要特征自然具有突出性和鲜明性。而人的感官对于新鲜的、突出的刺激最为敏感，甚至在无意注意的条件下，在接触某一事物的短时间内，都会首先对新鲜、突出的刺激，也就是该事物的主要特征做出反应。文本解读也是如此，解读者的心灵被深深打动和刺激的那一点，往往也是作品最动人、最精彩的那一点。因此，在文本解读中，我们要调动起自己的有意注意，自觉地去捕捉解读的初感印象，这种初感印象，就可能是文本营构的主要特征，从而获得对文本的整体认识和把握。解读实践说明，通过捕捉初感来把握文本的营构特征和整体意义有很大的准确性。据说，品酒专家品酒就主要是靠初感，因为人的嗅觉是最容易疲劳和麻木的，只有最初的一次闻嗅最灵敏，最容易抓住酒的香气特征，做出辨别和品评。解读作品放过了最初的鲜明感受和印象，有时越读越抓不住其要领的情况是屡见不鲜的。所以，捕捉"初感"印象，在文本解读中具有不可忽视的重要意义，它是解读活动的初级阶段，是深入探寻作品底蕴和文本营构艺术的基础和前提。如台湾著名作家洛夫的《鞋声》，这篇散文采用超现实的手法，刻画了一个"靠感觉生活的人"，写"他"扶着冰凉的铁质栏杆，连登三十四级，慢慢踱到桥端，"来听取过桥的鞋声"；写"他"对一切都感到疑惑，看到在市中心"架起的许多桥"，像是"从河面上升起的一些岛屿"，"铅质的架构"，是那么冷酷，那么窒息人的情感和意志；写"他"在这个"喧闹的车辆和匆匆的脚步声"纷杂的世界，"时时感到自己在激流中承受着一种没顶的压力"，他没有一种什么别的力量来支撑自己，只有"紧紧抓住桥边的栏杆，两只手背的青筋颤动着"，驻足在桥上去感受"过桥的鞋声"。凭着他的"极为敏感"的神经和人生体验，不仅可以"无须抬头即可从鞋声中分辨出"过往行人的性别、年龄、个性甚至身份来，而且能够从鞋声中听出某人内心的悲哀或欣喜。作者还用幻觉描写的匠心之笔，写他"瘫软地靠在桥栏杆上"的时候，恍惚中感到"不但桥在流"，自己也在流，而且"向四方流"……读完全篇，顿感文章写得奇诡幽邃，似梦如魇。作者着力于展示人物的隐秘世界，开掘人物的内心世界，致力于变态心理的艺术写照，使我们似看到作品中的"他"在一条迷茫无助的道路上进行痛苦和恐惧的自我寻找，似感触到人物内心世界的种种颤抖、律动、跳跃的声息。这就是解读的"初感"，那么，作者为什么要刻画这样一个人物？"他"为什么要驻足桥上"听取过桥的鞋声"？……这些问题需在"初感"之后，进一步去探寻体悟。所以，"初感"是解读活动的第一步，是踏入更高层次的审美活动的台基。只有踏稳这一步，才能深入作品内部的深层世界，去探寻文本的营构艺术真谛。

　　"初感"是对审美对象——作品的整体把握。它具有整体性的特征。在解读实践中，艺术作品总是作为整体感知的形式在解读者的头脑中呈现出完整的映像的。如欣赏一株玫瑰，我们并不是把它的花瓣、花香、花枝等作为彼此孤立的、互不相关的个别属性来感知的，而是把它们作为一个有机的整体形态来对待的；欣赏一首乐曲，我们也不是把乐曲的节奏、音色、力度等分开来感受，而是按照音乐的规律把它们合成为一首完整的乐曲来感知的;鉴赏一幅画,也是这样,谁也不会孤立地感受一根线条、一道色彩,而是感知它的整个构图,以及由各种因素组合而塑造出来的整体形象。如荷兰17世纪画家弗兰斯·哈尔斯的名画《吉普赛女郎》,鉴赏这幅画时,我们感受的并不是这个吉普赛女郎的各个孤立的部位——她的眼睛、鼻子或黑发,而是由那红润开朗的面庞、略露狡黠的微笑、随意披散着的黑发等各个部位有机统一而构成的无拘无束、性格豪爽、美丽热情的少女形象。在文体解读中,对一篇语言艺术作品的感知,也不是着眼于某一个孤立的部分,而是从整体形式出发。任何一个文本的生成与构成,无论是一首诗歌,还是一篇散文小说,都是一个有机的营构系统,一个活生生的生命形式。解读者的审美感知,只有建立在文本营构系统的整体把握上,才能发现文本营构的艺术美。如解读李白的《望天门山》:"天门中断楚江开,碧水东流至此回。两岸青山相对出,孤帆一片日边来。"这首诗中出现了青山、绿水、白帆、红日等直觉形象。如果孤立地去欣赏这些自然景色,给人的感受是淡漠的;如果把它们联结为一个整体,意境就深远得多了。这首诗的中心意象是诗人乘坐的"孤帆",碧水东流、两岸青山的景姿是从乘坐"孤帆"的诗人的视点来欣赏的,因此,静态的自然景姿变成了动态的艺术画面,客观的自然美融汇了诗人的主观感受。第一、二句是写诗人乘坐逆水而上的孤帆,对流经楚地的长江水势的感受,突出的是自然力;第三、四句是写诗人对两岸青山争相迎接从红日那边驶来的孤帆的自我感觉,突出的是人的力。这首诗的深刻意蕴恰恰表现在诗人不畏艰险、奋力拼搏的人生价值之中。在解读中,只有做这样的整体把握,才能真正感受这首诗的艺术魅力,从而深入揭示这首诗的艺术营构系统。完形心理学理论就十分重视艺术解读的这种整体性的特征。它要求人们在解读一篇作品时,不能从某个局部而去肢解文章,而应当首先从整篇作品出发,把作品视为一个格式塔,即知觉整体,在足够的时间里认真欣赏、揣摩、玩味,从而直接把握作品的主旨、情境、艺术营构技巧等。顿悟性好的解读者在粗读作品之后,就能从整体上一下子捕捉住它的主体特色和某种内在的情韵,这就是作品格式塔质。当然,"初感"阶段对整篇作品的把握是混沌的、朦胧的,是带有飘忽性和猜想性的,但这种从整体出发的直觉感受活动,却是充满生气和洋溢着热情的。一个直觉性强的解读者,在初读秦牧的《花城》的时候,他的眼前就会出现五彩缤纷的花市,心底就会涌动一股爱花爱美、追求美好生活的热流。应该说,这就是"初感"对作品整体把握和直觉感知的一种优化效应。

在文本解读中,怎样把握"初感"的整体性特性?不同的文体,不同的作品,往往有不同的方法。但就一般规律来说,要切实认识文本的营构系统,整体地感知作品,在"初感"中应当有意识地注意以下几个基本方面。

首先,要注意了解和弄清作品的主体形象,把握文本的主体建构。主体形象往往是一篇作品整体营构的艺术焦点,凡是高明的作家,对作品的布局营构,大都是先立主体,然后穿插,构成大局,进而造成烘云托月、万山拥主之势。从解读心理的角度来说,这样可以起到引起注意和稳定注意的艺术作用。如朱自清的《背影》,以"穿道买橘"时父亲的背影为整体营构的主体形象,在表现主体形象之前,记叙了"南下奔丧",交代事情的背景,后又记叙"南京送子"、"车上拣座"等情节,为主体形象作了层层铺设,自然引出父亲买橘时的背影,情所必至,理之固然。如果去掉前面的多层铺设,抹去那几层穿插,作品势必显得主体孤出,单薄贫瘠。对于这类作品,在解读中弄清它的主体形象,显然有助于把握作品的整体构图,认识文本的营构系统。不同的作品有不同的主体形象。有的是人,如以上例析的就是"父亲的背影"。有的是物,如鲁迅的《秋夜》,是"奇怪而高"的枣树;莱蒙托夫的《帆》,是蓝色大海中的白帆;郭小川的《祝酒歌》,是"恰似群群仙鹤天外归"的雪花。因此,在解读中对主体形象的把握,应根据具体作品做具体分析,从而弄清不同的主体形象生成的不同的营构系统。

　　其次,在解读中要整体地感知作品,切实认识文本的营构系统,还应当注意把握作品的基调。任何一篇作品,从情感上讲都有一个基本情调,也就是基调。基调是统摄作品的灵魂,是充溢在作品中的生活气息,是蕴藏在作品中的感情的潜流,是贯通作品整体的主旋律。它不是作者对某一个别事物观照的感情形态,而是作品中反映出来的所有现实关系的总的感情倾向,同时它又消融在具体的感情形态中,随着具体的感情形态遍布在整个作品里。这就不仅为抒情和谐提供了不可或缺的情感成分,更主要的是抒情基调好似夏日黄昏的晚霞,透明而带色的光会使整个作品笼罩在和谐统一的色调中。如朱自清的《荷塘月色》,这篇散文反映的是苦闷、彷徨的心境,希望在一个幽静的环境中寻求精神上的解脱而又无法解脱的矛盾状态。"心里颇不宁静",一切都笼罩着一层淡淡的哀愁的阴影。"夜晚坐在院子里乘凉,忽然想起日日走过的荷塘,在这满月的光里,总该有另外一番样子吧。"然而,"月光是淡淡的","路上只我一个人,背着手踱着。这一片天地好像是我的;我也超脱了平常的自己,到了另一个世界里"。"像今晚上,一个人在这苍茫的月下,什么都可以想,什么都可以不想,便觉得是个自由的人。白天里一定要做的事,一定要说的话,都可以不理。"难得偷来这片刻逍遥,却像笼罩着一层轻纱的梦;难得伴有这片刻的宁静,却笼罩着如梦似的阴影。荷塘也好,月色也好；热闹也好，冷静也好；歌声也好，倩影也好；喜悦也好，哀愁也好……一律笼罩在一团烟雾里，隐隐约约，没精打采，因为这都是转瞬即逝的、短暂的。"猛一抬头，不觉已是自己的门前"，即又回到现实中来了，又回到严酷的白色恐怖、令人窒息的现实中来了。"白天里一定要做的事，要说的话"，还得违心地去做、去说，哪里还有什么"自由的人"、"自由的世界"呢？一个同情革命、要求进步、不满黑暗现实而又无力超脱的中国进步知识分子苦闷、彷徨的心情贯通了全篇，流荡在字里行间。这种贯通整体的苦闷、哀愁的抒情主旋律，也就构成了作品的感情基调。在解读中把握这种感情基调，显然有助于整体地认识作品。整体地感知作品的主体情绪和总的感情倾向，有助于统摄作品的整体精神，从而切实把握文本营构系统的整体性。

二、对文本的理解品味

记得日本美学家今道友信在一次讲演中曾引用席勒的诗句："严肃啊！人生。明朗啊！艺术。"在席勒的这两句诗后面，他又即兴加了一句："幸福啊！思维。"今道友信为什么要加上这一句呢？因为在他看来，为了能够沐浴于光芒之中，艺术必须通过思维的解释。其实，为了沐浴于美的光芒之中，文本解读也必须要"通过思维的解释"。所谓"通过思维的解释"，就是通常所说的理解。

理解，是文本解读心理过程的第二个阶段。我国古典传统解读理论把它称之为"品"或"品味"。理解在文本解读活动中占有特殊的地位，它是整体感知后的深化和升华，是对文本营构系统多层面具体化的理性思考。如果说第一个阶段"感知"，是对作品整体表象的轮廓认识，那么，"理解"这个阶段，便是从作品的有机整体出发，披文入情，沿波讨源，因形体味，深入作品内部的深层世界，对文体营构系统的各个层面进行具体化的品味认知。它是以理性为主导的感性认识和理性认识高度统一的解读心理活动。黑格尔对审美认识中感性和理性相统一的特征曾做过分析。他认为审美对象对于我们既不能看作思想，也不能作为激发思考的兴趣，成为和知觉不同甚至相对立的东西。所以剩下来的就只有一种可能，对象一般呈现于敏感，在自然界我们要借一种对自然形象的充满敏感的观照，来维持真正的审美态度。充满敏感的观照并不能把这两方面分别开来，而是把对立的方面融合在一个方面里，在感性直接观照里同时了解到本质和概念。这就肯定了解读心理过程的"理解"这个重要因素，而且揭示了审美"理解"寓于感性直接观照之中的特征。他运用"充满敏感的观照"这一概念，说明"理解"既不是单纯的感性认识，也不是抽象的理性认识，而是一种感性与理性相统一的心理功能。在文本解读中，这种"理解"是解读主体心理运行过程中不可或缺的阶段性因素，因为如果缺乏或者没有"理解"，也就不可能有深入的文体解读。我们必须要充分看到，作为解读对象的各类作品和文体营构系统，往往是十分复杂的，凭借直觉和感性不可能一下子就能认识它，而必须要通过反复地思考，认真地品鉴，才有可能把握和理解它，而且只有通过这种理性的思考，切实深入理解之后，才会引起深刻的、强烈的艺术美感，才能获得文本营构的真谛。因此，在文本解读中，我们必须重视在理性的指导下，潜心玩味，深入品鉴，只有这样才能真正理解作品，深层性地认识文本的艺术营构系统。

从文本解读的实践来看，"理解"是多层次的，我们可以把它划分为表层理解和深层理解。所谓表层理解，就是对作品的字面理解和文体的外观理解。解读各类文体，就要能够正确地接受作品的语言信息，包括理解作品的词句、典故，以及起兴、比喻、拟人等各种修辞手法，也包括对构成意义的表象、结构、韵律、节奏以及文本中特定的表现手法等方面的把握。对语言的理解虽属浅层理解，却绝不是可以忽视的，它是深层理解的基础和前提。试想，如果连字义都不理解，就去谈什么深层意蕴和营构艺术，那就如同痴人说梦了。

所谓深层理解，就是对作品的象征意蕴和文体的营构艺术的理解。这种理解不是对华美辞藻的流连，不是对轻音乐一般的韵律的陶醉，也不是某种知识的获得，而是对作者提供的象征密码的破译，对作品象征含义的捕捉，对作品深层世界中所蕴含的特殊意味的品鉴，对文本艺术营构奥秘的探寻。解读者只要达到这种理解，就可以从作品中发现自我，发现一个新的世界。这种深层理解具有这样几个特点。

一是情感性。文本解读不仅是认识活动，同时也是情感活动，最终要体现为一种情感的感受状态，对文本的理解是与这种情感活动交织于一体的。这种情感性的理解往往只是一种"悟"的状态，也就是通常所说的"可意会而不可言传"。

二是具体化。何为"具体化"？英伽登认为，就是要消除作品中的"未定点"，使其审美价值属性得到充分实现并达到直观显示，使作品"具体化"。他说，这种"具体化"就是解读者通过他解读时的创造活动，促使自己像通常所说的那样去"解释"作品，或者按其有效的特性去"重建"作品。如果作品处在来自它本身的暗示状态，那么解读者就去充实作品的图式结构，至少部分地丰富不确定的领域，实现仅仅处在潜在状态的种种要素。这样，在某一点上作品就是艺术家和解读者共同的产品。这就是说，在解读过程中,解读者以主动的创造性想象的方式,从许多可能的或可允许的经验成分中选择适当的成分,来充实作品中各个空白。即发挥解读主体的创造性,用自己熟悉的语言叩问文本中的陌生话语,对作品进行具体分解和再构。所以,有人认为对这种"具体化"的理解,从本质上讲就是瓦解文本的活动,同时又是作品通过再构而生成的过程。因为文本并非艺术作品最后完成的状态,解读的瓦解作用从积极的意义上讲是通过重构文本而完成作品。如果离开了解读活动的这种瓦解和再构作用,文本就无从获得生机。

三是多义性。凡是优秀的作品,都非是一眼见底的浅薄之作,往往有多重意蕴可以探觅。其奥妙之处又常常是在可解与不可解、可喻与不可喻、似与不似之间,绝不是用一两个概念或判断所能穷尽的。所以,在"具体化"的理解过程中,面对作品多层次、多方面的意义结构,又加上解读者的个性差异,从作品中所品味到的意味也就有所不同。这也是因为作者心理、文本符号与读者心理都是独立的结构体系(系统),同构关系不能不受各自结构的限定。换句话说,作者不可能在文本符号中完整地复制出自己的整个心理结构,读者也不可能原封不动地把整个文本结构纳入自己的心理结构中。

如唐诗人岑参的《白雪歌送武判官归京》,长期以来被人们称颂为边塞雪景诗的绝唱。但读者对这首诗的理解却存有分歧:有的理解为惊喜好奇的情趣,有的却理解为惨淡的愁绪。虽然,万树梨花与愁云惨淡都是原诗的情境,对读者来说,究竟理解为惊喜还是愁绪,这却是由读者自身的条件决定的。因为解读中对作品的理解,有时在很大程度上是解读者主观心理状态向客观的投射。这就是说,作品文本中情感内容表现的结构虽然是既定的,但它产生的情感效果并不是固定不变的。文本与解读者心理之间异质同构关系的建立,是解读者用自己的心理结构同化文本的结果。对《白雪歌送武判官归京》的理解是惊奇还是愁绪,取决于解读者将什么样的心理经验移注到作品文本所描绘的情境中。本人的情感表现性提供了解读理解的基础,却不能决定实际理解的结果。也就是说,解读中理解超越了作品文本的限制。

在文本解读中,要达到"真正的"理解,切实而透彻地把握文体的营构系统,应当特别注意以下几个方面。

第一,分解整体。就是将作品整体分解成若干部分再分别加以探究。作品整体,就其存在形式看,是一个由许多自然段落构成的篇章整体。因此,一般来说,对于篇章结构整体的分解,常常是从划分段落或层次入手,通过分析作品布局营构的起承转合关系达到对内容和结构的深入理解。怎样分层划段?首先应从初步整体认识的结果出发,借助全局去分清局部;其次是要着眼于作品的思路线索,纵览全程而进行层、段划分;再次是要把演绎法(以总到分)同归纳法(从分到总)结合起来;最后要联系不同文体的特殊结构规律及具体作品的营构特点做具体分析。

在这种篇章结构的分解过程中,必须要遵循从整体到部分的认识路线,弄清楚各部分之间的关系和联系,抓住主体和重点部分深入开掘,找到本质联系之所在。怎样找寻本质联系?从文体解读的实践来看,有效的途径是从作品的整体结构系统出发把握文路。如莫泊桑的小说《项链》,其情节的营构有一条明晰的思路,这就是:借项链—失项链—赔项链—假项链。在解读中把握这条贯注于全体的文路,就可以弄清作品部分与部分之间、整体与部分之间的内在联系,从文本内部的营构系统上认识作品的完形整体。这种贯穿在作品中的文路,其实就是作品整体营构的一种艺术方式。

　　这种艺术营构方式是复杂多样的,在解读中应做多角度的具体考察和分析。如台湾作家许达然的散文佳作《远方》,写的是人的"向往"这种带有幻想特征的心理意念活动。由于这种抽象的意念是难于用文字描摹的,所以作者选取了"远方"这一既明确又非确指的多义性方位词作为整体营构的"触发物",围绕着它,作者打破中国传统散文章法结构的拘囿,采用"蒙太奇"手法,展示了海阔天空的议论、跳跃驰骋的描述:从作品开篇点出"远方总使人向往"的旨趣,写到人在向往中的心理特征——"越远越朦胧,越朦胧越神秘"。那神秘又常引人产生美丽的幻想:远方的平房变成宫殿,小溪变成大江,冰雪封闭的荒野变成一片绿土。又从理念世界的空幻——莫尔的"乌托邦"、陶潜的"桃花源"、秦始皇求仙药的梦,写到现实世界的"远方"——茫茫大海,浩瀚无涯,海浪迷人也凶狠,终难到达彼岸;巍巍高山,重峦叠嶂,它的凛然曾磨削人的斗志,使古老的印度民族在无助的茫然中孕育悲观的思想。作者还从古代民族写到现代人,从孩子的梦幻写到现实……直到最后点染出"远方仍是温柔的有力的挑战"。文章笔墨驰骋,而又井然有序,用这样一个个看似相对独立的议论片段,即被称之为理趣"场"的排列组合方式,按照心灵情感的抑扬起伏和心理意绪的张弛变化,来艺术地营构全篇。这种理趣"场",以"远方"作为营构的触发物,再现主观世界中的现实世界,它由一种感想逐类联通地激起另一种联想,将理想、评判与印象叠印为一体。这里的时空顺序虽然无迹可循,但其内部上下之间似断实连,在本质上表现为一种有机的艺术秩序。在解读中,我们从作品所抒发的情感激流中,从作者所着力表达的以人生追求与向往为主旋律的意识活动中,就可以把握若隐若现、贯通其中的内部抒情线。

这种内部贯通而外部间离跳跃的艺术营构方式,将一个个理趣的"场"艺术地融化在诗情的律动与回旋之中,完全突破了时空界限而融注为浑然一体的构架。因而,表面看来,作品似乎缺乏艺术整体的有序性和有机性,但它分明具有内在的扭结的旋动力。这种内在的旋动力就是来自作者心理深层结构的理性透视和诗情的潜涌。这就是说,作者把从不同层面、用不同视角而绘制出来的,具有不同理趣的一个个珠玑般璀璨的理趣"场",以诗情抒发的线索牵引,按照心灵情感的抑扬起伏和心理意绪的张弛变化,组接连缀成为作品整体营构的有序艺术机体。可见,在解读中理清文路,把握作品复杂多样的艺术营构方式,是弄清部分之间的本质联系,切实认识文本营构整体性的一个重要途径。

第二,分层领会。篇章结构的分解基本上属于平面扇形分析;而作品的完形整体又是立体的、多层的,因此还必须分层次揭示其内涵,以达到真正的理解。对于各类文体作品,可以比较清楚地划分出三个层次的系统来:第一个层次为语言文字系统;第二个层次为形象系统或材料内容系统;第三个层次是题旨意蕴系统。我们解读领会一篇作品必须循序而进,逐层深入,即首先是对语言文字的认读和理解,这是人类特有的对第二信号系统的刺激反应。透过语言文字,解读者直接感受到的是形象、图景、画面或环境、场面、情节等内容体系,而不是思想、观点或意蕴等内涵,因为这些东西是隐蔽或深藏在形象与情境之中的。其次才是通过体味、揣摩和分析形象所包含的内在意蕴。

三、对文本的深悟鉴别

"感觉到了的东西,我们不能立刻理解它,只有理解了的东西才能更深刻地感觉它。"这一认识论的真理,对文本解读来说,同样也是透辟的真理。所谓"长歌当哭,痛定思痛",就是说在感情相对冷却、平静时,才能更深刻地感到痛苦的本质内容。在文本解读中,我们徜徉沉浸在风光绚丽的文章内部世界里,往往只觉得它美,却说不清何以这样美。只有从陶醉中醒来,冷静地进行回味和思索,理智地进行扫描和审视时,才会发现它的美的奥秘。这就是解读中一种形而上的深悟。

深悟,是文本解读心理过程的第三个阶段,也是解读审美的最高境界。我国古典传统解读理论也称之为"领悟"或"妙悟"。它就是把感知、理解的解读结果重新联系、统一起来,让语言形式和内容思想、具体局部和整体框架、浅表形象与深层意蕴、作者本意与作品全部意义等方面统统合拢再构于一体,让内在的中心统贯全篇,重现作品通体透明、形神兼备的完整体貌,对其进行宏观性的理智审识和鉴别,从而"悟"出作品深藏的人生精义和文体的营构真谛。这个时候,我们就会感到作品的思想意义因附丽于形象外衣而显得具体而亲切,作品的形象内容因受内在精神的辐射而变得更加鲜明可感。这种"悟",也是文本解读的一种理解方式,但它不同于对有限感性对象的知觉性理解,它实质上是一种在对艺术世界品味、体验基础上的哲学思考,是对艺术深层的理性揭示。英伽登在谈审美解读的最后阶段时指出,在这个阶段,主体的心态出现了一种"平静",而对艺术品采取研究的态度,用一种纯粹的理智经验对审美对象做出价值判断。如果说,"感知"和"理解"是对作品的整体观照、具体把握,是完形,是分解,是移情,是体验,是主体进入作品,是物我同化,那么,"深悟"则是回味,是鉴别,是审识,是重构,是主体出乎其外。王国维在《人间词话》中论诗创作时曾经说:"诗人对宇宙人生,须入乎其内,又须出乎其外。入乎其内,故能写之。出乎其外,故能观之。入乎其内,故有生气;出乎其外,故有高致。"其实,解读也是如此,"出乎其外",才算是解读的最高层次,只有"出"才能真正把握文本营构的艺术真谛,才能有更高的艺术获得。

在文本解读实践中,对一篇作品的解读,从根本上来说,是探讨"写什么"、"怎么写"、"为什么写"的问题。"写什么",就是要认识作品的基本内容、主体形象和事件,这是"感知"所要回答的基本问题;"怎么写",就是要认识作者对作品内容的展现,探究作者是运用怎样的基本形式和艺术手段,把他对于人生的体验传达给读者的,这是"理解"所要明确的基本问题;"为什么写",就是要认识作者对某一人生体验的表达底蕴和表达这种底蕴的艺术方式的奥秘,这就是"深悟"所要解决的基本问题。从文本解读的实践来看,在解读过程的最后阶段,解读者要切实达到"深悟"的境界,获得文本营构的艺术真谛,实现文本解读的优化效应,就必须在扫描审视"怎样写"的同时,着力于探讨"为什么写"的问题。只有对这个问题做出透辟的回答,打开文本营构的艺术迷宫,才能说是达到"深悟"之境。否则,就只能是深而不悟,导致文体解读的表层化、肤浅化。

为了深入认识文本解读中的这个根本问题,我们以台湾当代著名散文作家颜元叔的《荷塘风起》为例,加以具体探讨和阐述。这篇散文描写的是"荷塘风起"的妙境。初读我们便可认识到,作者把"荷塘"与"风起"融为一体,把内心世界与自然界化为一炉,把客观真实化为主观表现,创造出了一个殷实之美与空灵之美相辉映、相融合的人化的"第二自然"。他状荷塘风起的静谧美,堪称绝致,抒写"自我的感觉"、时代的忧思,酣畅而缜密,写活了荷塘风起的灵动景致。在解读中,我们加以具体化的分析理解,便可以发现,作者善于把自己独特的感受、精妙的思想、浓烈的情绪,隐藏在具体的意象背后,即通过自然形象的图画,将其蕴藏在作品中,而又不把话说完,不使读者一览无余。采用设置画面,秀出形象,寓感受、情绪及思想于其中的表现技法,来启迪读者寻味探索、驰骋遐思。从画面组合的设计来看,全篇采用的是"纵贯式"的艺术构筑。作者以一路走来的游踪为艺术营构线索,串写组合荷塘风起的各种景物与"自我的感觉"。但这条艺术营构线索,并非是一条直线,而是在"振奋"与愤慨怜惜荷叶遭受"摧残"和"封杀"的多种情绪中,或隐或秀,跌宕着向前发展的。文章从"荷塘与我恢复旧交"、在一个下午"我执意往荷塘走去"入笔,到作者"振奋起来","意识几乎跃出了胸腔,跃入那一片紫黄碧黛",与阳光、荷叶、轻风化入"那瞬间的多彩的神会"世界里,是第一个波澜:由动入静。从"走过长堤,到池边的尖顶亭去看荷池",到"愿莲子坠落,坠落在池中的淤泥里,生长出更多'不染的生命'",为第二个波澜:变静为动。从"从尖顶亭望过去",到"看着荷叶荷花——让生活的齿轮暂且在这里停刹",是第三个波澜:动归于静。由此,文章动静迭生,隐秀藏露,相映成趣,给人以和谐美的享受。

在解读中分析到这里,有的解读者往往就此停步,认为这样就是"理解透了"。其实,这仅是对"怎样写"的回答,它还没有切入文体营构的深层领域。更重要的是要深究作者"为什么这样写",揭示其艺术营构的奥秘:就景境的局部来看,这样写有动有静,而给人的总体感觉却是"静"的,因为这里的"动"终究是"静中之动",是为衬托"静"而虚写的"动"。从心境来看,局部或动或静,加以体味,作者的心境是"激奋"的,因为感情的峰谷是隐伏在起风的"荷塘"里,因此,景愈秀出,我们体味到作者的心境愈不平静。显然,作者这样描写景境之静与心境不静的矛盾性,也就极尽曲折地传达出了自己企求摆脱现实污浊,向往高洁无瑕、清澈自由的至情,把愤世嫉俗的情绪淋漓尽致地渲染了出来。泰纳在《艺术哲学》中曾经说,艺术品的特征,是在把那特性,或者至少把对象的重要性质,尽力表现得鲜明得势。这"鲜明得势",就是既"秀出"事物的主要特征,又让人的性情隐喻其中,从而显示隐约之美与秀出之美的有机融合,收到一种内在情感含而不露、隐秀兼得的艺术效应。毫无疑问,这才是《荷塘风起》的作者匠心营构的奥秘所在。在解读中只有揭示这个奥秘,才能说达到了形而上的"深悟"境界。真正的解读家是善于在作品中发现通往作家深层心理的幽秘殿堂的人,能够跨越作品文字的界域,把艺术的精魂唤醒,让心灵尽情地领略文体艺术营构世界的无限风光,同时,也使自己获得精神的解放、情感的升华、人格的提高,在"深悟"中获得艺术的永恒生命力。

综上所述,从感知——捕捉"初感"印象,到理解——"通过思维的解释",再到深悟——冷静地回味鉴别,构成了文本解读心理的运动轨迹。它们之间既互为联系,相辅相成,又逐层深入,往返流动,具有明显的阶段性。前者是基础和条件,后者是前者的深化、延伸和升华。"感知"得周,"理解"得透,才能"悟"得深。解读心理的诸功能在"感知"、"理解"中发挥得如何,将决定着怎样去悟,悟的什么,悟的深浅。在文本解读中,抓住它们之间的这种内在联系,循序而进,就可以实现文本解读的优化效应。

（原载《文学解读学导论》,人民文学出版社 1997 年版）

主体阅读心理图式理论智慧

主体阅读智慧,从某种意义上说,就是指文本解读的创造性思维和科学的理论与方法,以及它为创造活动提供的新观点、新思路和新视角。主体阅读智慧的生成离不开理论的建构,只有积极地借鉴和吸收各种科学的理论与方法,才能使文本阅读智慧得以不断地生成与发展,拓出潜涌不息的智慧勃发之源。其实,任何学科发展与创新的智慧,都是科学理论与方法指导的结晶。可以说,科学的理论与方法是孕育智慧的母体,离开了科学的理论,智慧就失去了赖以生成与发展的条件。当然,实践出真知,智慧的生成也离不开创造性的实践。但是,凡是卓有成效的实践,都必须要有理论的指导。没有理论的指导,就不会有科学的实践。应当说,科学的理论就是实践的智慧。本文以此为基本出发点,对主体阅读图式理论智慧,试加以探讨与分析。

一、图式内涵:主体的认知框架

图式理论,即研究主体心理图式的功能、特征及其构成原理和规律的理论。什么是心理图式?德国心理学家巴特利特认为,图式是主体已有的知识结构,这个知识结构对于主体认识新事物发挥重要作用。在认识过程中,主体只有把新事物与已有的相关知识联系起来才会理解它。因此,图式又被称为认知框架。随着现代认知心理学的深入研究,图式理论也不断得以丰富和发展,并被广泛用于阅读、理解等心理过程的研究。有关专家把图式称为认知的建筑材料或组块,即所有信息加工所依靠的基本要素,认为图式理论是一种关于人的知识的理论。所有的已知知识在头脑中经过整理、类化形成了一定的组织,这种组织就是图式。图式不仅包含着知识本身,还包含着这些知识如何被运用的信息,即图式的启动。在认知过程中,图式的主要作用是用来说明人的理解过程。"释义"时需要主体已有图式中相关知识的参与,通过分析、推理、对照、综合等心理过程,达到知识的运用和沟通,从而解决问题。

具体到文本阅读,图式理论认为,阅读对象即文本并不具备既定的意义,意义取决于主体阅读过程中对大脑里相关的图式知识的启动。阅读的过程实质上是运用图式知识对文本进行释义的过程。在这一过程中通过图式的分析、判断、推理、选择、对照、综合、归纳等,完成读者与文本的沟通。读者读懂了一篇文章,说明具备与该文相关的图式,并且成功地启动了它。如果读者不具备相关的图式,或者虽然具备相关的图式,但由于种种原因未能启动它,那么文本内各种信息就得不到解释说明,新的知识也就无法与已有知识沟通,其文本对于读者来说就是不连贯的,并且是不可理解的。

在阅读过程中,图式与文本之间并非是一种单向性的活动关系。皮亚杰认为,图式在主体与客体的相互作用中产生,并在主客体的相互作用中不断发展。阅读心理图式的生成与发展也不例外。在图式理论看来,文本自身没有既定的意义,但它提供了创造产生意义的蓝图,并向读者提供了如何从已有的知识和经验中使用一定的策略来创造意义的条件和方向。文章的字词在读者头脑中激起了与之有关的概念，使阅读主体一系列的既有图式被激活。被激活了的图式又反作用于阅读对象，对其中的信息进行评价、选择和整理。主体图式对阅读信息处理的过程，也是自身在新的信息的影响下不断丰富和发展的过程。因此，阅读过程实质上是一个主客体相互作用的过程。在这个过程中，主体既运用图式阐释了客体，同时客体又丰富了主体的图式知识，完善了图式结构，增加了图式数量，提高了主体的阅读水平和理解能力。

图式的类型多种多样，每个人都有许许多多的图式。在阅读理解的过程中，如何选择一个合适的图式并去评价它的合适性？这就涉及图式的控制结构问题。在阅读过程中，并不是所有的图式都能得到评价。面对具体问题时，读者只能选择适合阅读对象的图式，并使其发挥作用以解决问题。现代图式理论认为，图式具有等级结构——其顶端是最一般、最抽象的概念、原理，其底部则是具体的知识和事实。阅读心理学认为，对于图式的启动存在两种情况：一种是自上而下的，一种是自下而上的。自上而下的运作又被称为概念驱动，这种概念驱动也是一种预期驱动。就是说，顶层的图式知识可以用来对读物进行预测。例如，一本书或一篇文章的题目，从表面上看只不过是几个字，但它可能从心理上唤起阅读主体一系列关于该书或该文所述内容的图式知识，如语言知识、背景知识等，即激活了一系列低层次的图式，这些低层次的图式的活动就好像来源于一种预期。自下而上的运作又被称为材料驱动。材料驱动与概念驱动的过程相反，它是一种由低层次的图式活动引起高层次图式反应的运作过程。概念驱动是一个由全体到部分的过程，而材料驱动则是一个由部分到全体的过程。

在阅读过程中,由上而下的运作和由下而上的运作并不是彼此孤立、毫不相干的。相反,这两种运作往往是在各个层次同时发生并相互补充的。为此,有专家提出了相互作用的阅读模式,认为阅读主体对阅读信息的处理既有视觉的处理,又有认知的处理。视觉处理即对文字的处理,认知处理即主体已有的图式知识对阅读对象的整合加工。在阅读时,人脑就像一个信息处理中心,不断地搜集输入信息,并对这些信息进行筛选认同,即由低级向高级依次处理。与此同时,由上而下的概念驱动则对输入的信息进行预测,并在阅读过程中通过不断的分析对预测做出反应,或肯定或否定。这样,阅读过程中每一个阶段的知识分析不仅有来自高一级的概念驱动,也依赖于来自低一级的材料驱动,一旦两者吻合,就会产生令人满意的阅读效果。如果两者不相吻合,预测就要作出修改,使两种信息的处理趋于一致。需要说明的是,根据阅读对象的难易往往是一种驱动方式发挥主要作用,另一种驱动方式发挥补充作用。二者相互补充,完成对阅读材料的理解。相对于某一阅读材料来说,如果主体图式有充足的阅读经验和背景知识,由上而下的概念驱动可使主体迅速完成对客体的同化,材料驱动在这一过程中则起辅助作用。反之,若读者缺乏对阅读内容及背景知识的了解,自下而上的材料驱动将发挥主要作用,即通过对字面的解码来获取意义,概念驱动只起一定的补充作用。

二、图式功能:预期、补充与选择

阅读活动中心理图式集合了关于阅读对象的具体构成知识。阅读活动是一个不断变化的动态过程,伴随着阅读内容的每一个刺激,阅读主体都会自觉或不自觉地启动一种相应的心理图式。这些心理图式经过阅读主体的内部心理整合,不断被整化为一种常态的阅读反应模式。相对于当前的阅读活动来说,先前的心理图式便现实地成为阅读主体的准备状态,并在阅读活动中发挥重要作用。无论阅读主体是否觉察,这种心理图式在阅读活动中都客观地存在着。而正是因为它的存在才使阅读活动能够顺利进行,并呈现出丰富的个体差异性和创造性。心理图式的功能在表现形态上是极为复杂的,它既可能为阅读主体所自觉把握,也可能不为阅读主体所察觉。一般来讲,在阅读教学中,我们要注意综合把握阅读心理图式三个不同的功能。

(一)预期功能

图式理论来自实践,它对实践又有指导作用。在实践中,可以运用我们已有的理论去推论、猜测,并确定我们未观察到的事物的有关情况。阅读活动中心理图式也具有这种特点。在阅读过程中,当一个图式可以提供对阅读对象某种信息的解释时,读者并不需要去接触这个信息的各个方面。一旦读者接受某一种阅读图式,这个图式本身就可以为读者提供许多信息,并且这些信息远远超出读者的观察之外。事实上,在阅读活动中,当读者决定启动某一图式去理解说明阅读对象的某一内容时,有些东西是基于读者的感性信息,但有相当一部分是来源于心理图式的推论、猜测,也就是图式的预期。具体地说,图式理论把图式自上而下的驱动看成是一种预期驱动,认为读者在阅读过程中通常是首先利用语言知识和有关经验的作用对文章进行预期。阅读过程是一个选择过程,这个选择过程是在图式预期的基础上,对那些从知觉中选择出来的最小语言线索进行加工,形成暂时的预测和判定,这种暂时的预测和判定将在进一步的阅读中得到证实、或提炼。进一步说,在阅读过程中,如果首先被激活的图式水平较高,这一高水平的图式就会期待低一级的图式的呼应,与之共同发挥作用,以达到理解的目的。

在阅读活动中,读者心理图式的预期功能表现在不同方面。一是读者的心理图式对文本的体裁有预期功能。在阅读开始,文本的体裁首先在读者心理上唤起一系列关于文本体裁的图式知识,即希望看到某种文体所可能具有的那种艺术格调和魅力。例如,面对一篇小说,有关小说的特点、种类及不同小说的格调等不同水平的图式会被依次唤醒,读者就会希望从小说中读到生动曲折的故事情节、栩栩如生的人物刻画及细致入微的心理描写等;面对一篇散文,便会期待着文本有精悍的内容、灵活的笔调及优美的语言等等;面对诗歌,则会期待着节奏、韵律及某种诗情意境的出现。二是读者的心理图式会对不同类型的文本标题产生不同的预期功能。从表面上看,文本的题目只是几个相关联的字,但在心理上它能唤起一系列关于文本所述主题的图式知识,同时读者又运用这些图式知识对文本内容做出种种预测。例如,当看到《小桔灯》、《记一辆纺车》等以事物为中心的标题时,读者就会期望作者围绕该事物展开叙述,并借物抒发自己的某种情怀。而当看到《天山景物记》、《黄山游记》等一类的游记文本时,读者则期望作者围绕游览对象进行景物描写并抒发对祖国大好河山的热爱之情。三是在阅读活动中,读者的心理图式总能借助文本前面的内容而对后面的内容进行预测,并且这种预测对读者理解文本有十分重要的作用。例如,在小说中一个情节之后往往接着另一个情节,这些情节是在相同的背景下发生的,并且它们之间密切相关。前一情节的某些因素往往暗示后一情节的发展,或者前一情节为后一情节做铺垫。在阅读过程中,图式便会捕捉这些信息并结合已有的图式知识对下一情节产生预期。

值得注意的是,在阅读过程中,文本的作者、题记甚至注释等方面,都可以促使读者的阅读图式产生预期。当读者的预期同文本所叙内容一致时,图式将促进读者对文本的理解。相反,当图式的预期与文本的描述不一致时,图式将阻碍读者对文本的理解。但一旦这种不一致得到调整同化,又会拓展读者的心理图式,丰富其阅读经验。例如,鲁迅的《秋夜》开头:"在我的后园,可以看见墙外有两株树,一株是枣树,还有一株也是枣树。"当读者读到"一株是枣树"时会期待后面出现一株不同的树,但后文却是"还有一株也是枣树"。读者往往感到这种重复难以理解:既然两棵树是同一种类,直接写"有两株枣树"岂不简洁明了? 也就是说,此时读者的心理预期与文本的描述产生了矛盾。但一旦读者体会到作者正是借这种重复修辞格来突出强调枣树的形象,表达一种孤傲、独立、寂寞的情绪时,便会欣然有所感,意识到丰富了自己的阅读经验,拓展了自己的心理图式。

(二)补充功能

在很多情况下,有些文本对事件过程中的一些信息可能省略不述,这是因为文本的这些信息是作者与读者共有的。对于读者来说,这些信息是不言而喻的;在作者来说,如果读者能够利用心理图式补充出那些省略掉的信息,他们就无须多费笔墨。成功的阅读是一个创造过程,读者能够发挥心理图式的补充功能,与阅读对象相互交流创造意义。在阅读理解过程中,除阅读对象传递信息外,非可见信息即读者的图式知识起着十分重要的作用。当读者在阅读对象中发现缺少一些特定的、实质性的信息时,就会启动相应的心理图式,在阅读过程中去补充或建构有关这些部分的信息。也就是说,由于心理图式的补充功能,这些被省略不述的部分会在阅读主体的记忆中呈现出来并参与理解活动。对此,我们不妨以下面这则短文为例,加以分析、认识:

　　杰克把五美元和一张写着药名的纸条放到小狗阿里的嘴里说:"去史密斯先生那儿买药来。"阿里叼着钱和纸条走了。过了很久才回来。杰克从阿里嘴里取出药问道:"为什么这么久才回来? 剩下的零钱呢?"阿里朝窗"汪汪"叫了几声。杰克朝窗外一看,在草坪上有一根骨头。

在阅读这段文字时,读者能够很容易地补充出许多原文中没有出现的信息:①杰克或与之有关的人生病,需要吃药而家里又没有,因此必须先买药。②药费不会超过五美元。③阿里可能是杰克的宠物,能够明白杰克的话,并能帮助杰克做一些事。④史密斯先生是医生或医药师。⑤阿里认识史密斯先生并知道他的诊所或药店。⑥史密斯先生的诊所或药店距离杰克家不会很远。⑦阿里明白用剩下的钱可以换来骨头吃,并清楚在何处可以买到骨头。⑧阿里用剩下的钱买了骨头并在吃完后才回家。以上这些信息是不言而喻的,但句子本身并不曾在原文中呈现过。可见在阅读过程中,读者并不是简单地"登记"文本的表层形式,而是运用已有的图式知识参与文本理解,其中包括文本不曾直接叙述而由图式补充出的内容。

　　但是,在阅读活动中也常常会出现读者虽然启动了相应的心理图式,并且该图式也发挥了一定的补充功能,但由于读者阅读经验的不足或作者在文本中提供的线索不够明确等原因,图式的补充功能难以充分发挥,就会导致读者感到文本晦涩难懂,或者肤浅地理解文本。例如,在鲁迅先生的小说《药》中,对于夏瑜出身于一个什么样的家庭、为什么他能够较早地投身于革命,作者并没有给予明确的交代,读者如经验欠缺,阅读中就只能看到文本的表面意思,浅尝辄止。但阅读经验丰富的读者却可以借助文本中出现的线索及图式的补充功能等找到这一问题的答案,从而深刻地理解文本。文本中出现的线索主要有:阿义要向夏瑜"盘盘底细";夏三爷、夏四奶奶的称呼及夏瑜的名字;夏瑜的母亲提着一个"破旧的朱漆圆篮"去上坟。根据这些线索,读者的心理图式就会通过分析、推论,从而补充出以下隐含信息:阿义向夏瑜盘问底细,说明夏瑜有一定的来历和背景;只有富贵人家的男子和妇人才会被称为"爷"和"奶奶","夏三爷"和"夏四奶奶"的称谓说明夏家乃富贵人家,而夏瑜的"瑜"字也暗示夏家是书香门第;圆篮是极普通的日用品,而"朱漆圆篮"则是十分讲究的,说明是有钱人家的日用品,但夏瑜的母亲所提的乃是"破旧的朱漆圆篮","破旧"意味着曾经富有的夏家现已败落。通过这些线索及补充信息,读者很容易得出:夏瑜出自书香门第,夏家原是名门望族,但现已败落。读者也因此可以推出他受过良好教育,有机会比一般老百姓更早接触新思想、新文化,因而能较早地投身革命。这种阅读能够把作者隐藏在字里行间的许多暗示都挖掘出来,从而较深刻地理解文章。在这个阅读过程中,心理图式所补充出的信息是多数读者所具备的,但如阅读经验不足,这些图式知识不能被充分利用,就会影响对文本的深入理解。

(三)选择功能

阅读心理图式的选择功能主要体现在两个方面:一方面是在阅读过程中,图式被激活后,它不断地从自身储存的信息中选择最适合的部分来解释阅读内容;另一方面是阅读完成后,图式将

对文章中出现的新的信息进行有选择的整理、类化,把它们纳入
自己的结构中。前面说过,图式理论认为阅读对象本身不具备既
定的意义,意义的生成取决于阅读过程中对大脑知识的启动。阅
读过程是由预测、选择、检验、证实等一系列认知活动构成的。在
这个过程中,图式一旦被激活,其所有的信息都处于一种准备状
态,但并不是所有的信息都能参与理解过程。图式总是首先对阅
读对象的各个方面进行预测,然后从众多图式知识中选择认为是
最合适的部分与其相互交流,创造意义。例如,让读者阅读"红玫
瑰"、"红太阳"、"红头发"、"红苹果"等词组时,读者对每一个复合
词中"红"字所界定的浓淡范围肯定是不一样的。"红玫瑰"的
"红"与"红太阳"的"红"不一样,头发的"红"与苹果的"红"也全然
不同。为什么同一个字会产生不同的效果呢?因为在遇到这些
复合词时,关于"红"的图式被激活,会出现"红"的不同种类,诸如
"深红"、"粉红"、"浅红"、"桃红"、"紫红"等等。在启动这些信息,
并提取对于以上各个复合词的特殊记忆后,图式就会根据这些特
殊的记忆进行选择,从而界定出各个词中"红"的色彩浓淡的范
围。在阅读过程中如果一条信息被证明是错误的选择,它就会被
放弃,图式将重新做出选择。如果一种新的选择明显地表现出能
给予文本以更合理的解释,那么旧的选择也会被抛弃,而接受新
的选择。从某种角度来看,阅读过程就是一个不断选择信息、检
验信息并对信息进行肯定或驳斥的过程。

　　在理解过程中,图式的选择功能体现在对信息的提取上;而
在理解完成后,图式的选择功能则体现在对信息的加工储存上。
某一图式一旦被激活,就会给信息的加工储存提供一种框架,但是
并非所有的信息都能被图式吸收储存起来。只有那些符合读者心
理图式的信息才容易被组织起来,获得巩固的记忆,成为图式的有

机组成部分,至于那些不符合读者心理图式的信息则很容易被遗忘。哪些信息符合读者的心理图式呢? 这取决于读者的图式结构。心理图式是一种由主客观等复杂因素构成的认知结构,它的形成与主体的文化修养、生活经验、审美经验、艺术趣味、思想倾向等密切相关。因此对于同一事物,不同的主体会形成不同的图式结构,这就使图式对新的信息的选择也呈现出差异。例如,清代诗论家薛雪曾言:"杜少陵诗……兵家读之为兵,道家读之为道,治天下国家者读之为政,无往不可……"①这是由于对同一首诗来说,其信息含量是固定的,但它的含义却因不同图式对信息不同的选择呈现出差异性。鲁迅先生也曾说过,《红楼梦》是许多中国人所知道的……单是命意,就因读者的眼光而有种种:经学家看见《易》,道学家看见淫,才子看见缠绵,革命家看见排满,流言家看见宫闱秘事。在这里我们不妨把"读者的眼光"理解为读者的心理图式,正是这种"眼光"的不同,才使经学家、道学家、才子、革命家及流言家从同一部作品中选择并储存了不同的信息。

　　图式在吸收信息后,就会按它们的重要性加以归纳、类化。一些较重要的信息会被组织到图式结构中较高的层次上去,因为这些信息在理解过程中占有关键地位,缺乏它们,读者就会产生理解困难或理解肤浅等问题。而另外一些信息则被整理到图式结构中比较低的层次中去,因为这些信息往往只是对主要信息的补充说明,其重要性相对低些。在图式的层次结构中,不同层次的信息受到的注意程度是不同的。图式理论把较高层次中的信息称为"主旨",较低层次中的信息称为"细节"。人们通常对信息的记忆采取保证重点的做法,也就是对主旨的记忆要好于对细节

———————

① 〔清〕薛雪:《一瓢诗话》。

的记忆,这可以大大减轻记忆的负担。在需要细节信息时,又可以借助图式进行补充和推论。图式在注意和储存空间方面的选择性分配很容易得到证实。大多数读者都有这样的阅读经验:在读完一部作品后,人们往往对其中的主要情节、主要人物记忆清晰,而对其中的具体细节记忆混乱或者严重遗忘。

心理图式的预期、补充、选择功能在阅读活动中并不是彼此孤立,互不相干的。它们相互渗透,相互包容,在阅读中相互影响,紧密联系,共同发挥作用,完成对文章的理解。

三、图式特征:差异、动态与参与

阅读图式的发展是阅读主体水平的重要标志。它影响阅读活动的全过程,决定着阅读主体的理解能力,反映着阅读理解的差异。因此,在阅读教学中深入研究和多面透视读者阅读心理图式的特点,不仅有助于把握读者的阅读心理,了解其知识结构,促进读者心理图式的不断丰富、发展和完善,提高读者的阅读水平和阅读能力,同时,还有利于我们从读者阅读心理图式的特点出发进行阅读设计,采取有效的阅读策略,正确处理阅读过程中读者与文本的反应关系,改变阅读中只重阅读理解结果、不重阅读理解过程的做法,从而摒弃传统的阅读模式,优化阅读过程,提高阅读质量。

(一)理解的差异性

我们都有这样的阅读经验:对同一篇文章,不同的人来读会有不同的理解,即使同一个人在不同的时期来读也会有不同的理解。这种理解差异性的产生,实际上是由心理图式的差异性决定的。不同主体的阅读心理图式各不相同,同一主体在不同时期的阅读心理图式也不相同。那么,阅读心理的这种差异性是如何产生的呢?同其他任何一种图式一样,阅读心理图式也是在主客体的相互作用下产生与发展的,其产生与发展不仅限于阅读活动这一范畴,除受阅读知识、阅读经验等因素影响外,还受其他诸多因素影响。首先,阅读主体所处的社会环境、生活环境各不相同。他们从不同的社会实践、生活经历中获得了不同的生活知识、人生经验,因而具有不同的审美趣味、情感倾向和人生追求,形成了不同的价值观和世界观。这种差异必然造成阅读心理图式的不同,必然产生阅读理解的差异性。以《静夜思》为例,这首诗在我国可谓妇孺皆知。但不同的人有不同的理解:对于两三岁的儿童来说,这不过是一首朗朗上口的儿歌;对于初次离家的少年人来说,它或许会让人产生淡淡的思乡之情;而对饱经沧桑、尝尽悲欢离合滋味的人来说,这短短 20 字则犹如一枚橄榄,让人回味无穷。诗是同一首诗,但由于阅读主体的人生阅历、生活体验等不一样,对诗的感受也就大不相同。正所谓"涉浅水者见虾,其颇深者察鱼鳖,其尤甚者观蛟龙"①。其次,阅读主体对阅读材料的背景知识的了解和熟悉程度也影响着主体的心理图式。一般说来,阅读主体的背景知识越丰富,对阅读材料越容易理解,且理解得越深刻。比如,对于同一部医学专著,一个医生来读会毫不费力,如果让一个对医学一窍不通的人来读则会如读天书,不知所云。而如果让一位医生去读建筑学专著,恐怕也难取得令人满意的效果。俗语说"隔行如隔山",这种行业间的隔膜正是由于彼此知识的匮乏造成的。再次,阅读主体的性别、年龄、气质等生理特征也

---

① 〔汉〕王充:《论衡·别通》。

影响着阅读主体的心理图式。少年人多爱看《西游记》，青年人则喜读《红楼梦》，而老年人则往往对《三国演义》情有独钟，这是年龄方面的原因；多愁善感者多喜欢林黛玉，而性情爽朗者往往认同史湘云，这是气质造成的差异；"小女人散文"多受女性青睐，而男性读者则往往不屑一顾，这是性别造成的差异。

由此可见，阅读心理图式的活动是阅读主体认识体验、生活知识、文化修养、人生观、价值观以及性别、年龄等诸因素在阅读活动中的综合反映。由于上述诸因素对不同主体，或处于不同时期的同一主体有不同的影响，所以他们在同一阅读过程中会做出不同的选择，产生不同的理解结果。

就青少年读者而言，他们的词汇积累水平和对语法规则的掌握同成年人相比并无太大差别。因此，语言知识和语法知识并非阅读的重点。青少年与成年人最主要的差别是生活知识、人生体验及思想感情的积累。由于年龄、阅历、知识及能力的差距，青少年心理图式往往结构简单，信息包容量小，这容易使他们对阅读材料的理解流于肤浅。只有以充实的生活为内容的图式结构，才是较为理想的阅读基础和条件。

针对这一特点，在阅读过程中，读者主体应首先做到"目中有人"，切实把握不同时期阅读的心理特点，进行不同的个性化阅读设计，采取个性化策略。一般来讲，青少年读者应以理解性阅读为重点，要注意扩大阅读范围，吸取尽可能多的知识，以丰富的阅读材料来补充其阅历和经验的不足。同时，要加强阅读方法的把握，不断促进其图式的发展和完善，稳定其图式结构。成年人读者则应在拥有丰富的基础知识的前提下，进行鉴赏性阅读，提高阅读品位，增强情感体验，丰富文化素养，促使其阅读图式由低级向高级、由零散向系统发展，使阅读活动能够切实启发思维，发展其智力水平。其次，由于读者的阅读能力与其家庭背景、社会环境及个人的爱好、性别、年龄、气质有直接的联系，所以还应根据自己的特点选择不同的阅读材料。第三，读者要做阅读学习的主人。要切实改变被动接受的传统阅读模式，要善于运用其已有的心理图式知识对阅读对象进行积极的意义建构，以使读者的心理图式直接与文章发生联系，进而在建构文本意义的同时也使自己得到建构。

（二）结构的动态性

现代图式理论认为，主体的心理图式不是静态的、不变的，而是一种变化的、发展的动态结构。因为主体的活动并非是单向性活动，而是主体与客体相互作用、相互影响的双向性活动。正是在这种双向活动的过程中，主体的心理图式得以不断变化、发展和完善。这个变化、发展和完善的过程不仅有量变，即图式结构由少到多，由零散到系统，更包含着质变，即图式结构由低级到高级，由简单到复杂。因此说，主体心理图式实质上是一种多变的动态结构。

从阅读教学活动来看，阅读主体心理图式的这种变化、发展的动态结构，是由于受读者阅读经验、审美趣味、文化修养、鉴赏能力等多种因素的影响而形成的。在阅读的过程中，总要力图把作品纳于自己的定向图式结构之内，而一旦受到作品的过强刺激，就自然要打破定向性图式结构而形成一种创新期待视野。因此，读者只有改变或调整原来的图式结构才能适应作品。这时，读者的心理图式就必然会发生变化。否则，对阅读对象呈现的超出其图式知识结构的知识信息，就难以做出合理的、充分的解释和接受，即不能深入地把握课文，建构文本意义。

　　根据读者阅读图式结构的这种特点,在阅读过程中,应当把握主体性阅读策略,多方调动自己的记忆、想象、情感等多种心理因素,使自我理解、感悟、涵泳体味,力求化文本的思想情感、语言运用规律为读者内在的自觉需求。如《风景谈》中描写"沙漠驼铃"的风景片段:作者先写沙漠的平板、单调、寂寞,然后连用了五个"当"字组成的层层递进的状语排比句式表现出驼队由远而近的昂然阔步、安详坚定的神态,与前面形成鲜明的对照,使人强烈地感到人类活动给沉寂的沙漠所带来的巨大活力。但仅仅这样理解远远不够,还应多方加强自己的体验、感受。如这段文字在修辞手法上有何特点? 对照、排比与所读过的有何不同? 为什么这样用? 为什么用"耀入"而不用"映入"? "涌"字为什么用得妙? 这样去体味感受,就会使文本的思想情感、语言运用规律成为读者内在的自觉需要,读者的心理图式结构就会发生相应的变化。

　　在阅读过程中要切实做到这一点,读者对自己的心理图式应有充分的认知:哪些知识是已有的? 哪些是欠缺的? 哪些需要补充? 哪些需要完善? 这样,在阅读中就可以"有的放矢",根据自我心理图式的特点科学地设计阅读的内容和策略。特别是要讲究阅读的开放性。读者作为阅读主体要力求读到关键处,并要把握一个"度"。对有些艰涩、隐晦的文本可以读得深刻些、透彻些,以丰富阅读的图式结构(知识);而对于具有召唤性结构的文本,则需"品味不尽",这样可以促使发挥心理图式的作用,自己去思考,去选择、预期和评判,从而形成自己的阅读体验。总之,由于阅读主体的心理图式是一个动态的结构,阅读的策略也应当从其特点出发,处理好主体与文本之间的互动关系,在动态的结构中不断发展、完善阅读的心理图式,以提高其理解能力和阅读水平。

（三）积极的参与性

阅读心理是由主客观等复杂因素构成的认知结构，它的形成离不开主体的文化修养、生活经验、审美趣味等因素的影响；但从另一方面来看，阅读主体的心理图式一旦形成，它又会脱离上述诸因素的影响而相对独立，积极地参与阅读主体的阅读活动，并现实地影响着上述因素的进一步发展。

阅读心理图式对主体阅读活动的参与体现在两个方面。

第一，在阅读活动开始阶段，它影响着阅读主体对阅读对象的选择。阅读心理图式一旦形成，便深深地打上了阅读主体的烙印，它有着与阅读主体的性格、气质、年龄等各方面相一致的特点，有着属于自己的"个性"和"爱好"。它总是积极地影响着阅读主体的阅读动机、阅读爱好乃至阅读决定。

第二，在阅读活动过程中，主体阅读心理图式更是不遗余力地参与对阅读对象的积极建构。前面说过，图式理论认为阅读对象不具有既定的意义，意义的生成取决于阅读主体心理图式的启动。也就是说，只有阅读主体心理图式的能动参与，作品才会有意义。所以，阅读主体对阅读对象的理解过程，实质上就是心理图式对阅读对象进行释义或再创造的过程。在这一过程中，心理图式不是复制式地接受阅读对象呈现出的知识信息，而是根据自身经验主动地选择一些信息并把这些信息和自身储存的信息联系起来，使之产生意义。因此说，主体阅读心理图式不是一座只能被动接受的"信息储存库"，而是一座不断运转的"信息加工厂"，它总是积极参与对阅读对象的选择和意义建构。正是因为它的积极参与，阅读活动才呈现出丰富的个体差异性和创造性。"一千个读者就有一千个哈姆雷特"，正是不同读者的心理图式能动地参与创造的结果。

在阅读活动中，这种主体心理图式的积极参与性，从其构成条件来看，实际上是读者的阅读经验对作品的"空白"结构加以想象性充实、补充和建构的过程。这是因为任何作品都存在"未定点"，是一种多层面的未完成的图式框架，其本身具有一种"召唤结构"。阅读主体的积极参与性，就是将自己的经验图式置于作品，对作品进行具体化，把作品中的空白填充起来。

从当代青少年读者的心理特点来看，他们要求在各个方面表现自己并希望得到表现机会，在阅读过程中自然也希望能够积极参与对文本的解释与建构活动。而各类文学作品存在的"未定点"和"空白结构"，为青少年读者的积极参与提供了一个"大显身手"的天地。因此，我们应当为他们创造一个自我表现的环境，尽可能地调动他们已有的图式知识，促使其积极参与对阅读对象的建构。从阅读策略上来看，随着阅读时代的到来，越来越多的青少年读者意识到阅读不能只局限于课堂，而需要加强课外阅读活动，应该实行开放性阅读，这些都为学生阅读心理图式结构发展提供了良好的外部环境。波兰哲学家罗曼·英伽登认为：读者在阅读活动中不是被动地接受作品的信息，而是在积极地思考，对情节的推进、意义的展开都不断地做出期待、预测和判断。这是一种积极的建构性行为，包含着创造的因素。大量的文学作品，都作为一种"召唤结构"召唤着读者去进行创造性的填补与充实。在阅读过程中要切中读者的"愤"、"悱"，做到"道而弗牵，强而弗抑，开而弗达"，充分发挥主体阅读心理图式参与的主动性和创造性。同时，还应当高度重视培养阅读兴趣。阅读心理图式决定着阅读主体的阅读兴趣和倾向，阅读兴趣又影响着主体对材料的理解程度和水平，并影响着阅读水平的提高和图式知识的发展。因此，阅读活动应从已有的阅读兴趣出发,拓展其兴趣面,并由此及彼,逐步培养其广泛的阅读兴趣,促使其兴趣迁移,从而提高其阅读图式水平。

四、图式建构:主体同化与顺应

阅读过程是通过读者原有的认知结构(旧图式)与阅读课文中的新知识相互联系和作用,从而在读者头脑中建构新的知识结构(新图式),或者对原有的知识结构(老图式)进行调整、补充、丰富和修正的过程。这是一个复杂的动态建构过程,是读者内部同化和顺应的功能性平衡的过程。阅读活动的主要机制就是读者把文本中的新知识纳入或同化到原有的认知结构之中,重建新的认知结构,达成对外界客体新知识的顺应,以更好地修正、丰富读者的阅读心理图式。这就是说,阅读的过程应是对读者阅读心理图式建构的过程。

(一)阅读心理图式的内在机制

心理图式的内在机制是同化和顺应。同化就是在认知过程中对新的信息进行选择、整理、类化,纳入已有的图式的过程。顺应就是原有的图式不能同化所遇到的新的信息或刺激,通过调整原有图式或创立新的图式以适应新情况的过程。由此可见,同化和顺应实际上就是图式的双重建构,顺应是不断导致新图式产生的内化建构。

同任何事物的发展一样,图式的发展也包含质变和量变两种变化、发展的过程。主体对客体的同化引起主体认知的生长,促进图式知识数量上的变化。而主体顺应阅读对象(客体)是主体认识发生飞跃,引起主体图式结构发生质变或建立新的图式的过程。同化和顺应虽然具有不同的作用,但二者相互联系,相互制约,密不可分。只有通过图式的同化作用,才能发现主体不能适应新的情况,进而决定图式应该做何种调整和改造。因此,没有同化就不会有顺应。同时,也只有经过顺应作用才能使图式不断更新、发展和完善,同化才能在更高、更新的水平上进行。所以,没有顺应也就没有同化。在阅读过程中,二者是相互渗透、相互作用的。失败的同化引发顺应,而成功的顺应又促进同化。

(二)阅读心理图式的建构形式

阅读心理图式的建构过程,是主体阅读心理图式在对阅读对象"同化于己"和"顺应于物"的相互作用中不断发展起来的。由于阅读主体的生活环境、人生体验、社会阅历、文化修养、性别、年龄等因素的影响,阅读过程呈不平衡性,并形成两种形式的阅读:一种是逼近主体经验的阅读,即主体同化阅读对象;一种是逼近客体经验的阅读,即主体顺应阅读对象。在阅读过程中把握主体同化和顺应阅读对象这两种图式建构形式,有助于确定对阅读心理图式是进行内化建构还是外化建构的阅读策略。对逼近主体经验的阅读,应当注意用自身经验去同化阅读对象,以自身经验去建构文本的意义;而对逼近客体经验的阅读,读者则应注意调整自己原有的认知结构,开拓阅读的期待视野,去顺应阅读对象,从而建构新的阅读图式。

1. 主体对阅读对象的同化建构

阅读主体对阅读对象的同化,往往发生在逼近主体经验的阅读过程中。在这样的阅读中,对于主体来说,阅读对象所呈现的信息或者是趋近、靠拢其自身经验,或者根本就是其过去经验的一部分。如《红楼梦》中香菱谈论读诗的感受和体验,就是主体同化阅读对象的极好例子："还有渡头余落日，墟里上孤烟。这余字合上字难为他怎么想来！我们那年上京来，那日下晚便挽住船，岸上又没有人，只有几棵树，远远的几家人家作晚饭，那个烟竟是青碧连云。谁知我昨儿晚上看了这两句，倒像我又到了那个地方去了。"从香菱的谈论中我们可以看出，她在读诗时不仅介入了诗文本身，而且更主要的是介入了她自身的经验，因而她的阅读便是逼近自身经验的阅读。因此，她最初对文本的阅读最终变成了其过去经验的重现，她的生活经验与文本的经验合二为一。在这种情况下，对于香菱来说，这首诗仿佛就是为了她的阅读或她的经验而作，而她对这首诗的体味也必然是极为深刻的。

在阅读过程中，对这种逼近主体经验的阅读对象，应采取相应的阅读策略，即阅读主体要以积极主动的姿态，居高临下地处理和把握阅读对象即文本所呈现的信息，使读者被文本所激活的图式尽可能地涵盖文本所呈现的信息。这样，对作为阅读主体的读者来说，文本的情节发展和意义的生成就会离不开他们自己的预期，文本就仿佛是为了他们的阅读而存在的，文本的意义就成了他们自己的意义，作品就成为了他们自己的作品，从而实现了"主体情感的对象化"和"文本意义的主体化"。一旦达到这种阅读的境界，读者作为阅读主体就会对阅读对象即文本获得一种全面的精神把握和特殊占有，他们的各种自身经验、情感意志、思想理念都会对文本进行创造性的阅读理解，实现对文本意义的建构，取得最佳的阅读效果。

当然，阅读主体对阅读对象的同化，既要依赖于主体心理图式的知识容量和知识水平，又要依赖于主体经验与客体经验某种程度上的同形同构。因此，主体对作品的同化不是无目的的、任意的，而是有选择的、有目的的，所同化的总是与其心理图式已有的经验相同或相似的那部分信息。如胸怀才略、意气风发的人会对李白的"仰天大笑出门去,我辈岂是蓬蒿人"吟咏不已,而屡遭挫折、消沉颓废的人很难引起共鸣;"烽火连三月,家书抵万金"可引起经历过国破家亡、深受过战乱之苦的人的切肤之痛,而对生于太平盛世、养尊处优,不知悲欢离合滋味的人来说则很难有深刻的体味。另外,由于每个主体的心理图式都有自身鲜明的个性,对新的经验的同化不是原封不动地接收,而总是要根据自身的特点对它们进行加工改造、整合转换,使其与自身的口味相一致。例如,莎翁笔下的哈姆雷特只有一个,但由于不同读者的经验各不相同,因此"一千个读者就有一千个哈姆雷特",而这一千个哈姆雷特也无不深深打上主体个性的烙印,彼此决不会完全一样。

正是由于主体图式有其自身个性,有独特的口味,并总是试图以其已有的经验去同化作品,所以在阅读过程中,我们必须要重视自主性阅读设计,采取自主性阅读策略。我们要力求阅读主体以其自身的经验提升阅读对象,赋予作品更为丰厚和更有价值的意义。阅读的实践证明,读者以其创造性理解而赋予作品的这种意义和价值,有时是连作者自己也始料不及的。如有的作家就曾惊异地发出疑问:为什么他们(指读者)会从我的作品里边看出我从没想过的意思?为什么他们会从我的作品里边看出和我自己所知道的完全不同的思想?显然,读者作为主体所赋予作品的新的"意思"和"思想"无疑使作品得到提升,使作品有了更强的生命力。这就是主体同化阅读对象所产生的积极效应,也是自主性阅读设计才能获取的阅读效果。

但是,需要指出的是,这种主体同化对象的阅读,是阅读主体以自身已有的经验和图式去同化作品,这就会出现所谓握"灵蛇之珠"，抱"荆山之玉"，东向而望，不见西墙的现象，因而会产生一些以自我为中心的消极同化。在阅读过程中，应当注意力避以下几种同化现象。

第一，浅表同化，即只理解作品的表层意思，而不去深入体味作品的言外之意、弦外之音。第二，片面同化，即阅读时只重视言语对象的认识内容，而忽视其情感内容。第三，错失同化，即阅读时错误理解言语对象，歪曲地同化课文。第四，疏漏同化，即阅读时出现丢三落四或熟视无睹的情况。这几种同化现象的出现与主体阅读心理图式密切相关。读者的图式水平、图式结构、图式知识类型各不相同，其个性、口味各异，其理解能力和水平也大相径庭。刘勰在《文心雕龙·辨骚》中曾具体分析过四种不同类型的楚辞读者。他说"才高者菀其鸿裁"，识其构思之鸿博；"中巧者猎其艳辞"，取其辞藻之华美；"吟讽者衔其山川"，次者赏其山川之描写；"童蒙者拾其香草"，下者拾得美人香草。阅读主体以不同的图式去解读作品，其所得必有高下、精粗之分。

2. 主体对阅读对象的顺应建构

在阅读过程中，当作为主体的读者有足够的信息去涵盖阅读对象即文本所呈现的信息时，读者的阅读过程就是主体图式对作品的同化过程。如果作品信息超出主体图式的知识范围，也就是说，主体图式无法同化客体时，读者就得改变旧有图式或创造新的图式以完成对文本的理解，这样的阅读过程就是主体顺应阅读对象的过程。

在这种顺应阅读对象的阅读过程中，学生的原有图式往往会被压抑、淡化，甚至被否定或取消，其主体经验向客体（阅读对象）经验趋近、靠拢。这时，读者的主体图式不是吸收、接纳，而是认同客体经验，或者就是客体经验接纳、吸收了主体经验。在这样的阅读中,读者的主体图式会自觉或不自觉地成为客体经验的一部分。读者也会沉迷于文本之中,因文本中人物的喜而喜,因其悲而悲,完全忘却了自身的存在,即被客体经验所左右。这一过程实际上就是主体旧有图式的瓦解或改变以顺应新的信息的过程,或者说是新的信息对主体已有图式的否定。

应明确并把握的是,顺应在阅读中有双重作用:一是它能打破读者已有的图式框架;二是促使客体(文本)经验进入主体(读者)图式,改变其已有图式或建立新的图式。这两者是相互联系的:只有打破读者已有图式的局限,才会出现意识上和心理上的"空白",从而促使读者认同文本(客体)经验,改造旧有图式或形成新的图式。因此,从这个角度来说,阅读的过程实际上就是阅读主体顺应阅读对象的过程,也就是阅读对象提升阅读主体的过程。

在阅读过程中,主体对客体的顺应,往往表现为读者对文本的认同。认同既可以是主体即读者对整个文本经验的认同,也可以是对文本中某个人物的认同,还可以是对文本所传达出的某种思想情感的认同。对于这种认同,在阅读过程中要注意把握的一点是如同主体对阅读对象的同化一样,主体对阅读对象的认同也是有选择的。一般来说,读者所认同的对象往往与读者性别、气质、年龄、审美趣味、文学修养等方面相一致。如读琼瑶作品时,情窦初开、不知情为何物的女生会情不自禁地把自己当成女主人公,却不会把自己想象成男主角,这与其性别、年龄有关;而富有正义感的读者会认同作品中的英雄人物,而不是认同坏人,这与其性格有关。

主体对客体的同化是一种经验的选择,因而这些选择是可靠的、坚定的,有强大的凝聚力。与此不同的是,由于在顺应过程中主体图式被淡化甚至被否定,因此主体对客体的认同不是经验的选择,它有着很大的盲目性,并且由于缺乏经验的统领而显得凌乱、不系统,因而这些选择有很大程度的可塑性和非坚定性。

总之,主体对阅读对象的顺应意味着主体旧有图式的丧失,然而,在阅读过程中,当读者旧有的图式被打破时,新的信息即介入其中,使其更加充实,旧有图式因而获得更强的生命力。所以,读者虽然在阅读中失去旧有的图式,却在阅读中获得结构更完善、信息更丰富、层次更高级的图式。从这个意义上讲,主体旧有图式的失去即意味着更多的占有。

（本文与研究生宫梅娟合作,原载《理解与建构——语文阅读活动论》,青岛海洋大学出版社 1998 年版）

文本的构成体制与信息系统

　　文本是文学的一种物态化存在形式,文本的语言构成了文学世界的存在现实。一个文本就是一个完整的世界,一个有机的语言构造系统。作为阅读的对象,它与读者相互依存、相互生成。著名接受美学家沃尔夫冈·伊瑟尔曾指出,文本与读者两极,以及发生在两者之间的相互作用,奠定了文学交流理论的根基。"文学作品是一种交流形式,它冲击着世界,冲击着流行的社会结构和现存的文学。这种冲击是一种由文本的各种功能发动的、对思想体系与社会体系的重新组合。这种重新组合揭示了交流的意旨,其过程一直受到文本宽泛的特定指令的导引。"[①]同时,伊瑟尔还强调之所以将文本阅读活动中文本与读者的双向交互作用称之为"审美反应",是因为这种反应是"由文本造成","唤起了读者的想象与感知能力,促使读者调节甚至改变自己的倾向"[②]。很显然,伊瑟尔的这种阅读反应理论将文本视为一种"接受前提",认为它具有发挥效应的潜能,其结构不仅调动了读者,促使

[①]〔德〕沃尔夫冈·伊瑟尔著,金元浦、周宁译:《阅读活动——审美反应理论》,中国社会科学出版社1991年版,第1页。

[②]〔德〕沃尔夫冈·伊瑟尔著,金元浦、周宁译:《阅读活动——审美反应理论》,中国社会科学出版社1991年版,第2页。

读者对文本进行加工和建构,而且在一定程度上驾驭着这一过程。因此,探讨本文的指令机制,揭示文本在读者头脑中引发的基本运演程序,是文本阅读的出发点。如果说文本阅读是发自我们对本文的关注,那么就不可忽视阅读活动中文本的重要意义。文学的天空,星辰闪烁,璀璨绚烂,应该说这是文本构出的美丽天空。如果没有奇颖的文本营构和文本形式的存在,文学的天国将黯然失色,读者阅读便失去依据;而对文本不能作切入的透视和开放性的动态建构,也难以深入领略文本世界的瑰丽风光,更不可能探知文学星空的真正奥秘。所以,文本阅读就是以文本的探索为基点,根据艺术营构规律,对文本的生成与构成、营造系统和内在机制作创造性诠释。

一、文本概念及其意义诠释

文本阅读是以"文本世界的探索"作为基本目标的。那么,什么是文本?应该如何解释文本这一概念?从运用文本概念来进行艺术理论建构,以及文本阅读与批评研究的情况来看,人们对它持有多种不同的认识:有的把文本作为独立自主的存在物,而阅读就是自足地对文本内涵的诠释。如新批评理论认为单从文本中即能达到对世界本体的把握,阅读只要专注于作品本身就能找到其存在的意义。所以,这种理论主张对具体单个文本的"细读",强调如果从作者和读者的角度阅读文本,不仅无助于理解,反而会陷入作者的"意图谬误"和读者的"感受迷误"。也有的认为文本并不是语言的意义本身,而是作品的语言特征和结构系统。如结构主义理论不关心对具体单个文本的细读,只注重对一个结构系统中文本的共同语言特征的共时研究。结构主义者以索绪尔语言学为基础,从对作品的语言系统分析出发,对文本进行结构系统研究,认为社会历史文化现象本来并不具备什么本质,而是由其内在结构规定其意义,它们处在什么样的结构关系中,就会有什么样的本质。还有的把文本当作一种"互文"。"互文性"这一概念最早由法国符号学家、女权主义批评家克里斯特娃提出,被解构主义广泛运用。他们认为一个文本无法离开其他文本而存在,文本的意义不仅超出自身所示,处于游离状态,而且具有多义性。文本是一个无中心的网络过程,它没有什么固定不变的结构,而是一种活动、一个过程,即意义构造过程,它永远没有确定的终极意义。文本的意义存在于文本与文本的相互作用之中。解构主义的文本概念在打破文本的固定结构系统的同时,也打破了文本意义的确定性。在解构主义看来,文本的意义并不在作者那里,不在文本或文本系统中,而是在文本与文本的相互作用关系即"互文性"之中。

从以上所述可见,在当代艺术理论建构和文本阅读与批评中,文本概念是以反传统的姿态出现的。传统的文本阅读与研究注重作者和作品的外部因素的探讨,作者的传记和创作风格、作品与社会环境和文学史的关系,成为文本阅读与文学研究的主要对象,文学作品被视为作者精神的物质外化,文学作品对于作者来说无独立意义可言。同时,作品对于读者来说,又是一种固定存在物,是作者思想情感观念的客观表达。读者的意义在于力求在作品中把握作者要表达的客观意图,谁理解得越接近于作者的创作意图和目的,谁就是好的读者。而文本概念显然不同,文本对于作者来说具有独立自主性,文本一旦形成,就独立于作者的主观意图;同时,文本对于读者来说,又是一种客观的可能性。读者在文本中面对的是独立于作者之外的语言实体。文本自身具

有多种可能性,读者的阅读活动才使文本由"可能的存在"而达到
"现实的存在"。因此,读者的阅读过程也是一个再创作、再建构
的过程。总而言之,文本概念对传统文学观的反拨意义极为明
显,它把作品作为一种具有自主性的个体进行独立考察,认为文
本是一个自足的意义客体和语言系统,是一个开放的生产过程,
是一个有待读者完成的"生产——接受"的复合体,从而把读者引
入文学本体构成的过程,即以"作者——作品——读者"这种三维
体制,打破了作者全知全能一统天下的局面,这从一定意义上来
说恢复了读者本来应有的地位。

对文本概念与传统意义上的作品的区别,有的专家做过比较
分析:(1)传统意义上的作品是指相互分离的装订在书皮之间的
实体,而文本则被看作是语言活动的一个领域。(2)传统意义上
的作品是固定不变的实体,而文本则是由各种不同的单一的线织
成的,并和其他文本紧紧编织在一起,因而产生了互为文本意义。
(3)传统意义上的作品存在于一种父子式的关系状态中和连续性
的系列中,即作者是作品的父亲,作品是作者的后代,而文本犹如
私生子来到世上一样,是一种独立自足的形成物,作者在文本整
个结构中最多只是"一个纸上形象或者一个客人",文本的秩序不
是父系序列,而类如诸关系结成的网状系统。(4)在传统意义上
的作品所处的整个结构里,创作过程和阅读过程是截然分开的;
而对文本来说,创作与阅读完全是一个过程,创作(即作品)就像
一部乐谱一样,它需要演奏者(即读者)将其具体化为活生生流动
着的音乐。创作作品既非是文学活动的终点,也非是文学活动的
目的。相反,作品是为读者而创作,文学的唯一对象是读者,作品
创作只有在阅读过程中才能实现其意义和价值。(5)符号学把一
个语言符号分为所指和能指两个部分。巴德斯认为作品是以所

指为目标的,按语义学的说法,传统意义上的作品总是在表达某种东西,而文本则密切相关于能指本身,是以能指为目标的。从这种对比性区别中可以看出,文本概念是把作品作为一种存在方式扎根于世界,它有如存在的洞穴,可以洞察世界内在的深邃的奥秘。文本存在的展开活动,可以看成是这个世界中的"在世"事物的自我领会以及对世界的领会。世界上的其他事物都有隐蔽的意向——沉入语言的隐晦黑暗之中,正是文本使"事物"显露出来,它使事物的存在置身于世界的光亮(中心)之处,毋宁说世界通过文本(展开活动)呈现出来。①

二、文本构成体制的探究

何为文本的构成体制?简言之,就是文本多维多层的构造系统。作为文本的构成形式,它包括两个方面:一是文本内在的各种内容要素的结构方式,即所谓"内形式";二是表现内容和内形式的外部特征与形态,即所谓"外形式",这种外形式是内容及内形式的物化形态。探究文本的这种构成体制,揭示文本生成与构成的特征与规律,是文本阅读把握自己的对象——进行"文本的探索"的主要内容。需要指出的是,文本阅读对文本构成体制的研究,并不是在文本意义与其构成形式相割裂的性质上谈论文本体制问题,而是把文本形式的形成过程同时看作是文本意义展开的过程,始终在二者相互融洽、相互作用的意义上来分析和探究文本的生成与构成规律,透视文本存在的内部结构。这就是说,文本阅读对文本构成体制的探究,并非是单一性的文本形式诠

---

① 陈晓明:《本文的审美结构》,花山文艺出版社 1993 年版,第 69 页。

释——把文本构成系统及其内在的稳定性联系割裂分解开来,化为一肢一爪、一截一块,而是把文本作为一种"完形"整体,探索文本构成体制的内部奥秘,透视作品本体构成的规律性。

现象学美学理论家罗曼·英伽登在他的《文学的艺术作品》中曾经做过论述:文学文本是以一种层次构造的方式存在的,一个文本即是一个"多层次的结构",一个由四种异质的层次构成的有机整体。第一个结构层次是"字音和建立在字音基础上的高一级的语言构造",即语音层次。这可以说是"语言学的声音现象学层次",包括韵律、音符等。声音属于现实存在世界,而不是理念世界。它包括这样两个方面:单词的声音单位和句子以及句子系列的声音组合,声音本身所具有的特性——音响、节奏和音速。单凭具体话语的声音并不能构成艺术作品,它只不过是创作过程的产物。第二个结构层次是"不同等级的意义单元",也叫作意义系列层次或"意义群"层次。有意义的句子和句子系列展现出具体环境中的世界——由人物和事件构成的特定的有机世界。意义乃是艺术家、诗人、作家的意识作用创作出来的。意义通过意向性"意指"客体,并明确客体(朦胧、含混的意义除外)。在英伽登看来,意义既不是一种物质实体,也不是精神的东西。意义虽是艺术家、作家意识作用的产物,但它超越了这种作用,因为意义并不随产生它的作家、艺术家的具体意识作用的消失而消失。第三个结构层次是由多种"图式化观相"、"观相连续体"和"观相系列构成的层次",简单一点说,这是一个"系统方向层次",它指的是作品描绘的世界。第四个结构层次是由"再现的客体"及其各种变化构成的层次。这个层次包括这样两个方面:一方面是进行再现的意向性的句子对应物(特别是事态)的"方面";另一方面是在这些句子对应物中完成再现客体及其各种变化的"方面。"这是一个纯意向性的客体,它与它所反映(或者叫作表现、再现)的实在世界并不存在完全的对应关系。这是一个靠艺术作品的内在结构建立起来的"艺术世界"。作家、艺术家只给这个艺术世界提供了一个基本的骨架,它还需要读者积极参与,把他们各自的经验汇合在一起,共同参与这个意向性的综合运动。需要说明的是,上述四个结构层次之间的关系不是并列的,也不是简单相加,而是层层递进。第二个层次是由第一个层次组成的;第三个层次又是由第一、第二两个层次组成的;最后一个层次则是由前三个层次组成的。从其整体构成形式来说,是一种层叠式的动态结构。

英伽登的这种多层次结构理论,显然强调文本构成的内在秩序性与整体性。秩序性体现着文本构成体制的规律及其可知性,而整体性则揭示文本各构成层次之间的有机联系及其在文本结构体制的整体中所起的构成作用。这就告诉我们在文本阅读中对文本构成体制的探究,必须强化对作品本体的分析,透视文本的营造系统,即着力于对文本的构成特征、表现层次与深层结构进行艺术把握。我们知道,叙述学专家们在语义的小世界里,建立起意义的基本构架,找到了两个分析层次,即"内在叙述结构的层次与表现的层次"。他们把非时间性的关系称为"深层叙述结构",把事件发生的前后顺序称为"表层的表现结构"。这种表层的表现结构一般是作者自觉构思的结果,有些阅读者常常停留在这个层次的追问上而不能把握文本的深层世界;而深层的叙述结构则往往是作者所未意识的,即所谓"内在机制的投射",但恰恰是这个层次对文本整体的美学效果起着决定作用,它才是阅读所应该致力探寻和把握的根本所在。不过,需要指出的是,新批评理论由于排斥文本的表现层次而专注于深层的叙述结构,遂走入神秘主义。一般来说,文本的表层结构更多地体现着共时性的特征,而深层结构则更趋向于历时性,体现着文本意义的某些延续性。所以,对这两种层次的结构,在阅读中要注意辩证分析和综合把握。有位美学家曾经说,艺术品不等于从一扇透明的窗子看到外部世界的景象,而是一种独特的人类观看世界的方式。因此,一个作家选择什么样的结构形式,归根结底还是受制于作家自身选择和同化审美对象的思维方式。从这个角度说,任何一个文本都存在一种内层的思维模式结构,即作品潜在的思维状态。在文本构成系统的艺术分析中,我们要力求揭示这种内在的思维模式结构,以更深入地把握它所制约的文本内在的组构规范。

文本的构造系统是一个颇有意味的世界。在解读中我们进入这个世界便可发现,文本的生成与构成是有其规范可寻的,文本的秩序与体制是可以分析和把握的。如孙荪的《云赋》,作者笔墨挥洒,构想天姿天色,创造了一种恢宏壮丽而又和谐的文境美。在这篇散文的阅读中,我们加以深入地探究与分析可见,其文境构成的艺术美的奥秘有二:其一,是物境的三结合。先是将云景和天景结合,云浮而有幻想,天借云而生姿,构成了一种浩渺阔大的独特景象。其二,是情境的三种状态。"有我"、"无我"、"忘我"这三种境界融为一体,显示了文境的丰富蕴涵和纵深发展的层次性。在解读中这样深入地分析文本构造系统,显然,不仅能够揭示文本的生成与创构特征,而且能深层透视出文本构成体制的规范。

文本解读作为一种理解活动,就是探究文本生成与构成的特点与规律,诠释文本多维多层的营构系统,透视文本艺术的精微,对文本的品质与形式技巧进行艺术解析。这就是说,探究文本的生成与构成规律、把握文本的营构系统是文本解读的本质所在。

那么,如何"探究文本生成与构成的特点和规律"? 概括来说,可以从两个方面来认识和把握:一是文本解读并不在内容与形式相割裂的意义上谈论形式因素,而是把形式的形成过程同时看作是内容展开的过程,始终在二者相互融洽、相互作用的意义上来分析和探究文本艺术营构的规律。二是文本解读也不是限于作品的既定形式,它还包括作品的生产方式,属于一个涵盖从创作准备到创作结果的整体过程中的许多艺术问题的动态审美系统。它已经展示出来的内容主要有:作家的审美思维与艺术选择,作品的构成方式与存在形式,文体的功能及特征,等等。因此说,文本解读并非是单一性的形式艺术分析——把文本艺术营构系统及其内在的稳定性的联系割裂和分解开来,化为一肢一爪、一截一块,分析纯技巧,而是把文本作为一种血脉灌注的有生命的"完形"整体,透过文本种种复杂的外部现象深入其内部的艺术构筑世界,进而探索文本营构的艺术精微,发掘文体营构的艺术真谛。

文本解读是一个风光绮丽,充满着蓬勃生机和活力的领域。当我们涉足文本解读世界,便可以发现,深层性的文本解读,在探究文本生成与构成的艺术规律,诠释文本艺术营构系统的过程中,还能够审视文本创新及艺术追求的特征,透视文本的艺术美的规范和奥秘,从而启迪把握文本的艺术美的智慧。这就是说,这种深层性的文本解读,能为艺术客体培植更高的艺术主体,培植更有文本艺术素养的接受主体,即提高人们对各种文本艺术的解读水平,使人们成为更有文本艺术素养的主体。

三、文本信息系统的诠释

我们知道,文本作为一种艺术交流形式,它是对作者的生活体验和心灵情感的传达,文本阅读就是通过这种传达而实现的主体之间的对话。文本的传达系统包括三个子系统:一是语言组合体系,二是艺术形象体系,三是表现形式体系。它们分别给读者的神经系统传输三种类型的信息,即语义信息、象征信息和结构信息。诠释文本的这种信息传达系统,揭示文本的意义和价值,也是文本阅读把握自己的对象——进行"文本的探索"的重要内容。

　　语义信息的诠释,就是对文本的物质载体自身信息的诠释。任何一种文本信息系统的构成,其基本材料都是语言。一首诗,一篇散文,或是一部小说,首先是一个特殊的语言符号系统。作为客观、独立的语言实体,它们自我虚构出完整自足的审美世界。故此,每一个文本都是一个语言体式,即语言材料的组合方式。绘画用色彩和线条构造世界,音乐以音响和节奏为表现手段,文学是语言的艺术,自然把语言当作建构自身大厦的材料。所以,文本的语义信息,其实就是指语言载体自身所包含的意义。如对构成文本的字、词、句或成语典故,以及某些语段、修辞手法的诠释等,就是对语义信息的诠释。这种诠释对不同文本的意义和作用是不同的,对不同时代的作品的意义和作用也不相同。古代文学作品,离开了这种语言的载体性的诠释,有些几乎是不可能读懂的。而对其他品类的作品而言,如浅显易懂的现代白话文小说、散文,语义信息的诠释就不是那么重要了。不过,不管其内容和意义如何,这类诠释可以统称为技术性的诠释。一个阅读者如果连这些信息也诠释不了,那就成了钱钟书笔下的"文盲"。但从文本阅读来说,这种语义信息的诠释并不属于文本的艺术范畴或审美范畴,它是一种非文学性的诠释,其作用主要是为文本信息系统的整体诠释服务。

　　象征信息的诠释,就是指透视文本的物质载体所形成的艺术形象中蕴含的情感与生命,即通过艺术形象的创造而表现的内容、意蕴、感受、情绪、精神、氛围、思想、意义等等。这些都是象征信息诠释的对象,文本阅读的诠释功能由此而进入文本的艺术范畴。但是,这种诠释不是单纯的社会学的诠释,更不是单纯的政治学、经济学或历史学的诠释,当然也不是简单的生活诠释。因为这些诠释都不属于文本阅读对文本的探索范畴。许多人从鲁迅的小说《药》中找出华老栓时代的社会生活状况和背景,不可谓不具慧眼,但那只能是历史学和社会学的慧眼,而不是文学阅读的慧眼。在文本阅读中对文本象征信息的诠释当然也免不了要涉及这些因素,但不能只限于这样的阅读范畴。文本阅读对文本象征信息的诠释是艺术性诠释,是从文本信息系统的营构着眼,探讨文本象征信息的传达规律。具体些来说,这种诠释应该说明,在一个特定的艺术形象中,包容着客观现实、创造主体及艺术形象本身三个方面的哪些艺术因素和审美关系,这些艺术因素和审美关系是通过采取什么样的形式和手段来表现的。如莫言的《红高粱》,阅读中对这篇小说象征信息的诠释,就不仅要说明它写了一个抗日故事或写了什么抗日英雄,呈现了一片鲜红的血腥气,意味着战争的残酷,意味着抗战的艰辛,还意味着诸如人性本色、英雄气概等等的审美因素,而且还应当指出这是作者采取意绪性编配的艺术营构方式(这种意绪性编配是一种把主体的意向性情绪文字符号化的生成程序),不追求诸如故事的完整、人物的丰满之类的叙事性内容,而着意于追求意绪化,呈现作品的情绪色彩。这样的诠释才能真正切合文本信息系统构成的本质特征,才能有助于深层揭示文本的意义和价值。

　　结构信息的诠释,就是指文本中构成艺术形象的各种因素之间的关系诠释。简单一点说，就是对文本构成形式的诠释。诸如意境构成的方式，景物描写与任务刻画的相互作用，主要人物和一般人物之间的关系，内在意义与表现形式的统一，艺术形象构成体系，等等，都是结构信息诠释的内容。如果说象征信息的诠释，是偏重于文本的意义，那么结构信息的诠释，则是偏重于文本的形式。但这种诠释是把文本形式的形成过程看作是文本意义展开的过程，并非支离破碎地孤立地进行文本形式因素的分析。因为文本形式与它所负载的意义内容是分离不开的，而且其意义内容同样包含着形式因素之间的关系所发送出的美感信息。有不少优秀作品，其意义内容的丰富，往往来自形式因素的结构层次，是文本形式结构整体的产物。如戴望舒的诗《雨巷》，其意义内容、主题情思，就是一个由多种形式因素构成的复合体，其中包括：一是轻缓、舒徐的节奏音调；二是语感流向和意象运动的回旋感以及它们和上述节奏音调共同表现、暗示出来的缠绵悱恻、凄迷徘徊的情绪；三是直接来自"视觉印象"的孤寂、惆怅、凄冷的情绪体验；四是整首诗的语象世界所具有的迷离感、恍惚感、梦幻感。这些由语言、语象各种形式因素的结构关系直接唤起的感觉、情绪、体验相互结合，彼此映衬，融为一体，构成了文本的意义内容。因此，对文本结构信息的诠释不可离开文本的意义内容。只有把二者的诠释融合起来，才能够取得切实的诠释效果。

需要强调的是，对文本结构信息的诠释是文本阅读的一个重要方面，可以说，它是文本阅读的深化。朱光潜曾经说，遇见一个作品，我们只说"觉得它好"还不够，我们还应说出何以觉得它好的道理。这里所说的"好的道理"，也就是探究作品的艺术审美效果是怎样实现的。要做到这一点，所采取的解读方式应不同于一般的"主观欣赏"——从最初的感受"向外"神游于无际的幻想体验,而是走"内向"透视之路,分析阅读对象的内部整体构成,把握其审美效果的形成机制。正如面对一幅名画,观赏者可能采取两种阅读方式:一是被它深深打动,久久沉醉于它所描绘的美丽迷人的画面世界里;二是从迷醉中醒来,惊异这幅画为什么会有如此奇异的表现力,于是仔细揣摩它的整体结构,分析它的艺术构图、铺彩着色、线条设计等相互之间的关系,从而得出"好的道理"。后者就是所谓结构信息的诠释。毫无疑问,这种诠释更加切近艺术本身,可说是阅读的深化和升华。它至少能够说明,文本意义的美及其形式的美之间的关系是怎样的,它们何以能构成一个有机的整体,等等。只有诠释清楚这些信息,才能显示出文本阅读的深层性,才能把握文本构成系统和艺术整体的气魄,真正揭示文本构成的艺术精微。

(原载《文学解读学导论》,人民文学出版社 1997 年版)

大众文化背景下的经典阅读

　　大众文化是在当今经济全球化和文化多元化的背景下伴随着消费文化的发展和电子传媒的崛起而生成的一种文化形态。应该说,大众文化的发展有效地消解了主流文化的"霸权",赋予了社会绝大多数处于普通认知水平和文化程度的平民百姓以文化消费的权利。但是,大众文化作为现代工业社会的产物,其制作过程与接受过程是完全分离的,大众是被动的接收者。尤其是市场经济规律在大众文化的运作中起着十分重要的作用,有些人基于商业赢利目的而快速合成的大众文化,对人生的理解和情感的投入以及审美的体验往往大打折扣,甚至有诸多虚假和矫情的成分掺杂其中。因此,大众文化往往成了一次性消费的文化快餐,它并不执意追求文化价值的永恒性,而更多的是给忙碌的大众一种经验上的娱乐和感官上的享受。这种"感性文化"的蔓延往往会导致人们对时代、社会、历史与文化责任感的淡化,造成对文化精神与科学理性的稀释,使社会进步缺少恒久的动力。

　　在这种大众文化的影响之下,目前大众阅读的重心也发生了转移,读者对那种曾经带给我们精神动力和文化营养的经典阅读及其富有审美性、脱俗性、浪漫性、唤醒性的阅读形态已渐渐不感兴趣,转而对那些流行的时尚元素和具有实用性、功利性、目的性的阅读文本和阅读形态趋之若鹜。这就是说,大众文化对我们的大众阅读,特别是富有情感陶冶、心灵洗练和精神建构等功能的经典阅读以及审美阅读、陶冶阅读、浪漫阅读、超然阅读等阅读形态大有消解之势。

一、读图时代的挑战

电子媒体是当今大众文化传播的重要途径。现在的大众文化实际上已经进入了各种电子媒体竞相开发的"视觉文化"时代,亦即所谓的"读图时代"。传统的传播方式,诸如报纸、杂志、书籍的读者已从规律性阅读转变成偶发性阅读,书面文字文本的阅读被电子图像阅读所替代,人们每天大都坐在电脑或电视机前,被五彩缤纷的图像所吸引着,电子媒体以各种方式尽可能地丰富着人们的精神生活,一切阅读生活似乎都转为读图生活。特别是随着越来越激烈的社会竞争,人们已不可能在沉静的、淡泊的书香氛围中专心投注于那些富有陶冶性、唤醒性和建构性的经典文本阅读,而电子媒体(诸如电视、电脑等)则往往以其动感的声像、诱人的画面、大众化了的传达内容缩短了人们与世界的时间距离和空间距离,引领人们走进世界、步入生活和社会的现实状态与节奏。

但是我们需要明确指出的是,这种图像阅读完全丧失了书面文字文本阅读的间接性及其给人们构出的富有感悟特质的想象空间和情蕴意味。有些经典名著被搬上屏幕的图像表现效果说明,电子图像的直观性往往抹杀了书面文字文本表达特有的意味和韵致,失去了书面文字文本世界的内蕴和灵动。这就像有人试用电子图像去展示一首诗的内隐外秀而只可意会的意境一样,其结果只能是造成"误读"而不可能真正品味领略到这首诗营构的形象世界、情感世界和意义世界的底蕴及其深层的绚丽风光。书面文字文本的内蕴作为"精神的能源"，是书面文字文本世界跃动的生命，是照亮读者心灵的火焰。它在书面文字文本中虽然不单独直露地显现在外，但在其整体构筑的各个部分都可以发现它存在的踪影——它渗透在形象、情节里，渗透在语象、意境中，渗透在文字文本躯体构造的一切外部形式，是蕴含于文字文本艺术生命机体的活生生的精魂。电子图像面对这样的书面文字文本世界往往只得其"形"而不得其"神"，只展现其"外形式"的表象，丢弃的是渗透在文字文本机体的活的生命与精魂，从而致使经典名著"浅化"、"庸俗化"，本来博大精深的经典在观众面前变得苍白无力，丧失经典的魅力。尤其是经典文字文本的意义内蕴往往是多维性构成因素的复合融注，它具有丰厚和多重性艺术张力，是发掘不尽的多意蕴的潜在世界。它在文本中表现在文字上往往是极简单的，而其内涵却是极丰富的。无论是一个漩涡，一朵浪花，一簇泡沫，都无不潜涌出整条滔滔不息的长河。果戈理在评赏普希金的诗时曾经说，这里没有美的辞藻，这里只有诗，这里没有外表的炫耀，一切是单纯的，充满了并非突然呈现的内在的光彩。一切是那么简洁，这才是纯粹的诗。话是不多的，却都很精辟，富于含蕴。每一个字都是无底的深渊；每一个字都和诗人一样把握不住。这生动地说明，书面文字形式的经典文本世界的意义内蕴有如"无底的深渊"，是丰厚而具无限张力的。它是电子图像所无法展现的潜在世界，是图像阅读不可能深入领悟和把握的一种"内燃的火光"。

　　深入考察现在的各种电子媒体传播便可发现，有不少注重感官刺激的图像节目，往往会导致受众审美趣味的肤浅化，使其缺失积极的审美态度和生活情趣，特别是它影响甚至消解受众的理性思维。书面文字文本经典阅读的过程往往是读者"寻求理解和自我理解"的过程,读者既要理解和建构文本世界,又要理解建构自我世界。而电子图像阅读给人多是感官刺激,它无论如何也无法代替受众寻求理解的思考和自我理解与建构的智慧。倘若整个社会缺乏"理性的建构",接触智慧与精英文化的人越来越少,那么,理性的建构、智慧与精英文化得以流传和持守的可能性就相应缩小了,民族整体文化素质也会受到严重影响。难怪现在有不少有识之士怀着忧虑说,目前的青少年在文化素养方面越来越苍白,外表浮躁,内质空虚,这是很可怕的表现。不少大学生读书期间真正阅读的经典名著"没有几本"。对一些经典名著的了解,大多数是间接或零星地来自电子图像的阅读,即影视作品。"蒹葭苍苍,白露为霜,所谓伊人,在水一方"、"问世间,情为何物,直教生死相许"之类古典诗词的作者,都理所当然地变成了琼瑶。即便是报纸、杂志、书籍等文字文本的阅读,也远非传统意义的文字阅读。随着"读图"的盛行,人们的阅读兴趣更多地转向图像阅读带来的快捷和轻松,"读图"已然成为社会的流行文化时尚。因此,那些成人绘本、卡通读物,便拥有了广大的读者群。而且,这种图像阅读方式蔓延到各种阅读空间,我们在校园的一角或者拥挤的公交车上经常可以看到手捧漫画读本痴迷于其中的青少年学子。姑且不论这些漫画读物的内容健康与否,仅就这种单一的阅读方式,就是对青少年学生心灵成长和思维发展的一种严峻挑战。众所熟知,读图自然是作用于我们的形象思维,因此在这种阅读中,思维过程更多的是停留在对事物感性层面的感知和认识上,不用思辨,不用理性,不用智慧,当然很难达到充分认知的阶段。就其阅读价值而言,这无疑是减少了思考的过程,更不要谈阅读时的思想震撼、情感陶冶、精神建构、心灵洗礼了。

二、"时尚阅读"的兴起

时尚阅读是大众文化的产物。随着大众文化的迅速发展,新的文化氛围的形成,人们传统的艺术观念、审美意识和欣赏兴趣发生了很大程度的改变。反映在大众阅读领域,人们的阅读兴趣、阅读视野和阅读方式已发生转移。简单来说,就是人们对那些经典作品越来越疏远,经典阅读与当代人的生活产生了隔膜;而以新颖、通俗、休闲娱乐性为特征的"时尚阅读"却日益盛行。可以说,经典阅读淡化,时尚阅读兴起,是目前大众阅读的一个现实。

时尚阅读是一种贴近人们生活现实与情感心理,紧步时代潮流和社会时尚的阅读形态。现在有些反映当代时尚生活和现代人时尚追求的时尚读物与时尚文本,能够贴近人们的现实生活和情趣,满足人们追求时尚的心理需求和兴趣化的阅读动机。如科幻武侠小说、各种成人童话以及休闲生活小品等,就颇受大众的欢迎。现代社会生活节奏紧张,各种竞争激烈,内心压力和脑力劳动强度加大,休闲读物和生活小品确实为当代人提供了追求个性、放松自我的氛围,也使他们从中可以获得精神的慰藉。因此,自然对一些虽然有意义、有价值而让大众缺乏阅读兴趣的经典文本很少顾及,这就使得大众阅读活动表现出时尚阅读盛行的倾向,形成了时尚阅读对经典阅读的冲击,而且这种冲击力是强烈而具颠覆性的,大有消解经典阅读、促进时尚阅读为大众阅读潮流的趋势。

面对这种时尚阅读兴起的冲浪,我们既要大力倡导经典阅读,开展各种形式的经典阅读教育活动,如学校的各类经典教育课题实验、社会的各类经典阅读文化活动等;同时,也应当正确认识和积极引导大众的时尚阅读活动。因为时尚阅读所具有的以下几个特征是我们所不可忽视的:(1)时尚阅读是一种时代性阅读。时尚阅读能使人们感受到时代的脉搏,把握时代精神的律动,感受到时代的召唤,促使人们关注社会和时代的变革与发展,将大众阅读与社会的发展及时代精神紧密地联系起来,给大众阅读注入了时代风尚和新的意识观念、审美气息。(2)时尚阅读是一种趣味性阅读。时尚阅读多是人们根据自己的兴趣来进行的阅读活动,当代社会时尚阅读文本的丰富多彩与明白流畅给人们提供了广阔的阅读选择空间。人们可以根据个人兴趣随意挑选适合自己的时尚读物,或干脆上网阅读,兴之所至,轻点鼠标便可浏览阅读。这也是时尚阅读极具冲击力的根本所在。人们的个性差异很大,兴趣也是五花八门,时尚阅读以其多元化和适应性满足了不同口味的大众阅读的需求,而且使他们乐此不疲。(3)时尚阅读是一种生活化阅读。时尚阅读文本大都关注社会生活现实,贴近人们的日常生活与情感,使人们能及时了解生活变化,深切感受和把握生活节奏。时尚阅读文本多是写一些人们喜闻乐见的充满生活气息、紧步生活节奏的内容,能适应大众阅读的口味和接受水平。有不少时尚阅读文本以灵活新鲜的表现形式营造温情脉脉、和风细雨的生活场景,使得人们能在繁重、紧张的工作学习之余,躲进这恬静的一隅,体味一下生活的鲜亮与温情,抚慰一下疲惫的心灵,放松一下紧张的神经,发泄一下郁闷的情绪。这正是当代人所要寻求的一种生活惬意。如《拿什么拯救你,我的爱人》等影视剧之所以受到欢迎,或许就是因为人们能从中找到自己生活中的种种状态、种种身影、种种情愫,看到了自己要看的生活场景,听到了自己要听的生活声音,感受到了自己所要求的生活。总之,在时尚阅读中,感应新的生活时尚、社会时尚、文化时尚和审美时尚,是每一个当代人的内在需求。它能使人们融进时代,走进社会,拥抱生活,品尝的是人世间的酸甜苦辣,感受到的是现实生活的脉搏,触摸到的是社会时尚的美质。(4)时尚阅读是一种开放性阅读。它能够充分开发大众阅读资源,开拓人们的阅读视野和阅读空间,开启人们的当代意识和时尚智慧,使人们自由地获取各种不同层次的时尚信息,了解社会和生活的最新动向。同时,它也有助于拓展人们的多元化阅读思维和多元文化观念。

时尚阅读所具有的这些特点决定,我们要正确认识和积极引领大众的时尚阅读,不可把时尚阅读看作是一种"无聊阅读",并把它与经典阅读完全对立起来。其实,从本质上看,时尚阅读与经典阅读并非是根本对立的,因为真正的经典无不涵容时尚之美。如"关关雎鸠,在河之洲,窈窕淑女,君子好逑",这一经典之作之所以流传千古,从某种意义上说,是因为它创造了"只有清纯之美和德才之美的结合才是最高境界的伦理之美"这种永恒的经典时尚;同样,我们的民族艺术瑰宝唐诗宋词之所以永葆辉煌,也是因为它在东方文化中创造了"传诵一时,芳泽千古"的经典时尚;莎士比亚之所以仍然"光彩照人",更是因为他在西方世界成就了"不仅属于一个时代,而且属于所有时代"的经典时尚。经典内含着时尚,不灭的时尚即为经典。凡是好作品,总是以锐利的观察、灵敏的感受、独到的体验和透视生活深层的智慧,分辨出哪些是时代激流的一时飞沫,哪些是长留青史的永恒瞬间,哪些是绚丽一时的彩虹云霞,哪些是美丽不灭的时尚精神。因此,我们不可把时尚阅读与经典阅读完全对立起来,分割开来,而应当在大众的时尚阅读中引发经典阅读的兴趣,把时尚阅读和经典阅读结合起来。只有时尚与经典的结合,才能使人们既有经典文化的滋养,又有时尚文化的哺育,在经典文化与时尚文化的渗透整合中建构自我世界,推进时代和社会的文化精神建设。

但是,我们必须要清醒地看到,当今大众的时尚阅读已经形成对经典阅读的冲击,实际上时尚阅读已经取代了经典阅读。大众阅读是时代文化精神建设的一个重要方面,大众阅读的经典性是不可消解和弱化的,经典阅读不应当被时尚阅读消解,经典阅读应当成为大众阅读的主旋律。有人曾打过这样一个极为形象的比喻:"时尚阅读就像吃麦当劳、肯德基,热量有了,但营养却谈不上,经典阅读就像吃正餐,程序上有点麻烦,但绝对有营养。现在电视上补钙的广告铺天盖地,有谁意识到,中国人的精神更需要补钙?试想,一个时刻跟着时尚阅读走,今天看《厚黑学》、明天看《曾国藩》、后天看《有了快感你就喊》的人,和一个爱读鲁迅、顾准的人会有同样的骨骼吗?"[①]不能说这个比喻所说的就是一种阅读真理,但它十分深入地揭示了时尚阅读与经典阅读的关系,说明我们应当正确处理这种关系,促使时尚阅读和经典阅读的结合。"苏轼说:'书富如入海,百货皆有之,人之精力,不能兼收尽取,但得其所欲者。故愿学者,每次作一意求之。'这里就有一个泛读和精读的关系。泛读要博,精读要深。时尚就是可泛读的部分,而经典就是要精读的部分。没有泛读,你的眼界会变得狭窄;没有精读,你对事物的认识难免肤浅。"[②]因此,在时尚阅读兴起而经典阅读弱化之际,面对高雅艺术、经典文化日渐衰微的现实,积极倡导并大力加强经典阅读就显得越发意义重大,尤其是对于

---

① 徐怀谦:《阅读:时尚与经典》,《光明日报》2003 年 7 月 3 日。
② 徐怀谦:《阅读:时尚与经典》,《光明日报》2003 年 7 月 3 日。

大众阅读者的精神建构以及良好文化环境的形成都具有深远的影响。

三、"经典阅读"的呼唤

从其特性和功能来说,经典阅读是绝不可忽视的。在当今时尚阅读的大潮中,我们真情地呼唤经典阅读的回归。因为经典阅读对人们吸收文化营养,丰富人们的情感和精神世界,提高人们的文化综合素质,具有多方面的作用。如我们的阅读经典"四书五经"、"唐诗宋词",不知熏陶教育了多少人,不知有多少人从中汲取文化营养,终身受益。可以说,朝朝代代,子子孙孙,儿子的老子,老子的儿子,没有一个文化人不是从这种经典阅读中走向生活,步入世界,开拓人生的。经典与人生、经典与成长、经典与智慧是直接相关的。特别是对青少年阅读来说,经典的世界,就是陶冶的世界,唤醒的世界,建构的世界。经典阅读对他们洞察人生,净化灵魂,理解人生的意义和目的,找到正确的生活方式,有着不可估量的作用。如绚丽、华严、辉煌、精湛的跳动着民族艺术神韵而具有不可描述、不可穷尽之美的唐诗宋词经典文本世界,对青少年读者来说,就是陶冶性情的世界、净化灵魂的世界、升华人格的世界。唐诗宋词经典文本中那些美丽的画面、多彩的景姿、灵动的意境、深厚的意味,妙不可言的神韵,美不胜收的形态,对青少年读者无疑是一种多面性的陶冶教育。什么是陶冶教育?简单地说,就是情感与心灵的陶冶、精神与灵魂的建构、人格与情操的洗练。读《蜀道难》,就会体验到李白"生命的奇崛之美";读"采菊东篱下,悠然见南山",就会感受到陶渊明"生命的超然"。特别是唐诗宋词经典文本的诗境美:有的诗境像海天苍苍,宏阔豪放；有的诗境像雨后春山，婉约清秀；有的诗境有"大江东去"的雄壮；有的诗境有"平湖秋月"的清幽。在这样的诗境中，面对海天苍苍，面对雨后春山，面对大江东去，面对平湖秋月，无情人也会变得多情，平静的灵魂也会变得冲动，苦恼会悄然离去，沉静会瞬间生成。对经典阅读的这种功能，北京大学钱理群教授做过这样的描述：它可以打破时空的界限，克服个人生命的有限范围，把读者引入民族与世界、古代与现代思想文化的宝库，使读者在有声有色、有思想、有意味的语言世界里流连忘返，与其中的人物和心灵同哭同笑同焦虑同挣扎，在不知不觉中会发现自己变了，变得更复杂，更单纯，更聪明，也更天真，他们内在的智慧、思考力、想象力、审美力、批判力、创造力，被开发出来了，他们的精神自由而开阔了，他们的心灵变得更美好了。

　　经典阅读为何具有这样的功能和作用？在当今大众文化的语境中，我们很有必要深入认识和把握经典阅读对人的性情陶冶、心灵滋养、精神建构的本质与特征，以大力倡导经典阅读，呼唤经典阅读的回归，使之与目前兴起的时尚阅读共同构成大众文化时代阅读的主旋律。

　　经典是人类文化的一种积淀，是人类文化的一种结晶，经典是在波涛沉浮的人类文化发展的历史长河中经过时空的锤炼、文化的整合而生成构成的。这就是说，经典是一种超越时空的文化存在，是一种精粹的文化产物，是一种纯美的文化构成，它在不断经受时间的考验中，给人开启文化与精神的智慧。凡是经典，它所关注的绝不仅仅是一时一地的人情世故，而往往是人类文化中一些永恒的价值和主题。因而，经典具有两个特有的东西：一是持久不衰的"经典的魅力"。经典往往是"古籍"的，但真正的经典又都是年轻的；经典往往是历史的，但真正的经典又都是当代的，经典的魅力是持久的、永恒的。二是不可穷尽的"经典的张力"。经典往往是具有丰厚的文化意蕴的构成物。经典的世界往往都是不可穷尽、不可描述的形象世界、情感世界和意义世界,是一个扩大的、开放的,不断被读者所填补和建构的召唤结构。经典的形象世界,往往是多义的,具有不确定性和模糊性的形象世界;经典的情感世界,往往是诱发读者心灵体验,使读者忘我投入的情感世界;经典的意义世界,往往是不断生成的,召唤读者不断建构的,在读者面前永远开放的意义世界。

这种"经典的魅力"与"经典的张力",决定经典阅读不同于实用性、功利性阅读,也不同于大众文化语境中的时尚阅读。经典阅读本质上既是一种体验性、对话性、陶冶性阅读,又是一种开放性、建构性、智慧性阅读。充分认识和深入地把握经典阅读的这些特征,对于在大众文化兴起的背景下大力倡导经典阅读无疑具有多方面的重要意义:第一,经典阅读是一种体验性阅读。因为经典的文本大都是一个特定的体验世界,经典阅读的过程,就是感受体验的过程,感受经典文本的形象世界,体验经典文本的情感世界,领悟经典文本的意义世界。这就是说,经典阅读并非是一种认知活动,而是一种体验活动,它需要的是阅读主体感受体验的参与。第二,经典阅读是一种对话性阅读。这种与经典的对话,往往是超越时空的对话、超越历史的对话、超越现实的对话,是与古今中外一切伟大的心灵的对话,是倾听与叩问先贤心声的对话。所以,经典阅读也称为超时空阅读,我们不可视经典阅读为一种对象性阐释,而应当将经典阅读作为一种对话活动——它是主体与主体的对话、生命与生命的对话、心灵与心灵的对话。第三,经典阅读是一种陶冶性阅读。经典的世界就是陶冶性情的世界、净化心灵的世界、升华人格的世界。所以,经典阅读就是一种陶冶过程。我们应当高度重视经典的这种陶冶功能，把经典阅读的过程视为陶冶读者性情、净化心灵的过程，让读者在经典的世界里去追求情感与精神世界的完美。第四，经典阅读是一种开放性阅读。在读者面前，经典文本是开放性的，读者对它可作多元理解和透视；在经典文本面前，读者也是开放的，读者可以调动自己的感受和体验，对经典文本作富有个性的解释。这就是说，经典阅读并非是权威性阅读，也不是崇拜阅读，它应当是一种没有预设条件和限制性的阅读过程。读者在经典阅读的过程中是开放的、自由的，对经典文本可作一切有可能的理解和解释。第五，经典阅读是一种建构性阅读。经典阅读的过程就是建构的过程，它既要建构文本的意义世界，又要建构自我世界。实际上，在经典阅读中建构自我世界与精神家园，建构自己的灵魂和人格、素养和品质、生活与人生，是经典阅读的终极意义所在。经典阅读对人的这种建构性，正是大众文化语境中的读者所需要的东西。第六，经典阅读是一种智慧性阅读。经典阅读也是一种智慧学习活动，它是读者获取生存智慧、生活智慧、人生智慧、文化智慧、审美智慧、情感智慧、精神智慧、创造智慧等一切人类智慧的重要途径。其实，经典阅读就是将经典文本作为生活、世界、社会、人生来解读，经典的世界是博大、精深、丰厚的，是富有智慧和灵性的，所以经典阅读就是一种智慧学习。我们不可忽视经典阅读中的智慧生成，经典与智慧是密切相关的，不能把智慧学习排除在经典阅读的过程之外。

综上所述可见，随着大众文化的兴起，经典阅读是决不可轻视的。从某种意义上说，经典阅读是人的生活与发展的一种需要，特别是对青少年读者来说，经典阅读对他们的生命成长、生命的觉醒有着更重要的意义，因为经典阅读是生命的体验式阅读过程,读者会融入个人的生命体验和主体情感,使之成为一种生命存在的状态,为自己构筑一个属于个人的心灵世界。因此有不少专家说:经典阅读可以使年轻一代从生命与学习的起点上,就占据一个精神的制高点,会使读者的生命达到一种酣畅淋漓的自由状态,这种难得的高峰体验,生命的瞬间爆发与闪光,会使读者以一种全新的眼光去看待自我与世界,甚至从根本上改变读者的生命状态与选择。当然,每一个读者在什么时候,在什么文本上,与经典发生这种生命的撞击,产生生命的体验,是不好说定的。但只要是一次瞬间爆发,就会永远难忘,对人的一生会产生难以估量的影响。所以,经典阅读的回归是当今大众文化语境下读者的一个必然选择与时代呼唤。

(原载《山东图书馆学刊》2008 年第 2 期)

阅读生活是最为美丽的

　　阅读是人的一生中最重要的学习方式,也是人的一生中最基本的生活方式。离开了阅读,人的生活就会黯然失色。记得有人说,文字与内心是画等号的,文字反映一个人的内心。同样,文字也可以无声的方式温润人的内心。这就是说,给人以心灵情感的温暖,温存人心,开启人的情感智慧,是阅读的真义所在。有不少中外名家在谈自己的治学与人生时都曾谈到四个字,这就是"阅读人生"。他们认为治学的过程就是阅读的过程,治学生活就是阅读生活。阅读生活是最为美丽的,阅读着就意味着生活的乐趣,阅读着就意味着对生命的体验,阅读着就意味着对人生的诠释。治学的要义在于培养自己的阅读情感,开发自己的阅读智慧。具有了丰富的阅读情感和阅读智慧,就会生成自己的治学智慧、生活智慧、生命智慧和人生智慧。应该说,这是对阅读与治学、阅读与生活、阅读与智慧、阅读与人生的一种深层性的意义诠释,揭示了阅读的本质性价值。

　　注重阅读,是汉语文教育生生不息的一个传统。以读为美,以读为上,以读为重,是汉语文教育富有生气与活力的一个特色。可以说,阅读是汉语文教育的第一要务。对青少年学生来说,阅读就是积累,阅读就是陶冶,阅读就是建构,阅读是学生必须要重视的一种语文学习方式。只有学会阅读,才能学会认知,学会发现与创造,学会自我建构和实现。所以,现在有些专家从这个意义上对阅读进行了新的界定,认为阅读实际上是人的心灵凭借文字和上下古今一切民族的伟大智慧相结合的过程。每一个用语言文字构成的文本,特别是文学作品,都是以特定的文字艺术组合排印在白纸上的灵魂,只要学会阅读,我们的眼睛和智慧接触了它,它就会活起来,就会从中发现生命和智慧。因此,阅读是生命成长、涵养性情、建构心灵、开发智慧的重要途径。

　　随着时代和社会的发展,当代人的阅读和表达媒介发生了变化,改变了阅读方式和阅读习惯。以往,人们以语言文字为媒介进行阅读和表达;现在,电脑、电视的图像思维模式正逐渐替代语言文字的阅读和表达思维。文字阅读已经开始淡化,图像阅读猛然兴起,并直接对文字阅读构成挑战。文字阅读与当代人特别是青少年学生的阅读生活产生了隔膜,甚至有不少人专心投注于电脑的图像阅读,根本就没有了文字阅读的意识和兴趣。这就是说,各种图像媒体的介入,打破了语言文字阅读的领地,加速了语言文字阅读功能的退化。古代人曾经追求"红袖添香夜读书"的沉吟之境——在万籁俱寂的夜晚,弱冠士子,闺中红颜,就一盏孤灯,手不释卷,或顿足捶胸,或仰天长啸,或泣下沾襟,或掩口窃笑,享受着文字阅读的诗意时光,也写下了不知多少精彩篇章。即使到了近现代社会,"朗朗的读书声",也是多数学子童年生活磨不掉的印记。可是现在呢?我们透过万家灯火,只能看见电脑电视的屏幕在闪烁,很少看到映在窗口的读书剪影。轻文字阅读而重图像阅读,是我们现在这个时代的一种阅读生活倾向,人们似乎习惯了图像阅读方式。

　　但是,图像阅读与文字阅读是大不相同的:文字阅读的间接性给读者以想象、联想的阔大空间,令人寻味不尽;而图像阅读的直观性不能传达文字阅读的深厚意味,无法表达文字作品的丰富内涵。美国著名的社会预测家约翰·奈斯比特在其《大趋势——改变我们生活的十个新趋向》一书中曾经说,在文字密集的社会里,我们比以往更需要具备基本的读书技能。当今时代,尽管电子计算机发展得快,但它仍需要靠人来操纵,电子计算机仍属于第二文化,它的第一载体是语言文字,语言文字是第一文化。第一文化是第二文化的基础,没有第一文化就没有第二文化。所以,虽然处在当今这个网络时代和读图时代,但我们绝不可以图像阅读替代文字阅读,还应该沉静下来,重视并投注于文字阅读,与语言文字打交道,和语言文字亲密接触,与语言文字构成的文本对话,在文字文本的字里行间穿行,品味语言的底蕴,体味文字的内涵,从中吸取营养,提高语言文字素养,丰富自己的情感和心灵。在我们的学习、工作和生活中,如果缺失了文字阅读,或以图像阅读替代了文字阅读,那么,你不仅仅会"提笔忘字",更重要的是你的语文感受力、语文思维力、语文审美力就会退化,语言文化素养和整体素质就会下降。

实际上,高素质、有修养和气质好的人,往往都是具有良好的文字阅读习惯和深厚的语言文化素养的。所以,语文教学应切实加强学生的文字阅读训练,养成文字阅读习惯,让学生在文字阅读中学会语言文字的运用,提高语言文字素养。特别是经典的文字作品阅读,对学生吸取文化营养,洗练心灵和情操,丰富学生的情感和精神世界,促进生命的总体生成,具有多方面的作用。一部《诗经》,一部《古文观止》,一部《三国》《红楼梦》,不知熏陶教育了多少人,不知有多少人从中吸取营养,终身受益。可以说,没有一个文化人不是从经典的、唯美的、超然的、纯情的文字作品阅读中走向生活,步入世界,开拓人生的。经典的文字作品阅读,唯美的文字作品欣赏，超然、纯情的文字作品品味，其实是我们文化性生存、诗意性生存、智慧性生存、建构性生存的重要方式。

特别是对学生来说，经典的文本世界，就是启迪的世界；唯美的文本世界，就是陶冶的世界；超然、纯情的文本世界，就是唤醒和建构的世界。这样的文字作品阅读对学生洞察人生，净化灵魂，理解人生的意义和目的，找到正确的生活方式，有着不可估量的作用。如一首诗，看起来就是那么几个简单的方块字，可经诗人的艺术组合，高超的排列，就构成了奇美的诗歌文本世界。在阅读中深入领略、品味诗歌文本构成的形象世界、情感世界和意义世界，就会获得情感的陶冶、心灵的启悟和智慧的生成。这样说，并不是夸大文字作品阅读的功能，在实际的阅读生活中，就有许许多多这样的实例。回想本人在心智还没有开化和知识之门并未打开的初学时代，一堂诗词鉴赏课使我在蒙昧中跃起，唤醒了我的心智。"北国风光，千里冰封，万里雪飘。望长城内外，惟余莽莽；大河上下，顿失滔滔。山舞银蛇，原驰蜡象，欲与天公试比高。须晴日，看红装素裹，分外妖娆。"当时，有一位李老师讲这首毛泽东的《沁园春·雪》，他以自己深厚的语言文学功底，品味字词，描述画面，从字字句句中揭示了这首词博大的气势和力量、宏阔的胸怀和气魄，令人心灵高飞远举——那种宇宙般的胸怀、宇宙般的情思、宇宙般的意识，使人心灵颤动。就是这首词的文字品味和意境感悟，启开了我的语文情感智慧的大门，使我从混沌的状态中走了出来，由此走上了语文之路。数十年来，一直痴心于语文教育的研究领域。我想，这或许就是诗意文字的魅力吧，它影响并催生了我的语文理想与追求。

因此，我们应当充分看到语文课堂的阅读力量。特别是唯美阅读——即唯美的文字作品阅读，往往能够唤醒学生的生命感、价值感、主体性和创造力,洗练着学生的心灵情感,影响着学生的人生追求。在语文教学中倡导这种对文字作品的唯美阅读,对学生的生命成长,建构学生的情感和心灵世界,无疑大有裨益。

阅读,即文字作品的阅读,是一种语文技能学习,因为没有一个人能够离开阅读而生存;阅读也是一种陶冶学习,它能陶冶性情,洗练心灵,建构人格;阅读又是一种唤醒学习,它能唤醒心灵和智慧,唤醒生命成长的觉悟,唤醒主体性、价值感和创造力;阅读还是一种享受学习,在语文课堂上,诵读体验是一种享受学习,在经典作品的阅读中,与文本形象对话、与文本情感共鸣,也是一种享受学习;阅读更是一种建构学习,它既能建构文本世界,又能建构自我世界,实现自我完善。所以说,学会阅读,培养阅读习惯,让学生在阅读中成长,是一种特别重要的语文学习方式,也是语文教育的一个重要使命。

(原载《语文学习》2013 年第 10 期"名家"栏目)

散文解读中的品类审识

散文是品类繁多的文体样式。其中,古代散文不仅包括具有形象特征的艺术性作品,又包括各式各样的散行文章。现代散文也有所谓"广义"和"狭义"之分,并且两者还存在"交叉现象",互有渗透。所以,具体考察和审识不同的散文品类,是散文解读中必须重视的一个基本问题。解读实践说明,只有审识不同的散文品类,抓住不同品类散文总体营构的艺术焦点,深入透视它们的个性特征,把握它们不同的艺术创造规律,才能切入散文内部构造的深层领域,对文本进行透彻的解析,从而取得更切实有效的教学效果。为此,本文就散文解读中长期以来没有廓清的记叙与抒情性散文的品类特征及其分析规律加以探讨。

一、记叙性散文的品格特征

记叙性散文以写人叙事为主,通过写人叙事来抒发作者某种特定的感受和情思。这类散文在人物的刻画和事件的描述上,有如小说,其中有的可以称之为"小说化散文",但它又不像小说那样讲求人物形象的典型化和情节营构的完整性,它总体营构的艺术焦点和基本特征是:善于通过某些生活片段、生活场景和细节的艺术描写,以及人物最突出的个性特征的"散点式"刻画,来表现人物的形神风貌,揭示事件的审美意义,从而抒发作者特定的感受和情思。如鲁迅的《藤野先生》,通过对藤野的肖像、衣着、言行和声调等主要特征的刻画,以及他和作者接触、相处、惜别等生活片段和生活场景的记叙描写,寄寓了作者对藤野伟大人格的崇敬、赞颂、感激和怀念的深情,抒发了作者爱国主义的思想情怀。

　　根据记叙性散文的这种基本特征,在解读过程中我们应当以分析人物及其生活片段、场景为着眼点,探究写人叙事的艺术手法,把握人物最突出的特征,着力揭示作者寄寓在人物和生活片段描写中的主观感受和情思。这就是说,对这类散文的解读和分析,不能仅停留在人物特征及其生活片段和场景描写的表层结构上,而应当揭示作者所隐蔽在人物刻画和生活片段描写背后的特定感受,应当把人物特征和生活片段及场景描写的分析,作为揭示作者主观感受和情思的手段。就以上例举的《藤野先生》来说,分析藤野的外貌、言行举止,以及他和作者接触、相处、惜别的生活片段,不能只是单纯地为了揭示他的正直、热忱、俭朴和对工作一丝不苟的品格,更重要的是要揭示作者对藤野先生品格的崇高、感激和怀念之情,特别是作者借以抒发的爱国主义情怀。只有这样进行分析,才能真正深层性地揭示散文艺术营构的真谛。这是因为,这种记叙性散文的艺术焦点,并非是为写人而写人,为叙事而叙事,它写人叙事皆是有感而发,表达的是作者对生活、对人生、对社会的某种深刻而独特的心理感受。也就是说,记叙性散文重在写意,是侧重于写主体感受的,不管是对有特殊关系的人物的回忆,还是对萍水相逢之人的描写,也不管所描写的人物是贯穿全篇,还是仅在某个场景中作一两次露面,记叙性散文写人,总是一种艺术手段,目的是表达作者对这个人物以至整个生活的具体而深切的主观感受,抒发作者"贮酿已久,不发不可"的特定情思。鲁迅的《藤野先生》、朱自清的《背影》、巴金的《怀念萧珊》等都是典型的例子。如果说小说主要是人物形象的典型化，戏剧主要是戏剧冲突的典型化，那么，这类记叙性散文则主要是对生活感受的典型化，它写人叙事所要表现的是典型化了的对生活的主观感受。因此，在解读中我们必须要把揭示作者的主体感受作为记叙性散文艺术分析的着眼点。

在记叙性散文的解读中，常见这样一种现象：对人物形象和生活事件的分析，如同分析小说一样，把人物的性格特征作为分析的着眼点，而忽略揭示作者所寄寓其中的主体感受。这样的分析，往往浮在文本的表层，缺乏深度，不能深入文本内部构造的核心领域和审美境界。其原因就在于记叙性散文中写人，不是像小说那样为了塑造和刻画典型性格，而是为了借以表达作者对人物的某种特定的主观感受。这就是说，记叙性散文写人与小说写人大不相同，小说写人主要是为了塑造典型性格，反映人与人之间的关系，即反映社会关系的总和。记叙性散文写人则主要是通过对人物的描写直接表达作者对生活的特定感受，对生活的认识、理解和评价。一个重在塑造典型性格，一个重在表达主观感受，这是小说写人和记叙性散文写人的根本不同点，也是我们在记叙性散文的解读中所必须要明确把握的一个基本问题。

在解读中，要避免把记叙性散文的分析混同于小说的分析，切实地把握记叙性散文的品类特征及其艺术焦点，我们还应当明确记叙性散文和小说写人的以下两个区别。

第一，小说写人要从许多生活原型中艺术地概括出典型形象，而记叙性散文写人则一般是以真人真事为基础。我们在解读实践中很容易发现，记叙性散文中所写的人物往往是作者有所接触的，有所交往的，甚至是休戚相关、患难与共的莫逆之交。而且,越是熟悉的,有一段深厚交往和情谊的,便越会写出深切而独特的感受。曹靖华与鲁迅正因为有过一段同志式的往来,他在《小米的回忆》中才能把自己的感受写得那么真切、那么具体、那么明朗。朱自清的《背影》写得那样真实、诚挚、细致,充满怀念之情而激动人心,正因为他写的是骨肉之亲的父亲。当然,记叙性散文也并不排斥艺术性虚构,有些记叙性散文中的人物并不一定真有其人,但是,记叙性散文写人无须像小说那样以一个模特儿为基础,杂取种种人,糅合其他生活原型,或者以多种生活原型来"拼凑",塑造高度概括的典型形象,它只要有曾经相识的人为基础,能借以表达特定的主体感受即可。

　　第二,小说和记叙性散文在写人的艺术手法上也有不同。小说是多层面、多角度、多方位地写人,在性格冲突、曲折的情节和广阔的背景中写人。而记叙性散文写人主要是勾勒,捕捉人物的外形、衣着、言谈举止、音容笑貌和风度神态等最显著的特征,这里一笔,那里一笔,进行点睛式的艺术勾画,从而使人物传神,以有利于直接抒发作者的主观感受。总之,记叙性散文写人重在"神似",着力于渲染人物的神采风骨和主要特征,多是采取画龙点睛中的"点睛"笔法。这是我们在解读中对其品类审识所必须要把握的重要特征。

二、抒情性散文的品格特征

　　抒情性散文以抒发作者的生活激情为主,它的基本特征是寓情于景,寄情于物,借景抒情,托物言志。也就是善于通过对景、物的极尽其妙的艺术描写,来抒发作者的主观感受和生活激情。把主体情感投射并寄寓于客观物象之中,是它营造的艺术焦点。

如茅盾的《白杨礼赞》、朱自清的《荷塘月色》、碧野的《天山景物记》、刘白羽的《长江三日》等，都属于这个品类的散文佳作。根据抒情性散文的这种品格，在解读过程中，我们应当以分析主体情感表现的特征为着眼点，着力揭示作者寓于景色、物象之中的特定情思，探寻作者感情抒发、深化的内部过程，发掘课文所点染的生活哲理和审美意义。抒情性散文的主体情感表现，因文而异，多种多样，但它具有以下两个基本特征。

首先是主体情感表现的整体化。所谓整体化，就是指抒情性散文中的抒情不是孤立存在，而是与写景、状物紧密融注在一起，而构成和谐的有机统一体的。刘勰在《文心雕龙·物色》中说："物色之动，心亦摇焉"，"岁有其物，物有其容，情以物迁，辞以情发"。这种"物感心动"的审美理论，说明人的情感受外物影响，是对外物的感受而产生的，文章的情感不能脱离外物而孤立地表现。虽然对同一幅秋景，由于人的心境不同，会产生不同的感触，心情郁闷会满眼冷色，心情欢愉则一片金色，但不管是"冷色"，还是"金色"，都是"人心之物，物使之然"，感物所得。离开"物"，"情"便无所依附，情与景是辩证统一关系。而这种"景"也不是客观自然之景，而是情绪化、艺术化的"景"，是作家审美投射的"人化的自然"。因此，情与景的艺术融注，"妙合无垠"，始终是古今散文艺术家苦心追求的美学境界。就一般抒情性散文的表现特征来看，在处理情与景的关系时，总是把写景作为抒情的艺术手段。或烘托气氛，渲染情绪；或借景兴感，托物言志；或寄情于景，景中含情。对这种情景融注的整体化表现特征，在解读中可作多层面、多视角的考察和审识，在这里我们略做以下两个方面的例析与阐释。

一是把自然景物的特性人格化、性灵化。其主要特征是表面上描摹某一景物,但在曲尽其妙的基础上,又不停留在自然之景上,而是以物象比喻、象征或暗示某种精神、品格、意志,表达作者的特定情思。如以青松象征人的刚强挺拔、不畏强暴的坚强性格,以翠竹比喻、象征人的奋进向上、高风亮节的情操;以梅花象征人的披霜傲雪、苦战迎春的战斗精神。周敦颐的《爱莲说》,以莲花喻"君子",盛赞莲花"出淤泥而不染"的纯洁,"濯清涟而不妖"的庄重,"中通外直,不蔓不枝",饶有情趣地表达了自己高尚的情怀;又通过对菊、莲、牡丹三花的评说,慨叹爱菊者少,爱莲者无,爱牡丹者众,比喻世人多在追逐名利,贪图富贵,表露了作者愤世嫉俗之情。刘禹锡的《陋室铭》,借写陋室以申志,通过写室中景"苔痕上阶绿,草色入帘青",写室中人"谈笑有鸿儒,往来无白丁",写室中事"调素琴,阅金经",以喻人品高尚,虽身处陋室,满目皆成佳趣,盈室皆放馨香,托物咏怀,逸音无穷。杨朔的《茶花赋》,在作者的艺术彩笔下,茶花美丽的姿态,使人感到祖国欣欣向荣,茶花含露乍开,似小孩的笑脸,又鼓舞人们憧憬祖国的美好未来。作者把对祖国的眷恋深情,灌注在对茶花的描写之中,读来使人得到一种美的享受。这种托物寄情整体化表现特征,要求所托之物新奇,所言之情深刻,而"体物为妙,功在密附"①。在解读中对抒情性散文的这种情感表现的整体化特征,要注意从新奇、深刻、密附这三个方面来审识,寻求景物与作者主体情感的必然联系,揭示"密附"的妙处。

二是以某种景物触发作者内心感情的火花,激起作者感情的抒发。如秦牧的《土地》,作者在目触土地的某一场景后,一下子激起抑制不住的奔腾感情,冲决了感情的闸门而倾泻出来,他或

---

① 〔南朝·梁〕刘勰:《文心雕龙·物色》。

斥责、或赞叹、或呼吁,那显然是作者炽热的心灵和动人的场景撞击触发出的火花。你看,在描述中外统治者为掌握土地所有权施行的仪式后,作者所触发的感情浪涛:这宝贵的土地! 不事稼穑的占有阶层"只知道想方设法掠夺它,把它作为榨取劳动者血汗的工具。亲自在上面播种五谷的劳动者,才真正对它有强烈的感情,把它当作命根子,把它比喻成自己的母亲"。这是对劳动人民深情热爱土地的歌颂。在解读中对抒情性散文这种主观感情是由客观景物而触发的整体化特征,要注意抓住"景"与"情"的触发点。抓住这个触发点,就能由点抽绎出情丝,将文本所描绘的景物画面和作者的思想感受连接起来,身临情景交融的佳境。

其次是主体情感表现的多样化。抒情性散文的主体情感表现,具有丰富性和复杂性。作者的个性气质、艺术风格各异,其散文的抒情特征也迥然有别。但从抒情散文的情感表现规律来看,在解读中,我们可从回荡式、奔放式和柔婉式等几种形式来分析。

回荡式的情感表现,多是运用重叠、排比的手法,反复吟咏,抒发回环荡漾的情感,具有荡气回肠的艺术效果。如欧阳修的《祭石曼卿文》,全篇的情感表现为"三哭曼卿":一哭其声名"生而为英,死而为灵","著在简册,昭如日星";二哭悲其墓荒"荆棘纵横,风凄露下,走磷飞萤,惊禽骇兽";三哭痛诉悲情"感念畴昔,悲凉凄怆,不觉临风而陨涕者,有愧乎太上之忘情"。作者的情感起伏回荡,令人悲痛欲绝。茅盾的《白杨礼赞》,开篇先表达对白杨树的崇敬,接着追述"我"爱白杨树之缘,披露"我"写白杨树的感情冲动。紧接着,极尽笔墨描写白杨树笔直、伟岸的身躯;描写它不折不挠,对抗西北风,在恶劣的环境中顽强生活,赞美了白杨树高大的形象和坚强的性格;继之,由西北高原的白杨树,联想到"敌后的广大土地上","傲然挺立守卫他们家乡的哨兵",联想到

中国人民"用血写出新中国历史的那种精神和意志";最后以"我
要高声赞美白杨树"与文首呼应。作者以回环复沓跌宕的方式,
歌颂了白杨树的精神,抒情与哲理并陈,极富浪漫气息。从解读
心理来分析,这种回环复沓跌宕的情感表现,能给读者带去强烈
的刺激和深刻的感受,引发读者情感的共鸣。好似揉搓读者的
心,哀则心碎,乐则欲醉。

　　奔放式的情感表现,多是善于运用激越情语,倾吐激情,如长
风之出山谷,洪水冲决大川,具有强烈的感情冲击力。如闻一多
的《最后一次讲演》,全文义正词严地向国民党特务发起进攻,像
打连珠炮,气势磅礴,富有强烈而炽热的感情力量。余光中的散
文《山盟》,自始至终弥漫着一种浓烈的,使你无法抗拒的诗的激
情。作者把内心的情愫坦露于人,真率不饰地诉其衷肠,使主观
感情踩着激荡的旋律而任意跳跃,尽情挥洒。这种感情律动的轨
迹伴随着"攀落基山"峰巅的山路延伸,并且越来越烈,似看见那
"体魄魁伟的昆仑山,在远方喊他"。作者将全身心的感受,包括
种种具体的生理感觉和抽象的类如对山峦峰巅等大自然的神秘
力量的感触,都毫无保留地呈示给读者。尤其是流贯于文章中的
激越回荡的情感律动,在哲学层次上凝结为一种自觉的饱蕴悟性
的主体意识,不仅增强了文本的思想价值,也拓展了文本的深层
魅力。阿·托尔斯泰曾经说过,艺术就是从感情上去认识世界,
就是通过作用于感情的形象来思维。

　　柔婉式的情感表现,即善于通过含情的细节描写和心理的细
微变化,表现深沉、细腻、婉约的情感。如涓涓细流,蒙蒙春雨;如
幽兰暗香,游丝飘空。抒情所至,沁人肺腑,润泽心田。如冰心的
《往事(七)》,作者透过院子里两缸莲花在大雨之下,白莲萎谢,红
莲却因有荷叶的荫蔽而亭亭玉立的不同遭遇,触发出"母亲呵!

你是荷叶,我是红莲。心中的雨点来了,除了你,谁是我在无遮拦的天空下的荫蔽"的袅袅情思。作者在景物描画中投入了柔婉的感情,使莲花、荷叶成为贮满灵性的人化形象,并通过借写荷叶与红莲的关系,抒发对母亲的崇敬,歌颂母爱的圣洁和伟大高尚。文章清丽婉约,贮满纯净、挚切的诗意,就像一股飘着淡淡清香的微风,读来叫人心醉,并把自身熔化在那种崇高、圣洁的情感之中。

（原载《山东师大学报》1994年第6期,人大复印报刊
资料《中学语文教学》1995年第1期转载）

散文文体特征与解读探究

　　散文是美文,历来是文学品类中不可忽视的重要文体。在多姿多彩的文学文体林苑里,如果说小说是富有人物魅力的殿堂楼阁,那么,文采斐然的散文,便是这林苑中玲珑精致的假山亭池。在文本解读中,当面对一篇散文的时候,首先使我们感到触目动心的,不是像小说里展现的纷纭复杂的人生画面,而是一颗至诚至挚、至纯至真的心灵,在瞬间启开时所透出的作者对人生、对生活、对社会、对自然、对艺术的倾诉与见解,使我们通过这一扇心灵的"小窗",获得许多深刻、新奇的思想与智慧的启示。因此说,散文是一种"心灵的歌",是一种意蕴丰厚、益智陶情又具有弹性和力度的文体。散文这种文体,看起来既不神秘,也不深奥,语言表达或如"平淡的谈话",可是,真正理解其中"深刻的意味",揭示散文语体构成的内在意蕴和艺术魅力,却并不是件易事,因为散文文体是"装着随便的涂鸦模样,其实却是用了雕心刻骨的苦心的文章"①,它需要我们在解读中进行多角度、多层面的深层审识和探究。

---

① 〔日〕厨川白村著,鲁迅译:《出了象牙之塔》,人民文学出版社 2007 年版,第 9 页。

一、散文文体的主体性解读

长期以来,在语文教材文体解读中对于散文的阐释,往往多从其"题材广泛,手法灵活"、"形散神聚,不拘成法"等文体特征着眼,很少从创作主体的个性与人格的视角,从作家艺术思维的活动特点上去做深层性探究。这种忽视创作主体的静止化解读方法,导致了对散文这种文体营构特征及其审美特质与品格探讨的表层化、肤浅化,而不能深入散文文体内部构筑的深层地带和核心领域,揭示其艺术营构的本质规律。

我们认为,散文是一种主体性很强的文体,它重在作家主体意识的坦诚流泻,抒写作家对人生、对生活、对自然、对社会的感悟,言我之志,抒我之情,弹拨"自己的声音",从而去表现自己,也表现、批判世界的各面,揭示创作主体的个性与人格,传达对人生、对自然、对社会的真知灼见。郁达夫曾经说散文最大的特征是作家所"表现的个性",朱自清也说散文就是要"表现自己",王西彦更明确地强调散文要写出"赤裸裸的自己"。巴金在秋夜翻阅鲁迅的《野草》时,就仿佛看见"一个燃烧得通红的心",一直在燃烧,成了一个鲜红的、透明的、光芒四射的东西。显然,鲁迅写《野草》是他那颗伟大的心在燃烧,而巴金读《野草》写《秋夜》不也是他那颗伟大的心在燃烧吗?刘白羽写散文也很注重主体意识的倾泻,抒发对生活的深层感悟,因此他的散文有如激越奔放的"心灵的咏叹"。他认为散文就是作家的"血"和"感情"的"燃烧"。这些散文大家创作的切身经验说明,散文是作家在生活感悟中弹拨出的"自己的声音"。凡是优秀的散文作品,在情理擅扬的艺术画幅中,无不潜涌着作家对社会与自然世界人事景物的关怀和拳拳热切的情愫,融注着作家对生活和人生的深层感悟——对生命现象、生活态度、人生真谛的诠释。因此,在解读中对散文这种文体的阐释,必须要重视把握作家主体思维的个性化,发掘作家弹拨的"自己的声音",致力于探究作品展现的主体个性美。

散文作为一种抒写主体感受的"言情"艺术,它能使创作主体的个性和人格得以最大限度的表现。与诗歌比较来看,二者虽然都注重表现主体情感,但诗歌作家的强烈情感意味着对感情的组织和提炼,而散文则讲究自然天成,自由散漫,不像诗歌那样要受格式的约束。诗歌写情有超越人生的理想主义成分,而散文则更多地直面生活现实,能直接表达作者主观意识中的人生世界和情感世界。散文作家不必回避自己的个性,完全可以酣畅淋漓地抒我之情,言我之志,因此散文的主体情绪更强烈,自我意识更突出。它不像诗那样以专职的抒情构成完整的情感结构,而是以情感的流向为中心轴线,去纵横交错地黏结一切使情感得以产生和表现的自然之物。诚然,各类文体作品都不可避免地带有作家的主观情感色彩,但我们在文体解读中可以发现,这种情感表现的程度和方式大为不同,其审美效应也迥然有异。诗歌因其高度凝练而不能具体,小说因受制于客体而不能直接,戏剧则重冲突轻抒情,只有散文,因其自由灵活的抒写方式,可以巨细无遗、淋漓尽致地直接抒发。因此,散文和现实人生表现距离最近,创作主体和作品客体的情感投入距离最近,作家直接面对读者,面对人生,真实地直白地表现自我的思想、感情。

散文是位典型的"本色演员",是沟通作者和读者最近的认识和体验的桥梁。在一篇散文里能比在其他文体作品里更容易显示作者的性格和人格,爱与憎,忧与喜,每一件事无不从笔锋自然流露出来,读者极易走进作品中去认识作者眼中的世界、心理的世界，洞见作者的人品、性格和爱好等，并从难以言传的情感反应中找到自己。这样，解读散文既有理解作者的愉快，也有发现自我的喜悦。因而，我们解读散文并不是热衷于情节曲折、冲突迭起，而在于情感的陶冶和思想的启迪以及美的享受，在情感体验中认识世界。解读好的散文，好像与朋友倾心交谈，觉得亲切、诚恳，给人比较诚实可信的印象，这是其他文体难以企及的魅力所在，是散文独有的审美特质。正因如此，散文尽管是文学林苑里的"假山亭池"，没有鸿篇巨制的巍峨壮观，但在人格表现这一文学的基本原则上，却占有其他文体所不可比拟的重要地位，是一种最宜宣泄主体情感的文体。它从内层的意蕴表现到外层的营造构筑总是随着作者的情感流向不断地变化、繁衍，从而以其最大的艺术张力和限度来抒我之情。

在解读中，对散文这种艺术品性和审美特质的阐释，要注意把握它的两个基本特征。

首先，要注意把握散文主体情感的真实性。散文抒我之情，而且毫无遮蔽性。这种审美品质，使艺术形象的可信性和主体情感的真实性成为其独具的艺术魅力。因此，表现至诚的心灵和主体的人格与个性，是散文艺术的第一生命。在散文的传统解读中，人们往往只把散文的真实作为作品内容的审美要求来进行分析，而忽略了创作主体的"自我真实"——创作主体感情的投入和个性的体现。我们认为，在解读中对"散文的真实"应从两个层面进行把握：一是创作主体自我的真实，二是作品客体形象的真实。创作主体自我的真实源于作家诚实、谦逊的人品和真诚、自由的创作心态。作家不避个性、缺憾、喜怒哀乐，毫无掩饰地坦露自我的真实情感。散文客观的真实，指的是作品真实地再现自我、他人和生活自然、宇宙人生，它不仅要求形象本身的真实，还要具备形象在社会环境背景下的真实。也就是说,散文形象要能够透视本质,通过个别反映一般,通过个性表现共性。张若愚的《故乡与方言》,描述了他既痛恨那些瞧不起乡野人的习俗,却又讳言自己是乡野人的微茫的情绪,真诚地坦露了这种虚荣心,使人联想到生活中许多类似的人和感觉,从而产生升华思想境界的作用。可见散文虽是最具有个人色彩和主体情绪的精神创造,但它要调动一切艺术手段,以自己的视野去开拓别人的视野,以个体的审美意识去调动群体的审美意识,拓展人们的情感领域。散文文体的自我真实并不是与世隔绝、遗世孤立、远离人间烟火、脱离社会生活的真实。

长期以来,在散文文体解读中,人们忽略创作主体自我的真实;作家对散文客体形象的创造,也往往忽略生活的真实,不能直面现实的人生,或一味地咏风弄月,追忆往事,或只注重选取生活中美的东西,进行"艺术的加工和提炼",结果是抹杀了散文的真实性,不能揭示主体的自我意识和坦诚心灵。散文作为一种文体,虽然应当而且必须要讲究"艺术的加工",要做"艺术化的表现",但这种艺术化的表现,主要是指艺术氛围的渲染、艺术意境的创造,以及艺术表现技巧的精到与巧妙,并非是歪曲生活的真实,掩饰主体情感的真实,抹杀自我意识的个性。散文主体情感的真实,是建立在对生活真实理解的土壤之上的。它要富有生活的真实体验和生命感受,有自己独特的艺术表现领域。它是作家最熟悉、最能理解的生活和情感世界,积淀着作者的经验、智慧和修养以及文化构成。巴金说新中国成立后,他想丢掉"那支写惯黑暗的旧笔,改写新人新事",但是由于不熟悉生活,缺乏真情实感,"结果写出来的作品连自己也不满意"。经过十年浩劫,他终于写出有"真情实感"的《随想录》五卷。可见,只有根据特定的生活环境下形成的个性特征和表现特征来进行艺术构造,才会使作品富有深度和力度的生活真实,才能揭示只有属于自我的独特的情感世界。

在散文文体的解读中,我们还必须要明确认识的是,散文的真情不仅源于生活,也有赖于作家心灵的自由和超越个人意识的勇气以及艺术表现上的认真,即听凭作家自己的情感驱动,全无什么情感模式,任情地挥洒感情,驰骋笔墨。鲁迅先生曾说过,散文其实是大可以随便的,有破绽也无妨。这个"随便"并不是信手涂抹,而是指散文的情感表现没有什么框式,笔随情走,天然去雕饰,使主体自我的真情和个性得以充分展现。青年时代的散文作家曹明华谈她的日记体散文时就曾坦率地承认,自己并不懂"什么是散文的规范","只是把心里的感受写下来",不过是一个少女心灵的真实流露,这话道破了散文情感表现的艺术真谛。

其次,要注意把握散文主体情感的深层性。散文创作主体最大限度地表现自我和人生的审美特质,决定了散文不仅有真情,而且富有情感和思想的深邃、独特和创新,表现更深层次的自我意识和主体个性的特征。对于散文主体情感表现的深层性,在解读中人们往往以其思想的崇高与否来作为评判的审美标准,而忽视了创作主体自我情感和思想的投入以及散文的多维审美功能。我们认为,散文文体的审美特质不仅仅要有不同凡俗的思想深度,而且这种思想必须是"自我"的,是自我切身的感受,发自肺腑,通过心灵的体验倾诉出来的,离不开浓厚的感情成分。也就是说,散文文体作品的思想,必须是经过作者自我的所见所闻所感所思所激动,经过感情的过滤倾诉出来的。叶至诚在《假如我是一个作家》中曾说过:"即使是真理,如果还没有在我的感情上找到触发点,还没有化为我的血肉、我的灵魂,我就不写,因为我还没有资格写。"思想不能凭空而起，它是自我涌起的感情波澜。创作动机源于作者自我强烈的感情冲动，它不是从抽象的概念里，而是从最细微、最具体的情感经验集中起来，反复咀嚼，回味升华，才有了明晰的形象和强烈的创作冲动。整个创作过程处于不自觉状态，由情感认识驱动着作品的建构，其主旨、思想都溶化在情感中随之一起倾泻，使读者在感动中受到美的启迪和陶冶。那些传之久远的艺术精品不少是以巨大的思想力量征服人心的，然而这崇高、深邃的思想总是渗透着作者自我的"血和感情"一起在燃烧。鲁迅的作品是思想的载体，他正是以自我对社会、对国民性前所未有的剖析和挖掘，赢得了文学史上不可更移的丰碑地位。但他的作品并不是干巴巴的说教，在其冷峻如铁的文字里，灌注着满腔的爱和恨。散文是"情种"的艺术，只凭"崇高"的思想性，不看作家的情感体验和自我个性意识，是不能深入作品深层的情感世界，领悟作品的内在意蕴的。

文学有教育、审美等多方面的功能，散文文体自然更不例外。在解读中我们对散文的审美要求也是多方面的，但是根本的还在于把握作品抒写个体生命对生活、对人生、对自然、对社会的独特感受和理解。台湾女作家三毛曾自称，她的作品与鲁迅的作品相比，对现实的反映缺乏一定的深度、厚度和力度，但她的作品清晰、自然，善于在人们的情感领域内处理情感，在自我体验中认识世界，挖掘独到的深层次的内心观照，其中依然存在着令人沉思的某种普遍性和永恒性因素，极易和读者产生情感的反应。这种深层次的"内心观照"，却正是我们在散文文体解读中所常常忽略探究的东西。而习惯去挖掘作品的"神"，缺乏主体意识的主动观照和深层把握，往往不能揭示创作主体自我的独特个性和情感的倾注，不能把握主体情感的深层性，因为即使是写同类题材、表现相同主题的作品,不同的作家就有不同的情致和内心观照。同是写秦淮河,俞平伯与朱自清夜游的情致和心境不同,感受和表现形式也完全不同,因为他们作品中的秦淮河已经"自我化"了。而且即使同一个人面、同一个事物,在同一个作家的笔下,因时间不同,也决然不会有完全重复的情绪和感觉,而往往是于一人一景中写出千态百情,挖掘出独特的美,开拓出自己的情感世界。因此,在散文文体解读中,我们不能只以其思想的崇高与否来分析作品,而应当同时着力于主体情感的挖掘,切实把握主体情感的深层性。只有这样,才能深入作品情感世界的深层领域,揭示作品情感表现的艺术真谛。

二、散文文体的散漫性解读

散文这种文体的审美特质在于主体个性美的自由展现,它像一匹无缰的骏马随意驰骋。从其内容上看,它可以叙事、状物,也可以写人、绘景;可以写社会、自然,也可以写宇宙、人生。从其形式上看,它可以写得像一首诗,追求散文的诗化;也可以写得像一篇小说,表现散文的小说化,等等。随意而发,用情运笔,不受任何拘束和限制,这是散文艺术表现的本色。它像"水","随物赋形",是一种流动的文体、开放的文体、变化的文体。因此,解读中我们在把握散文的"质"——它的艺术品格和审美特性的同时,必须要致力于散文的"体"——它的营构艺术和表现形式的解析。由于散文的艺术表现形式和技巧具有复杂性和丰富性,在这里,我们仅就散文体式的散漫性解读做些重点探讨。

对散文的体式特征,泰戈尔在给他朋友的信中曾经说,诗就像一条小河,格律就是小河的两岸,有了两岸的限制,小河才流得曲折,流得美。而散文就像涨大水时的沼泽,两岸被淹没了,一片散漫。这个比喻形象地揭示了散文的体式——艺术表现形式的特征,说明散文是一种"最自由的样式"。对散文体式的这种"散漫"特征,古往今来,不少人都做过论述。宋代散文大家苏轼认为,散文"如行云流水,初无定质,但常行于所当行,止于所不可不止"①。袁宏道曾经强调,散文的优势在于"独抒性灵,不拘格套"。这些都是对散文"散漫"、"自由"这种艺术营构特征的精到概括。在散文文体解读中,我们可以发现,散文"散漫"、"自由"的表现形式虽然多种多样,但可从以下几个基本层面来进行把握和艺术分析。

一是弹性。所谓"弹性",是指散文笔墨洒脱不羁、变化多端、行文无拘无束、纵横捭阖,具有对于各种文体、各种语气兼容并包的高度适应能力和博大的"胸怀",具有强烈的系统论中的"开放"意识。这种"开放"就是所谓的"形散"特征。"开放"对于散文之"散",不是"散漫无章",也不是大悟式的升华的兜圈子,而是说散文没有定格和模式,它营构的是一种广阔的艺术空间、自由的艺术天地,追求和创造的是丰富多样,富有弹性和立体感的"形"。这种"形"除了不拘一格、纵横捭阖、伸缩自由、长短不一、或平行或交叉这些特征以外,还有一层含义,这就是以博大"胸怀"对各种文体的技巧兼容并包,只要意有所至,笔势所趋,往往不惜打破文体技巧的藩篱:借助于小说的意识流、诗歌的意象转换和音律节奏、电影的蒙太奇组接技法、戏剧的对话、绘画的色彩、音乐的旋律等,从而与其他文体形式相互渗透,孕育和创造出鲜活的,具有高层次价值的审美特征。散文家余光中在《焚鹤人·后记》中

---

① 〔宋〕苏轼:《自评文》。

曾经说：

> 我的散文，往往是诗的延长；我的论文也往往抒情而多意象。
>
> ……
>
> 其余三篇，散文不像散文，小说不像小说，身份非常可疑。颜元叔先生认为《伐桂的前夕》两皆不类，甚以为病。其实，不少交配种的水果，未见得就不可口吧……任何文体，皆因新作品的不断出现和新手法的不断试验，而不断修正其定义，初无一成不变的条文可循。与其要我写得像散文或是像小说，还不如让我写得像——自己。

余光中以他自己的散文艺术创作实践，说明了散文这种文体的弹性。就余光中的散文而言，在许多抒情写意的文字中，时常突然掺入写实的报道性文字，或穿插典故，引述神话、传说等。他乐于用现代诗的艺术来开拓散文的感情世界，现代的小说、电影、音乐、绘画、摄影等艺术，都无不促成散文作家观察事物的新感性。他的散文《丹佛城》，就是以这种文体创新精神，打破了那种"拈花惹草"式先写实、次想象、后升华的构思模式，即物——情——理的自我封闭的单维型散文格局，展现了"一片孤城"、"万仞石山"的新西域的阳关画卷，创构了一个瑰丽、宏阔、蓬勃而富有弹性的艺术审美空间。作品的笔墨驰骋，潇洒跳脱，从四百年前侠隐和阿拉帕火的武士纵马扬戈的场景，写到西班牙人、联邦的骑兵和汹涌的淘金潮。其中有奇异的对话，有象征、暗示性的描写，从广远的时空中捕捉和展现了一系列的意象：孤城、石山、风中摇头的白杨、凭空矗起的奥马哈……整段描写富有诗的艺术律动与节奏感。随即，作者又由"这件事，不想就不想，一想，就教人好生蹊跷"而展开笔墨，伸缩自如，驰骋挥洒。文章的语气变化多姿，拓展了一个奇瑰宏阔、幻化多姿,富有弹性和立体感的艺术景观。

　　读刘成章的散文《安塞腰鼓》,我们总是会在字里行间感受到一种生命激情的勃发和人生力量的振奋,而这种激越澎湃的感触都来自安塞腰鼓这种动态的艺术。在整个腰鼓表演的描写中,作者就是抓住了安塞腰鼓"动"的精髓,展现着它的动力和活力!在这一系列的动作里,安塞腰鼓变化着,演绎着,宣泄着,随心挥笔却震撼人心!如:"百十个腰鼓发出的沉重响声,碰撞在四野长着酸枣树的山崖上,山崖蓦然变成牛皮鼓面了。"一个形象的"牛皮鼓面"转眼间就将隆隆的鼓声立体化,仿佛这场面就在我们面前,仿佛这鼓声就在我们耳畔。而且,散文在语用组合内部还有句与句、段与段之间交错出现,在诗意和韵律美的结合中,在回环往复中加强着安塞腰鼓的声势,加深着观者的心灵感受,也表达着对安塞腰鼓、对黄土高原后生们的钦佩。再如:"愈捶愈烈!形体成了沉重而又纷飞的思绪!愈捶愈烈!思绪中不存任何隐秘!愈捶愈烈!痛苦和欢乐,生活和梦幻,摆脱和追求,都在这舞姿和鼓点中,交织!旋转!……"一连运用排比式段落,有如江河一泻千里不可遏止。四个"好一个安塞腰鼓",每一次的反复咏叹之中都有变化,每段都有新意,层层递进,直把情感步步推向高峰,传达出热烈的生命激情,营造出安塞腰鼓壮阔、豪放、火烈的舞蹈阵势,在连贯而富有弹性的语言表达中爆发出疾风骤雨的气势。总之,《安塞腰鼓》通过诗化的弹性语言,展现了宏大的场面、激昂的鼓点、强健的后生和奔放的动作,让我们在富有特色的弹性语言环境中获得奇特的画面感、强劲的情感体验以及语言本身美感的享受。这就是散文"弹性"的一种艺术表现。这种"散漫"、"自由"的弹性表现是"无形",而实则是一种更高层次的"有形",是于"无形"中求"有形"。这就是散文所追求的审美特征。

　　二是密度。所谓"密度"，是指散文在一定的篇幅或一定的语段内，增强信息的艺术容量，满足读者对美感要求的艺术分量。分量愈重，密度自然就会愈大。散文的这种密度，具体表现在文字的稠密度——全篇文无废句，句无废字，每个字都能发挥它的作用，达到字字珠玑的程度，以及意象的繁复和结构的完密，等等。意象的繁复并非是意象的随意堆叠，而是指它能组构复杂而灵动的意象群，表达丰厚的意蕴，足以引发读者广邈的联想和想象。结构的完密，是指通篇要有一个严谨的框架，或依定法严整排列，连锁全篇，或无定法而纵横开阖，激荡成文，其构置驱遣，匠心独运。

　　如颜元叔的散文《荷塘风起》，无论在语段上还是在篇章里，都有奇词、丽句和佳构可援。如作品中的这段描写："荷塘在西风里衰谢，冬天只见澹澹湖水，插出三五根倒折的荷枝，黑枯一如死鸡的脚爪。"又如："带刺的荷杆满富弹性，把肥大的荷叶拨回原处，依旧摊开胸怀，承受着天、云、雨、露和微风。"这些诗化的语言，构成了紧集的密度，它包含量大，联想性强，一句便叠合多层意象，似乎无字不能托带我们想象的翅膀。从整篇散文来看，不仅丽词佳句俯拾皆是，而且奇譬诡喻奔跳而来让你目不暇接。审视其"密度"，可说是一个奇妙的文字"方阵"。两千多字的篇幅似乎是由许多颗珠玑串成，而整个荷塘风起的相关景物风貌，则似乎被倒映在由文字拼成的明镜里。那充充盈盈的奇思妙想、美词佳句，让人感到满目琳琅欲摘而不知从何处下手。用余光中所称道的那种"左右逢源，五步一楼，十步一阁，步步莲花，字字珠玉，绝无冷场"的繁复散文风格来移解这篇散文是绝无夸张的。而且，作者在挥洒笔墨的过程中，屡用折笔，也是造成作品富有密度和韵味的一种手段。作者想象力广邈，形诸文章，真有千岩竞秀之观。总之,其文字稠密——达到字字珠玑的地步;其意象复杂——忠实于现代生活幻化多端、恍惚迷离的意象,丰富多彩;其意蕴丰盈——从纵面上增强了作品的厚度,从横面上扩展了内容的广度。余光中对那些"不到一 CC 思想竟兑上十加仑的文字"的散文很不以为然。他希望散文家们在创作时,当思想与文字相遇,每如撒盐于烛,会喷出七色的火花。这是强调散文所表现的审美意蕴不应是单层的、稀淡的,而应当给读者多维的审美体验,应当从各方面强化审美功能,从而提高散文文体的艺术分量。

三是节奏。要与时代生活的节奏同步,这是散文文体"开放"的一个非常强烈的意识。凡是好的散文,总是与时代生活保持着协调的节奏——不但讲究形式的节奏,而且讲究声音的节奏,从而使作品所展现的艺术审美空间更富有引人入胜的艺术魅力。过去,人们历来认为只有诗歌和韵文可与音乐合一,产生视觉与听觉上的节奏感和律动美;散文则只能成平面的艺术,没有什么节奏可言。其实,散文完全可以同时利用中国象形文字的形与声,创造出抑扬顿挫、跌宕起伏的艺术节奏,并以此来充分地把握所要抒发的心情意绪或感情激流。散文语言的声音之美,参差行文,旋律多变,自为佳美。散文是不循常规、舒卷自如的文体,它的语言如流水,自然流走,不拘形式,因而最具参差错落之美。散文的语调节奏美主要是指声调的抑扬顿挫、文句的长短整散、语流的疾徐曲直,以及它们的错杂相间、交相更替,使作品的声势呈现有规律的变化而构成的声音节奏。散文文体所呈现的语言风格无论是宏伟浩荡似江海,还是温婉柔美似潺潺流水,都具有自然、形象、流畅和洁净的美质。

散文文体讲究意境的隽永,但更讲究自然谐和的韵律美。优秀的散文家在行文运笔时,不仅力求字词选用的精准,在字句的安排上也颇费心思,力求使字音的抑扬、声调的铿锵、节律的参差、音节的长短、句式的变化呈现节奏之美。郁达夫的《故都的秋》里有这样一段文字:"江南,秋当然也是有的;但草木凋得慢,空气来得润,天的颜色显得淡,并且又时常多雨而少风;一个人夹在苏州上海杭州,或厦门香港广州的市民中间,浑浑沌沌地过去,只能感到一点点清凉,秋的味,秋的色,秋的意境与姿态,总看不饱,尝不透,玩赏不到十足。秋并不是名花,也不是美酒,那一种半开半醉的状态,在领略秋的过程上,是不合适的。"整段读来朗朗上口,听来婉转自然,让人感觉如圆荷落雨、碧盘滚珠。具体来看,作者巧妙搭配长句短句,长句舒缓流利,短句短促而严整。在散句中,插入经过精心组织的铺排句式,骈散相济,交错而行,或奇或偶,来构成音节的参差美。许多散文家还特别注重虚词的运用。虚词的恰当运用,所带来的忽急忽徐的语调会使语气摇曳悠扬,产生一种复杂多变的节奏美。显然,这篇散文语词的精准运用,不仅使静止的文字生出节奏韵味,而且使作者那种缓慢悠闲而略带慨叹的神情表露无遗。

余光中在《丹佛城》这篇散文中,也是熟用此法的,如其中的这一段精彩描写:"白。白。白。白外仍然是白仍然是不分郡界不分州界的无疵的白,那样六角的结晶体那样小心翼翼的精灵图案一英寸一英寸地接过去接成了千里的虚无什么也不是的美丽,而新的雪花如亿万张降落伞似的继续在降落,降落在落基山的蛋糕上那边教堂的钟楼上降落在人家电视的天线上最后降落在我没戴帽子的发上。当我冲上街去张开双臂几乎想大嚷一声结果只喃喃地说:'冬啊冬啊你真的来了我要抱一捧回去装在航空信封里寄给她一种温柔的思念美丽的求救信号说我已经成为山之囚后又成为雪之囚白色正将我围困。'"为了表现在落基山看到天公突然降雪时的喜悦心情,作者设计了这样一段读来令人上气不接下气的长句。其中有的长句长到一百多个字之间只用了一个冒号!而反之其中有的短句则又短到只有一个字。这种特长和特短的语句,将作者内心那种缠绵不尽而又澎湃激越的喜悦之情尽情地宣泄了出来。从句型上来看,这段文字巧妙地运用了标点,通过活用标点来控制节奏,使原来独立的句子连成长句,配合连绵的句意,给读者造成雪花掩盖一切的广阔感。这样,句型的长度和句意的稠密与景物的长度和广度织成了一幅奇瑰多姿的审美意象。它不仅能给人以丰富的艺术美感,而且能调动起读者的感情,使读者全心全意地进入一个美好的情感世界中。当然,如果语法学家来纠缠这段文字的语法,那无疑有许多问题可究,但这段文字极强的艺术表现力,给人以簇新的意象和那股能叩动人心灵的情感激流,却是令人叹为观止的。因此,是否可以这样说,文学创作只要到了这样一种艺术境界,什么语法规范不可以打破!因为这种对语法规范的越轨,从对作品节奏的创造来说,是有意义、有价值的。余光中说过:作者志在创新,学者责在研故;作者追求,而学者追认。"红杏枝头春意闹"的"闹"字,也是后来才追认的。只要不走乔伊斯四十几页无标点的极端,这种"越轨"未尝不可。快节奏的时代生活的表现和人们复杂的内心感情的表达,是需要这种不拘一格的创作技巧的。

三、散文文体的感觉性解读

优秀的散文家在创作中之所以能写出自己对自然、对生活、对社会、对人生的独到感悟,高扬主体的个性美,有一个重要的因素,就在于他们对自然、社会、生活有着细致入微的艺术观察和感觉性。

对这种艺术感觉性,在散文解读中要把握两个重要审美特征。

　　一是应首先明确散文的艺术感觉不是先验的、臆造的。作家只有在自然、社会和日常生活的环境里进行实际的观察与感受,才能"把听取灵魂的美丽的感觉放在我的灵魂里"。也就是说,散文的艺术感觉首先表现为作家独到的观察。只有具备独到的观察才能驰骋作家的艺术想象,才能在笔下捕捉到表现审美情感的意象。艺术感觉之所以永不重复和雷同,就是因为艺术家观察的永不雷同和独有的精微。正如画家亨利·马蒂斯所说,对于艺术家没有比画一朵玫瑰更困难的事,因为他必须忘掉在他以前所画的一切玫瑰才能创造。散文的艺术感觉同样首先表现为独到的观察,发现别人所感知不到的东西。生动的、特异的、美妙的艺术感觉就是在独到的观察中生成的。

　　如朱自清的散文《白水漈》中的描写:"白光嬗为飞烟,已是影子;有时连影子也不见。有时微风过来,用纤手挽着那影子,它便袅袅的形成了一个软弧:但她的手才松,它又像橡皮带儿似的,立刻伏伏贴贴的缩回来了。我所以猜疑,或者另有双不可知的巧手,要将这些影子织成一个幻网。——微风想夺了她的,她怎么肯呢?"朱自清在这里观察瀑布,能够细致而又准确地抓住她的特点:一是她的"薄"与"细"。水不是飞"流",而是只有"影子"的飞"烟"。甚至有时连影子也看不到,足见这个瀑布既薄且细。二是她的"悬"与"弱"。她不是依石飞下,而是悬飘空中,因为薄、细和悬空,所以没有大瀑布飞流直下的气势和力量,微风即可将她挽成"软弧",可见她的娇弱无力。三是她的诱人的"美"。风吹她成"软弧",风止她又伏伏贴贴缩为原状,使人联想是两个美人在争夺这段飘逸的绸带:风姑娘用"纤手"挽住她,想把她带往高远的空中去;另一位神奇的姑娘想用一双"巧手"把她织成一张幻网,让她"伏伏贴贴"听从摆弄。作家面对着这个小小的瀑布,左看右看,上看下看,远看近看,动看静看,似乎确实用"显微镜"在透视着她,把握住她的特征,辨出她的奇异的"滋味"。这使作家启迪了艺术思维,获得了美妙的想象和美妙的艺术感觉——白水漈向他展示了诱惑他的魅力,展现了一幅充满美感和生命气息的画图:两位美人正在你争我夺一段飘带……于是作家获得这篇艺术散文的创作契机和奇特的灵感。

可以看出,朱自清细致的观察里同时有着思维活动的介入。他既在直观中敏锐地把握事物的属性特征,又在直观中同时开始了创造意识的思维,由逼真的常态演化到失真的变异,由思辨的属性特征嬗变为附丽情思的意象。因此,在细腻的生理感受与独特的心理感受的对应、叠合中,唤起并捕捉到他殊异的艺术感觉。这种艺术感觉伴随着主观的审美意识,是有审美主体精神生活和审美经验的参与的。就朱自清一些以自然风景为题材的散文来说,他往往以审视美丽女人的情趣去感受和描述它们。我们例述的《白水漈》就是如此,《荷塘月色》中也是把"荷"当成古代仕女来描写,甚至直呼"荷"是刚出浴的美人,而《绿》中则是把梅雨潭的"绿"称为"女儿绿"。显然,这些美丽动人的艺术感觉,就是有了作家主体审美经验的参与而生成的。

二是要注意把握散文艺术感觉的综合反映,即所谓的通感,也叫作"感觉的复合"。在艺术创作中,作家为反映生活,总是要充分运用人的五官特殊功能,从多角度、多层面感知事物,从而达到综合感受的目的。在文体解读中,我们解读一首诗、一幅画的时候,往往不只是某一种感官功能的单一活动,而是多种感官的多功能的活动。解读心理活动本身就是多成分、多层次的综合意识活动。如我们常常赞誉某些艺术形象是"栩栩如生"、"跃然纸上"、"如闻其声"、"如临其境"等,这都表明艺术作品本身及其给人的解读感受的多功能性,是视觉、听觉、味觉、嗅觉、触觉的综合产物。凡是高明的散文作家,在描绘客观形象、抒发主观情感时,都常常把各种感官活动调动起来,把各种信息和内心融合。通过主观精神活动进行艺术创造而成为艺术意境之后,它就不再是各感官的单一感觉,而是一种综合的艺术感受,具有多重性的艺术感染力。

余光中的《听听那冷雨》,在充分发挥各种感官功能的同时,还善于对感情和景物作气氛的渲染,增强了读者在解读过程中的主观感受力。例如:"雨是一种回忆的音乐,听听那冷雨,回忆江南的雨下得满地是江湖下在桥上和船上,也下在四川在秧田和蛙塘,下肥了嘉陵江下湿了布谷咕咕的啼声。"这里的"湿"本是诉诸触觉的,布谷的啼声是诉诸听觉的,但作者运用转位法的审美通感,别出心裁地写雨湿了布谷的啼声。这种转位通感的妙用,深曲传情,可谓通感技法的奇创之笔,写出了奇异之趣,别开新境,曲尽其致地表现了作者在雨中回忆江南、思念家乡却又归不得的内心缠绵悱恻的感受,富有朦胧之美及美感的深层性。可见,把握散文艺术感觉的这种综合反映,有助于揭示作品的深层境界,领悟作品艺术表现的奥秘。

在散文感觉性解读中,也要重视把握散文意象的灵动性。凡是优秀的散文作品,往往在典型意象中包蕴着作家的主观精神,以其独到的艺术感觉,抒写对大自然的感悟,昭示复杂的心理奥区,窥视到一些具有丰富内涵的心灵意象,特别是写景、纪游的散文作品,无不都是一系列灵动的意象与作家心灵声息的艺术融合体。如余光中的《沙田山居》,这篇散文以多彩的笔墨,勾画了"沙田山居"的景致。这景致富有灵性,作者心灵的声息融贯其中,它就是一系列灵动的意象与作者心灵声息的艺术融合体。作品对景物的描绘，可谓挥洒自如，变幻迷离，错落有致，生动地勾画了山的青郁、海的碧澄，山连着海、海拥着山的奇景："秋晴的日子，透明的蓝光里，也还有一层轻轻的海气，疑幻疑真，像开着一面玄奥的迷镜，照镜的不是人，是神。海与山绸缪在一起，分不出是海侵入了山间，还是山诱俘了海水，只见海把山围成了一角角的半岛，山呢，把海围成了一汪汪的海湾。……起风的日子，海吹成了千亩蓝田，无数的百合此开彼落。到了夜深，所有的山影黑沉沉都睡去，远远近近，零零落落的灯全睡去，只留下一阵阵的潮声起伏，永恒的鼾息。"这是梦一般的奇幻、诗一般的旖旎，是自然景象在作者心中留下的映像，也是作者心中的天风海韵赋予了自然景象以生命。显然，由于作者把自己心灵的声息融汇其中，使客观和主观水乳交融地契合，才有了这样的浸润心腑的艺术美感的流动。我们解读到这里，不仅感受到作者心灵声息的流动奔涌，而且在诗情理趣和情词丽句中得到一种愉悦享受，使人在恬淡之中感受到鲜活的生机的召唤。这种艺术效果，显然是与作者把灵动的意象和心灵的声息融为一体，从而构成深远而浓郁的艺术境界分不开的。

在解读中，对散文意象的这种艺术表现特征，我们要注重从两个方面来进行阐释。

一是要注意从表现技法上来阐释。散文同诗的意象一样是"心灵之声"，它的所有的内容都是心灵本身，是单纯的主体性格，重点不在当前的对象，而是发生情感的灵魂。如张秀亚的散文名篇《风雨中》，作者采取"移情入境"的艺术技法，通过对引起感觉的雨中景物注入自己的思想与情感，使之成为"人化的自然"，准确和谐地表达了作者自我的感受与内心情绪。如描述大雨来临前的蔷薇花,写它"自昨天开放后,一直在低垂着头,此刻,似是深感到这低气压,它忽然起了无言的抗拒。我看见它突的一抖动,撒落了一地残瓣,像是点点的红蜡泪,就如此结束了它短暂的地上行旅,在这早凋之中,我似乎读到了一曲生命的悲歌"。这种意象描写既细致鲜明地勾画出了蔷薇花的形貌情姿,又赋予了它人的性灵,使之人格化,分明注入了作者的内心情绪,透露着作者自我感觉中的独特情感,使读者不仅可以从中窥视到作者的心态,触摸到心灵律动的脉搏,而且得到了人生真义的启示。

　　二是要注意意象组合艺术的阐释。好的散文同诗一样,处处可寻灵动的美丽的意象。散文在意象的组合上,一般都注重密度和厚度,注重"空间"的艺术营造,使一系列散乱纷呈的意象按照一定的审美规则,在一种整体内驱力的作用下进行直接的或间接的组合与转换,从而构成寥廓迷离、超越时空的艺术画面。散文意象的组合有各种各样的表现形式,有的意象组合是按照某种外在的、可感的顺序或联系进行有层次有步骤的更迭与转换,它不排斥意象的跳跃、叠加、交叉,但这些意象跳跃、叠加、交叉的过程中可以找出一条明确的轨迹来,也就是说,这种组合是一种逻辑的组合。看似散乱,实则也有一条明确的轨迹,它们的跳跃、叠加、交叉、更迭是有层次、有步骤、有内在联系的。这就是以某个意象为始发点向外发散、辐射,从而派生出一系列意象,构成一幅富有整体感的生动图景。此外,也有的散文意象在各种感觉中产生,每一个意象都是由感觉而来,并在感觉中向四周扩散,而散点式地转换出纷繁的意象群,从而构成异常空灵的艺术境界和开阔而深邃的艺术空间。

　　有人说,把现代电影蒙太奇的手法引入散文作品,造成散文意象的撞击和迅速转换,可以激发读者的想象力来填补大幅度跳跃留下的艺术空白。是的,不少散文采用的就是蒙太奇的剪辑和组合方法,因而使意象的转换极为灵活、迅速,诗意流动、活跃,读者可以不时地受着美的突然刺激,心灵时时受到力的震颤。如杨牧《绿湖的风暴》这篇散文的收尾写道:"让我静下来俯视自己,离开了无名的绿色湖泊,离开了照亮自己的心灵的水涯,拾野菜的日子,捡稻穗的日子,摘橄榄的日子,捕麻雀的日子。漫天的蜻蜓在荆棘林上飞旋,果园,酒店,宗祠——我看见那村庄,线装书里的村庄,陆游的村庄,我坐在菊花畦前,仿佛看到那索然探头的就是沉疴不愈的你。"如果不用心灵去体验,还会觉得这是一种神经错乱的语言,其实这正是作者美的意识的觉醒,是作者潜意识和瞬间感受的获得,往往能与读者的心灵发生共振,唤醒人们内心深处隐秘的东西。散文的意象是这样跳跃着出现,使作品的内在生命山峦起伏般跃动,这种力的曲线,给读者带来了诱人的艺术魅力。

(原载《语文建设》2016年第1期,人大复印报刊
资料《初中语文教与学》2016年第4期转载)

诗歌"载情"与"造言"二维解读

众所熟知,诗歌是"一切艺术中最崇高、最完美的艺术形式"。我国古文论中对诗歌有不少阐述,其中多以"情志"论为主。如刘勰在《文心雕龙·明诗》中指出:"人禀七情,应物斯感,感物吟志,莫非自然。"这就是说,诗歌是客观外物所触发的主体情感的表现,是主观与客观、理性与情感、内容与形式的结晶,是情与景、意与象、心与物的同构融注。古代文论家指出,诗歌的这种本体构成美质,根本上是通过精湛、高超的"造言"艺术表现出来的。在诗歌文体解读中,只有把握诗歌"载情"与"造言"的营构特征,才能把握诗歌与其他文体不同的独异性。实际上,对诗歌"载情"与"造言"二个维度的解读,是诗歌文体解读的有效路径。

一、载情解读:内心情感的艺术外化

由于诗歌文体是表现诗人审美理想与激情的艺术形式,是诗人触物起兴,以感情形象为载体,表现主体的也是社会群体本质力量美的语言艺术,所以它具有一个基本艺术特征,就是"载情性"。白居易说:"诗者,根情,苗言,华声,实义。"①别林斯基说:

————————————

① 〔唐〕白居易:《与元九书》。

"感情是诗歌天性的最主要动力之一,没有感情,就没有诗人,也没有诗。"①现代诗人郭沫若也曾指出,"诗的本质在抒情","诗是情绪的直泻","诗人是感情的宠儿"。② 这些论述从诗的产生和生存价值上,揭示了诗"载情"的本质规律,充分说明"载情性"是诗歌文体艺术创构的根本特征。如果没有感情,就如江河没有水,大气中没有氧,人没有血液一样,诗的艺术生命就会停止,就会成为无源之水、无本之木,没有存在的价值和意义。在诗歌文体解读中我们可以发现,凡是优秀的诗作,都是"情动于中而形于言"的产物,是诗人内心情感的一种艺术外化。

诗是在感情的大地上生成的,是以诗人的感情为主要因素构成的,是诗人感情的艺术化表现,即化无形、抽象的感情为形象化的具象物,通过这种形象化的具象物,来表达内心的感情,使感情可以看得见、摸得着,具有可感性。这种化无形的感情为有形的具象的艺术化表现,就是诗歌艺术创构的根本所在。那些富有艺术感染力和艺术生命力的诗作,都无不是这种艺术创构的产物。宋代女词人李清照有一著名的词句"莫道不消魂,帘卷西风,人比黄花瘦",千百年来,人们都异口同声地赞誉这句写得"绝佳",那么,它绝佳在哪里呢? 很显然,它绝就绝在词人化苦思丈夫的无形感情为有形的"黄花瘦"这个具象物,以"情化的自然物"写尽了因日思夜盼阔别久离的丈夫而花容憔悴、玉肌消瘦的情态风韵。再如"愁"本来是无形的,可是李白把他"浓重的愁思",化为"白发

---

① 〔俄〕别列金娜选辑,梁真译:《别林斯基论文学》,新文艺出版社1958年版,第176页。

② 郭沫若:《论诗三札》,见杨匡汉、刘福春编:《中国现代诗论》上编,花城出版社1985年版,第51页。

三千丈"这个有形的、伸手可以摸得着的具象物,成为人们传诵不衰的名句。显而易见,诗就是诗人感情的艺术化表现,就是化无形为有形,化抽象为具象,把感情形象化。文体解读的实践告诉我们,诗歌文体中的一切景物形象,都是感情的产物、感情的载体,是诗人感情的艺术化表现。因此,感情是诗的本体生成与构成的主要因素,诗的美,实质上就是一种诗情的美,"载情性"是诗歌文体艺术创构的基本特征。对这一特征,在诗歌文体解读中可以从两个方面来把握。

(一)诗情之美的基本品格

诗是真情的艺术,是诗人内心情感的一种宣泄,没有真情的诗是没有感染力、生命力和美学价值的,所以,真实性是诗情之美的一种基本品格。凡是感染人的好诗,都是一种心灵的歌,是诗人从内心宣泄出来的一种激情,是以真情的感染力、震撼力、冲击力和穿透力,来打动读者、征服读者的。所以,有没有真情,是不是真情,是诗歌文体解读中进行诗情分析、把握载情性特征的一个基本准则。

在诗歌文体解读中要判断诗的感情是否具有真实性,首先要看诗人所抒之情是不是生活中体验过并为之激动过的感情,即是不是生活情感体验的艺术化表现。如果没有生活的情感体验为基础,就很难写出真情。凡是富有真情的好诗,都无不是以生活的情感体验为基础而进行的艺术创造。正如有的专家所说,没有这个特点就没有真正的诗歌,这个特点就是灵感的真实性。这种以生活的情感体验为基础,艺术化地表现生活真情的诗作,可以举出不少例子。请看台湾诗人夏宇的诗《甜蜜的复仇》:"把你的影子加点盐/腌起来/风干/老的时候/下酒。"这首诗乍看起来有点怪异,因为诗中的女主人公要把她年轻丈夫的影子加点盐腌起来风干,到老的时候用来下酒,似乎有点不可思议。但是,用艺术化的眼光,从生活的情感体验出发来解读这首诗,就会感到它怪异的表象背后,饱含着一种苦于"离多会少"的感情辛酸,充溢着女主人公对丈夫的一腔炽热真情。如果说宋代词人苏轼的《江城子(十年生死两茫茫)》,是作者以生活情感体验的相思之泪所谱写的怀念亡妻的情歌,那么,这首诗则是以生活体验的生命激情,表达了女诗人在离别的生活之中对她丈夫苦苦思念的心声。就感情表达的真挚程度来说,女诗人夏宇比苏轼有过之而无不及。苏轼只是把亡妻当作活人来写,而夏宇则是要把活人腌起来,让丈夫的形象永不消失,永葆青春。作为妻子的女主人公,之所以有这样的奇想,写出这样饱含浓烈辛酸的诗作,就是因为她在生活中有感于她和年轻丈夫的经常离别。丈夫留给她的只是一个英俊潇洒的影子,她很少见到丈夫的实体形象。这种离别的生活之苦,离别的生活寂寞,离别之中逐渐衰老,失去青春的隐痛,促使女诗人异想天开,要把丈夫年轻的影子腌起来风干,即将年轻丈夫的英俊形象凝固起来,保留下来,以便到老了的时候,在生活的回忆中借以弥补一生夫妻离多会少的损失和遗憾,所以,诗人称之为"甜蜜的复仇"。这种甜蜜的复仇,实际上是在离别之中思念丈夫的一种感情辛酸。这种奇特的异想虽然有点荒诞,但它深刻地表现了女诗人在离别之中对丈夫的一种真情。这种荒诞说明女诗人思念之极,在思念发展到极端的情况下,才能有这种异想天开。因此,这种描写越荒诞,越能深刻地揭示女诗人在离别之中思念丈夫的辛酸和苦痛。实际上这是以荒诞来写真情的艺术创造。那么,这首诗为什么能够以如此的意象来表现这样感人的真情呢? 显然,就是因为它是从生活的情感体验出发的,表达的是一种诗人生活中体验过并为之激动过的感情。可见,诗的真情是诗人生活情感体验的艺术化表现。诗的感情是不是诗人的生活情感体验,是判断诗的情感是否具有真实性的基本标准。

其次,诗的情感表达往往是复杂的,判断诗的感情是否具有真实性,也应当结合诗中所展现的生活情境来分析,即通过生活情境的真实来把握诗的感情真实。尤其有些诗作的感情就是通过具体的生活情境来表现的。因此,把握生活情境的真实,就可以揭示诗人感情的真实。如傅天琳的《秋雨声声》,运用艺术交错的笔法,把"窗外的雨声"和"窗内的语声"叠合起来,使自然与人同构幻化,浑然融为一体,逼真地展开了一种意趣盎然的生活情境,给人以真实的生活感受。首先,诗人用"淅淅沥沥"和"叽叽咕咕"的叠语,来写声态感觉;随即由窗外的树、花和小溪,写到窗内的人的笑、吻和眼睛,从而揭示了这幅生活画面中人、物的情态风韵;然后写雨声和语声融合的梦,把天边的霞光化为女主人公脸上的红晕,虚实相生。这是以美丽的梦境来写生活情境,揭示生活情境的美。由于诗人在写窗外时,又着笔于窗内,写窗内的笑、吻和眼睛,又融合着窗外的树、花和小溪,所以,把窗内和窗外、雨声和人声、自然景物和人的情感幻化为一体,使之展示的生活情境有声有色,生趣洋溢。很显然,这种生活情境,以自然的美来显示人的美,融注着诗人对生活所追求的一种纯挚真情。也就是说,这首诗通过表现艺术化的生活情境揭示了一种美好的生活真情。在解读中透过这种生活情境的真实,就可以揭示诗人感情的真实,把握诗情的真实性。

需要强调指出的是,诗情的真实作为艺术真实的一种特殊形式,在诗歌文体解读中对它的理解不可过于拘泥和机械化。据说19世纪英国作家斯蒂芬森去见一座海岛的酋长,这位酋长是一位诗人。在谈话中斯蒂芬森问他的诗的内容是什么，这位酋长便回答说："情人和海，情人和海，你要知道，不是完全真的，也不是完全假的。"斯蒂芬森以为这是对一切诗的公正的解释。细加品味，我们就会感觉到老酋长的话是颇有道理的。"不是完全真的"，就是说诗不是客观生活现象的自然照搬；"不是完全假的"，是说诗所写的内容有一定的生活经验为依据。因此，在解读中对诗情的真实性的理解，我们必须要以艺术的眼光，不能拘泥于客观生活现象的真实，不能把艺术的真实作生活的真实来认识。如果见到李白的"黄河之水天上来"就以为黄河之源真的在"天上"，见到杜甫的"霜皮溜雨四十围，黛色参天二千尺"就批评杜甫把古柏写得太细长，那么，就使诗歌艺术解读化为自然主义的机械分析。我们应当采取的正确分析方法是，要以诗的艺术眼光，站在诗人的位置上，衡情度理，看他的感情是否自然而真实，看他能否敞开心灵，写真情，抒挚情。诗情的真实，不在于认知的"真"，而在于表情的"真"，在于诗人忠实于心灵的高度坦诚，表现自己的内心世界。

（二）典型情感的艺术表现

通过以上的阐述可见，诗是真实情感的艺术化表现。富有冲动性的真实情感，不但是诗的摇篮，诗的创作的催化剂，而且是诗的源泉、诗的生命——真情孕育了诗本身，没有真情就没有诗。但是，诗虽然是真实情感的艺术外化，却不是任何真实感情都能够外化为诗。世界上的客观事物都是真实的，可这些真实的事物并不都能成为诗。现代诗人胡适曾提倡诗歌要写有生活的情感体验为基础的真情，认为"做梦尚且要经验做底子，何况作诗？现在人的大毛病，就是爱作没有经验做底子的诗"，并把这种理论付诸创作实践。如他的《三溪路上大雪里一个红叶》,写诗人在冬天的雪地里,见到一片红叶,"心里很欢喜",这种欢喜之情可能是真实感情,却引不起读者的情感共鸣,使人读了之后感到无聊。也就是说,尽管他写的是真实的情感,却不能成为真正的好诗。为什么写了真实的情感却没有成为真正的诗,这很令人深思。亚里士多德曾说过,诗比历史更富于哲学意味,更受到严肃的对待,因为诗所描述的事带有普遍性,历史则叙述个别的事。狄德罗也说过一句很深刻的话:一切都是真实的,但不是一切都是美的。可见,诗是灵魂和智慧的艺术闪光,不是游戏人生的玩具。那种有感于身边琐屑、柴米油盐而产生的没有美学价值、没有思想闪光的情感,虽然真实,却化不成诗,本质上与诗无缘。诗更不是恶作剧,鲁迅认为世间实在还有写不进小说里的人,我们认为写不进诗里去的情感当更多。因为诗的情感应当是一种典型化的情感,它不仅是真实的,还必须是具有美学价值的情感,必须是闪耀思想光辉的情感,舍此不能步入诗的殿堂。如上面提到的胡适的诗,谁也不能否认它所表现的"喜欢之情"的真实性,但是,我们完全有理由和依据责备它缺乏典型性、缺乏美学价值,是平庸的而不是闪光的情感。美在典型,只有典型情感艺术外化为诗,才能具有高层次的审美价值。正如有人所说,真正的诗,是典型情感的结晶体。

　　那么,何为典型情感?简言之,就是既具有独特的情感个性,又具有鲜明的情感共性,是个性与共性的统一、独特性与普遍性的统一,其情感共性表现为社会生活的群体抽象,情感个性表现为诗人的个体具象。凡是诗的典型情感的构成——在其情感个性的鲜明表现中,都蕴含着人的共性的心理情绪,凝聚着能够沟通人们深层心理、触动人们内心情感的人生真谛。它能够超越时代的、阶层的、空间的限制，引发人们的情感共鸣，具有透入人的共性心理深潭的超越品格。《长恨歌》写皇帝与贵妃不无荒淫的婚姻悲剧，与一般老百姓牵扯不上。然而，为什么偏偏打动了那么多人的心，不但当时"童子解吟长恨曲"，家喻户晓，而且在今天仍然富有艺术感染力？原因就在于诗人在处理这一题材时融进了人类爱情婚姻上的共性心理情感，从而写出了一种典型的情绪，这就是"但教心似金钿坚，天上人间会相见"的爱之执着和"天长地久有时尽，此恨绵绵无绝期"的无穷憾恨。又如南唐后主李煜的词作，这个亡国之君的哀鸣为什么一直能引起历代人的共鸣？按说这个荒淫的亡国之君的哀鸣只会得到后代的唾弃，然而历史终于给了它一个不算低的位置。于是便有形式、内容两方面的解释，即后主词有着高超的艺术技巧，表现了民族矛盾、民族情感，可以说后主词写出了一个良知尚未泯灭的人在那个特定的环境中所必然具有的思想情感。事实上，正是这后者最终决定了李后主词作永恒的艺术魅力。作为一个封建君主，平时是不大可能以一个普通人的姿态行事的，作为人的良知就会掩盖在君主的权杖之下而难得流露，只有在国破家亡，沦为异族俘虏的特定环境中才融入具体情事中流露出来：对今日奴隶地位的切肤之痛，对往日欢娱的血泪追忆，对来日人生的深深绝望，对造成这一切的当初行为追之莫及的悔恨。这一切，是一个尚未丧失良知的人在那个环境中所必然具有的感情，是深深扎根于人的深层心理结构中的感情，而且是一种平时不显露，唯此时才能表现的处于极致状态的感情。所以它才那样深切动人，几乎唤醒了"每一个人灵魂里的诗的感情"。古人云："唯其字字从肺腑流出，方可字字从肺腑流入。"肺腑者，人的深层心理情感结构也。诗的典型情感的品格特征及其艺术冲击力的奥秘就在于此。

　　为在诗歌文体解读中正确认识和深入把握诗的典型情感的这种品格特征,探究其生成与构成的艺术规律,我们不妨再一读晏殊的《浣溪沙》:

　　　　一曲新词酒一杯,去年天气旧亭台。夕阳西下几时回?
无可奈何花落去,似曾相识燕归来。小园香径独徘徊。

　　晏殊是北宋时期的太平宰相,他一生荣华富贵,所以,他的词作主要是咏风月、写闲愁。这首词就是写他在黄昏时分,手持一杯酒,听着家姬唱的新词,感叹着花开花落、时光易逝而产生的惆怅和伤感。对这种喝老酒、听新词所产生的伤感和惆怅之情,说来普通的人们好像无法体会,更谈不上情感的共鸣,然而,千百年来这首词却盛传不衰,显示了它旺盛的永久的艺术生命力。那么,其奥秘何在? 我们认为就在于它表现的不是平庸的一般性伤感和惆怅,而是一种伤感于美好时光流逝,惆怅于世事如烟、物是人非,蕴含着人生真谛,能够触动人们深层心理的典型情感。稍加品味可见,"无可奈何花落去,似曾相识燕归来",是这首词的精华所在,它的感情容量大,概括力强。在自然界,春去秋来,花开花落,完全是不以人的意志为转移的宇宙规律。花,象征着美好的事物,"花落去"可以指逝去的青春、失却的童心,也可以是指一种大势已去、无法逆转的命运。在人们不能掌握自己命运的时代,不如人意的事太多,所以,这句词会诱发人们对往事和经历的联想,感叹人生之无常、生命之短促。而"似曾相识燕归来"着笔的虽然是燕子,但是,活跃在一定空间的人不是也会有如燕子般翩然归来重访旧地的生活经验吗? 在那一瞬间,人们不是会感到一切是那么熟悉又那么陌生,因而产生事过境迁、物是人非的无限感触吗? 可见这首词所表现的伤感惆怅之情,不是那种强烈的喜怒哀乐的体验,而是一种莫名的失落的伤感。如果说狂怒是一声雷霆，那么这首词表现的伤感则是一阵轻风；如果说悲哀是一片阴霾，那么这首词所表现的惆怅则是一丝浮云。也就是说，这首词所表现的情感，是一种个性化的情感，它揭示了诗人独特的心理内容。而诗人的这种个性化情感中，又包容着一种人们普遍的情感体验：时光如流，生命悄悄耗散，人生的美好时日会在恍惚之中匆匆逝去。这种感叹人生短暂、时光如流的情感，是人类共有的一种深层心理。在古代社会，小生产者的时间是富有的，特别是生活在水深火热之中的人们，悲的是打发不完的岁月，他们"夏日长抱饥，寒夜无被眠"（陶渊明），时光难挨的感受，压倒了年华流逝的遗憾！但另一方面，人们在艰难地跋涉过了大段人生旅程之后，回首往事，又会产生"人生短促"的感慨，有时也难免要叹息"花有重开日，人无再少年"，花落燕归，草木零落，会使人强烈地意识到时光的流逝。人作为一定时空的存在物，对时空的敏感乃是人类的一种普遍现象。就说现在，生活水平日益提高，使人们更加眷恋生命；生活节奏的加快，知识门类的增多，使人们更加感到时间的宝贵，对于晏殊所揭示的情感更容易产生强烈的共鸣。因此，这首词虽然反映的是晏殊富贵闲人的"闲愁"，但是它对于宇宙人生的沉思更符合当今人们的普遍心理，也能触动当今人们的心灵。显然，这就是一种超越时代的、空间的典型情感。

　　从各种文体解读的角度来看，文学作品既是具体的，又是抽象的。对于作者，它所表现的情感内容是一种观念形态；对于读者，它所描写的感情又是超意识形态的抽象形式，具有符号性的特征。因此，在解读者眼里，文学作品是一个象征符号，是一个艺术空筐，可以借来寄托自己的情怀。晏殊的这首词，正是这样一个容量很大的"艺术空筐"。在人生的旅途上，人们经常会产生

"无可奈何"的不由自主的心态,会陷入"似曾相识"依稀梦中的境界;人世间有多少失意,又有多少惆怅?每当这种时刻,晏殊的词往往就会激起人们强烈的情感共鸣。

当然,对一首词应当整体地去把握和感受,不能孤立地抽出一句去理解和阐释。一些古典诗词名句都是因为整体的审美意境才获得生命力的。同样,这首词如果没有上阕"一曲新词酒一杯,去年天气旧亭台。夕阳西下几时回"的描写,就不可能获得巨大的审美功能。你看:天气还是去年的天气,亭台还是旧日的亭台,然而时光就在这相同的季节、相同的地点中悄悄地流逝了。"时间就是生命",我们的古人已对时间这个概念有了哲学意义上的认识。世上万物,唯独"时间"这种特殊的物质,不能聚敛,不能保藏,它是失而不复的。所以,孔子站在河边,面对滚滚东流的河水慨叹:"逝者如斯夫!"是啊,时光在匆匆地流逝,青春在悄悄地蒸发,生命在默默地耗散,还能听几回新词、喝几年老酒呢?晏殊词常流露出一种富贵气,他自己也很得意地说:"穷儿家有这景致也无?"但是,唯独上天平等赐予的时间,他是无由增添和无法用暴力夺取的,所以眼看落日西下,他心中不免产生无边的惆怅和人生伤感。在不发达的古代社会,人们是以昼夜的转换、四季的更替为节奏的,以花鸟等自然物为时序标志的,晏殊的这种感叹正是时间如流、世事如烟的惆怅!总而言之,晏殊的这首词之所以能够感染历代读者,其主要原因,就在于诗人在其个性情感的表现中,包容着人们普遍存在的情感体验,使之构成了能够引发人们情感共鸣的典型情感。可见,典型性是诗的情感的生命,也是诗的生命,没有典型的情感就没有好诗可言。因此,典型性是解读中进行诗情分析的一个重要标准。

二、造言解读：潜在信息的艺术开掘

造言，即营造语言，用词造句构篇。诗歌是最为凝练而富有表现力的语言，是一切文学语言中最纯粹、最具有艺术魅力的语言。就文学语言功能来看，散文语言好比是随性散步，而诗歌的语言则好比是仪态万方的舞蹈，周身上下都表露着一种迷人的风韵。它是诗人心灵的琴键，洋溢的是灵魂灌注、想象飞动的诗性意识，具有自己别有的审美特质和独立的审美功能。古人说："创意造言，皆不相师。"①在诗歌解读中不难发现，有些本来很平常、极普通的词汇，在诗人的笔下，便能顿时生辉，使之新意层出，妙趣横生，创造出奇妙深远的艺术意境，就像一克铀能产生巨大的能量一样。如"红杏枝头春意闹"的"闹"、"云破月来花弄影"的"弄"，本来是平常的字，但它们却化为"一篇之神气"，尽洒一篇之风流。所以，诗歌语用的"每一个字都是无底的深渊"，具有不可描述和不可穷尽的意蕴之美。因此，把握诗歌"造言"的审美特质和独特的审美功能，揭示诗歌"造言"所别有的语用表现力，也是语文教学诗歌解读的一个重要方面。在这里，我们就诗歌解读中"造言"解读所要把握的重点问题，做一探讨。

（一）表层语义与深层语义

诗的语言不同于小说、散文的语言，它所包容的信息不是直接地宣泄于语汇表象，而是蕴含在语汇的深层结构中。也就是说，它除了表层语义之外，还具有丰富的深层语义。表层语义和

---

① 〔唐〕李翱：《答朱载言书》。

语言符号是一种对应关系,明了确定;而深层语义是潜在的、运动的,是不确定的,它随着语境、情感氛围和文化结构的变化而变化。它有时是表层语义的相似义、延伸义,有时是表层语义的相反义、象征义。如唐朱庆余的《宫词》:"寂寂花时闭院门,美人相并立琼轩。含情欲说宫中事,鹦鹉前头不敢言。"诗人不直写宫中黑暗、宫女痛苦,只写不敢在会学舌的鹦鹉面前说话,表现出宫廷生活对人性的压迫和否定。又如刘禹锡的《乌衣巷》:"朱雀桥边野草花,乌衣巷口夕阳斜。旧时王谢堂前燕,飞入寻常百姓家。"诗人也不直写人世的沧桑,宦海的沉浮,而以燕子更换主人来暗示世事的盛衰和变迁。这两首诗的表层语义和深层语义都是连带关系,意义的延伸都是朝着同一个方向进行的。

　　诗歌的语言最讲究的是"言尽而意不尽",即所谓"言外之意"、"韵外之味"、"弦外之音",正同李重华在《贞一斋诗话》中所说:"有言下未尝毕露,其情则已跃然者。"如晚唐雍陶的《天津桥春望》:"津桥春水浸红霞,烟柳风丝拂岸斜。翠辇不来金殿闭,宫莺衔出上阳花。"从表层语义上看,这首诗不过是写春望上阳宫的所见:津桥春水荡漾,浸染着斑斓的红霞;绿柳如烟,春风驰荡,吹拂着柳丝柔枝,外观景象是优美的。三、四两句所描述的"宫莺衔出上阳花",也似乎是客观的描写。但是,在表层语义中潜含着深层的意蕴,"翠辇不来金殿闭"显然是在暗示:唐高宗来洛阳,建上阳宫,武后定洛阳为神都,玄宗五至洛阳,往昔的洛阳、上阳宫何等繁华壮观。而眼前,翠辇不来,金殿紧锁,宫莺耐不住冷寂,飞出宫外,寻觅春光。诗的寂寥感完全寄寓于意象之中,而这种寂寥感有着深厚的历史内容,显示着对唐帝国衰落的感受情绪。因此,天津桥所望的上阳宫就不是一般的审美意象,而是历史兴衰的象征。它体现了晚唐时期所共有的历史现象,折射出这一时期诗人感受历史衰落所共有的心理。可见诗的语言所包含的深层语义表现的方式愈隐蔽,作品的审美容量愈大,回味力、引发力愈强。

一般来说,小说、散文语言的意义是被语言符号所表达、所固定的,而诗歌语言的意义则往往是打破语言符号的限定性,使深层语义信息得以最充分地释放。对小说、散文的语言来说,读者不难找到语言符号和意义之间固定的对应和指称关系,而对于诗歌的语言,语言符号不过是在读者心灵中开向意义交响和衍生的窗户,是跃入庞大的时空中去活动的阶梯。正如有的诗家所说,诗不是锁在文句之内,而是进出历史空间里的一种交谈。它包容量大,凝练精粹,富有弹性,往往以一当十,以少总多,在微尘中显大千,在单纯中见丰富。黑格尔曾经说,适合于诗的对象是精神的无限领域。它所用的语言这种弹性最大的材料(媒介)也是直接属于精神的,是最有能力掌握精神的旨趣与活动,并且显现出它们在内心中那种生动鲜明模样的。正如有人所说,诗这东西的长处就在于它有限度的弹性,变得出无穷的花样,装得进无限的内容。可见,富有"弹性"是诗歌语言的一个重要特征。

如张继的《枫桥夜泊》:"月落乌啼霜满天,江枫渔火对愁眠。姑苏城外寒山寺,夜半钟声到客船。"这首诗中的"江枫"是寒山寺两侧的江村桥和枫桥,抑或是江边枫叶;"愁眠"是寒山寺附近的愁眠山,抑或是愁人之眠。这里一是实境:船停泊于江村桥与枫桥之间,渔火向着愁眠山亮着。一是虚境:愁人面向江枫渔火而眠。由于"江枫"、"愁眠"的弹性,使诗耐人咀嚼。这种弹性不是含混,它包含的深层语义不是"非此即彼",而是"亦此亦彼"。正是这"亦此亦彼",才构成美丽的诗境,调动读者的想象力,促使读者在解读过程中进行艺术再创造的活动。刘禹锡论诗说:"片言可以明百意,坐驰可以役万里,工于诗者能之。"解读者透过表层语义向深层开掘,就会感受到涵泳不尽的意趣。可见,一首诗表现艺术的优劣,在很大程度上取决于诗人能否做到让有限的语言文字负载无限的审美信息,使之富有弹性;而一个读者解读水平的高低,在很大程度上取决于对诗歌语言的弹性把握。诗人的创作是从旨趣到符号,读者的解读是从符号到旨趣。在解读中如果不能把握诗歌语言的弹性特征,不能透彻地了解语言符号的意义,也就不可能深入理解和领悟作品的旨趣所在。如果只局限于语言符号的表层语义,而感悟不到言外之意、弦外之音,那也达不到解读的目的。

(二)细品语言组合的跳跃诗行

有的诗学家曾说过,诗的特性就在于它激活了词语的全部潜能,迫使它携带远多于其在日常语言中所携带的丰富含义。这种"激活词语的全部潜能",就在于打破语言的恒常组合,主要表现为诗行的跳跃,即诗句之间若断若连,意象的转换和过渡常有省略性的空白,这就使诗歌语言显得凝练而富于想象填补的空间境域。如李商隐的"此日六军同驻马,当时七夕笑牵牛",这两句诗的跳跃性就很大。前一句说天宝十六载六月十四日,禁军在马嵬坡驻马不发,要求诛杀杨贵妃;后一句说六年前七月七日,唐玄宗与贵妃订立海誓山盟,永不分开,不学牵牛织女一岁一相逢。这两句诗对仗工整妥帖,好诵好记。可因跳跃性大,乍看两个艺术形象似乎连接不起来,但加以仔细品味,便可发现有一条无形的丝线贯穿其间,这就是嘲笑唐玄宗重色误国,如果没有七夕的誓言,哪来此日六军驻马,要求赐死贵妃的悲剧?可见,诗行之间的跳跃性,富有语短意长的妙处,它可以给读者以驰骋想象的无限审美空间,使读者得到不尽的诗意和美的享受。因此,在解读中对诗歌语言的分析,必须要注意把握那些跳跃的诗行,在体味诗人思想感情的急速变化和想象的飞跃的时候,要能够补充适如其量的生活体验,掌握被诗人省略掉的那些变化、飞跃之间的过程和联系。

如辛弃疾的《菩萨蛮·书江西造口壁》,包含了词人复杂的思想感情,而这首词只有短短的八句,词人只是抓住了几个极富有特征性的事物,表现出那个典型环境中的典型情绪,诗行是飞跃式的。我们看到这位热望于跃马抗金前沿阵地,力图收复失地,此时却屈居于江西地方官位的爱国词人,怀着一种孤愤沉郁的感情登上郁孤台,望着台下的赣江流水,想起金人南侵、国土惨遭蹂躏的奇耻大辱,想起前人修筑郁孤台是为了每日遥望长安国都的掌故,而今长安(中原)却隐没在外族侵略者的滚滚胡尘里,怎能不教我们的词人悲愁交加、义愤填膺呢?"郁孤台下清江水,中间多少行人泪",开篇就写出了典型环境——金人入侵、南宋苟安求和的时代特征。"郁孤台"、"清江水"、"长安"等都是富有社会生活特征的景物。接着,词人认为收复失地还是有希望的,人民都在要求洗雪国耻,这种力量是巨大的、不可阻挡的;而词人自己,也还正当年富力强,血气方刚,还远不是向议和派认输的时候。想到这里,精神为之一振,喊出了"青山遮不住,毕竟东流去"的响亮词句。从"可怜无数山"到"青山遮不住,毕竟东流去",在情感上是一种急遽变化,是一个飞跃。再接下去,词人毕竟正处在被排挤的受压抑的地位,朝中议和派正肆意卖国,自己面对着这种局势,简直一筹莫展。想到这里,心情又沉重起来。适值江边日暮,山黯水静,四周是幽深莫测的环境气氛,何况那"行不得也哥哥"的鹧鸪叫声从暮霭里传出来,更觉凄苦悲凉,词人只好慨叹国事艰难,惆怅迷惘了。从"青山遮不住,毕竟东流去"的高亢调子转到"江晚正愁余,山深闻鹧鸪"的深沉调子,在情感上又是一个急遽变化,一个飞跃。词人感情的每一个飞跃,都重重地打下时代的烙印,鲜明地表现出忧国忧民的爱国精神。解读这首词,如果不能把握这些跳跃的词句,就很难深入词的意境中去。

在诗歌文体解读中还必须要注意它的语言营造的奇颖性。俄国文艺理论家别林斯基曾把语言粗俗无光而颇有一定内容的作品比作是"面孔丑陋而心灵却伟大的女人",可以对她表示敬仰、称赞、钦佩,却不会爱她。清人孙麟趾在《词径》中也说:"陈言满纸,人云亦云,有何趣味?若目中未曾见者,忽焉睹之,则不觉拍案起舞矣,故贵新。"这些形象生动的艺术解读论说明,语言艺术作品词采新鲜,炼字奇颖,语言的营造富有特色,有情致,有韵味,有警策,才能为人喜爱,令人称绝。诗的语言,作为艺术的语言中"最高的语言,最纯粹的语言",向来是讲究"语不惊人死不休",追求奇诡、新颖的语言营造特色的。因此,在解读中我们不能忽略对诗歌语言奇颖性的分析。具体化地揭示诗歌语言营造的奇颖性,有助于深层性地领悟作品的艺术境界。如李贺的诗句"歌声春草露,门掩杏花丛",这是写人的丽质艳容。诗人是用从"杏花丛"的门外听见歌声,来点明她的住处的。而这歌声的清圆,又是用"青草露"来映衬的。居处清幽如此,其人雅丽可见;歌声如春草之露,玉润晶莹。这每三个字组成的短语,关键不在表明了人的住处和歌声,而在于一开头就写出了故事中的人物。"月分蛾黛破,花合靥朱融。"黛像新月般分开,两颊涂的胭脂和花瓣聚合在一起。用"破"来描摹眉黛弯如新月,虽不见"新奇",但用"融"字来描摹胭脂涂得匀净舒贴,像聚合的花瓣一般,却是既新鲜又奇颖的。

在解读中揭示这种语言营造的奇颖性,不仅有助于把握作品创造的超然的艺术境界,而且可以深入揭示作品的思想境界。如杜甫《丽人行》中的诗句:"犀箸厌饫久未下,鸾刀缕切空纷纶。"这两句诗是说:尽管御厨师拿着装有鸾铃的刀,把肉切得像丝缕一样细,赶忙制出许多精美的食品,可是这些贵妇人还是拿着筷子久久不动一下。这里先用一个"久"字,形象地表现出贵妇人们举着筷子时先是迟疑,继而生厌,终至微微蹙起眉头来的神情。后用一个"空"字,形象地表现出御厨师们如何竭尽心力却白白地忙乱了一大阵子。虽是一个字,但对于表现豪门贵族的奢侈生活,却收到了很好的艺术效果。用王国维的话说,就是"境界全出"。可见,语言营造奇颖,诗境才能新鲜而有特色和韵味。如同是写"愁",有的以"山"喻愁,如杜甫诗云"忧端齐终南,澒洞不可掇",赵嘏云"夕阳楼上山重叠,未抵闲愁一倍多"。有的则以"水"喻愁,如李颀云"请量东海水,看取浅深愁",李后主云"问君能有几多愁,恰似一江春水向东流",秦少游云"落红万点愁如海"。而贺方回写愁,既不用"山",也不用"水",而是说:"试问闲愁都几许?一川烟草,满城风絮,梅子黄时雨。"他以茫茫的云烟春草、满城飞舞的柳絮和绵绵不断的梅子雨,创造了一个更加缥缈凄迷的境界,让人感到无限的悲伤和惆怅。这些绝妙的比喻各有特色,各有千秋。以"山"写愁,可以使人想见愁思之沉重;以海水写愁,可以使人想见忧端之深沉;以江水写愁,可以使人想见惆意之漫长;以烟草、飞絮、细雨写愁,则使人想见怅绪之缠绵。可见,不同的语言营造,揭示不同的情感境界。如果把这不同的愁情怅意用同样的语言写出,那还有什么诗味可言呢?这也足以说明,把握诗歌语言营造的奇颖性,对于领悟诗的深层境界是多么重要。

（原载《文学解读学导论》,人民文学出版社 1997 年版）

小说的形象构成与叙述视角解读

　　小说是文学世界里别具艺术生命力的一种文体。它以塑造"比真面貌还要有神气、有活力、有生气"的各种人物,揭示各种人物的性格与灵魂为艺术焦点,具有其他文体所没有的震撼人心的艺术魅力。我国著名的小说批评家金圣叹曾经指出,《水浒传》之所以吸引人,感动人,使人百读不厌,其主要原因就在于它成功地塑造了一系列人物性格。他曾经说,别一部书,看一遍即休,独有《水浒传》,只是看不厌,无非为他把一百零八个人物性格,都写出来。① 这是一个颇为透辟的见解,他把小说的感人魅力同人物形象的塑造联系起来,因而概括了小说文体艺术创造的一个重要规律。中外小说史证明,人物形象是构成小说艺术魅力的主要因素,没有人物美的魅力,小说的魅力也就无从谈起。凡是优秀的小说作品,无不是以人物美的艺术魅力来取胜的。因此,在小说文体解读中,我们应当以探寻人物美的艺术魅力为出发点,着力于揭示小说人物形象的营构特征和表现规律。

---

①黄霖、韩同文选注:《中国历代小说论著选》上册,江西人民出版社1982年版,第285页。

一、小说文体形象构成形态解读

"文学是人学",各类文学作品都以人的形象创造为要旨。但是,却没有一种文体能像小说那样,能展示人物形象构成的多重形态,构置错综复杂的人物形象体系,营构广阔多面的人生图画。正像黑格尔所说,小说在旨趣、情境、人物性格和生活关系的各个方面显得丰富多彩,具有整个世界的广大背景。因此,对小说文体的解读,必须首先考察人物形象构成的形态特征,具体剖析人物形象体系的构置规律,把握多维多层的人物关系及其相互作用,进而深层性地探索人物形象所透示的历史潮流和时代精神,透视那些塑造卓越形象的作家所关注的人生问题和社会现实,揭示作品人物形象创造和营构的艺术规律。

(一)性格与情感:形象构成的形态

小说文体中任何人物形象的构成都具有特定的本质属性和审美形态,其构成本体都存在着多种因素、多种层次组合、转化的结构模式和叙述态势。因为小说人物形象的构成,是作家积累生活映像并经过筛选、概括、想象等一系列思维过程的熔铸和营造。作家的审美思维总带着某种主观意向性倾斜,诸如作家对生活认识、理解、判断的主观性,便会导致形象构成形态的特定趋向。作家的情感、心理机制则会制约着形象主体逻辑的定向,作家的艺术个性也影响着形象构成模式的选择。因此,作家对生活的认识、判断以及情感机制、审美态度的主体意识便形成了形象构成的特定观念,而形象构成观念的任何意向性倾斜,都会促成人物形象创构的不同形态。所以,在小说文体解读中要深层性地把握人物形象构成的规律,必须要重视剖析多质性、多层次、多类型的人物形象构成形态。

综观中外小说创作的历史与现状,我们可以发现小说人物形象的创构态势有着两重质次的倾斜和嬗变:一是人物形象本体特征的单质性向多质性转化,二是人物形象结构模式的定型化与非定型化共存,从而使小说人物形象的创构和铸造向着不同层次延伸,表现出各种不同的形态。但从其带有共趋性的嬗变规律来看,在小说解读中对这些不同的人物形象构成形态,我们可以从"性格化"和"情感化"两种基本类型来进行梳理、归纳和艺术分析。

1.性格化形象构成形态的分析

性格化人物形象,是以性格形态为主体特征的形象结构。它的构成是把动作、行为、情节作为性格外延的手段和载体,在生活事件和矛盾冲突中展现人物个性,通过鲜明、生动的性格刻画和典型创造,来显示形象对生活与社会、现实与历史、人生与命运的观照功能。这种性格化形象构成形态,主要体现为形象体系的性格逻辑性与生活事件的时序性统一,形象的个性与形象的社会性统一。用传统文学理论来说,就是在个性与共性的有机统一中完成形象的塑造。因此,性格化形象构成具有一个重要的审美属性,那就是完整性。黑格尔曾把性格化形象构成的完整性视为"理想艺术"的一个条件。他认为每个人都是一个整体,本身就是一个世界,每个人都是一个充实的有生气的人,而不是某种孤立的性格特征的寓言式的抽象品。别林斯基也曾指出,性格应该是一个完整特殊的、整个的、自成一体的世界,其中每一部分都适应整体,"当作整体的必要部分而存在",它们"助成了整体的印象"。① 从这

---

① 〔俄〕别列金娜选辑,梁真译:《别林斯基论文学》,新文艺出版社1958年版,第206页。

些对性格化形象构成本体的论述可见,性格并不是表示形象特征的抽象符号,它自身有着孕育、萌生、成型的完整过程,而这些又将与情节构架保持同步同构关系。因此,性格可以看作是诸多个性意象的聚集和系统化。某一个性特征虽有其审美价值,但它们仅仅作为性格"整体的必要部分",显示着形象各个侧面的本体特性。随着情节结构的成型,它们也由分散趋于完整、系统化,并定型于一个性格整体。在解读中要深入把握这种具有完整性的性格化形象的构成规律,要注意对下几个层面加以探讨和分析。

首先,要注意透视性格化形象构成的稳定形态。莱辛早就指出,性格的构成是形象创造的基本性意向。他认为形象创作不外乎两种类型:一是以个性为特征的形象,一是具有同类型性格特征的形象。他称前者为"超载型"性格,称后者是"常见型"性格。① 可见莱辛不仅肯定了性格在形象构成中的地位,也指出了性格的两个审美规定性,这就是个性化与类型化(即共性)。对此,有不少专家做过精辟的阐释,即众所熟知的"表现典型环境的典型性格"理论。这个"典型"理论强调的也是性格形象塑造在更高层次上的审美规定:性格的典型性与性格内涵的社会性(即典型环境对个性的制约)相统一。这充分说明性格化形象构成有一个基本的稳定形态与特征:人物形象的美质"就是性格和表现"。虽然小说艺术形态美学经历了各种文学思潮的历史演变,但这一性格化形象构成的稳定形态并未被摒弃和肢解,相反,它始终是小说性格化形象创构的主体趋向。

对小说性格化形象构成的这种稳定形态及其表现特征,黑格尔曾概括出了它所显露的三个要素:一是"一般世界情况",二是

---

① 〔德〕莱辛著,张黎译:《汉堡剧评》,上海译文出版社2002年版,第186页。

"情境",三是"情致"。他认为"一般世界情况"是"艺术中有生命的个别人物所借以出现的一般背景",它为个别形象的表现提供了一种可能性;个别形象要表现自己的性格特征则需要具体化的生活环境和冲突。"情境"就是"一般的世界情况"的具体化,在这种具体化过程中就揭开冲突和纠纷,成为一种机缘,使个别人物现出他们是怎样的人物。① 然而,情境本身还不是"心灵性的东西"②,还不能组成真正的艺术形象,它只涉及一个人物性格和心境所揭露和表现的外在材料。只有使这种外在的起点刻画成为动作和性格,才能构成真正的艺术形象。这里所说的"心灵的东西",黑格尔称之为"情致"。而这种"情致"是存在于人的自我中而充塞渗透到全部心情的那种基本的理性的内容。从黑格尔的这种理论概括可见,小说性格化形象的构成,一是依赖于具体的、定性的社会环境,它是孕育人物性格的生活土壤;二是依赖于特定的情节冲突,它是显露性格的契机和载体;三是依赖于丰富的心理、情感,它灌注性格形象以艺术生命,但这种感情必须具有"理性内容",不应是潜意识的。与此同时,性格表现也将呈示为三个层次:一是性格具有观照社会和人生的功能;二是性格显露个性形态;三是性格具有稳定性与运动性相统一的美质。稳定性是性格主体特征的显露态势,而运动性则是性格变化的显露态势。对这种性格化形象构成的规律,在小说解读的过程中必须要做深层的艺术分析和把握。

　　其次,要注意把握性格化形象构成的理想化架构。随着社会、时代的变迁和文学艺术思潮的流变,小说性格化形象的创构

①〔德〕黑格尔著,朱光潜译:《美学》第一卷,商务印书馆1979年版,第252页。
②〔德〕黑格尔著,朱光潜译:《美学》第一卷,商务印书馆1979年版,第274页。

也不断拓展、多向延伸。许多高明的作家强调性格对生活观照的透视力和内含力,对性格化形象的营构不再拘囿于对生活形象的撷取和概括,而是加强了主体意识对形象思维的渗透和审美创造,注重对社会结构的深层和人的主体性的认识,扩大并强化主观情感机制的功能。在性格化形象构成的思维意向中,将主体意识渗透于对生活形象的观察和对生活形态的观照上,使之与切身的体验和理思融而为一,从而相应出现了理想化的性格架构。

这种理想化的性格架构,既符合创作主体的审美愿望和理想,又切合生活的规律和必然趋势。有不少人认为这种性格架构实质上是"理想的形象"的同义语。别林斯基从文艺美学角度就曾做过分析:对现实加以理想化就是把一般的和无限的东西体现在个别的有限的现象里,不是从现实中抄袭任何偶然的现象,而是塑造出典型的形象。由此可见,理想化的性格架构,其实就是典型化形象构成的一种表现形态,它的突出特征是继承了现实主义传统审美理想的合理内核,即把追求生活的真实与理想融合并同构于一体。如新时期小说人物画廊里的一些形象塑造,"位卑未敢忘忧国"的梁三喜、奉献赤子之心的陆文婷、执着追求人生价值的易杰等,都是以理想化的性格架构获得了读者的认同。作家对这些性格化形象的创构,不仅融注了自己对生活目标和理想的追求,并以这种理想追求来支配对人物的命运安排和性格概括,进而通过理想化性格美质的揭示来传达生活和人生的底蕴。所以,这种理想化的性格架构显露了一种与历史趋势合拍的主体意识和闪亮的时代质素,具有更强的社会性和启迪力量。

再次,要注意剖析性格化形象构成的立体化结构。性格结构由相对的单纯性、单维性向复杂性、多维性转化,是小说对性格化形象创构不断拓展思维层次的一种延伸趋向,也就是创构多重性格因素组合的立体结构,表现丰富、多面而又相互对立的性格质素及其复杂的显露趋向。如果将这种立体化的性格结构与单维性的性格结构意向进行对照,便可发现一种新的思维视点:单维性的性格结构是立足于某种性格侧面与某一生活现象的直接观照,而立体化的性格结构则侧重于对性格本体的多层思考,也就是对诸多对立的性格因素(包括心理情感)的具体形态及其审美属性(如美与丑、善与恶)的对照和表现。这就是说,单维性格模式是架构于性格侧面与生活现象的对应关系,而立体化性格结构则架构于性格自身的多维组合。在解读过程中,我们具体剖视这种立体化性格结构的机体便会发现,性格因素的组合或成为对立的极致,或是产生同方向的性格显露趋向,促成了性格组合的复杂态势。因此,立体化的性格结构具有特殊的审美特征:一是性格因素呈现为多质、多元的构成层次,包括对立的、相似的、有差异的;二是诸多性格层次的相互渗透、叠合和交错;三是性格的显露不是呈现直线形态,而是处于立体交错的网络式结构中。

2.情感化形象构成形态的分析

情感化形象的构成,是以作家主观情致的表现作为形象构成的重心——淡化人物的性格行为和情节过程,营构以情感、意念、心绪为主体特征的形象结构。这种情感化形象不注重对生活认识的直接观照,而是作为抒发主观情致的“载体”出现,强化了主观情感在形象构成中的艺术功能。从某种意义上说,情感化形象构成是性格化形象的抽象。性格化形象是通过人的动作、行为和细节来营构的,而情感化形象则是通过人的心理、情绪和意念来营构的。前者的感情表现形态是潜在的,后者则是直接的。情感机制是情感化形象构成的主要内驱力,情感因素的不同属性和流动指向，便会造成情感化形象构成的多种形态。例如，作家的情感活动注重于对人的心理世界的透视和分析，那么就会构成"心理型"的情感化形象；而注重于人的情绪和感情态度、对生活和人生的哲学思考，那么就会构成"思辨型"的情感化形象。这就是说，不同的情感思维方式，会构成不同形态的情感化形象。为在小说解读中深入把握情感化形象的构成规律，在这里，我们就情感化形象构成的"心理型"和"思辨型"两种基本形态及其构成特征进行重点探讨。

第一，心理型形象的构成特征。

心理型形象是指通过心理透视和分析而营构的情感化形象，即以心理描述形式剖示人物复杂的内心世界和情绪、意念流动的轨迹。这种心理型形象的构成，往往凝聚于人物多层次的心理结构中，它不同于在情节和冲突中刻画人物内心活动的传统表达方式，而是打破情节结构的框架，不强求性格化形象的清晰程度，不拘泥于性格行为的理性逻辑，具有自身构成的新特征。

我们知道，性格化形象作为"人的全部稳定的本质的心理特点的艺术表现"，也包含大量的心理描写，但它对人物心理世界的刻画，对人物心理活动及其逻辑、结构的把握，只是作为性格表现的一种手段。而心理型形象则是以人物心理构成、表达的特殊性来代替性格的个性化，将人的心理世界映像和投影作为独立的形象实体来进行艺术表现，即通过人物的心理历程在艺术视屏上的显影，创构一种能折射生活和历史、包含复杂情感内容的心理型形象。如王蒙的《春之声》等，便是以心理型形象的创构而取胜的。这种心理型形象的创构，与西方现代主义的"意识流"也存在着质的区别。前者是作为现实主义艺术创构方法的一种补充，心理型形象的构成是建构在作家对现实人生的真切感受上的；后者则重在强调和扩大作家的主观随意性,把心理型形象的创构变成切断意识与现实世界的联系,不受作家理性意识制约的"纯内向"的心理剖析,它往往使心理描写和模拟因过度的扭曲、零散和片面性而陷入扑朔迷离的潜意识迷宫。我们所说的"心理型形象"的构成,与之迥然不同,在解读中我们可以从以下几个方面来进行分析。

　　首先,心理型形象具有模糊性和不确定性的审美特质。人物的心理意识流动往往是飘忽不定的,人物的心态变化也常常是不规则的。因此,心理型形象的构成没有性格化形象的那种直观性和个性的确定性,而显露出一种模糊性与不确定性。如王安忆的《雨,沙沙沙》,作者几乎省略了人物外在的性格行为,把艺术的聚光镜主要对准人物的心理历程与雯雯对爱情充满的"美丽的幻想",抓住雯雯对爱情追求过程中那种迷蒙、飘忽的心绪加以细致的描述,捕捉那些瞬间闪现的迷惘情绪和意念进行渲染,从而使雯雯这个形象随着情绪的流动和飘忽而在艺术的影屏上显现出来。心理情绪的不确定性决定了心理型形象的不确定性。王蒙在谈心理小说时曾经说:"不仅生活形象是激动人心的,人的理念活动,同样是美的、神妙的、激动人心的。"①这句话可以说是给心理型形象构成的审美特征所做的一个肯定。心理情绪、情感理念,既是人对客观事物的一种内在体验,也是人对现实世界的一种特殊反应形式。小说用人物心理感受与理智活动的高度统一来创构的这种情感化形象,也应当是具有生命活力的。

　　其次,由于心理型情感形象是以流动的情绪、朦胧的心理意

①王蒙:《倾听着生活的气息》,载《文艺研究》1982年第1期。

念为主体构成的,所以,它往往被抹上一种富有多重意味和潜在性内涵的象征色彩。在客观上,心理型形象的社会性和情感内涵表现在给读者的解读带来多层的寓意深长的意蕴和多维的体验。如王蒙的《春之声》写岳之峰坐在火车里,随着车轮撞击铁轨的节奏而泛起的思维和心理意识流动的过程,时而表现他的心理意识中对新生活的渴望,时而又显示他的心理意识中的民族自豪感。可以说,人物的心理情绪复杂多变,交错映现,令人捉摸不定。而且这些心理情绪的放射和流动,并不是停留在人物知觉的意识表层,而是潜藏着多层意蕴内涵,从而使人物心理形象的构成显示了社会含义的多重层次,成为具有多重蕴涵和审美层次的艺术复合体,从而给读者以多层多维的审美体验。

　　另外,这种心理型形象的构成,并不是单纯的心理意识透视与分析,而是把多层次的心理意识透视与分析放在特定的生活、社会、现实和历史因素中。因此,这种心理型形象的创造大都具有一定的社会深度和严肃的人生意义。如王蒙的《布礼》,把人物的灵魂作为聚光点,摒弃人物经历环境的描写,集中揭示人物的心理历程。但是,他并没有脱离社会和历史环境,去做"心理活动的先行",而是紧紧把客观世界与主观世界的精神活动联系在一起,从而使钟亦诚这个心理型形象具有更高层次上的审美意义和艺术价值。这一点启示我们,对小说中这种心理型形象的解读,主要是对人物的心理世界的多层次分析,但是,它毕竟也是社会分析的间接手段。唯有与客观世界的社会环境和历史因素融于一体时,心理型形象才有映现生活和人生的意义深度。由此而论,卢卡契说的话还是很精当的:人物内心生活及其主要的特征和主要的冲突,只有跟社会的历史的因素有机地联系,才能被正确地描写出来。①

　　综上所述,心理型形象的创构注重人物心理世界的透视与分析,归根结底是强调映现心理意识的主观真实。不论作家主观上是"追踪、记录人的精神活动",还是论述"作者本人在某种特定情况下所产生的复杂的心理状态",或是表现"无意识的幻想","正视内心世界的真实现状",应该说,都是一种直觉论表现形式。柏格森曾经说,艺术的目的是要把我们带进一种完全反应的状态中,使我们认识到启示给我们的观念,并且与被表现的感情发生共鸣。从这一审美理论出发,柏格森得出了一个结论:艺术的目的,是通过形象(包括性格的、心理的)来"表现感情",是为读者"接受感情,产生印象"。② 对照柏格森的这种理论来看,心理型形象的构成特征,如凭作者瞬间产生的直觉,去捕捉、披露人的心理情绪等,显然是小说形象创构的一种拓展和延伸,是人物形象本体特征的单质性向多质性的转化。

　　第二,思辨型形象的构成特征。

　　思辨型形象是哲理化小说寻求人生和宇宙的哲理内蕴而营构的情感化形象,是既具具象性又具抽象性的独立审美实体。它致力于形象的哲理美的发掘,做形象的、复杂苦涩的思辨,以此启迪读者对生活与人生的理性思考和追索。这种思辨型形象体现在小说中,是扩大了抽象性的人物形象,表述形象的角度侧重人物性格内涵的直接展示和显露,而可感的性格行为、情节冲突因

────────

① 中国社会科学院外国文学研究所外国文学研究资料丛刊编辑委员会编:《卢卡契文学论文集》第二卷,中国社会科学出版社1981年版,第50页。
② 〔法〕柏格森:《时间与自由意志》,见伍蠡甫等编:《现代西方文论选》,上海译文出版社1983年版,第91页。

素却退居第二位。人物形象内涵的哲理美已成为形象构成的支撑点。在解读中对这种思辨型形象的分析,要注意把握它的以下两个构成特征。

一是思辨型形象构成的抽象性特征。小说中性格化形象的创造很注重形象的具体性和可感性,即对人物的形貌、性格行为以及情节冲突、生活细节进行生动的具体描述,通过性格美的创造间接地表述作者对生活和人生的见解。思辨型形象的营构则有不同的侧重,它具有较大的抽象性。这种抽象性特征的体现是:通过对人物形象的本质内涵的理性剖析,直接表达作者对生活与人生的认识与评价。思辨型形象构成的这种抽象性特征,是与具象性相互依存的,没有具象也就没有抽象,抽象是通过具象化的生活对象的描述概括而揭示出来的。思辨型形象实质上是以生活的具象为依托,将文学的抽象性作了适当的扩大,对生活对象的本质含义作了直接的概括和艺术表述。对思辨型形象构成的这一抽象性品格,别林斯基曾经说过,我们这个时代的艺术是什么? 是一种判断,一种对于社会的分析,因而也是批评。思想的要素现在已经和艺术的要素相结合,一件艺术作品如果只是为了描写生活而描写生活,而没有一种巨大的、主观的、从当代流行思想中涌现出来的激情,如果它不是痛苦的哀号,或者欢乐的歌颂,如果它不是一个问题,或者一个问题的答复,那么它就是一件没有生命的艺术品。这段话不仅阐述了艺术形象的具象性与抽象性的相互关系,而且也指出了艺术形象构成的客观规律——在“思想的要素”与“艺术的要素”相结合中渗透和展示对生活现象的分析和判断。应当指出,小说性格化形象的构成在其可感性的背后,其实也有其抽象性,如性格的本质含义等;而在思辨型形象构成的抽象性之外,同样也具有抽象性所依存的具象可感性,如思辨型形象的感情色彩等。所不同的是,两者艺术表现的角度有所侧重:前者是通过有形的、可感的行为、情节冲突因素来显示性格化形象的本质含义,后者则将人物性格的含义直接"展示"和"显露"在所描述的形象之中。当然,思辨型形象的抽象性品质也是有限度的,如果把抽象性作无节制的扩大,就会走向极端,导致人物形象的概念化。这是我们在解读中对思辨型形象的分析所必须要明确把握的。

二是思辨型形象构成的哲理性特征。小说人物形象对生活形象概括的典型性和认识价值往往集中地体现在形象的思想内涵之中。思辨型形象在这方面的艺术显现则更为突出和显著,它把披露和显现人物形象内涵的哲理性作为形象构成的支撑点,通过人物本身蕴含的思想内容来启迪读者对人生观、价值观、道德观、爱情观、伦理观、生命观、历史观的理性思考,从而达到昭示生活真谛和人生规律的目的。如池莉笔下的印家厚(《烦恼人生》),虽被琐碎日常生活弄得无比烦恼,却又把这平凡人生当作凡人的乐趣来享受。李庆西笔记小说中的那些人物,他们没有伟大抱负与惊人之举,没有可歌可泣的命运沉浮经历,却往往在自己似乎无法选择的命运中,默默地领悟着世界,以有限的生命负载着无限的人生。作者用朴拙的笔墨勾画出的人物形象蕴含着深刻哲理性,使宇宙时空般辽阔的生命意识,从平凡有限的人生具象中升起,归于哲学的境界。显然,在这些人物形象的构成中,那种"典型"的光彩隐没了,代之以深刻的哲理内涵和意蕴,使解读者能够用一种深深的认同感进入哲学意义上的自我观照之中,产生一种灵魂的震颤和人生的启迪。我们并不否认小说是以具体的感性形象来表现生活,但是它要强有力地表现感性形象,就必须对形象内涵做出富有哲理性的揭示。毫无疑问,思辨型形象就是通过对形象本身思想内涵的显示,来概括生活与人生的复杂现象,阐发生活和人生哲理,给读者以认识生活和人生的启示。对于这一点,小说作家张抗抗就有着深切的体验,她认为小说应当致力于表现人物"为什么"、"这样做"和"怎样想",并将过去传统写法中表现所采用的"怎么想的"潜台词变成直接的心理描写和内心世界详尽淋漓的刻画。很显然,这里所说的将"潜台词"、"直接"表述①,就是对人物形象思想内涵和哲理性的直接揭示。

(二)主体与背景:形象体系的构置

在小说解读中我们可以发现,凡是古今中外的优秀小说,特别是短篇小说,在人物形象体系的构置上,大都具有一个共同的特点:以集中的笔墨,着力刻画一个或几个主体人物,以主体人物的思想性格特征作为作品人物形象体系营构的艺术焦点,并为之配置和描写一些必不可少的其他背景人物,组构成一个以主要人物为主体的相互衬托、相互作用的形象体系,从而对社会生活进行广泛的艺术概括。俄国小说家契诃夫在论小说创作时曾经说,人在写小说的时候总是不由自主地先忙着搭起它的架子:从一群人物和半群人物里只取出一个人物——或者是妻子或者是丈夫,把这个人物放在背景上,像小铜币一样,结果就成了一种像是天空的东西:中间是一个大月亮,四周是一群很小的星星。② 这是契诃夫在小说创作中对人物形象体系构置的艺术经验之谈,他把人物形象体系的整体构筑中所要突出和专门描写的主体人物比

---

①张抗抗:《我写〈北极光〉》,载《文汇月刊》1982 年第 4 期。
②〔俄〕契诃夫著,汝龙译:《契诃夫论文学》,人民文学出版社 1958 年版,第 111 页。

作夜空中的"大月亮",把必不可少的衬托主体人物的其他背景人物比作是围绕在"大月亮"周围的"小星星",形象地揭示了小说中人物的相互关系,揭示了小说人物形象体系的一个构置规律。所以,在小说解读中对人物形象体系的艺术阐释,应当从这个构置规律出发,把握人物关系,弄清哪是"大月亮",哪是"小星星",抓住"小星星"所围绕的"大月亮"这个艺术焦点,着力分析作品整个形象体系中的主体人物。因此,富有艺术性的重点分析,不但可以揭示主体人物与其他背景人物的关系,还可以通过主体人物对其他背景人物的表态和行动,揭示出主体人物本身的性格特征。

如鲁迅的《祝福》,要揭示这篇小说人物形象体系的营构特点,把握祥林嫂、鲁四老爷、卫老婆子、柳妈和四婶等这个形象体系中人物的特定关系,就应当以祥林嫂这个主体人物为中轴进行重点分析。通过重点分析,我们就会看到鲁四老爷和四婶是作为封建制度的维护者和封建社会的统治力量而出现的。他们不仅是害死祥林嫂一个人的凶手,也是害死成千上万的劳动妇女的凶手。逼着祥林嫂改嫁的婆婆是作为"族权"的代表而出现的,虽说她是劳动人民,自己也曾受到封建统治者的剥削,但她确曾迫害了祥林嫂。封建思想毒素很深的柳妈是作为"神权"的代表而出现的,尽管她同样处于被奴役的地位,然而在客观上却分明是宣传了杀人不见血的理论,在精神上给予祥林嫂以沉重打击。当我们了解了小说的主体人物处于这种多种多样的社会关系之中,那么,我们对于祥林嫂的性格及其发展也就不难理解。她确是生活在长夜漫漫的封建社会中,血泪斑斑的农村劳动妇女中的一个。她力图挣脱封建社会的绳索,然而结果仍然抵抗不住旧社会的浓重黑暗而默默死去。如果不掌握她和鲁四老爷家的关系,我们就无从了解她在帮佣生活中所表现的作为劳动人民宝贵品质之一的吃苦耐劳的性格，无从了解她那些为了力图摆脱不幸命运而做出的种种可悲的努力，更无从看到她在祝福时灵魂上所受的致命一击和严重的精神迫害，对于这篇小说为什么是对吃人的封建社会大张挞伐的檄文，将不得深知。可见，把握小说形象体系构置的主体人物与背景人物的关系，从而抓住主体人物进行重点分析，揭示小说人物形象创造和营构的规律，是小说解读中所不可忽略的。

但是，需要指出的是，重点论和一点论是根本对立的，"主体"是对"背景"而言的，如果丢掉了后者，也就失去了前者。正像契诃夫所说的那样，"大月亮"要靠必不可少的"小星星"的围绕和衬托，若没有"小星星"的围绕和衬托，"大月亮"就会成为孤立而缺乏神采的东西；而只有在"小星星"那种看来好像是微弱的光泽的衬托下，"大月亮"才能显示出它那诱人夺目的光辉。主体人物与背景人物形象之间的这种复杂的"连锁反应"，不但扩大了小说反映生活的层次面，而且也赋予主体人物与背景人物以鲜明的个性。有专家在评巴尔扎克的小说形象体系时曾经说，在那些不断以新面貌出现的伟大典型和主要感情之外，还有一些次要的典型和中间状态的感情，它们并不更缺少戏剧性，而且反倒更加新鲜。应选择那些一瞬即逝的表情、细致微妙的变化以及为一般人很难看出来的细腻，探索他们的眼光以及有时什么都不说明、有时又什么也都说明的声调的变化和面部表情的转换。于是，他们的肖像画廊便丰富地展示出来，取之不尽，应有尽有。这说明小说形象体系构置中的主体人物、背景人物，甚至是作家连名字也吝啬得不肯施予的穿插人物——在某些小说家手中，往往只是充当一种活动着的背景，以加强作品的生活氛围——他们都逃脱不了要分担主题对人物的重压。小说中由这些主体人物、背景人物以及穿插人物组构而成的人物形象体系,往往由里向外地画出一个个扩散着的同心圆,每个人物都有自己的等级与位置,虽然只能是相对的,但从中不可避免地反映出社会的内容、作者的主体意识与表现意图的方法。优秀小说的人物形象体系构置具有的一个共同点是:即使偶尔露面的人物,也在其特定的位置上起着其他人物所无法起到的特殊作用,否则这个人物就是多余的,是可以开除的。卢卡契曾经说过,在所有伟大的作品中,它的人物,必须在他们彼此之间,与他们的社会存在之间,与这存在的重大问题之间的多方面的相互关联依赖上被描写出来。这些关系理解得越深刻,这些相互的关联发展得越是多方面,则这部作品越是伟大。因为,它是越接近生活的实际的丰富,越接近列宁所常说及的所谓发展的真实过程"巧妙"了。① 这些论述指出了小说人物形象体系总体构置的艺术真谛,是我们在小说解读中进行人物形象体系分析所应切实把握的。

二、小说文体叙述视角与表现功能解读

小说人物形象的构成之所以有着长久的审美时效和延续、发展定式,是与其艺术表现手段分不开的。有文艺理论专家认为,艺术方法就是使表现对象变陌生,在形式上对读者阻碍,把一个对象从通常理解的状态变成新的感知对象。这说明富有创造性的艺术表现方式能从形式范畴内赋予小说人物形象以新的美感因素,使解读者在接受心理上产生陌生的解读刺激和解读愉悦

---

① 中国社会科学院外国文学研究所外国文学研究资料丛刊编辑委员会编:《卢卡契文学论文集》第一卷,中国社会科学出版社1980年版,第174页。

感。因此,在小说解读中我们不可忽略对艺术表现形式的分析。

在各类文学文体中,小说是最能发挥语言艺术优势的文学样式。它不像诗歌要借助节律,也不像戏剧要依赖表演,更不像电影文学要诉诸画面,而且也无须如报告文学那样讲求真实性,甚至比起标准意义的散文来,在篇幅的长短、维系读者兴趣以及发挥作者的想象力上,都具有更大程度的优势。所以,它是间接性最强的文体,又是驰骋天地最为广阔的文体;它是对姊妹艺术依赖性最小的文体,又是最能综合相邻艺术的富有表现力的文体,最能耗心智且最难穷尽其艺术潜力的文体。对于小说这种艺术表现形式的优势,我们不可能作面面俱到的探讨,在这里,重点就解读中必须把握的"叙述视角"和"表现功能"进行分析。

(一)视角分析:叙述形式的艺术性

在文体解读中我们可以发现,以语言作材料的各类作品,由于体式的不同,其审美价值的因素也不一样。诗歌审美价值的决定因素是激情与韵律,它凭借激情与韵律把读者引入诗的天地。而小说审美价值的决定因素则是叙述,它对人物形象的刻画,是以叙述的形式来体现的。它凭借着叙述,把作品的各种因素构筑成浑然天成的有机世界。小说如果没有叙述,或者叙述是混乱的,那么,人物形象的塑造就不可能完成,整个人物形象体系的构图就会成为破宇颓垣、断墙残壁,构不成有机的艺术形式,失去"活"的艺术生命。因此,有专家言,"小说实属一种叙述",小说是"用叙述为我们造成一个世界",对小说文体艺术的研究,"就是对叙述进行研究"。这说明叙述是小说文体艺术营构的根本手段,是决定小说审美价值的主要因素,小说世界艺术构筑的奥秘就在于叙述的技巧。在小说文体的解读中,我们很容易发现,小说叙述技巧的关键，又在于叙述人即作者审美视角的选择。小说的叙述视角，也称叙事视点、观察点和叙述角等。有些西方理论家把叙述视角看作小说特有的决定性技巧，认为在整个复杂的小说写作技巧中，持什么视角起着决定性的作用——在这个基础上，叙述者才得以发展他的故事。的确如此，叙述视角是小说特有的艺术营构技巧。剧本艺术是通过人物自己的语言来表现人物，剧作者不能出面叙述，它不存在叙述视角的问题。小说对人物形象的刻画，则必须在作者的叙述中进行，叙述人贯穿始终，因而形成了小说特有的叙述视角。这种叙述视角，既是小说人物形象体系的营构枢纽，又是作家主体意识和审美个性的艺术外化。独特的叙述视角是作家对生活做出属于自己的艺术开掘的基本途径。所以，对叙述视角进行具体分析和深层性的艺术把握，是小说文体解读中不可轻视的重要环节。小说中叙述视角的表现形式是多种多样的，但在解读中我们可以从观察性叙述视角、参与性叙述视角、全知性叙述视角这三种基本表现形式入手，来进行艺术分析。

　　观察性叙述视角，就是采取客观的态度，从旁观者的审美角度来描述人物的活动，刻画人物形象，即作者让人物在特定的情境中去自作表现，它一般只限于外在的描写，侧重人物的容貌、神姿、情状、语言、动作以及客观景物等外在事实的描写。这种叙述视角的特征，就在于作者搜罗了许多事实，又以热情作为元素，将这些事实如实地摹写出来，是作者的视角观照对准客观世界固有形态的一种叙述形式。它能对纷纭复杂的人物、事件和场景按照生活本身的规律进行提炼和加工，选择那些最能反映生活本质的人和事来创造艺术形象，高度真实地再现生活。著名小说家莫泊桑对这种叙述视角曾作过这样的说明：拥护"客观的人"主张把生活中发生过的一切都精确地表现给我们,要小心翼翼地避免一切复杂的解释和一切关于动机的议论,而限于使人物和事件在我们眼前通过。在他看来,心理分析应该在书里藏起来,就如同它在生活中实际上是隐藏在事件里一样。用这种方式所孕育的小说就能够获得趣味、色彩、起伏不平的叙述和活动的生命。① 请看鲁迅的小说《药》开篇的一段叙写:

> 秋天的后半夜,月亮下去了,太阳还没有出,只剩下一片乌蓝的天;除了夜游的东西,什么都睡着。华老栓忽然坐起身,擦着火柴,点上遍身油腻的灯盏,茶馆的两间屋子里,便弥满了青白的光。

在这里,作者作为"局外"观察的叙述者,完全是从"秋天的后半夜"的客观景物出发来叙述的。通过这种客观的叙述,我们确实获得了趣味、色彩和活动的生命。由此可见,用这种观察性叙述视角写出来的小说,其视觉形象真切,现场感觉强烈,具有高度的透视感和描摹感。它的视域广阔,对材料的组构极为自由,由远到近,从屋外到屋内,自如地描述出所见的情景。其视点可以灵活地调来调去,并且不留下转换之痕,自然地绘出多层面的立体化艺术图像。

参与性叙述视角,就是叙述者充当作品中的某个角色,不是置身局外,而是以局内人的身份直接参与,以亲身阅历的眼光观察和叙述人物的活动和情节事件,具有浓重的主观感情色彩和高度的真实感。这种叙述视角的艺术特征,就在于叙述人以阅历者的身份进行叙述,凭借人物的语言和行动进行描述而再现人物形

---

① 〔法〕莫泊桑:《谈"小说"》,见宇清、信德编:《外国名作家谈写作》,北京出版社1980年版,第146页。

神风貌。所以,他可以带着天真的读者从一个高超的角度俯视人间,窥察世态,既可以从特定的角度去表现人生世相的形形色色,对它们做出深入的开掘,又可以不露声色地从潜在的情节、事件和人物的背后,揭示出人物思想和行为的发展轨迹。如鲁迅《一件小事》中对"我"这个人物的叙写:

> 我这时突然感到一种异样的感觉,觉得他满身灰尘的后影,刹时高大了,而且愈走愈大,须仰视才见。而且他对于我,渐渐的又几乎变成一种威压,甚而至于要榨出皮袍下面藏着的"小"来。

在这段叙述中,叙述者和作品中的一个人物合而为一,"我"既是参与事件的阅历人物,也是事件的叙述人。他能让人物自然地流露和叙说自己的所见、所闻、所思、所感,为作者深入人物的内心世界、探索人物心灵的奥秘提供极大的方便,从而能在较深层次上塑造人物性格与开掘性格根源,更好地适应读者的解读心理,使作品富有真实感和亲切感,强化作品的艺术震撼力。由此可见,这种参与性叙述视角的表现特征就在于:它以作品中的某个人物充当生活事件的目击者和叙述者,所以,叙述者本身并不游离于情节之外,而是融在情节之中,成为情节构筑不可缺少的因素。这样,叙述才能凭借人物的意识和感官去看、去听、去想,转述人物从外部接受的信息和可能产生的内心活动。外化在表现形态上,叙述者一般是以第一人称的"我"来出现。这个"我"既是小说中的一个人物,又是情节和事件的参与者,以"我"的眼睛观察外在世界,窥视生活中发生的一切,即便是外在世界所发生的事件,也必须通过"我"的心灵屏幕的折射才能得到反映。"我"或作为艺术描绘的凝聚点,从而使"我"的内心世界得到充分的展示;或是小说中的叙述人,在同其他人物的关系上,只是个观察者,对其他人物,"我"只能凭其外部表情和语言、动作作些想象性推测,没有权力直接揭示他们的心理状态。也就是说,这种叙述视角的弱点在于它对人物事件的叙述要受到一定条件的制约。

全知性叙述视角,就是作者虽然同作品中的人物没有丝毫的关系,但是他对于作品中的人物用一种完全知晓的态度去叙述、描写和剖析。这种叙述视角通常用第三人称来叙述人物和情节事件。叙述者不在作品中露面,却能无所不知,他就如一个"百事通",对所发生的每一件事都清清楚楚。无论是同时出现的几个不同的地域,还是穿梭跳跃在不同的时代,他都能毫不费力地通晓一切。他不仅知道小说中人物各自的想法和身世,即使是人物之间互不了解也没有办法了解的东西,他也能凭借人物的内心独白和对人物心理的描述而再现人物各自的灵魂。只要是他想看见、想听见、想知道的东西,任何精神和物质的现实都无法对他构成障碍。他不仅能够表现天上地下、古今中外、人间神世的奇瑰景观,而且也能透视人物内心世界的隐秘,包括人物自身不曾感觉到的意识。他不受时间的限制,又不受空间的阻隔,纵横数万里、上下几千年的事件,都可以表现。如鲁迅对阿Q就是用这种全知性叙述视角来叙述的。就叙述者对阿Q神往革命的一段心理活动的描写来说,那时辛亥革命已经爆发,而且已波及未庄。这天中午阿Q又喝了两碗空肚酒,醉得愈加快,乘着酒兴就飘飘然起来。他忽儿感到革命党便是他自己,未庄人都是他的俘虏。得意之际,禁不住大声嚷道:"造反了,造反了!"到了晚上,回到土谷祠,"他说不出的新鲜而且高兴,烛火像元夜似的闪闪的跳,他的思想也迸跳起来了……"接着作品从未庄的男女都跪在地上向阿Q求饶、抢东西、要女人等几个方面写了阿Q迸跳驰骋的神思。本来人的思想是看不见的,不说出来别人是无从知道的,但由于作者运用的是"全知性叙述视角",所以,叙述者就能够把人物的潜伏思想、内心隐秘叙述得毕露无遗、条分缕析、一清二楚。由此可见,采用这种"全知性叙述视角"的叙述者,既不与人物或读者合一,也不在作品中直接露面,作为一个隐身人,他可以自由来去,上下飞腾,自如地拍摄叙述对象的各种图像。与以上两种叙述视角相比,它的优势就在于叙述者超越各种人物之外,把人物的过去未来、外表内心,能做活脱淋漓的透视,展示人物无迹可循的思绪和意识流动以及最隐秘的心曲;也能将复杂的矛盾事件,任随它百源千流,皆收入笔底,多层次、多向度地反映和揭示出壮阔而复杂的生活图像。

(一)功能分析:形象表现的多层性

小说文体的基本审美范畴是人物形象的创造。小说家对于生活的反映和解释,对于审美情感和审美理想的表现,是通过实体感很强的人物形象的创造来完成的。小说对人物性格的表现,对人物关系(情节)的叙述,对人物活动的背景描绘,不受任何条件的约束和限制,可以自由地采取各种各样的艺术手段,把笔深入人物生活的各个领域。无论是有形的客观世界还是无形的主观世界,无论是大庭广众的场合还是隐蔽的秘密角落,都能够进行细致入微、淋漓尽致的艺术表现。在小说家的笔下,尺幅之中能够囊括天下,寸毫之端可以尽洒风情。对小说这种表现和刻画人物形象的特有功能,在解读中可以从以下几个层面来作艺术分析和把握。

1.以多样化的手段刻画人物形象的功能

小说刻画形象的艺术手段是多种多样的。它可以不受任何限制,或明或暗、或虚或实、或表或里、或分或合地去进行人物性格的艺术刻画。与其他文体相比较可见,小说刻画人物形象的艺术手段具有多样化和独异性,占有很多优势。叙事诗在进行人物刻画时,为适应其凝练的艺术形式,总在诗的天地里盘桓,抒情性的强烈外露,导致作者不是在说人物,而是在唱人物,情感的表现形式和小说家的深藏有很大的区别。遵循诗的审美规律,凝练、韵律、音乐的特征,审美样式的限制,使它展示人物关系的情节不能铺张扬厉,艺术细节凝聚如珠,而不像小说多似海滩的沙砾。散文刻画人物重在表达作者对人物的主观感受,对人物的刻画只是就主体感受的某一点特征或某个生活断面进行勾勒,即捕捉人物最有特征的形神风貌和最有典型意义的生活场景进行白描,以表达作者某种特定的主体情感。它不像小说那样旨在刻画人物的性格,记录人物的生活、命运的历程,把人物放在性格的冲突中、复杂的情节中、广阔的背景中来进行艺术塑造。文学剧本是供舞台表演用的,它对人物的刻画,只能靠形之于外的动作和语言来进行,而绝没有可能超越这个有限的范围,剧作家不能像小说作家那样,可以亲自出面对自己的人物进行叙述和交代。尽管剧作家挖空心思,创造了"独白"之类的揭示人物内心的方式,却难以达到像小说那样的细致入微和淋漓尽致的表现效果。尤其是它受时空高度集中的限制,远不能像小说描写人物那样,可以从容舒展,任洒笔墨,而只能通过高度动作化的人物台词表现自身的性格。在文学解读的实践中我们可以发现,没有一种文体像小说那样,可以根据表现人物性格的需要,既能把人物过去的活动以及在目前矛盾冲突中的生活现实集中起来,进行概括的说明、叙述和交代,又能根据毫无节制的观察点,运用具体的艺术描绘,去展示人物衣着装饰等外在形态。小说可以通过人物的语言和动作去表现人物的性格,也可以直接去分析人物的心理,揭示人物的内心隐秘；可以直接发表议论，对人物进行公开的评论，也可以把人物的活动暂时停顿或中断一下，去介绍人物的历史和社会关系，给读者解释人物活动的神秘和隐藏的动机。

对小说刻画人物手段的这种独异性和多样化优势，我们着重就以下几个方面来作简略的分析。

首先，小说刻画人物能够细致入微地探索心灵的奥秘，把艺术的解剖刀直接深入人物内心深处，对人物的精神世界、复杂心理以至最细微的心态变化和最隐蔽的思想潜流作淋漓尽致的披露，就是那种模糊奇异的幻觉、梦境以及联想和想象，也能直接地展示出来。可以说，小说的笔锋，在人物精神世界的领域里，无所不能入，无所不能写，一切禁区死角都不存在。小说的笔力，梳理纷乱散漫的思绪，条分缕析，一切繁难庞杂都能就范。如古典名著《红楼梦》，它在人物形象的刻画上，不但运用了结合人物的行为言谈透视人物心理的传统手法，而且也运用了条分缕析的静态剖析的创新方法。同时，还运用了诸如幻觉、梦境等这些特异的手法。《红楼梦》中写了许多梦，它用写梦境的艺术手法，直观地反映了封建社会的现实生活。据有人统计，这部小说的前 80 回写了 20 个梦，加上后 40 回写 12 个梦，总共写了大大小小 32 个梦，可见它"梦境"描写之多。有人说，静态剖析的心理描写手法，是 19 世纪西洋小说所独创的。但是，曹雪芹在 18 世纪闭塞的中国就使用了它，可见，这个"独创权"是不应当全归于外人的。意识流动的写法，在《红楼梦》中的幻景、梦境中也有所体现，也可说这是所谓"意识流"的较早运用吧。对人物进行这样充分自如的各种心理描写，是小说刻画人物形象、揭示人物性格所特有的艺术手段和表现功能，其他任何文体都没有条件在人物的心理世界里如此自由地挥洒驰骋。不说当代的"意识流"和"心理分析"小说,就众所熟知的一些情节性小说来看,如鲁迅的《一件小事》、法国作家都德的《最后一课》等,它们通篇都是采用的心理描写手法,全部情节都是在主体人物"我"的内心冲突和思想变化中来展示和完成的。尤其是《一件小事》,全篇很少有人物的对话和行动的描写。但是,这些小说却都在极有限的篇幅里刻画出了感人的人物形象,揭示了深刻的思想内容。毫无疑问,这在其他文体中几乎是很难做到的。如文学剧本,由于它一切都要靠表演来进行,所以,它表现人物的心理,只能是采用那使人感到有些"做作"的自白。而且它对人物心理的表现,还要受到时间和空间的限制,只能表现特定时间、特定地点里的人物心理活动,而无法像小说那样可以浮想联翩,思接千载。再如散文来说,由于散文是以描述和组构生活片段为主要特点的一种文体,因此,它对人物心理的描写,就很难充分自如地展开,只能采取以少胜多的"写意"笔法和"点睛"笔法。这样,它在韵味上似乎有所得,但在细微处却有所失。再就电影文学这种能量颇大的样式来看,它虽然有什么"主观镜头"、"幻想镜头"、"闪光镜头"、"回忆镜头"等专门表现人物心理的独特手段,但是,"诉诸视觉"、"瞬息即逝"这些大框子却把它套住了。它也不能像小说那样把人物的心理表现得如此细致和充分。所以,即使很有才能的电影作家,面对托尔斯泰、巴尔扎克小说中一连几页甚至是几十页的心理剖析,恐怕也是无能为力的。意识流手法,把小说揭示人物心理的独异功能,可以说推到了极致。鉴于小说在心理描写上具有的独特功能,意识流小说家以人的意识、思维活动为描写对象,运用诸如内心独白、幻觉、自由联想、客观心理描述、心理解剖等手法,透过主观直感的精神活动的描写来反映客观世界,反映现实的社会生活,拓开了小说心理描写的新天地。这类小说想象驰骋,思域广阔,历史和现状、过去和未来、天上和人间、幻觉和实景，都可以尽收笔底，挥洒自如，这更是其他文体所力不能及的。

其次，小说刻画人物，作者还能直接站出来，对作品中的人物进行评价。小说主要是靠人物和情节"自然地流露"思想倾向的，但也不排斥作者必要的议论和评价。这种议论和评价，如果在关键症结之处，结合具体的描绘，或画龙点睛，或条分缕析，在形象感染的基础上，动之以情，晓之以理，往往能够强化人物形象的感染力量，提高艺术表现效果。

这种对人物直接发表议论的手法，剧本是不能使用的。因为剧作家不能像小说家那样以叙述人的身份在作品中随时随地出场说话，他只能是一个退居在幕后的剧外人，不能到舞台上去随便发表议论。而小说家显然不仅能随便出场发表议论，而且还能做到灵活自如，他可以像一个万能的评论家，对人物随时表态：对人物的活动，他可以预先提示，也可以事后阐发；对人物的言谈举止，他可以说三道四；对一些细枝末节，他可以充分挖掘出它的内在意义；对不同时、地的事物，他可以联系比照，揭示出其本质和规律。小说抒发议论，不仅自由灵活，而且可以做到旨远意深。生活中的事物，哪怕是一些细枝末节，都浸透着生活的浆液。能否深入开掘，就在于作者的才识和智慧。这些并不多费笔墨的议论，往往能深刻地表现人物的精神，生动地揭示人物的心灵，可把人物形象点化活了。显然，这种议论评价，在其他文体中是难以富有深度地挖掘出如此细节的生活底蕴的。

另外，小说刻画人物还能够做到集中与分散相结合，直接与间接相交错等，特别是它不受时空的限制，不需像剧作家那样要考虑幕、景、场的集中或舞台演出的条件，在时空调度上享有最大的自由，拥有最丰富的手段。它不仅可以仿制一切现实所有的生活场景,而且可以创制一切想象中的奇境异影,决不受什么时间和地域的限制,能够超越任何时空。玉皇大帝的灵霄玉殿也好,东海龙王的水晶宫殿也好,都只有在小说中才能构筑得宏大而细密。在时空的可塑性上,可以说没有什么文体能与小说匹敌。无论是万人厮杀的战场,还是豪华的舞厅、农民的茅舍,小说都可以随心所欲地搭设着各种人物投入的"演出的舞台"。既能四面八方地平向展开,也能上下左右地立体构筑,大可包容宏观的大千世界,小可显示微观的隐蔽角落,可说它无所不至,无垠无涯。小说在时空的艺术处理上的这种开放性,突破自然的时空形态,而重构起的新的时空形态,有如秋日晴空之上的万端云彩,表现出其他文体所没有的灵动自由、多姿多彩。小说的这种时空形态,往往是站在一个时代、一个民族的时空高度来纵横笔墨的,它能使人物形象富有深厚的历史感、浓郁的民族感、丰富的人情美、独创的个性美,而具有永恒的艺术生命力。

2.在复杂的情节中表现人物形象的功能

以复杂的人物关系的叙述,即情节的艺术营构来表现人物,是小说文体艺术表现的一个独有特征。"事因人生,人以事显",人物形象只有在生动复杂的情节中才能得到充分的表现。小说刻画人物的手段具有多样性,没有禁区。叙述人物关系、组构艺术情节同样也没有什么障碍。它在情节的表现上,具有其他文体所没有的适应性和灵活性等鲜明特征。

小说的情节表现,具有极强的适应性。社会生活是丰富多彩、错综复杂的,人物之间的关系是千头万绪、繁缛纷纭的。从时间的因素看,有些矛盾事件绵延数年,源远流长;从空间的因素看,有些人物的活动,涉及天南海北,其场景相当广阔。对其他文体来说,由于它们各有其艺术形式的要求和限制,要反映和描写复杂而广阔的生活画面，都有着不同程度的困难。但是，小说在这方面却有着自己独占的方便，只要是作者观察和想象所及的生活内容都能在他的笔下进行具体化的艺术表现。一桩上下几千年、左右数万里的大事件，用剧本的形式去表现它，那么必须要有许多场次，而场次过多过碎就势必造成表演的困难；用诗歌去表现它，诗歌虽然可以借助于它独有的跳跃式的节奏，在表现时间、空间上一试身手，但它的表现重在概括，缺乏具体性，总是给人以空灵、虚化之感。而小说则不然，它可以上溯下延，具体描写漫长的生活岁月，而且能够保持其矛盾事件合乎生活规律的连贯性。它还可以左右勾连，即使漫写众多的生活场景、复杂的人际关系、多变的人物活动，也不会使人觉得零散杂乱，而仍能表现其和谐和富有条理的艺术秩序，保持其有机的完整性。在一个特定的情境里，人物可否回忆往事，可否畅想未来，对不同时态的人物活动可否交叉进行叙写——其他文体对此望而却步，小说却可以挺身而出。对于一些相关联的事件，尽管它们平行发展而又相互制约、纠缠绕缭，小说也可以有条不紊地进行立体性的叙写，这也是其他文体所不及的。总而言之，小说对复杂的人物关系和人物活动的表现，能伸能延，可厚可宽，它没有约束，没有限制，什么都可以叙写，什么都能适应。它既能用精短的篇幅叙写一个人物的一生，如叶圣陶的《一生》便是例子；又能详尽地去表现那些相互勾连、牵涉复杂的大大小小的人物关系和生活事件，如《红楼梦》中那复杂的矛盾事件，纷繁的生活琐事，众多的人物关系，扯连不断的家务事、儿女情，都丝丝扣扣地得到了充分的艺术表现。

小说表现情节，又具有特别的灵活性。任何人物的活动和事件的发生发展，总是依其自然的秩序来进行的。这种自然的秩序，是表述人物活动与事件过程时不可动摇的依据与主干。然而,凡是高明的小说家,在遵循和依据这种秩序的前提下,却不是机械地原封不动地照搬,而是根据艺术创造的规律,从刻画人物形象的需要出发,对矛盾事件精心地整理加工,独具匠心地进行艺术营构,使之避免平板乏味而得到生动的艺术表现。如重要的结局,就让读者先睹为快;虽属必要但容易使人生厌的交代,便巧妙地分散进行。"花开两朵,各表一枝",能使繁杂的人物活动得以充分展现;"一波未平,一波又起",能使矛盾事件层层推进,跌宕起伏,波澜丛生;等等。一言以蔽之,小说描述人物的活动,组构艺术情节,能够灵活自由地串动、跳跃、顿宕、隐藏,既可把扣人心弦的情节构置在关键要害的部位,又可把自然的秩序倒置或变换,使情节的表述生辉。

3. 在具体的环境里展示人物形象的功能

在具体的环境和背景下展示人物,也是小说有别于其他文体的一个重要特征。当我们解读一篇小说作品的时候,不仅可以看到环境如何造就了人物,而且还可以看到人物如何"改造自己的环境"。人在现实生活中不是孤立地存在的,总是生活在一定的环境里,同生活环境发生错综复杂的关系。性格的形成与环境息息相关:一定的环境决定人物思想性格的形成与发展,人物的行动和作为,无不受环境的影响和制约,与环境发生种种矛盾。在从生活原型升华为艺术典型的过程中,作家为了展示人物的活动,揭示人物性格的形成与发展,必须描写人物赖以存在的具体环境。这个具体环境既包含着一定时代的特点,又具有一定的时间、地点和人物赖以生存的社会、历史条件的特点。只有写出这样的具体环境,写出人物如何在这样具体的环境里生活,才能更好地展示人物的命运和遭遇。有些专家说,如果被描写的人物,在某一个时期来说,是最具体的个人,那就是典型。这里所说的

"在某一个时期"，就是指具体艺术典型所处的特定的时代和一定的时间、地点、条件下的人物世界。一个小说家艺术才能的高低，常常表现在能否使作品中人物与其所置身的具体环境有机融合，使读者确信：只有在这样的具体环境里，才能产生这样的人物。在解读中，对小说的具体环境的分析，不能只着眼于作品所展示的生活场面的大小、气氛渲染的浓淡，而主要应当去看作品特定的具体环境是否表现了人物性格。通过具体环境显现人物的命运和遭遇，进而表现人物性格的形成和发展，这是小说描写具体环境的根本目的。凡是高明的小说家，都无不重视从客观生活中精心选取那些具有鲜明特色的具体环境加以艺术描述，通过具体环境来烘托和展示人物的思想性格，从而塑造出活生生的人物形象。这样成功的具体环境描写，《红楼梦》中就有不少例子。如林黛玉居住的大观园中的"潇湘馆"，这里的一花一草、一木一石，都与女主人公的命运和思想性格紧紧相关。那"凤尾森森，龙吟细细"、"湘帘垂地，悄无人声"的凄凉幽静气氛蕴含着这个贵族少女的多少柔情和悲哀啊！那鹦鹉，那竹林，那石山，那秋花、秋草、秋雨、秋声，仿佛都带有林黛玉一样的浓郁的悲剧性格，都是那样洁身自好、多愁善感，都好像要和它们的女主人一样，为青春、为爱情而哭泣、而心碎。甚至连探春讲述的那个湘妃竹的古老传说，也都对林黛玉的悲剧性格有着强烈的象征意义和暗示作用。作者就是这样通过对林黛玉周围景物的艺术描绘，创造了一个使人的情感深受压抑的具体的悲剧环境，并使人物与环境达到完美的统一，从而使这悲剧环境更加明晰地烘托和展示人物的鲜明性格。而这种具体的环境描绘，往往是其他文体所难以达到的。这是因为小说对环境的描绘具有随意性、完整性和深刻性的特征。

　　所谓随意性，就是随处可行，没有什么贬义。在小说中，可以专门介绍情势,描写景物,也可以在人物的活动中,就目之所及捎带写出,还可以随着人物心情的变化,使景物形态也随之变化。鲁迅的《一件小事》中,几处写到了"风":人冒着风,事因风起,人因风显。《白光》中,有几处写到了"月":月伴着人,月衬出心。这里的"风"与"月",都是随手点染的,既省力,又恰巧,可以说是"招之即来,挥之即去"。这与剧本就有很大不同。剧本中的环境描写,随着特定的场次构置、景物固定,既不能中途变换,又很难随时添加。而小说中的这种环境描写可随意融化在情节的叙述和人物的刻画之中,它能够采取间接、零散、动态等多种多样的方式来进行。这样的环境描写看似零散,但通过这零散的描写,却能给读者留下丰富的想象空间,开拓出更广阔的艺术境界。

所谓完整性,是指有些小说,特别是外国小说,常常采用直接、集中、静态的环境描写,不仅可以刻画人物性格,有时还能起到展现人物的生活经历、生活态度和社会地位等多方面的作用。如俄国作家冈察洛夫的小说《奥勃洛摩夫》中,对奥勃洛摩夫的卧室描写,就是一个很典型的例子。我们知道,19世纪40年代前后,在俄国贵族知识分子中曾酝酿着一种对现实不满,希望改革现存制度的思想情绪。但由于他们所处的社会地位及其世代传袭的奴隶主寄生生活所养成的怠惰、懒散的劣根性,根本没有勇气和力量去付诸实践。他们只停留在说空话、造设想上,只能以幻想的革新方案来安慰自己腐朽空虚的灵魂,成年累月,饱食终日,百无聊赖地混日子。奥勃洛摩夫正是这一特定历史时期的这种贵族知识分子的典型。我们了解了奥勃洛摩夫的性格特点之后,就能更加清楚地看出,冈察洛夫的这段描写与人物性格搭配得是何等的准确、何等的适宜!"伊利亚·伊里奇躺着的这间房间,初看上去,布置得似乎也很漂亮……可是精于鉴赏的老练的眼睛，只要粗粗一瞧，马上就会识破，这些东西之所以陈设在那里，不过是希望遵奉一下不得不然的礼节，虚应故事而已。"这寥寥数语，一下子就把奥勃洛摩夫的贵族身份，以及他已经走向没落但仍要保持当年阔气的那种虚伪性，惟妙惟肖地展示了出来。四壁周围那挂满灰尘的蜘蛛网，能够当记事牌的镜子，撒满面包渣的桌子等，所有这些景物状貌，又都形象化地映衬出了奥勃洛摩夫的懒散、怠惰的性格特点。至于放在桌子上的几年前的报纸、生了苍蝇的墨水台，更是活灵活现地展示出奥勃洛摩夫的那种空想改革而不付诸实践的本质特征。总之，奥勃洛摩夫室内的一切，都渗透着奥勃洛摩夫精神，而这一桌一椅、一镜一笔又都是为刻画奥勃洛摩夫的思想性格服务的。显然，这样的环境描写与性格刻画达到了完美的统一，从而强化了作品的艺术感染力。

小说描写环境，点染气氛，还具有其他文体所往往达不到的深刻性。一定场景、气氛、细节、器物，总是有它历史的来龙去脉，有它现实的底蕴根源。如果能从生活中挖掘，选择具有深厚内容的细枝末节，往往起到超乎寻常的作用。鲁迅的《孔乙己》中描述了鲁镇酒店的格局，它不但为主人公提供了一个活动的场所，也为我们勾勒了一个旧社会各个阶级依照严格界限交往应酬的画面。老舍笔下的北京城，那漫天的黄沙，那酷热的夏日，那皇族的养鱼玩鸟，那军阀的聚宴堂会，那说书的、卖艺的、保镖的、讨饭的、拉车的、算卦的等三教九流的生活细节的描绘，为我们提供了20世纪初半封建半殖民地中国的完整图景。凡是优秀的小说作品，总是通过特定环境的着意描写来透视人物的灵魂，进而揭示作品的深层意蕴，深化作品的思想题旨。如鲁迅的《故乡》中的环境描写，就颇见这样的深度和力度：

　　深蓝的天空中挂着一轮金黄的圆月，下面是海边的沙地,都种着一望无际的碧绿的西瓜,其间有一个十一二岁的少年,项带银圈,手捏一柄钢叉,向一匹猹尽力地刺去,那猹却将身一扭,反从他的胯下逃走了。

这幅神异的画面,展现出了当时中国农村的劳动群众,虽然贫困但尚能过着宁静平和的劳动生活。二十年后,他又回故乡,看到的却是"苍黄的天底下,远近横着几个萧索的荒村,没有一些活气",这时的闰土也不再是一个手捏钢叉、项带银圈的小英雄了,而是一个"脸上虽然刻着许多皱纹,却全然不动,仿佛石像一般"的"木偶人"了。作者运用精巧的笔墨,通过两幅景物画,不仅形象地刻画了闰土的肖像和性格的巨大变化,而且还高度地概括了半封建半殖民地的劳动人民,在"饥荒、苛税、兵、匪、官、绅"的压榨下,一步步走向贫困和苦难的悲惨命运。

（原载《文学解读学导论》,人民文学出版1997年版）

巧运虚实　尽得风流

——鲁迅小说虚实艺术分析

　　虚写与实写,是文学作品中经常运用的两种辩证统一的艺术手法。虚写就是用间接的方法,借助于铺垫、映衬、伏笔等,通过对环境的描绘,气氛的渲染,或其他人物的言行来更加鲜明地刻画人物性格;实写就是用直接描写的方法,通过人物自身的语言、行动和外貌等,来揭示人物的精神风貌。在文学作品中,虚写与实写是相互依存,互为补充,相得益彰的。古人说:"虚实相生,无画处皆成妙境。"①指明了巧运虚实而尽得风流的艺术真谛。鲁迅在他的小说中就善于处理虚与实的艺术辩证关系。对此,我们在文本解读中应当加以重视分析和深入探讨。

一、从实入手,以实带虚

　　"神似"中的这个"神"就是所谓人物的精神风貌和性格特征。怎样才能写出人物之"神"呢?我国传统写作理论可归纳为二法:一为"以形写神",一为"于象外摹神"。前者偏重实写,后者偏重虚写。鲁迅小说中常常艺术地兼用此两法,在通过人物自身的外

----

①〔清〕笪重光《画筌》。

貌、行动或语言描写直接刻画人物性格的同时，往往还善于通过作品中其他人物的回忆、对话以及某些行为的描写等，来揭示人物性格形成的历史过程以及社会根源，从而把人物形象塑造得更加真实、完善。这就是从实入手、以实带虚的艺术手法。小说《孔乙己》就是如此。孔乙己一出场，作者就以实写的笔墨，首先勾画他"站着喝酒而穿长衫"的独特身份，勾画他的身材、脸色、胡子、伤痕、长衫"又脏又破"的外貌特征，以及"总是满口之乎者也"的言谈举止，透过人物的外形揭示了孔乙己穷酸潦倒、迂腐麻木的性格特征。但是随着情节的发展，当孔乙己再次来咸亨酒店喝酒时，"他的脸黑而且瘦，已经不成样子"。孔乙己为什么发生了如此惊人的变化？小说中没有从正面进行描写，而是采取虚写的艺术手法，通过酒店掌柜和喝酒人的对话议论，交代了孔乙己因为偷东西被打的境况。酒店掌柜和喝酒人的这段对话显然是虚写。通过这段虚写，既概括地介绍了孔乙己被打折腿的原因，使作品结构紧凑，疏密有致，又鲜明地凸显了孔乙己的悲惨命运，从而深化了作品的思想主题。

《风波》也是运用这种艺术技法的好例子。在这篇小说中，作者以实写的笔墨画出了茂源酒店的主人、封建遗老赵七爷在张勋复辟前后的丑态；以虚写的笔墨，通过对这个江南乡村风俗习惯的描写，对九斤老太"一代不如一代"的感叹的描写，特别是对七斤和七斤嫂为被剪去的辫子而十分惶惑的描写，衬托了赵七爷反对辛亥革命的嚣张气焰，渲染了在"风波"到来时各类人物的不同表现，以实带虚，以虚映实，揭示了辛亥革命并没有使农民获得解放，封建势力依然存在，农民仍被压迫、被奴役的现实。有人说，鲁迅小说有"尺幅之中囊括天下，寸毫之端尽洒风情"之妙，它与这一从实入手、以实带虚，虚实相照的艺术手法是分不开的。

二、实中写虚，虚中写实

鲁迅还善于从作品完整的艺术构思出发，巧妙地处理虚写与实写的关系，常常于实中写虚，在虚中写实，使虚实交融，互为渗透，相互为用，以刻画个性鲜明的人物形象，揭示作品的思想主题。《药》就是采取这种艺术手法来写的。众所熟知，《药》是以人血馒头为纽带进行双线结构的，即所谓的"明暗两条线索"。笔者认为，这实际上是一种虚实手法的艺术运用。华老栓买人血馒头给儿子治病是实写，而夏瑜被杀是虚写。作者通过采取这一虚一实，虚实交融的艺术手法，从一个方面反映了辛亥革命失败的悲剧。第一场实写华老栓去买人血馒头的情景，虚写革命者夏瑜被杀惨状。而实写不论是对人物的刻画或者景物气氛的描写，都或明或暗、或近或远地牵动着夏瑜的被杀。进入第二场，实写华老栓夫妇细心地烤好人血馒头和给小栓吃药，而虚写夏瑜的血被吃。这里实写着重于表现老栓一家愚昧麻木的精神状态，而其意在于表现辛亥革命没有唤醒民众，以夏瑜为代表的革命者的血反而被民众当"药"吃掉的悲哀。第三场实写众茶客七嘴八舌地谈药，虚写夏瑜在狱中的斗争。它像一个虚实交融的特写镜头，使夏瑜在狱中斗争的情景，通过茶客的议论哄笑，具体地得到了反映。夏瑜在狱中的所作所为，始终影响和支配着众茶客气愤、惊讶、冷笑、激动和呆滞的情绪，愈加烘托出旧民主主义革命者脱离群众，同群众严重隔膜而造成悲剧的深刻教训。第四场是两个被害者的母亲清明上坟。这一场展现了一幅阴冷悲惨的画面。作者巧妙地把两个被害者安葬在一块坟地，而两个坟墓又被一条小路分隔着。这里实写的是一条小路分隔着两个坟墓，而虚写的是革命者夏瑜和人民群众之间的隔膜：不仅生前格格不入，死后也互不相通。

　　鲁迅小说不仅善于实中写虚，也善于虚中写实。《狂人日记》中对狂人形象的塑造，就是采取虚中写实的艺术手法，融虚实于一炉的。我们知道，关于如何理解狂人"狂"与"不狂"的问题，一直存有争论。其实，用虚实手法进行艺术分析，这个争论分歧是可以解除的。笔者认为，小说是虚写狂人之"狂"——一个患了"迫害狂"的疯癫者，而实写的则是狂人不狂——一个最清醒的现实主义战士。表面看来狂人思路混乱，语无伦次，而恰恰在这疯言乱语中，蕴含着对现实的清醒而深刻的揭露和批判。显然，这是于虚中写实。比如，狂人认为他同赵贵翁和路人结仇的原因是"廿年以前，把古久先生的陈年流水簿子，踹了一脚，古久先生很不高兴"。这句话表面看来自然是狂言乱语，但实则是指革命战士之所以受到旧社会的歧视和迫害，是因为他要批判旧思想旧传统。这显然是最清醒的战斗语言。狂人说："我翻开历史一查，这历史没有年代，歪歪斜斜的每叶上都写着'仁义道德'几个字。我横竖睡不着，仔细看了半夜，才从字缝里看出字来，满本都写着两个字是'吃人'！"这段话实则是对封建道德本质的高度概括，是一个觉醒了的战士对封建礼教的大胆挑战和彻底否定。小说正是通过这种虚中写实的艺术手法，把虚写狂人的疯言狂态与实写狂人的警语醒姿交融于一起，塑造了一个披着狂人外衣的清醒无畏的反封建战士形象，从而有力地揭露批判了封建制度和封建礼教的吃人本质。

　　清代唐彪在《读书作文谱》里曾经这样说过："文章非实不足以阐发义理，非虚不足以摇曳精神，故虚实常宜相济也。"鲁迅小说实中写虚，虚中写实，其妙正在于此。

三、由实生虚，虚中显旨

实是能够生虚的。而虚也不是悬空的，它是作者感受、真情的自然流露，与实写的形象浑然融为一体，从而加强实写形象的鲜明性和感染力。这就是说，"实"生化出来的"虚"又反过来烘托实，点染和强化实写之旨。这是鲁迅小说中虚实兼用的又一艺术手法。《药》的第一部分，作者开笔描写华老栓匆匆出门的情景：走在黑沉沉的街上，他却似"得了神通"，"跨步格外高远"。作者为什么要写这些？如果说这些实写有点让人一时捉摸不透的话，那么，在写到华老栓买到人血馒头"仿佛抱着一个十世单传的婴儿……"一段虚写，把华老栓对"人血馒头"所抱的莫大希望淋漓尽致地表现了出来，不仅揭示了前面的实写之因，也表现了他的愚昧麻木。《一件小事》的第二段，实写老女人跌倒，车夫搀送她去找巡警，把车夫那种勇于承担责任的可贵品格展现了出来。但仅就这些描写似乎还嫌轻淡，人物的立体感还不够强，于是作者进而由实生虚，化实为虚，采用虚写的艺术手法，对车夫的形象加以烘托渲染："我这时突然感到一种异样的感觉，觉得他满身灰尘的后影，刹时高大了，而且愈走愈大。"车夫逐渐远去，他的身影应该愈走愈小，但作品中的"我"为什么觉得"愈走愈大"呢？显然这是虚写，是作品中"我"对车夫形象的感受。这段虚写，由实生化而来，又有力地托出了前面的实，从而把车夫高大的形象揭示了出来，深化了作品的思想意蕴。

（原载《山东师大学报》1985年第6期，人大复印报刊资料《中学语文教学》1986年第1期转载）

第三编　作家文品透视

依然瞥见灿灿的希望

——散文现象透视与散文艺术本色

在这次微山湖散文作家研讨班上,我很高兴谈一点散文现象与散文本色的问题,很难得能有这样一个机会和这么多散文作家学习交流并向大家请教。

一、散文创作的略览

迎来春天方知旧岁已去,回首散文创作态势,犹如在云缠雾裹的奥空中拨寻星亮,依然瞥见灿灿的希望。通俗文化的喧嚣干扰着心灵的净化,严肃文学受到严重的胁迫而走向低谷,山东的散文创作却于不事张扬的气氛中悄然发展,越发显示出强旺的生命活力。

作家是艺术作品的第一生产者。山东散文创作依然保持强旺的生命活力,在于拥有自己的一群散文作家。他们力图创新,吁求超越,弘扬审美个性意识,拓展散文的美学空间,求索散文新的内质的美,具有独特的审美创造理想和艺术追求。其中有耕耘多年的老作家,如许评、忆明珠、张歧、山曼、任远等。他们融汇时代潮流与历史轨迹于笔下,无论是凭借山水、景物、人情抒发内心的感触和向往大自然的胸怀,还是抒写对生活的感悟或人生的体验，都无不致力于开拓散文新的美学境界。更有一批敏于思考、锐意求新的中青年作家，如马瑞芳、李蔚红、刘烨园、张炜、丁建元、谭延桐等。他们感应人间的脉搏，觅踪于生活轨迹，探幽于人世义理，体察生命的本色与奥秘，也坦诚不饰地披露内心隐秘，公开自我人格，将审美视角探入社会和人生的各个层面，多向度、多方位地审视人间世相和自然世界的底蕴，创造散文多层性美学空间。山东散文创作的这种新气象，表现出三个鲜明的特征：一是散文创作的思维空间的变化、拓展，向着大容量、多向度的散射型思维方式和多维型思维系统推进。二是主体情感和生命意识的回归和充实，以自己真切的心声和赤裸裸的灵魂感动读者，闪耀着生命和心灵的光华。三是在艺术追求和审美风范上，表现出不拘囿于固有模式的创新姿态，摒弃单一化而走向多样化，淡化共性而张扬个性。

富有艺术创造精神，注入散文以新的生命活力的，应当说主要是中青年散文作家的创作。他们打破过去那种隐蔽心灵和内在情感的自我封闭模式，注重主体意识的坦诚流泻，率真诚实地呈现自己的心态，吐我之情，言我之志，以自己独特的个性和姿容，敏锐的视角与笔触，传达对生活、对社会的心灵体验和理性沉思，抒写对生命现象和人生真谛的感悟。如马瑞芳的《遗产》、李蔚红的《覆盖着落叶的纯洁》、《女人的潮汐》、刘烨园的《领地》、丁建元的《独在栖地》、谭延桐的《地势不断升高》、《呼吸的证明》，以及张炜在《光明日报》、《当代散文》等刊发的一些篇章。这些作品一扫媚俗歌唱描摹现实的散文贫血退化风，表现源于生命本体的深度体验，充满了诚挚的内心倾诉、心灵积淀的昭示，其中滚动奔涌的富有冲击力的生命体验流，具有直逼人心的感召力和穿透力。

　　在这方面，令人注目的是青年散文作家的创作。他们善于从生命的感觉、欲望与自然的、社会的对应状态中来表现人生，表现作为自然之物的生命与作为社会之物的人生种种不同生命状态，从而拓展了散文对生命意识、生命状态的表现领域。如李蔚红新近出版的散文集《做一个女人》，以女性特有的深度体验，透视女性生命的本色与奥秘，毫无保留地坦露心灵中的每一纹波澜，每一阵颤栗，每一份虔诚，让人直面女性生命之真去解女性生命之谜，因而她以境界超然的生命格调和纯真的内在气质与品格，打破女性散文孤寂、闭锁的心态意绪和矫情模式，托出鲜活灿烂的女性生命意识与灵姿天韵。尤其谭延桐在《中国作家》等推出的几个篇章，可以说是庄严的人生追问和灵魂搏斗，是激情的宣泄、心灵的唤醒和生命的超越，是浓郁的抒情性与深刻的哲理性的高度统一。

　　此外，别见特色的——还有不少作家的创作，存在写山水自然、乡情民俗和文化性反思的取向。这类散文以颖异隽永的韵致，昭然显现出一种主体风度，具有开放的情怀，敏锐的悟性和独立的人格精神。如许评的《挢子老店的故事》、山曼的《北方的摇篮曲》、张炜的《信天游》、王仲堂的《一把折扇游江南》、毕玉堂的《凄凄杏花》等。这些作品表现出两个崭新的特征：一是面对乡情民俗、自然风物和人文景观，作者不仅仅是"忘我"的移情和投入，而是保持清醒的理智，加以深切的感悟和理性的审视。如山曼笔下的"拉纤的号子"，许评笔下的"梁山古道"，张炜笔下的"黄土地"等，其形态状貌充盈着作者的感情投注而呈现的生命律动和人化气韵。二是作者对自然物境和人文景观所进行的描述及其沉静的理思，不仅带有一种对宇宙本体生命形态的思索，而更多的是把根植于社会历史、民族文化、现实生活和时代大潮的洪流之中，通过自然景境的开采和人文景观的生发，或剖析民族思想文化发展的轨迹，或着力于民族精神品格的提升和人类心灵世界的熔铸。所以，这些散文中都贯注着一个沉思者的主体意识。

不容讳言，在我们回首瞥见希望的同时，也看到一些苍白无力之作。有的露出本是无情而自作多情的笑靥；也有的新奇与晦涩相融，生动与平庸并存，虚饰与矫情渗透，内质轻薄而不耐读；还有的感情陈旧，理思贫乏，心态闭锁，视角狭小，缺乏开放的意识、阔大的胸怀和鲜活的气质。我相信在急剧的社会变革与激荡的历史潮流中，新生与死亡、选择与淘汰、欢悦与痛苦、思维方式与行为方式都在经历着延续与嬗变的锻造，山东的散文创作一定会燃起更灿烂的希望。

二、散文现象的透视

改革开放多年来，散文创作经历了一系列的艺术变革。在这些艺术变革中，散文创作多面拓展，散文艺术呈现出全新的美学风貌。散文艺术精神得到了真正的弘扬与建构。过去那种先写实、后想象、再升华的散文思维秩序和"一情一景"的单一性散文创作模式已被完全打破和摒弃，出现了多情景、多意味、多视点交错叠合的散文新格局和新境界。特别是散文类型的多样化，更是散文艺术变革的一个新景象：文化散文、生活散文、唤醒散文、浪漫散文等不同类型散文艺术创作的发展，不仅拓展了散文的艺术形式，而且，使散文艺术世界不再是一花一草，而是百花争艳，丰富多彩。我们完全可以动情地欢呼：散文艺术的星空一片灿烂！

随着散文艺术的变革与发展，散文创作中也出现了一些有争议的问题。其中，比较突出的是讨论散文创作出现的两个现象：

一是散文功利性的生长与扩张，一是散文文学性的消解与缺失。

第一，散文功利性的生长与扩张。

随着市场经济的发展，一切报刊都不可避免地受到经济杠杆的制约。为扩大发行，招引读者，它们往往侧重追求可读性，因而使其艺术性相应地退隐——有些新闻性的纪实文字、传达某种生活趣味的娱乐性文字、描述某种生活规则的实用性文字，以及某些写一点小场景、小故事、小情感、小隐私的文字，都被归于散文之列。有人说，如果这类文章也称为散文，那么只能是"伪散文"，并认为这类散文"彻头彻尾的功利化倾向改变了散文艺术的性质"，它们"扮演的是快餐文化的角色，担负的是骗取读者口袋里的钱"的使命。这种批评有点绝对化，但从某种意义上说，也揭示了散文创作中存在的"媚俗之风和轻靡之气"。

毋庸置疑，当代人审美需求突出表现为平民化趋向，以娱乐性、通俗性、商品性和短暂性为主要特征，重在消解人们的紧张浮躁的情绪，并对人们的某种失落感给以补偿。这种审美需求的变异致使一些艺术欣赏活动都相应地消解了原有的艺术气质。在这种情况下，散文的平易性和贴近生活与时代的特征，恰恰与当代人的审美需求相吻合，人们自觉不自觉地向散文靠拢。由此使散文创作滚动在功利性的经济交易之中，它与当代读者之间的那种先在的亲密融洽关系被经济功利化扭曲。从某种意义上说，充当了消弭浮躁心理的填充物。我们认为，散文艺术对人类社会的功能不可仅仅局限于"补偿"，而应体现在对人类精神的终极关怀和心灵塑造上。如果说散文艺术创作有功利性的话，那么，它的功利性应是人类远期利益的功利，即有利于人类精神之文明、情感之升华、灵魂之建构、心灵之陶冶，而绝不是某种短期的经济的功利性。因此，散文家的创作应当力戒这种经济的功利性行为，而为人类情感与精神的建构进行散文艺术创作,营造人类的精神家园。

第二,散文文学性的消解与缺失。

对散文文学性的消解与缺失这种现象,持有不同的认识。有人认为,这是散文注重客观性、强调生存真实的新叙述方式,如对肉体生活的纯自然性描写,便属于此类。对这种认识,人们并没有认同。也有人认为,那些文学性不足而写实性有余的作品,是一种散文的泛化现象。所谓泛化,就是说散文的美质向一些非文学领域渗透,散文美进入了一些实用的生活领域。如何看待散文的泛化现象呢? 一是它说明散文是很有魅力的,这种魅力已经被为数甚广的人所接受;也说明了散文是很有生命力的,它具有向其他文化形态输出散文美的原生力。二是目前的许多所谓散文,其实并不都能算得上是散文,尽管它们都有散文的一些美质,但从根本上说仍是应用的而非审美的。或是为了报道事实,重在新闻性;或是为了介绍某方面的知识,重在普及性;或是为了阐明问题,重在论辩性;或是一些习作,还没有进入文学大门。严格地讲,这些都不能算是文学,当然也不能称之为散文。三是文学历来就不是也不可能是纯而又纯的,它不可避免地会与历史、政治、哲学、自然科学交叉,同时在它的内部也常有交叉现象出现,诸如文体的交叉,各种文体的作者的交叉,各种风格的交叉,等等。这种交叉在创作界、新闻界也并不一定就是坏事,它说明人文景观的多样态,甚至还可能出现绝世精品。但是,我们又不能不承认,由此也创造了大量不伦不类、非牛非马的东西。文学的纯与不纯,既给它带来好处,也给它带来弊病。怎样辩证地处理纯与不纯的关系,这是文学的一个难题。学者可以写论文也可以写散文。既不像论文也不像散文的,有可能是艺术精品,但更多的可能是败笔。四是理论界和创作界应该充分认识泛化现象对散文带来的负面影响,它淡化了散文的文学特质,它消弭了散文与应用类文章的界限,使散文本体的文学性面临消解的危险。因此面对散文的泛化现象,我们不能视之为繁荣,更不能盲目地沾沾自喜,而要对它的负效应给予应有的重视和思考。

三、散文艺术的本色

散文艺术的本色是什么? 这个问题似乎无必要再进行讨论。但从以上散文创作现象的透视来看,我们在散文创作的艺术实践中,还应当加以具体把握。因为上述散文创作现象说明,并没有真正把握散文艺术的特性,更没有切实把握散文艺术的本色。

现代美学理论认为,散文是一种重在表现主体情感、主体心灵、主体意识、主体风度的文体,是一种主体性最强的艺术形式。我认为这种认识是切实的,散文与其他文体不同的特性就在于它是心灵(主体)与世界的对话,是以主体心灵的光华去照亮读者。在鉴赏审美实践中可以发现,凡是优秀的散文作品,虽然审美意味不同、美学风格各异,但它们有一个共同的特点和规律,这就是无不以自己敞亮的心灵与世界对话,无不以自己独特的情感体验去拥抱生活,透视社会,触摸人生的本真价值。

就新时期散文来说,凡是受到读者喜爱的好作品,也无不是主体心灵与世界的对话,无不是用心灵来观照生活、透视世界、体察人生,无不是一颗颗主体心灵的跃动与燃烧,无不是主体心灵对人生的追问、与世俗的搏斗。读一读我们山东散文作家的作品便可以看到,无论是对山水自然的记游、往事旧情的追忆、现实生活人事的关怀,还是寻找生命的原色、透视人生的领地,以及对生命状态的探索、对生存方式的思考,我们都可以从中看到一颗主体心灵的跃动,感受到主体情感的流淌,表现出一种"独立求索"的主体品格,一种坦坦荡荡的主体风度。可以说,这种独立的主体品格,坦荡的主体风度,就是散文特性的艺术外化,就是散文这种文体所特有的品格和风度。

我们认为,散文的主体性特性就是散文这种文体的本色所在,也是散文这种文体的魅力所在,更是散文这种文体的生命所在。散文,如果失去了这种特性,也就失去了这种问题的本色,散文的魅力就无从谈起,散文的生命就会黯淡无光。如山水游记之类的散文,如果没有主体感受、主体体验的参与,没有主体心灵与山水灵性的沟通与同化,那么,不过是对山水自然的客观描述,不过是对名山大川的导游式说明,它不可能写出山水的生命,山水的性格、灵魂和风骨。因此,这样的散文,至多是一种介绍性的说明文,或者说是知识性读物,而不能称之为散文。因为散文是主体性很强的文体,散文是心灵与世界的对话。你要用散文来写山水自然,必须写出对山水自然的特定感受、特有的感悟与体验,即对山水自然进行主体性的审美投射,使山水自然融注着主体生命的光彩,投射出主体心灵的光华。

在当前的散文创作中,散文的主体性已被唤醒,散文的主体意识得到了解放。但是,正如以上所述的两种现象——还有不少散文创作者缺乏主体意识,没有把握散文艺术的本色,往往局限于事物客观性的描述,写不出主体精神,没有主体情感的参与。所以至多表现客观事物的自然形态,不能揭示客观事物的内质美。这样的散文不会是有意味的散文。

随着时代的变革和人的主体意识的进一步开放,新时期的散文创作趋势必然是主体的强化与弘扬。它要求散文家用一颗敞亮的心灵去拥抱生活,观照人生,把主体的情感与理思、思想与精神、风骨与气度、形象与灵魂整合起来,投注到散文创作中,使散文创作显现出大气和超然的境界。

(原载《作家报》1996 年 3 月 23 日,为作家
　　研讨班暑期(微山湖)的主讲稿)

朴素见真情　平淡见精神

——吴伯箫散文论

我国当代散文作家灿若繁星，各以卓然独标的艺术韵致，竞洒风流。杨朔以诗为文，托物言志，他的散文如平湖秋月，如出山清泉，蕴含着画意，融注着诗情；刘白羽以情写文，气势磅礴，他的散文如奔腾的长江，如燃烧的朝霞，孕育着希望，流溢着光明；秦牧的散文谈天说地，涉笔成趣，善把理性的诉说或人生的思考寄寓于生动的描绘和奇妙的联想之中；魏巍的散文重情重义，激情与理智协调，壮美和柔美结合，青春和诗情融汇，美丽和纯洁辉映。吴伯箫与他们则迥然不同。他的散文朴素中见真情，平淡中见精神，有如"无花果"，不炫耀，不矫饰，外观质朴无华，只是不声不响的贡献果实。它真诚挚切，蕴藉深沉，纯朴素雅，总是以丰厚的内涵发人深省，又以隽永的情思引人遐想。应该说，吴伯箫的散文以质朴的文字，叙写对生活的深层憬悟和对民族历史、生活现实的诠释，具有独特的艺术气质和风度。在当代散文世界里，凛然自成一家。

一、孜孜不倦的散文创作历程

吴伯箫(1906—1982)，原名吴熙成，笔名山屋、天荪等，山东省莱芜市吴家花园庄人。他从 20 世纪 20 年代末就开始散文创作的艺术实践,追随着历史的脚步一直不停地劳作,辛勤耕耘到 80 年代初,先后创作了散文集《白天到黑夜》、《羽书》、《黑红点》、《潞安风物》、《出发点》、《北极星》、《忘年》、《吴伯箫散文选》等。这些散文作品给我们勾画了半个世纪以来中国社会从黑暗走向光明的许多重要画面,呈现了一个执着追求革命和艺术的知识分子与时代共命运、与人民同呼吸的内心世界,也展示了一个献身于散文艺术的作家在创作道路上孜孜不倦地探求和创新的前进轨迹。纵观吴伯箫的散文创作历程,可分为三个不同的历史时期:

　　一是 30 年代中期。早在 1925 年秋,吴伯箫在北京师范大学读书时,就在《京报·副刊》上发表散文《白天到黑夜》,后来在京津报纸上又陆续发表了《街头夜》和《塾中杂记》等写实散文,在当时的北平文坛崭露头角。这一初创时期的散文结集为《街头夜》准备付印,但因"九·一八"事变,兵荒马乱之中丢失全部文稿,未能实现出版之愿。此后,吴伯箫在散文创作上获得突出进展,是从 30 年代初开始的。他 25 岁时于北京师范大学毕业,先在青岛大学工作,后又到济南乡村师范等地任教。在这个期间创作了《话故都》、《马》、《我还没有见过长城》,以及《海》、《岛上的季节》、《荠菜花》等大量散文。1936 年他将这些散文结集为《羽书》出版。吴伯箫对"羽书"这个书名曾做过这样的解释:"羽书,或羽檄,翻成俗话,应是'鸡毛翎子文书'、'鸡毛信'。"又说:"'鸡毛翎子文书',飞啊!去告诉每个真正的中国人,醒起来,联合了中国人民真正的朋友,等哪一天,再来一个八月十五!"其意思是说:"要把异族侵略的敌人一宿中间从中原版图上肃清"。《羽书》这个散文集是吴伯箫前期散文创作的代表性作品之一。它主要以儿时的

乡村经历为题材，描述那纷乱世界中未被践踏的一抹天地，寄寓
自己对美好理想的祈念，间或对世间的黑暗发出自己的呐喊。而
且其中有不少精彩的艺术佳构，如《话故都》、《山屋》、《岛上的季
节》、《天冬草》等，写得酣畅淋漓，率真洒脱，读来使人心与之相
通，情与之俱动。《马》追忆孩提时同家人牵马散步、跃马长堤的
往事，以纯真活泼的童心表露出对生气勃勃的生活一往情深的怀
恋。《天冬草》先描述自己喜欢天冬草的缘起——喜欢那"新鲜爽
脆"、"朝气蓬勃"的气氛，进而又写由天冬草为媒介而结识的两个
少年女伴，尽抒了系结在天冬草上的婉约而深远的诚挚友谊和纯
洁感情。《海》描写作者喜爱的海滩、海水、海风、海雾、海天，写得
气象万千，雄浑壮阔："海风最硬，海雾最浓，海天最远。海的情调
最令人憧憬迷恋。海波是旖旎多姿的。海潮的势头是汹涌的。
海涛的呼声是悲壮哀婉、訇然悠长的。"这些描写把简洁明快的乡
音和清新和谐的情调糅合起来交错并用，极有声情并茂的艺术效
果。所以，在30年代中期的散文园地里，吴伯箫的这本《羽书》，
与何其芳的《画梦录》、李广田的《银狐集》以及《画廊集》等，各以
其独特的艺术风采，赢得了评论家与读者的普遍赞赏：何其芳的
散文柔细婉转，意象朦胧；李广田的散文质朴浑厚，真实纯正；吴
伯箫的散文则率真活泼，粗犷洒脱。如果说，何其芳的散文如温
柔多情的江南女子，李广田的散文如憨实刚健的北方汉子，那么，
吴伯箫的散文就像粗犷而又妩媚、洒脱的塞外牧马女。司马长风
就曾说过，30年代仅有吴伯箫这个山东籍的作家，才把北方悲歌
慷慨、快马轻刀的豪情淋漓尽致地吐放出来。

　　二是抗日战争时期。抗日战争爆发后，吴伯箫投笔从戎，于
1938年奔赴延安。他先在抗日军政大学学习，后又以抗战文艺工
作组第三组组长的身份到晋南前线从事战地文化宣传工作。生活

的变迁,使他的思想感情随之发生了变化,在戎马倥偬的间歇拿起笔来,写眼见的战斗生活。他的散文集《潞安风物》和《黑红点》,就是取材于当时的战地见闻和感触。此时,他的散文又以另一种风貌出现于文坛,在读者中也引起了较强烈的反响。吴伯箫在《无花果——我和散文》中回忆说,他这一时期的散文有两种情况:一种是急就章,经历了就写出来,甚至不过夜就仓率付邮,时间性强,希望它及时发挥作用;一种是经过酝酿,整理,综合成篇,字句也反复斟酌,从胚胎到分娩,真像动物一样要八个月或者更长的时间,才能产生一个有血有肉的生命。前者,读者看过就忘了;后者,经得起时间的考验,给人的印象可能深些。这段话客观地反映了他当时创作的实际情形。我们对这个时期的作品加以考察可见,其中确有一些"急就章"。如《马上的思想》,简洁地勾画出了八路军总司令朱德将军"没有架子的平凡"和众多普通的人"常常念道"的动人情景;《响堂铺》、《夜摸常胜军》等,像一幅幅简朴的素描画,明快地描画了八路军战士依靠机智勇敢,屡屡挫败敌人的场面。这些作品选材上在以往的平实中增加了时代的气息,抒情上冲出了个人的小天地,表现出胸襟的开阔和视野的扩展——能够透视当时人民群众和革命战士的生命光点,揭示他们生命中闪烁的时代的思想光辉。读来使人似嗅到那战场上的火药味,感受到那战斗的生活气息和蓬勃的活力,富有鲜明的时代气质和亮色。1942 年 5 月,吴伯箫参加了延安文艺座谈会,使他的创作无论在思想内容上,还是艺术形式上,又有了新的发展。以"南泥湾"为题的散文,不仅思想内涵深邃,而且呈现出大处着墨的新的努力趋向。同《战斗的丰饶的南泥湾》相比较,《出发点》则是一篇富于哲理意味的散文。作品从队伍离开延安出发说起,畅写自己对延安的种种情怀和对于延安道路的认识。表面上似说奔向新的战场的出发点——延安,实际上又谈的是人生道路上的崭新出发点——革命。不仅有打动人心的感情力量，而且还贯注着无可辩驳的逻辑力量。还有一篇《向海洋》，作者在30年代写的《海》，和这篇《向海洋》同是写海的，然而风貌迥然不同。在题旨上，前者追求的是超脱现实的缥缈梦幻，后者抒发的是改造现实的宏伟志愿；在情调上，前者貌似轻松的憧憬中流露出无可掩饰的哀愁和惆怅，后者则在无拘无束的畅想中荡漾着发自心扉的自豪和高亢，拓出一种全新的情感境界。总之，吴伯箫这个时期的散文，已具有高度的思想性和艺术性的和谐与统一，呈现出崭新的风貌。

　　三是新中国成立以后。新中国成立之后，吴伯箫先后在东北大学、东北师范大学、人民教育出版社等教育部门，以及中国社会科学院文学研究所担任领导工作。他在繁忙工作的余暇，仍以饱满的生活激情和旺盛的创作活力，对散文创作进行着苦心的探求和开拓，并获得了突出的艺术成就。收集在《北极星》里的那些精彩篇章，使他在自己创作史上登上了更新的高度，并因此可以毫无愧色地立于中国当代第一流散文家的行列。打开《北极星》这个散文集，我们便可以发现，其中所抒写的美好事物和情思，都是作者自觉而敏锐地从实际生活经验中撷取的，不仅富有现实的积极意义，而且其内涵别具深度、力度和厚度，催人进取，积极向上。如写延安生活的系列散文《延安》、《记一辆纺车》、《菜园小记》、《窑洞风景》、《歌声》等，是一幅幅十分珍贵的历史剪影，更是一首首真挚深沉、感人肺腑的抒情乐章。读来激励斗志、鼓舞人心。《延安》那篇颂辞，像诗一般引吭高歌："延安，二十世纪三十年代到四十年代中国的京城，它是流通鲜明的血液到千百条抗争道路的心脏，它是指挥抗日战争和解放战争取得最后胜利的司令台。"在这座"京城"里，充满着一股股奋发向上、自强不息的生机活力。这里的政风变了，民俗变了，变得那般纯真，变得如此健美。而那篇《歌声》,是战斗之歌,劳动之歌。她能"变成一种思想,一种语言,甚至是一种号令",因此,延河之滨,宝塔山下,处处歌声如潮,"辨不清头尾,摸不着边际"。因为广大军民"被歌声团结起来"克服一切困难,去砸烂旧的制度,创造新的世界。总之,这些作品看似清淡,实则具有一种荡胸涤肠的感人力量。

十年动乱之后,吴伯箫虽然年逾七十,但"老骥伏枥,志在千里,在实现四个现代化的征途中,在新春的文艺园地里,总希望能点缀几丛花草"(《忘年·经验》)。他提笔耕耘,一连写了二十几篇作品,为复苏的散文艺苑增添了几许春色。这些作品收集在散文集《忘年》之中。其中《忘年》、《布衣》、《打前站》等篇章,是作者晚年散文创作的力作。

纵观吴伯箫散文创作的行迹脉络,我们可以发现,在他长期的散文创作艺术实践中,殚精竭虑,苦苦探索,开拓了一个有着自己"特有的声调"的散文艺术世界。同杨朔、刘白羽、秦牧一样,在当年散文的星空里,闪射着自己的艺术光华。

二、缤纷斑斓的时代生活写照

读赏吴伯箫的散文作品,我们便可以发现,用散文这种艺术形式来反映缤纷斑斓的时代生活,揭示人民群众的精神美质和内心深处的时代光耀,是一个十分鲜明和突出的特色。无论是抗日战争时期,还是新中国成立以后,吴伯箫都把他散文创作艺术的触角探入时代生活的底层与深层,展示祖国和人民、民族和历史所闪耀出的内涵的美。他的早期散文《我还没有见过长城》、《海》等,不只是乡情民俗画的描述,更是时代精神和民族性格的发掘,揭示的是中国人民抵御外侮和挣扎、反抗的生命火焰。他写抗战生活的系列散文,如《南泥湾》、《出发点》等,更是传出当时抗战军民的豪情,飘荡着宝塔山的回声,跳动着抗战军民的精神。它能使人嗅到当时战场的火药味、感受到抗战军民火热的战斗生活气息,鲜明地表现了抗战军民强旺的意志和生命的力量,揭示了抗战军民英勇歼敌,创造新世界的伟大气魄和风度,充溢着一种令人振奋激动的战斗生活气息。写于60年代的怀念延安生活的一组散文,如《歌声》、《记一辆纺车》、《菜园小记》、《窑洞风景》等,反映的是过去的生活,可作者的触角还是深入当时的现实生活,并不是"发思古之幽情"式的怀旧,而是着眼于时代精神和现实需要。

1960年前后,我国国民经济由于"左"的影响及其他一些原因,正处于困难时期。应该怎样对待困难,用什么精神克服困难呢?作者曾经说过,作为一个受过延安教育的人,有责任介绍延安精神,激励人们把一时的困难置之度外,以苦为乐,以苦为荣,随时都以昂扬的斗志,冲天的干劲,从事社会主义建设。显然,这组怀念延安生活的系列散文,也是立足于现实,着眼时代的。打开吴伯箫的几个散文集,无论是《潞安风物》、《黑红点》、《出发集》,还是《北极星》和《忘年》,其中有战斗豪情的抒发,也有幽微"乡情"的描述,但都无不跃动着时代生活的气息,充盈着时代生活蓬勃的生机和活力。在这些散文中,吴伯箫一丝不苟地揭示发掘着现实生活中的善和美。一次难老泉旅行,一个猎户家的探访,一辆古老的纺车,一阵火车的笛鸣……时代生活的万紫千红,在他的视野里,都折射出时代生活的光辉。吴伯箫的散文里所表现出来的对时代生活的思考和默想是持久不断的,不是随意地流露和发泄,它具有自己的倾向和童心——所有的意向和观念都维系着祖国和人民生活的现实处境,都关系着社会的发展,表现和宣扬优良的红色传统和奋发的精神,以及现实生活中的人情美。

如《猎户》叙写的是两个时代猎人的生活境况和他们的追求。作者通过对一群猎人的描写,展示了一幅充满着人情美的社会生活的风俗画卷。它洋溢着暖洋洋、热烘烘的情调,充溢着强烈的时代色彩:"野兽也好,强盗也好,只要害人,不管它是狼,是豹,还是纸老虎,我们统统包打。不怕撵到天边地边或者受尽千辛万苦,要打就一定把野兽和强盗消灭!"这是中华民族的"朋友来了有美酒,敌人来了有猎枪"的人情美的升华——新时代猎人的人情美,也是一种特定的时代精神的投射。

应该说,好的散文无不是一种对生活、人生、社会的洞察。读吴伯箫的散文我们可以发现,那些看起来平实的文字,常常能直问人心见真实。吴伯箫散文的这个特色,具体表现是善于从现实出发,"写自己所熟悉的,亲身实践过的生活"(《忘年·经验》),即抒写切身的体验。如《火车,前进》,描述的是一次乘坐火车的所见所感所思。作者写火车响亮的笛鸣,"带来了一个熙熙攘攘的世界",使人"顿时感到了年轻",写一列火车,就像是"一个社会"、"一个城镇",一切"都是活生生的"。乘车旅行本是常事,可它不仅带给作者以"欢喜,畅快",也带给作者以生活的发现和感悟。就写延安生活的一些散文来说,当时的延安生活异常艰苦,但是,作者从窑洞生活这一审美对象中,深切地感受到其精神生活,借以激励斗志。"凭着崇高的理想,豪迈的气概,乐观的志趣,去克服困难",倒也是"一种享受"。于是,他把这一切的生活感思,巧妙地融化进审美对象之中,在《窑洞风景》里作了尽情地抒写:

　　冬天雪夜,三五个邻窑的同志聚在一起,围一个火盆,火盆里烧着自己烧的木炭。新炭发着毕毕剥剥的爆声,红炭透着石榴花一样的颜色,使得整个窑里煦暖如春。有时用搪瓷茶缸在炭火上烹一杯自采自焙的蔷薇花茶,或者煮一缸又肥又大的陕北红枣，大家喝着吃着，披肝沥胆，道今说古，往往不觉就是夜深。打开窑洞的门，满满地吸一口清凉的空气，喊一声"好大的雪"，不讲"瑞雪兆丰年"吧，那生活的意义是极为丰腴的。捧一捧雪擦擦脸，就是该睡觉的时候神志也会更加清醒，这时候，谁都愿意挑一挑麻油灯，读书或写作，直到天亮。

这段文字淡雅舒缓，如谈往事，似扯家常，在漫不经心的"直说"中，酣畅淋漓地抒写了作者对延安窑洞生活的真切感思，这是洁静心境的写照。他的情感丰富而不奔放，他的理思深沉而不冷峻，透射出的是一种温婉而平和的美。在字里行间发掘着延安生活的意趣和真谛。宏观吴伯箫的散文世界可见，不管是一次"沁州行"，一个"出发点"，还是一棵"天冬草"，一个"黑红点"，都以跃动着心灵——引发读者的惊喜、欢悦而与他一起沉迷于"忘我的境界"里，叫人心境顿生清朗，思绪悠然超越。

吴伯箫的散文以其独到的感受，或写景咏物，或通过昔日人事的追怀，从"一斑一点，一枝一叶"中探求生命的活力，抒写生活的情意。如一辆纺车，一个种着几畦韭菜、几垅萝卜和架几排西红柿的所谓"菜园"，黄土高原的"窑洞"、"歌声"、"火车"，一匹"马"、一盏"灯笼"、一只"海上鸥"、一本名册里划的"黑红点"，小学生课桌上刻画的一个字，等等。作者通过这些平常的生活片段和自然事物的描写，便使读者能够透过重组的自然图画和生活镜头，感觉到内在的"精神的跃动"和如波似涛的心声，把读者带进一个闪动着生命光彩，满注着生气的散文艺术世界。无论是从表现手法来分析，还是从艺术风格来考察，吴伯箫的散文作品，特别是那些写景抒情的篇章，都无不是一系列清丽的意象与作者内心思绪的融注。

三、质朴平实的散文艺术特色

移情入境，表露思绪，是吴伯箫散文的一个显著特色。作者采取"移情入境"的艺术手法，常常把习见的一事一景一物注入自己的思想与情感，使之成为心绪和意念的载体，准确和谐地表现自己的特定感受与内心思绪。如记游散文《难老泉》，作者把深厚的情思包蕴于真实、具体的记叙、描述之中，寓情于景，寄情于物，陈情于事，融情于理，达到了情景交融、"物我一体"的艺术境界，使人简直分不清哪是景语，哪是情语，活画出了难老泉的风姿神韵："那喷涌的水源，那长流的碧波，永远是活泼泼的。""泉水从一丈深的石岩里涌出来……澄清碧绿，像泻玉泼翠一样。"而那水汽蒸腾的潭里，"水面有浮萍，潭底有水草，都冬夏常青，长长的水草随着流水波动，像风吹麦浪，荡漾起伏"。又如《记一辆纺车》中描述的纺车情景："在纺线的时候，眼看着匀净的毛线或者棉纱从拇指和食指间的毛卷或棉条里抽出来，又细又长，连绵不断。简直会有一种艺术创作的快感。摇动的车轮，旋转的锭子，争着发出嗡嗡嘤嘤的声音，像演奏弦乐，像轻轻歌唱……像成熟了的肥桃，从锭子上取下穗子，也像从树上摘下果实。"像这样包蕴着内心情思，跃动着心灵声息的景、物描写，在吴伯箫散文中俯拾皆是。如窑洞的烹茶煮枣，菜园的蛙叫虫鸣，歌声的插翅腾飞，等等。这些描写既细致鲜明地勾画出了景、物的形姿，又赋予它们以生命，使之满贮人的感情，分明地注入了作者的内心感思，透露着作者自我感受中的独特情绪。不言而喻，这些跃动着生息的事物是作者对生活、对生命的深沉感怀。

值得特别注意的是，吴伯箫在他的散文中，以其特有的素质和才思,常常能够绝妙地勾画出特定时空下融注内心思绪的景、物形貌,以如雕如镂的精微揭示出跃动着生息的景物韵姿,表现出情感与意趣的丰富,赋予本无生命的事物以活的生机。如《山屋》中对"上山"的一段描写:"戴了朝露的那山草野花,遍山弥漫着,也懂事不懂事的直对你颔首微笑,受宠若惊,你忽然骄蹇起来了。""跨上了山巅,你挺直了腰板,要大声嚷出什么来,可是怕喊破了那清朝静穆的美景,你又没嚷。只高高地伸出你粗壮的两臂,像要拥抱那个温都的骄阳似的,很久很久,你忘掉了你自己。自然融化了你,你也将自然融化了。""等到你有空再眺望一下那山根尽头的大海的时候,看它展开着万顷碧浪,翻掀着千种金波。灵机一动,你主宰了山,海。宇宙全在你的掌握中了。"这不是对自然景象的单纯勾画和描摹,它融注了作者特定的"内心的情愫"。它是自然景象在作者心中留下的映像,也是作者用特定的心绪赋予了自然景象以生命,是一种物、我融化为一体的艺术境界。读赏这样的文字,不仅感受到作者内心感思的流动,而且在生趣盎然的境界中得到一种愉悦享受。质朴与端庄的统一,富有素淡、自然的美,也是吴伯箫散文的一个显著特点。作者在谈到自己的散文时曾经多次说过:"我的艺林里只有无花果一种。"无花果没有绚烂多姿的花朵,奉献给人们的却是丰腴的果实。用"无花果"质朴无华的特征来概括吴伯箫的散文艺术风格确乎是极恰切的。他的散文善用简洁的文字代替直接口传,像画家的铅笔速写,即景勾描。写人叙事,是那么平实而不故作曲折;绘景画物,是那么素淡而不求绚丽。如《菜园小记》,作者写延安蓝家坪的一个菜园,绘出的就是一幅自然天成的图画。这篇散文着笔于实实在在的印象和真真切切的感受,无须增光添彩却光彩照人。看那菜园果园花园融为一体的描述,别具真纯、素雅的风致:"果树是围屏,草花是篱笆,中间是菜畦,共有三五处,面积大小不等,都是土壤肥沃,阳光充足,最适于种菜的地方。"通过对菜园的如实描写,反映了劳动的乐趣,朴朴实实,一点也不做作,几乎没有什么修饰和加工。如果由他人来写,恐怕免不了要美化一番,或说它环境如何优美,或说果树花草是如何烂漫。

　　当然,吴伯箫也不是不写美,但他所写的美,是一种不加粉饰的自然美。如:"最难得的是,菜园西北的石崖底下有一个石窠,挖出石窠里的乱石沉泥,石缝里就涔涔地流出泉水。石窠不大,但是积一窠水恰好可以浇完那块菜地。""水满的时候,一清到底,不溢不流,很有点像童话里的宝瓶,水用了还有,用了还有,不用就总是满着。"这段文字,具体地再现了菜园实有的景象,没有任何雕饰,自然而不造作,不露声色地揭示了一种透着浑然朴实美的艺术境界。清代评论家王国维在他的《人间词话》中曾经说:"大家之作,其言情也必沁人心脾,其写景也必豁人耳目。其辞脱口而出,无矫揉妆束之态。以其所见者真,所知者深也。"吴伯箫散文追求的这种质朴自然之美,就堪称为见真知深的"大家之作"的风范。可以说,以灼见真知为根基的淳厚朴实之美,是吴伯箫散文艺术风格的灵魂。这种质朴风格,无论是在叙事还是抒情上,都有鲜明的表现。他不管写什么题材都力求平实单纯明朗,决不去追求那种"意料之外,情理之中"的艺术效果,也不依靠曲折的故事情节或大开大合的手法取胜,而是倾力于把记叙的事物和抒发的情思,尽可能简洁明白地表达出来,把读者当作熟悉、亲近的朋友,向他们促膝谈心般地倾吐自己的人生感受和心灵体验,令读者感到作者是那么可亲可近。他所灌注在作品中的感情是那么纯正、朴实,使作品的内情浓郁而形式素淡,有人称这是"大朴之巧"、"浓后之淡",确实颇有道理。

吴伯箫散文的质朴风格，还表现在他的淳朴纯真、平中显奇的艺术语言上。语言是构成文学作品艺术风格的一个重要因素，特别是散文，它的艺术魅力主要靠语言的因素来实现。吴伯箫作为一位专工散文的作家，历来十分讲究作品的语言。经过几十年的不断锤炼，他的散文语言形成了自己特有的朴实、淳厚、自然、洗练的特色。这种语言特色，显然是构成吴伯箫散文质朴风格所不可忽视的一个因素。请看《忘年》中开篇的一段描写：

老张，让我还像四十年前这样称呼你吧。虽然很多同志已经称你为"张老"了。我知道你跟小韦一样，是不甘心接受这种尊称的。

这段文字如老友谈心，亲朋话旧，朴素晓畅，既无华丽的辞藻，也无奇譬妙喻，自然平实而又精粹。这样艺术地使用口语，汲取其中有生命力的东西，以充实和营造自己个性化的作品语言，是吴伯箫散文语言质朴风格的表现之一。如《菜园小记》的结尾，写蔬菜丰收，作者就没有像通常人们喜欢的那样，用华丽的辞藻去描绘一番丰收的景象，而是也像谈家常一样，用极平易的语言来进行叙述："韭菜割了三茬，最后吃了苔下韭，掐了韭花。春白菜以后种了秋白菜，细水萝卜以后种了白萝卜。"这简直就像常年种菜的老农说的话，实实在在，平平常常，然而却隽永有味。又如《记一辆纺车》写到延安的同志们对亲手纺线织布做成的衣服格外爱惜时，说："总是脏了洗洗，破了补补，穿一水又一水，穿一年又一年。"这也是纯粹的口语。这种口语化的文字，读起来轻快流畅，朗朗上口，倍感自然、亲切，很有表现力。尤其它具有鲜明的节奏感，能够制造并强化内在情感的波澜和律动美。如："东有东山，西有西山，北有卧虎，南有鸡笼，太原正好坐落在一个肥沃的盆地里。""晋祠坐西向东，前临曲沼，后拥危峰，水秀山明，风景是很优美的。"(《难老泉》)又如:"种花好,种菜更好。花种得好,姹紫嫣红,满园芬芳,可以欣赏;菜种得好,嫩绿的茎叶,肥硕的块根,多浆的果实,却可以食用。俗话说:'瓜菜半年粮。'"(《菜园小记》)这些语言短促,整齐,前后有起伏有变化,读来轻快流畅,节奏感强。这种语言节奏(也称声音节奏或外部节奏)必然构成它所表现的情感流动的节奏(也称情绪节奏或内部节奏)。外部的语言节奏与内部的情绪节奏交融一体,可强化作品的律动美,使作品更具艺术生命力和感染力。

　　善于运用自然贴切的比喻来增强描写对象的直观性、真切感和形象美,也是吴伯箫散文语言质朴风格的一个特点。他的作品中经常采用两种设喻方法。一种是化生疏为熟悉,以求得平易通俗,亲切好懂。如太行山和吕梁山在山西的什么方向,是什么形状;黄河、汾河对于山西有什么重要性,人们比较生疏。所以,在《难老泉》中作者把这两座山和两条河,分别比作人们熟悉的"两只巨大的膀臂"和"两条鲜血流注的动脉"。前者"从东西两面环抱着"山西,后者"滋润着"山西。又如晋祠第二绝中剩下的一株柏树是什么样子,人们也是比较生疏的,作者就把它比作呈弯曲形的龙,说是"横卧如虬龙"。这样就使读者如见其物,而感到熟悉、好懂。另一种设喻方法是同时多用几个比喻来比拟一个事物,以求得晓畅明了。如《歌声》中用"黑夜的火把,雪天的煤炭,大旱的甘霖"同时比喻《三大纪律八项注意》这首歌,从不同的角度和层面说明这首歌在当时人们心目中的重要意义:它给人们带来了光明,带来了温暖,带来了生机。这种博喻,可以把被喻事物(喻体)的内涵和作者对于这个事物的认识表达得更充分、更贴切,从而获得最佳的表现效果。

　　吴伯箫是一位有时代责任感、有自己艺术追求的散文作家。

就像蜜蜂向往花的原野，沸腾的生活、社会的风貌、庄严的人生，吸引着他一生痴心地投入散文创作的艺术实践，用散文写生活，写社会，写自然，写人生，以其质朴、淳厚而富有力度的艺术气魄，构筑了一个闪动着时代光华的散文艺术世界。

（原文为《吴伯箫散文选集》序言，

百花文艺出版社 1993 年版）

在感悟中弹拨"自己的声音"

——林非散文论

屠格涅夫曾经说过,在文学天才身上,其实,在任何天才的身上,重要的东西是我们想称之为自己的声音的东西。应该说,"自己的声音"是很重要的,自己特有的声音,即其他任何人都发不出的声音是最重要的。当代蜚声文坛的学者和散文家林非在散文创作的艺术实践中,可以说就是以此为目的,殚精竭虑,在自己的感悟中痴心地弹拨着"自己的声音"。他对生活中发现和感受到的潜流独具慧眼,对自然、社会、民族和历史有着独到的理解。他的散文以深刻的思维入,以质朴的文字出,大地自然和人情世故交错叠合,社会风物与个人的沉思交织,在情理擅扬的艺术画幅中,潜涌着对现实世界人事的关怀和拳拳热切的情愫,融注着深层的灵性、憬悟和对生命现象、生活态度、人生真谛的诠释,显示了林非散文境界超然的审美风范。

一、对生活与人生的深层性感悟

散文是一种主体性很强的文体,散文创作的艺术焦点在于作家开放的意识和心态,在于生命意志的亢奋和冲动,在于一种出自自我经验世界的热切的情感契机,一种对生活与人生的深层感悟——或者是生活的"瞬间性"和由此在头脑中时常出现的令人沉思寻味的"瞬间印象"，或者是对于各种世态人事的洞察与独特神秘的景观而引起的种种感觉和心理颤动。这是读林非散文所获得的一个深刻启示，也是林非散文创作的意蕊心香和本色所在。在读赏中可以发现，林非的散文没有一段文字不是他以对生活的感悟为轴心而抒写的真实的意志冲动和内心隐秘。在他的散文中，看不见令人窒息的闭合的"神"的贯穿引领，只有他的漫天漫地的脚步与兴致，只有神驰意荡的从容与适意。那饱蘸感情的文字，既会给你拨开云层与疑惑，又能直问人心见真实。其中不管是访问旧金山、柏克莱小城和东京、大阪的感怀，还是对旧日友人和名人"友情"的记忆，不管是"绝对不是描写爱情的随笔"，还是充溢着生活情趣的"吃"的随想曲，不管是对山水名胜的游兴抒发，还是对社会观察中幽微"心态"的描述，都无不是他对生活、对人生、对社会的真切感悟和随之爆发出的意志冲动。

　　林非散文的这种艺术特征，无疑是来自作者对生活、对艺术的一种追求与真情。它表现在创作上，至少有两个层次的蕴意。他的游记首先是从日常生活接触的人、物出发，从感情生活中获取灵感和才思，使作品构成了极浓厚的感性气氛，产生了蓬勃的生机与活力。生活的氛围与美学的境界凝注为难舍难分、内蕴丰厚、气足神盈的艺术晶体，既具有"立体的现实感"，又充满着"生活化"的艺术气息。如那篇满注着黄龙翠峰幽谷苍莽葱郁风韵的《黄龙的水》，产生于一次漫步游览的经历感受和视觉印象，全部的机心在于作者观赏那清澈、透明、纯净而在微风里轻轻荡漾的一泓绿色池水时体察入微的感悟："我"仔细地观赏着"这碧绿的池水"，并痴情地幻想着：如果将这纯净晶亮、通体透明，像绿宝石一样的池水，"丝毫不差地搬进自己的心坎，我的生命不是可以变得更加绚丽和完美吗?"在那澄清的绿水池边,他想"永远地徜徉下去",用这熠熠发亮的纯洁的池水,去"谱写出自己生命的乐曲"。作者把生活经历过的真切感受引发于笔底,给人以无限的遐思和美的享受。作者笔下的"珍珠滩",也是源于作者游览中亲身经历过的生活感悟:珍珠滩的水流"永远在默默地倾泻,它要跃出水潭,它要穿过山坳","任凭那团团围住的山崖,也阻挡不住它遥远的征程"。一次藏马龙河沟的游览,不仅带给作者惬意的享受,也带给作者发现与感悟。于是,来自珍珠滩的自然图景与生活经验艺术地组合起来,谱成了一曲珍珠滩水流的颂歌,一份从自然图景中感悟出的生活启示,借以激励人生。可见,作者所写的是来自生活经历的感悟与意念,而不是让生活俯就先验的"神"之观念——他于生活、自然的表象构成之外,透视事物的内在精神,融注自己的情感。他的情感丰富而不奔放,他的理思深沉而不冷峻,透射出的是一种温婉而平和的美。

其次,林非的游记一切以情感的自然出发,自觉顺应情感流动的真实过程,使情感顺乎一种本性,因而富有一种兴至意足的美感效应。他的一支隽灵的笔,始终追随着他的脚步,捕捉意绪,描摹情思,真实地记录他的情感的细微和意念的变化与律动。如《旧金山印象》是写"在旧金山繁华的闹市区里"的所见所思,作者眼观一座座紧挨在一起,"像是在比着谁的个儿更高似的"高楼大厦,感悟到的是"一个处处都在竞争的社会"、人类的智慧神奇和创造力的伟大不朽;在灯光闪烁迷人的夜晚,作者在"风化街"看到"打扮得很艳丽的女郎","伸出纤细的手",挽住寻欢作乐的风流绅士的情景,感悟到的是华丽文明的自由世界里包藏的丑陋——人的肉体与灵魂、贞操与尊严的沦丧和价值的失落。《千佛洞掠影》却与此不同,作者的冲动是亢奋的,感情是强烈的:"那些浮动和旋转着种种色彩的绘画,闪耀和流露出种种神情的塑像,让人感到目眩,迷惑和惊讶。不知道有哪一种笑容,不知道有哪一种静穆的沉思,也不知道有哪一种悲哀的表情,带着黄沙,带着风暴,带着潺潺的清泉,永远留在人们的心里。"作者用意味深长的笔墨将潜在的情感托出,使人想象无穷。由于作者的一支隽灵的笔始终这样追随着自己的脚步,倾吐着真情,因而凭借自然风物创造了挚情丰盈的审美空间。与其说是审美空间,毋宁说是一种自由开放的心态的显示。因为那遍布字里行间跃动跳越的意念,有一股厚重充实、浸润筋骨的力量袭向读者的心头,发掘着生活的真与伪、美与丑,挚切地和读者交流着内心的情愫。

有人说,只有真情才是触动人心的,只有真情才是美,所以一切美只有在涉及真情这较高境界时,才真正是最美的。显然,林非的散文,就是由真情这种较高境界产生出来的美。作者对自然风物一片痴情所幻化出来的写景作品,满注着真情,洋溢着生活气息。在他的笔下,一次京都漫步,一趟乘车旅行,一串爽朗的笑声,一幕零碎的回忆,都以跃动着的真情一一引发读者的惊喜、欢欣而与他一起迷失在神秘的造化之中,忘却缠身的烦恼庸俗,叫人心境顿时清朗,思绪悠然超越。他的大多数作品都是从现代观念的角度去挖掘出自己内心对于自然风物和社会人生的感受,他追求的是一种"劳者自歌,随兴而就"的写法,将自己眼睛所看见的,内心所感受和思考的,都畅快地表达出来,并力图在行云流水般的文字中,透露出自己审美的情趣。因此,他面对人生世相,社会自然的残缺与自我的有限,把真情奉献给人们,并在奉献真情的过程中,不断地超越自己,完善人性,从而建构美的世界,开拓美的人生。

二、细致的观察力和审美表现性

　　散文家是凭着他们的艺术感觉去观照和把握世界的。艺术感觉的敏感度和深刻度在散文创作中有着特别重要的意义,这直接关系着作品审美价值的高下优劣。林非在他的散文创作中之所以能够弹拨出"自己的声音",写出自己对自然、对生活,对社会和人生的独到感悟,有一个重要的因素,就在于他具有敏锐和深刻的艺术感觉——对人生世相、自然风物和社会生活,有着细致的艺术观察力、敏锐的审美感受力、深刻的思考理解力和艺术表现力。

　　林非也像许多散文家那样喜欢把自然和社会的风物作为自己的观察对象。不同的是,他善于把对自然景物的细致观察与自己独特的心理体验结合起来,使客观对象在自我的感觉中发生变异,经过自我的感觉和情感重新组合,由此形成属于他才有的那种奇妙的审美判断,并且以这种独特的审美判断为基点,从变幻着的一系列客观物象中,揭示出深层的自我情感。他的游记中描写的客观景物,不论是起伏不定的山峦、淙淙流淌的小溪,还是辽阔无边的大漠里像山峦一样陡峭的沙坡、宽阔的峡谷里像草坪一样平坦的绿洲,以及扎根在石缝中一株株的小树,都出自作者特定的感受和自我的心理体验。可以说,细致准确的观察与艺术感觉的自由变异已浑然一体。请看《初探九寨沟》开篇后对那一汪"深蓝色的流水"的精彩描写:它有时被山峦"掩映着幽深深的,泛出暗沉沉的光";有时"从一排柳树顶端泻下的日光,又将它照成柔嫩的绿色"。而那"河滩上红黄相间的野花",又给这"蔚蓝色的湖泊镶上了缀边"。正当"我"陷入一种"美妙的幻想"时,"从山坳里垂下来的瀑布，白花花的，轰隆隆的，猛地把我惊醒"。作者从视觉上来写色感，写出了溪流的韵姿；从听觉上来写声感，写出了瀑布的气势。精细的观察，独特的感受，写活了九寨沟的秀美景观，写得有姿、有色、有声、有势，而且把那一汪"深蓝色的流水"变化的不同情韵，也都准确地捕捉和描绘了出来。显然，这种细致的观察和描绘，并非是纯客观的，而是作者的情感体验在起作用，是作者"目迷五色"的一种情感境界。林非这种细致的观察和感受力的艺术结合，对于游记散文的创作来说实在是太重要了。因为观察力如果离开了感受力，往往会导致散文创作陷入说明性文章的描述，不会写出漂亮的艺术性散文来。在林非的游记中，由于作者着力描写自我的审美感受力，因而使作品描绘的客观景物更具一种飘逸之美。这一点，在许多篇章中有细致生动的描写。如《三峡放歌》中对瞿塘峡的描写：两岸挺立着高高的悬崖峭壁，像是被谁"挥起宝刀削平了似的"，那两座巨大的岩石，"肩并着肩，面对着面，一起迎接着金黄色的阳光"；又如《走向长海》中对"则查洼沟"的描绘：山坳里的一丛丛枫树，被悬崖上"掉下的日光"，映照得像"一团团鲜红的黄火"；垂着枝叶的柳树，"用自己柔嫩的绿色，唱出一支青春年华的歌"；河滩上的芦苇，在微风里"飒飒地响"，那一片淡黄色的根茎上，"摇曳着白绒绒的花，竟像是紧贴在地面上的云"。这些精微而淋漓的感觉性描绘，真是活灵活现，惟妙惟肖。如果光是细致地观察而没有敏锐而深邃的艺术感受力，就有可能使这些活生生的意象表面滑行。作者借助深邃的感受力使意象向感情的深层潜进，所以绘出了这样超然的艺术境界。由此可见，作者的这种艺术感受力不在于寻找客观的特征，而在于借助这种客观特征寻找自我的感情和思维的特征。作者所追求的不仅仅是反映客观的信息，而是利用客观信息的刺激调动起尽可能多的主观感受的蓄存,并使之与主体情感的最深层汇合。所以在作者笔下,对各种景物的描绘,不限于感官直接的实用性观察,而大都超越了客观对象,使客观对象情感化。

林非散文有着敏锐变幻的艺术感觉。但是,在游记创作中他并没有满足和局限于这种变幻的感觉,而同时还刻意追求着某种感觉的深化。对于感情作用下的感觉变异,他总是对其进行深层的情思透视。如《庐山的云》,文章以多彩的笔墨,淋漓尽致地描述了坐在汽车上"攀登庐山谷公路"和往底下的山谷望去"真叫人捏一把汗"的感觉。写了呼啸的风声与翻滚的云雾交合,掀起的澎湃波涛和汽车好似"在海滨行驶"的奇景,以及云雾"追踪我们","遮住群山"、"遮住顶空",令"我"怀疑是"坐在小船里"漂泊在大海上,颠簸于波浪中的趣境。同时也表现了这些客观景物在"我"的情感作用下性质上的变异,使它们着上了神秘的色彩和奇异的虚幻感。如果纯写感觉的变异,到这里可以说已达极境,特别是"我是来攀登庐山的,然而此时却分明是坐在小船里,颠簸于波浪中"的感觉变异,已奇妙地揭示了一种"虚实幻化"的艺术境界,似乎很难再变幻出什么花样来了。可是作者的艺术感觉有着过人之处,随即他又将之自如地深化,从变幻的感觉世界跃入深层的思维境界:"我"在借宿的旅舍,推开窗户,眺望着屋旁的松林,一朵缥缈的云"从房顶垂下,停在窗口,窥探着屋里的动静。我赶紧向它招手,它果真接受了我的邀请,飞进了屋子"。"我"为自己"感到庆幸","能跟云霞做朋友",它给人"多少欢乐的梦幻!"这里的感觉显然是深化了,这样的感觉不是肤浅的感觉,而是深邃的感觉了,它已深化到情思的深层境界。作者这种从感知的变幻向情思的深度跃进,给我们一种惊异,使我们享受到一种与云霞同化、超然物外、拔世脱俗的思维启迪的愉悦。鲁迅先生曾经说过,幻设者,意识之创造矣。这就是说作品中的幻觉描写,即感觉变异,是人的意识的一种幻形创造。这种意识所创造的恰恰是创造者本身在特殊境况中非现实而又强烈追求着的某种愿望。当这种愿望由感情的柴薪在头脑中炽烈燃烧到狂热程度,一种不受人的自我理智所控辖的异化因子便幻设成幻象,反作用于创造者的心灵。林非散文中的这种感觉变异和幻境,有如神奇的魔镜,能探入人的情感灵府深处,反照出作者的心底隐曲。

三、灵动意象和心灵声息的融注

好的游记散文,不是脱离主观地对客观物象的直接描摹,也不是脱离客观物象的主观抒情,而是在典型意境和典型意象之中包蕴着作者的主观精神。林非的游记以其独到的感悟和艺术感觉,或缘事生情,点染心境,或写景咏物,作心绪的透视。或通过某些生活片段的记叙、昔日人、事的追怀,从一花一木、日月山川中探求生命的活力,抒写对大自然的感怀,昭示复杂的情思心绪奥区。使读者能够透过重组的自然图画,窥视到一些具有丰富内涵的心灵意象,感觉到内在的"生命的跃动"和如波似涛的心声,把读者带进一个飞动着生命的光彩,满注着灵性的艺术世界。无论是从表现手法来分析,或是从艺术风格来考察,林非的散文,特别是写景、纪游的作品,无不是一系列灵动的意象与作者心灵声息的艺术融合体。

从表现手法来看,移情入境,昭示心绪,是林非游记的一个显著特色。散文同诗一样是"心灵的歌",它所有的内容就是心灵本身、单纯的主体性格,重点不在当前的对象,而在发生情感的灵魂。在林非的游记中,作者采取"移情入境"的艺术手法,通过对引起感觉的各种景观风物注入自己的思想与情感,使之成为"人化的自然",准确和谐地表现自我的感受与内心情绪。如"朵朵白云,轻轻浮荡,缭绕着参差的群峰,那最苗条的一座,披上了用云霞织成的纱巾,更显得俊俏和轻盈"(《三峡放歌》)。再如"这棵躯干弯曲的老树,枝条已经很稀疏了,透过薄薄的一层叶子,可以瞅见丝丝的白云在蓝天里飘荡。他孤零零地颤抖着站在草地上,像一个衰弱和年迈的老人"(《斯坦福一日游》)。这些描写既细致鲜明地勾画出了云绕的山峰、孤独的老树,又赋予它们以人的性灵,使之人格化,满注人的感情,这分明地注入了作者的内心情绪,透露着作者自我感觉中的独特情感。这些景物是作者对生命的深沉感怀,是作者的心声奏出的"生命的歌"。

林非在他的散文里,处处都是一个生活和人生的"沉思者",他以学者和作家特有的素质和才思,能够艺术地勾画出特定时空下融注着心灵颤动的景物形貌,以如雕如缕的细微揭示出跃动着生命的景物韵姿,表现出情感与意趣的丰富,赋予自然风物以活的精灵。如《初探九寨沟》中描写的诺日朗瀑布:它"那数不清的银链,有粗有细,有浓有淡,从一株株杉树背后的山崖顶上飞腾而来,沿着陡立的峭壁,往布满了沙柳树的山沟里泻去"。"它那一道道雪白的水光,有的纽结在一起,像一朵朵垂直的云;有的分成不少支脉,像一把把寒光逼人的剑。峭壁上凹凸不平的岩石,弹出一阵阵抗击的水珠,像飞起纷纷扬扬的细雨,透过阳光,折射出彩虹的颜色。"这真是梦一般的奇幻,诗一般的旖旎,是自然景象在作者心中留下的映像,也是作者心中的山情水韵赋予了自然景象以生命。显然,由于作者把自己心灵的声息融注其中,使客观和主观得到水乳交融般的契合,作品中才有了这样浸润心腑的艺术美感的流动。我们读赏这些文字,不仅感受到作者心灵声息的流动奔涌,而且在诗情理趣中得到一种愉悦享受,使人在恬淡之中感受到鲜活的生机的召唤。这种艺术效果,显然是与作者把景物的勾画和心灵的声息融为一体,从而构成浓郁的艺术意境分不开的。

从艺术风格来看,林非的游记是灵动与工巧的统一,是舒朗与沉着的融合。他写山间野趣、异国风情、名山大川的奇丽清幽,笔致是那么细密,情调是那么柔婉,可谓像白云悠悠,小溪潺潺,给人开阖自如摇曳多姿的艺术美感。如作者描写的阳关大漠活生生富有灵气:"一大片向四方绵延的沙漠,被暗红色的夕阳镀出了金灿灿的轮廓,微微耸起的一堆堆沙丘旁边,都围上了浓重的光痕","一股潮湿湿的雾气正从那里升腾而起,映着渐渐沉落的阳光,闪烁出紫红色的光影来"。而在南边不远的地方,"有一个小小的湖泊,像是从天上掉下来的一面镜子,也反射出夕阳的余晖,显得分外的晶莹和明亮"(《游了三个关》)。在作者的艺术彩笔下,绮丽的沙漠风光,氤氲的情感氛围,跃动的生命气息,奇妙的心灵景观,如山涧清泉,从洗练、洒脱、畅快的文字中流淌出来。毫无疑问,这绝非一般的妙笔华章,也不是单纯的对自然景观的勾画,而是融注了作者的"自我的情绪",有主体的情感声息融贯其中,是一种客观物象与主体情绪化为一体的艺术境界。

同时,林非在他的散文中还常常艺术地运用通感和拟人化的技法活化景物。或利用意象表达自己那种微妙的、似乎只可意会而不可言传的情思,或赋予本无情感的景物以人的感情,点化出自然景物的声息。如"一潭碧水,藏在几棵松树底下的洼地里,映照着浮云的白色,野花的红颜,和森林的墨黛,一起在日光里闪耀和旋转"(《走向长海》)。作者从物象与心理的传感交应上来写景物特征,调动各种感觉器官直接参与审美经验,使审美对象给审美主体以多方面的刺激，逼真地勾画出一潭碧水映照浮云、野花、森林一起旋转的奇丽景姿，传神地描绘出了海滩礁石"默默地沉思"，"直瞪瞪地张望着我"的情韵风貌，使它们满注着灵性，跃动着蓬勃的生机和鲜活的气息，揭示了大自然蕴含的旺盛的生命活力。

林非游记散文的这种格调与风采，表现了他作为一个学者的博大心胸和细密思维，也显示了他作为一个作家的浓郁情思和深层灵性。学者的思维赋予他邃远透彻的洞察力、别出机杼的运筹力和指令万物的创造力，这一切构成了他散文中的那些深层感悟和引人透视深层的情思；而作家的灵性赋予他敏锐的感觉和富饶的意绪，使他的散文具有一种以情来撼动人心的穿透力和氤氲的情感氛围、灵动的情采逸韵。

（原载《徐州师范学院学报》1992年第3期，人大复印报刊资料《现当代文学》1992年第8期转载）

心灵与世界对话

——马瑞芳散文论

马瑞芳作为一位学者型散文家,她所创作的散文艺术作品包含着文化、社会历史、审美等多种价值;她所建构的散文艺术世界是独立自足,富有内在艺术秩序和结构方式的世界,是以自己的审美个性意识和敞亮的心灵营造的一种艺术形式。所以,评论马瑞芳的散文不只是溢出于其作品本体的诸种价值体系,而是包容并积淀了诸种价值含量所完成的艺术审美形式。这种审美形式不单纯是表现技巧,而是包括了形式化的审美内容,即马瑞芳在其审美艺术理想的驱动下建构散文艺术世界的独有方式,以及这个世界结构深层的风光。

一、审美意蕴构成的多维因素

身为大学教授,马瑞芳有着独特的艺术审美理想和对生活、社会与人生的深度体验。她的散文执着现实,既是对世界、对人生存在方式的观照与透视,也是对自我人格和隐秘内心的披露与昭示。她以自己敞亮的心灵与世界对话,以自己血肉之躯的各种感官去追问和触摸生活的底蕴,去探索和品味人生的本真价值,关注生命的苦难、灵魂的深省与反思,善于从生命的感觉、体验和生活的欲望、追求与自然的、社会的对应状态中来表现人生，表现作为自然之物的生命与社会之物的人生种种不同的生存状态——灵魂与肉体的冲突、社会与人生的搏斗，揭示存在的有限和撼动心魄的创痛，以及时代决裂与选择的双重痛苦。这一方面表现出马瑞芳以直观顿悟方式观照世界万物和人生世相所达到的明净、精湛的审美高度，一方面又包含着她身处伟大变革时代，感应时代大潮，欲求摆脱自身困惑与时代生活的节奏同步所产生的强烈的入世精神和深层的心理情绪。因而，在马瑞芳的散文艺术世界里，主体与客体、感性与理性、具体与抽象、形象与灵魂、有限与无限达到一种"整合"状态，充溢着跃动的情感与义理、思想与精神、生气与活力、风骨与气度，富有多维、丰厚而具张力的审美意蕴。

　　马瑞芳散文这种多维、丰厚而具张力的审美意蕴的构成，不是那种镜映式的摹写生活，生硬地点染升华或单义象征的模式，也不是简单的概念和知性的阐释或某种抽象理念的存在物，更不是封闭式的一己悲欢或时代观念放射出来的一丝毫光，而是作者心理深层迸发出来的美的浪花，是潜在有着个人、社会、历史、文化等多种审美基因的艺术染色体，是个体意识、时代意识与时代精神的渗透，历史意识和人文情怀的融注。我们加以具体考察可见，马瑞芳散文审美意蕴的构成具有三种基本要素：一是渗透着审美意蕴赖以产生的主体意识，是作家自己独有的生活体验；二是透视着时代精神，与特定的社会情绪息息相关；三是能够沟通人们深层的审美心理，引发读者情感的共振。在散文解读的实践中我们发现，目前有些媚俗歌唱描摹现实的散文作品，由于丧失本真价值的追求，其意蕴的营造只是作者个人情感的叹喟，不能反映特定的时代精神，显得苍白无力；有的则缺乏作者自己特有的生活体验,反映的只是时代观念放射的一丝毫光,不能唤起审美情感的共鸣,显得浅薄而不耐读。与之相比,马瑞芳的散文别具意味和艺术审美价值,究其根源就在于她的散文审美意蕴的创造,能够触动读者的审美心灵。因为是否具有感动人心、触及魂魄、启迪心灵的审美价值,是衡量和评判散文审美意蕴的根本标准。

　　例如她的散文集《野狐禅》中的《人生漫笔》、《神牛·野狐》,以及《假如我很有钱》中的《心路历程》、《神州凝眸》等一系列篇章,为何撩人情怀,诱人沉思?就是因为其审美意蕴的营造能与读者的心灵发生共振,唤醒读者的心智。作者用自己的心灵与激情,去揭示生活与自然、人生与社会、民族和历史所闪耀出的富饶无比的内涵的美,寓思绪意蕴、人生哲理于诗情气氛之中,从而观照了人们心理深层审美结构中所潜有的审美体验。作者的《煎饼花儿》、《等》佳篇等为何倍受读者的喜爱,显然也是因为作者"那沁人心腑的深情的倾诉,展现了一位具有传统美德的母亲的崇高的心灵世界",亮出了母亲的灵魂和在日常生活中表现的纯厚闪亮的精神品质,使读者心弦为之震动。读者与马瑞芳散文的审美意蕴发生情感的沟通和意识的遇合,其原因就在于它启开和叩动了读者的深层审美结构中一个与之相对应的领域,即人们的共性审美心理。一言以蔽之,马瑞芳散文之所以具有如此的艺术魅力,就在于它的审美意蕴内含着一种与读者的深层审美心理结构合拍的共性审美意识,叩响了读者深层审美意识的琴弦。

　　打开马瑞芳的散文集《野狐禅》、《假如我很有钱》以及《学海见闻录》便可看到,无论是写景纪游之作,还是怀人纪事的篇章;无论是写作者自己生活的欢悦、心灵的哀苦,还是事业的追求、旧情的回味;其审美意蕴无不是由个体意识、时代意识和共性审意识的融合来表现的。其中有的作品是以时代精神和历史意识来审视生活,或从现实的角度追溯历史,或从历史的角度剖析现实,从而揭示人们深层心理结构中所共有的审美体验,砥砺人心,启迪心智,叩响人们深层心理的琴弦。有的作品则善于从历史意识的高度来审视社会、自然和人生,把生息与繁衍、民族与文化、人世间与自然界交错叠合,使之融注现实的思考与历史的审视。如《天山野炊》,作者把自然图景与游览的生活场面,以及天山野趣、蓝天白云、布鲁哈山谷的绿地、尖塔形的云杉都摄入笔端,其宏阔的情感意蕴和敞亮的胸襟震撼着读者的审美心灵。这显然是一种深广宏阔的个人感情、宇宙意识和审美意识的融合,它给人以深沉辽远的时空感。还有的作品诸如《草原眸光》、《西宁清真寺》等,作者把审美视角对准人生世相、风土人情中的社会文化积淀,而且能够站在历史、时代的人生水准线上加以深层性的审美透视,在自然图景和世态人事的画面观照中融注浓郁的文化批判精神、民族历史意识、现代文化精神和现实人生的情怀。《塔尔寺拾趣》、《也过火焰山》等展示的风景画、风俗画,也渗透着浓厚的社会文化内容,既有地方特色和民族特色,又有历史和现实的烙痕,在鲜明的个体意识和艺术表现中,包容着时代精神和共性审美意识,凝聚着人们深层心理息息相通的人生真义。读马瑞芳的散文,只有切实把握其审美意蕴构成的这种多维性特征,才能深入作品深层的意蕴世界去领略那特有的风光。

二、生活世界情景的多重营构

随着文学思潮的起伏消长和文学创作的艺术变革,马瑞芳的散文能艺术地把握纷繁多面的社会生活和复杂丰富的思想情感,打破那种先写实、次想象、后升华的单向型艺术空间的营造模式，充分展示作者直觉层次中的生活世界的各面。马瑞芳散文的这种"多重营构"，不再按照自然时空作"移步换形"式的叙述描写，而是直接切入人的心理世界；不再以生活的自然顺序来左右读者的阅读习惯，而是让读者在现实与回忆、内心刻画与生活情景的有机融合中获得感情的升华和理性的领悟。

　　打开马瑞芳的散文集，我们可以发现，她的作品的这种多重营构的艺术秩序，其基本方式就是在现实的基点上营构多重现实世界，以强化散文"立体的现实感"。如果说有些传统化的散文作品，是以较单一的事件、人物、场景组构生活画面，因而使作品的容量受到不少的局限，那么，马瑞芳的散文就打破了这种局限，扩大了作品的容量，开掘了作品丰厚的艺术意蕴。她的散文集《假如我很有钱》中有不少篇章，如《祖父》，其中有对祖父去世时的情景描绘：在爷爷住的大院里，大爷、叔叔哭着捶胸顿足，婶婶、大娘也嚎得披头散发。同时，随着二哥"我要爷爷"的哭声，又推出了爷爷生前的生活故事：他偏爱男孩，让男孩吃香喷喷的牛口条，红艳艳的蜜桃，而女孩却只能远远地嚼着自己的手指头；他还曾吩咐两周岁的三哥继续吃奶，而让刚出世的小妞喝米汤……在这些场景的描写中，虽然是同一组人物，同一个时空，构筑的却是多重的现实世界：一个是人们哭着爷爷为之送葬的场景，一个是他生前偏向男孩而对女孩有点"不尽人情"的故事——即暗示出一个属于过去的现实世界；同时，作者还穿插展示了这个场景的另一角——全家人中秋节不能吃月饼、"文革"中父亲身为高干烧茶炉等场景——也组合成一个个有声有色，饱含着人情世态的现实世界。此外，作品还有民国初期祖父"声色俱厉"地训斥父亲的旧事追忆，以及现在家人生活的剪影。这一系列现实世界的展示交错穿插，看似散乱，实则是有机地熔铸于一体的，从而多层面地表现了祖父的人生所包容的多样色彩及全家人悲欢离合的多种况味，构成了一个多重现实世界叠合的艺术图案，开拓了作品的外部视野和内部空间。

马瑞芳散文的这种多重营构，无疑强化了作品的意味。但这种强化显然不是靠篇幅或情节的增加而取得的，而是靠不同世界的相互叠合而获得的，因而其作品具有了意绪化和生活化两个形态特征。

所谓意绪化，就是打破情节化的营构方式，把那种由发端、悬念、发展而推向升华的情节营构模式摒弃了——代之而来的是在主体意识定点上进行交叉流动的情绪和生活断面的展示，并且常常表现为心理空间的某一瞬间。如《马老太语录》，这篇散文的营构就具有这种意绪化的特征。在作品中，随着作者的情绪变化和意识流动，散文家李心田的眼泪与老作家赵鹤翔的语录，新中国成立前青州"县府的杀人命案"的民间故事，骤然联结起来，同时，又与母亲"蝎虎连子爪"的嬉笑场景，以及"鸡刨豆腐"的婆媳趣闻等一系列生活断面同构于一体。这些跨越时空的各种生活场景，随着作者的情绪变化奔凑而来，从而构成了一个多重的世相图景。在这幅世相图景中现实事件和历史奇闻相遇，生活场景跨越地域交合，不同时代的人生世相竞相对话，各种各样的空间因素，也挣脱了事件进展线索的束缚，在主体意识的限定中构成一个整体，使作品富有了多种意味重叠的特色。

所谓生活化，就是说马瑞芳的散文把各种生活断面组构成"有意味的形式"，使作品叠合多种因素以并存营构多重世界，不再是一个互为因果、串连不断的情节，而是直觉层次中生活断面的组合。如《病房琐记》，从作品的整体营构来看，可把它分为这样一些艺术断面来分析：一是来儿科病房送饭的父母排队的场景；二是女儿出生时的场景及多年前在产房所见的那位"黄天霸"产妇难产吵闹的场面；三是关于父亲在病危时的抢救画面。这些生活的断面与断面之间，虽然有时跨越时空而又突然继续起来，但无法求得一个确定的直接的因果解释。作者似乎只是把停留在生活表层的现象和作者直觉层次中的印象，不露加工痕迹地展示出来，让生活中分散状的现象依然以分散状的原样存在于作品之中。而这诸多的分散断面，则由生活事件的叙述者"我"的目睹、回忆、对话、联想贯通起来，使过去和现在、流动的时间与静止状态的空间形成审美反差，构成了作品的多重世界有机的整体感。

马瑞芳散文多重世界营构秩序所具有的"意绪化"和"生活化"这两个特征，往往是渗透交合在一起的，但它们不约而同地简化了作品表层的时间维度，时间或被聚集于某一瞬间，或被分割成不大连续的片段，散落于生活断面之中，由此扩大了作品的空间。这样，一些原本无法归属于情节线索却又能表现作者意向的画面，便可聚拢而来，有机地融注于一体，使作品在有限性的时空里营构出多姿的多重世界。应该说，这种多重营构是马瑞芳散文艺术把握世界的一个具有现代艺术特征的审美表现，也是她的散文营构的一种满带着现代艺术美学风貌的表现形态。

三、驾驭文字俏丽灵动的美质

马瑞芳是一位具有独特的审美个性和艺术追求的散文家。在她的散文作品中，作家的自我形象往往既有诗人的气质，又有学者的风度。她如诗人豪情满怀，对故乡和人民深切依恋，对人类美好情感和高尚人格执着追求，对世间的痛苦持有特别的敏感；她作为学者沉思自省，对社会、民族、历史和现实有着独立的思考。那种诗人气质多出于她特有的深层灵性，而其学者风度又多归于她长期的古典文学研究生涯。二者合一，恰恰形成了她散文创作的审美特色。无论从其内涵或手法看，马瑞芳的散文都显具特有的美质。而其语言浓缩精练，不避方言俗语，又显见其文字的俏丽灵动、泼辣坚实。

散文艺术的根本精神体现为人类对心灵自由的追求。艺术世界是充分自由的世界，艺术世界的创造也是充分自由的。但是，无论在哪个"世界"中，充分的自由都不等于绝对无限的自由，自由本身的存在就决定了其对立面"限制"的存在。在艺术创造过程中，自由的充分实现有赖于恰当有效的控制。控制即是手段，也就是我们通常所谓的创作方法。高明的散文家往往能够调动各种创作方法，在自觉的控制中达到自由的实现。所谓有效的艺术控制是以协调创造主客体之间诸种复杂微妙的关系为目的的，它使理智与情感、意义与语言、表现与技巧和谐统一，在诸种艺术表现方法之间保持一定的张力，造成富有弹性的艺术语言。

马瑞芳把握这种自由与控制的散文艺术辩证法则，多角度探索散文艺术创作规律，特别注意如何在有效的艺术控制下达到艺术创造的自由。她认为散文应该更随便一点，更洒脱一点，更放开一点，更活泼一点。但她也同时强调"需要周密构思"，即要做有效的艺术控制。可以说，马瑞芳把握散文创作的结构方法，始终不离自由与控制的一系列双重协调的原则，如情感的自由宣泄与理智的有效控制，知识与趣味的统一、明朗与隐蔽的协调，以及庄重与幽默、质朴与华丽、简约与放纵、雅致与诙谐、平淡与奇警的微妙均衡。这一切最终归于"去修饰"、"勿卖弄"，存其"天然"

与"本色"，"我手写我心"的审美境界。在将这些原则诉诸具体的散文创作实践过程中，马瑞芳创造性运用我们的民族语言，创造了既具鲜明现代艺术特征又富有传统艺术优秀品格的散文作品。这些作品作为包容并沉淀了马瑞芳思想才情、个性气质，以及审美理想所完成的艺术形式，使其散文艺术世界成为一个可感的、富于透明度的、有机的艺术实体，它可以用"洒脱明快、幽默活泼"来作概括。

我们要准确地解读马瑞芳的散文作品，就必须深入研究她的散文艺术语言组合方式和语言艺术思维模式。因为作为语言的散文艺术作品，本质上讲它是直接从作品本身所包含的不可分离的语言结构中诞生的。这个语言结构作为作家思想品格、情感心理、思维方式的表现符号，通过特殊的词语组合和意义的安排，最终把思想情感性格气质转化为文体。

马瑞芳的散文语言，富有独特的音韵色彩和卓越的表现力与创造力，它主要表现在两个基本方面：一是追求语言的质朴、单纯、简洁和鲜明的层次性，注意语言直接表情达意，直接展现人的思维和情感心态，摒弃矫揉造作、华而不实和装腔作势。马瑞芳一贯主张散文语言要质朴、单纯、简洁，认为把心里话像唠家常一样说出来，反而更亲切。其实，也只有如此才有可能真实地传达内心的复杂情思，深切地表达复杂的个性心灵，像与朋友谈话那样，以更贴近人类情感心态的直接的语言方式来表达。马瑞芳有不少散文作品之所以写得美，可以说在于其文笔明快，切切实实地举其所知，直直落落地书写思情，在"去雕饰"的言语中见思想的价值和雅洁的文章，在简洁直白的语言文辞中见出"余韵"。语言的质朴简约与思想的明晰和雅丽洒脱的审美趣味彼此对应、互为表里、合而为一，构成了她特有的散文风格。二是追求语言的多层次艺术功能,讲究意象性和趣味性,在词语和文句之间保持一定的艺术张力,充分发挥语言本身的"意义"功能和审美效应。艺术语言的质朴单纯并不排斥恰当的华丽、典雅和奇警。马瑞芳正是在二者的辩证统一中施展其语言的表现力。她讲究散文语言的趣味性,喜欢引用通用的笑话、俗语,融意趣于自然简约之中。同时,马瑞芳的散文还注重语言文法的缜密、句子组合的从容不迫、幽雅舒卷和明快的节奏,从而构成其散文的隽永、雅丽的独特风貌。

这种语言方式及其特点,使近年来马瑞芳的散文呈现出一种杂感化的倾向。如散文集《野狐禅》中的《趣话聊斋》、《人生漫步》、《神牛·野狐》、《读史夜录》等,都显有杂感因素的浸染。新时期以来,在思想开放的文化环境中有不少抒情叙事散文呈现出杂感化的趋向,又同抒情叙事散文追求理趣、追求幽默的艺术探索过程同步。这种杂感化的浸染首先表现为思维方式、表现方式的嬗变,表现为"嬉笑怒骂,皆成文章"的艺术风格和审美情趣。以其题材、样式论,无论是写历史现实、人情世故,还是表达哲理、诗意、情趣,或是纪实、抒怀,均表现出杂感因素插足而构成的鲜活韵致。

应当说,马瑞芳的散文艺术是有扎实的根底的,她手中握有不止一支笔。她能写如诗如画、富有情韵灵姿美的《雨中行》;又能写直抒胸臆、思接千载的《天山野炊》和《曹植墓随想》;她的随笔《野狐禅》中那些俏皮泼辣有意味的"趣话",又能弹奏《假如我很有钱》中那一曲曲发自心灵的"情歌";她能写《神牛·野狐》等一系列的短章,缩大为小,启迪灵魂,又能写《后娘化狼》、《如此父亲》等锋芒毕露的小品。由此我们可以看到,穿透马瑞芳大部分散文的一大美学特征,就是杂感化。她把杂感的构思方式、结构形态和笔墨情趣注入了抒情叙事散文中，把对审美功能和社会文化功能的追求调和在一起，构成了一种杂感和抒情叙事散文相交合的新体型。她这种散文所记无非是常人行止、风土人情、个人经历、生活感悟，却无不与世态民心相关，成为一曲曲痛快淋漓的正气歌，有着鲜明的社会性和时代感。其中有不少篇章，通篇以叙事为主，又随手发表感想，是形象、议论、情感的化合物，而且有时妙语双关，有时涉笔成趣，或借题发挥，或以庄生谐，通体糅有杂感语体的韵味。一种特殊的文体通常产生于文化美学——思维特别活跃的时代。马瑞芳散文中这种杂感因素的浸染、审美趣味的迁移，可以视为一种征兆，其意义实已超过散文创作自身。或许将会有更多的散文家投入这种创新试验，使散文艺术创作取得重大突破。

（原载《文艺评论》1998 年第 4 期）

学者散文拓开的文学新境域

——李宗刚散文论

在中国现当代文学的研究领域中,李宗刚一直致力于建构自己的"新式教育与五四文学的发生"的新场域,学术成果颇丰。近年来,他相继出版了《中国当代文学史论》、《中国现代文学史论》、《父权缺失与五四文学的发生》等学术著作,编选了《炮声与弦歌》、《杨振声文献史料汇编》、《杨振声研究资料选编》等研究资料,显透着文学研究的大气和做学问的扎实。而且,让笔者感到有点惊异的是,他在学术研究和散文写作的交叉地带,"行走于文学边缘",以"学者散文"的特有真诚和富有意味的语用洒脱,传达文学研究生活中跃动的心灵声息,拓开了一种"学者散文"的文学新境域。

一、用真诚的内心感触,
透视学术的真义

所谓"学者散文",是与通常所说的学术论文相对而言的。在学术研究中,我们读到的大都是学术论文,就是那些形而上的抽象性理论探讨,或者是让外行人不好理解和接受的新的概念和术语、理论与观点,别有创见的学术思想与理性智慧。而在这里所说的"学者散文",与此不同,它是在学术研究和散文写作之间拓开并营构的文学新境域。简单地说,是一种叙议学术生活的文体。李宗刚的《行走于文学边缘》,就是这样一种"学术散文化"、"散文学术化"的交叉性复合构成的文体。他的这种"学者散文"是用特别真诚的内心感触透视学术研究的真义,写的是对学术的真诚和体认。

散文是真诚的艺术,是一种性情化的文体。倾诉真情、坦露心迹,抒发感触,以深切的感悟去透视学术研究生活的本相,昭示学术研究的真义,揭示文学研究的底蕴,是李宗刚"学者散文"写作的一个显著特点和美质。无论是对大学教授人生姿势的解读、对学者名家文化情怀的体味,还是对"莫泊桑葬礼上的演说"、对"抗战小说的历史长河的疏浚",以及对"如果狼来了"的三种文化模型、对如何"解构与建构既有自我和新的自我"的阐释,都无不是由内心真诚的感触而发,抒写内心的触动和感悟,昭示学术研究领域学人的情怀和生活状态,揭示学术研究背后潜存的能够温暖人心、启迪思想的真义。这就是说,李宗刚的"学者散文"写作,实际上是以率直的真诚和超越学术的情感和心灵视角,去烛照学术研究生活的深层、传达学术研究的足音,诠释种种不同的学术研究现象和学人生活状态,透露着一种对学术研究生活人、事的热切关怀和真诚的凝视、解读与沉思,给人一种观照学术思考的直接感。可以说,李宗刚身在学术研究中,他能直面学术,投注于文学研究的场域里,不是以一己个体的小圈子来发私情、说空话、论偏见,而是在融合学术群体生活意识与学术现实本相的基础上透视学术生活的底蕴,真诚地崇尚学术,揭示学术研究的苦恼和欢乐。毫无疑问,李宗刚的"学者散文"写作,是对学术研究生活和学术人生真、善、美境界的真诚探求,也是对他学术理想和人生追求的一种真实写照。"学者散文"的写作,实际上是对文学研究和学术生活的拥抱和深省,是以真诚的心灵感触楔入学术研究的深层,透视学术生活的特有状态,揭示学术研究的本真价值,切入投注在学术研究生活中的学者们的深层意识和学术心态,描述和刻画他们做学术研究的生活风姿。李宗刚的"学者散文"写作,在每个篇章的字里行间都跃动着这种真诚写实的意象和动情写意的品格。他敞开真诚心灵的天窗,把内心的触角探入学术生活的现实,描述沉思于学术研究的学者生活,叩问他们的学术思考,抒写他们"昨日的生活"报告,描述站在传统文化立场上虚构的乌托邦世界,以及踏入历史边缘的诗意叙说,等等,以多彩的学术生活和深厚的学术人生内容为对象,用炽热的真诚、赤心和热情,去昭示我们有着学术生存困惑而又深潜着创造力的学术生活场域,书写学者生活和学术人生所富有的内涵和美质。

我们来看《王富仁:文化本原的叩问者》。在文学研究领域里,把学问做得极其精细的学者是不少见的,犹如"傲风挺立矢志于自我追求的松柏,他们对脚下的那方文化沃土是挚爱的,他们对头上的那方文化蓝天是神往的","他们将文化本原作为叩问对象,以理性批判和文化再构为己任。他们在促进自我思想苗壮成长的同时,也构建着属于我们这个时代的文化风景"。李宗刚对投注于学术研究的学者作如此真情的述评,对现代文学研究的名家王富仁先生更作了动情的评说:他"走出弥漫着浓郁的儒家文化气息的齐鲁故园,跨入了与齐鲁文化生成环境有着显著区别的西北和首都","他依托着业已根植于灵魂深处的'入世'情结,开始了对社会文化本原问题的执着思考,并最终成就了属于自我的思想体系","他的学术研究没有滞留于象牙之塔,在悄然绽放中沉醉于自我的小天地里;他成了思想界的一个战士,冲锋陷阵于中国文化的'无物之阵'中，为自己切实感悟到的文化理念而呐喊"。这些对名家学术生活的真诚叙说，对其学术精神的描述，特别是作者的语言文字，显然满注着真诚的学术情感和对学术特有的挚爱。只有如此心怀学术，崇尚学术，才能对学术全力投入，拓开灿烂的学术天空。

　　读李宗刚的"学者散文"会发现，他的每个文本的语用空间、每个篇章的语义构成中，都流淌着对学术的挚切情感，充溢着对学术的真诚崇尚。无论是对学术生活美质的透视，还是对学术研究环境的描述，都透射着一种真诚的光辉，字字句句都写满了真诚的情意。如《对张守富人生姿势的一种解读》、《大学教授昨日的生活》、《诺贝尔文学奖钟情什么》、《人生的"三度"》等等，都无不跃动着真诚的声息，透露着学术生活的底蕴。可以说，在这些作品中，李宗刚一丝不苟地发掘着学术生活中的善与美，挚诚率真地和我们交流着关涉学术研究、学者生活的切身体悟。强烈的学术研究责任感和时代学术使命紧紧地包围着他，使他绝不轻易放过每一个揭示学术生活善与美的机会。一位"文化本原的叩问者"，一个"执着追求的支点"，一片"植根于文化的沃土"，一种"情到深处理自现"，一场"生命的舞姿"和"让生命充分而自由地燃烧"，当今学术研究生活的多彩美致，在李宗刚的散文视野里，都变成了五光十色的思想，透射出学术生活的闪光。对学术研究和学者生活的切身观察，善于追问，敏于思考，是李宗刚"学者散文"写作的一个特有品质。在他的每个作品里所表现的对学术生活的沉思和默想虽然是零散的、片段性的，但却不是随意性的流露和臆说，他具有自己内心真诚的倾向和重心——所有的意向表达和思想生成都维系着当代学术研究和学者生活处境，都关系着当代学术研究的现实和发展，是一种真诚率直的现实主义理性精神。特别是李宗刚在写作中那些流淌着真诚感情的文字底下，往往融注着一种时代的声息，这就使学术精神得以高扬。

二、不遮掩生命个性，传达学术的生命哲思

在阅读的过程中，我们很容易感受到在李宗刚"学者散文"写作中，无论是面对学术研究的各种难题，还是身受现实生活的具体困扰，他从不掩饰自我生命个性，总是敞亮生命的舞姿，传达学术生命的真切声音。这一鲜明的特点，当然是来自他的"内心真诚"，无疑也是一种自我生命个性意识和主体心灵纯真的开放。实际上，是在主体个性生命意识定点上进行学术生活和有关人、事现象的透视，着力写在自我个性生命意识里所闪现出来的各种感触、生命的颤动。读来使我们感到，在各种学术生活和社会人、事现象的背后，流淌着一种露着生命个性的纯情，一种自我的生命个性释放的能量。如《生命的舞姿》、《生命的展开形式是美丽的》、《让生命充分而自由地燃烧》、《陀螺的魅力》、《生命的叩问》、《永不歇息的收获者》等等，这些篇章都以动情的智慧议论、纯情的生命表白、真情的个性阐说，既撩人情思又发人深省。这显然不是掩饰生命个性的空洞说教，而是袒露着真切的生命舞姿——那是一种随着生命自由律动的舞姿。作者在《生命的舞姿》中做了如此的描写："在时间的舞台上自由自主地舒展——从绷紧的脚尖到伸展的手指，尽情地释放生命所具有的强力，冲破一切阻遏这生命之舞的形式格律，冲破一切桎梏着自我生命律动的清规戒律。"他要做一个自我的挣脱者，使个性生命重获无拘无束的伸展，展现那"美轮美奂的生命舞姿"。这就是说，作者笔下"生命的舞姿"、"陀螺的魅力"也好，"离别生命的港湾"、"行走在滑梯上的

人生"也罢,实际上都是自由生命个性的展示,生命个性舞姿的展现。应该说,李宗刚"学者散文"的这种自我生命个性的开放,特别是毫无遮蔽性与掩饰性的这个特点,使他的"学者散文"构成了一种富有阅读感召力的美质。

如果说李宗刚的"学者散文"感召你的首先是这种使你无法抗拒的生命个性对内心的拨动,那么在沉思中你还会发现,作者生命个性的流露里还传达着哲思的影子,透射着理性的光点。哲思和理性是真诚个性和生命的升华和深化。李宗刚的"学者散文"写作,自然富有学者的思考轨迹和理性特质。他与其他的散文作家一样,写的是他自己的学术经历与生活体验。但是,他对学术人生、生活体验的独到思索,使人能够透过学者生活和学术人生的表面投向真切的内在,而这种"学者散文"内涵的真和美或许就在这里。

如《人生的"三度"》中的叙写:"季羡林,生命的长度使得他登上了人生的山顶,而那些和他齐名的,甚至比他更负盛名的大师,多已驾鹤西去,当世间仅余下空悠悠的黄鹤楼时,作为坚守者或者守护者,便天然地填充上原来的空缺,成了大师,至于其'国学'如何,人们是无须顾忌的。"这不仅是对大师生活和学术人生的哲思,显然也是对学术人生的长度、生命的密度与高度的深层透视。同时,李宗刚的哲思文字还启示我们:"在文学创作方面的拜伦、雪莱,还有徐志摩,他们的生命密度,在有限的单位时间里,一下子获得了升华,书写了最为瑰丽的人生篇章。……由此说来,人生固然需要足够的长度来支撑,但是,人生更需要足够的密度来淬化。"显然,这种关于学术生命和人生的哲理思考,是对生命的体悟,也是对人生的启迪。

"学者散文"具有学者善于思考的显著特点。李宗刚的学者散文思考是多方面的，能给人以多重多层的理性沉思和哲学启示。如《生命的展开形式是美丽的》中的哲理文字："时间是残酷的，同时又是美丽的。她的展开区间尽管受着时间的限定，但以怎样的形式展开却掌握在我们自己的手中。我们可以让生命展开得更有价值，使她在该播种的时候播种，在该耕耘的时候耕耘，在该结果的时候结果，在该落叶的时候落叶。如此一个几乎可以称得上完美的、尽可能不留遗憾的生命展开形式，实在是我们应该追求的一种境界。"这种生命展开的美丽思考，是投注于学术研究的学者体验的生命智慧，也是常人应体认的人生哲学。

对于学术生命的追求，李宗刚在《陀螺的魅力》中也做了哲学的诠释："陀螺的生命在于旋转，陀螺的魅力也在于旋转。"旋转的陀螺，"能够迅疾地借助外力，飞速地旋转起来，在飞速地旋转中，越来越执着地把自己塑造成一个流动不居的存在，一个具有勃勃生机的存在，一个挟持着昂扬向上精神的存在"。在对陀螺的生命和魅力做如此理性分析的同时，作者进一步指出："陀螺的旋转，得力于它把自己的全部生命都聚焦于那个点上。在那个点上，它找寻到了自己作为陀螺存在的最终归宿。它拒绝了来自各方面的诱惑，执着地把有限的能量都汇总到那个定点上，就是这样一个定点，为它的旋转找寻到了最为坚实的支撑。"应该说，这是对陀螺生命旋转及其魅力的哲学思考与诠释——作为学者，李宗刚在学术研究的过程中，自然也经历过生命的磨难，体验过生命的沉重，也绽放生命旋转的美丽，体悟生命追求的真义。所以，这种对生命的诠释，其实是一种自我体验生成的生命智慧。尤其是他对学术生命的理性考察、哲学的透视，没有虚化的掩饰，摆出以往"不欲以静，天下将自定"的所谓"圣贤祖训"——那是对生命的违背，对人性的压抑。他也没有故作潇洒地写些生命和人生的轻闲文字。

　　对于学术生命的叩问，也是李宗刚为之投注思索的重笔文字："人只要活着，不就表明了那生命的火把还依然在时光的隧道里摇曳吗？不就是宣示着生命依然地会产生情感和思绪吗？然而，这样的一种人生至高至纯的境界，并不是所有的人都会抵达的。"显然，作者从理性的视点来审视生命，认为生命便是一个过程，一个有着开端又有着终点的过程。在生命短暂的岁月里，人们完成了对人类文化精神的完美对接和传递，并为这种文化精神之光的熠熠生辉叠加上了他们的生命之光。显然，这就是"学者散文"抒写给我们的诗的哲理。有专家言，历史衰老了，颤颤地倒下了。一个人扶了它一把，另一个人又踩了一脚。扶它的人因为付出了自己的力量而趔趄了一下，踩它的人却因为踩着了它在瞬间加高了自己。生命的真理只诉说残酷的规律，所有活着的人越来越兴旺。或许，这就是李宗刚的"学者散文"对生命叩问的真义和发出的感喟吧。

三、坚守学术研究场域，也行走于文学边缘

　　在文学研究的圈子里，像李宗刚这样，既有显著的学术研究成绩，又常在时间的缝隙中写散文的人，这是不多见的。罗素说过，人类成就中最显著的东西大部分都包含有某种投入和沉醉的成分。李宗刚能在现当代文学研究领域取得这么大的学术成就，可以说，是他投入其中、沉醉其中的结果。他主编着《山东师范大学学报（人文社会科学版）》，编审工作细心、责任感强，但没有被任务压倒，在学术研究和编辑工作之余，又写了这么多流淌着真诚、负载着理思的"学者散文"。

　　李宗刚的"学者散文",有写人写事的,更有写议论说理的。如《在执着追求的支点上》、《由鲁迅引发的思考》、《穿越历史的隧道》、《从人的价值说开去》、《严监生与葛朗台》等。在文学研究和学术生活的场域中,一步一景都显示了作者描述的灵气,一人一事都显示了作者追叙的热情,写出了丰富而又真实的学者人生,也昭示了作者一颗热诚的内心。尤其在繁重的学术和编辑工作中,李宗刚保持着对生命的恒久热情,这不是身处中年阶段的人能轻易做到的。如当笔者读到《永不歇息的收获者》中的那些热情而激扬的文字时,不禁深深感动。也许正是这颗恒久不息的心,使得李宗刚像一个执着的行吟诗人一样,在学术和生活的旅途上边走边唱。尽管这吟唱之声,时有抑郁,时有昂扬,但从来没有中止过。他执着的吟咏给学术洒下了不尽的春色和温暖的阳光。

　　或许,与他的学术研究领域的成就相比,只能说李宗刚是一个"行走于文学边缘"的散文写作者,散文写作只是一种"闲情"。但这种"闲情"已经融入他的血液和命脉,并被一种更高的生命存在召唤和推动着,使得散文写作和学术研究成为精神与生命的投注。正是在这种精神和生命的投注中,我们看到了李宗刚"学者散文"的河流,是如何闪烁着精神的光华并负载着心灵底层的积淀,在学术研究的时光中流淌。

　　作为"学者散文",李宗刚的写作题材并不是很宽阔的,多是从一事一情的学术生活片段入手。一个"追求支点",一次"求学追踪",一种"诗意叙说",一场"生命舞姿",都能使作者抒写开去,激起内心感情的涟漪。但是,这些"小题材"似乎并不真是小的,它们都在作者内心永恒光点的透视中,显现出一种"大气"和"境界"。这种永恒的光点就是对学术执着的投注,对生活热切的挚爱。作者所描述和追忆的人和事，都被放在一个宽阔的时代文化背景上。如执着追求诗美的冯中一先生、文化本原的叩问者王富仁先生，以及对文学史另一种书写路径的探索、在感性上体味外教的文化等等。通过这些人和事，我们能够感受到那个特定时代文化的脉搏律动，能够更深刻地理解当时学者的精神和命运。尽管作者所写的都不是什么"大事件"，而是和自己仅有一些交往情感的人和事，但作者又往往能够超越单纯的个人情感，透视有着深厚的学术文化生活的内在底蕴。

作者在《对张守富人生姿势的一种解读》中，就融入了对传统文化的追思，对人生价值的探索，使一篇"人生姿势的解读"具有了深刻的人生哲理，使人读来深受启迪。在传统文化中，我们"追求自我人生姿势的较高境界是'修身齐家治国平天下'。在这样的文化价值导向中，人们把修身当作实现其社会价值的起点，而且还把治国平天下当作人的自我修养的一种外化形式"。所以，传统文化给我们提供的家园，是把修身当作一个人的立身之本，将"琴棋书画、吟诵对酬"当作修身的一种必经门径。"人们在'琴棋书画、吟诵对酬'中，体味着无欲则刚的人生哲理，咀嚼着有所为有所不为的人生旷达，彰显着自我作为生命个体存在的社会价值，透示着在独善其身的同时对'平天下'的向往。"显然，李宗刚的"学者散文"，看起来是一些"小题材"，但小题材总能反映出大主题。这说明李宗刚的散文写作并非是饭后茶余的消遣，更不是花前月下的闲适，而是非常认真的、富有质感的文化沉思。

作为"学者散文"，李宗刚的散文写作不受任何格式的束缚，而是坚守自己的"一方田园"，立足于对学术、对生活、对人事的独立的体察、精细的透视、敏锐的感觉。由此，显现出"学者"的主体风度,把自我的主体意识及其相应的表达方式渗透于作为抒写对象的学术研究和学者生活的景境之中。

为坚守自己的这"一方田园",李宗刚的散文写作特别注重自我独到的学术体察和精细生活感受。因为加强这种自我体察和感受力,往往能够消解学术生活和某种人、事的纯客观描述,以免在写作中过多地充斥状物性、知识性、世俗性的成分,从而彰显"学者散文"的特有风骨和思辨本色。应该说,散文是感受的艺术,感受能力即散文富有创意的写作能力。一个人在处于遭受拳打脚踢,或在闹市中忙乱之际,所听到和看到的,一定不如深夜独处异常清醒时思考得多。李宗刚"学者散文"独到的体察和感受力,彰显出主体风度和思辨特色,很显然是得力于"学者"有意识地与纯客观的人、事现实拉开了距离。散文写作是主体性很强的活动,作者主体心灵的自由是审美价值升值的必要条件,而纯客观的人、事现实无疑与主体审美的自由存在着矛盾。在李宗刚的"学者散文"中,由于他的主体感受与客观的人、事对象拉开一定的距离,具有较大的超越性,因而有了更大的主体情感和思维的自由度,使这种"学者散文"更具一种灵动和思辨的特色。这一点,有不少篇章的叙写中都表现得非常明显,如《在执着追求的支点上》、《崮山脚下的追思》、《回眸那座文史楼》、《为了一种文化的延续》等。这些篇章中都有强烈的主体性体察和敏锐的感受力描写,从而使这些被感受中的人、事对象活生生地呈现在我们的面前。作者所追求的不仅仅是反映客观的信息,而是利用客观信息的刺激调动起尽可能多的主观心灵的蓄存,并使之与主体心灵深层融合。

总之,李宗刚的"学者散文",有着很活跃的自我体察和精细的感受力。这种体察和感受力使他的笔很自如地超越日常学术生活和相关人、事的实用价值的心理定势,使之对客观人、事对象的描述"超然物外",刻意追求着某种主体情感的深化,破译其中被遮掩的密码,把它推向深层性的情感境界。应该说,这就是李宗刚"学者散文"深度和力度之所在。

（原载《创作与评论》2017 年第 9 期）

激情、沉思与诗

—— 石英散文论

综览中国当代散文天地，石英无疑是重要的话题。他的散文刻画时代，书写历史，以其创新和超越的开放意识和阔大的视角，烛照社会生态与自然世界的各面，传达生活的足音，诠释种种不同的生命现象和人生状态，透露着一种对现实世界人事热切的关怀和警觉的凝视、解剖与沉思，给人一种心头颤栗的直接感。他直面生活，取材社会，没有陷入个人生活的狭小襟怀，而是在融合群体大众生命意识与客观生活世界的基础上自觉地达到主观精神的自我超越和自我完善，是对现实世界和人生真善美境界的挚切追求和人生哲理的内心探索。读石英的散文，总使人强烈地感到，它是激情与沉思凝成的诗。

一、对社会与人生的启悟沉思

石英的散文是用心灵和生命的冲动激情营造创构的一种文体。在暴晒现实生活、昭示心灵、感触生活的最深层次上，是最富有理思和透彻的诠释。《哲理之花》、《回声集》、《石英游记散文选》等多部散文作品，无不是他在现实生活的怀抱里对社会与人生的理性审视、启悟与沉思。特别是有不少散文篇章大都于现实世界人事景物的表象构成之外，以锐利的逼视事物本相的内在次序的沉潜思维,揭示深层切入的心灵感触和人生哲理。就其散文题材的取向来看,多为生活与自然、世故与人情、社会与人生,以及游记、随笔等,但无论在哪种题材的文字叙述中都融注了引人透视生活深层的阐释和哲思,在内心世界和生命情感的潜流里透射出理思的闪亮光点。

石英散文的这种理思美表现,是力图在当代理性哲学的高度上,探寻时代和民族发展的历史与现实;用光华四射的理性之炬,观照社会、窥视探究人生,开掘人的心灵深处跃动的欲望和理念,揭示民族深邃的性格意识与时代精神。打开《哲理之花》这部散文集便可发现,其中编选的作品,无论是《关山写意》、《域外回声》,还是《哲理之花》、《情长意深》,其表达方面的哲理色彩与内容方面的理性意蕴,已成为散文本体的组合元素而存在,使感性的表达形式为其理性的阐释和哲理的揭示服务。其突出的特征是在场景与画面的具体描述、人物与性格的形神刻画中,注重理性思考的求索和阐释,以理性的思维方式,着力于富有多义性的心理意念活动的观照和抽象性哲理意蕴的挖掘,并善于借助某种事物具象作为特定理思的意象,将其从单纯的指向意义拓展为象征人生哲理的多重含义。如《西安的石头》,作者把西安的石头作为一个富有象征性的理思意象,再现了作者感性世界中的理性世界,并将理思、评判与印象叠合于一体,揭示出生活底层的哲理意蕴和对社会与人生的感慨。《埋下去和掘起来的》、《生与死》、《夏与秋》等篇章,都无不以理性轨迹和哲理挖掘为轴心,注重理性意蕴的阐发,用一种内在的理性之力紧紧攫住作品的所有结构元素,使作品呈现出一种特有的理思美。这种理思美以理性的力量使人幡然醒悟,获得智慧上的美的享受,它犹如耀眼的闪电,能照亮读者的心灵意识和思维空间,开启读者的心智。

　　石英散文的理思美创造,很显然主要在于他把哲理象征作为散文整体艺术结构的元素,以特定的事物具象作为主体理性精神和内在情思的表现形式,使内在潜涌的主观情思,注入了客观的物象之中,炽烈的动态的理性精神也被铸成有形的物体具象。因而,在《回声集》、《石英游记散文选》等一系列清新、宁静并且谐趣的景物勾画和自然生动的叙述中,我们不仅能够感受和触摸到他那颗跃动的颤抖的心,而且同时获得一种心息相通、静默观照后的悠然长思。不是如读其他一些散文那样仅仅是身心被拥入,被激荡,被黄钟大吕式的鸣响震动得满心回响不已,而是有如在《老人与海》般的充满诗情画意中获得理智的憩息,得到地久天长、空阔寥廓的有关人生宇宙、天地自然、生活命运的艺术启迪。应当说,把深刻的理思饱含在真挚的感情波涛里,通过感情抒发来表达某种特定的思想和理念,从而创造启示心灵的哲理意蕴,是石英散文的一个显著特征。如《心砧的火花》中对于“宇宙与人”的一段诗情抒发:“一颗星星能发光,一个人何尝不能发光? 星星再亮,毕竟是在渺远的地方;而人在自身,或在身旁,光源则出自心间,相互映照。”“故而切莫望空哀叹,切莫自惭形秽。体不在大小,在心之污洁;程不在远近,在步之正邪;光不在柔强,在于人之损益;声不在抑扬,在于情之悦哀。”由此可见,作者在将沉静的理思与诗意抒情的融合中,通过象征、暗示和点染,创构了一种底蕴深厚的境界,其中隐含着洞见人生的生命哲理和感叹人生的奔涌诗情,在沉静的表层之下,分明有作者的激情的火焰在燃烧。

二、对生命和人生价值的诠释

　　在艺术上石英始终在追求着一种史诗精神,这不仅酿成了他的散文浓郁的抒情性和深刻的哲理性的统一，而且也构成了他的散文艺术表现手段的多样化和丰富性。如《黄河自有风景》中描绘的黄河景观，不仅充溢着"横冲直撞、蛮不讲理的野性"，而且也跃动着"母性的柔情"、"小伙子般的活跃"、"纯情村女般的未凿的青春"。那滚涌的黄涛是黄河儿女的生命的火焰；那奔腾的漩浪是黄河儿女的热烈追求和执着的信念；那似"山洪下泻"的涛声，是黄河儿女历险如夷的雄壮的呐喊和生命的音符。在作者的笔下，黄河景观与宇宙人生叠合，自然图景与个人沉思交织，外物的美与内在的美融注，于自然、社会、人生宇宙与生命的艺术同构中生发出一种象征性深层哲理，饱含着对生命价值和人生真谛的诠释。其中有象征、暗示性的描写，有意象的虚实契应，可以说是古典与现代表现艺术相渗透的综合运用。这种艺术表现手段的多样化，使石英的散文呈现出独标一格、绚丽多姿的艺术风采。

我们可以把石英散文的这种艺术特色，归结为一个"浓"字，即浓郁的理思、浓烈的激情。但是深入考察石英散文的整体风貌就又发现，"浓"字并不能恰切概括其艺术表现特色，他的散文还具有清淡的、纤柔的、飘逸的、婉约的、深沉的、刚劲的、洒脱的等多重性特征。如《桃花源的魅力》、《骊山赋》、《北戴河听涛》、《我猜想，那天桥……》等篇章，那迭出的排比、天然的对比、铿锵的节奏、起伏的旋律，构成了一种磅礴的气势和高昂的格调；《泉城忆》、《我又回到了大海》、《冰城——春城》、《大草原，我的温床》、《索菲亚夜景》等作品，都透露出柔婉、隽永的风韵，满盈着清丽、轻淡的氛围和色调。其中那诸多清新淡雅的画面所承载的并非仅仅是客观世界，同时还有作者的主体因素，或缕缕哲思，或片片情韵。这种主体与客体的融注，灵象与物象的叠合，使作品于无形中具备了耐人咀嚼的意味。应该说，石英的散文是异彩纷呈，其情调多元互渗。有的"刚中有柔,柔中带刚";有的"淡而有味,清而不浅";有的"庄中有谐,奇中有正",艺术表现风格丰富多彩。由于石英打破散文单一化的表现模式,注重艺术表现的多样化,所以,在他的散文艺术世界里,簇新的意象代替了被嚼烂的少女和梦的俗喻,鲜活生动的倾吐抒发代替了矫揉造作的伪情滥调,疾徐多致的节奏代替了呆固板滞的语序。方块字的形象性、多义性与平仄声,在他的散文殿堂中神而化之,巧夺天工,其刚健之美、秀逸之美、潇洒之美、柔婉之美、深邃之美、哲理之美、比之于现代诗并没有多少逊色。

石英散文这种多样而丰富的艺术表现特色,显然是得力于他的散文思维空间的扩大和开放,突破了散文单向、直线思维模式,代之以多向、复线、共历时空、交叉互进的思维格局。这种多角度、发散型的散文思维方式,必然带来其散文艺术表现的丰富性,构成其艺术风格的多样化。

致力于散文文体的创新,建构自己的文体风格,打破散文题材和主题的单一、技巧和形式的单一、神韵和语言的单一,对各种文体的技巧兼容并包,寻求和创造不拘定格、丰富多彩、富于弹性和立体感的文体形式,也是石英散文的一个重要特色。如《大草原,我的温床》《南岳之行追忆》《武陵源的评价》《边界大风口》等写景纪游的系列作品,以及那些写乡情乡风、追忆昔日生活的系列篇章,借助于诗歌文体的意象转换和音律节奏、小说、戏剧文体的对话、绘画艺术的色彩等,使他的散文孕育出了新的具有更高价值的审美特征。石英的散文不断地寻求与其他文体艺术的多重融合和渗透,所以具有变化多姿的艺术美质,尤其最能体现石英文体创新精神的是他那些集合式散文。这些散文"精骛八极,心游万仞"、"观古今于须臾,抚四海于一瞬"、"笼天地于形内,挫万物于笔端"(陆机《文赋》)。大胆地将一些各自具有独立性同时又有某种内在联系的异质同构的集合单位组合在一起,由一种统一的基调、氛围作统摄,从而构成一个文体系统。由于整体的功能总是大于部分之和,这些散文就不但是具有多向伸展的多种功能,同时也获得了一种超越各种功能之上的系统功能,从纵面上增强了作品发掘生活的深度,又从横面上扩展了作品映射生活的广度,具有一种立体交叉效应。

例如《早春思絮》、《心砧的火花》、《生与死》、《五色的故乡》、《旅中拾趣》、《我又回到了大海》等,笔墨自由挥洒,行文伸缩自如,或纵向、或历史、或现实,无拘无束地绘出了一幅富有张力的立体的生活画卷:历史的光辉行进和现实的艰难探索,政治经济上的变革和精神文化上的追求,人类生与死的欲望和幻灭,以及故乡人的行为方式、生活习惯、乡风民情等,都纷纷然奔聚到作者的笔下,得以生动地展现,强化了作品审美意蕴的多层性、多义性和丰厚性及其深度与力度。这在艺术地把握生活和情感的丰富性、复杂性上,呈示出一种现代散文所没有过的表现形态,这就是让多种艺术媒介竞相介入,使作品成为多层面而具张力的复合整体,展示直觉层次中的世界各面,既有多向多维的松动和舒放,又具有一种内在的有机性和立体感。

三、对诗情与理趣的艺术渗透

在写法上石英的散文还特别注重诗情与理趣的融注,运用有声、有色、有味、有形的物象来暗示作者微妙的内心世界,或借助于有物质感的形象来表现无形的主观意念。在他的散文世界里,流动着真纯浓郁的诗情,透露着隽永独到的理思,跃动着心灵的声息。打开他的《回声集》、《哲理之花》等几个散文集，我们可以看到，那西部大草原的茫茫大地，奔腾着一道道复苏的急流；而那故乡的大海，像母亲那样敦厚，在太劳累的时候她也忍不住发点小脾气，人躺在海水托起的小船上一摇一晃，像躺在摇篮里，感受母亲温柔的抚爱；还有那巍巍的庐山群峰、广漠中的边界大风口、铺卷西北的新疆浩茫原野，也掀起一道道潮、一层层浪，激扬着韧性的活力和生命的狂澜。作者笔下的这些图景，不是脱离主观地对客观物象的直接描摹，也不是脱离客观物象的主观抒情，而是在典型意象中包蕴着作者的心灵情感，即把抽象的心理情感具象物化，造成心意与物象的传感交应，赋予自然景象以活的生机的召唤。

尤其是《石英游记散文选》中那些描写山川名胜的篇章，往往叫人感到生命的跃动，有一种使你无法抗拒的理智激情，冲击着、拍打着我们心灵的堤岸。如《武夷山的雨》中描绘的雨景，满贮着风情，闪动着灵性。"天黑时，清风像利刃似的切断了雨丝，只在屋檐上还滴落着已近尾声的雨珠。山水来了，窗外的溪涧中响起的渐高渐激的浪声，撞击着步步设障的石头，弹奏出自然悦耳的琴韵。山坳中的褥热减退了，被溪水漂送到山外的干流，挤压在涧底的沙砾中。肺活量很大，欢快无忧的武夷湍蛙趁这大好时刻，振起嘹亮的歌喉，又像是告慰奔忙了一天的外来客：'可以安心入眠了。'"这是诗一般的奇幻，是自然景象在作者心态中留下的映像，也是作者心理中的山情雨韵赋予了自然景象以生命。显而易见，由于作者把自己心灵的声息融汇其中，使客观世界和主观世界得到水乳交融般的契合，行文中才有了这样浸润心腑的理趣与诗情的流动。它使人不仅感受到作者心灵声息的跃动奔涌，而且在诗情理趣和佳词丽句中得到一种愉悦享受。众所周知，写游览的所见所闻、所思所感，历来是散文涉猎的常见题材，但在石英的笔下，却大都有新的突破，写出新的境界——不是寻常的写景、平庸的抒情、表层的议论，而是以执着的心灵与陶醉，倾注不可遏止的浓烈热情，赋予真诚的生命与灵魂。所以，石英的散文具有一种直逼人心的呼唤力、穿透力与震撼力。

石英散文能够取得这种艺术效力而卓然独标并且蔚然成艺术美的本色所在，是把内心的情愫坦露于人，真率不饰地诉其衷肠，使主观感情踩着激荡的旋律而任意跳跃，尽情挥洒，读来使人有一种洒脱淋漓的感觉。如《最古老的和最新鲜的》中的描写："从山凹到山坡，满是一簇簇黄绿色的灌木，煞像无数纤纤武士，披着伪装的斗篷，隐伏在深壑之中，只待一声号令，便亮甲振戈，跃出山谷……""猛回头，太阳从山那边溶出，峰顶披着彩云的霞帔，云隙展出一条石径一条小溪，小溪直落岩壁石缝，石缝里伸出无数碗口粗细横生的虬髯老树，那沉稳的姿态仿佛在说：我在托着你哩！其实托不住，继续滚向谷底，撒下万斛无人收接的珍珠！"这些描写奔涌着感情的激流与波涛，潇洒跳脱，灵动有神，其强烈的自我主观情绪的艺术表现，震动着人的心灵。作者将全身心的感受，包括种种具体的生理感觉和抽象的类如对山凹深壑岩壁等大自然的神秘色彩的感触，都毫无保留地显示给读者，形成了作品坦诚直率地告白心灵的鲜明风采。尤其是流贯在字里行间的激越回荡的情感律动，在哲学层次上凝结为一种自觉的饱蕴悟性的主体意识，不仅增加了作品的理趣价值，而且也拓展了作品的深层魅力。

运用"人物交感"的现代艺术手法，也是石英散文能够融诗情与理思于一体而别有艺术效力的一个重要方面。这种手法接近现代诗人所谓的"抽象肉感"，亦即艾略特的"客观对应"。这是一种把抽象思想知觉化的过程,即把人的情感、思想、想象具象物化,把人的内在的思想感情外射到相应的物体上。这种赋抽象的、无形的事物以肉体的感觉,造成物象与心理生理的传感交应,能够调动各种感觉器官直接参加审美体验,较之单凭视觉、听觉、触觉审美,其美感效果强烈得多。西方完形心理学派所说的心理场效应,指的就是人的感觉和系统组成的不可分割的心理整体功能。完形心理学"场"的理论在美学上的运用,要求审美对象给审美主体以多方面的刺激,引起各种感觉器官通感联觉,唤起审美心理场的整体效应。

石英在他的散文中,就善于艺术地运用这种人物交感的现代艺术技法,讲究审美心理场的整体效应。如:"钻天杨高矣,每根枝条都泄下了韶光,但它们却总是向上的。不知道由于它们的追求过于强烈,还是天空对它们有一种非凡的吸引力,它们又是那么谦逊,从不以身体挺俊而孤高自赏,总是习惯于擎着手向上,可能是为了少占伙伴生存的空间。或许它们之间也有竞争,却不是相互排斥、相互挤轧,而是各以自身的奋发,无声地显示自己的超拔身姿和顽强生命力!"(《西行写意》)又如:"它们并非对谁也不服从,更不是一味埋怨诅咒。它当日服从老雕工正直的心路、巧妙的手艺;它们豁达无私,绝不贪得无厌,除却躯体所占的空间,它们不要一寸多余的受用。它们有的作蹙眉状,不是为自己的命运常戚戚,而是为民族英烈而哀思;它们有的在路旁列队,不是充当谄媚的奴仆,而是为凯旋的功臣挥手迎接,在霍去病墓前,它是跨越两千年的宝马,撒开四蹄踏翻敌酋;在阵前它是赴死的勇士,纵然赤手空拳也不向恶兽示弱。"(《西安的石头》)这些描写通过心理感觉写活了视觉形象,在这种视觉形象里,既有实觉的动景,又有幻觉和错觉的静物,它包含着人与物交应传感中所产生的丰富的理性内涵——种种情致,众多的神态,丰厚的气韵,繁复的意识,等等。它所唤起的感觉是多重性的,它所引起的反映是深邃切肤的。读赏这样的文字,不光是感觉器官的参与,而且是整个身心的介入,能使读者获得审美心理的整体效应,产生多维的审美体验。

（原载《文艺评论》2003 年第 3 期）

给时代和历史刻画永恒的美

——许评散文论

　　文学是人学,写人是文学的中心命题。但是,散文写人与小说写人不同。小说可以铺陈故事情节去展示人物性格发展的历史,可以通过种种矛盾冲突和各种性格对照揭示人物复杂的心灵世界。散文则不然,它不允许铺陈复杂多变的情节来展示矛盾冲突,只能以极节省的文字,采取断面式、剪影式、闪电式及浮雕式艺术笔法,或捕捉人物最富有特征的一瞬间的动作神情,加以点染;或只是勾勒出人物形象的轮廓,追求神似,舍形求神;或摄取社会生活中的精彩镜头,通过某些生活片段、场景及对话,刻画人物最突出的性格特征。也就是说,散文是以高度的形象化、概括力和抒情写意的方式来写人。

　　许评的记叙散文写人,具有一个显著的特点,就是善于描写生活中的普通人,尤其是注重刻画像野草一样默默劳作的乡村人的形象,并从他们身上揭示出鲜亮的时代气质和时代色彩,发掘出他们的生命的火光和在贫困落后中挣扎奋搏、坚韧不拔的崇高品质和精神。但是,许评在散文中对这些普通人的描写,并不像他的小说那样,注重表现人物在激烈的斗争中所显示出来的惊心动魄的英勇行为,而是把艺术描写的角度着力对准人物的内心世界和精神风貌。他善于从普通乡村人的生活中摄取一个片段、一个场景或一段对话来描写他们不平凡的性格,写出他们有着鲜明的时代投影和亮色的追求、理想和精神。如《海上乐园》中描写的王胜明,这个原本是农民出身的基层干部,就是当今乡村人在现代化的时代大潮中,摆脱"汛期浊浪滚滚,旱季黄沙弥漫"的落后与贫困的农村,紧步时代节奏和风云的投影。对这位农民基层干部的风采,作者只是简单勾勒了他"中等身材,赤褐的面孔,握起手来那么有力"的轮廓,并没有为他具体画像,但他"搞横向联合"、"开发黄金海岸"、"为全县脱贫致富"的胸襟气度以及他发展贫困地区经济,办起"海上乐园"的现代胆略和意识,却跃然纸上,使这个农民出身的"企业家"形象,活生生地凸显了出来,富有极强的立体感和时代的凝重感。《多彩的荷花荡》中描写的乡村党支部书记"二婶",为改变家乡贫困、落后的面貌,使"全村的经济腾飞",不仅忍受了感情和生活的多种磨难,而且勤恳、苦干,无怨无悔地洒尽了自己的心血和热泪。作者从她那平常的、举手投足之中,深情地揭示出其灵魂深处崇高的思想光辉,读来令人动情。《水泊彩霞》中描写的梁山姑娘,则是对当今梁山新一代青年人热望开放封闭的山门和致力于科学致富的时代思想风貌最集中的艺术概括,从他们的灵魂深处发掘出时代精神的美,发掘出当今梁山青年人的时代气质。

许评记叙散文写人的另一个突出特点是,他笔下的这些闪射着时代亮色的人物,并不是概念化、脸谱化的人物刻画,而是具有鲜明的个性、栩栩如生的艺术形象。在作品里我们可以看到,许评的人物描写是颇为简练和素淡的,没有渲染,也没有雕饰,看上去他不过是轻淡淡地描画几笔,却能使人物形象跃然欲活,神韵飞动。正如鲁迅先生曾说的那样,并不细画须眉,并不写上名字,不过寥寥几笔,而神情毕肖,即能够做到"有真意,去粉饰,少做作,勿卖弄"。由于许评艺术地运用这种手法,淡墨轻笔地勾勒人物,所以,他笔下的人物素描画构图大都富有简练、明快、朴素平易的特色。请看他在素享盛名的写人佳作《莲》中对"妈妈"的一段描写:

有一年入夏不久,即大雨成灾,妈妈几乎天天撑起木筏,穿梭般漂荡在荷花荡中。为了便于在荷花荡中行驶,木筏是只用了两根柳椽绑成的,窄得很,稍不小心就有摔入水中的危险,可妈妈习以为常,别看她那经过缠裹而致残的两只尖尖的小脚,却可以站在筏子上撑篙和采莲。

"手劲要轻,别伤了莲房。"妈妈见我伸出双手坐在木筏上采摘还带些战战兢兢的样儿,叮嘱我说。

显而易见,这里没有繁复的形容词和冗杂的修饰语,没有雕琢性的卖弄点染,没有斑驳纷呈的环境气氛描画,作者不过是平静地描述了妈妈"撑篙和采莲"的情景及叮嘱"我"的一句话,可是,这看似轻淡的几笔就清晰地勾画出了一个勤劳淳朴、宽厚仁慈、独自维持了一个贫苦家庭的劳动妇女形象的轮廓,表现了她心细而又稳健的性情特征。同时,也倾吐了"我"对妈妈的一片挚情。许评就是以这种富有特征的线条勾画,以这样最经济、最素淡的笔墨刻画出了鲜明的人物形象。亚里士多德曾经说过,凭着许多最鲜丽的颜料乱涂一通,不如用白色描写一个形象的轮廓来得悦目。许评经过长期的散文创作艺术实践,显然是深得其道的。同时,值得我们注意的是,许评散文运用素描手法写人,还善于和"写意"结合起来,使人物素描貌与形而得其神,具有传情传神的特点。素描,侧重于形似;写意,注重的是神似。素描和写意的巧妙结合,恰好是形似与神似的交合统一,也就是古人所说的"以形传神"。为认识这一点,我们不妨再看《莲》中对"妈妈"的另一段感人肺腑的描写：

> 最使我心疼不能忘怀的，是妈妈踩藕。由于大河湾港深汊阔终年不涸，不像人工养殖的藕塘可以放水挖藕，人们只能跳进水中，摇晃着身子用脚从淤泥中踩出藕来。男人脚大也灵便，妈妈两只伤残小脚，也要像男人一样扑通一声跳进水中，而且时至晚秋，妈妈要在冷得刺骨澈髓水深齐肩的河底泥巴中吃力地踩藕，男人不大一会儿就踩出一支，她踩呀踩呀，老半天才踩出一支，她冻得浑身麻木，脸色像紫茄子一样……

> "水太冷了，别再踩藕了吧？"我劝妈妈。

> "再冷再苦总比沿街乞讨好啊！"妈妈坚持地说。

这段文字描写的是妈妈踩藕的感人情形：她"扑通一声跳进水中"，在冷得刺骨澈髓水深齐肩的河底泥巴里"吃力地踩藕"，"踩呀踩呀，老半天才踩出一支"，冻得"脸色像紫茄子一样"。很显然，这既是写人物之"形"，也是写人物之"神"，是以写"形"来尽现人物之"神"。一个伟大的母亲形象，一个在贫苦中为生存而挣扎的劳动妇女的精神气骨，以及其中渗透着血泪的感情潜流，在作者的素笔淡墨之下跃然飞动，汹涌而出。读这段文字，有谁不为之动容呢？有谁不为之落泪？有谁不为这位竭尽劬劳、掬育赤子、饱受辛酸的伟大母亲而肃然起敬！作者通过这种写形和写意相交融的手法，从一个更高的层次和境界揭示出了母亲这个概念无限丰富的内涵：母亲是包孕万物、化育一切的神圣代义语，母亲本身是人类至善至美的负载实体，是人类之爱始源生发、回环存驻的渊薮。这种使人感悟不尽的艺术表现效果，就是来自作者素描的功力。真是冲淡中含浑厚，朴实中见文采，不敷脂粉而清香扑鼻，不着颜色而光彩熠熠。许评写人散文的这种素描手法，其底色调是轻淡、朴实。但素描尚不足以尽其美,轻淡尚不足以展其情,所以,他还总是十分注意在作品中时时注入真挚的情意,写出浓郁的挚情。可以说,许评是严谨的现实主义作家,又是内在感情丰富的诗人。他以诚实的态度捕捉和表现存在于现实生活中的真善美,又总是以充满抒情意味的文字,于平淡的描写中,情不自禁地点燃感情的火花,将事物的美点化为生活的诗意。读他的散文,常常透过清淡朴实的画面,感受到内在流溢着的热烈的感情和氤氲的气息。如以上引述的《莲》这篇撼人心魄的散文,在平淡的叙述中就不时升腾起感情的浪花,从而使母亲的形象动人心弦,具有特别强烈的艺术感染力。

每个散文作家都有自己不同的艺术追求和艺术趣味。有的喜欢浓妆艳抹,以如泼彩墨写刀光剑影,写叱咤风云;有的喜欢淡妆素裹以简约笔墨,写凡人生活,写常人之情。不管是浓,是淡,只要写得好,都不失为美。许评的写人散文以淡美取胜,不夸饰,不铺陈,"不语怪力乱神",不追求紧张激烈惊心动魄的刺激性的效果,而总是用朴朴实实的素描手法,从平易近人处着墨,通过日常的生活画面,展现时代的风情美、人情美、心灵美。他的《甜嫩的莲蓬子》、《多彩的荷花荡》以及《水泊彩霞》等不少写人的散文,都毫无雕饰,也无渲染,平常、自然、亲切、真诚,在素淡朴实的描写中,却使我们看到了玉姑、二婶、彩霞等那种崇高闪亮的品格。所以,我们可以用"素淡如水墨画"来概括许评写人散文的艺术特色。

许评的记叙散文还有一个重要特色,就是常常寄情于景,借景写人,通过赋予某种自然景物以象征意义,来曲现人物的品格和精神。王逸《离骚经序》中曾经说:"善鸟香草,以配忠贞;恶禽臭物,以比谗佞";"虬龙鸾凤,以托君子;飘风云霓,以为小人。"这是论述比兴之法,从中也可以看出象征的意味。屈原以"江蓠"、"辟芷"、"秋兰"、"芰荷"、"芙蓉"等奇花异草,比喻他言行贞操的高洁与孤芳,有着鲜明的象征性。从象征性这个方面来说,许评以物附意附情,是为了刻画他笔下的人物的精神世界,寄托自己的美学理想,使描写的人物具有更高层次的思想境界。

如《甜嫩的鲜莲子儿》以"荷花丛中亭亭玉立昂然擎起的碧绿的鲜莲蓬儿",以及那"最艳丽的一株红荷花",象征被日寇杀死的"腼腆的而又充满各种幻想的"美貌少女玉姑,从而表现玉姑宁死也不受辱的那种高洁品格的美。在《莲》中作者通过回乡看到村前大河湾中的野生莲,联想到母亲在灾荒年采莲度荒的往事,把母亲比喻和象征为不需栽培而把花、叶、茎全部奉献给人们的野生的莲,从而生动地刻画了一个朴实的农村劳动妇女的形象,也抒发了作者深沉的思亲之情。请看作品中有关的精彩描写:"大河湾的荷花","长得非常茂盛"。在这灾荒年"它又要做出特别的奉献"。那"田田的荷叶",擎出水面老高;荷茎擎着各色出淤泥而不染的花朵。"紫色的下部浅紫,紫中透红,玛瑙般的花瓣迸溅着水花,泛起点点的银光。花朵在烈日曝晒之下,紫色的莲花越发显出一种素雅的美和淳朴的美";"红色的莲花外层浅红,内层深红,在金黄色的花蕊衬映下,红得赤诚而热烈,表现出一种内在的美";"白色的莲花冰清玉洁,晶莹剔透,高洁孤傲,一尘不染,更表现出一种无比高尚的品格"。在作品的最后,作者满怀着对母亲的无限眷恋和"阵阵酸痛",深情地写道:"妈妈,你就是大河湾中的一株野生的莲!"这种"艺术点化"富有一种强烈的情思与哲理,使自然形象的美与人物品格的美融注为一体,极大地深化了作品的美学境界。

有人说,人们欣赏自然,赞美自然,往往结合着生活的想象和联想。自然风物的特点,往往被看作人的精神拟态。人们赞美山的雄伟,海的壮阔,松的坚贞,鹤的高傲,同时也是赞美着人,赞美与自然特点相吻合的人的精神。许评散文描写人物的这种象征手段,从美学上来说,就是遵循着这样一个审美原则。"把握不住人的美,也就很难把握自然的美。"对于自然景物的选择,许评是从人物精神品格美的具体特征以及人物生活的具体环境出发——由人及物,然后以物附意,状物取神,达到使人物形象美感化的艺术效果。应该说,这就是许评记叙散文在人物描写方面的一种"艺术创造"。

（原载许评、曹明海等主编《山东当代散文作家论》,
泰山出版社 1997 年版）

创新并突破散文的华严世界

——郭保林散文论

活跃在当今文坛上的散文作家郭保林,致力于散文创作的艺术实践,以散文这种艺术形式,写自然,写社会,写生活,写人生,写爱情,既表现着自己,也表现着、批判着世界的各个方面。他的散文如飞瀑,如奔马,或情思宏阔而富饶,或创构奇颖而精美,写得瑰丽豪放,境界壮阔,潇洒风流,以其亦豪亦秀的健笔,不断地"创新并突破散文的华严世界",凛然自成一家。有的专家高度评价郭保林的散文确有"宋代范宽的画风","势壮雄强,枪笔俱匀",显现了勇于创新超越的开拓意识和独标一格的审美风貌。

一、将触角探入外界的现实

散文要感应时代的大潮,与当代生活的节奏同步,把握当今时代精神的内在律动,切入当代人的深层意识和心态,雕琢他们的心灵的塑像,给生活和时代刻画精美的浮雕,这是郭保林散文创作的一个强烈意识。在前几年某些作家"向内转"的时候,他就敞开心灵的天窗,把触角探入外界的现实,从书斋里走出来,挂职下到沂蒙山。那气势磅礴、如涛如浪的蒙山深处,留下他跋涉的足迹;逶迤蜿蜒而又荒凉阒寂的沂河岸边,停泊过他沉重的思绪;

沂蒙山的光荣和骄傲、贫困和落后,唤起他散文创作的灵感和激情。他的散文集《五彩树》中所展现的当今"燃着生命之火"的沂蒙山生活画卷,就传出蒙山沂水的情愫,飘荡着孟良崮的回声,寄寓着沂蒙山人的憧憬,跃动着沂蒙山人的精神。它能使人嗅到当今沂蒙山鲜活的土腥味,感受到沂蒙山人的生活气息,富有鲜明的时代气质和亮色。他把当今沂蒙山发展的生活现实和沂蒙山人丰富多面的精神风采,都以其敏锐的艺术感受力生动地捕捉到笔下,加以形象化和具体化的艺术表现。

　　例如《山泉》中的沂蒙姑娘,就是作者紧扣当今沂蒙山人的内在心灵的律动而刻画的一个闪耀着理想光辉的时代骄子:她带着大山的温情,带着大山的厚爱,带着大山深深的向往跑进城里,用她卖山果的钱,买回了蔡国庆,买回了刘晓庆,买回了小说和杂志,还给亲爱的山根哥买回了一本《科学养蝎》和培植营养菌的书籍。"她要把山里熟透了的希望,鲜亮亮的喜悦以及彩色的诱惑,带给外面的世界,还要把山外的故事和神话般的传说捎给大山……"作者准确地捕捉住了随着当代生活节奏的变化,人的思想风貌也在变化的心灵脉搏,揭示了当代沂蒙山青年内心深处的时代光彩,反映了沂蒙青年积极摆脱封闭和愚昧而对世界对生活的新理想,新志向,新追求,尤其作者对这个沂蒙姑娘的刻画,富有浓烈的主观情感的审美投射——把自己的主观情感溶化、倾注到人物形象中去,使沂蒙姑娘更焕发出了浓郁的当代风韵,更透射出他对当代生活追求的审美境界。《远山的太阳》中所写的那个山村企业家"中年人",则是当今沂蒙山人在现代化的时代浪潮中,洗刷大山的沉寂和愚昧,摆脱贫困和落后,紧步时代节奏和风云的典型形象。他组织"特困户"发财致富,有一整套发展山村经济的"企业经"和现代胆略与意识。由于作者对沂蒙山人的现实生活有着高度的敏感力,准确地把握了当今沂蒙山人的精神与心态,所以在作品中拍摄出了闪射时代光辉的特写镜头。你看,这个沂蒙汉子开创的生活天地——小山村机器轰鸣,一排排青砖红瓦房,探索风云的电视天线触须……作者对这种现代音响、节奏、力度和生机的捕捉与渲染,鲜明地表现了这个沂蒙汉子强旺的意志和生命的力量,揭示了沂蒙山人创造新生活的当代气魄和风度,烘染出一种令人振奋激动的现代生活气息。

对当代散文创作加以考察,我们便可以发现,有些散文作品还没有从书斋和盆景中走出来,没有从小家子气中走出来,依然在前人的散文峰峦之下,或"拈花惹草",或吟唱一己悲欢,与当代的气质与生活相距太远。这种专注于个人"内心生活"的散文,境界和视野狭窄,读来乏味。而郭保林的散文显然跳出了这种个人生活的小圈子,溶入了时代生活的潮涌,它以恢宏阔大的视角,拍摄当代生活的精彩镜头,揭示当代人的内心美质,因而读来感到清新,令人为之振奋。打开郭保林新近出版的几个散文集,无论是《青春的橄榄树》和《绿色的童话》,还是《五彩树》,其中有浓重"乡情"的抒发,也有幽微"爱情"的描述,但都无不跃动着当代生活的气息,充满着当代生活蓬勃的生机与活力,在这些散文中,郭保林一丝不苟地揭示发掘着当代生活中的善与美,挚诚地和读者交流着关涉生活、社会和人生的真知灼见。强烈的时代责任和使命紧紧包围了他,使他绝不轻易放过一次放映当代生活的机会,一趟故乡探亲,一次平原旅行,一阵东平湖的波声,一尊台儿庄的雕像……当代生活的万紫千红,在他的视野里,都变成五光十色的思想,折射出时代生活的光辉。对于时代生活乐于追究,敏于思索,已经成为郭保林的一种嗜好,一种性情。他的散文里所表现的对当代生活的沉思和默想虽是持久连续的,但却不是随意地流露和发泄,它具有自己的倾向和重心——所有的意向与观念都维系着当代人生活现实的处境,都关系着当代社会的发展,是一种不折不扣的现实主义理性精神。

就如他的《小桥·流水·人家》,写的是一个置身于秀丽奇峰底下的农家,母亲和孩子们都是那么纯朴和憨厚。然而这并不是作者所要表现的生活境界,他致力于揭示的是这个小农家庭生活的单调与贫乏。孩子们都不上学,女儿想画火车,也画不出来,因为她从来没有见过火车的影子⋯⋯在通篇流淌着感情的文字底下,凝结着一种深沉的时代思绪:怎样使闭塞的山村农民的生活走向现代化?怎样使他们摆脱贫困与落后?从而揭示了山村农民特别是他们的后代对现代生活和未来理想的强烈向往与追求。有人说过,诗是生活的声音。对于时代精神,诗应该是最敏感的水银柱。其实,散文也是如此,沸腾的时代生活像海洋,散文就像是它的波浪,它应该反映时代生活的声息。凡是优秀的作品都无不是一定时代的回声。应该说,郭保林的散文就是当代人生活的回声——透视他们的生命光点,揭示他们生命中闪烁着的时代的思想光辉,因而表现出与其他散文完全不同的艺术气质和风度,具有强旺的时代感染力。与其他散文比较可见,郭保林的散文写得更粗犷,更雄浑,更奇诡,更豪放,更潇洒,更情绪化,更有生活感、人生感、命运感、文化感,更具时代生活的节奏和律动。显然,这不是题材上简单的转变所能形成的,而是当代生活在作者心中已经化为感情和心理状态,化为心理节奏、审美方式和表达方式的艺术结晶。

二、生活思考与浓烈的情意

由于感应时代的大潮，切入沸腾的当代生活，郭保林的散文不仅从根本上改变了散文创作中存在的一条危险的轨道——矫情，而且拓展了散文的思维空间，打破了那种"一情一景"的单向型艺术空间的营构模式，向着大容量、多向度的发散型思维推进和多维型系统发展。他的大量散文作品将历史意识、民族意识与宇宙意识渗透融会，使现实和历史、民族和文化、人世间和自然界交错叠合，构成一种多意蕴的复合体，具有一种洋洋洒洒、浩浩荡荡的气势。那鲁西平原、黄河故道、东平湖水、沂蒙山峰、故土风情，都交错着现实的思考与历史的审视。其中，无论是写人叙事，还是状物抒情，无不从历史发展的高度来着眼，或从现实的角度追溯历史，或从历史的角度剖析现实。如《八月，成熟的故乡》、《写给故乡的黄昏》、《微山湖的旋律》、《洁白的情思》等名篇，作者将金色的童年之记忆，困难时期之困窘，"文革"十年之动乱，与八十年代改革开放的新景象掺揉对比，熔于一炉，给人以强烈的现实感和凝重的历史感。

在《我寄情思与明月》中，作者由城市写到农村，由现实写到历史，那飘香的瓜田，古朴的村庄，黑黝黝的大地，还有瓜棚、柳堤、田陌、沙岗，朦胧得像"深沉的诗"一样的河坝，等等，都带着不同的生命气息纷纷奔凑而来，从而凝结出一种饱含悟性的民族历史意识，极大地深化了这篇散文的哲理境界：这里有声息与繁衍，有艰难与创造，有挣扎与奋搏，"是我们古老民族煌煌历史巨著沉甸甸的一章"。这种历史意识与民族意识的交合，使作品的哲学内涵升华到了一个新的高度。著名评论家林非先生在他的《郭保林散文创作简论》中对此曾经评说过：这是一种诚挚而又宏大的情思，一种苍茫而又明朗的希望，是自然地迸涌出的一种深沉的哲理。

《有一抹蓝色属于我》作为写海的篇章，在浓烈的民族历史意识里，又融注着澎湃汹涌的宇宙意识。如《海之歌》中，作者站在那浩瀚的大海面前，似推开了历史沉重的叠叠帷幄，看见麦哲伦的船队穿过好望角的风景区；看见哥伦布的巨大的舳舻冒着西太平洋险恶的风浪向前；看见郑和的航船驶向太平洋彼岸的古老国家。同时，他又想起曹操观海的诗句："秋风萧瑟，洪波涌起。日月之行，若出其中；星汉灿烂，若出其里。"觉得宇宙好像就生在这里；当极目遥望海天相接处弓形曲线上的点点帆影，又想起哥伦布大胆新奇的判断：人们居住的天边的大地，原来是悬浮在海上的星球。作者回溯历史，会见古人，遥望海天日月，胸怀五洲四海，真可谓茫茫宇宙，无限时空，都摄入笔端，以其强健的哲理思考和博大的胸襟人格震撼着读者的心灵。这显然是一种深广宏大的历史意识和宇宙意识的融合，它给人以深沉辽远的时空感。

这种发散型思维空间的拓展，使郭保林的散文在纵面上增强了厚度，在横面上扩展了宽度，而具有了一种史诗性的格局。所以，与其说还是思维空间的拓展，不如说是一种文体创新。它跳越了前人的散文峰峦，改变了那种"拈花惹草"式的——先写实、次想象、后升华的构想；物——情——理的自我封闭的散文模式，输入散文以新的艺术信息，打破了单维型散文狭窄而僵化的局面，创构了散文多层性艺术空间。

首先，郭保林的散文气势宏阔，纵横捭阖，具有强烈的"开放"意识，对于各种文体各种语气能够敞开怀抱，大量"拿来"，吸取借鉴，为我所用。只要意有所至，笔势所趋，往往不惜打破文体技巧的藩篱：艺术地借用小说的意识流，电影的蒙太奇技巧，音乐的声音旋律等，使作品孕育出新的生命活力、审美意趣和艺术境界。如《小院情深深》写的虽然是普通的小院，但作者的笔墨驰骋，由早、晚小院的恬谧，春、夏小院的生机，写到从遥远古老的印度跋涉而来的泰戈尔，从喧嚣的巴黎匆匆而来的巴尔扎克，写到托翁的沉思，年轻的拜伦和雪莱的浪漫，以及自己生活中的困惑、迷惘、欢乐和昂奋。其中有象征、暗示性的描写，有意象的虚实契应，行文伸缩自如，文体和语气变化多姿，把一个"小院"构筑成瑰奇、宏阔、富有弹性和立体感的多层艺术空间。郭保林散文的这种文体弹性，在艺术地把握社会生活和思想情感的意味性、厚重性、多义性上，呈示出一种以往文学散文所没有过的艺术形态，成为多种文体的艺术复合和融注，使作品具有阔大而厚重的审美张力。

　　其次，郭保林的散文在现有的篇幅中增加了信息容量，满足了读者对于美感要求的分量；无论在语段上还是在篇章里，都有奇词丽句和美篇佳构可援。如"我含着眼泪望着窗外，黄昏中的村庄，几棵被撸光叶子的小榆树赤裸裸的枝条瑟缩在料峭的春寒中，村庄象茔群一样沉寂"（《写给故乡的黄昏》）；又如"我们踩着姑娘们遗落在路边的笑声向野外走去，路旁是两行毛白杨，通直伟岸翡青的躯干经雨一洗，像涂了层釉彩绿得透明，那小毛白杨树挺拔像青竹子似的，摇曳在柔曼的雨丝里"（《三月，雨纷纷》）；再如"不知谁家的大白鹅，还恬静地卧在白天被小鸡仔刨下来的松松的谷草上，把脖子打起弯来对着深蓝的天空和金黄的月亮高唱几声，天地间便萦绕着它们的声音"（《那遥远的小山村》）。这些高度浓缩的诗化语言，构成了紧集的密度，它包含量大，联想性强，一句便叠合多层意象，似乎无一字不能托承我们想象的翅膀。

　　从整篇的作品来看,郭保林的散文不仅丽词佳句俯拾皆是,而且大段大段的奇譬诡喻奔跳而来让你目不暇接。有些数千字的篇幅如《云蒙峰印象》,似乎是由许多颗珠玑串成,而它所描绘的整个云蒙峰景物风貌,则似乎被倒映在由文字拼写成的明镜里。那充充盈盈的奇思妙想美章佳句,让人感到满目琳琅欲摘而不知从何下手。用有的人所称道的那种"左右逢源,绝无冷场"的繁复散文风格来移评郭保林的散文是不算夸张的。总之,郭保林的散文其文字稠密——达到了字字珠玑的地步,其意象复杂——忠实于现代生活幻化多端、恍惚迷离的丰富多彩;其意蕴丰盈——增强了作品的厚度和力度。他的散文所表现的审美意趣不是单一的、稀淡的,而是给读者多维的审美体验,从多方面强化了散文的审美功能,提升了散文的艺术分量。

三、情感心意与物象的传感交应

　　注重心态与外物的感应,也是郭保林散文创作求新意识的一个突出特色。在他的散文世界里,在那些山岚海韵清风浮云中间,流动着浓烈浩荡的诗情,透露着隽永独到的理思,其感觉和情绪有着清澈的透明度。打开他的散文集《五彩树》,我们可以看到,那鲁西平原的茫茫大地,滚动着一种无形的情,聚集着一种无形的力,奔腾着一道道复苏的急流;而他那故乡的小河,吮吸着春的乳汁长胖,用劲舒缓着胖胖的躯体,河边的柳条儿将它们沉甸甸的心,低低地垂下来和河水依依絮语,祝愿它勇往直前;还有那巍巍的蒙山群峰,掀起一卷卷潮,一朵朵浪花,激扬着韧性的活力和生命的狂澜。作者笔下的这些图景,显然都不是脱离主观地对客观物象的直接描摹,也不是脱离客观物象的主观抒情,而是在典型意象中包蕴着作者的心灵情感，即把抽象的心理情感具象化，造成心意与物象的传感交应，赋予自然景象以活的生机的召唤。

尤其是散文集《有一抹蓝色属于我》中那些描写大海的篇章，往往叫人感到生命的跃动，有一种使你无法抗拒的理趣激情，冲击着、拍打着我们心灵的堤岸。如《海之月》中描绘的海上初升的明月，闪动着灵性，满贮着风情，把它的光喂给每一朵浪花。"海浪张着白色的小嘴，贪婪地吮吸着月的乳汁。"当月亮渐渐浮升，衬在黛蓝色的天幕上，就像刚洗过海藻似的，发出粼粼的青光。整个大地，黑黝黝的远山，广阔的海面，冰冷的礁石，空旷的海滩，都渴望她的抚爱，揉搓。——这是梦一般的奇幻，诗一般的旖旎，是自然景象在作者心中留下的映像，也是作者心中的月情海韵赋予了自然景象以生命。众所周知，写游览的所见所闻、所思所感，历来是散文涉猎的常见题材，但在郭保林的笔下，却大都有新的突破，写出新的境界——他不是寻常的写景、平庸的抒情，而是以执着的陶醉，倾注不可遏止的浓烈热情和生命冲动。抒发瀑发式激情、心灵的跃动情思，也是郭保林散文的特色所在。他的每一篇作品，都是主观感情踩着激荡的旋律而任意跳跃，尽情挥洒，有一种洒脱淋漓和如决大川般的激越浩荡特色。请看《情寄蒙山沂水》中的描写："鬃青色的山浪，直连到你脚下的每一块岩石。那远山犹如淡淡的云，犹如画家用纡徐的画笔，随意涂抹的几点墨渍。""山岚浮动，雾纱轻缭，有几分缥缈，几分妩媚，几分恬静；而近山妩媚中透着峻峭，恬静中流出清奇，瘦骨嶙峋，却又玲珑剔透。""那千山万壑，多像母亲脸上慈祥的笑纹；那道道流泉飞瀑，多像插在母亲发髻上的银簪；那莽莽的林带，又像母亲一头青丝——朝阳拂照，笑靥盈盈，只要喊一声'妈妈'，母亲就会轻轻地朝你走来。"这些描写,奔涌着感情的激流与波涛,美丽壮阔,潇洒跳脱,灵动有神,读来真有鼻息虹霓、心生飞翼的绝叫! 其强烈的自我主观情绪的艺术表现,撼动着人的心灵。作者将全身心的感受,包括种种具体的生理感受,和抽象的类如对山峦峰巅等大自然的神秘色彩的感触,都毫无保留地展示给读者,形成了作品坦诚告白的鲜明风采。

（原载《河北文学》1992 年第 3 期）

投射着心灵光华的理思品格

——丁建元散文论

丁建元是位富有灵气和理思的散文作家。多年来,他执着于自己特有的散文理想和纯真的散文追求,不慕喧哗在沉静的心境中创构和营造着他的"方寸田园"。但他的散文创作不是以量为目标,而是以质美为准则,用心灵和生命的冲动激情酿造、谱写散文的篇章。他的散文讲究象征和暗示,讲究虚实契应和内在的"张力"的营造,善于运用语言的多义性、歧义性和意向的回环,使那些被他挖掘、吟咏的对象,往往达到哲理境界的极致。就取材的方向来看,丁建元的散文多为生活与自然,世故与人情,童年、故乡琐记以及游记等,但无论在哪种题材的散文作品中,都透露出对生活与社会深层的剖析、透视和哲思——从社会生活、人事景物的具象中感发出抽象的理念,在主体心灵和情感的潜流里透射着理性的光华,显现了独特的审美品格和理思品格。

一、理性化生命和人生求索

丁建元散文的理思品格——它的浓厚的哲理色彩及其富有象征性、多义性和启示性的理性美,应该说是与时代生活的整体发展以及承担着时代使命的新艺术思潮密不可分的。在深刻的民族自身精神反思心态基础上和思想观念开放的社会思潮背景下出现的新时期文学,极大地强化了主体理性精神,各类作品都力图在当代理性哲学的高度上,探寻时代和民族发展的历史和现实,用光华四射的理性之炬,观照社会,探究人生,开掘当代人心灵深处躁动的欲望和理念,揭示民族深邃的性格意识与时代精神。丁建元崇尚理性并直接诉诸理性的哲理散文,显然就是在这种文学新潮中,以他那种特有的深层灵性与敏锐的理性思维及其自觉的艺术创造精神来营构的。他这些散文理思深邃、宏阔而富饶,对自然、社会和人生有着独立的思索,对时代生活中人们很少发现和感受到的潜流别有见识,往往用看似寻常、简单的意象排列点染出生活的深层哲理。打开他的散文集《眷恋黄昏》便可发现,在它所选的这些散文作品中,文辞上浓厚的哲理色彩与内容的理性意蕴,不仅作为散文内在的构成元素而显现,而且超越并形成主题意旨、主体结构与主要表现对象三者融注于一体的整体特征和艺术体现。因此,我们或许可以把丁建元这种富有开拓性的散文,称之为新哲理性散文。这种新哲理性散文,在文体艺术的结构方式中有着显著的自立律,其突出特征是注重哲学层次上的理性化生命求索和人生阐释,以特有的理性散文思维方式,着力于自我心理意念活动的内在透视和抽象性哲理意蕴的深层发掘,并善于借助富有深刻寓意的某种客观事物具象作为特定的理思"触发物",将其从单向性的原形态意义拓展为象征生活哲理的多重意涵。而且打破传统散文章法营构的景情模式拘囿,在主体理性意识定点上进行人事景物的哲思描述,以"意识流动"的手法,展开自我心理意念的阐释与社会人生的透视,既能引发读者的人生思考,又能从不同的层面启迪心智。例如开卷的首篇《哨音》,作者把用黄泥捏成的泥哨作为一个富有象征性的理思"触发物",从童年的那种"不受约束的意志"写到"像被弓弦绷上云天的羽箭"一样向往与追求,写到"像饥饿的雏燕一样伸长了脖子"所产生的那种"难以忍受的焦灼的渴望";又从羡慕和乞求吹一吹"锃光瓦亮"的小口琴得到的冷遇与辱骂,写到那泥哨爆发出的"尖锐的高唱",像一只"冲出寂寞之巢的凤凰","充满火的激情和生命"。同时,作者还以在"嘹亮的哨音里"长大,写到中学尚未念完便无处求学的寂寞与苦闷、痛楚与挣扎等等。直到最后点染出"自己纵然是一团黄泥,也要把生命在烈火中完成,最终向天地发出属于自己的声音"。文章笔墨驰骋,而又井然有序,理趣盎然,用一个个看似相对独立的理性议论片段,按照理思轨迹和心理意识的流动变化艺术地营构了全篇。

这种理性议论片段,以"哨音"作为触发物,再现了作者理性世界中的感性世界,并将理思、评判与印象叠合于一体,揭示出生活底层的哲理意蕴和对人生的感慨。如《思在煦园》、《生命的原色》、《天之冥想曲》、《时间与我的合音》等篇章,都无不以理性轨迹和哲理挖掘为轴心,注重理性意蕴的阐发,用一种内在的理性之力紧紧攫住作品的所有结构元素,使作品呈现出一种特有的理性美。这种理性美,是以理性的力量使人幡然醒悟,获得智慧上的美的享受,它犹如耀眼的闪电,能照亮读者的心灵意识和思维空间,开启读者的心智。应该说,它是丁建元哲理散文审美特征的最高心态体现,也是其重要的美学基础。

不难发现,丁建元的散文之所以能够创造这种理性美,创造耐人寻味的哲理意蕴和魅力,主要在于他以特定的事物具象作为主体理性精神和内在情思的表现形式,使内在潜涌的主观情思,注入了客观的物象之中,炽热的动态的理性精神也被铸成有形的物体具象。因而,在《眷恋黄昏》等几个散文集的那一系列景物勾画和自然的描述中,我们能够获得一种情感和思想的心灵碰撞,沉思的心理安静,理智的憩息,以及有关天地自然、生活命运的超然启示。如《天之冥想曲》中叙写的那浩茫而神秘的"天",它是"万灵之上威严的主宰",是"世事兴亡的裁判",是"人间苦乐唯一的诠释",是"命运"和"信仰",是"苦难中的灵魂和希望"。作者将复杂多层的理性意念注入"天"这个虚无而又具体的物象之中,从而创构了散文多向叠合的象征意蕴和深层境界,使作品本身寓意更丰富,更具内在的"张力"。尤其是"天"这个意向的反复交叠的回环性,把作品的哲理意蕴深化为一个多层立体的"无底的深渊",令人寻味不尽。在这篇散文中,"天"显然是包容富饶的哲理内涵的一个"有意味"的象征体,它给读者提供了一种透视灵府心智的审美指向,在这种审美指向区域读者可获得丰富多彩而又不尽一致的理性认识。如同俄罗斯象征小说中的那只"红帆船",它被赋予了美好的愿望、理想和追求的意义,而究竟具体地外化为何种内容因素,在各人的心灵中又是不尽相同的。因为这种显态和炽热的理性内涵被外化为隐态和冷峻的艺术形式出现,完全交由读者在审美过程中由其审美水准的不同而程度不一地得以实现。

这就是说,丁建元散文的这种哲理意蕴,也是读者再创造的契机和媒介。它有一种激活力,使得有相同或相似生活经验的读者为自己的情感理思找到了一个宣泄口,他们可以在作者绘制的人生境界和理性境界的图像中返身观照,展开切身经验的回忆、沉思、反省和联想等一系列理性思维活动,使内心淤积得到缓解和开启,从而实现透视灵魂,提高自己的目的。正如有的诗学专家所说,人类通过诗人的眼凝望灵魂,也以诗人的眼看到了美与丑、邪与恶、欢乐与悲苦、生有与死灭。丁建元的哲理性散文可以说就是以这种象征功能和凝聚作用，建立了自身的审美价值。

二、感情与理思的交合孕育

　　传统的散文创作，往往缺乏鲜明的理性色彩，作家的主体意识多是被作品表现的物质因素所压抑。新时期以来，随着主体意识的开放，有不少散文作家高扬理性精神，但是，他们的散文创作则又出现了另一种形式的不平衡，这就是理性精神往往过多地侵占感情的世袭领地，用理性掩埋了感情，甚至使散文这种"情种"艺术成了理念的谜语。而丁建元的散文创作艺术地处理了情与理的互渗性关系，把理性的阐释注入了浓烈的诗情抒发中，包容在深沉激荡的感情旋律里。在他的几个散文集中可以看到，每个篇章的理性透视中无不流荡着抑制不住的诗情的潜涌。其独到的理思激发了他强烈的审美情感，浓郁的诗情又深化了他对事物内在本质意义的理性认识。所以，丁建元散文的哲理意蕴是感情与理念的艺术融合体，是由情与理交合孕育生成的。也正因为有这两者的艺术交合和融注，他的散文才显示了撼动人心和启迪灵魂的审美力量。

　　例如《时间与我的合音》，其哲理意蕴就是由火热的生命情怀与沉静的理思熔铸起来的。在作者的笔下，时间是"主宰着自然万物生死荣衰"的上帝，"谁漠视它谁抛却它，这有情的时间便显示出无情甚至冷酷，让他的人生变成空白，让他的灵魂变为乞丐"。作者紧扣"时间"这个无形有迹、控纵自如的象征总体，对它与"我"过去、现在以至未来的生命的"合音"进行了囊括万有的理性透视和哲理升华。它能够"给我以深刻的记忆"，"将我凋落的身影默默地捡起来，又悄悄地装进我的大脑深处"，把"我"的天真和幼稚、浅薄和丑陋、轻信和盲从、真诚和热情、痛苦和悔恨收藏在光阴的厚土里而生出嫩芽,开出经验之花,收获生活的哲理。它还能够"教我遗忘","告诉我生命意味着伸延和扩张","不要留意,不要自我沦陷,不要因为创伤的隐痛放慢了生命的流动变成一汪静水",迫使"我掩埋过去包括旧我",因为"人生过程总是一个向前的长旅,每一步都是对前一步的放弃,每一天都是对昨天的诀别"。因而,每当"我"在寻求的路上喘息,眼角网上了焦灼的血丝,从来没有抱住脑袋"蹲下来",因为"头顶上有双慈爱的圣者的眼睛在注视着我,那便是能洞察一切澄清一切的时间之神!"读赏这篇散文,如同参与一次心灵与时间的对话,在感情波涌和穆然沉思的交替感应中,不觉登上了人生境界的高峰,看到了作者人格的光华和宽阔坦荡、汹涌着感情波涛的胸怀。显然,文章哲理意蕴的创造,就是作者用心灵倾诉的感情和理念艺术融注的复合体。它的感情是理思而激发的,是建立在理思的基础之上的;而其理思又融化在诗情的世界之中。

　　我们可以这样说,把深刻的理思饱含在浓烈的感情波涛里,通过感情抒发来表达某种特定的思想和理念,从而创造启示心灵的哲理意蕴,是丁建元散文所具有的一个显著特征。这不仅表现在作品的整体构筑上,也表现在作品的一些局部和片段的营造中。如《生命的原色》开篇后的一段诗情抒发:"自然万物中没有纯粹的三原色",但"我"又坚信"在灵长生命中闪动着它缥缈的影子","或许当生命从降临于这土地开始,它便悄然地附在所有的灵魂里",于是才有了"澄澈的眼睛"、"明媚的微笑"、"自由的脚印"、"诗的遐思"和"梦似的歌声"。这里所说的生命"三原色",本是一种隐喻,"生命中闪动着它缥缈的影子"和"它便悄然地附在所有的灵魂里"又是一层比喻。这种喻中含喻,创造了多层次的象征和隐喻的哲理情韵。这种隐喻是静态的、沉默的,它将人自然地带入一种沉静的理思之中。然而它又是动态的,富有激情的。随即,作者便把深藏在心底的那种对生命的感慨之情托出,并且又加笔点染:"原色是透明而纯净的,恰恰最经不住皴染和玷污",特别是"当生命原色作为梦想被击碎"的时候,于是"在大脑暗蓝色的夜空不断升起理性的星群",而那"理性武装的灵魂,往往是剥落了原色",从而更泻出一种潜隐的诗情激流,并构成了一曲感叹宇宙人生的深沉的旋律。由此可见,作者在将沉静的理思和诗意抒情的融合中,通过象征、隐喻、暗示和点染,创构了一种底蕴深厚的境界,其中隐含着洞见人生的生命哲理和感叹人生的奔涌诗情。它在沉静冷峻的表层之下,分明有作者的激情火焰在燃烧。

对于丁建元散文的理性品格及其情理浑然融注的表现特征,已故著名散文评论家、北京大学佘树森教授在《当代散文之艺术嬗变》一文中曾作过这样的评说:丁建元的散文"随着参与意识的强化","或写世相或写心态,或针砭时弊或谈论人生,或审视历史或透视现实","皆出于'自我'而非人云亦云,用周作人的说法,是'载自己之道',而非'载他人之道'"。他"在散文的抒情里,也自然地增加了批评性与说理性","带着理性的批判意识"。"他的散文《水泊散想曲》,神驰'八百里水泊',斥皇帝昏庸,贪官横行;颂好汉聚义,轰轰烈烈;批历史局限,招安惨败,壮怀激烈,文笔粗犷,这历史的批判如雷电掣空,撼人心弦。"①应该说,这是对丁建元散文品质特征的中肯评判,也透辟入里地揭示了丁建元散文理思品格及其魅力生成与构成的真谛。当然,丁建元的散文特征具

—————————

① 佘树森:《当代散文之艺术嬗变》,《北京大学学报》1989 年第 5 期。

有多面性,可作多层次探讨,但本文的角度规定了它狭窄的视野和框架,难以展伸笔墨,无法勾画出丁建元散文的整体风貌。

（原载许评、曹明海等主编《山东当代散文作家论》,
泰山出版社 1997 年版）

对自然生命形态的美学透视

——许评写景散文论

马克思曾经指出，文学是"依据美的法则而创造的"。古往今来，凡是好的文学艺术作品都无不是从美感出发观照自然，审视人生，反映生活，剖示社会，对世界进行审美评判，从而来感染和打动读者的。许评的写景散文《龙潭飞瀑》和《九寨沟记趣》，以其独到的审美眼光，对东岳泰山的"龙潭飞瀑"、川西雪山林海中的"九寨沟风景"进行了境界超然的美学观照，生动地透视这些天然景观的自然形态和生命形态，因而，得到了不少读者的钟情。作品气势宏阔，韵致潇洒，神采飞扬，把龙潭飞瀑、九寨沟风景绚丽的形姿、跃动的灵性、蓬勃的生机和活力，以及本来是飘忽不定而又难以言传的感受、作者寄寓其中的对时代生活现实人生的挚切追求与憧憬，都清晰地呈示和传达给读者。特别是由于作者忠实于心灵的高度坦诚和同样忠实于感受的细致笔触，使作品在对"龙潭飞瀑"、"九寨沟风景"自然形态及其生命形态的描绘中，融注的浓郁的抒情性和深刻的感悟性高度统一。无论从其审美内涵还是艺术表现技法来看，这种写景散文都别具超然灵动的艺术魅力。

许评对散文艺术创作持有自己的见地。他认为散文是自由体，没有固定的套路，但是感情是散文的血脉与生命，要力求文中有"我"，抒发个人的真情，而掺不得半点水分。同时，还要通过抒

"我"之情来折射社会之情,感应时代的精神。在写法上,散文要突出一个"散"字,力求精美,要有美学追求。他的散文多是用素描笔法,信笔写来,朴朴实实,不求华丽,追求的是朴素之美。由于许评把自己对散文的这种见解付诸散文创作的实践,所以,拓出了一条属于他自己的散文之路,创构了一个别具特色和艺术活力的散文世界。《龙潭飞瀑》和《九寨沟记趣》就是其中充分体现许评这种散文追求的代表性散文佳构。

一、自然形态与生命形态的同构

在文学欣赏活动中,我们常有这样的体验,即读诗,如游名山大川,令人惊讶;读小说,似在探奇访古,兴味盎然;而读散文,却像在田野上漫步,于平凡处见神奇。这是因为,凡是精美的散文,像一块纯度很足的水晶,晶光闪亮,遍体透明,少不得一番苦心经营和设计。是的,读许评的《龙潭飞瀑》就好比在欣赏一颗通体透明、晶光闪亮的贝壳,异彩夺目,诱人不禁徜徉于它所展现的"龙潭飞瀑"的瑰丽景境之中,心往神驰。在作品中作者对龙潭飞瀑的自然形态的描绘及其生命形态的透视,可谓挥洒自如、浓淡相宜、错落有致、变幻迷离,犹如画苑名师轻抹淡染,便勾画出龙潭深谷的险峻,飞瀑奔泻的奇景。而且,这奇景并不是静止的画面,不是对景物形态的自然拍摄,而是情感化、生命化的艺术透视,寄寓着作者的情趣和理想,是一种作为审美主体形象的"再造的世界",负载着作者的主观精神。在那一座座凌空的巨峰、朦胧的深谷、峥嵘嶙峋的奇岩怪石、险陡的悬崖峭壁,以及奔腾的流泉、咆哮放纵的飞瀑中间,分明地融注着跃动的生命声息。

请看他这篇写景散文在开篇之后,以奇颖而精细的彩笔对黑龙潭水库之"佳境"的描绘：水库上游的谷地，"顽石累累，有卧有立，把西溪的流水分成许多股东拐西转，在顽石丛中点点驳驳，夜下与空中繁星相映生辉"；那白龙池底的大顽石，"洁白而光滑，时隐时现，似碧浪中浮游的白龙"。还有这里的仙人崖，"石色如墨，带有白纹，状若两人，端坐相对，倒映池中，似仙人之影"。这段描写绝非是刻意求工的雕琢之笔，也不是单纯的对景物自然形态的勾画与描绘，而是融汇了作者的"特定的情绪"、"个人的感受"。它把客观物景人化、生命化，既形象地画出了黑龙潭景物的自然形态，也将其生命形态活灵活现地揭示了出来。在这种有形姿、有神采，形神毕肖的景物形象的描绘中，我们时时可以触摸到作者融注其中的"自我的感受"，这显然是一种物中有我，我中有物，物我同构为一体的艺术境界。只有客观世界的外物和主观世界的内情得到这样水乳交融般的契合，才会有这样奇丽秀美的景境、撩人情怀的旖旎，也才会如此形象地画出景物的自然形态，如此内在地揭示出景物的生命形态，渲染出作者超然的感受、浓厚的意绪和情怀。

　　写景抒情散文的艺术创作实践说明，任何单层性的景物形态刻画和意绪描绘都会使作品缺乏深度、力度和厚度。高明的作家都以如雕如镂的精微，揭示出客观物象多彩的自然形姿和主观情感与意趣的丰富。在作品中间的主体部分，作者挥洒艺术彩笔赋予龙潭飞瀑自然景观以活的精灵，使人在超然之中感受到山姿水韵的蓬勃的生息。这是对大自然景物形态的刻画，也是对大自然的力的揭示，更是对大自然生命形态的观照和透视。你看，远在白池就听到"呼呼的似松涛声"，走近又听到"像滚滚的沉雷声"，来到观瀑布的西溪石亭，这声音即"像万炮齐发、金鼓齐鸣、震撼山谷"。作者先声夺人，以细微的声态刻画，来表现龙潭飞瀑宏大的气势、蓬勃的生机和生命力的强旺与力度,给人以浸润肺腑和震撼心灵的跃动的美感,因为声态是力的表现,是生命不朽的象征。接下去,作者由声态的总体勾画而转入龙潭飞瀑的具体描绘,展示了一幅壮阔而奇丽的"天然图画":从高山狭谷中而来的流水,流到百丈崖上面开阔的崖头,"像无数群脱缰的野马,欢畅奔放,不顾一切地喧嚣咆哮,水势架空悬注,如飞虹闪电,飞驰而下,然后又并列一起,倾泻于黑龙潭"。在这里,作者用大手笔勾勒的手法,极写飞瀑像"脱缰的野马","喧腾咆哮"、"架空如注"、"飞驰而下"的动态,揭示了龙潭飞瀑的性情、活力和生命的色彩。其视角宏阔,胸襟博大,笔墨浩浩荡荡,洋洋洒洒。思维的线索峰回路转,意绪的波纹起伏跌宕,多层面地表现了龙潭飞瀑自然形态和生命形态之美的无穷魅力,读来撼魂动魄。

特别是由于作者把自己的情感和理思,一直不露声色地包蕴于对客观景物自然形态真实、具体的描绘之中,从而创造了情与境、心意和物象传感交应的艺术境界。而且,这种境界在下文得到更完美、更高层次的强化和升华:"瀑布注入潭中,被嶙峋交错的岩石拒挡,怒不可遏,沸腾跳跃,如飓风掀起的海浪撞在礁石上,水滴与水沫腾空,喷薄迸发,似风挽白云,风旋飞雪,满谷撒珠迸玉,潇潇雨下。瀑布则从潭底一跃而起,气势更加汹涌,纵身斜插过来,飞奔冲泄过来,一头钻进龙潭。"这些描写通过心理感觉写活了视觉形象,即细致入微地勾画了龙潭飞瀑的自然形态,又赋予龙潭飞瀑灵性,揭示出它的生命形态,这分明注入了作者的内心情思,透露着作者自我感受中的独特体验和情绪。也就是说,这种跃动着生息的自然景物是作者对生活、对生命的深切感怀,是作者心声奏出的"生命的歌"。它包含着主观心灵与客观物象传感交应中所产生的多种情感内涵,诸如飞扬的情致、丰厚的气韵、繁复的意识等等。读着这样的文字,不仅感受到作者内心情思的流动奔涌,而且在生趣盎然的境界中得到一种愉悦享受。这种艺术表现效果,显然同作者把山水景物自然形态的描绘、生命形态的刻画与内在的心灵感受融为一体是直接相关的。

通过以上分析与阐释可以看出,这篇散文的整个主体部分的描写,应当说是真切与灵俏的契应,是感情和理思的交合,是对龙潭飞瀑的自然形态和生命形态的立体展示。作者的笔致是那么精纯和细密,情调是那么明快和舒朗,足见作者在观察事物的自然形态(表象)、内在的底蕴以及散文艺术语言上的犀利眼光和深厚功力——即能够准确而又敏锐地把握事物和情景的变幻,并且又能用清丽、明净的色彩进行细腻的描绘,给人以开阖自如摇曳多姿的艺术美感。同时,作者还通过艺术地运用通感以及拟人化的技法活化景物,充分利用意象表达自己的切身感受。例如说白龙池北侧的巨石"上圆下方,水大时如巨艇巍然停在激流中",说仙人崖"石色如墨,带有白纹,状若两人,端坐相对,倒映池中"等等,都把客观的第一自然人化为第二自然,更唤起读者的低回吟咏,从而增强了作品含蓄隽永的艺术魅力。

龙潭飞瀑是壮观瑰丽的,它使人感受到自然物境的灵姿天韵和生息。它的性格是活跃的,又是沉静的。作者巧借石亭上雕刻的一副对联"龙跃九霄云腾致雨;潭深千尺水不扬波",对它的自然形态和生命形态特征做了总结性的概括。但是,至此作者并没有止笔,又给我们推出了"西百丈崖"的瀑布奇观,因为它也是"龙潭飞瀑"整体构成中的一个"景点",没有它,"龙潭飞瀑"也许就不完美。作者以其富有艺术秩序的严密构思,先画整体,后画局部,移步换景,情随景移,看似信笔写来,实则是匠心的艺术营构。在这里,"龙潭飞瀑"整体的自然形态和生命形态得到了立体化的多层呈示。你看,这两条瀑布,也极壮观,大有"飞流直下三千尺"之势。随着岩壁凹凸的变化,瀑布千姿万态,溢光流彩,像"无数串灼灼闪亮的珍珠";"金色的阳光从苍松翠柏丛中投射过来,斜落在瀑布上,经水光反射,意想不到的奇迹出现了——半弧彩虹在深谷中挂起,五彩缤纷";"有趣的是平时看到的彩虹是挂在天上,现在的彩虹就在眼前,举手可触"。作者不愧是游记散文高手,他能够捕捉住这里的景物特征,借"光"画形,从一个新的视角,描绘光与影(彩虹)投射交合构成的奇观,从而形象地画出了这奇观的多姿多彩,揭示出自然形态和生命形态的美质。

作者笔下的龙潭飞瀑奇观,摇曳着令人神往的风神灵质。作者在收笔的时候,满怀着依恋不舍之情,为之情不自禁地感叹:"此时我感到浩气满胸,确乎要狂呼了!这里的山谷如此秀丽明媚,这里的山峰如此高屋建瓴,这里的瀑布如此壮美绝伦。龙潭飞瀑一泻千里的气势,能够冲决一切障碍,绝不是任何危岩顽石所能阻挡得住的。"这带着理性观照的聚光点式的点化之笔,揭示了龙潭飞瀑的自然形态和生命形态所包容的无限底蕴。如果说前面的所有描绘与铺陈,是极尽渲染龙潭飞瀑之"形"的美、"神"的美、"力"的美,那么这里才道出了对这"美"向往和感悟的内在真谛。显然,这种感悟并不是简单的"升华",而是"内情"爆发出的理性闪光,是对龙潭飞瀑的自然形态和生命形态所做的真正意义上的哲学诠释。它点亮了全篇,使整个作品浓郁的抒情性和深刻的哲理性在这里达到了高度的统一,也充分昭示了作者的人生理想追求和对生命的态度。应当说,许评具有真正的散文家必须具备的人生使命感与社会责任感,他的散文充溢着对人生、对时代、对社会的热切关注,是一位为时代和人生歌唱的散文家,而不是关闭在象牙塔中顾影自怜的歌者。在这篇散文中,他把"龙潭飞瀑"作为生命意义和人生价值的象征体,通过抒情与理思的艺术融注,不仅创造了深沉而激越回荡的感情旋律,并由此匠心地构筑了歌颂大自然的力和生命,而实质上是歌颂人生的精神追求和生命意志的抒情内容,从而使作品更有审美内涵,更具厚度和力度。

二、审美意象与心灵声息的生成

与《龙潭飞瀑》可以组构成写景系列美文的《九寨沟记趣》,也是许评散文世界中一篇对客观世界中景物的自然形态和生命形态进行美学透视与观照,处处可寻美丽的意象而风韵别致的散文佳作。它描绘的是清幽隽丽、飘逸多姿的九寨沟风景,也寄寓着作者对自然山水、民族风情的独到感悟与沉思,透露着作者"喜出望外"的一种特定意绪和"心灵的声息"。优美流畅的文笔,沉藏内在的情蕴,侃侃而谈,迂徐有致,别具情姿神采。新鲜浓郁的川西北风味扑鼻而来,清秀奇丽的九寨沟自然风光,在作者的艺术彩笔下显得更加奇瑰;娓娓动听的神话传说、民俗趣闻萦绕心头,仿佛流曳着一组美的韵律,拨动着读者的心弦,读来受着心旷神怡的愉悦。

在散文艺术鉴赏的过程中,我们经常把那饱蘸着绚丽的色彩、灵妙地乃至传神地描绘出自然风光的散文誉之为诗,也常常把那些富有抒情性的散文誉之为诗。这喻称无疑是合理的,因为散文在文体上虽然相对于诗,但优秀的散文作品实质上是有丰富内容的诗。许评的这篇《九寨沟记趣》,从它对自然景物富有灵性的感情化、生命化的描写内容来说,就具有诗的美质。作者在文章中对九寨沟自然景物的描绘,不是脱离主观地对客观物象的直观描摹，也不是脱离客观物象的主观抒情，而是在典型意境和典型意象之中，包蕴着作者的主观情绪。在九寨沟起伏的绿峪、茂密的山林、奔湍的溪涧、飞动的瀑布中间，跃动着作者的心音和声息。请看文章开篇后的一段描写："九寨沟是崇山峻岭中的一条狭谷，茂密的原始森林遮天蔽日，雪山融化的水，从高山上的森林中流入谷地，奔湍在溪间，漫流在浅滩，跌落为瀑布，汇集成大大小小，深浅不一，变幻莫测的海子"，它们"有的文静，有的开朗，有的暴躁，有的诡秘，具有不同的性格和神韵。从高处俯瞰，像一条缀满珍珠、玛瑙、翡翠、宝石的晶莹闪亮的绿色飘带"。这段文字绝非是一般的妙笔华章，也不是单纯的对自然景物的客观勾画与描绘，而是将自然景物感情化、生命化，使之成为"人化的自然物"。其中显然融汇了作者的"自我的情绪"、"自我的感觉"，有跃动的心音和声息融贯其中，是一个客体中融注着主体感受的艺术境界。只有客观外物和主观世界得到这样不见痕迹、水乳交融般的契合，才能渲染出作者"热切的向往"的情怀和曾"在梦幻中畅游"的意绪。

　　任何单一的意绪描绘都会失之轻浅，成熟的散文作家都能以如雕如镂的精微，表现出情感与意趣的丰富。在文章中间的主体部分，作者挥洒艺术色彩赋予九寨沟自然景物，特别是绚丽的五花海、奇瑰的孔雀河、飞珠溅玉的珍珠滩瀑布等奇特景观以活的生命，使人感受到鲜活的生机的召唤。你看五花海和与之相连的孔雀河，北面靠山，山上是松、杉、桦和箭竹构成的原始森林，山顶是白皑皑的千年积雪。碧绿的松杉、灰褐的桦树、青翠的箭竹、雪白的山顶、多彩的云朵，一齐映入海子和河流，加上海子深浅不一，河流急缓有异，水面呈现五颜六色，有如抽象派色彩画面，给人以无穷的遐想。作者巧妙地捕捉仰视和俯视所得的"瞬间的感觉"，通过山姿、水影等一系列特定的物象，生动地勾画出了五花海和孔雀河奇丽的山水风貌,给人以浸润肺腑的跃动的美感。

接下去,作者在描述了彩龙般的藏族姑娘出嫁的热闹情景之后,随着游览的脚步又转入对珍珠滩和珍珠滩瀑布的生动描绘。请看作者对这里的水情水势的精彩刻画:"涧水从上游冲出水柳丛林,像扇面一样散开来,漫流在裸露的石板滩上,势如沧海横流,飞卷而下。""在凹凸不平的石板滩上,溅起无数浪花,活蹦乱跳,远看一派雪浪银海,近瞧满滩飞珠溅玉,水激钟乳石的哗啦哗啦的声音,恰似人间美妙的音乐。"而珍珠滩下面"出现几丈深的深渊,万斛珍珠从陡峭的石崖上倾泻下来,扯开一条巨大的银幕般的瀑布,跌落到渊底又翻滚起来,跳跃起来,飞洒起来,在阳光映射下,水花五彩缤纷"。这是一幅多么生动、多么富有诗境的艺术图像啊!既有声有色,又有光有影,逼真传神地画出了珍珠滩瀑布的灵动风姿和生命色彩。水本无情人有情,以水之情衬人之情,何等的真切而灵俏,也足见作者在观察景物和诗化语言上的犀利眼光和深厚功力。此外,作者还以不少的篇幅描写了关于镜海的传说、藏族男女青年优美的舞姿和俊俏的情影以及姑娘出嫁、婚礼的习俗等等。作者的笔墨潇洒跳脱,多层面地画出了九寨沟的自然景色,显现了这里的自然之美的无穷魅力。乍看虽似随意点染,实则却是精心营构,创造了一种飘逸而不虚幻、深邃而不艰涩的抒情氛围。

从文章整个主体部分的描写来看,作者写自然景物的奇丽清幽,笔致是那么细腻,情调是那么柔婉,可谓是白云悠悠,小溪潺潺,给人以开阖自如摇曳多姿的艺术美感。同时,作者还艺术地运用拟人化的技法活化景物,充分利用意象表达自己那种微妙的独到感受。文中描写一簇一簇的雪白的帐篷,像是"大海中的帆船";七彩斑斓的五花海形成的图案,有时像"藏族同胞手织的花地毯",有时像"国画大师写意牡丹丛",有时像"水彩画百花争妍的大草原"；明净的河水中的景物，好似"陈列在橱窗里一样"；出嫁的藏族姑娘头上插的首饰，像是"孔雀河的琼花玉树一般美"；而飞动的珍珠滩瀑布，大概是"为藏族青年的婚礼在欢跳，奏乐，献花"；等等。这些描写增强了文章含蓄隽永的艺术魅力。

　　九寨沟的自然景姿是美的，它使人感受到鲜活的生机的召唤。作者对九寨沟自然景姿的描画不仅有声，有色，有光，有势，而且赋予其灵性，把九寨沟的景姿特色与对它的欣赏情愫有机融化在一起，通过独特的心理感觉来展示物象，造成心理与物象的传感交应，进而引起各种感觉器官的通感联觉，唤起审美心理场的整体效应，这显然具有现代诗的交感艺术风采。泰纳在《艺术哲学》中认为，艺术品的特征，是在把那特性，或者至少把对象的重要性质，尽力表现得鲜明得势。这"鲜明得势"就是揭示出事物的主要特征。《九寨沟记趣》在自然形象的创造上，能够胜人一筹的独到之处，就在于通过人化自然物来表达自己的主观情绪，既做到自然形象秀出，又让人的性情隐喻其中，从而收到一种自然物象"鲜明得势"，而内在情感含而不露、隐秀兼得的艺术效果。作者艺术地运用移情手法直接把思想情绪移注到自然物象里，使本来没有情感的九寨沟自然景物，仿佛具有人的生命活力、富有灵动的生息。如那清纯明净、一尘不染、透明度特高的海子，是那样晶莹闪亮，摇曳着灵动的韵致；又如那跃动着自然活力的珍珠滩和闪耀着五彩光华的珍珠滩瀑布，既见其"活蹦乱跳"的神姿，又显露出倾泻飞洒的情采。作者直接从意觉上写自然景物，使物我归一，人化了自然物象，使各种自然物象"鲜明得势"，从而创造了深情邈远，令人心往神驰的艺术境界。

（原载《文学世界》1994 年第 5 期）

散文美学观的多向拓展

——郭保林散文论

郭保林是位富有创新意识而实绩丰硕的散文作家,近年来在人民文学出版社、作家出版社等相继出版了五个散文集。他在散文创作中,注意更新美学观念,锐意追求新的突破,多向拓展了散文的美学境界,对打破散文长期以来封闭的思维模式,促进散文创作审美意识的思维开放作了可贵的探索。

一、社会与人生的审美感应

郭保林散文美学观的拓展,首先是审美视野的扩大和开放——摒弃狭窄封闭的散文审美模式,致力于多层审美空间的营造,对"单一性"的积弊进行疗治和审美突破。这种审美突破,是对散文美学观念的一种根本性变革。打开郭保林的散文,可以发现,他的审美视野,不仅立足于齐鲁山川,骋目于五洲四海,吞吐时代风云;而且也探幽于人世义理,坦言地披露内心隐秘,公开自我人格,将审美视角深入社会、人生、自然、宇宙和人的深层意识的各个层面,全方位地审视社会、人生和自然世界的底蕴。特别是他的散文多采用俯视的审美角度,将镜头对准湖水、海洋、草原、奇峰、蓝天、森林、太阳等景物形象,重彩浓墨地挥洒出一幅幅磅礴浩荡的山水画卷,具有一种广阔深远、任情吐纳的气概与胸襟,表现出撼魂动魄的力量,潜涌着澎湃豪放的激情。因而,郭保林艺术地构筑起了一个蓬勃的散文世界。

这种散文审美视野的开放与拓展,从表象来看,是审美界域的展衍,其实不然,实质上是作家在新的审美价值观念的导引下,对审美取向关系所做的一种调整——倾听时代和生活的审美要求和呼唤,自觉地从人、社会、自然和民族传统、世界文化中汲取生命之泉,培养自己健康的开放的审美个性,以获得审美创造的内在自由性,进而强化散文对于社会和人生的审美感应力。如《我寄情思与明月》的审美分量,为什么能够超出一些描写“月是故乡明”的乡情散文? 就是因为作者看到了“这里有生息与繁衍、挣扎与拼搏”,“是我们古老民族煌煌历史巨著沉甸甸的一页”。在这种独特的审美发现中,可以触摸到郭保林那颗满怀“重重的乡情”和“沉重的使命感”,以及他对故乡的苦难历史反思的颤动心灵。散文集《青春的橄榄树》中那些描写少男少女爱情的篇章,为什么能比不少写爱情的作品的境界美高出一筹? 就是因为在明快纯净的笔墨中潜涌着当代青年男女所寻求的那种“博大深沉的爱的旋涡和波涛”,“使得真实的人性人情更加完善”。这正如著名评论家荒煤所指出的:“保林的散文,有一个很大的特点,就是他能在祖国大地上自由地驰骋、奔腾,把祖国的江河、大海、森林、高山、平原、乡村沐浴在朝阳与黄昏、春色与秋光中无比丰富多彩的种种形态,用浓郁的情感、自由奔放的诗的语言描绘的那样美,打开人们的心扉,激发人们去玩味、思考,让自己的心灵在祖国大地上自由地遨游飞翔。"①由此来看，郭保林散文审美视野的这种扩展，显然并不是审美界域的简单伸衍，而是在新的审美价值观念的导引下，对审美取向关系的一种调整。通过这种调整，实现了散文审美选择的多面化、审美视野的开放化，使审美触角深深地探入外界的现实，探入社会生活和宇宙人生的各种审美领域。

　　作家审美视野的这种开放和拓展，打破了镜映式地摹写生活、生硬地点染升华和单义象征的审美模式，能够强化作品美学意蕴的多层性、多义性和丰厚性。因为作者不仅可以把审美视角对准人生世相、风土人情中的社会文化积淀，而且能够站在历史、时代和宇宙人生的水准线上进行深层性的审美透视，在自然图景和世态人事的画面观照中融注浓郁的文化批判精神、民族历史意识、现代文化精神和宇宙人生的情怀。《郭保林抒情散文选》中所展示的故乡风景画、风俗画，既氤氲着湖光水色，又渗透着浓厚的社会文化内容，既有地方特色和民族特色，又有历史和现实的烙痕。《有一抹蓝色属于我》中描绘的大海景观，充溢着"青春的蓬勃"，跳跃着"永久生命的脉搏"。那滚涌的潮是"无私的燃烧"、"生命的火焰"；那起伏的浪是"热烈的追求"、"执着的信念"；那雄壮的涛声是"蓝色的呼唤"、"英雄的呐喊"、"生命的音符"。在作者的笔下，大海景观与宇宙人生叠合，自然图景与个人沉思交织，外物的美与内在的美融注，于自然、人生、宇宙与生命的艺术同构中生发出一种深层意蕴，流露出对人情世故的关怀，饱含着对生命价值和人生真谛的诠释。

---

① 荒煤：《青春的橄榄树——读〈郭保林抒情散文选〉》，《光明日报》1991 年12 月 10 日。

二、感情与心灵的审美咏叹

　　弘扬审美个性意识和心灵的开放,也是郭保林散文美学观拓展的一个重要方面。他打破过去那种隐蔽心灵和伪饰情感的自我封闭模式,注重吐我之情,言我之志,从而既披露自我人格,又传达出对人生和社会的审美见解,以自己真切的心声感应读者。可以说,郭保林的散文是"血和感情的燃烧",是激越奔放的"心灵的咏叹"。不论是对茫茫的北国草原、壮丽的沂水蒙山、神奇的大海景观的抒写,还是对沂蒙风情、鲁西民俗的描述,都是在一系列人事景物的描绘中饱含着作者对自然和社会的关怀。

　　郭保林散文的这种美学品格,显然是一种审美个性意识的弘扬和审美心灵的开放。它具有两个鲜明的审美特征。一是在主体意识定点上进行人事景物形象的描述,使人感到在各种景物形象的背后流淌着一种浓烈的纯情,一股无形涌动的"情绪流",把深层性的内心情绪消解溶化在景物表象的气氛之中。如《远方的诱惑》描写女主人公——一个山里少女"深深地爱上了海"。作者写她幻觉中的海、想象中的海、梦境中的海,写傍晚波动的峡谷雾霭、满眼的山的浪涌,写夜色中各种抚慰人心的缥缈形态、感觉,写黑黝黝的山、重重叠叠的山、沉重的山的景象。这些景观真实而又奇幻,撩人情怀而又发人深思,显然是作者复杂的内心情绪折射出来的产物,是作者心灵的意象,是情绪的物化、具象化。它表现了女主人公对"海"的向往与憧憬,对宽阔博大的爱的追求,对凝固、滞涩、闭塞的现实生活的一种怨怼和愤懑,隐含着深沉浓烈的感情内容,跃动着一颗爱的心灵。

　　应该说,郭保林的散文显然是一种主体审美意识的弘扬,一种心灵的开放,任凭主体意识自然流动,具有一种兴到意足的美感效应。如《海之月》是写在海滨小城"到海边赏月"的思绪,作者眼观暮色苍茫、朦胧、混沌的海面,不禁神游四海,想到英国声震遐迩的画家透纳为大海画的"许多肖像画",看到初升的海月,想到"月的感情",想到城市"楼群挤瘦的天空",想到古人"咏月的诗篇"。但思绪没有伸延下去,而是随着"回到友人家里",海涛入室把"我"送进绮丽的梦而止。《远方的海》却与此不同,冲动是亢奋的,感情是强烈的。"博大汹涌的海,那闪烁不安的灵魂,像巨大的鸟,拍打着有力的翅膀,向我扑来,一下子包围了我的心",使"我"的叹息和泪水被"无情地淹没","波涛充溢在我整个心灵的空间","让我欢乐","让我狂放","让我身临其境中又难以领悟全部内涵"。可见,郭保林的散文所以别具风采,就在于他弘扬审美个性意识,使其散文具有了"个性美",成为闪耀着个性光华的心灵的宣言。

三、生活与体验的审美发现

郭保林散文美学观的拓展,还有一个显著的表现,就是具有独到的审美发现——对散文美学意蕴的创造,能够打破"概念"化的诠释审美模式,不是人云亦云的"点染和升华",而是对生活和人生进行美学观照的独特的审美发现和认识。如散文集《五彩树》和《郭保林抒情散文选》中那些写乡情的篇章,不只是乡土民俗画的描述,还是民族性格和文化精神的发掘,闪耀着一种挣扎、拼搏、创造的生命火焰,"引燃别人的心灵"。如《八月,成熟的故乡》,既写出了庄稼人往昔的辛酸,又抒发着他们今日的欢乐。多少年来在贫困、落后、愚昧中挣扎的庄稼人,开始了解外面世界的变化,在精神上被蹂躏了半生的痴男怨女,竟也开始自由恋爱。作家透过这幅令人动情的生活图景,"仿佛看到故乡正迈着艰难而执着的步子,从古老的柴扉和阴暗的茅屋中走出来,从呆滞和愚昧的云层中走出来,从小四合院的禁锢和木犁弯曲的垄沟里走出来,走向霞光腾飞的早晨,走向阳光灿烂的未来"。作家把生活中的审美发现和心灵体验的独到感悟引发于笔底,使深沉的感情以及从中迸发出的哲理构成了作品丰厚的审美意蕴,给人以无限的遐思和美的享受。郭保林散文意蕴的这种发现性审美特征,是与新鲜的理念、智慧、精神境界结合在一起的。这种发现,就是"言前人所未言,发前人所未发",表现了作家对生活的独特感悟。在散文创作中只有富于这种审美发现,才有可能创构作品美学意蕴的深层境界。当然,郭保林散文意蕴的这种发现性审美特征,并不都是对全新的审美发现和认识,也包括从司空见惯的事物中所做出的审美开掘。如散文集《有一抹蓝色属于我》中那些描写大海的数十个篇章,对审美意蕴的创造有不少就是化庸俗为神奇的审美发现。面对古今众多文人墨客抒写大海的名篇佳作,郭保林没有却步;面对大海这个被多面发现的世界,郭保林并没有气馁;而是洋洋洒洒十几万字,以其独到的审美发现,揭示了大海层出不穷、绝无底蕴的奥秘——从物我同构的审美角度,写"海之梦"、"海之歌"、"海之月",写海滩、海潮、海神、海岛,写海的夏天、秋光、春色。他笔下的大海是人化的大海,被赋予人的思想和性格,揭示了海的生命真谛。

请看《海之梦》中的描写:"礁石被海浪猛烈地撞击着,沉重而又浑厚,海却不慌不忙地后退,引诱我走向它逗留的地方。无数发青的鹅卵石躺在一边,质地和礁石相似,海谦逊地从滑油油的石块上退去。但海深知自己的胜利,它早在那些棱角全无的石头

上,留下了力量的痕迹。""浪花,一团团,一簇簇,在我身边飞扬,
激溅,跳跃,歌唱,那是海的思绪么? 是海在呼唤我吗? 我真想采
撷一朵盛开的美丽。但是浪花在空中化为粉末,粉末颤栗着,痉
挛着,又回到大海的怀抱,于是又开始了新的歌唱,绽开了灿烂的
青春。"这是一曲大海生命的赞歌。作家赋予大海以灵性,使它具
有了人的渴望与希冀,从中也可以窥见作者的理想与寄托、生命
与灵魂,这是一种物我同构的美学境界。这种美学境界超尘脱
俗,俊逸清丽,是作家化习见的事物为神奇的一种审美发现。如
果没有这种审美发现,拘泥于概念化模式,作品就不会有这样令
人振奋的生气与活力。

（本文与朱本轩合作,原载《东岳论丛》1992 年第 4 期）

清澈人生:持守纯净理想与追求

——唐乐群杂文论

在人生短暂的旅程中,多少人执着于自己心怀的理想,去努力,去拼搏,去奋斗;多少人以有限的生命痴迷地持守着自己的追求,挚诚地去践行自己的人生目标。如果说人生是无涯的嵯峨山脉,那么人活着就是永不舍弃地持守自己的挚诚追求,去努力实现心怀的美好理想。理想可以点缀生命,追求能够建构灵魂。持守追求,憧憬理想,往往可以使人超越世俗的困扰和烦恼,抵达更高层次的生命存在状态和诗意人生的超然境界。这是因为理想和追求是人的文化性生存、智慧性生存、诗意性生存的基本条件。读一读我的老师唐乐群的杂文作品,我们便会发现,在他的人生轨迹中,始终勤勤恳恳、干干净净地做事,以强烈的社会责任感理性求索观照生活与社会、世事与人生,开掘潜藏在人的心灵深处的欲望与意念,窥视探究现实世界和社会人生,富有特定的深层的生活真义、人生哲理和超然境界。显然,唐乐群杂文作品的这种特有意蕴与境界,是生成于他的清澈人生——始终持守的纯净社会理想与追求。

如何来写《唐乐群杂文集》的序言,怎样评价他的文品与人品?我在读了他的杂文作品之后陷入了颇为费神的苦苦沉思。经过数天的反复思考和再三斟酌,在十多个用词的选项中,最后确定用"清澈人生"四个字来写唐乐群杂文的序言,写他的平凡而又超俗的品格,包括他的文品与人品。唐乐群老师的一生是清澈的一生,清澈地生活,清澈地做人与处世,清澈的心灵与品格,是众所公认的。所以,"清澈人生"是对他的杂文及其一生最真实、最恰如其分的写照。而且,这四个字还有一层更深的含义,也就是唐乐群杂文清澈如镜的文字及其透出的心灵品格和人生追求,能够照亮生活在世上的人的心灵和精神世界。所以,我感到"清澈人生"能恰当概括和写照唐乐群杂文及其一生的人品与文品。

应该说,唐乐群杂文写的是清澈的一生,始终持守清正、心怀纯净的社会理想与追求。所以,无论是在教育工作岗位还是从政的过程中,他始终没有放下手中的笔,用他一支特有的清澈如镜、犀利如刀的笔,指点着生活的美与丑,刻画着时代的亮色与斑斑点点,揭示出人与社会、人与生活、人与自然的底蕴。由于他心怀纯净的社会理想和追求,他才敢于写社会与生活的美丽与丑陋,敢于高扬崇高,批判低俗和卑鄙。当有美的发现,他往往传达出社会和时代的律动之声,昭示一种人的存在美质或应有的"人生境界"(见《杂说人生境界》);而对丑恶的批判,往往有一种使人"脱胎换骨"之力(见《名家的"脱胎"与"蹈袭"》)。字里行间一针见血,背后却怀着赤热心肠。应该说,他凭炽热、清正的良心,传达现实生活的足音,凭阔大的胸怀,去直面世界,持守强烈的社会责任感。所以,他写的数百篇杂文作品,洋洋数十万言,无论是对一个社会话题的追问,还是对一个生活小事的思考,如《目视与心视》、《无形的"枷锁"》、《久阔脸不变》、《切莫"嘴高手低"》、《莫以昏镜掩瑕疵》、《吃堑容易长智难》、《知识化与文凭化》、《酒德与酒量》、《畏法者快活》、《圣人之治与圣法之治》等等,都涉及现实世界和人生世相的各面,无不透视时代、社会、生活和人生的底蕴,状社会现实生态的美与丑，堪称透彻，抒时代的强音、时代的忧思，酣畅而淋漓尽致，凸显出唐乐群的清澈人生——纯正、率真而慈善的形象，执着、理性而赤情的品格。可以说，读他这些杂文作品，任何一个人都会强烈地感受到一个别具召唤力的清澈心灵和人格形象的跃动所生成的一种心灵震撼和灵魂拷问。

作为唐乐群老师的学生，我对他的人品、文品，特别是作为老师富有的那种智者风度和对教学的那种认真扎实，精于授业解惑的态度和精神，一直倍加敬重，有着难以磨灭的记忆。回想在我心智还没有开化和知识之门并未打开的初学时代，唐乐群老师的一堂语文课和对我一篇作文的评点批语，便启开了我的学习智慧大门，使我从混沌的状态中走了出来（尽管在那个特定的动乱年代，我仍然以痴心的知识追求为"最有意义的事"）。但是，唐老师教我们不足一年的时候就调走了，同学们和他并不是"很熟"。我也是这样，他只是在我心目中雕刻了一个抹之不去的印记。在我后来读大学和走上教师工作岗位的过程中与他并没有多少往来，虽然有几次见面，可当年那种学生见了老师的拘束状态犹存，并没有放开畅谈过。此后，有过一次较为放松的"交谈"。他来济南开会到我家一坐，我谈到在散文鉴赏和评论研究中，也时而读到他的杂文作品，并劝他整编一个集子出版。以文学样式来说，杂文是散文的一个体式类型。当时我从事散文鉴赏与评论的研究，并已出版港台现代散文鉴赏等专著，发表不少散文评论文章。所以，从散文创作的角度，劝说唐乐群老师将发表的杂文作品整编成一个集子出版，并表示愿意为老师这个作品集写一篇评论性文章。当时唐乐群老师表示可以考虑。作为自己的一种写作爱好、一种文学性创作，摒弃现实世界中名和利的东西，不慕喧哗、不求功利、不做张扬，唐乐群老师还是很乐意接受的。但他回去之后，也许是因为忙或并没有把这件事放在心上，一直没有回音。在那些年，我也因为整日忙碌不得闲暇没有再追问而放下了，以至成为好久以来心中难以消解的一个遗憾。也许是应该弥补这个遗憾，不久前，守琨兄怀抱着一个装满文稿的大牛皮袋子来找我，讲述了编辑出版唐乐群老师杂文作品集的筹备过程和有关情况，并要我写一篇评论性文章，这使我重有机会以偿初愿。

当我打开守琨兄怀抱来的大牛皮袋子，一篇篇读来唐乐群杂文作品，一连几天，十几天，二十几天，我的心灵一直被震撼着，我的灵魂一直被拷问着，我的情感的波涛一直拍打着我的心灵堤岸，撞击着我的整个生命系统构成的精神世界。尽管我过去曾零散地读过唐乐群杂文作品，但当时只是从犀利的写实手法上来品读，从没有完整地通读这么多（数百篇）拨动时代琴弦、透视社会底蕴、召唤清正之气、针砭时弊、说古论今、鲜活尖锐的杂文篇章。读着这些令人感动的文字，一种闪射着清澈的心灵光华照亮我的心灵世界，一种透露着不朽的人格形象跃动在我的精神领域。唐乐群老师担任过一个地区的行署专员，一个大学的党委书记，可以说是党和政府的较高级别官员，但在他的这些杂文作品中我们根本感受不到一点儿"官味"，就像生活中与他接触一样，他从来没有一点"官腔"。质朴的文字，写实的文风，在字里行间流露出一种平实的情调和平民的性情。但这种平实的情调和平民的性情，内含着一颗坦诚不饰的挚切良心，昭示出一种超然世俗的清正境界。绝不像有些人"混了一官半职"，"就扮起官样儿"，不知道"我是谁"啦！那种说话的语气、表情和神态"都有点别样的味"，好像自我感觉高出常人，不同于他人，比别人优越得很。这些人缺乏文化的底蕴和阔大的胸怀，丢掉的是质朴的本色，丧失的是纯正的人格，陷落在世俗的深渊中能有何作为和出息？能为国家做点什么事？能为社会有点啥贡献？说到底他们不过是庸俗世界里庸俗的一辈。从这个意义上说,唐乐群杂文作品中显露出的平实情调、平民性情和超然世俗的品格,实际上是一种大家风范,一种强烈的社会责任感,一种心里满装着国家和百姓的大胸怀、大气魄、大眼光、大风度、大境界。简言之,这是唐乐群杂文及其为人不入俗流、超然生存的一种大气之美。在物欲横流、功利世俗的社会里,唐乐群杂文作品及其做人的这种持守清正、痴迷于自己心怀的纯净社会理想和人生追求,值得我们赏读,更值得我们敬重。他的杂文作品及其透出的心灵情感、人格形象和质朴清澈的品格光华,会点亮我们的生命之灯,启示着我们的灵魂。应该说,这是我们来品读唐乐群老师杂文作品的价值和意义所在。

在品读过程中发现,善于对社会的思考和生活的追问,是唐乐群杂文作品写作的一种主要特点。长期以来,他执着于自己持守的纯净社会理想和纯真的杂文追求,不慕喧哗,在沉静的心境与淡泊名利的生活状态中写字作文,营造着他的杂文世界和精神家园。他的杂文意涵丰厚而富有张力,善于谈古论今,指向性强,针砭时弊,是他对现实世界的深层思考。就其作品取材来看,多为生活与社会、世事与人情的透视。诸如《善守己"井"》《善比方知福》、《"衣食足"与"知荣辱"》、《心洁偏爱菜根香》、《养生保健莫追风》等,可以说不少都是"世说新语"。但无论在哪个方面的议论文字中都融注着关于生活世界与社会现实的剖析和阐释,既不是非指向性说教,也不是非目的性的评头论足,而是在生活与社会人事情境中的感思与醒悟,是主体情感的潜流里透射出的生命智慧。

唐乐群老师杂文的这种特点,即从生活人事中切入的启悟,富有深度的人生价值观追问和别具唤醒性的思考智慧,显然是在新的时代与生活环境中,以他那种特有的持守清正思想及其自觉的建构纯净社会的理想与追求来营造的。他的这些杂文作品,大都是从社会现象中发掘出的生存智慧,并且点亮了生活人事和社会现实的崭新思想。如《目视与心视》、《心灵的卫视》、《"狮子与标签"的随想》、《"虐食"别议》、《说假话与听假话》、《"外求"与"内求"》、《雪中送炭与锦上添花》、《"厚积薄发"刍议》、《自知与自制》、《"贼做官"与"官做贼"》、《"半"的人生哲理》、《"远美轩"可鉴》等等,这些篇章在平实的文字中透露着尖锐的理趣,昭示的是一种深层的人生智慧,揭示出社会与生活底层的哲思意蕴和对生存的感慨。又如《知识化与文凭化》、《重"所有"与重"所是"》、《漫话不烧之烧》、《圣人之治与圣法之治》、《美酒不能解真愁》、《官清凭素心》、《明君与直臣》、《人生贵"内求"》等作品,都无不以真善美的哲思力量使人幡然醒悟,获得心灵智慧上的启示和享受。所以,唐乐群老师杂文是情感与哲思的同构和艺术融合体,是他持守清正、心怀美好社会理想和追求,关注生活和社会的一种心灵表达。可以说,通过某种对社会和生活的感触来表达一种特定的思考,揭示一种启迪灵魂的智慧,是唐乐群杂文的一个显著特色。

以上所述的这些片言只语,只是一种阅读的自我感受,不能说是评论文章。唐乐群老师的杂文写作过程穿越不同的时空形态,其作品的思想形态和构成方式也多种多样,而且洋洋洒洒数百篇文字,在我写的这样一个简短的篇幅里,很难读懂其丰厚的情思世界,读透其深在的意义世界。特别是有不少篇章,把社会生活的人事具象与心灵体验及其独到的哲思融注组合起来,思想意蕴深厚而富有启悟、唤醒的内在张力,往往给人以重重层层的深思和对人生与命运的寻味,使我在这一篇幅里无法进行深入的具体诠释。好的作品有解读不尽的意蕴,这种意蕴有不可穷尽性和不可描述性的特征。唐乐群杂文作品或许就是这样,需要反复认真地品味和解读。作为读者,更作为学生,我写出这一点阅读的感受,只是以个人的视角窥视唐乐群杂文写作的心灵与哲思、理想与追求、渴望与希冀、人品与人格的美质,借以激励人生。

（原文为王守琨主编《唐乐群杂文集》序言,

齐鲁书社 2010 年版）

第四编　作品艺术赏读

追寻生命的"游丝般的痕迹"

——读朱自清的《匆匆》

《匆匆》是一篇文情并茂、寓意深邃的散文佳作。作者朱自清是我国现代著名的作家、学者。他以毕生精力付诸散文创作,以散文这种艺术形式"表现自己",也"表现着、批判着、解释着人生的各面"(《背影·序》)。在《匆匆》这篇散文中,作者以绵密细致的笔触,系情于物,抒发了积极奋起的如波似涛的心声,创造了独特的艺术意境,读来令人感奋,发人深思。

作者在创作这篇散文的时候,正值五四运动的低潮时期,因而作者的心情十分苦闷。正如他在《转眼》中所说,这时他由于"看不清现在,摸不着将来",徘徊于人生十字路口,感到极度的空虚和惆怅。但朱自清"并非玩世,是认真处世"的人(叶圣陶《与佩弦》),他不想虚度年华,浪费时光,更不愿在风尘中老去。他在给俞平伯的信中说:"日来时时念旧,殊低回不能自已。明知无聊,但难排遣。'回想上的惋惜',正是不能自克的事。因了这惋惜的情怀,引起时日不可留之感。"(朱自清《信札》)可见,他虽然在彷徨之中,但不愿蹉跎青春,仍然不停地求索,欲求有所作为。《匆匆》抒写的就是这种思绪和心境。读赏这篇散文,应注意把握托物言情和拟人化的艺术表现手法,深入体味不甘虚掷光阴,"一步步踏在泥土上",力求上进,积极奋起的思想意蕴;同时应当思考:

作品中所借以抒情的物象，是难以把握、不易表现的虚无缥缈的时光，作者何以赋予这一"无形物"以具体可感、栩栩如生的形象，而且借此淋漓酣畅地抒发满腔情怀的。我们首先欣赏这篇散文的原作。

　　燕子去了，有再来的时候；杨柳枯了，有再青的时候；桃花谢了，有再开的时候。但是，聪明的，你告诉我，我们的日子为什么一去不复返呢？——是有人偷了他们罢：那是谁？又藏在何处呢？是他们自己逃走了罢：现在又到了哪里呢？

　　我不知道他们给了我多少日子；但我的手确乎是渐渐空虚了。在默默里算着，八千多日子已经从我手中溜去；像针尖上一滴水滴在大海里，我的日子滴在时间的流里，没有声音，也没有影子。我不禁头涔涔而泪潸潸了。

　　去的尽管去了，来的尽管来着；去来的中间，又怎样地匆匆呢？早上我起来的时候，小屋里射进两三方斜斜的太阳。太阳他有脚啊，轻轻悄悄地挪移了；我也茫茫然跟着旋转。于是——洗手的时候，日子从水盆里过去；吃饭的时候，日子从饭碗里过去；默默时，便从凝然的双眼前过去。我觉察他去的匆匆了，伸出手遮挽时，他又从遮挽着的手边过去，天黑时，我躺在床上，他便伶伶俐俐地从我身上跨过，从我脚边飞去了。等我睁开眼和太阳再见，这算又溜走了一日。我掩着面叹息。但是新来的日子的影儿又开始在叹息里闪过了。

　　在逃去如飞的日子里，在千门万户的世界里的我能做些什么呢？只有徘徊罢了，只有匆匆罢了；在八千多日的匆匆里，除徘徊外，又剩些什么呢？过去的日子如轻烟，被微风吹散了，如薄雾，被初阳蒸融了；我留着些什么痕迹呢？我何曾留着像游丝样的痕迹呢？我赤裸裸来到这世界，转眼间也将赤裸裸的回去罢？但不能平的，为什么偏要白白走这一遭啊？

你聪明的，告诉我，我们的日子为什么一去不复返呢？

《匆匆》这篇散文，是作者的感兴之作。他由眼前的春景，引动自己情绪的俄然激发，并借助于艺术的想象把它表现了出来。作者缘情造境，谐情发声，通篇在朴素平淡中透出浓烈的抒情气氛。

读赏这篇散文，我们可以发现，朱自清是位善于从客观事物中捕捉形象，以抒发主观感情的散文作家。从作品开篇的描写来看，燕子来而复去，杨柳枯了又青，桃花谢了再开，这本是人们所习见的自然现象，但作者触景生情，从中联想到自己年轻的生命，默算着时光的行踪，追逐着生命的价值，发出了惋惜的喟叹：韶华易逝，青春难再，年轻人必须珍惜光阴。而且，作者采取拟人化的手法，充分发挥自己的艺术想象力，去捕捉那"匆匆"的影子，把光阴的象征——太阳，写得活灵活现，那太阳简直就像是一个性格活泼、步履轻捷的青春少年，他来去是那样地轻悄匆忙：他会从你"身边过去"、"身上跨过"、"脚边飞去"、"叹息里闪过"，真是挽不住，留不得呵！日出日落，来去匆匆，光阴本是无情无踪。但是，在作者笔下，"太阳他有脚"，作者扣住这个"脚"，把时间这个空灵对象写得新鲜活脱，栩栩如生，使无情之物显得充满人情。那人格化了的太阳，实际上是直接沟通作者心灵深处的动人形象，作者借助于它抒发了自己不甘虚掷光阴的感受和情思："我赤裸裸来到这世界，转眼间也将赤裸裸的回去罢？但不能平的，为什么偏要白白走这一遭啊？"鲜明地表露了作者不甘虚掷光阴，"一步步踏在泥土上"，力求上进，积极奋起的思想精神。

　　诚然,作品中流露出一种如"游丝"般惆怅的情绪。但通观全篇,其情调显然是健康向上、积极奋进的。作者绝不是观花溅泪,望柳伤春,而是触景生情,抒发自己对时代、对生活的感受。随着感受和情绪的飞动,作者缘情造境,把空灵的时间形象化,又加之一连串抒情性的追问、疑问、反问的句子,自然地流露出他心灵的自我斗争和自我剖白的痛苦,而我们正由此可以看出他是深深不满于自己尽在"徘徊"的思想状态,看出他在徘徊中痛苦而执着地进取追求。不是吗?黑暗的现实和自己的热情相抵触,时间的匆匆和自己的无为相对照,使诗人更清楚地看到"过去的日子如轻烟,被微风吹散了,如薄雾,被初阳蒸融了",作者把八千多日子的流逝作这样的高度概括,使时间匆匆而去的各种景象凝聚在一个点上,使时间流逝的情况更加清晰可感:有色彩,是淡蓝色、乳白色的;有动感,是被"吹散了",被"蒸融了"。作者看到了,触到了,清醒地用全部身心去感受时光的流逝。毫无疑问,这显然是作者于徘徊中要求进取而执着追寻自己生命的"游丝般的痕迹"。

　　这篇散文表现作者追寻时间踪迹而引起情绪的飞快流动,全篇的格调统一在"轻悄"上,节奏轻快流利。为谐和思想情绪的内在律动,作者运用了一系列排比句。"洗手的时候,日子从水盆里过去;吃饭的时候,日子从饭碗里过去;默默时,便从凝然的双眼前过去","伸出手遮挽时,他又从遮挽着的手边过去"。使语言的声音节奏和情绪的内在律动相吻合,使我们仿佛看到时间的流动,如影儿"逃去如飞",霎时便缥缈无踪。其次,复沓的艺术运用,也增强了文章的艺术节奏感。如"只有徘徊罢了,只有匆匆罢了;在八千多日的匆匆里,除徘徊外,又剩些什么呢?""徘徊"、"匆匆"反复出现,使幽怨之情反复回荡,强化了文章的主旋律,从而表现了作者情感跌宕起伏的波澜,收到了一唱三叹的艺术效果。

　　总观全文,篇幅虽短,却形象地刻画了时光转瞬即逝、飘忽而去的特点。在这样的描写中,巧妙而自然地裸露了作者的内心世界。传神的写实和感情的抒发,通过精巧的结构、朴素清新的语言和谐地融为一体,构成了一种统摄全文的"轻灵"美的意境。全篇轻轻悄悄,自然天成,颇能发人深思,耐人寻味,具有强烈的艺术感染力,的确是不可多得的散文杰作。

　　　　　　　(原载《山东师大学报》1988 年专刊,山东人民广播
　　　　　　　电台《文学欣赏》栏目 1998 年滚动播出)

"无遮拦天空下的荫蔽"

——读冰心的《往事(七)》

《往事(七)》是现代著名女作家冰心的一篇脍炙人口的散文。冰心,原名谢婉莹。早在"五四"时期,她就以女性作家特有的风韵,悄然步入新文学的舞台,开始了文学创作生活。她早期的作品,无论是小说、诗歌,还是散文,都用了不少篇章赞颂那金子般闪光、冰雪般纯洁和炉火般热烈的"母爱"。这些作品"蕴含着温柔"、"微带着忧愁",文笔秀丽,具有清新、婉约、纤巧的艺术风格,颇受人们的欢迎和喜爱。《往事(七)》这篇散文,就是颇具这种艺术风采的一篇讴歌"母爱"的代表性佳作。

这篇散文以细腻清丽的笔触,写景抒情,把主观的思想感情和形神兼备的景物描写融合于一体,景中有情,情在景中,创造了情景交融的艺术境界。其中,景物描写占了篇幅的大半,作者以她擅长写景的特有本领,把景物写得明丽逼真,委婉简约,活灵活现。不仅形象地写出了"红莲"和"荷叶"的形态,而且生动地揭示了"红莲"和"荷叶"的情态,真可说是惟妙惟肖,极尽风流,给人以神清情怡的美的享受。因此,读赏这篇散文,要注意抓住这个特点,着力于研究其写景的艺术性:作者笔下的莲花和荷叶何以情貌毕肖,飞动着生命的光彩?

我们先来欣赏这篇散文的原作。

父亲的朋友送给我们两缸莲花，一缸是红的，一缸是白的，都摆在院子里。

八年之久，我没有在院子里看莲花了——但故乡的园院里，却有许多；不但有并蒂的，还有三蒂的，四蒂的，都是红莲。

九年前的一个月夜，祖父和我在园里乘凉。祖父笑着和我说："我们园里最初开三蒂莲的时候，正好家庭中添了你们三个姊妹。大家都欢喜，说是应了花瑞。"

半夜里听见繁杂的雨声，早起是浓荫的天，我觉得有些烦闷。从窗内往外看时，那一朵白莲已经谢了，白瓣儿小船般散飘在水面。梗上只留个小小的莲蓬，和几根淡黄色的花须，那一朵红莲，昨夜还是菡萏的，今晨却开满了，亭亭地在绿叶中间立着。

仍是不适意！——徘徊了一会子，窗外雷声作了，大雨接着就来，愈下愈大。那朵红莲，被那繁密的雨点，打得左右敧斜。在无遮蔽的天空之下，我不敢下阶去，也无法可想。

对屋里母亲唤着，我连忙走过去，坐在母亲旁边——一回头忽然看见红莲旁边的一个大荷叶，慢慢地倾侧了来，正覆盖在红莲上面……我不宁的心绪散尽了！

雨势并不减退，红莲却不摇动了。雨点不住的打着，只能在那勇敢慈怜的荷叶上面，聚了些流转无力的水珠。

我心中深深的受了感动——

母亲呵！你是荷叶，我是红莲。心中的雨点来了，除了你，谁是我在无遮拦天空下的荫蔽？

《往事（七）》这篇散文，清新隽丽，格调温婉，意蕴深厚，洋溢着浓郁的诗情，富有画境魅力。作者透过院子里两缸莲花在大雨

之下,白莲萎谢,红莲却因有荷叶的荫蔽而亭亭玉立的不同遭遇,
触发出"母亲呵! 你是荷叶,我是红莲。心中的雨点来了,除了
你,谁是我在无遮拦天空下的荫蔽"的袅袅情思。作者以敏捷精
致的文思,婉约清丽的文笔,描绘着纯挚的爱的图画,谱写着爱的
诗篇,颂扬母爱的博大圣洁,把读者带进了一个异常恬静的爱的
世界里。作品篇幅虽短,但读来却有如口嚼槟榔,余味无穷。

　　这篇散文描写的主体是莲花和荷叶。在作者精致的艺术彩
笔下,莲花和荷叶情态逼真,各具姿色,各显风韵:白莲经夜雨敲
打摧残,"白瓣儿小船般散飘在水面。梗上只留个小小的莲蓬,和
几根淡黄色的花须",像无依无靠的孤儿,气色憔悴,神志暗淡,处
境悲切;红莲则与白莲迥然不同。作者把它作为描写的重点,用
饱蘸感情的笔墨细腻地刻画:它"昨夜还是菡萏的,今晨却开满
了,亭亭地在绿叶中间立着",经雨的洗礼反而开放得更鲜艳、更
精神了。然而,这并非风雨对它的偏爱,而在于它在"绿叶中间
立着",绿叶替它分担了风雨的力量。你看,当雷声大作,大雨倾
盆,越下越大时,红莲也"被那繁密的雨点,打得左右欹斜"。可是
红莲却是幸运的孩子,在这危急的当儿,"旁边的一个大荷叶,慢
慢地倾侧了来,正覆盖在红莲上面",尽管"雨势并不减退,红莲却
不摇动了",安然无恙,因为雨点全部打在"勇敢慈怜的荷叶上
面",荷叶为红莲承受了全部风雨。这是一幅多么动人心弦、至情
至性的爱的图景啊。它既写出了风雨中得以"遮蔽"的红莲的丰
满、鲜嫩,亭亭玉立的媚态,"左右欹斜"的娇姿,使之与孤独无援、
无遮蔽下的白莲形成鲜明对照;同时,也写出荷叶的庇护者形象
和令人动情的慈爱之态。它慢慢倾侧下来,覆盖在红莲上面,为
红莲勇于阻挡风雨的举动,是那么慈怜,那么温情,那么持重,那
么无私,那么叫人可亲可敬。

　　作者笔下的莲花和荷叶,为什么能够如此生动传神,情貌毕肖,跃然纸上,飞动着生命的光彩。显然,就在于作者对静物细致精确的观察,抓住了特定情境下的景物的特征,并且赋予景物以生命,在景物描画中投入了强烈的感情色彩,注进了自己的脉脉情思,使莲花、荷叶成为贮满着灵性的人格化的艺术形象,具有了意蕴丰厚的象征意义。可以这样说,作者写的红莲,是作为自己的影子来写的,写的荷叶,是作为母亲的影子来写的;或者说,作者明写的是红莲和荷叶,实则暗写的是骨肉之情。作者借写荷叶与红莲的关系,抒发对母亲的崇敬,歌颂母爱的博大圣洁和伟大高尚。在这里,红莲与荷叶,"我"与母亲,两者是浑然一体的,可谓景中有情,情在景中,情景交融。正因如此,文章清丽婉约,贮满着纯净、挚切的诗意,就像一股飘着淡淡清香的微风,读来令人陶醉,使人悠然神往,徜徉于它所展示的艺术情境中,心旷神怡,得到清新、愉悦的美感享受。

　　这篇精短的散文,之所以创造出如此感人的艺术意境,富有强烈的艺术魅力,也得力于它的艺术结构的精巧构筑。从文章整体的艺术结构来看,恰如一幅小巧玲珑的图案,疏密相间,浓淡相宜,显得精致而又婉约、大方。营构线条的粗细、曲直、起伏,处理得恰到好处,作者妙笔生花的艺术描述,或放、或收、或点,真是灵活自如。文章开篇之后先是放,撇开风雨之下的红莲与荷叶这个要描写的主体,着笔于八年前、九年前,透露了"我"和红莲之间一种情思上的联系,由此为下面"我"对红莲表现一种强烈的感情色彩做了铺垫。再是收,风雨中的红莲是文章的重笔之所在,按常规要放开笔墨来写,但是,作者只写了一笔"那朵红莲,被那繁密的雨点,打得左右欹斜"就把笔收住而转入下文,从而造成跌宕、波澜。后是点,结尾的两小节,可谓点睛之笔。它把全篇文章所蕴藏的温柔情思，一下子"点"得明朗化了。我们读到这两小节时，就会感到心底一亮：母爱是伟大的、纯粹的，对于一个还没有完全走出小天地的青年，特别是一个年轻的孱弱的女子来说，母爱是有力量的，是她"在无遮拦天空下的荫蔽"。

《往事（七）》是一篇艺术性很强的散文，一件小小的艺术珍品。它所讴歌的母爱是存在的，也是很可贵的。但是，我们应当指出，它带有浓重的泛爱主义色彩，是超现实的理想中的爱。五四时期冰心创作中的这种爱的哲学，具有一定的进步意义，它是对无爱的封建制度的一种反叛，是对在生活中辗转挣扎的小资产阶级知识分子的一种慰藉。然而，把人生的幸福或不幸完全取决于母爱的有无，这显然是有些夸大的。在这篇文章的阅读分析中，我们应当认识到这一点。

（原载《山东师大学报》1988 年专刊，山东人民
广播电台《文学欣赏》栏目 1998 年滚动播出）

寻味清净中的寂寞心绪

——读郁达夫的《故都的秋》

郁达夫早年留学日本,回国后与郭沫若、成仿吾等组织创造社,为创造社的主要作家之一。20世纪30年代初又曾同鲁迅等发起中国自由运动大同盟,参加中国左翼作家联盟。其后隐居杭州,回避现实斗争,直至抗日战争爆发,才使他重新振作起来,由武汉去南洋,进行抗日活动。1945年9月被日本宪兵秘密杀害。郁达夫是我国新文学史上的一个重要作家,在小说和散文方面都取得了突出成就。早在1921年就发表了蜚声文坛的代表作小说《沉沦》。郁达夫的散文功力也颇为深厚,在他的数量可观的游记和自传、日记等抒情散文中,虽然流露了小资产阶级的消极、颓唐情绪,但也反映了爱国、民主思想。他的散文诗情绵绵,意境深远,清新秀丽,在谋篇布局、遣词造句等方面都有相当的造诣。

《故都的秋》是郁达夫游记散文的一篇代表性佳作。文章虽然不足两千字,但却把故都之秋写得美丽迷人,栩栩如生。在作者的笔下,故都的秋存在于自然景色之中,藏于常见事物之间。碧绿的天色,显现出秋的姿态;果树的奇景,展露出秋的身份;秋蝉的啼唱和秋雨的息列索落声是秋的声音;雨后斜桥影里,闲人的慢悠悠的声调中,传出秋的味儿。作者以其细腻入微的笔触,把故都的秋,它的秋景、秋姿、秋色、秋意、秋声、秋味,借助于清丽优美的文字,活脱地勾画了出来。因此,阅读分析这篇散文,要注意探讨文章选取最富有特征的景物,从不同的角度,不同的侧面,运笔挥洒,写得细、写得透的写作特色,深入体味作者迷恋北国风光、忘情故都秋色的浓烈感情。认真思考作者是抓住故都之秋的哪些特征进行描写的? 在描写手法上,材料的安排和营构上有什么特点?

《故都的秋》是一篇充满诗情画意的散文。这篇散文写得情真意切,清丽秀美,文笔洒脱,把故都的秋景特色与对它的赞美之情有机地融合在一起,展现了一幅韵味浓郁的故都秋色图。

作品开篇就触题显意,首先交代作者来故都想饱尝"这故都的秋味"的缘由,同时,也简括地勾勒出了故都之秋"来得清,来得静,来得悲凉"的总体特点。"清",是指澄清纯净,用来赞颂北国的秋,天空清澈,空气清爽;"静",即寂静,指秋天萧条冷落,给人以静寂之感;"悲凉"是悲戚、冷落的意思,是说秋天万物凋谢,给人以悲凉的感觉。作者通过"清"、"静"、"悲凉"几个词,不仅强调了北国的秋天有特别的味道,而且为全篇的写景和抒情定下了基调。

接着,作者却没有急于写故都的秋,而是故意宕开笔墨,描绘江南的秋。"江南,秋当然也是有的",但秋味不足,"草木凋得慢,空气来得润,天的颜色显得淡,并且又时常多雨而少风"。因而,江南"秋的味,秋的色,秋的意境与姿态",都不浓。人处其间,只觉得"浑浑沌沌",只感到"一点点清凉"。这里没有一字提到故都的秋,但却使我们感到,它字字句句都是在写故都的秋,写故都之秋的清晰和爽朗,这种明写暗藏的描写,透露了作者怀恋故都之秋的心情。从形式上说,它造成了行文的曲折,感情的起伏,结构上的多姿。

在此基础上,作者调转笔锋,从第三自然段开始,以集中的笔墨,从不同的角度,不同的侧面,对故都之秋展开了描画:陶然亭的芦花白如霜,钓鱼台的柳影别具风姿,西山的虫唱是那么凄厉,玉泉的夜月又是那么清寒、皎洁,透着朦胧的诗意,潭柘寺的钟声,在万里静寂的秋天,显得格外清越,别有秋味,而在寒霜的早晨,能看到很高很高的碧绿的天色,"静对着像喇叭似的牵牛花(朝荣)的蓝朵,自然而然地也能够感受到十分的秋意"。这是一幅多么奇妙优美的北国秋天风景画啊!作者抓住故都之秋的特征,用富有诗意的优美语言,写出了故都的秋姿、秋声、秋境、秋色、秋意,把北国之秋的美点和特色,刻画得淋漓尽致。

　　如果说以上描绘的是北国之秋的总体风貌,那么,接下去便是由面到点,对北国之秋的分层描画:先是写北国的秋槐。古人常用"梧桐一叶而天下知秋"的句子来写秋的到来。而作者在这里写的却是踏槐树落蕊而知秋,从槐树落蕊中发现了秋的消息,可谓独具特色。槐树落蕊"像花而又不像花",早晨起来,铺的满地,脚踏上落蕊,"觉得细腻","觉得清闲",还"觉得有点落寞"。作者通过视觉、触觉,细腻地描画出了槐树落蕊给人的种种感受,从中透露出秋天的静寂、深沉的意境。次是写秋蝉。"秋蝉的衰弱的残声,更是北国的特产","无论在什么地方,都听得见它们的啼唱"。秋蝉是报秋的,它在死之前发出的哀鸣,往往给人以悲凉之感。这里作者抒发的不是这种悲哀的情感,而是把"秋蝉的衰弱的残声"称为"啼唱",意在点明它和秋槐落蕊一样,是秋的象征,也流露出作者对故都秋蝉的喜爱之情。再是写秋雨。北国的秋雨,"下得奇"。忽而来一阵凉风,便"息列索落"地下起雨来。给人以意外感。雨后,在斜桥处,着着很厚的青布单衣或夹袄的"都市闲人",用了缓慢悠闲的声调微叹着"唉,天可真凉了","可不是吗?一层秋雨一层凉了"。这里既有描写,又有感慨,还有人物对话,虽是一个小小的场景,却洋溢着浓郁的秋天的气息,使人感到秋味足,秋意浓。最后是写秋果,故都的秋有它的清净和悲凉的一面,也有它红火的一面。其中果树就是"一种奇景"。作者写果树,不取白霜红叶,而着力描绘枣儿颗儿"像橄榄又像鸽蛋似的"形状,"小椭圆形的"细叶,"淡绿微黄的"颜色,充分显出秋的"全盛时期"瓜果香鲜、五光十色的特点,呈现了北国清秋佳日的勃勃生机。作者赞美秋天的果实,因为这绚丽灿烂的秋色,标志着成熟和丰收,意味着喜悦和欢乐。

作品最后的三个自然段,作者抒发议论和感慨,并通过写南国之秋特异的地方,进一步表达了对故都之秋的深沉爱恋。作者从古今中外的文人学士对秋的敏感和深情,谈到中国文人与秋的关系特别深,末尾又回到本文中心,"可是这秋的深味,尤其是中国的秋的深味,非要在北方,才感受得到底"。这一弯子绕得颇有深意,即开拓了文章的泉眼,又加深了作品的思想内涵,最终又落到本文的议题,纵横捭阖、能放能收、灵活自如。接着,作者激情横溢,直抒胸臆,赞美北国的秋天。继而采用"旁敲侧击"的描写方法,肯定南国之秋"也有它的特异的地方",如廿四桥的明月,钱塘江的秋潮,普陀山的凉雾,荔枝湾的残荷,等等。可是和北国之秋相比,它们"色彩不浓,回味不永",就像"鲈鱼之于大蟹,黄犬之于骆驼",仍然逊色很多。作者酷爱北国之秋的感情波涛,在文章结语涌出高潮:"这北国的秋天,若留得住的话,我愿把寿命的三分之二折去,换得一个三分之一的零头。"这是全篇的点睛之笔。作者愿用生命作为代价来留住北国的秋天的脚步,可见对故都之秋倾注着多么深沉的爱恋之情。篇末这样抒情点题,含蓄隽永,耐人寻味,具有"卒章显志"的艺术效果。

我们从这篇文章的字里行间可以看出,作者对故都的秋天怀有一种特殊而亲切的挚情。在作者的笔下,故都的秋景是迷醉的,诱人的,同时也是清朗的,它透露出了作者对华夏大地的深切的民族感情。尤其从作者对"故都的秋"热烈的赞颂和用生命换取它的激情中,我们可以清楚地窥见作者那颗正直善良的赤子之心。当然也应当看到,写作这篇文章的1934年,这是作者移家杭州后的第二年。这时,他离开大革命的洪流,隐居于"风雨茅庐"之中,徜徉于山水之间,意气消沉,思想苦闷,过起隐士般的生活,失去了原先的革命热情,沉酣于自然景色之中。从他品味故都秋景的闲情逸致中,显然也流露出陶醉于自然的徘徊和清闲落寞的情调,寻求清静以及在清静中的寂寞心绪。

这篇文章是对故都之秋的讴歌。为突出故都之秋的特色,作者选取了富有特征的景物,并抓住各自的特征,赋予炽热的感情,从不同的层面对故都之秋展开描绘。首先是选取陶然亭、钓鱼台、西山、玉泉、潭柘寺等这些北国秋天风光特色独具的胜地去写,使北国秋天的景致像电影特写镜头一样,一个个从读者眼前掠过。接着又选取了最普通的庭院去写,使秋的意境与姿态,完全呈现在读者面前。然后作者又选取了能象征秋天、联想起秋天来的典型景物给以具体描绘。槐树落蕊,犹如"梧桐一叶而天下知秋"一样,是秋来的信息;秋蝉啼唱,是报秋之声,也是秋来的象征;等等。文章通过选择这些典型材料,生动、具体、逼真地描绘出了北国之秋的特色,充分地表现了故都之秋的味、秋的色、秋的意境和姿态。

纵观全篇,故都之秋,多彩多姿,诱人沉醉;全文的描述,也像山间的溪流,顺畅自然,清丽婉转,给人以轻快自如的艺术节奏感,不愧是脍炙人口的佳篇。

(原载《山东师大学报》1988年专刊,山东人民广播电台《文学欣赏》栏目1998年滚动播出)

凝聚抑郁的情感和民族的风神

——读陆蠡的《囚绿记》

陆蠡，原名陆考原，是现代散文作家、翻译家。太平洋战争爆发后，日军进驻上海租界，当时他作为进步青年作家，不幸被捕，不久由捕房转到虹口日本宪兵拘留所，刑审数日，惨遭杀害。陆蠡是我国现代文学史上卓有成就的散文家，他以散文诗集《海星》步入文坛，崭露头角。后来出版了散文集《竹刀》和《囚绿记》。这些散文的内容虽然比较狭窄，看不到大风大浪，但从那琐细的生活情节中，能挖掘出某种耐人寻味的人生哲理，透露出作者真诚、淳朴心灵的闪光；在艺术上，那乡野泥土的气息，忧郁动人的故事情调，优美清丽的文笔，和缜密严谨的构思，浑然形成他自己独特的艺术风格。尤其在他的后两本散文诗集中，有些篇章可谓脍炙人口，耐人吟咏，具有感人心魄的艺术魅力。《囚绿记》就是其中一篇有代表性的佳作。

《囚绿记》写于抗日战争爆发后的上海"孤岛"。当时祖国正受着"异族的侵凌"，"蒙受极大的耻辱"（陆蠡《池影》）。在这篇散文中，作者深情地怀念着沦陷一年的北京住所窗前的"绿友"常春藤，回忆自己怎样和它邂逅相遇，一见钟情，它的绿色怎样使渴求生命、希望、慰安和快乐的自己感到无比喜悦；怎样一往情深地眷恋和怀念着它。作者由见绿而喜绿、恋绿，由恋绿而察绿、囚绿，最后又释绿、念绿。作品写的真挚感人，在怅惘、缠绵而又沉沉的情致中，蕴蓄着耐人寻味的思想意蕴。读赏这篇散文，我们要注意理清见绿——喜绿——囚绿——释绿——念绿的思路轨迹，把握作品精心描绘的向往自由、追求光明的常春藤形象，体会作者渴求民族解放的执着的爱国主义情怀。

　　标题是作品的一面旗帜，别具匠心的作家，总是精心设计和利用这面旗帜。本文标题"囚绿记"，就颇为新奇别致，叫人一看疑窦顿生："绿"怎么能"囚"呢？为什么要"囚绿"？"绿"是怎样被"囚"的？对于这些问题，如果是望文生义，是无法作正确的解释的，而只有纵横全篇，仔细读赏分析，掌握作品艺术营构的脉络线索，理清作者的思路轨迹，才能对作者的匠心和作品的思想题旨有深入的理解把握。

　　这篇散文围绕对常春藤之"绿"的感受，娓娓道来，逐层展开，平淡中蕴含着浓郁的深意。作者从"我"在北平占据的一个"高广不过一丈的小房间"着笔，写在房中瞥见常春藤的"一片绿影"，便由衷地喜欢"这片绿影"，"留恋于这片绿色"。对绿色的喜悦，实际上是写对自然、对生命的爱恋，因为绿色是生命的象征，是光明的天使，"人是在自然中生长的，绿是自然的颜色"；接着作者由喜欢留恋"这片绿色"，写天天观察绿叶的变化，表现了对绿色的一往情深。随着对"恋绿"之情的渲染，接下去，作者妙运奇笔，又拓出妙不可言的洞天胜景：由察绿而竟至于"囚绿"，写"我从破碎的窗口伸出手去，把两枝浆液丰满的柔条牵进我的屋子里来，教它伸长到我的书案上"，"囚住这绿色如同幽囚一只小鸟，要它为我作无声的歌唱"。这一"囚"字并非是故作惊人之笔，而是文章前半部分喜绿、恋绿的顺理成章而又自然成趣的发展。爱之愈深，求之愈切，一个"囚"字，便把这种爱恋和追求之情揭示得淋漓尽致。

　　然而,这并非是作者感情波浪的尽头。如果说作者对这"囚绿"的描写是"曲径通幽",那么,接下去则是"探幽入微",进一步把感情的波浪推向汹涌如潮的高峰。你看,作者由此而生发、开拓出的动人情景:"绿友"反抗着这样的"幽囚","它的尖端总朝着窗外的方向。甚至于一枚细叶,一茎卷须,都朝原来的方向","这永远向着阳光生长的植物","它渐渐失去了青苍的颜色,变成柔绿,变成嫩黄;枝条变成细瘦,变成娇弱,好像病了的孩子"。尽管绿色如此由深、浓而浅、淡,枝条由粗、壮而细、弱,但它还挣扎着,总是执着地向着太阳。可见"绿"在奋斗,"绿"在抗争,它是硬铮铮的"永不屈服于黑暗的囚人"。于是,"我"终于"珍重地开释了"它。啊,原来"绿"是囚不住的,"绿"的生命力是极旺盛的。光明和自由终究是会得到的。而这正是一年后作者还在怀念着"我的圆窗和绿友"的深意。

　　通过以上分析可见,这篇散文通贯一个"绿"字。由见绿而喜绿、爱绿、恋绿,由恋绿而察绿,以至于囚绿,情随事移,表现了对"绿友"的深情意长,最后终于释绿,而萦回于绵绵的念绿情思,透露出向往绿、追求绿的隽永含意,揭示了热爱生活、追求自由的思想主旨。因此,理清和抓住"见绿——喜绿——恋绿——囚绿——释绿——念绿"这条思路轨迹,就可以领悟文章以"囚绿记"为题的艺术匠心,也可以揭示文章艺术营构的特点及其过程。

　　纵观全篇,作者没有记叙复杂的故事,只是描写了旅居古都北平,选住有常春藤绿影的房间这样一个很小的生活细节。但通过细致的描述和深入的挖掘,作者于平淡中揭示了丰厚的意蕴和深邃的哲理,在习见的常春藤之绿中凝聚了自己抑郁的情感和民族的风神。也就是借赞美常春藤之绿"永不屈服于黑暗"的精神气质，颂扬了忠贞不屈的民族气节，抒发了追求自由、向往光明、渴求民族解放的情怀，启发和唤醒人们去奋力抗争。由于作者把自己的眷恋、感叹和祈祝，完全寄寓在对常春藤之绿色的深情怀念里，熔铸在境界层深、波澜起伏的忆述之中，所以，作品显得深沉而隽永，洋溢着悠远的思绪，感人的情致，具有很强的艺术感染力量。

作者在他的散文集《囚绿记》序里说："我用文学的彩衣给它装扮起来，犹如人们用美丽的衣服装扮一个灵魂。"的确，这篇散文的深刻思想和哲理，就是作者通过独特而优美的艺术形式表现出来的。读赏这篇散文，不仅感受到他的思想情感在流动奔涌，而且在诗情画意和清词丽句中得到一种美感享受。这种艺术效果，显然是与作者对事物的朴实而简约的叙写和深挚的哲理融为一体，从而构成深远而浓郁的意境分不开的。我们仔细品读便会感到，文章简约质朴、自然清新的字里行间中含有作者的情感血泪，淳厚悠远而又瑰丽的文笔里透着和谐纯醇的诗意。李健吾曾说过，陆蠡的成就得力于他的璞玉一般的心灵。这个说法是颇有见地的。从文章的语言看，清丽婉约、醇厚真挚，并涂抹着一层忧郁的色彩，节奏舒缓而又起伏跌宕。这种语言格调，同文章表达的思想情绪，十分融洽和谐。

（原载《山东师大学报》1988 年专刊，山东人民广播电台《文学欣赏》栏目 1998 年滚动播出）

一幅用光声色味绘出的雨景图

——读余光中的《听听那冷雨》

蜚声台港的文坛巨子余光中,被誉为"以现代文学运动为轴心的扛鼎诗人"。他在右手写诗的同时,又用左手开辟了一块散文绿洲,为我们展示了一个富有现代人的新感性,境界超然而别具风采的全新散文世界。余光中是台湾著名的诗人和散文家。抗日战争时期他随母亲流亡于华东和西南一带。后来去香港,随即又迁居台湾,不久便赴美国艾奥瓦大学攻读。曾在台湾的几所大学任教,也任香港中文大学联合书院中文系主任。在这期间,台湾文学受到现代主义狂涛巨浪的冲击和欧风美雨的浸染,当时年轻的余光中与覃子豪、钟鼎文、夏菁等人创立了"蓝星诗社",高扬起现代主义旗帜,成为台湾现代派诗歌运动的中坚人物。余光中的创作实绩是丰硕的,出版有多本诗集、散文集、翻译作品集。其作品之丰富、思路之深广、技巧之超卓、风格之多变、影响之深远,是台湾散文作家中成就最大者之一。

有人说,在余光中的散文世界里,簇新的意象代替了被嚼烂的少女和梦的俗喻,澎澎湃湃的谈吐抒发代替了矫揉造作的伪情滥调,徐疾多致的节奏代替了呆滞的语序,幽默风趣的妙语代替了装腔作势的教训,信手拈来的活引代替了求援卖弄的搬古。方块字的形象性、多义性与平仄声,在他的散文殿堂中神而化之,巧夺天工,论空灵秀逸,潇洒气魄,比之其现代诗毫不逊色。毋庸置疑,这个评价非是过誉之辞。但还应当指出的是,余光中是台湾现代派诗歌的旗手,将现代派的艺术技巧引入散文创作中,使之洋溢着现代派的艺术气息。诸如通感、变形、意识流多层次、时空交错、自由联想、意象组合、富有张力等等,可以说是一个充满现代派诗质的艺术世界。

一、《听听那冷雨》的通感艺术

《听听那冷雨》是余光中将现代艺术技巧引入散文创作中的佳篇。在这篇散文中,他艺术地运用通感技法,用光声色味绘出了一幅多姿多彩的雨景图。这幅光色声味俱有的雨景图,可以使你看到空蒙迷幻的雨丝,从中嗅到清清爽爽新新的薄荷味,雨中草和树沐发后发出的土腥气;又可以使你仿佛欣赏到一场轻轻的敲打乐,从那细细密密的节奏中,听到柔婉与亲切,若孩时在摇篮里一曲耳熟的童谣,又如蚕啮桑叶细细琐琐屑屑。其景物哲理情趣会侵入你的眼、你的鼻、你的耳、你的舌,以至你的所有感官,融入化入你的每一神经血脉与毛孔:

> 惊蛰一过,春寒加剧。先是料料峭峭,继而雨季开始,时而淋淋漓漓,时而淅淅沥沥,天潮潮地湿湿,即连在梦里,也似乎把伞撑着。而就凭一把伞,躲过一阵潇潇的冷雨,也躲不过整个雨季。连思想也都是潮润润的。

文章开篇的这段文字,妙用通感技法,从视觉、听觉、触觉等几个层面,绘出了盎然的雨趣,奇妙的雨境。"料料峭峭"是诉诸视觉的描写;"淋淋漓漓"、"淅淅沥沥"是诉诸听觉的描写;"天潮潮地湿湿"则是诉诸触觉的描写。然而,这些极具美感的视觉、听觉与触觉又是通感的。"料峭"、"淅沥"、"潮湿",在诉诸视觉、触觉的同时,也录下了风声和雨声。尤其是"连思想也都是潮湿的",可谓妙用通感的奇创之笔,它把"思想"转化成物——以物拟物,写出了视觉、听觉、触觉与思想心灵的融注贯通。从而生动地再现了雨的实境,画活了雨形、雨姿、雨声、雨势,给读者感官以新鲜的刺激与不同一般的美的感受,从这里我们可以看出作者诗才的闪光。

在文章中,作者不仅妙用通感技法,从视觉、听觉、触觉上写雨境的清奇之趣,而且还以浓郁的抒情笔调,从嗅觉、味觉上写"雨"的生息与灵性,赋予无生命的"雨"以盎然的生机。你看,那"雨是女性","最有感性"。"雨气空蒙而迷幻,细细嗅嗅,清清爽爽新新",富有"薄荷的香味"。浓的时候竟发出"特有的土腥气",也许那是蚯蚓和蜗牛的腥气吧,也许是地上的地下的生命,也许古中国层层叠叠的记忆皆蠢蠢而蠕,也许是植物的潜意识和梦——在这里,作者从嗅觉和味觉上写出了雨的清爽、雨的香味、雨的腥气。显然,这是嗅觉和味觉的通感。这种通感技法,更使我们如淋其"雨",如尝其味,如嗅其气,栩栩欲活地呈现了"雨"的情韵美。它深化了上文从视觉、听觉、触觉上写到"雨"的形象,对"雨"这一形象做了全面的立体的感知。因而,这里的"雨"的想象就已不是单一的美,而是复合的美,给人以更丰富的艺术美感。

如果说以上是从视觉、听觉、触觉与嗅觉、味觉两个层面的艺术通感来分别写雨的形姿、雨的声态、雨的情味、雨的生息、雨的灵性,那么,下面的文章则是融合各种感觉,采取或同是描写,或参差交融的通感技法,进一步写雨的意趣、雨的情调、雨的幻化、雨的韵律、雨的流光、雨的色彩、雨的灵魂、雨的温柔之美。请看这其中的一段精彩描写:"雨天的瓦屋,浮漾湿湿的流光,灰而温柔,迎光则微明,背光则幽暗。"而那淋漓的雨滴,"敲在鳞鳞千瓣的瓦上,由远及近,轻轻重重轻轻,夹着一股股的细流沿瓦槽与屋檐潺潺泻下,各种敲击音与滑音密织成网,谁的千指百指在按摩耳轮。'下雨了',温柔的灰美人来了,她的冰冰的纤手在屋顶拂弄着无数的黑键啊灰键,把响午一下子奏成了黄昏"。这是一幅有光有色、有声有形的屋瓦雨景画。这里的"湿湿"、"温柔"是诉诸触觉的,"流光"、"灰"、"微明"、"幽暗"是诉诸视觉的,"轻轻重重轻轻"、"潺潺"是诉诸听觉的。作者把这几种感觉艺术地交融起来,使视觉、触觉、听觉等感官的感觉不能独立,造成浑然一体的心像。这种通感技法,使"雨"的形象更加鲜明生动,给人以新颖奇特的美的感受。同时,由于"雨"的形象对审美主体产生多种感官刺激,因而能够激发我们丰富的联想和丰富的审美情感。其次,作者在这里还运用了转位的手法,使原本诉诸听觉的刺激,却让视觉感官去接受,诉诸味觉的刺激,却让触觉感官去接受。同时利用譬喻,改变描写事物的形态,从而造成感官的矛盾,引起读者的鲜明印象。如"各种敲击音与滑音",本来是诉诸听觉的,这里却把它"密织成网",让视觉去接受;还有"轻轻重重轻轻"、"潺潺",虽然是写雨声的,但到最后转变成"网"时,也都移到视觉上。显然,其意都在于引起更多的感官刺激。又如:"雨是一种回忆的音乐,听听那冷雨,回忆江南的雨下得满地是江湖下在桥上和船上,也下在四川在秧田和蛙塘,下肥了嘉陵江下湿布谷咕咕的啼声。"这里的"湿"本是诉诸触觉的,布谷的啼声是诉诸听觉的。但作者运用转位法的审美通感,别出心裁地写雨湿了布谷的啼声。这种转位通感的妙用,可谓通感技法的奇创之笔,写出了奇异之趣,别开新境,曲尽其致地表现了作者在雨中回忆江南、思念家乡却又归不得的内心缠绵悱恻的感受,富有朦胧之美。可见,作者是一位驾驭审美通感的高手，有着敏锐的艺术感受。

纵观全篇，通过艺术地运用通感这种艺术技法，将奇异的雨趣倾注于读者的视觉、听觉、触觉、味觉与嗅觉，使读者感同身受，徜徉于变幻多姿、富有灵性的雨境之中，享受到奇颖独特的艺术美感。这充分体现了作者对生活新颖独到的发现和不同凡响的艺术创造，也实践了作者自己所提出的散文创作主张——"应该有声，有色，有光；应该有木箫的甜味，釜形大鼓的骚响，有旋转自如像虹一样的光谱，而明灭闪烁于字里行间的，应该有一种奇幻的光。"（余光中《左手的缪斯·后记》）是的，古往今来，以雨为文的不乏精彩篇章，但有哪篇能像这篇《听听那冷雨》一样，融合各种感官，将雨描绘成在视觉、听觉、嗅觉、触觉上构成的一种"感性的存在"？而这种"感性的存在"所唤起的读者的审美体验，是何等的丰富，何等的深广！可以这样说，它在创造散文的感觉性上堪称绝响，是现代散文中另辟新境，富有"奇幻的光"的难得篇章。

二、《听听那冷雨》的多重体验

应该说，《听听那冷雨》之所以给人以如此亲身体验的融入，显然是由于作者富有敏锐的艺术感觉性，真切地写出了他的所观所感所思，赋予"冷雨的意韵"以特有的情感力度和张力。所以，赏读《听听那冷雨》，应加强感受体验作家体验的"冷雨"世界，特别要注意多重体验，即时空体验、情感体验、语言体验。

（一）时空体验。初读这篇文章，我们仿佛就跟随作者来了一场穿越时空之旅，心境由此而开阔。作者描述的镜头跨越了漫长的时间维度和广阔的空间场景，从历史到当下，从国内到国外，读者乘着作者灵动纷飞的思绪，游刃有余地在时空间穿梭，一会儿撑着伞漫步于天潮潮地湿湿、淅淅沥沥的长街短巷；一会儿又跳到了杏花春雨的江南水乡；上一刻还沉浸在美丽的方块字拼凑出的古神州的天颜千变万化中；下一刻就登上了美国的落基山看一场惊心动魄的雕塑展览；前一个镜头还是在古代，聆听着雨点铿铿敲在如椽的大竹制成的屋瓦上；下一个镜头就接到当下，在日式的古屋里听变幻多姿的雨声。作者打开时空的顺序，将其交织在一起，赏读过程中随着作者极富跳跃性的描述浮现出一幅幅与之相对应的画面，给人以视觉的冲击，引发无穷的想象。正是这种别出心裁的时空交织的艺术构思，我们才更强烈地感受到作者贯穿在其中的独特体验。

时空的体验中有对冷雨的喜爱。看看作者的语言便可知晓了，如果没有喜爱，作者怎会将感情巧妙地寄托冷雨，点点滴滴敲打在读者的心灵上。不论是淅淅沥沥的春雨，还是夏日的狂风暴雨，抑或是凄清寂寞的秋雨，甚至是凭空而写的一个"雨"字，作者都是喜爱和恋惜的。作者嗅雨、观雨、听雨，将自己对雨的感情流畅地诉诸笔端，洋洋洒洒，如涓涓细流般流淌在读者的心田之上，读者的感官也被全方位地调动，魂魄被雨吸引，和作者一起在雨的世界里流连忘返。

时空的体验中有对时光流逝的感伤。不知不觉，二十五年过去了，分离已经如此漫长，仿佛一道难以逾越的鸿沟横亘在作者心头。这二十多年的时间里，作者既饱受分别的痛苦，同时也有对时光悄然流逝的感伤。尤其是在文章的最后，作者因这二十五年来，没有受到故乡白雨的祝福，而把鬓角上落下的一点白霜来算作自我补偿和安慰，流露了作者对岁月已逝的哀叹怅惋，正如作者在《问烛》一诗中感慨的"咳，这陌生的白发就是当日乌丝的少年？"时间的轮回里，少年已老，满鬓白发，皱纹爬上眼角；斜斜冷雨中,让人也体验到时光转瞬即逝的无奈。时空的体验中有与故土分离的惆怅。作者暂时从对冷雨的细腻描写中跳了出来,转眼间登上了美国的丹佛山,空间位置发生了变化,看的是美国的奇岩怪石、皑皑白雪。读罢整段,不难发现,作者的这段插入更多的是为后文做铺垫,美国的山景和中国的山景形成对比,突出了只有回到中国,才能体验"白云回望合,青霭入看无"的境界。接着作者的笔锋转到了台湾山中一夜饱雨后的景色描写,人也由美国回归到了台北,与之回归的还有那对于中国山水永恒不变的喜爱和留恋。空间的辗转挪移让读者看了一场场穿越时空的冷雨,但加深的却是作者对于祖国母亲怀抱的深情怀念,也道出了如今相隔两地的缕缕惆怅。时空的体验中有对故乡最深的眷念。作者希望脚下狭长的巷子和他的思路可以永远延伸下去,不是金门街到厦门街,而是由金门到厦门,真正实现台湾和大陆的有效对接。然后作者由此牵动了遥远的记忆,想到了自己杏花春雨江南中的少年时代,但是现实的镜头又将作者摇了回来,少年时的一切都已不再。"他日思夜梦的那片土地,究竟在哪里呢?"从现实到记忆再到现实,时间回环往复,一个问句最终升华了时间的走向,也唤起了漂泊游子对家乡最深切的思念。

冷雨串起了回忆,听雨勾起了乡思。文中多次提到了穿越时空的听雨,作者借用王禹偁的故事,写雨打在竹瓦上的声响;之后又写如今在日式的古屋里听不同的雨的情形,最后还是将叙述的笔触落到了记忆中的江南。作者写道:"雨是一种回忆的音乐,听听那冷雨,回忆江南的雨下得满地是江湖下在桥上和船上,也下在四川在秧田和蛙塘,下肥了嘉陵江下湿布谷鸟咕咕的啼声。雨是潮潮润润的音乐,下在渴望的唇上,舔舔那冷雨。"作者煞费苦心,特意将听雨的描写在漫长的时间记忆里走了一圈,最后又回到原点，回到作者最喜欢听的那江南饱满的雨声，读者也在聆听一首首"雨"之交响曲的同时感受到了作者对于故土更为深沉的厚爱。总之，作者以时间为纬，以空间为经，在如梦如幻的时空错综叙述中渴望带领读者穿越千山万山、千伞万伞，共同奔赴那片魂牵梦绕的土地，从而在字里行间流露出作者难以排遣的丝丝乡愁。

（二）情感体验。初读《听听那冷雨》便感受到如同《乡愁》般的浓得化不开的思乡愁绪，看到了一个漂泊游子对故土最殷切的思念。余光中先生二十岁的时候离开了大陆，在远离家乡二十五年以后写下了这篇饱含深情的文章，心心念念的是承载着他无数回忆的故乡，传达的是渴望叶落归根的心愿。作者写道："二十五年，一切都断了，只有气候，只有气象报告还牵连在一起。大寒流从那块土地上弥天卷来，这种酷冷吾与古大陆分担。不能扑进她怀里，被她的裾边扫一扫吧也算是安慰孺慕之情。"由此可见，作者现在只能借助气象报告来维持着和故土的一点联系，而对于作者来说，这已经是极大满足了。现实硬生生阻隔了作者回归大陆的愿望，满腔乡愁借助听雨来抒发，引发了读者强烈的共鸣。最为突出的是，作者化用蒋捷的《虞美人·听雨》来表达一生漂泊凄凉之感，"一打少年听雨，红烛昏沉；再打中年听雨，客舟中，江阔云低；三打白头听雨在僧庐下"，作者借鉴蒋捷的手法，在三打听雨中也同样蕴藏着"一颗敏感的心灵"，"一滴湿漓漓的灵魂"，而牵挂他的正是"窗外在喊谁"的祖国。这雨声，是漂泊游子思念故土的心灵之音，也是祖国母亲对于在外的游子深沉呼唤。

作者以其细腻而绵柔的手法诉说着他悠远、深沉的内心体验：不论岁月如何变迁，永恒不变的是游子对于故土最深的眷恋。在《听听那冷雨》这篇散文里，作者将饱含乡愁的个人情感体验透过雨这一意象淋漓尽致地传达出来,洗尽铅华现真淳,让读者感受到最质朴的情感诉求。

(三)语言体验。反复咀嚼《听听那冷雨》,有一种余韵悠长的细腻缠绵之感,细细品来,想必和语言有很大关系。在这篇散文里,作者仿佛化身精通语言艺术的大师,一唱三叹,含蓄隽永,其高超的语言驾驭能力让原本普通的方块字都有表情达意的神韵。变化多端的语言首先体现在叠音词的巧妙运用上,如作者一开头就说到"惊蛰一过,春寒加剧。先是料料峭峭,继而雨季开始,时而淋淋漓漓,时而淅淅沥沥,天潮潮地湿湿,即连在梦里,也似乎把伞撑着"。几个叠字的巧妙运用渲染了凄冷迷蒙的环境,顷刻间就把读者带入了雨景之中,也为后文的听雨、看雨、嗅雨做了铺垫;再如文中的"凭空写一个'雨'字,点点滴滴,滂滂沱沱,淅沥淅沥淅沥,一切云情雨意,就宛然其中了",这一串叠音词运用的可谓出神入化,使得"雨"更加鲜活灵动,充满了生命力。最为精巧的还属作者的构思了,作者不是在写自然界真正的雨,而是借"雨"字来衬雨,充分发掘汉文字的魅力,"美丽的霜雪云霞,骇人的雷电霹雳"都突显了汉文字所独有的视觉美感,实则也把祖先的智慧、民族的希望、中华文化的传承都寄托在了顶天立地的方块字上,借以表达对源远流长的中华文化的深厚情谊。作者还这样写道,"听听,那冷雨。看看,那冷雨。嗅嗅闻闻,那冷雨,舔舔吧,那冷雨",几个叠音动词充分调动了人的听觉、视觉、嗅觉和触觉,随着程度的进一步加深也表明了作者迫不及待亲近故土的心情,足见作者内心对故乡的无比眷恋。叠音词的大量使用使得整篇散文意蕴雅致,情思绵长,读来朗朗上口,别有一番余音绕梁的复沓之美。《听听那冷雨》变化多端的语言体验还表现在作者对古典诗词的巧妙化用上。余光中先生对于古典文学有着极高的造诣,在他的散文里,古诗词的影子无处不在,恰到好处的化用使得他的散文充满了古朴的气息和文化的厚重,《听雨那冷雨》就是极具代表性的佳作。"牧童遥指杏花村"、"细雨骑驴入剑门"、"渭城朝雨浥轻尘"、"数峰清苦,商略黄昏雨"、"白云回望合,青霭入看无"……借助这些信手拈来的诗词,作者或表达对魂牵梦萦的故土的思念,或流露对祖国山河的赞美,或抒发对时光易逝的感慨。巧妙融入诗词来表情达意,使得散文极富诗意性和韵律美,从而构成了余光中散文独特的艺术风格。总而言之,在作者独特语言体验的生花妙笔下,雨幻化成了多种多样姿态,富有生命力,时而淅淅沥沥,时而滂滂沱沱,时而淋淋漓漓,时而清清爽爽……"雨"在读者心中已经变成了一幅幅具体可感的画面,给读者以视觉的审美,与读者的灵魂交流;同时,雨又寄托了作者多种多样的情思,给读者以多重的情感冲击。看一场穿越了时空的冷雨,听一首寄托了乡思的乐曲。细细品读,笔者认为正是因为融入了作者极为真实的个人体验才赋予了《听听那冷雨》无穷的艺术魅力,从时空的切换、情感的抒发再到语言的变化,无不满载着作者切身的体验。因此,在解读这部作品时,应该用体验来感受体验,沉下心,潜进去,定会发现文本更深层次的意蕴。

（本文与研究生张家榕合作改写,原载《港台现代
散文赏析》,明天出版社 1989 年版）

冰清剔透的"第二自然"
——人化的荷塘妙境

——读颜元叔的《荷塘风起》

台湾大学教授、当代著名散文家颜元叔,在执教的同时,致力于散文创作的艺术实践,"以如刀的笔,刻画着时代的斑斑点点,鞭笞之间,固是怒目金刚,看看流脓淌血,纸背却怀着一颗菩萨心肠。他凭知识良心,去丈量历史,去入世生活,故可在众浊之中见清澈,在嘈杂中闻清音"。他的这篇素享盛名的《荷塘风起》,状荷塘风起的静谧美,堪称绝致;抒写"自我的感觉",时代的忧思,酣畅而缜密;曲现出这位散文大家敏锐而慈善的品格,深沉而清澈的风貌。

一、《荷塘风起》的自然妙境

《荷塘风起》这篇散文所创造的"第二自然",体现了颜元叔独标一格的审美艺术。疏朗的笔致,丰腴的神采,醇厚的情味,绰约的风姿,像一枝境界超然的奇葩,富有诱人神往的艺术魅力。它在写法上吸取现代派文学的艺术表现技法,注重主、客观世界的相互"感应",善于运用有声、有色、有味、有形的物象来暗示作者微妙的内心世界,善于借助有物质感的形象来表现无形的主观意念。作者重视通过直觉去捕捉风起荷塘时的意象,把感受和情绪全都隐藏在具体的意象背后,每一个意象又几乎都是在"一瞬间"表现出来的知与情的复合体。因此说,《荷塘风起》的表现艺术堪称奇颖妙绝。

首先,作者把自己的内心世界与自然界化为一炉,使之高度浑成。美学家认为自然形象总是以自己独特的形式,与人缔结种种社会生活关系,实质上,它是人的社会关系的一个补充、一个衬托、一个说明。《荷塘风起》这篇散文以其独特的审美艺术构思,把"荷塘"与"风起"融为一体,把内心世界与自然界化为一炉,把客观真实化为主观表现,创造出了一个丰盈之美与空灵之美相辉映、相融合的人化的艺术境界。文章在开篇之后对步于荷塘的一段描写,既丰盈又空灵,为全篇立下了基调,颇耐人寻味:"我走向荷池与莲池间的长堤。面对这一塘荷叶荷花,扑面的芬芳,什么生命能不振奋!什么意兴能不飞扬!我在长堤的中间停步,尽量把脚尖逼近水池,弯曲膝盖,压低视线,向荷叶间望去,但见一层一层的荷叶,像叠居的都市人生;只是这里一切宁静,一切翠绿,一切婉顺着自然。"这段文字看似寻常,但却把荷池、荷香与"我"三者浑然一体,形成一个令人生命振奋、意兴飞扬的另一世界——弥漫着荷的"扑面的芬芳","一切宁静,一切翠绿,一切婉顺着自然"的荷塘世界。在这里,作者兴致勃勃地"逼近水池"、"弯曲膝盖"、积极地与"出淤泥而不染"的荷为伍,"执意"与庸碌的旧我决裂,扬弃现实的污浊,含蓄而凝练地表露了自己高洁无瑕的内心世界和"在众浊之中见清澈"的风貌。这段精彩的描绘,可谓文之枢纽,照亮全篇,是作者为具体描写"荷塘风起"这一人化自然所做的铺垫和渲染。

　　文章中展现的"荷塘风起"的主体画面,是作者内心世界与自然界高度浑成的结晶体。读者徜徉其艺术情境之中,愉悦陶醉,心旷神怡:"一阵强风从对面吹来,千百张荷叶的一侧,被卷起,竖起,形成直角;阳光便射在翻起的叶底,使得那竖起的一半,顿时转成昏亮的紫黄……紫黄耀眼,碧黛深沉。风,太阳与视觉如此的偶合,闪耀出荷叶多彩而豪迈的一面。观荷人的意识几乎跃出了胸腔,跃入那一片紫黄碧黛。"这是多么动人的荷风图啊!这幅图隽永清丽,有声有色,声色和谐,把看不见、摸不着的空灵之物——风的形象,勾画得活灵活现,跃然欲出。你看,"荷花"因活脱于"风起",显出"深黛托着紫黄"的殷实风致;而风、太阳与视觉的偶合,又闪耀出荷叶多彩而豪迈的空灵美姿。这样,作者把有形的荷叶与无形的风融于一体,在同一空间里展现,使"荷塘风起"这一扩大的美景,透出一种深旷、清丽而又跃动的韵味。从生理、心理学的角度来看,这种境界似乎像弥漫着一层云雾,与生活现实隔了一层,因而诱使作者逸然神往,振奋得连他的意识都"几乎跃出了胸腔,跃入那一片紫黄碧黛"。尽管"公事包依旧沉重拉着我的肩膀",然而,作者毕竟在"那刹那的一刻",与阳光、荷叶、轻风化为高度浑成的一体,而得到"那瞬间的多彩的神会"。这瞬间而多彩的神会,是心灵的净化,是作者企求与旧我决裂,扬弃现实的污浊的憧憬。可见在这里,作者的内在心灵和自然外物化为浑然的整体,构成了一种"纯粹的、超然和独立的"艺术境界。而读者的情感也随着这种境界的扩大和内涵的深广而扩散、飘荡,直至完全沉浸在"阳光、荷叶、轻风与人"的"多彩的神会"里,仿佛和作者"同样的振奋",就像一株绿荷立植于起风的"荷塘",从而获得一种冰清剔透、空旷坦荡的艺术美的享受。

　　其次,作者善于把自己独特的感受、精妙的思想、浓烈的情绪,隐藏在具体的意象背后,即通过自然形象的图画,将其蕴藏在作品中,而又不把话说完,使读者一览无余。文章采用设置画面,秀出形象,寓感受、情绪与思想于其中的表现技法,来启迪读者寻味探索,驰骋遐思,从而获得一种朦胧美、和谐美的享受。

从画面组合的设计来看,全篇采用的是"纵贯式"的艺术构筑。作者以一路走来的游踪为艺术营构线索,串写组合荷塘风起的各种景物与"自我的感觉"、"自我的情绪"。但这条艺术营构线索,并非是一条直线,而是在"振奋"与愤慨、怜惜荷叶遭受"摧残"和"封杀"的多重情绪中,或隐或秀,跌宕着向前发展的。首先,文章从"荷塘与我恢复旧交"、在一个下午"我执意往荷塘走去"入笔,到作者"振奋"起来,"意识几乎跃出了胸腔,跃入那一片紫黄碧黛",与阳光、荷叶、轻风化入"那瞬间的多彩的神会"世界里——这是第一个波澜:由动入静。从"走过长堤,到池边的尖顶亭去看荷池",到"愿莲子坠落,坠落在池中的污泥里,生长出更多不染的生命",为第二个波澜:变静为动。从"从尖顶亭望过去",到"看着荷叶荷花——让生活的齿轮暂且在这里停刹",是第三个波澜:动归于静。生命活动,富有人的性灵。你看,荷叶的姿态是这样的舒展、自然:"圆似斗笠",相互"亲密并肩","把池水覆盖得失却踪影,叠起了自己的碧绿城池"。荷花的容貌是那样的艳丽、灿烂:"红里透蓝,蓝里透红","似乎冒出红紫的浓烟","花心上升成一个锥体,坦然任风在花瓣间流连冲刷,好个少妇般的一朵生命!"还有那"小巧的莲蓬",是那样的精神、蓬勃:"或昂头或侧首,参差在花叶之间。"作者直接从意觉上写荷,使物我归一,人化了荷的形象,使荷的形象多么"鲜明得势"。在表现手法上,多采用象征、比喻、暗示,以意写物,极少描摹实写,由此缩短了物我之间的距离,使之有机地融合于一体。的确,作者笔下秀出的两种

"荷",正是他心中的"维纳斯"——扬弃现实的污浊,意在文章的动静迭生、隐秀藏露、相映成趣。就景境的局部来看,有静有动,而给人的总体感觉却是"静"的。因为"动"终究是"静中之动",是为衬托"静"而虚写的"动"。再从心境来看,局部或动或静,加以体味,作者的心境是"激奋"的。因为感情的峰谷是隐伏在起风的"荷塘"里,因而造成景愈秀出,我们体味到作者的心境愈不平静。这景境之静与心境不静的矛盾性,曲现出了作者企求摆脱现实污浊,向往高洁无暇,清澈自由和愤世嫉俗的至情。你看,作者"把公事包留置身侧,把六时半的应酬暂时忘掉,呆呆坐在池边",就是对这种思想情绪的艺术点染和升华。而在文章的结尾,作者又描述了四周的"噪声碾压着花叶",下班车的喇叭"像刺刀穿过树林,插入了宁谧的心地"的景境。最后以"但愿那荷塘能挣扎下去"的祈祷收笔,把愤世嫉俗的情绪渲染得更加淋漓尽致。

　　从自然形象的创造来看,更显出作者调朱弄粉、隐秀兼得的深厚的艺术功力。泰纳在《艺术哲学》中认为,艺术品的特征,是在把那特性,或者至少把对象的重要性质,尽力表现得鲜明得势。这"鲜明得势"就是"秀出"事物的主要特征。《荷塘风起》在自然形象的创造上,胜人一筹的独到之处,就在于通过人化自然物来表达自己的主观情绪,既做到自然形象秀出,又让人的性情隐喻其中,从而收到一种自然物象"鲜明得势",而内在情感含而不露、隐秀兼得的艺术效果。作者艺术地运用移情手法直接把思想、情绪移注到"荷"的形象里,使本无生命和情趣的"荷",仿佛具有人的"众浊之中见清澈"的超然精神;而那"荷池里的浓香"、"千万片荷叶的气息",以及它们叠起的"碧绿城池",又不正是他胸中高洁的情愫! 这种物我之间高度的统一性,显示了文章隐约之美与秀出之美的有机融合,从而创造了情深邈远、令撩人心往神驰的艺术境界。

二、《荷塘风起》的情感形态

《荷塘风起》是一篇渗透着人生感悟和多重情感形态的文章。在这篇文章里，作者记叙的笔触发端于现实的荷塘，回忆的视角拉回到了二十年前的自己，借荷塘二十年的前后变化来参照周围环境的变化和反思自己生活的变化，字里行间蕴含着作者高洁清澈的内心世界和执意与荷为伍的不凡胸襟、气度、情怀。在读赏中我们把握这篇散文构成的情感形态和情感化特性，分析文本的情感化描述和表达，对文本的人物与形象、情节与画面、情景与细节，进行情感化解读，就会深切体验到文本的情感化内蕴和境界。

（一）情感第一重："接天莲叶无穷碧，映日荷花别样红"

"接天莲叶无穷碧，映日荷花别样红。"爱荷之人总会用诗意的语言倾泻出对荷发自内心的喜爱。《荷塘风起》的作者也不例外，看看他出神入化的描写便可感受到了。"那带刺的荷茎，纤细、修长、劲韧，撑住一顶荷叶，圆似斗笠，叶心是一个小盆地，向天空摊开，承受雨水，承受夜露，承受阳光！"作者对于天雨下的荷叶的这段描写可谓是活灵活现，这得益于他细致入微的观察和精雕细琢的用词。"纤细"、"修长"、"劲韧"、"撑"、"摊"……这些词语的使用准确、贴切，使得整个描写生动、逼真，可见作者驾驭语言文字的深厚功力。忽然一阵强风吹来，荷塘风起云涌，荷池霎时变了一番光景。作者笔下强风中的荷叶姿态挺拔，场面壮观，气势恢宏，极具有震撼力、冲击力和画面感，读者阅读的同时便自然在脑海中想象出成百上千张荷叶被风吹得齐刷刷竖起来的情形,仿佛严阵以待的士兵,直挺挺地矗立着;更别出心裁的是色彩的烘托,光与色的视觉处理恰到好处,阳光下,耀眼的紫黄、深沉的碧黛交相辉映,共同渲染成一幅荷塘风起的多彩而豪迈的画面。不久,云淡风轻,一切又都归于平静,荷叶的动态之美和静谧之美也在作者生花的妙笔之下游刃有余地切换。跟随着作者的描绘,读者也全情投入,刹那间,便觉天地都变小了,"阳光,荷叶,轻风与人,有那瞬间的多彩的神会"。光与色的视觉冲击,动与静的巧妙转换,将这份极具空灵、震撼的美感淋漓尽致地展现出来,也正是因为作者对荷毫无保留的爱才会流淌出这样精彩绝伦的描写。

(二)情感第二重:"萧瑟秋风百花亡,枯枝落叶随波荡"

如果荷池遭到破坏,那对心心念念的爱荷人来说将会是多么沉重的情感打击。作者笔下的荷塘也没能逃脱这样的命运。因此,作者的感情也有了深层次的变化。走过长堤,作者又踱步到了荷池。在这里,作者发现:"我注意到靠着塘边的水面是暴露的,覆盖的荷叶不见了,只留下根根尖端结疤的荷秆。是什么人还是兽,伸出了手或爪,摘采了一片片的清香圆绿,偷偷带回厨房,鸮笑地铺入蒸笼,油腻地端上餐桌?是人还是兽,忍心摧残了这片片清香圆绿!人,总是离他远一些好。"作者细心地看到了在手臂甚至长钩所及之处,覆盖的荷叶都不见了,只剩下了光秃秃的荷秆,作者由此发出了自己的愤慨,表明了对现代人肆意破坏自然的不满,好一幅"水面清圆风荷举"的画面就这样被硬生生地摧残了。读完全文,方觉作者其实是在此处埋下伏笔,为了和下文的一段遥相呼应。后文中作者提到,二十年后遥望荷池外的小岛,杂草丛生,顿生芜秽荒凉之感,原来荷池对岸的一栋日式木头建筑已经被钢筋水泥的"历史博物馆"所取代,这样一来,荷池的风光被掩盖,似乎变得肤浅多了,现代的冰冷建筑和古朴的荷塘极不和谐,更严重的是因施工过程中大量水泥滑入池中,封杀莲藕,导致靠近博物馆一边的水面竟有十来尺的宽度不长一片荷叶;又有一处这样写道:"我抬头望过树杪与树隙,但见高耸的建筑,四下里围攻着植物园。有的公寓甚至厨房的排气孔对着绿树的顶尖。巍峨的林务局的建筑,在花草树木与钢筋水泥之间作了不忠于自我的抉择。"这都是如此令人寒心的现实!不可否认,现代社会中,许多人的魔爪早已伸向了无辜的自然界,钢筋水泥混凝土搭建的高楼大厦让这个世界变得冷冰冰,在人类的恣意妄为下,生态失衡、环境污染等现象愈发严重。作者采用以小见大的笔法,呼吁更多人反思自己,离破坏远一点,还大地一片绿色。由此可见,荷池二十年前后周围环境的变化正是应验了作者在文章中写到的那句话——"巍峨的林务局的建筑,在花草树木与钢筋水泥之间作了不忠于自我的抉择"。从作者的笔下,我们可以清楚地看到,现代社会的迅猛发展是以对自然环境的践踏和破坏为代价的,随着现代城市的兴起,许多曾经给人以精神慰藉的灵魂栖息地被无情破坏,自然与人的和谐关系已经不复存在。面对现代生活和生态自然之间的这种对立和抗衡,作者实在感到痛心、惋惜、不满和愤慨。

纵使如此,作者依旧满怀期盼,表达了美好的愿景,"我但愿植物园能挣扎下去,但愿那荷塘能挣扎下去。20年前如此,20年后依然长青"。作者面对能给自己心灵以安慰、精神以鼓舞的荷塘发出了这样的祷告,因为这片荷塘是自己心灵的栖息地,是不可沾染、无法割舍的灵魂"圣地"。作者也借此呼唤更多的人关注自然,爱护自然,与自然和谐共生,唯有如此,荷塘才能永葆生命力。

(三)情感第三重："秋阴不散霜飞晚,留得枯荷听雨声"

"留得枯荷听雨声",即使荷花、荷叶凋零了,还可以听雨打残荷的轻灵之音;即使一切都被现代的钢筋水泥所取代,荷花荷叶依然长青,因为它们已经永久地扎根在"我"的心田上,这是作者所追求的最高层次的情感境界。这清澈高洁的情感追求贯穿全文的始终。文章的开头平铺直叙,从当下着笔,又将思绪拉长。二十年前,"我"每天都与荷塘亲密接触,在植物园里吹吐着少年的意气,那时的"我"年少气盛,意兴风发,有着满腔的热血和敢于冲破一切的大无畏精神;二十年后,在经历了与荷塘长期的离别后,"我"与荷塘恢复了旧交,重新踏上了荷塘之旅,在多次来去匆匆的转瞬一瞥后,"我"深入了那令人更觉神往的荷塘。作者身随心动,忘却了烦琐的事务,一次真正的重游,唤醒了那个尘封已久的少年时的自己,于荷塘中寻得生命的再次勃发和振奋。面对这样一池满溢着生命的荷叶荷花,作者"在长堤中间停步,尽量把脚尖逼近水池,弯曲膝盖,压低视线,向荷叶间望去",一系列动词的使用表明了作者急于和荷塘融为一体的心情,作者多么希望自己可以化作荷塘里的一株荷花或者一片荷叶,冲破一切阻力和束缚,远离嘈杂的环境,告别忙碌的生活,摒弃现实的污浊,在水中自在、安然地拔节生长。借此,作者也含蓄地表达了自己不想被俗世沾染的高洁品质。

接着,作者望见"一层一层的荷叶,像叠居的都市人生,只是这里一切宁静,一切翠绿,一切婉顺着自然",作者以此来观照现代社会,一个"只是"由此而形成了鲜明的对比,荷叶叠居的都市人生是浑然天成,是真正的宁静,真实的翠绿;而现实生活中的都市人生则是构造在人力的基础上，打破了自然的平衡，到处都是纷扰和嘈杂，所到之处只能是让人的心里颇不宁静。作者巧妙地借助荷叶的自然状态来反思当今社会的人为破坏，诗意的语言中带有发人深省的分量。作者二十年后的荷塘之旅唤起的不单单是少年时的激奋，还有对当下社会的反思和自我生活的内省。接下来的一段文字也充满了生命的哲学。"天下雨的时候，我曾见那叶心的水珠如水银，越集越大，而后荷叶一侧垂倾，水珠如银色瀑布，淌入较小的荷叶，较小的荷叶承接了，叶缘一倾，将银汁注入再下的一叶，再下的一叶承受了，巍巍坚持了一刻，又一弯腰，将来自天上的雨水注还盈盈的池塘，发出那灌水的悠闲音响。这时带刺的荷秆满富弹性，把肥大的荷叶拨回原处，依旧摊开胸怀，承受着天，云，雨，露和微风。"作者通过细致的观察写出了人生的成长，道出了对生命的思索，如作者所言，一开始我们都是一片片向天空摊开的荷叶，需要不断汲取成长的雨露和阳光，之后慢慢随着阅历的增加和生活的丰富，岁月的沉淀又让我们成了一根根支撑荷叶的荷茎，看似纤细、修长却韧劲十足，足以托起下一代的新生命。下雨天的日子里，水珠在层层叠叠的荷叶上辗转挪移，从一叶跳到另一叶，最终注还给盈盈的池塘，这生命的轮回中有等待、有坚持、有承受，那一声悠闲的音响是对每一个不辜负生命的人的礼赞。一切又都重新开始，"这时带刺的荷秆满富弹性，把肥大的荷叶拨回原处，依旧摊开胸怀，承受着天，云，雨，露和微风"。在经历了年轻时的奋斗、努力之后，作者此时的人生就处在做荷秆的阶段，有着厚实的积淀和博大的胸襟，默默无闻给他人以依托。作者的人生是充满了张力的，收放自如，张弛有度，这俨然是经过岁月的历练后的一份成熟的收获。

　　在这之后,作者笔锋一转,在莲花身上着墨,用了一系列色彩的叠加把荷花描写得婀娜多姿,巧妙地将其比喻成"少妇般的一朵生命",既体现了荷花的美韵,又饱含着生命的年轻和鲜活,充满了盈盈的生机。在这一段的最后,作者真诚地写道:"愿莲子坠落,坠落在池中的污泥里,生长出更多'不染的生命。'"这愿望中也蕴含着对每一个人的期待和警示,不论身处何种环境,都要洁身自好,做到出淤泥而不染。在文章的后半部分,作者提到了一个置身事外、低头作画的孩子。我想这一方面是作者希望孩子长大了以后也可以如此超然物外,另一方面也暗示了作者多么想像孩子一样"耳聋于外来的噪音,沉醉在自己选定的世界里"。然而后者对于现在的作者来说俨然是一种奢望,二十年后的现代社会是浮躁、嘈杂的,作者很难像以前那样享受到大把独处、静谧的时光,因此荷塘中这短暂的独处让他沉醉,让他加倍珍惜。作者希望自己即使公务缠身,即使不可避免地身处于世俗、喧嚣、纷扰的环境之中,也可以摒弃现实的污浊,与荷为伍,始终保持高洁无瑕的秉性,拥有清澈自由的心境。身处浮躁、嘈杂的现代都市的成年人该如何能不被纷扰的世俗羁绊,不被烦琐的事务烦身,真正寻求一份内心的宁静和安然?善良的作者在文章的末尾给了我们答案。"但愿植物园能挣扎下去,但愿那荷塘能挣扎下去。二十年前如此,二十年后依然长青。因为,那临风旋摇的荷花荷叶,是生长在荷塘里,也生长在爱荷人的心田上。"是的,只要心中有荷,我们就不至于在这个世界迷失。纵观全文,从字里行间可以看出,作者在二十年的人生跨度中秉持着超然的态度和高洁的追求为自己的人生做减法,抛却尘世的纷扰、束缚、羁绊,真正寻求内心的丰盈、思想的成熟和生活的静谧。砍掉生命之树上那些多余的枝丫,做一枝香远益清的莲花,不蔓不枝,岂不更好? 至此,作者借荷塘风起顿悟的多重情感境界值得我们细细品味,进而重新审视自我的人生,力求也使自己的生活多一份清澈和超然。

（本文与研究生张家榕合作改写,原载《名作欣赏》1989 年第 3 期,《语文建设》2005 年第 1 期转载）

一首阴沉冷峻的生命悲怆曲

——读洛夫的《诠释》

人是"有生命的自然存在物"（马克思语）。生命是人生的动力。因此，关注人的生存意志，表现人的生命意识和对生命的态度，是文学观照人生的必然内容，也是文学探寻人生价值和意义，揭示人生之谜的重要途径。台湾当代散文在表现生存意志、生命意识方面，多是从生命的感觉、欲望和对自然的、社会的对应状态中表现人生，表现作为自然之物的生命与作为社会之物的人生种种不同生存状态（灵魂与肉体的冲突，社会与自然的搏斗）的联系，从而拓展了文学特别是散文对于生命意识、生存状态的表现领域。然而，洛夫的这篇《诠释》，在这类表现生命意识的散文中却以奇颖的艺术营构，另辟新境，有着超然的绰约风姿。

洛夫，原名莫洛夫，是台湾当代著名的现代派诗人和散文作家，曾任《创世纪》诗刊总编辑等职。他十五岁就开始写作，著述颇丰，代表性的作品有《灵河》、《石室之死亡》、《外外集》、《诗人之境》等，被台湾文学界称之为"诗魔"，是台湾当代文坛上卓有成就和极有影响的作家之一。洛夫的艺术成就主要在诗歌创作方面，可他的散文也具有独标一格、境界超然的艺术风采。与他的诗作一样，他的散文语言阴沉，感情冷峻，超越现实，善于表现人的潜意识，重在对人的灵魂和生命的探求。正如他自己所说，诗人"要走向内心,探入生命的底层"。虽然他也强调作家应当"敞开心窗,使触觉探向外界的现实,而求得主体和客体的融合",但其作品的主体构筑是表现"自我的情绪"的现代艺术风貌。

《诠释》是洛夫散文的代表作,被收入台湾编印的《中国现代文学大系——散文》第二卷。在这篇散文中,作者以阴沉冷峻的笔调,描述了一个星期天"我"冒着小雨独自来到内湖山漫游沉思的一段心路历程。通过忆叙一个朋友的厌世、轻生而自杀的生命悲剧,对于人的生命信念、生命意志、生命态度展开了探索和诠释,绘出了一幅特殊的生命悲怆图。作者虽然没有点染和提出什么高深莫测的思想或惊世骇俗的观点,但他对生命的社会性描绘却开拓了当代散文对于生命之谜的探求和认识,使人领悟到一点应该如何对待生命的人生真谛。文章的意象繁复、感情深沉、意蕴醇厚,不是从自然本体上对世人生命进行文学的表层观照,而是从哲学视角上观照人生的生命意识,通篇弥漫着一种令人郁闷的凝重情绪和空虚气氛,可说是一首阴沉冷峻的生命悲怆曲。

这篇散文的内容虽然只是叙写作者到内湖山漫游沉思的一次经历,但是,由于作者那忠实于心灵的高度坦诚,着力于表现"自我情绪"和内心的世界,以及他那忠实于"自我的感受"的超凡笔触,所以使文章的艺术感染力达到了撼魂动魄的程度。《诠释》的感人之处主要是因为文章自始至终弥漫着一种浓郁的,使你无法抗拒的情绪交流的氛围与真实感。你看,"我"午睡醒来骤然感到一种难以言说的空虚,顺手抓起一件雨衣就往附近的内湖山上跑,并避开吵闹的爬山人群,独自转入一条小径,一面低头走,一面想着朋友亡故的问题:"对于生命,我不知你采取什么态度,对于死亡,我也不知你如何诠释。听说你终于自杀了的消息后,我脑中一直萦回着一句希腊的老话——人性中最突出的悲剧因素,是相信人被一种残酷的命运或定数所主宰。也就是说，相信自然的秩序是被一种法则所控制……你是否相信这个鬼法则，我没有听你说过，我自己是不信邪的。"文章开篇之后，作者就把内心的情愫坦露于人，就把对生命的态度与认识和盘端出，可谓真率不饰如诉衷肠。接下去，作者情感的轨迹伴随着山色的变幻、山路的弯曲不断延伸，虽然蜿蜒不平，不乏颠踬和彷徨，但是，内心的情绪，心灵的折光，一直纯净而不藏纤芥。作者将全身的感受，包括种种具体的生理感觉和抽象思绪，如对山景——大自然的神秘的感触，自我的内省，等等，都毫无保留地呈交给读者，形成了这篇散文冷峻地告白心灵、阴沉地诠释生命的鲜明风采。尤其值得指出的是，流贯于文章中的深沉、冷峻、悲怆、颤栗、变幻的情感旋律，在哲学层次上凝结为一种自觉的饱蕴悟性的主体意识，极大地增强了这篇散文的思想价值。托尔斯泰曾经说过，一切艺术就是从感情上去认识世界，就是通过作用于感情的形象来思维。你看，在作者的笔下：山色依然是那样朦胧，朦胧中浸出的苍翠颇有些版画的味道。这时，作者"爬到离寺院数十公尺处，右侧出现了一堆略呈苍灰色的岩石，其中一块上面刻镌着一些使人什么也联想不起来的偈语"。"世上许多逻辑推演不出的道理却可以在一声鸟语中找到。我为你的死感叹许久，但对那种决绝的过于执着的做法，却无意做任何诠释。""你个性像英雄，而对生命的信念却如此薄弱，就像一面镜子，只要稍有裂痕，镜中整个的面颜就变得扭曲起来。"文章中这些复沓不绝的内心独语虽然在色调上显得有些孤单、暗淡，但是，作者正是通过这些内心独白，揭示了人应有的生命意志和生命态度，对生命的本质做了探求和描绘。

《诠释》这篇散文对于自我情绪、生命意识的表现，首先借助了精彩、独特的自然景物的描绘与烘染。在作者的艺术彩笔下，山色、天光、小径、树影、淡云、飘烟等等,都带着生息的跃动纷纷奔凑而来。作者的艺术感觉犹如一张无形的网,整个的将特定的山中景物、氛围揽入文境。我们看文章的开篇对山景的一段描写:"雨中山色妩媚而又虚渺,如一只飞翔着的歌。路上有点湿滑,后面的脚印一个一个地跟了上来,出太阳可以看到自己的影子,下雨可以看见自己的脚印,这种感觉或许可以医治人的孤独症。""山顶的云淡淡的,很像某一个人的脸,不知在什么地方见过。这时,我在山中走着,山在我中走着,偶一抬头,彼此有点茫然,有点说不清楚的那种对烟的感觉。沿途遇到一些爬山的人,山中本来很静,静得几乎可以听到树的年轮旋转的声音,但那些在背后的年轻人没来由爆出一阵哄笑,对我造成一阵压力。"歌德曾说,"艺术的真正生命正在于对个别特殊事物的掌握和描述"。如果说文章中的这种使人恍置境中的景物描写只是对事物表象的"掌握和描述"的话,那么更深层的"掌握和描述"则是通过对特殊景物环境中人物特殊心态的刻画来实现的。文章以景物的点染作衬,紧紧扣住"我"的情感脉搏,写一段独白,画一段景物,夹叙夹议,叙议结合,显得情景熨帖,意脉清晰。由对于生命、对于死亡"我不知你如何诠释",到没有想到你"对生命的信念却如此薄弱"、"竟这样输不起"。文章的主导意象始终是沿着人的最内层最核心的关于生与死的心理活动变化而衍展的。看上去思路似乎有点狭窄,但却属于一种独特的颇具张力的真实,出自艺术家灵悟的眼光。作者正是从表现主体与客体之间的映衬烘托这一艺术视角,来思索并开掘对于生命、对于死亡应该采取什么态度这样一个既简单又深奥的命题。并且,确实将人的内在的生命意志、生命态度与外在的社会逆境的撞击这一种极致形象地表现出来了,使读者在沉郁的主体情绪中领悟到生命的真谛。

　　《诠释》这篇散文对于自我情绪、生命意识的成功表现，还得力于他的散文语言的艺术运用。散文作家如诗人一样，应该是语言的魔术师，出色的散文家，应该拥有出色的语言的魔力。本文的作者洛夫，是台湾当代文坛极富语言功力并在语言运用上着意追新求变的作家之一。我们从《诠释》中驱遣自如的语言运用也可见一斑。在这篇散文里，作家突破那些习惯性的陈陈相因的字词组合旧规，摒除那种流行的缺乏生机的语言模式，使字词结合时置于令读者意想不到的位置上，从而获得新奇而刺激读者想象的美学效果，由此也进一步增强了文章的艺术表现力和艺术感染力。如"用自己那双执拗的手轻轻把眼皮抹一下，像一出戏的落幕"。这句描写的语言运用，就颇为奇妙新颖。作者出人意料地把"眼皮"和一出戏的落幕连缀组合在一起，给人以发现一颗新星般出奇的喜悦。又如，"这时，我在山中走着，山在我中走着，偶一抬头，彼此都有点茫然"。这句描写使人物交感，化"我"为"山"，化"山"为"我"，以"山在我中走"这一富有奇创性的一笔，拓出了脱俗而神奇的意象，使文章获得了强大的张力，给读者的心以恒久的震撼和无边际的想象空间。台湾诗人辛郁说："读洛夫的诗，有两种感受，一是历史的深沉感，一是人生的调侃与情思的宣泄。"诗评家萧萧认为："洛夫选字一向耸人听闻。"洛夫的诗是这样，他的散文又何尝不是如此呢？

　　　　　　　　　　（原载《名作欣赏》1990 年第 3 期）

妙绪纷披的爱的"心画"

——读张晓风的《地毯的那一端》

有专家言,好的艺术作品是由心灵这种较高境界产生出来的美。《地毯的那一端》就是这样一篇扣人心弦的美文佳构。作者张晓风曾自谦它是个人一抹淡淡的痕迹,也坦陈那里面有她的小小的气恼、得意,也有她的小小的凄伤、甜蜜,交付给它的是生命中的一抹色彩,一个恬然自足的女孩,在充满着温馨、充满着爱的世界里的心灵感受。因此可以说,这篇散文是作者用浓挚的笔墨绘制出的一幅妙绪纷披的爱的"心画"。

张晓风是台湾当代颇有成就的著名女作家。她的小说《钟》以现代派文学手法,对现代社会的秩序提出了怀疑,在台湾文坛颇有影响;她的科幻题材小说《潘渡娜》,一面颂扬自然的人性,颂扬自然的生命,一面形象鲜明鞭辟入里地唾弃现实生活中披着名贵而美丽的人皮的假人,更是台湾当代文坛不可多得的小说佳作。然而,张晓风的文学成就并不在小说,而在散文,她是以散文创作而成名,也是以散文创作独树一帜而风靡台湾文坛的。她怀有纯洁的心迹和不朽的希望,在散文莽原上辛勤耕耘,以清丽、俊朗而独异的文采,使其散文奇迹般地风靡了台湾文苑,"连累散文的园地一度成了男性的失土"。她的散文从这篇《地毯的那一端》到《步下红毯之后》,从《我们》到《你还没有爱过》,以全部生命展开了一场爱的长跑——"面对人间的残缺与自我的有限",把赤诚的爱心奉献给读者,谱写了一曲曲灵心独绝的爱的篇章——有的如叮咚作响的山泉,纯净而灵动;有的如悬崖上挂着的瀑布,奔放而热烈;也有的如盈满春水的池塘,蕴藏着浓郁的温情与美丽的幻想。她擅长在意绪上拓展散文的表现力,把温馨的情感、秀美的意境创造带入文体,再加上涵容关怀的女性本色,使她的散文别具亦秀亦豪的韵致。台湾作家隐地曾经说,读张晓风的散文,可以时时享受着怡旷的欢快,有如春日的旅人,行在目不暇接的两岸繁花间,所看见的岂止是表面的殷红盛绿,满眼所及是无处不温柔的春水,无处不和煦的春阳,无处不骀荡的春风。大诗人、大散文家余光中曾推崇张晓风是第三代散文家中腕挟风雷的健笔。她的这支笔能写景也能叙事,能咏物也能传人,扬之有豪气,抑之有秀气,即使在柔婉的时候,也带一点刚劲。因而,张晓风的散文,既时时被那浅白而又为人们轻易抓不住的哲理所感动。她那散文中现代诗的律动节奏与洒脱的现代意味,构成了她独特的豪秀风采,跳接的意象与开阔的视野融汇成了她独特的审美风范,无怪乎张晓风当年能刮起一阵席卷台湾散文界的热风。

　　《地毯的那一端》是张晓风的成名作,以其清丽绰约的风采独树一帜,不知风靡了多少台湾读者,曾获台湾"中山文艺奖"散文大奖。这篇散文写的是她与同学林平治教授早年情有独钟、心心相印、默默婚恋的爱情生活,它没有写什么惊心动魄的生死离别,只不过是描述作者身边的那些"小小的事"和她所接触的人、物的缩影。可是从这些平凡得不能再平凡的小事中却使你分明地看到,两颗诚挚、美好、多情的心灵是怎样在共同奋斗、共同创造和共同憧憬中,自然又必然地紧紧靠在一起的。作者以细腻感人的笔触,引导着读者在人物心灵的小路上,曲曲折折地走来。缱绻纾徐,从容不迫,如行山阴道上观景,不时使你产生切入的感触,发出爽心的微笑。这篇描绘爱情生活中微妙心理的散文,显示了张晓风进行心理分析、描述人物心态一类作品的艺术个性和独特风格。

首先,作者极有层次地、立体地展示了"我"的心态变化的历程。"我"是在刚开始大学生活的时候和他相识而交往的。与他的相识与交往,使"我"当时黯淡的生活有了光彩,沉重的心情荡起了浪花。一次大考前,他跑来热心地给"我"讲解英语语法,当好心的房东来送春卷时,"我"不知为什么竟"慌乱极了"。而他又有意瞅着说:"我"很像他的妹妹,更使"我窘得不知如何是好,只是一径低着头,假作抖那长长的裙幅"。这里表现的是"我"与他交往中的心态。这是一种含而不露的复杂心态:是羞怯的又是爱慕的,是追求的又是退缩的,透射着少女所特有的爱的一种朦胧美。作者以细微传神的笔墨,写出了朦胧的爱情声息在少女内心的跃动。这是"我"的心态变化的第一个层次。

作品刻画"我"的心态变化的第二个层次更为复杂:寒假过后,他把那叠泰戈尔诗集还给"我",并指着其中的一行让"我"看——"如果你不能爱我,就请原谅我的痛苦吧!"对他的这种富有诗意的求爱,按理"我"应该做出接受的表示,但出乎人的意料,少女却"不希望这件事发生",而且是"真的不希望",可这又并非是因为厌恶他,而是在于珍重那份"素净的友谊,而不希望有爱情去加深它的色彩"。这是少女所特有的一种复杂心态,在她"不希望"的心灵深处,也许是为得到他的更深的爱。作者正是从"我"这种复杂的心态刻画中,表现了她对他的纯挚友情和深沉的爱。

第三个层次是写"我"与他在共同奋斗、共同创造中的感情深化和成熟,以致最后对爱情、对幸福的共同憧憬中,两颗诚挚、美好、多情的心灵的融合与凝聚。当他们心灵与情感的涓涓细流终于汇成一道澎湃的奔泉时,作者以饱蘸挚情的奇颖之笔,对"我"的心态变化又做了活脱的透视与描绘,从而揭示出一个爱的崭新境界:"我即将走入礼堂,德,当结婚进行曲奏响的时候,父亲将挽我,送我走到坛前,我的步履将凌过如梦如幻的花香。那时,你将以怎样的微笑迎接我呢。我们已有过长长的等待,现在只剩下最后的一段了。等待是美的,正如奋斗是美的一样,而今,铺满花瓣的红毯伸向两端,美丽的希冀盘旋而飞舞,我将去即你,和你同去采撷无穷的幸福。当金钟轻摇,蜡炬燃起,我乐于走过众人去立下永恒的誓愿。因为,哦,德,因为我知道,是谁,在地毯的那一端等我。"这是爱的潜流奔涌,是爱的净化,是爱的理想的升华,是"我"在爱情陶醉中对"最美好的时刻"的热烈期望与幸福憧憬。作者用这奇颖的艺术彩笔,生动地点染出了一颗爱的纯挚心灵的透明光彩。

通过上述三个层次的描绘,文章具体形象地呈现了"我"及他的爱的心态变化历程,而且从人物精神的表层意识与深层意识的结合上,开掘出了"我"的丰富微妙的心理内涵。对这个细微曲折的心理过程的描绘,不仅展示了人物变化多姿的爱的心态图像,使读者获得清晰可触的立体感和真实自然的亲切感,而且在表现技法上,它通过人物心绪的变化,渲染出一种由隐而显、由朦胧到明朗的境界层深的艺术氛围,从而强化了作品的艺术感染力量。

其次,以自己真切的爱的心声感应读者,把自己爱的灵魂赤裸裸地献给读者,注重心灵的开放和主体意识的坦诚流泻、率真不饰地呈现内心的隐秘、抒写感情的亢奋和冲动,也是这篇散文艺术创造的意蕊心香和特色所在。在读赏中我们可以发现,它一切都以作者对爱的真诚坦露为轴心而铺展开去,一切都是随着真实的爱的冲动而上升，跳跃挥洒，看不见令人窒息的闭合的"神"的贯穿引领，只有真切的感受和心灵的颤动，只有神驰意荡的从容与适意、对爱情的拥抱与深省。那饱蘸感情的文字，既会给你拨开爱的云层与疑惑，又能披露爱的心迹见真实。其中不管是对初恋情形的追忆，还是对后来"得到学校工读金"一起打工助学的感怀；不管是对领取毕业证书时两颗欢悦心灵的透视，还是对即要结婚"去试礼服，去订鲜花，去买首饰"时各种奇特复杂情绪的描述，都无不是作者对爱情、对生活、对人生的真切憬悟和随之爆发出的意志冲动。作者的一支隽灵的笔，始终从情感的自然出发，伴随着她的脚步与心灵，自觉地顺应情感流动的真实过程，捕捉意绪，描摹情思，从而真实地记录了她的情感的细微和意念的变化与律动。

　　例如大学生活刚开始时，"在那小小的阁楼里，我呵着手刻写蜡纸。在草木摇落的道路上，我独自骑车去上学，生活是那样的暗淡"，"而这时候，你来了，你那毫无企冀的友谊四面环护着我，让我的心触及最温柔的阳光"；而当我能够"帮着你搜集资料"，内心里感到的是一种"无上的骄傲"，因为没有人像我们这样"相期相勉"，"在冬夜图书馆的寒灯下彼此伴读"；后来你入军营，在"凄长的分别岁月里"，有一次"你来看我"，"我一直没有告诉你，当时你临别敬礼的镜头烙在我心上有多深"。这些叙写把内心的情愫坦露于人，真率不饰地诉其衷肠，呈示出潜在的思绪和拳拳热切的内心情感，从而创造了一种情思奔涌、含蕴丰厚的情感境界——与其说是一种情感境界，毋宁说是一种开放的爱的心态的显示。因为那遍布字里行间、跃动跳越的情感意念，有一种厚重充实、浸润筋骨的力量袭向读者的心头，和读者交流着心灵的声息，由此形成了这篇散文坦诚率直的告白心灵的鲜明风采。尤其值得指出的是,流贯于作品中的这种起伏回荡和情感律动,在理性层次上凝结为一种自觉的包蕴悟性的主体意识,不仅增强了作品的思想价值,而且也拓展了作品的深层魅力。另外,作者通过人物的某些特殊感觉——幻觉与错觉等,发掘人物深层心理结构中的情感因素,从而绘制了一幅充满诗情的"心画"。如虽然"我"没有兄长,从小也没有和男孩子同学过,但和他"交往却是那样自然",和他"谈话又是那样舒服"。作者在让人物产生这种愉悦感的同时,又让人物在这种特殊情境中产生一种心灵欲求的富有新鲜感的想象幻觉——"我想,如果我是男孩子多么好呢!我们可以一起去爬山,去泛舟,让小船在湖里任意飘荡,任意停泊。"又如"我们总算找到一栋小小的屋子了……当你把钥匙交给我的时候,那重量使我的手臂几乎为之下沉"。在筹备结婚的日子里,"我的心像一座喷泉,在阳光下涌溢着七彩的水珠儿……我忽然觉得自己好像要被送到另一个境域去了"。这些幻觉与错觉描写,是一种深层意识的极其复杂的变异反映,是包含情感的、理性的多种因素交织而成的变异表现,也是在一种超常的激动中引起的爱的心理的变态反应,它揭示出了人物心理深处那种一晃即逝而变化着的意绪。这种在人物心理隐秘的意识显现的一刹那间,作者迅速准确地捕捉了它,从而极其深刻地表现了临婚前的少女——"我"特有的心理意态和心灵世界。

(原载《名作欣赏》1994 年第 3 期)

超世拔俗的心灵的"楼阁"幻境

——读李乐薇的《我的空中楼阁》

《我的空中楼阁》是一篇奇颖秀逸、神采飞扬、韵致风流的写景美文。它描绘的是淡雅清丽、美妙多姿的风景图:眉黛似的远山,苍翠欲滴的山林,虚无缥缈的小屋;表露的是追求大自然的美,厌弃尘世俗流、纸醉金迷的"自我意识的觉醒"。那若隐若现、姿态翩然、轻灵而有风度的"空中楼阁",并非对景物形态的自然照射,而是主观化、情绪化,作为审美主体形象的"再造的世界",曾被台湾现代诗人纪弦称为"一种纯粹的、超越和独立的宇宙之创造"。它寓含着深刻的象征意蕴,寄托着作者冷寂中的挚切追求与憧憬,可以说是作者向往超世拔俗的心灵的"楼阁"幻境。

作者李乐薇,江苏南京人,早年肄业于上海大夏大学,是台湾当代散文作家。他的散文作品,文笔清丽脱俗,语言优美动人,风格柔和、温婉、含蓄,善于借助富有物质感的形象来表现无形的主观意念,刻意于意象的经营,能够运用有声、有光、有色、有味、有形的物象幻化暗示出微妙的"自我的情绪",透露着浓郁的现代派艺术气息。在《我的空中楼阁》这篇散文中,他引入现代派诗歌艺术,综合运用多向叠景,以及幻觉错觉、虚实契应、声色交感、移位变形多种技法,致力于潜意识和自我情绪的表现,从而使作品给人一种境界超然的空灵美和遗世独立的超越感。

　　文章开篇大笔着墨,从山叙起,先点出山和小屋的位置。用"山如眉黛,小屋恰似眉梢的痣一点"的熨帖比喻,勾画出了山和小屋的形象姿态,使山和小屋脱去凡俗,顿然生辉。"小屋玲珑地立于山脊一个柔和的角度上",与山的契合是那样清新、自然,融为一个浑然天成的整体画面,从而展现了山和小屋韵致和谐的美的风貌。如果说开篇是大处着眼,大处泼墨,用粗线条大笔勾勒山和小屋的轮廓风貌,那么,下面则是对山和小屋进行具体的分层描绘:一是写"小屋点缀了山"。作者采取比喻手法,以"飘"过一片风帆、"掠"过一只飞雁的动景,来写小屋点缀了山的静景的美,别出心裁,出奇制胜,画出了"山上有了小屋"的生气和灵动的情调,使山光水色平添异彩,生机勃发,令人恍然神往。二是写树"点缀小屋"。作者从不同的层面,不同的视角,不同的方位,写树的姿势——"清健或挺拔,苗条或婀娜";写树的动态——"轻轻摇动着";写树的高大——细而密的枝叶"伸展在小屋的上面"。从而衬托出"小屋的静",显出"小屋的小巧"、"别致出色"。同时通过着意凸显绿的色调、绿的荫蔽,使小屋另添一种风韵,"显得含蓄而有风度",更揭示出了树点缀小屋的美妙境界。接着,作者由近看改为远观,采用仰视的巧妙角度,一个远镜头便把小屋推向了空中:林海绿丛中的小屋在树的遮掩、簇拥下,只露出一些线条,一角屋檐,一排屋瓦。还有一片蓝墙、白窗,树影晃动,那小屋若隐若现,扑朔迷离,似鸟飞蝶舞,凌空而起,姿态翩然,轻灵而自由。这个画面的描绘,联想奇瑰、浪漫,美妙多姿,给人一种"像鸟一样,蝶一样,憩于枝头"的"空中"感。

　　文章在画出了小屋的位置之后,转入对小屋周围环境的直接描绘,作者着笔先写小屋的"领土"。这块"领土"是有限的,但是,和"领土"相对的"领空"却是"无限的":"足以举目千里,足以俯仰

天地","左顾有山外青山,右盼有绿野阡陌"。写出了小屋在地上
虽受到"限制",空间却是"无限的"自由,突出了作者对"空中"的
偏爱,对能尽情"游目骋怀"的向往。接着是写小屋的"光线",作
者用优美潇洒的抒情笔调,用新奇瑰丽的比喻,描摹了破晓或入
暮时,他对光线变化的细微观察和独特感受。早晨来到,山中只
有"一片微光,一片柔静",随着晨曦的扩散,视野的扩大,"好像层
山后退了一些"。作者捕捉到这个异常新鲜的感觉,用"小屋在山
的怀抱中,犹如在花蕊中一般,慢慢地花蕊绽开了一些",将光线
微茫时的那种情韵,写得活灵活现。夜幕降临,作者又把光线喻
为"花瓣微微收拢",使之更富有神话的异彩,叫人产生浪漫的遐
想。随即,作者用点睛之笔,抒发议论:"山上的环境是独立的,安
静的。身在小屋享受着人间清福,享受着充足的睡眠,以及一天
一个美梦。以"人间"影射"空中",表明小屋虽是"空中"楼阁,
"我"却不是没有凡人欲念的神仙。

　　接下去,文章直接点题,写空中楼阁——小屋的"空中"感。
起笔先铺垫,把山路比作"空中走廊"。走廊即在"空中",楼阁所
在,可以想见。然后,推出主体形象——空中的小屋。这小屋,白
天"是清晰的","夜晚它是朦胧的"。夜晚的灯光,对小屋虚无缥
缈的"空中"感做了进一步的渲染:"山下亮起灿烂的万家灯火,山
上闪出疏落的灯光。山下的灯把黑暗照亮了,山上的灯把黑暗照
淡了。"山下灯多,太亮,反而不美;山上灯少,疏疏落落,把黑暗照
淡,淡如烟,淡如雾,一派迷离恍惚,依稀朦胧,山也显得虚无,树
也觉得缥缈。从而把楼阁置于如烟如雾的夜色笼罩之下,充分烘
托出了小屋的"空中"气氛。你看:"小屋迷于雾失楼台的情景中,
它不再是清晰的小屋,而是烟雾之中、星点之下、月影之侧的空中
楼阁!"点题点得多妙,真是水到渠成。我们不能不惊叹作者精湛

的艺术技巧和纯熟的语言表达能力,竟使这普通的山和平常的小屋,幻化出令人心旷神怡的美妙境界。

这篇散文在写景、抒情、立意方面,有许多独到之处。文章所写的景物在常人看来极为平凡,而作者文思高远,赋予新意,化小屋为若隐若现的"空中楼阁",把自己的快乐、幸福、美梦寄托其间,构思非常奇妙。文章的前半部分重在自然景物的真实描写,尽管有丰富的联想、想象,但写的是确确实实的山、树、房屋的形势、情姿。后半部分则重在人对自然景物的感受。明明是极小的"袖珍型"花园,有限的围墙,"我"却因有无限的"领空"可供"游目骋怀"而陶醉;明明是小屋在"山的怀抱中",只因晨暮昏晓的光线变化,"我"则以为"如在花蕊中一般",那"花蕊"会"绽开",也会"收拢";明明是"高高的山坡",崎岖的"山路","我"却叫它"幸福的阶梯","空中走廊";夜幕深垂,小屋仍是小屋,"我"却觉得它仿佛是"烟雾之中、星点之下、月影之侧的空中楼阁"。文章就这样由实入虚,将现实的景观,融进迷离朦胧的诗一般的意境,引人入胜,耐人寻味。

通过以上分析,我们便可以发现,这篇散文命题为"我的空中楼阁",具有一语双关之妙:它既指"我"家居的"小屋"建于山上,在烟雾迷蒙中,犹如耸入天际的楼阁,又指幻景中的"空中楼阁",理想中"独立"、"安静"的生活环境。从全文看,这小屋应是虚构的。作者特意让小屋居于"高高的山坡"上,强调"山路和山坡不便行车",暗含远离"人境",不闻车马喧之意,反映了作者对那喧嚣浑浊、纸醉金迷的社会现实的厌弃,表明作者对超然物外的"独立的,安静的"生活的向往。由于文章以表现作者对客体的这种审美情思为主,所以,使文章中的"自我"上升到君临万物的地位,使形似的外在真实居于从属的位置,甚至使物象产生不同于本来形态的变化,即艺术的"变形"。物我感应而物我合一,艺术的注意力不在对象的自然形态,而偏于对象的主观化和感情化。这样的写景散文,其美学价值就远远超过了那种缺乏审美激情的描摹山容水态的平庸之作,后者较之前者,犹如跳跃檐间的燕雀与高翔长天的云鹰。

(原载人民教育出版社《全日制普通高级中学教科书(必修)语文第三册教师教学用书》)

妙思翩飞、灵心独绝的"情歌"

——读黄河浪的《故乡的榕树》

随着工业文明的飞速发展和现代生活方式的不断更新,香港一些散文作家努力拓展着艺术表现的空间。他们不断突破传统散文的模式,苦心地追求艺术美,追求艺术表现的奇颖性和丰富性,以适应急促运转的社会节奏和读者心理转机的审美需求。他们吸取西方现代艺术技法,讲究象征的运用,讲究意象的虚实契应、声色交感、扭曲变形、多义性和歧义性的营造,讲究定向叠景、想象和听觉的开启与切断,讲究时空的交错和转移,主、客体的对立和换位,讲究散文的"张力"、内在旋律及音乐性和绘画性,等等,从而创造散文新的艺术美。《故乡的榕树》这篇散文的作者黄河浪,就是这样一位力图创新的散文作家。

黄河浪,原名黄世连,福建长乐人,一九六四年毕业于福建师范大学中文系。他少年时代就钟情于文学与绘画。在小学读书时,曾获得巴黎国际儿童画展优秀作品奖。从一九七五年开始,黄河浪在香港从事文学和美术等进步文化活动,仍然诗笔和画笔齐挥,是活跃在当今文坛上的著名诗人和散文家。他的散文注重艺术意境的开拓,对人事物景富有独特的审美观照和奇颖的审美感受与审美发现,可以说是意蕴深邃而有韵致,风格婉丽而具异彩,表现了他对社会、对人生的深沉思索。宏观审视其作品的整体风貌可见,黄河浪的心灵深处积淀着中华民族的文化传统,在他的感情的波涛里跳荡着李杜元白的神韵,他的诗和散文创作都凸显了民族感和现实感。然而,继承传统并非是师古不化,黄河浪身在西化的香港,他的创作也受到欧风美雨的浸染和西方现代艺术的影响。《故乡的榕树》这篇散文,就是他借鉴、吸取(但不是生吞活剥)现代艺术技法而创作的成功佳作。

　　《故乡的榕树》曾荣获香港 1989 年第 1 届中文文学奖散文组冠军奖(现被收入新编中学语文教材高中第一册)。这篇散文运用虚实契应、象征暗示、梦幻传说、人物交感等现代艺术表现技巧,从故乡的土地拾取生活的回忆,借助有形的具体物象表现无形的主观情感,披露挚诚的心灵世界,创造了一个似仙似梦的审美空间:那翁绿高大的榕树迎风拂鬐,榕树下依依童年时代甜蜜的梦,离奇动人的传说,淳厚的人情,古朴的乡风,慈祥的老祖母,还有那历尽寒暑的石桥,映照着洗衣少女的情影的清澈小溪,水面上戏水弄波、追逐欢笑的鸭子,真是意象叠合,奇趣盎然;而在那飘着桂花香的夏夜,和大人们躺在榕树下清凉的石板上,仰看树影、星星、月华,侧听桥下流水奏唱的摇篮曲,享受习习夜风的抚摸,听人讲"三国"、"水浒"和远近奇闻,品赏琴声和充满原野风味的小曲,也别有兴味和情趣。文章清丽的笔调,哀婉的韵致,字里行间流动着作者对故乡的炎炎一腔的赤情,宛如春晨的毛毛细雨,微微而持久地撩拨着离人的心绪,给人以缠绵的温柔感和挚诚的亲切感,堪称是一曲妙思翩飞、灵心独绝的思乡"情歌"。

　　文章从身边的景物写起,开篇就给我们展示了一个有声有色的意境:在"住所左近的土坡上,有两棵苍老翁郁的榕树,以广阔的绿荫遮蔽着地面。在铅灰色的水泥楼房之间,摇曳赏心悦目的青翠;在赤日炎炎的夏天,注一潭诱人的清凉"。作者用笔有神,寥寥几字,既画出了榕树"苍老蓊郁"的形貌静态,又画出了榕树"摇曳"着青翠的情姿动态,并使榕树的青翠与楼房单调而缺乏生气的"铅灰色"形成对照,从而突出了榕树"诱人""赏心悦目"的风采。接着,作者展开艺术想象的羽翼,写"我的心"伴着那榕树叶卷制成的哨笛吹出的哨音"飞出去",飞过迷蒙的烟水、苍茫的群山,"停落在故乡熟悉的大榕树上",自然转入对故乡的榕树的描写:"我仿佛又看到那高大魁梧的躯干,卷曲飘拂的长须和浓得化不开的团团绿云,看到春天新长的嫩叶,迎着金黄的阳光,透明如片片碧玉,在袅袅的风中晃动如耳坠,摇落一串串晶莹的露珠。"这是作者心灵记忆中复呈出来的故乡榕树形象。作者以写意传神的彩笔,不仅有声有色地勾勒出了故乡榕树的绰约风姿,而且将自己的心境作了形象的外射,将内心的情绪物化、对象化,表露了对故乡的榕树的深厚情思。因此说,作者笔下的榕树,实际上是作者故乡的象征,是作者情感的直觉造型,作者对故乡的情感都浓缩在这个造型之中。文章由眼前的榕树的形貌写到故乡的榕树的风采,时空的转移、交错,构成了意象的虚实契应,从而使读者对榕树获得了鲜明的审美感受。

　　托尔斯泰曾经说过,艺术起源于一个人为了要把自己体验过的感情,传达给别人,于是在自己心里重新唤起这种感情,并用某种外在的标志表达出来。从心理学的角度分析,艺术,就是感情记忆的沉淀、感情记忆的复呈和感情记忆的表现。接下去,作者思绪飞越,对于"榕树"这一故乡"象征物"的忆叙就是这种感情的记忆——感情的物化,也就是通过具体物象而表达了思乡的内心情绪。这是文章的主体部分,作者是分为几个不同的层面来展开描述的。

　　首先是写故乡榕树四周的美景,作者妙思翩飞,以洒脱不羁

和行云流水般的笔墨,捕捉和展示了一连串奇丽隽秀的叠合意
象:清澈的小溪、炫耀着透亮色彩的鹅卵石,再加上在溪畔洗衣和
汲水的美丽少女、水面上嘎嘎地追逐欢笑的鸭子,还有那洁白的
石桥,兀立的石碑,被人抚摸光滑了的小石狮子,等等。这一连串
的意象叠合,一方面表现了故乡风景的普遍意义的自然美,即美
的自然形式和自然形象,如线条、色彩、形体的均衡、对称和变化
等等,另一方面也表现了故乡风景之自然美的具体性和特异性,
显示了作者独特的审美感受和审美发现。在着力渲染了榕树四
周的环境之后,接着,作者的画笔顺即转回到榕树,写"站在桥头
的两棵老榕树"。这两棵榕树,一棵直立、枝叶茂盛;另一棵却长
成奇异的 S 形,苍虬多筋的树干斜伸向溪中。作者特别细致地描
绘了那棵被称为"驼背"的老榕树"横向溪面,昂起头来,把浓密的
枝叶伸向蓝天"的姿势,使我们似乎看见了那充满顽强生命力而
又不乏温柔的榕树风姿。然而作者并未就此罢笔,接着又叙儿时
和小伙伴们把老榕树当作"船"来划的趣事。这条"船"在天真烂
漫的孩子心灵里,它会顺着溪流把他们带到秧苗青青的田野,绕
过燃烧着火红杜鹃的山坡,穿过飘着芬芳的小白花的橘树林,到
大江大海里去,到很远很美丽的地方去,一句话,这"船"会驶进孩
子们五彩缤纷的梦境里。作者通过描写孩子们这种美丽的梦,使
文章充满了浓郁的奇幻色彩。更令人叫绝的是作者由孩子们划
"船"的梦,又自然地引出"驼背"老榕树被烧的神奇传说:很久以
前有条蛇精藏在这树洞中,因伤害人畜,犯了天条,触怒了玉皇大
帝。于是有天夜里,乌云紧压着树梢,狂风摇撼着树枝,一个强烈
的闪电像利剑般劈开树干,烧死了蛇精。这不仅表现了故乡人民
疾恶如仇的思想,更使文章增添了超现实的奇异而美丽的风采
韵致。

　　如果说以上是直接描述"榕树"这一富有象征性的主体形象，那么，接下去则是宕开笔墨，间接描写有关榕树的人、事、风俗。作者从不同的视角和侧面，写故乡的女人到榕树下虔诚地烧纸钱，孩子们面上长了皮癣就带到榕树边上砍破榕树，用渗流出来的液汁涂在患处医治，以及每当过年老祖母就让折几枝长青的榕树叶，用来插在饭甑炊熟的米饭四周，祭祀祖先的神灵。这些描写看似无奇，但却一枝一叶关情，因为对榕树的感情记忆联系着对亲人的感情记忆。如老祖母的形象着墨不多，却生动感人。那蹑着小脚"笃笃笃"地走到石桥，"唠唠叨叨"的神态，慈爱善良的面容，都跃然纸上。随着思绪的飞越，笔墨的挥洒，作者又采取拟人化的艺术手法，对榕树给农人带来的好处作了点染，进而多层面地反映了故乡人的苦涩生活，赞颂了榕树的崇高品格："苍苍的榕树啊，用怎样的魔力把全村的人召集到膝下？不是动听的言语，也不是诱惑的微笑，只是默默地张开温柔的翅膀，在风雨中为他们遮挡，在炎热中给他们荫凉，以无限的爱心庇护着劳苦而纯朴的人们。"作者写榕树把全村人"召集"到"膝下"，以无限的"爱心"默默地"张开"温柔的翅膀，在风雨中为他们"遮挡"，这真是灵心独绝的奇创之笔。不仅赋予本无生命的榕树以生命，而且还使它有了人的动作，有了人的心灵，使之完全人化了。再加上"动听的"、"诱惑的"、"温柔的"、"纯朴的"这些形容词，榕树的形象简直是栩栩欲活、灵动逼真、如影如绘了。接着，作者还写了儿时在榕树下度过的愉快夏夜。那简陋的卧具，神秘而恬静的气氛，似梦似仙的月色，沉入梦乡的美妙感觉，作者都着意做了精彩的铺陈，从而创造出了一个轻盈、静谧的境界。请看文章中的这段描写：

　　　　仰望头上黑黝黝的榕树的影子，在神秘而恬静的气氛中，用心灵与天上微笑的星星交流。要是有月亮的夜晚，如

水的月华给山野披上一层透明的轻纱,将一切都变得不很真
实,似梦境,似仙境。在睡意中,有嫦娥驾一片白云悄悄飞
过,有桂花的清香自榕树枝头轻轻洒下来。而桥下的流水静
静地唱着甜蜜的摇篮曲,催人在夜风温馨的抚摸中慢慢沉入
梦乡……

夏夜睡卧在榕树下的意境是多么幽美! 作者诗画般的笔触
又是多么细腻,多么动人! 黝黝树影,神秘恬静,星星微笑,心与
交融;月华如水,山披轻纱,如在梦境,似入仙界,睡意蒙眬,似见
嫦娥,如闻桂香,桥下流水催人入梦,清晨露水润湿了头发……这
是诗,也是画,是儿时不可重复的趣事,也是对故乡风情的永不忘
怀的乡恋之歌。

文章最后的三个自然节,作者从梦幻般的忆叙中回到了现实
中来。运用移觉手法,再写叶笛的哨音"弥漫成一片浓浓的乡愁,
笼罩在我的周围"。巧妙地把听觉感受化为视觉感受,并以设问
式的深情呼唤结篇,从而把思乡之情引入到了一个深层境界。

通过以上的分析可见,着力营造和构筑多层性深邃意境,苦
心地追求和创造艺术美,是这篇散文具有深层魅力的灵心精魂。
文章开篇描绘了一幅"我"的小儿子吹笛逗狗的富有动感的画面,
接着写"我的心却像一只小鸟,从哨音里展翅飞出去",奇思泉涌,
妙绪纷披,向我们展示了故乡的山水风物。作品氤氲着幽婉清丽
的艺术境界,与所要抒发的思恋之情极其和谐地照映,也把读者
引入那不绝如缕的思绪中。作者描写在榕树下度夏夜的情景,从
儿童的眼中显现出那个神秘而恬静的夜晚,童稚的天真更使得环
境蒙上了如诗如画的艺术色彩。故乡的榕树下"似梦境、似仙
境",是那么诱人心往神驰,真可说是一种诗境的艺术美。从另一
个视角来看,这篇散文对于艺术美的出色创造,也与诗化语言的

艺术运用直接相关。散文,是语言的音乐,因而作者不仅着力于内在情感的律动的艺术创造,也注意外在语言的音韵的匠心营构。从而使读者获得视觉、听觉的灵感和愉悦。如描写儿时在榕树下度过的愉快的夏夜,有画面,有音响,有动作,有感情,写那睡意蒙眬的情景,尤为精彩:"在睡意中,有嫦娥驾一片白云悄悄飞过,有桂花的清香自榕树枝头轻轻洒下来。而桥下的流水静静地唱着甜蜜的摇篮曲,催人在夜风温馨的抚摸中慢慢沉入梦乡……"这一段写得多么柔和、轻盈、静谧,有视觉的、听觉的、味觉、触觉的,五官开放、神思荡漾,创造出似仙似梦的艺术境界。另外,作者还善于运用现代诗的句式和多样的修辞手法写景抒情,用形象生动的语言美唤起读者的共鸣和联想。如文章最后的一段抒情:"故乡的亲切的榕树啊,我是在你绿荫的怀抱中长大的,如果你有知觉,会知道我在遥远的异乡怀念着你吗? 如果你有思想,你会像慈母一样,思念我这漂泊天涯的游子吗?"这段抒情,句式整齐而又有变化,有排比、反复、呼告句,也有比喻、拟人句,朗读起来,回肠荡气。作者通过运用这样的艺术语言,强化了文章的艺术美,使文章产生了强烈的摇撼人心的艺术力量。

(原载《名作欣赏》1990 年第 2 期)

"一叶一菩提，一花一世界"的妙悟

——读王鼎钧的《夏歌》

有台湾散文家称："文贵言之有物，王鼎钧当之无愧。"认为他的散文，文理清晰，且惜墨似金，一字一句，皆推敲至再，无一虚字饰辞，故王氏之文能独树一帜，自成一家，可说是"一叶一菩提，一花一世界"。因此，王鼎钧被台湾文学界誉称"台湾散文十大家"之一。这篇颇负盛名的《夏歌》，无论是记事、咏物还是写人，都可见其思力深厚，委婉中具骨力，对自然、社会和生活、人生有着深刻的独立思考。文章情思宏阔，构思精美，感觉和情绪具有清澈而深邃的透明度，引人透视深层的哲理。无论从其内涵或手法看，这篇散文都显然具有诗的品质；而其语言浓缩凝练，也有如诗一般的坚实和灵动。因而初读时，令人耳目濡新；掩卷后，教人细嚼回味，受益匪浅。它充分体现了王鼎钧散文"独树一帜，自成一家"的艺术风采。

王鼎钧，山东临沂人，是台湾当代著名的散文家。他十四岁开始写诗，十五岁试评名著《聊斋志异》，十六岁写成《评红豆诗人的诗》，长期从事艺术创作。他的创作面很广，有短篇与长篇小说、随笔、杂文、小品、电视剧、影评、小说评论等等。主要散文集有《人生三书》、《人生试金石》、《我们现代人》之合集、《人生观察》、《长短调》、《世事与棋》、《情人泪》、《碎玻璃》、《灵感》等。王鼎钧的这些散文作品，都以他拳拳热切的情愫、洗练精美的文笔和诗一般的韵致而独具艺术魅力，有着很高的艺术审美价值。

《夏歌》是王鼎钧散文的代表佳作，被编入台湾出版的《中国现代文学大系——散文》第二卷卷首。这篇散文的总体设计是由"网中"、"邂逅"、"那树"三篇营构而成。这三篇各自相对独立，又浑然成一体。作者运用象征、暗示等现代派艺术手法，从不同的视角、不同的层面描述了在畸形发展的台湾现代文明社会中，人们的精神道德和自然生态方面所出现的危机，揭示了台湾现代文明社会腐化的真相，焦灼地痛斥了腐化的现代社会文明所带来的种种危害，充满了对社会、对自然、对人生深沉的忧患意识。同时，也展示了台湾渔乡碧海青天的秀丽美景和都市光怪陆离的繁闹景观。

首篇"网中"，写的是"那个发生在网中的故事"。文章开篇推出的是一幅渔村"晒网"的图景：一张又一张的渔网在木架上挂着，这个渔村连着那个渔村。海水把粗实的网浸黑、腌重，厚沉沉垂下而挺立着。"这是青山的发网，大海的坐标，渔家的长城。"然后作者把视线转于海滩沙地上，写隔网走来的几个打着花绸洋伞的女人和几个戴黑眼镜戴鸭舌凉帽的男人。这些远来之客，很喜欢这长城般的网阵，举起照相机不断地拍照。作者用传神之笔，活脱地勾勒了他们的猎奇、洋味，和他们"窃窃私语未已"的惊人之举："没想到那个从远方来的女人动手脱下来就穿得很少的衣服，而且毫不迟疑地脱光，而对观众如面对空气。"作者以特写式的镜头，描画了这个女人"除去一切遮蔽之后"，"显得很美丽"的那种怪异的表演姿态："她背向海与天，双手攀网，做出因为不能越网而过而痛苦焦急的表情，好像后面有噬人的海怪。这动作重复了十几次，直到她表演成生命意志受阻的象征。"在稍稍休息之后,他们又把那一丝不挂的女人躯体放进一个兜形的吊网里,视她为刚从海中捕到的鱼。"她在网中仰着,俯着,蜷曲着,又像死掉一样挺着,臂和腿把网撑出不规则的角来;最后她在网中像突围的鱼奋身跃起,让相机捕捉她在网底腾跃的刹那,成为人类处于困境和对命运抗争的象征。"作者描述了这个远来女人的表演经过之后,以饱蘸忧患之情的笔触,揭示了"这件事情不能不轰动"的影响:渔女渔郎们"被启蒙了","她们醒悟自己在网中,发现网外的世界",随之"相继而去"。一批批的"探险者离乡远走"奔向其实"是另一种恢恢之网"的都市……文章最后深沉地写道:"这就是那个发生在网中的故事,渔村父老都会告诉你,一个模特儿如何破坏了渔村的圆满自足,如何使渔女带回私生子使渔郎带回花柳病。都市如何把吸管插进来,将渔村吸瘦,尽管鱼仍肥,网仍沉沉,网索仍粗,而且被海水浸得更黑,威严如古塞。"但是,这一座透明的"网"之长城,却"已挡不住什么",作者以沉痛的笔触,说明台湾腐化的现代文明已经侵蚀、吞噬边远渔民的"圆满自足",造成了乡村人精神道德的巨大危机。

如果说"网中"是侧重写台湾现代文明社会对乡间人的灵与肉的侵害,那么"邂逅"则是侧重写都市人欲横流,自暴自弃,人被非人化的腐朽社会现实。文章开篇先描述了"金港餐厅"的豪华气派:羊脂玉色的大吊灯一尘不染,在刚打过蜡的拼花地板上映下自己的影子,一排排方桌上摆着发亮的铜器,餐厅一边整面墙装了落地长窗,相连的一边墙上放大临摹了顾恺之画。加上帷幔,角上的冬青,一排U形烛架上安详的光,肃立无哗的侍者,显得是那么庄重。但是,就是这样文明的餐厅却让一个漂亮的女孩子裸露躯体,招引顾客,供那些眼射凶光的游客观光欣赏。你看,她是那么美丽,那么圣洁,她的眼睛像晴天那样明洁无垢。她靠窗坐着,出神地望着窗外那条有杜鹃花的小径,简直是"一尊能够不发一言就使男人改变的神"。在出神望了四个小时之后,侍者停步,观光客噤口止声。大厅里像静态壁画同样静默。"她发觉这不正常的静默,发觉自己的裸露,就在桌子上放一张大钞,起身径去。"在这当儿,所有的男性观光客"都希望她是一个娼妓";所有女观光客"都希望她是一个弃妇"。作者通过"金港餐厅"里所发生的这惊人心魄的一幕,生动地说明台湾腐化的现代社会文明:"根本是一种邪祟",对现代人来说,实际是"一种精神虐待",这种作为现代文明标志的都市社会,其实已变成一座"制造精神病患者的精神病院"!人,都会在这种都市生活中沉沦、堕落。在这里,作者一面对台湾现代社会文明进行着揭露和抨击,促使现代人猛醒,一面又呼唤着现代人不能这样沉沦下去,给可悲的现代人指出一条应当摆脱这种文明生活危机的路。

　　作者通过"网中""邂逅"两个故事的描述,揭示了台湾现代文明社会的腐化和给人们带来的精神、道德与物质生活的危机。接下来的最后一篇"那树",则是从另一个视角和层面,又展示了台湾这腐化的现代文明社会对自然生态造成的惨重危害。在这篇里,作者从"立在那条路边上已经很久很久"的老树入笔的。"那树有一点佝偻,露出老态,但是坚固稳定,树顶像刚炸开的焰火一样繁密。"作者先引用人们的传说,写了那棵树的神奇:'有一年,台风连吹两天两夜,附近的树全被吹断,房屋也倒坍了不少,只有那棵树屹立不摇,而且,据说,连一根树叶都没有掉下来。"接着,作者又采用特写式的手法,既画出了树坚固稳定的形态外貌,也画出了树屹立不摇的情姿神采。你看,"那的确是一株坚固的大树,霉黑潮湿的皮层上,有隆起的筋和纵裂的纹,像生铁铸就的模样。……在夏天的太阳下挺着颈子,急走的人,会像猎犬一样奔到树下，吸一口浓荫，仰脸看千掌千指托住阳光，看指缝间漏下来的碎汞。有时候，的确，连树叶也完全静止。"这段静态化描写，不仅画活了树形、树姿、树荫、树色，而且将作者的心境作了形象的外射，即将情绪对象化，表现了作者对自然景色那种愉悦欣赏的心情。很显然，在作者饱蘸感情的艺术画笔下，这棵树是美的象征，是自然生态平衡的体现，是作者热爱自然情绪的形象反映。但是，就是这样一棵树，也同样惨遭疯狂的现代社会的野蛮伤害。因为发生车祸，交通专家宣判了那树的死刑。在文章中，作者采取拟人化的艺术手法，痛心地描述了屠杀这棵树的情景："电锯从树的踝骨咬下去，嚼碎，撒了一圈白森森的骨粉，那树仅仅在倒地时呻吟了一声。这次屠杀安排在深夜进行，为了不影响马路上的交通，夜很静，像树的祖先时代，星临万户，天象庄严，可是树没有说什么，上帝也没有。一切预定，一切先有默契，不再多言。与树为邻的一位老太太偏说它听见老树叹息，一声又一声，像严重的气喘病。"老树为现代社会的野蛮而叹气，在叹气中被默默地杀死。这是多么残酷的事情啊！作者把自己内心的痛惜情绪寄托于老树，借老树发"叹气"之声，对破坏自然环境与生态平衡的恶劣行径进行了痛斥。在这里，作者虽以拟人化的手法描写作为植物的老树，而他那颗对老树的爱心，却为读者深深地感受着。这种"物吾与也"的境地，使我们清醒地感悟到：可悲的现代人啊！不能再摧残美好的大自然，摧残它们无异于自杀，把自身送入末路。

纵观全篇，文章表露了对社会自然和人类深刻的忧患意识。作者通过这三个故事，写出了心底的忧郁，写出了现实的沉重感。透过文章忧患人生的浓重的忧患色彩，我们可以感应到作者忧患社会人生的沉重心绪以及对社会人生所作的清醒的思考。在作者的艺术彩笔下,一张渔网,一次邂逅,一棵老树,都寄寓着抑郁和凝重的思索,闪射着时代的精神,充满着现代人的生命所具有的升沉和震动。因此,这篇散文开拓了一个新的艺术视野,创造了一个具有力度和深度、阔大而优美的艺术境界。作者把自己对现代社会文明种种复杂而又微妙的精神体验,化作纷纭的意绪,氤氲着情感氛围。奇妙的心灵景观,绚丽的自然风物,既清新婉约,又富有诗化般的象征特色,从而显示了独特的艺术风貌。

（原载《港台现代派散文赏析》,明天出版社 1989 年版）

深沉而激越回荡的旋律

——读许达然的《远方》

在人生遥遥的旅程中,多少人纷纷奔向"远方",多少人以有限的生命去憧憬"远方",征服"远方"。朦胧的"远方",神秘的"远方",对于人类好奇心、追求欲永远是一种诱惑与呼唤。《远方》这篇散文以诗情与理性求索观照"远方",窥视探究人生,开掘出潜藏在人类心灵深层的欲望和意念,富有深邃的人生哲理与浓烈的自我超越情绪。它的深沉而激越回荡的旋律,拍打着,冲击着读者心灵的堤岸,发人深思,可说是诗情与理趣艺术融注而成的诗篇。

作者许达然是台湾当代著名的散文作家和诗人。他原名许文雄,1940年生于台南,在东海大学毕业后,不久便赴美国哈佛大学与芝加哥大学深造,获博士学位。现任教于美国西北大学。许达然在初中二年级就开始试笔,其散文获台南《新新文艺》征文一等奖。20岁出版了散文集《含泪的微笑》,至今已出版散文集七八册之多。其中有的一连数版,风靡台湾文坛。他的散文创作讲求感性与知性的统一,善于描绘超验的世界,能用现代诗的艺术来开拓散文的感性天地,以他那特有的深层灵性与敏感,对自然、社会和人生做着深刻的独立的思考,对时代生活中人们很少发现和感受到的潜流独具慧眼。他笔下的散文世界,或情思宏阔而富饶,或构思单纯而精美,往往用具体浅显的意象排列点染出灵动贴切的深层哲理,把本来是飘忽不定而又难以言传的"感觉"准确地传达给读者,感觉和情绪具有清澈而深邃的透明度,引人透视深层的哲理意蕴,浓郁的抒情性和深刻的哲理性高度统一。无论从其内涵或艺术表现技法看,他的散文都显现着现代诗的品格,别具艺术魅力。

《远方》是体现许达然这种鲜明的艺术个性和独异的散文风采的代表性佳作。这篇散文写的是人的"向往"这种带有幻想特征的心理意念活动。由于这种抽象的意念是难于用文字描摹的,所以作者选取了"远方"这一既明确又非确指的多义性方位词作为"触发物"。赋予"远方"以象征意蕴,将其从单纯的方位指向意义拓展为象征人生理想的多重含义。围绕着它,作者打破中国传统散文章法营构的拘囿,采用"蒙太奇"手法,展开了海阔天空的议论,跳跃驰骋的描述:从文章开篇点出"远方总使人向往"的旨趣,写到人在向往中的心理意识特征——"越远越朦胧,越朦胧越神秘"。那神秘又常引人产生美丽的幻想:远方的平房变成宫殿,小溪变成大江,冰雪封闭的荒野变成一片绿土;又从理念世界的空幻——莫尔的"乌托邦",陶潜的"桃花源",秦始皇求仙药的梦,写到现实世界的"远方"——茫茫的大海,浩瀚无涯,海浪迷人也凶狠,终难到达彼岸;巍巍的高山,峰峦叠嶂,它的凛然曾磨削人的斗志,使古老的印度民族在无助的茫然中孕育悲观的思想。其次,作者还从古代民族写到现代人,从孩子的梦幻写到老人的向往,从幻想写到现实……直到最后点染出"远方仍是温柔的有力的挑战"。文章笔墨驰骋而又井然有序,理趣盎然,用一个个看似相对独立的议论片段,即被称之为理趣"场"的排列组合方式,按照心灵情感的抑扬起伏和心理意绪的张弛变化,来艺术地营构全篇。这种理趣"场",以"远方"作为触发物,再现主观世界中的现实世界,它由一种感想遂类联通地激起另一种感想,将理思、评判与印象叠印为一体,以表达作者内心深处的情绪和对人生的感慨。请看文章中的这一个精彩片段:

> 醉看远山,远山更美。幻想使人沉醉,我们常醉看远方而自以为清醒。远方不一定如想象中的那么绮丽,或那么丑恶。如果前秦的军队走近一点,也许不会把草木误认做兵。如果我们登上了月球,也许发现它并不如远在地球上看时那么漂亮,那时反而看地球才漂亮哪!

在这里,作者由看远山而联想到幻想中的错觉,联想到前秦的军队把草木误认作兵,还联想到登陆看月球,再由月球看地球。作者随机触发,想象开阔,在一连串的感慨之中寄寓着深意。显然,这不是一个简单的议论片段,而是充满理趣的一个个空间排列在文章之中。通过这种警策动人的议论,作者会把读者带到一层一境界的理趣与情韵二美兼具的艺术情境中。可见,文章的时空顺序虽然无迹可循,但其内部上下之间似断实联,在本质上表现为一种有机的艺术秩序。对此,我们从文章中所抒发的情感激流中,从作者所着力表达的以人生追求与向往为主旋律的意识活动中,就可以把握若隐若现、贯通其中的内部抒情线。这种内部贯通而外部间离跳跃的艺术营构方式,与中国传统散文的"笼天地于形内,挫万物于笔端"的表现特征并不相同。传统散文一般是采用时空推移的营构程序,它所创造的艺术空间是有限的,单层的,平面的,其构筑线索束缚了艺术空间的多层性的立体拓展。而这篇散文采用了新诗的跳跃营构技法,将一个个理趣"场"艺术地融化在诗情的律动与回旋之中,完全突破了时空界限而结撰为浑然一体的构架。表面看来,文章似乎缺乏艺术整体的有序性和有机性,但它分明具有内在的纽结的旋动力。这种内在的旋动力就来自作者心理深层结构的理性透视和诗情的潜涌。这就是说,作者把从不同层面、用不同视角而绘制出来的,具有不同理趣的一个个珠玑般璀璨的理趣"场",以诗情抒发的线索牵引,按照心灵情感的抑扬起伏和心理意绪的张弛变化,组接连缀成了文章有序的艺术机体。

　　其实,我们稍加细读便可以发现,文章中一个个沉静的理趣"场",都是与诗意抒情艺术地融注在一起,由诗情抒发线来贯穿的。在作者笔下,理性的透视中无不流荡着抑制不住的诗情的潜涌。如文章开篇后"写山"一段中的诗情抒发:"山是纵的远方。有限的高峻是无限的蛊惑,长年的沉默是不变的磁力,山不迷人人自迷,总是使人自动地往它那里去;登高山又有高山,登不完的高山登不完的向往。""对一个爱纵的远方的人来说,只能做山下的青草,而不能是山上的云,也是悲哀的了。"文章中的"远方"本是一种隐喻,"山是纵的远方"又是一层比喻。这种喻中有喻,创造了多层次的象征和隐喻的情韵。这种隐喻是静态的、沉默的,它将人自然地带入一种沉静的理思之中;然而它又是动态的,富有灵性和磁力的。由此,作者便把深藏在心底的那种抚凌云而自惜的激荡诗情隐隐带出,并且又加笔点染"怏怏的屈原一直向昆仑,跛脚的拜伦以眺望写出对山的感情",就更宣泄出一种潜隐诗情激流。由此可见,作者在将沉静的理趣"场"与诗意抒情的融合中,通过象征、隐喻、联想、穿插、暗示和点染,创造出一种婉曲深沉的情韵,其中隐含的深邃的人生哲理和悠悠情思,使文章潜涌回荡着一股诗的激情,跳宕奔进着一种诗的旋律。此外,文章还展现了浩瀚而神秘的"瀛海",美丽的"茵梦湖",荒漠的非洲莽林,无涯的嵯峨山脉,秦始皇求仙药的梦,周穆王乐陶陶的仙游……

这一些都不是事相的混乱堆积与罗列，而是诗情的激越奔涌，是诗情贯注的理趣"场"，是理趣的诗化。在沉静冷峻的外层之下，有作者的激情的火焰在燃烧。

通过以上分析可见，全文的外部形态，个个理趣"场"，呈现的是静态的特征，体现出沉静的理思品格；而从它的内部构筑来看，又体现为一种对人生理想追求与渴慕的激情奔涌的诗的风采。这两者水乳般的艺术融合，构成了洒脱不羁、深沉而激越回荡的旋律，展现了一个底蕴深厚、雄浑宏阔的艺术境界。它不仅给读者带来审美愉悦，而且留下了广阔的想象空间。它会使你觉得那"远方"是明朗的又是朦胧的，是实在的又是虚幻的，是遥远的又是贴切的，在虚虚实实中留给读者对"远方"的思索与神往。

有人在评赏许达然的诗作时说，许达然具有一位真正的诗人所必须具备的历史使命感与社会责任感，他表现了对时代、对社会、对人生的热切关注，他是一位在十字街头歌唱的诗人，而不是关闭在象牙塔中顾影自怜的歌者。是的，在《远方》这篇散文中，他通过理趣与诗情的艺术融注，不仅创造了深沉而激越回荡的旋律，撩人意绪，扣人心弦，催人深思，而且也由此匠心地构筑了歌颂人生的精神追求的抒情内容。对于"远方"孜孜不息的向往与追求，是人类生命意志的表现。人们在各自的人生旅程中，"血液里似乎遗传着流浪的鲜红，几乎每个人都有远行的冲动"。"从童年的梦里醒来，年轻人有着遥遥的前程"，遥遥的前程便是"一连串的远方"，"进入生命黄昏的老人，仍会怀抱着他的远方"。伴随着这种生命的激情冲动，必然会爆发出"人生应该是怎样"的理想要求。作者正是从这一层的精神活动里，开掘着潜藏在人类心灵深处的欲望与意念：到了一个远方，又有另一个远方在呼唤，不断地到达，不断地追求。多少人为它孤灯相对，多少人为它长途跋涉。然而生命有限,远方无穷。当他追求到"远方"时,也许他一无所有,剩下一腔澎湃的热血与勇气!也许他不知走向哪里,望着茫茫的宇宙人生而浩叹。作者在这里没有将人引向虚无与空幻,引向人生的绝境,而是要人们当人生的空幻感涌上心头时,"用行动去实现抵达远方的奋斗记录"。并且作者还将瞩望"远方"的目光转向历史的纵深处,不惜笔墨地叙写了许多历史人物:莫尔的"乌托邦"、陶潜的"桃花源",向往昆仑的屈原,眺望远山的拜伦,古希腊史家希罗多德,中国的司马迁,远游埃及的柏拉图,等等。这些伟大的历史人物,作为人生价值和生命意义的象征,都统摄于作者心灵的呼唤。在这些历史人物的名字背后,显然滚沸着作者的一股探究人生、珍爱生命的激情。作者俨然是在旷野里窥视人生的独行者,在思索、探求"远方"的路,也在寻觅、慎思自己心灵的路。在文章的结尾,他以向往远方的哲理思索,带着个人对人生真善美境界的苦苦追求,深情地写道:"总是有许多人愿舍弃眼前的幸福到远方去,就让他们去吧!"这是发自肺腑的心声,也是作者对"远方"进行理性观照的"聚光点",它点化了全篇的理趣与诗情。

（原载《港台现代派散文赏析》,明天出版社 1989 年版）

后　记

　　编写这部书稿,是对这些年走过的路回顾与反思的过程,它让我窥见了一条苦乐融注的生命痕迹。其中流淌着生命的情感,也透露着生命的智慧。一篇文字往往就是一个展现生命美丽和灿烂的时空瞬间。或许生命点亮的过程,也是一种生命耗散的过程,在生命点亮之时注意消解生命的耗散,把握和谐的生命律动与节奏,也许是持守生命美丽和灿烂的一个真谛。

　　应该说,在这种生命的感悟中,对这部书稿是怀着一种对文学的挚情和赤心来进行编写的。其中,主要包括《名作欣赏》作为一个专门栏目连发的长篇论文,《文学评论》、《文艺研究》、《文艺评论》等刊发文本解读观、意象解读论和散文作家论的专论,还有《文学解读学导论》、《文体鉴赏艺术论》等有关篇章,人大复印报刊资料转载的多篇文章。可以说,这些文学鉴赏、文本解读、散文评论和有关作品赏析,是自己多年来投注心力的生命场。在这个生命场上有奋搏与抗争,碰撞与拷问,自悟与反省。在痛苦中弹奏生命跃动的节拍,在沉醉中享受生命建构的愉悦。

　　本人虽然没有那种远离人间烟火和名利世俗的超然境界,但在文学鉴赏和作品解读中却真情享受过这样一种纯美的生命体验:静伴着星夜的灯亮,心神投注于字里行间,妙思翩飞,天马横空,陶醉沉迷于纸笔触动方块字的世界。在这个世界里,享受到的是心静的美、纯真的美、心灵与文字对话的美。它一扫名利世俗的东西,在一种超然的境界里获得一种情感与精神的满足。应该说,本人喜欢在这样超然的生命场里徜徉,不愿在世俗的名利场上游荡,内心唾弃那种只贪名利的欲望。编写这部书稿的过程,依然是持守着这样的心境,而且没有了以往那种"搞课题"的压力,只不过是休闲中愿做的一点自己心爱的有益的事情。

在交付书稿之际,特别感谢山东师范大学中国语言文学山东省一流学科资助出版,祝愿文学院一流学科发展更好,进入全国一流学科行列。最后要说的是,在书稿编写中,翟德耀教授在春节前后帮找有关资料,我带的学生张曙光博士、刘晓利、王春红老师等大力协助打印和校对,文学院的各位领导和老师热情支持,在此深表谢意。

曹明海

2018 年 8 月于济南龙泉山庄